漱玉詞全璧

劉瑜　徐洪佩　輯著

上冊

中國社會科學出版社

圖書在版編目(CIP)數據

漱玉詞全璧：全二冊／劉瑜，徐洪佩輯著．—北京：中國社會科學出版社，2016.9

ISBN 978-7-5161-9044-9

Ⅰ.①漱… Ⅱ.①劉…②徐… Ⅲ.①宋詞—選集②李清照(1084-約1151)—宋詞—詩詞研究 Ⅳ.①I222.844②I207.23

中國版本圖書館CIP數據核字(2016)第231464號

出版人 趙劍英
責任編輯 宋燕鵬
責任校對 沈 旭
責任印製 李寡寡

出　　版 中国社会科学出版社
社　　址 北京鼓樓西大街甲158號
郵　　編 100720
網　　址 http://www.csspw.cn
發 行 部 010-84083685
門 市 部 010-84029450
經　　銷 新華書店及其他書店

印刷裝訂 北京君昇印刷有限公司
版　　次 2016年9月第1版
印　　次 2016年9月第1次印刷

開　　本 880×1230 1/16
印　　張 71
字　　數 1020千字
定　　價 498.00圓(全二冊)

劉
瑜

作者簡介

劉瑜，遼寧綏中人。一九三七年九月生。一九五九年畢業于吉林師範大學（原東北師範大學）。濟南社會科學院原研究員。有《劉鶚及〈老殘游記〉研究》《李清照詞欣賞》等多種學術著作。有論文若干篇，在國際學術交流雜志上發表論文數篇。多次在省、市獲獎。曾任中國李清照辛弃疾學會理事等。《漱玉詞全璧》為其代表作。

徐洪佩

自明以來，墮情者醉其芬馨，飛想者賞其神驗。易安有靈，後者當許爲知己。

——清·沈曾植撰《菌閣瑣談》

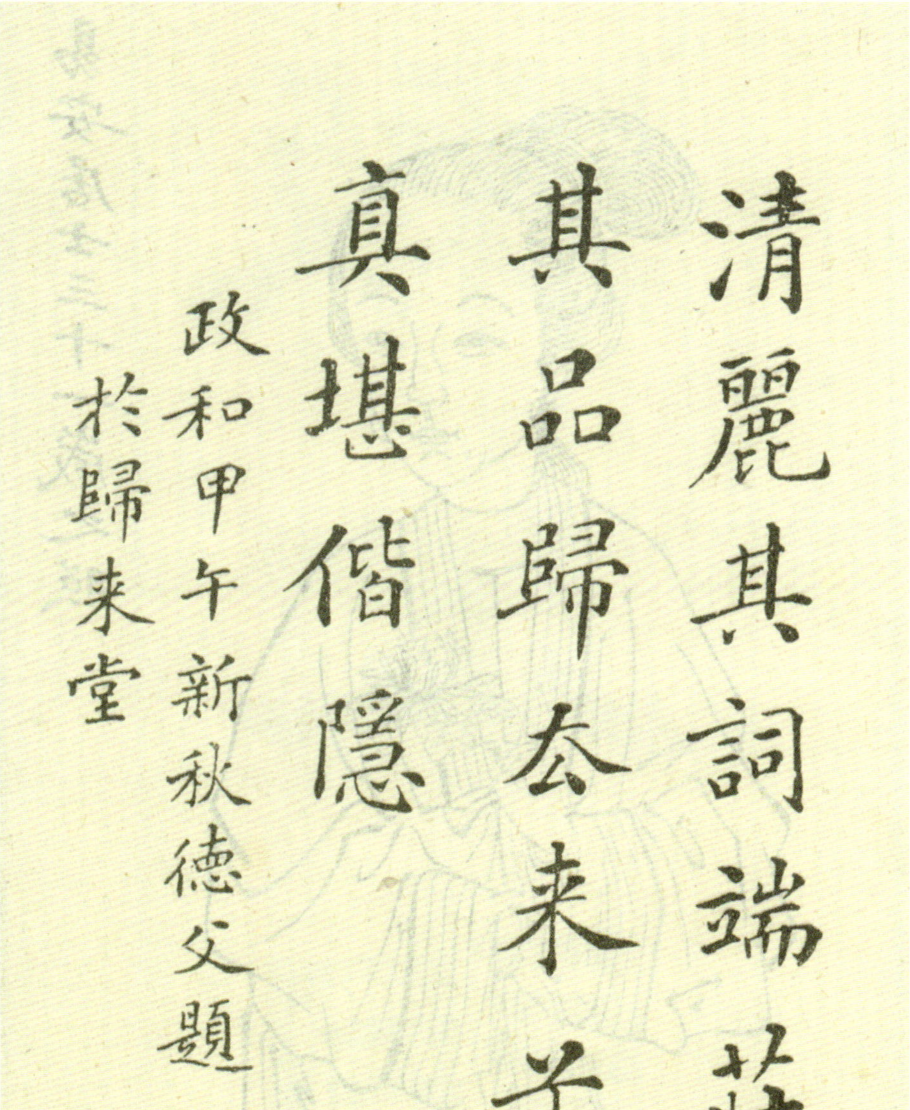
清麗其詞端莊
其品歸去来子
真堪偕隱
政和甲午新秋德父題
於歸来堂

德父（明誠）題歸來堂

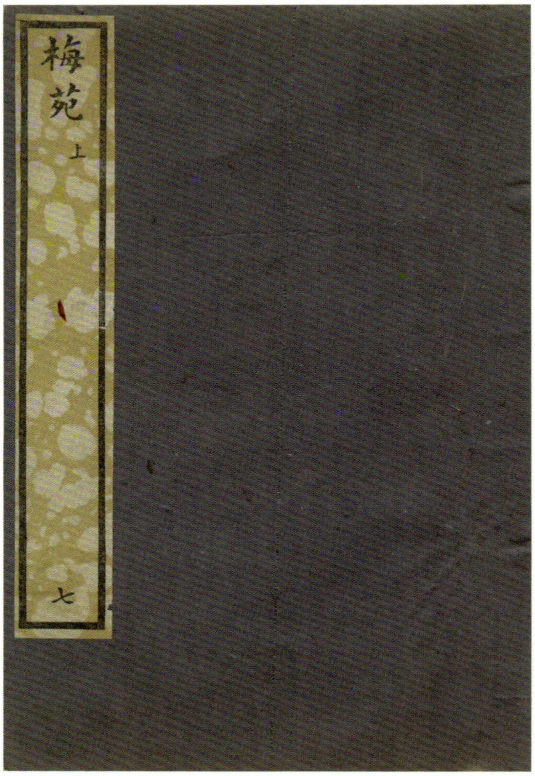

楝亭藏本

梅苑

揚州詩局重刊

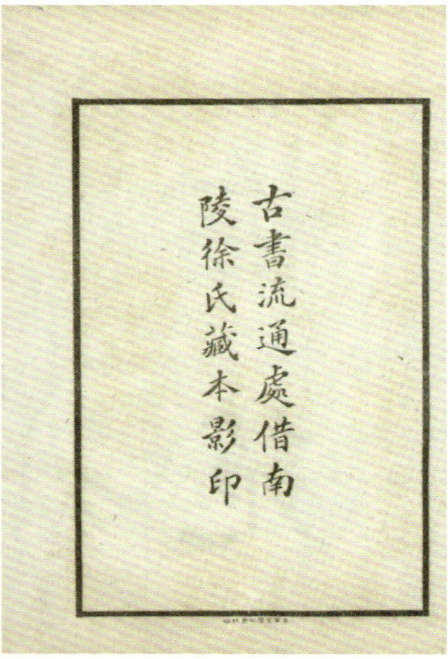
古書流通處借南陵徐氏藏本影印

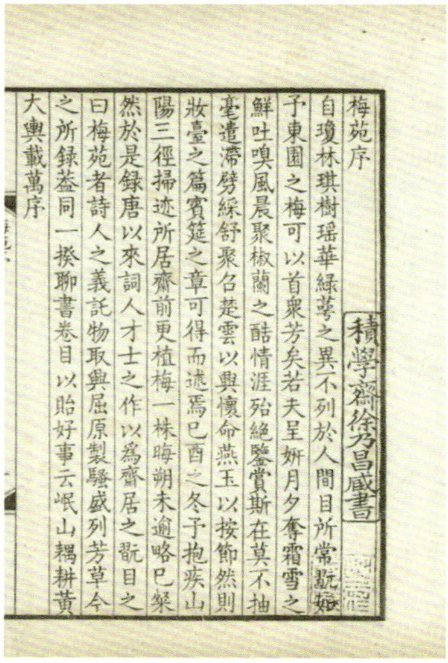
梅苑序

自瓊林琪樹瑤華綠萼之異不列於人間目所常覩惟予東園之梅可以首衆芳矣若夫呈妍月夕奪霜雪之鮮吐嗅風晨聚椒蘭之酷情涯殆絕鑒賞斯在莫不抽毫遣滯劈綵舒聚名楚雲以興懷命燕玉以按節然則妝臺之篇賓筵之章可得而述焉己酉之冬予抱疾山陽三徑掃迹所居齋前更植梅一株晦朔未逾略已粲然於是錄唐以來詞人才士之作以爲齋居之翫目之曰梅苑者詩人之義託物取興屈原製騷盛列芳草今之所錄蓋同一揆聊書卷目以貽好事云岷山耦耕黃大輿載萬序

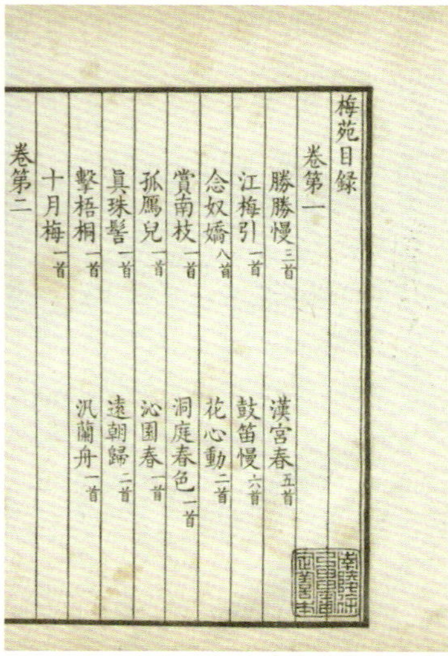
梅苑目録

卷第一

勝勝慢 三首　漢宮春 五首
江梅引 一首　鼓笛慢 六首
念奴嬌 八首　花心動 二首
賞南枝 一首　洞庭春色 一首
孤鴈兒 一首　沁園春 一首
眞珠髻 一首　遠朝歸 二首
擊梧桐 一首　汎蘭舟 一首
十月梅 一首

卷第二

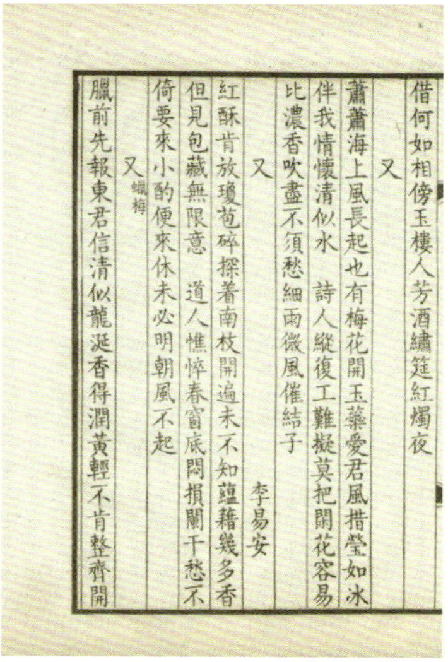
借何如相傍玉樓人芳酒繡筵紅燭夜

又

蕭蕭海上風長起也有梅花開玉蘂愛君風措瑩如冰伴我情懷清似水　詩人縱復工難擬莫把開花容易比濃香吹盡不須愁細雨微風催結子

又　李易安

紅酥肯放瓊苞碎探着南枝開遍未不知蘊藉幾多香但見包藏無限意　道人憔悴春窗底悶損闌干愁不倚要來小酌便來休未必明朝風不起

又 蠟梅

臘前先報東君信清似龍涎香得潤黃輕不肯整齊開

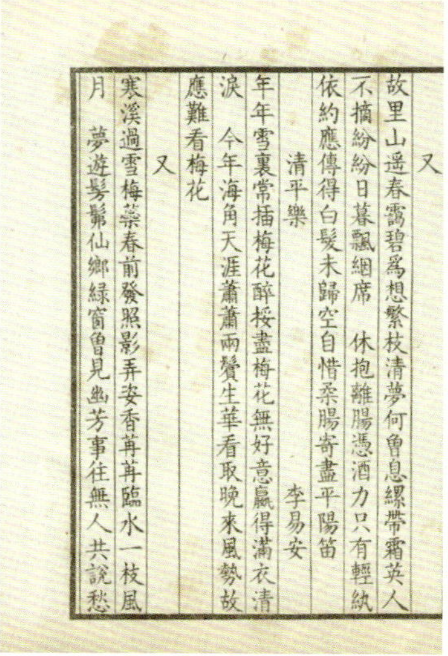
又

故里山遥春靄碧爲想繁枝清夢何曾息縹帶霜英人不摘紛紛日暮飄綑席　休抱離腸憑酒力只有輕紈依約應傳得白髮未歸空自惜柔腸寄盡平陽笛

清平樂　李易安

年年雪裏常插梅花醉挼盡梅花無好意贏得滿衣清淚　今年海角天涯蕭蕭兩鬢生華看取晚來風勢故應難看梅花

又

寒溪過雪梅蘂春前發照影弄姿香苒苒臨水一枝風月　夢遊髣髴仙鄉綠窗曾見幽芳事往無人共說愁

《楝亭十二種》本《梅苑》之李易安詞書影

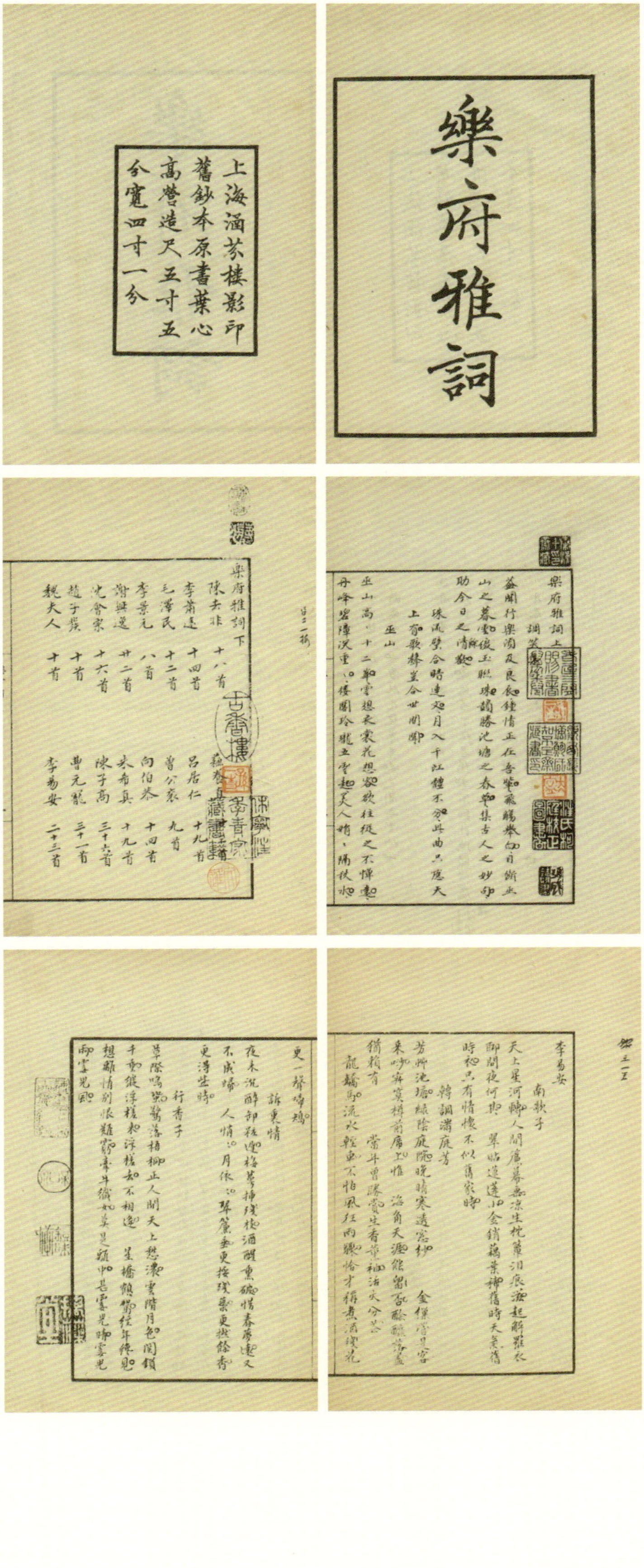

涵芬樓影抄本《樂府雅詞》之李易安詞書影

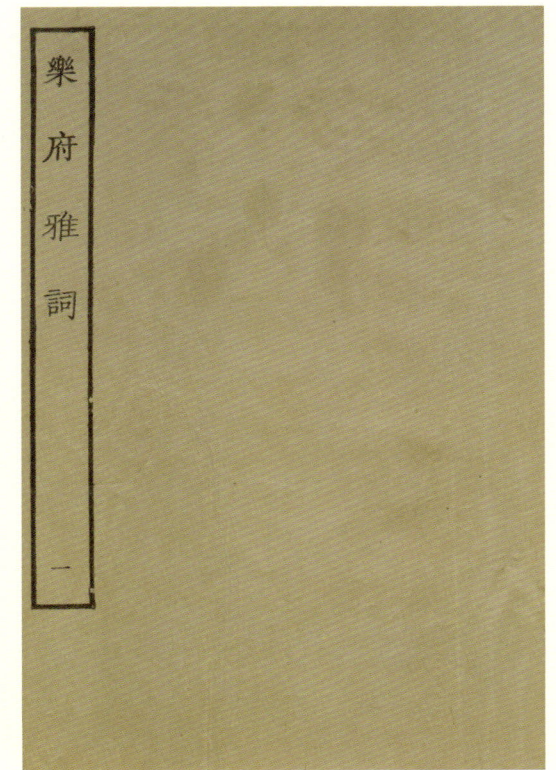

《花庵詞選》之《唐宋諸賢絕妙詞選》李易安詞書影

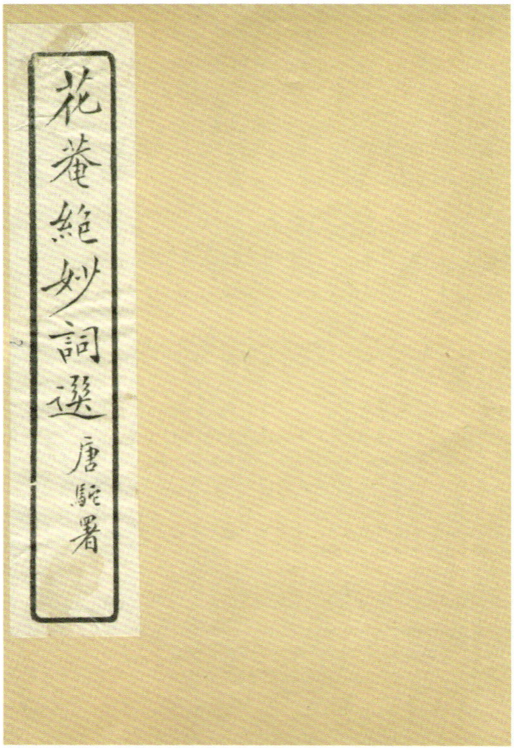

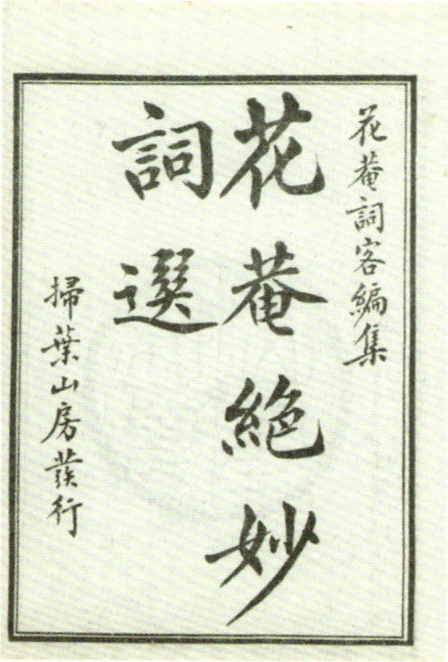

花菴詞客編集

花菴絕妙詞選

掃葉山房發行

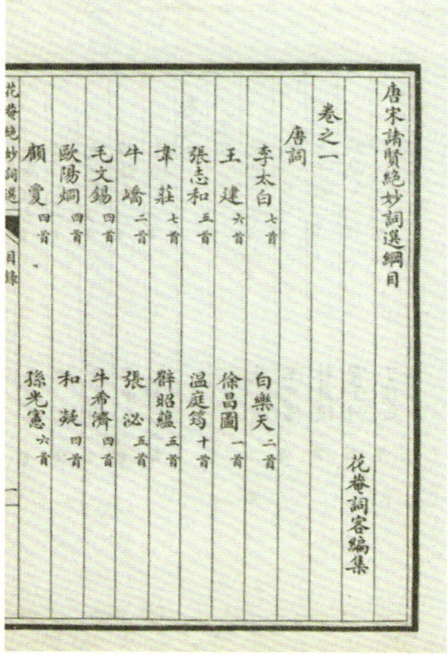

唐宋諸賢絕妙詞選綱目　花菴詞客編集

卷之一

唐詞

李太白 七首　白樂天 二首
王建 六首　徐昌圖 一首
張志和 五首　溫庭筠 十首
韋莊 七首　薛昭蘊 五首
牛嶠 二首　張泌 五首
毛文錫 四首　牛希濟 四首
歐陽炯 四首　和凝 四首
顧夐 四首　孫光憲 六首

花菴絕妙詞選 目錄 一

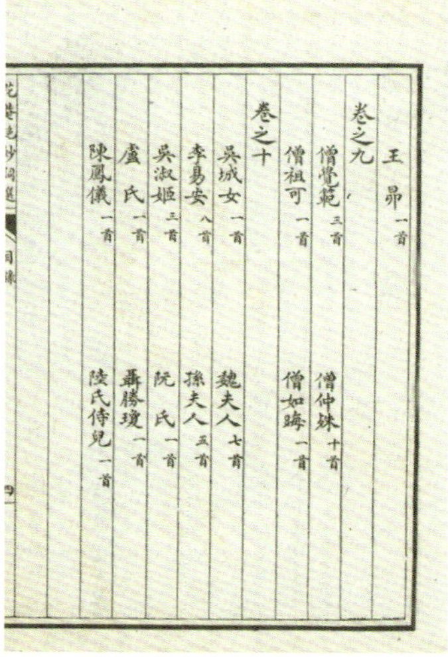

王昂 一首

卷之九

僧覺範 三首　僧仲殊 十首
僧祖可 一首　僧如晦 一首

卷之十

吳城女 一首　魏夫人 七首
李易安 八首　孫夫人 五首
吳淑姬 三首　阮氏 一首
盧氏 一首　聶勝瓊 一首
陳鳳儀 一首　陸氏侍兒 一首

花菴絕妙詞選 目錄 四

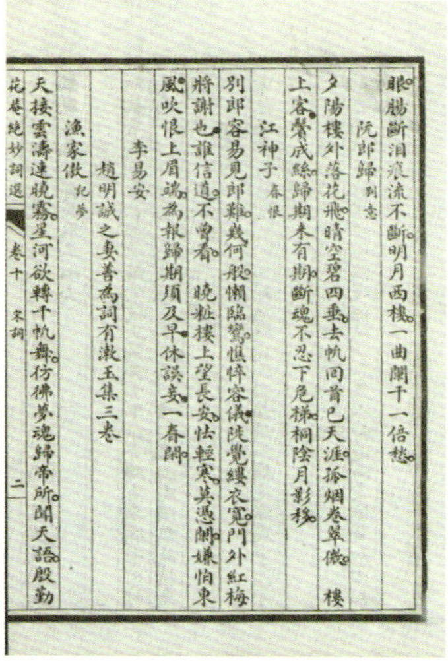

眼腸斷淚痕流不斷明月西樓一曲闌干一倍愁

阮郎歸 別意

夕陽樓外落花飛晴空碧四垂去帆回首已天涯孤烟卷翠微　樓上客鬢成絲歸期未有期斷魂不忍下危梯桐陰月影移

江神子 春恨

別郎容易見郎難幾何般懶臨鸞憔悴容儀陡覺縷衣寬門外紅梅將謝也誰信道不曾看　曉粧樓上望長安怯輕寒莫憑闌嫌怕東風吹恨上眉端為報歸期須及早休誤妾一春閑

李易安

趙明誠之妻善為詞有漱玉集三卷

漁家傲 記夢

天接雲濤連曉霧星河欲轉千帆舞彷彿夢魂歸帝所聞天語殷勤

花菴絕妙詞選 卷十 宋詞 二

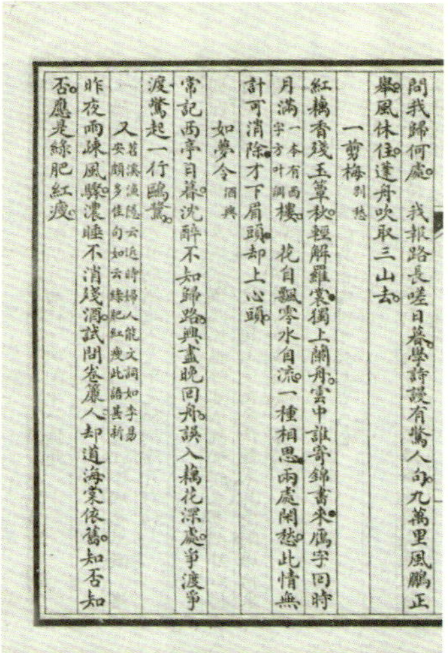

問我歸何處　我報路長嗟日暮學詩謾有驚人句九萬里風鵬正舉風休住蓬舟吹取三山去

一剪梅 別愁

紅藕香殘玉簟秋輕解羅裳獨上蘭舟雲中誰寄錦書來鴈字回時月滿（一本有西字方叶調）樓　花自飄零水自流一種相思兩處閑愁此情無計可消除才下眉頭却上心頭

如夢令 酒興

常記西亭日暮沈醉不知歸路興盡晚回舟誤入藕花深處爭渡爭渡驚起一行鷗鷺

又（苕溪漁隱云近時婦人能文詞如李易安頗多佳句如云綠肥紅瘦此語甚新）

昨夜雨疎風驟濃睡不消殘酒試問卷簾人却道海棠依舊知否知否應是綠肥紅瘦

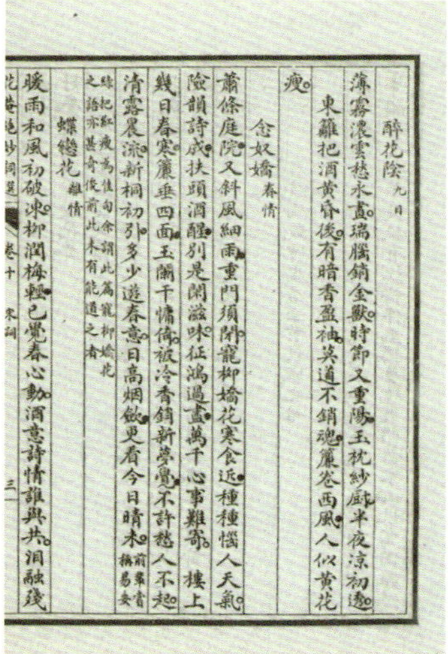

醉花陰 九日

薄霧濃雲愁永晝瑞腦銷金獸時節又重陽玉枕紗廚半夜涼初透　東籬把酒黃昏後有暗香盈袖莫道不銷魂簾卷西風人似黃花瘦

念奴嬌 春情

蕭條庭院又斜風細雨重門須閉寵柳嬌花寒食近種種惱人天氣險韻詩成扶頭酒醒別是閑滋味征鴻過盡萬千心事難寄　樓上幾日春寒簾垂四面玉闌干慵倚被冷香銷新夢覺不許愁人不起清露晨流新桐初引多少遊春意日高烟斂更看今日晴未（前輩嘗稱易安綠肥紅瘦為佳句余謂此篇寵柳嬌花之語亦甚奇俊前此未有能道之者）

蝶戀花 離情

暖雨和風初破凍柳眼梅腮已覺春心動酒意詩情誰與共淚融殘

花菴絕妙詞選 卷十 宋詞 三

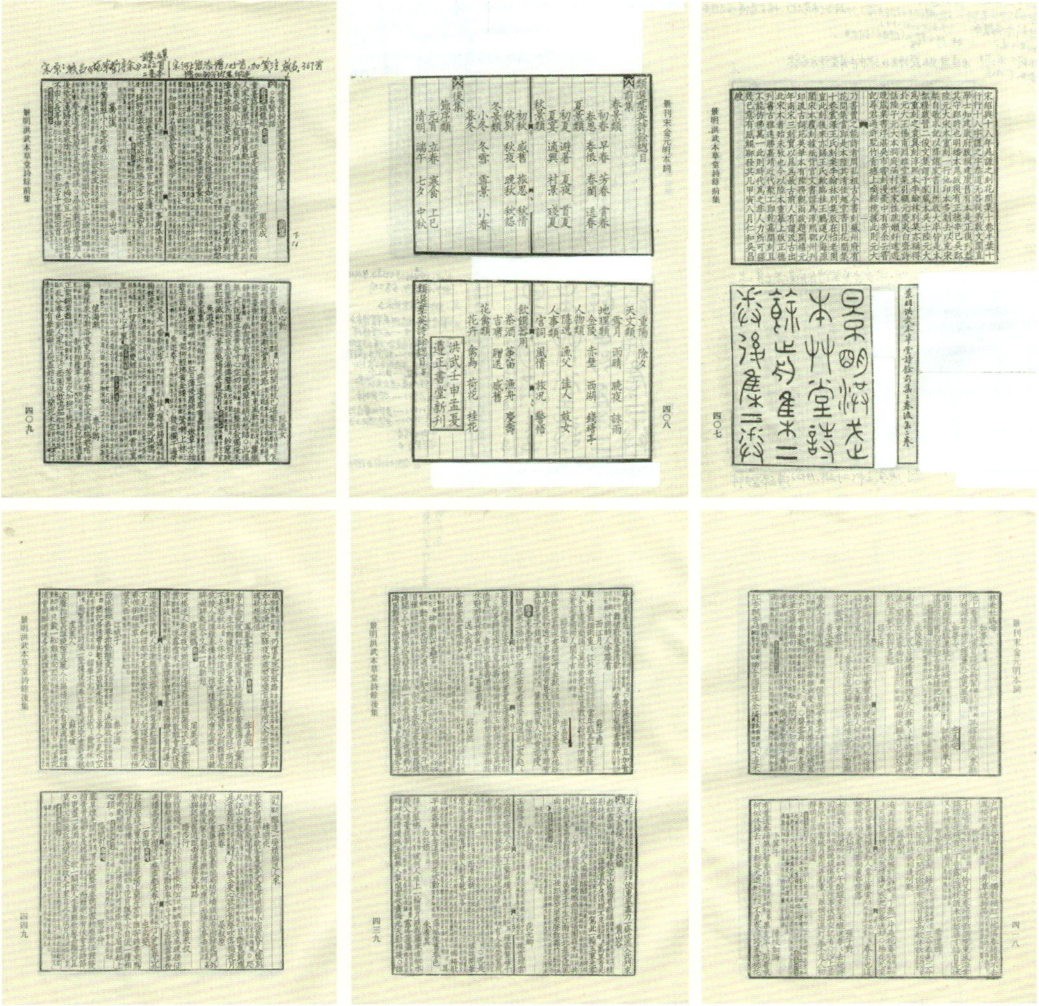

《景刊宋金元明本詞》之洪武本《增修箋注妙選群英草堂詩餘》李易安詞書影

影印明刊十二卷本《花草粹編》之李易安詞書影

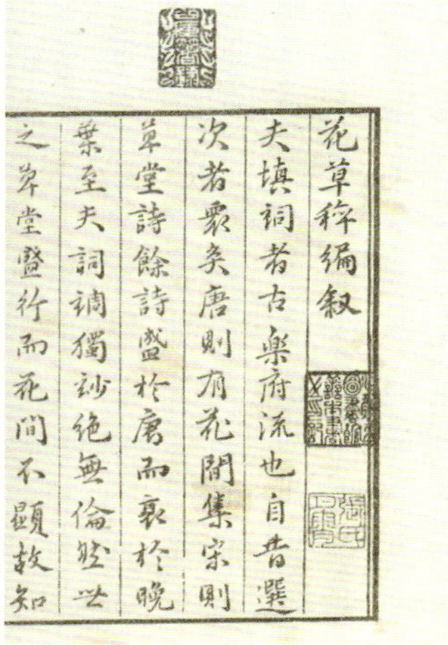
花草粹編敘
夫塡詞者古樂府流也自昔選次若衆矣唐則有花間集宋則草堂詩餘詩盛於唐而衰於晚葉至夫詞調獨妙絕無倫然世之草堂盛行而花間不顯故知

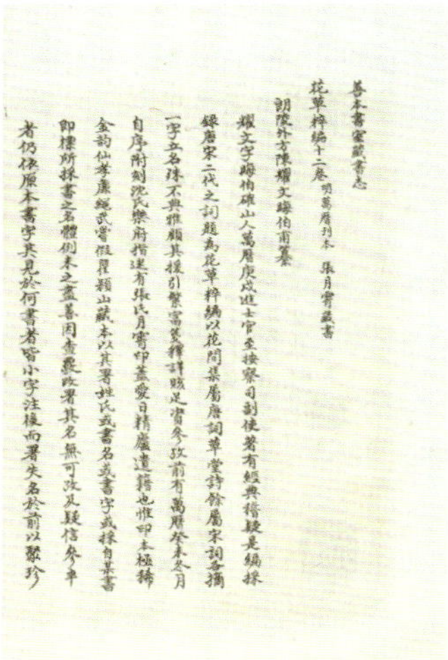

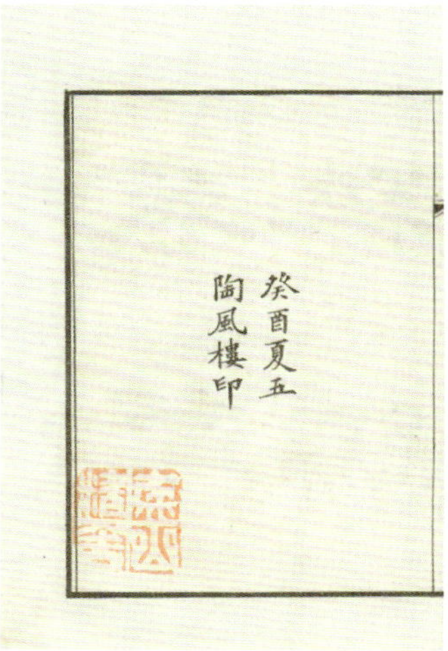

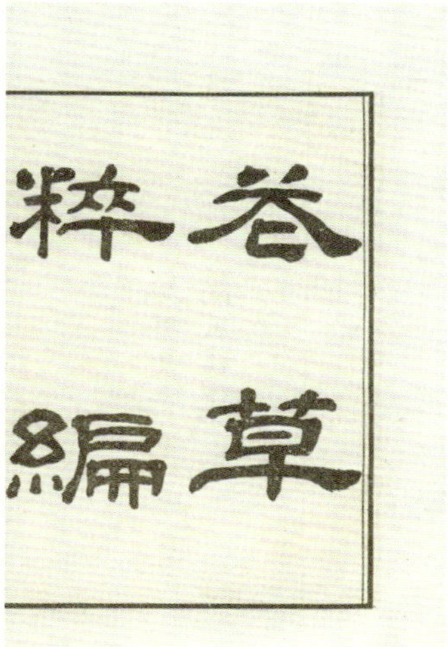

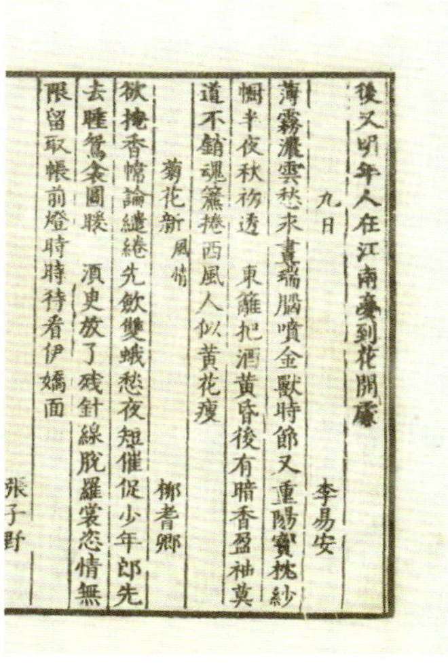
後又明年人在江南夢到花開處
九日　李易安
薄霧濃雲愁永晝瑞腦噴金獸時節又重陽寶枕紗幮半夜秋初透　東籬把酒黃昏後有暗香盈袖莫道不銷魂簾捲西風人似黃花瘦
菊花新　風情　柳耆卿
欲掩香幃論繾綣先斂雙蛾愁夜短催促少年郎先去睡鴛衾圖暖　須臾放了殘針線脫羅裳恣情無限留取帳前燈時時待看伊嬌面
張子野

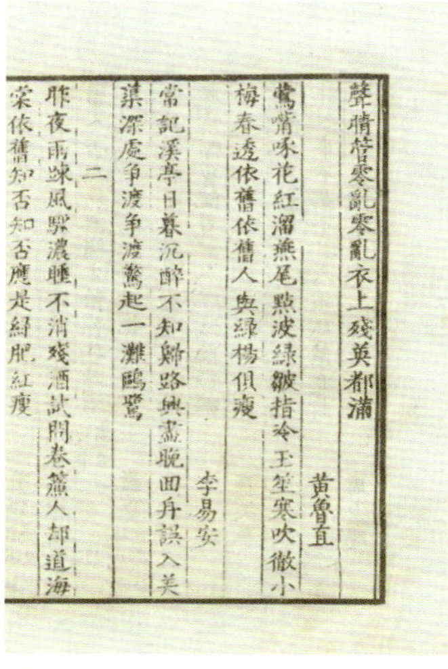
聲情管零亂零亂衣上殘英都滿
黃魯直
黃鸝嘴啄花紅溜燕尾點波綠皺指冷玉笙寒吹徹小梅春透依舊依舊人與綠楊俱瘦
李易安
常記溪亭日暮沉醉不知歸路興盡晚回舟誤入芙蕖深處爭渡爭渡驚起一灘鷗鷺
二
昨夜雨疏風驟濃睡不消殘酒試問卷簾人却道海棠依舊知否知否應是綠肥紅瘦

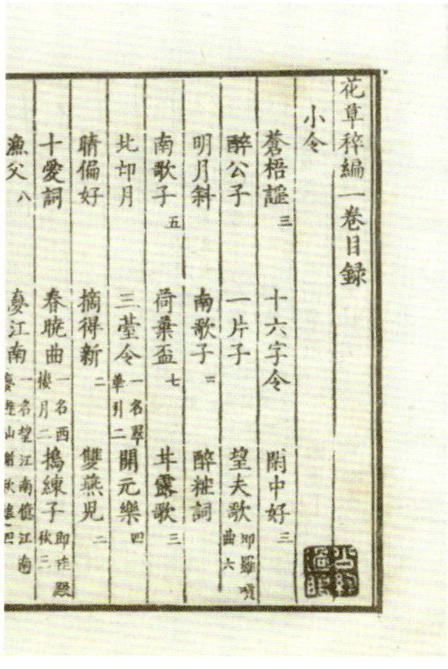
花草粹編一卷目錄
小令
蒼梧謠 三　十六字令　附中好 三
醉公子　一片子　望夫歌 即羅嗊曲 六
明月斜　南歌子 二　醉妝詞
南歌子 五　荷葉盃 七　井露歌 三
北卯月　三臺令 一名翠華引 二　開元樂 四
晴偏好　摘得新 二　雙燕兒 二
十愛詞　春曉曲 一名西樓月 二　搗練子 即杵聲秋 三
漁父 八　憶江南 一名望江南 憶江南

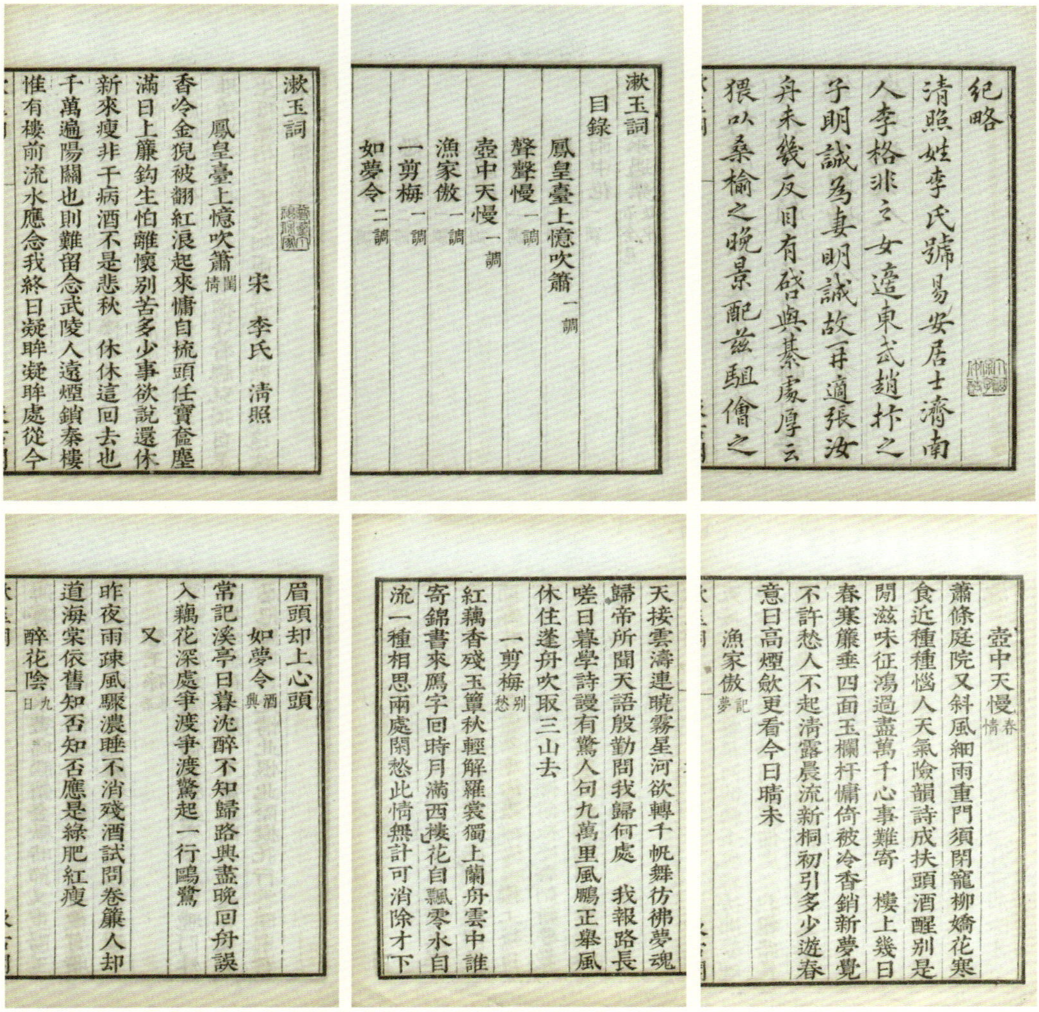

紀略

清照姓李氏號易安居士濟南人李格非之女適東武趙抃之子明誠爲妻明誠故再適張汝舟未幾反目有啓與綦處厚云猥以桑榆之晚景配茲駔儈之

漱玉詞

目錄

鳳皇臺上憶吹簫 一調
聲聲慢 一調
壺中天慢 一調
漁家傲 一調
一剪梅 一調
如夢令 二調

漱玉詞　宋 李氏 清照

鳳皇臺上憶吹簫 閨情

香冷金猊被翻紅浪起來慵自梳頭任寶奩塵滿日上簾鉤生怕離懷別苦多少事欲說還休新來瘦非干病酒不是悲秋　休休這回去也千萬遍陽關也則難留念武陵人遠煙鎖秦樓惟有樓前流水應念我終日凝眸凝眸處從今

壺中天慢 春情

蕭條庭院又斜風細雨重門須閉寵柳嬌花寒食近種種惱人天氣險韻詩成扶頭酒醒別是閒滋味征鴻過盡萬千心事難寄　樓上幾日春寒簾垂四面玉闌干慵倚被冷香銷新夢覺不許愁人不起清露晨流新桐初引多少遊春意日高煙斂更看今日晴未

漁家傲 記夢

天接雲濤連曉霧星河欲轉千帆舞彷彿夢魂歸帝所聞天語殷勤問我歸何處　我報路長嗟日暮學詩謾有驚人句九萬里風鵬正舉風休住蓬舟吹取三山去

一剪梅 別愁

紅藕香殘玉簟秋輕解羅裳獨上蘭舟雲中誰寄錦書來鴈字回時月滿西樓花自飄零水自流一種相思兩處閒愁此情無計可消除才下眉頭却上心頭

如夢令 酒興

常記溪亭日暮沈醉不知歸路興盡晚回舟誤入藕花深處爭渡爭渡驚起一行鷗鷺

又

昨夜雨疏風驟濃睡不消殘酒試問卷簾人却道海棠依舊知否知否應是綠肥紅瘦

醉花陰 九日

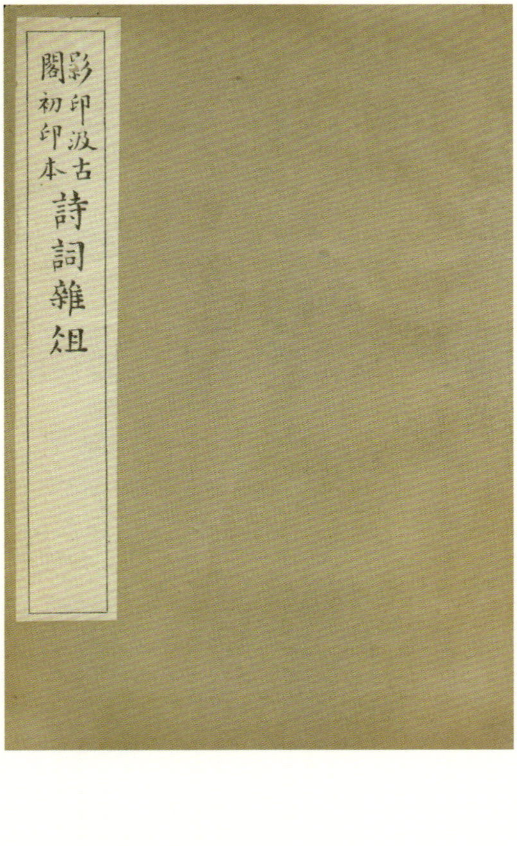

影印汲古閣初印本 詩詞雜俎

影印汲古閣初印本《詩詞雜俎》之《漱玉詞》書影

《四印齋所刻詞》之《漱玉詞》書影

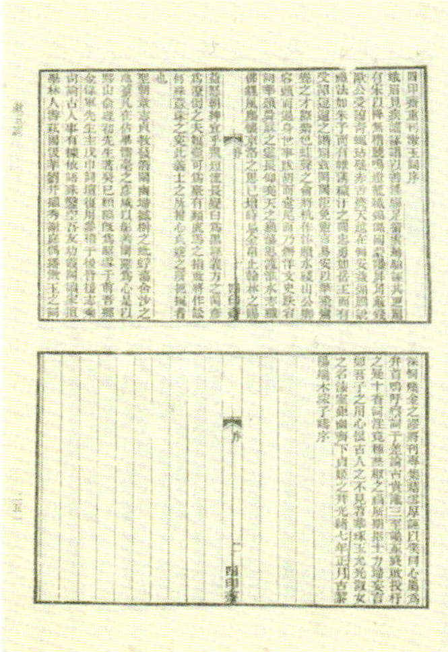

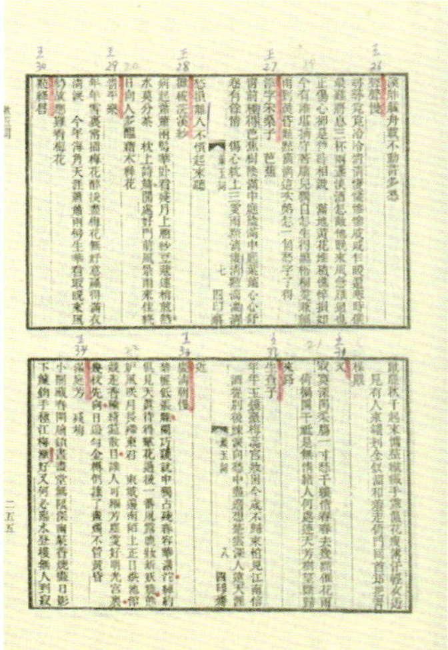

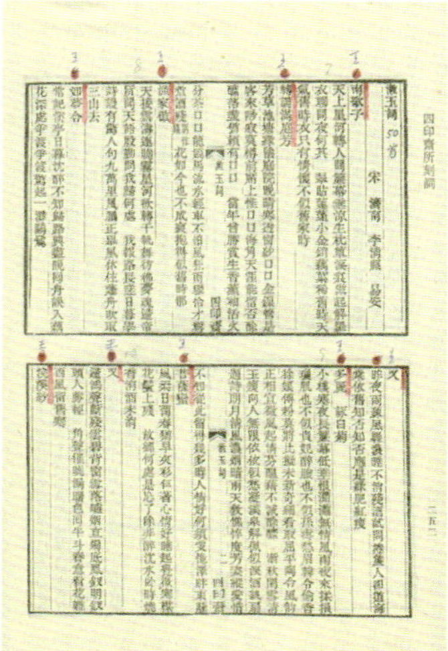

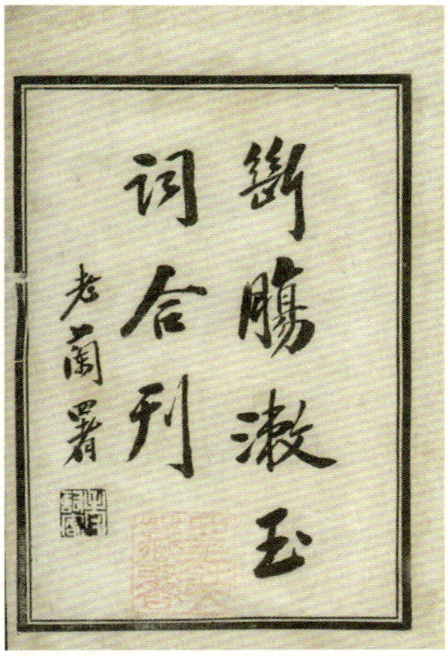
斷腸漱玉词合刊

老蘭署

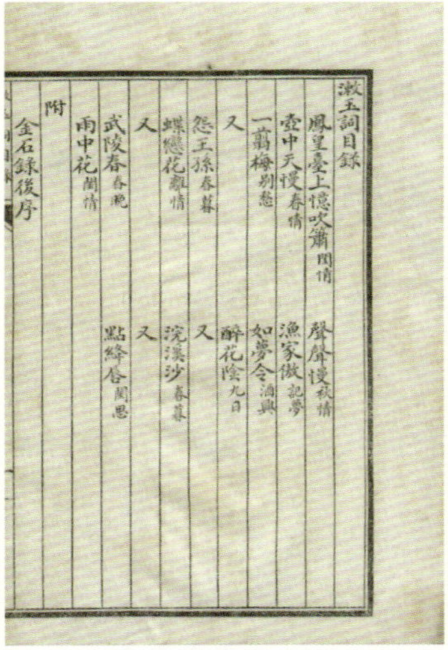
漱玉詞目錄

鳳凰臺上憶吹簫 閨情　聲聲慢 秋情
壺中天慢 春情　漁家傲 記夢
一翦梅 別愁　如夢令 酒興
又　醉花陰 九日
怨王孫 春暮　又
蝶戀花 離情　浣溪沙 春暮
又　又
武陵春 春晚　點絳唇 閨思
雨中花 閨情
附
金石錄後序

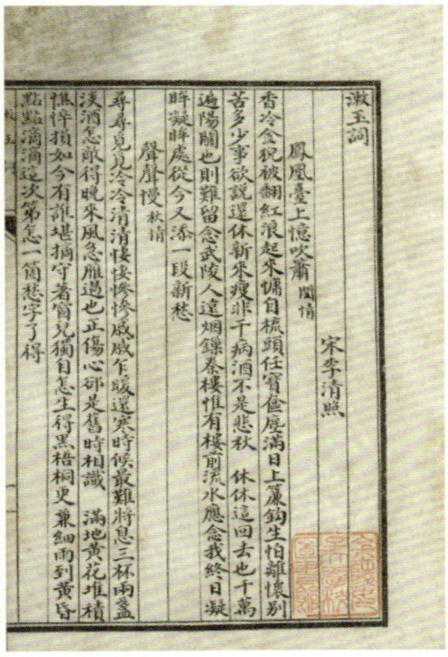
漱玉詞

宋李清照

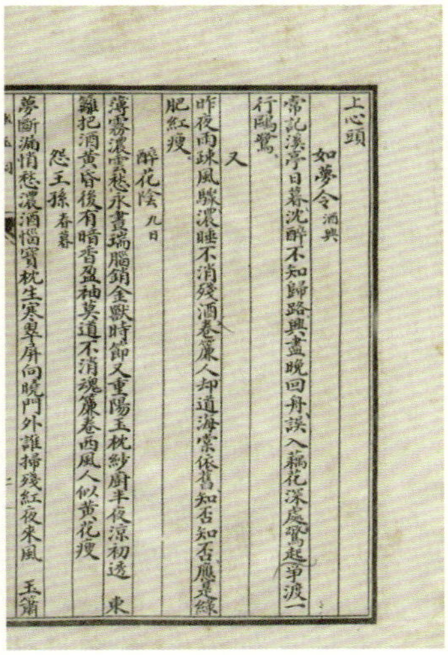

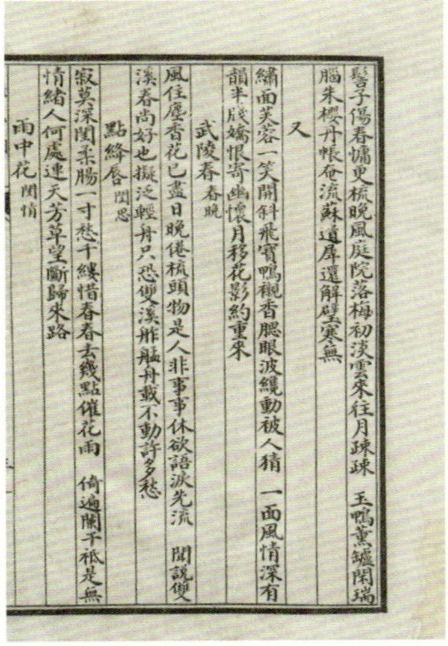

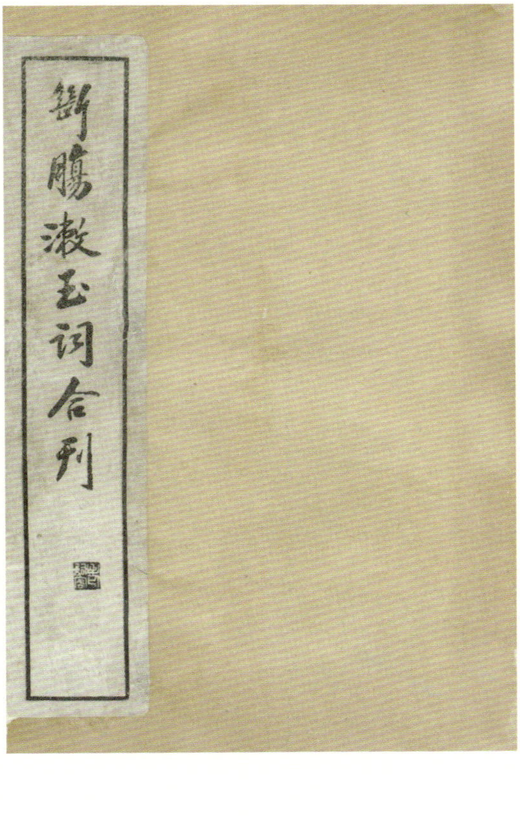
斷腸漱玉词合刊

《斷腸漱玉詞合刊》之《漱玉詞》書影

冷雪盦叢書本《漱玉集》書影

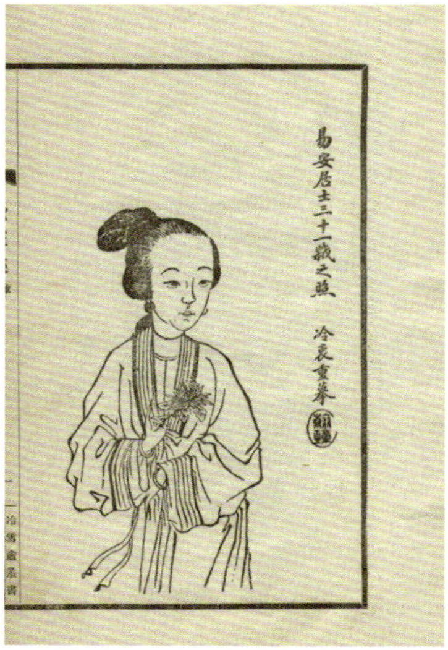

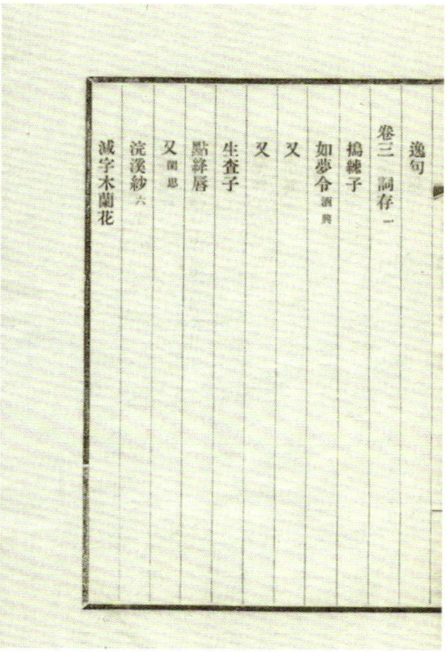

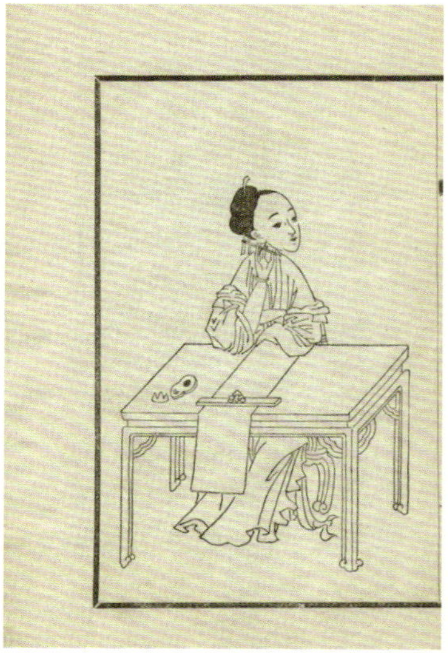

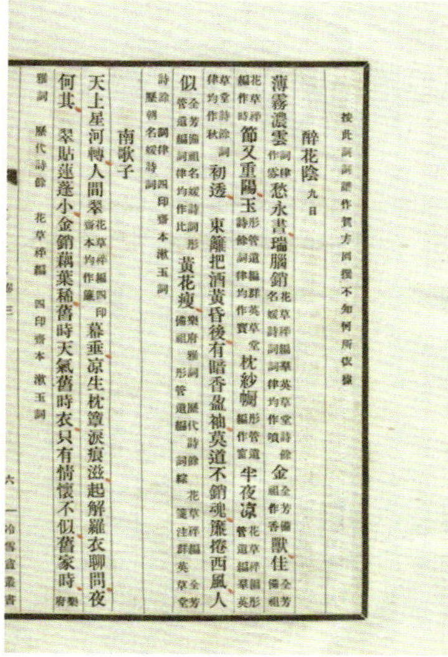

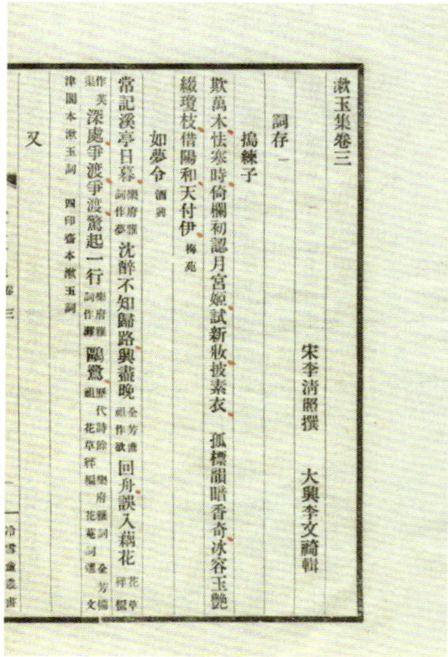

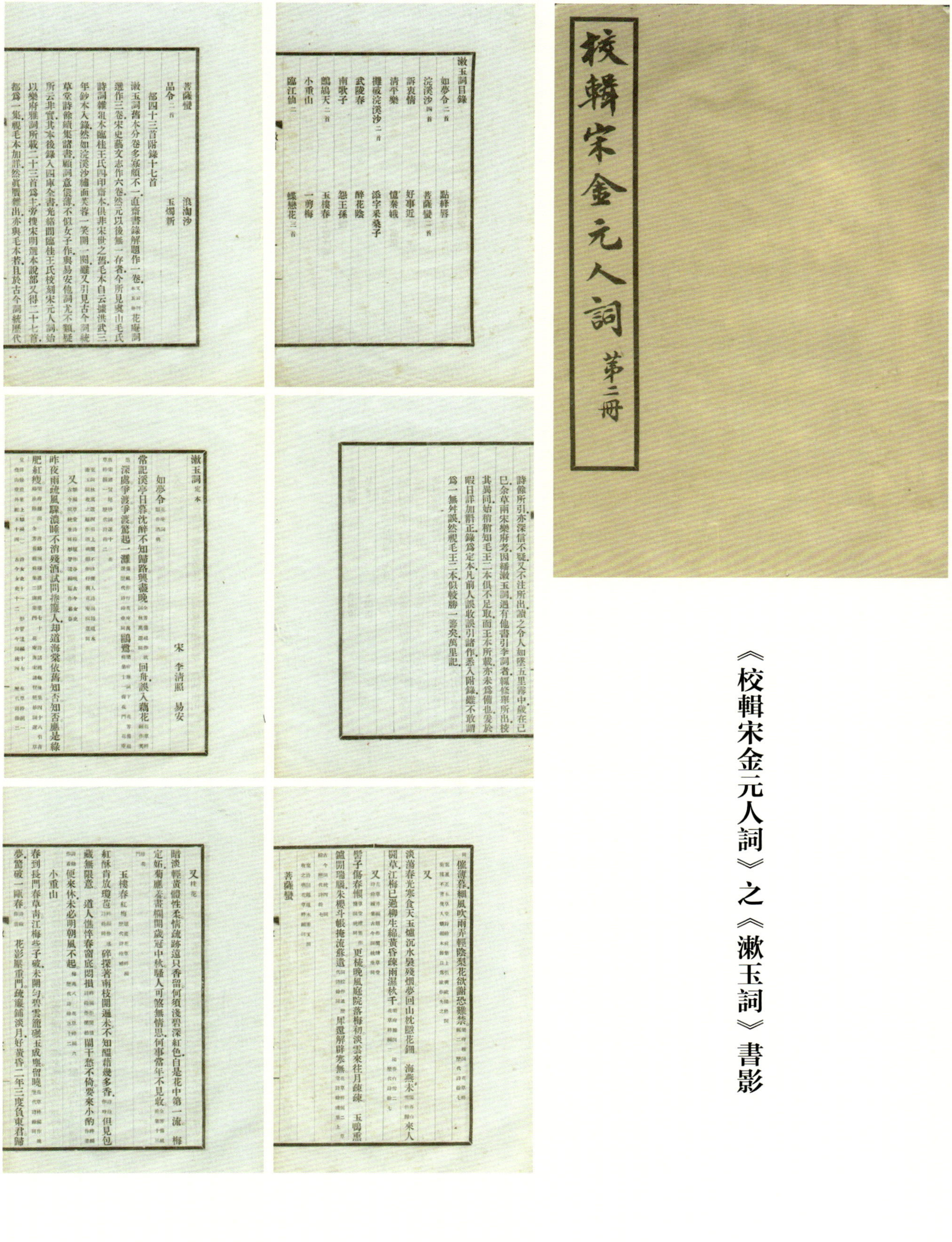

《校輯宋金元人詞》之《漱玉詞》書影

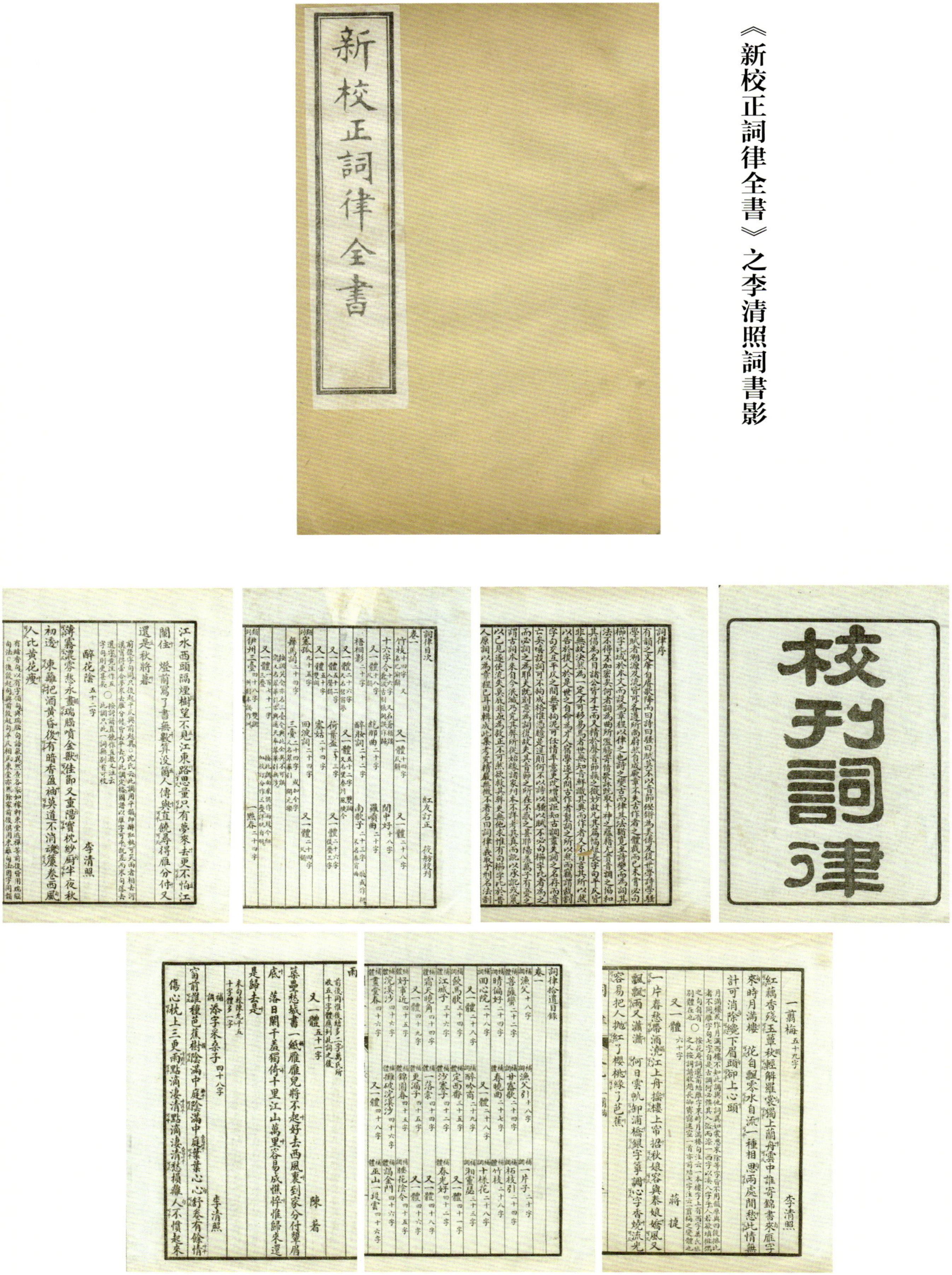

《新校正詞律全書》之李清照詞書影

編委會

目録

序……………………………………一
發凡……………………………………一
漱玉詞……………………………………一
一　孤雁兒（藤床紙帳朝眠起）……………………三
二　真珠髻（重重山外）……………………一四
三　滿庭霜（小閣藏春）……………………二四
四　玉樓春（紅酥肯放瓊苞碎）……………………三四
五　玉樓春（臘前先報東君信）……………………四三
六　臨江仙（庭院深深深幾許，雲窗霧閣春遲）……………………四八
七　漁家傲（雪裏已知春信至）……………………五六
八　清平樂（年年雪裏）……………………六四
九　春光好（看看臘盡春回）……………………七三

一〇　殢人嬌（玉瘦香濃）……七八
一一　河傳（香苞素質）……八六
一二　七娘子（暗香浮動到黄昏）……九二
一三　憶少年（疏疏整整）……九七
一四　怨王孫（湖上風來波浩渺）……一〇四
一五　南歌子（天上星河轉）……一一四
一六　轉調滿庭芳（芳草池塘）……一二四
一七　漁家傲（天接雲濤連曉霧）……一三四
一八　如夢令（常記溪亭日暮）……一四五
一九　如夢令（昨夜雨疏風驟）……一五八
二〇　多麗（小樓寒）……一八七
二一　菩薩蠻（風柔日薄春猶早）……一九七
二二　菩薩蠻（歸鴻聲斷殘雲碧）……二〇六
二三　浣溪沙（莫許杯深琥珀濃）……二一五
二四　浣溪沙（小院閑窗春色深）……二二一
二五　浣溪沙（淡蕩春光寒食天）……二四一
二六　鳳凰臺上憶吹簫（香冷金猊）……二五二
二七　一剪梅（紅藕香殘玉簟秋）……二八一
二八　蝶戀花（泪濕羅衣脂粉滿）……三一一

二九　蝶戀花（暖日晴風初破凍）……三二四
三〇　鷓鴣天（寒日蕭蕭上鎖窗）……三三七
三一　小重山（春到長門春草青）……三四七
三二　臨江仙（庭院深深深幾許，雲窗霧閣常扃）……三五七
三三　醉花陰（薄霧濃雲愁永晝）……三六八
三四　好事近（風定落花深）……四〇〇
三五　訴衷情（夜來沉醉卸妝遲）……四一〇
三六　行香子（草際鳴蛩）……四一九
三七　行香子（天與秋光）……四二九
三八　念奴嬌（蕭條庭院）……四三七
三九　武陵春（風住塵香花已盡）……四六三
四〇　怨王孫（夢斷，漏悄）……四九〇
四一　怨王孫（帝里，春晚）……五一一
四二　青玉案（一年春事都來幾）……五三〇
四三　永遇樂（落日熔金）……五四三
四四　憶秦娥（臨高閣）……五五五
四五　添字采桑子（窗前誰種芭蕉樹）……五六三
四六　鷓鴣天（暗淡輕黃體性柔）……五七三
四七　長壽樂（微寒應候）……五八〇

四八　蝶戀花（永夜懨懨歡意少）……五八七
四九　青玉案（征鞍不見邯鄲路）……五九六
五〇　新荷葉（薄露初零）……六〇五
五一　聲聲慢（尋尋覓覓）……六一〇
五二　浪淘沙（簾外五更風）……六三八
五三　點絳唇（蹴罷鞦韆）……六五三
五四　攤破浣溪沙（揉破黄金萬點輕）……六六七
五五　攤破浣溪沙（病起蕭蕭兩鬢華）……六七三
五六　慶清朝（禁幄低張）……六八二
五七　減字木蘭花（賣花擔上）……六八九
五八　瑞鷓鴣（風韵雍容未甚都）……六九五
五九　品令（急雨驚秋曉）……七〇二
六〇　點絳唇（寂寞深閨）……七〇八
六一　浣溪沙（髻子傷春慵更梳）……七二一
六二　浣溪沙（綉面芙蓉一笑開）……七三三
六三　采桑子（晚來一陣風兼雨）……七四四
六四　木蘭花令（沉水香消人悄悄）……七五三
佚句……七五七

一　詞調未載（條脱閑揎繫五絲）……七五七
二　詞調未載（瑞腦烟殘，沉香火冷）……七五九
三　詞調未載（猶將歌扇向人遮）……七六一
（水晶山枕象牙床）……七六一
（彩雲易散月長虧）……七六一
（幾多深恨斷人腸）……七六一
（羅衣消盡恁時香）……七六一
（閑愁也似月明多）……七六一
（直送淒涼到畫屏）……七六一

存疑詞……七六五

一　沁園春（山驛蕭疏）……七六七
二　遠朝歸（金谷先春）……七七三
三　遠朝歸（新律纔交）……七八三
四　擊梧桐（雪葉紅凋）……七八九
五　泛蘭舟（霜月亭亭時節）……七九五
六　十月梅（千林凋盡）……八〇一
七　搗練子（欺萬木）……八〇七
八　喜團圓（輕攢碎玉）……八一一

九　清平樂（寒溪過雪）……八一七
一〇　二色宫桃（鏤玉香苞酥點萼）……八二一
一一　玉燭新（溪源新臘後）……八二六
一二　玉堂春（後園春早）……八四四
一三　品令（零落殘紅）……八五〇
一四　浣溪沙（樓上晴天碧四垂）……八五七
一五　鷓鴣天（枝上流鶯和泪聞）……八七五
一六　生查子（去年元夜時）……八九三
一七　青玉案（凌波不過横塘路）……九〇九
一八　孤鸞（天然標格）……九三七
一九　點絳唇（紅杏飄香）……九五三
二〇　柳梢青（子規啼血）……九六五
二一　眉峰碧（蹙破眉峰碧）……九七九
二二　浪淘沙（素約小腰身）……九八九
二三　菩薩蠻（緑雲鬢上飛金雀）……九九九
二四　生查子（年年玉鏡臺）……一〇一〇
二五　如夢令（誰伴明窗獨坐）……一〇二一
二六　念奴嬌（朱門湖上）……一〇二九
二七　武陵春（泪泪離愁消不得）……一〇三四

佚句

佚句……一〇三七
一 詞調未載（教我甚情懷）……一〇三七
二 詞調未載（凝眸，兩點春山滿鏡愁）……一〇四〇
三 詞調未載（幾日不來樓上望，粉紅香白已爭妍）……一〇四二
四 詞調未載（行人舞袖拂梨花）……一〇四四

附録

附録……一〇四七
一 漱玉詞、集書録……一〇四九
二 漱玉詞、集序跋……一〇五一
三 李易安（清照）撰《詞論》……一〇五七
四 李清照詞之總評……一〇五八
五 李清照事輯……一〇六二
六 李清照傳……一〇七四
主要引用書目……一〇七七
後記……一〇九七

序

在浩瀚的天宇中，充滿神秘的色彩。太陽系的八大行星中有顆巨星，名曰『水星』。上有環形山，國際天聞學聯合會命名為『李清照』。這位古今舉國無雙之中華女性已名垂宇宙，我們感到無比驕傲和自豪。李清照是我国文學史上卓越的女詞人，生于宋代（公元一〇八四——一一五六年？）。她首先是中華民族的，也是全世界的。那麼古今評論家如何評論李清照（易安）詞呢？明楊慎《詞品》評曰：『宋人中填詞，李易安亦稱冠絕，使在衣冠，當與秦七、黄九爭雄，不獨雄于閨閣也。』《欽定四庫全書總目》『提要』云：『清照以一婦人，而詞格乃抗軼周、柳。……雖篇帙無多，固不能不寶而存之，為詞家一大宗矣。』清陳廷焯《白雨齋詞話》云：『李易安詞，獨闢門徑，居然可觀。其源自從淮海、大晟來，而鑄語則多生造。婦人有此，可謂奇矣。』清王士禎《花草蒙拾》評曰：『張南湖論詞派有二：一曰婉約，一曰豪放。僕謂婉約以易安為宗，豪放惟幼安稱首。』清李調元《雨村詞話》評曰：『易安在宋諸媛中，自卓然一家，不在秦七、黄九之下。詞無一首不工，其煉處可奪夢窗之席，其麗處真參片玉之班。蓋不徒俯視巾幗，直欲壓倒鬚眉。』鄭振鐸先生《插圖中國文學史》評曰：『像她那樣的詞，在意境一方面，在風格一方面，都可以説是「前無古人，後無來者」』。何其芳《文學史討論中的幾個問題》評曰：『就是在所有古代的詞人中，她也是成就最高的作者之一。』李清照在詞的創作上取得的杰出成就，為古今人們所共識和激賞。這就是李清照獲得如此殊榮的原因。

李清照的著作，據宋晁公武《郡齋讀書志》（門人姚應績編）載，有《李易安集》十二卷；宋陳振孫撰《直齋書録解題》載有《漱玉集》一卷……別本分五卷；《宋史・藝文志》載，有《易安居士文集》七卷，又《易安詞》六卷；宋黄升編《唐宋諸賢絶妙詞選》載易安《漱玉集》為三卷等等，説法不一，其書皆失傳久矣，難以考定。

明《詩淵》載元張志道題詩《易安卷》：『掛帆適滄海，海闊多驚瀾。所以幽栖士，一枝聊自安。簞瓢雖屢空，商歌有餘歡。安身世所易，安心良亦難』（第三九六八頁），頭二句隱含《漁家傲》（天接雲濤）詞意。次二句隱含《孤雁兒》（藤床紙帳）詞意。再次兩句隱含《金石録後序》：『雖處憂患困窮，而志不屈』，『樂在聲色狗馬之上』，『連守兩郡，竭其俸入，以事鉛槧』等記載，從内容上看

《易安卷》正是李清照之作品集，以證元代此書仍有私人珍藏。

久經戰亂，元之殘酷統治，到明朝毛晉雖廣搜而未得，宋本已不復存在。僅據洪武三年抄本輯《詩詞雜俎》之《漱玉詞》，收李清照詞十七首半（《永遇樂》不全）。《欽定四庫全書》本源此。又清江標抄汲古閣未刻詞二十二家本《李清照漱玉詞》收李清照詞四十九首（上海圖書館藏）、清汪玢箋《漱玉詞彙抄》問遽廬正本計收李清照詞四十四首（復旦大學藏）、清莫有芝家抄《漱玉詞》收李清照詞三十七首（復旦大學藏）、清王鵬運《四印齋所刻詞》之《漱玉詞》計收李清照詞五十八首、李文裿輯《漱玉集》即冷雪盦叢書本收李清照詞七十九首、趙萬里《校輯宋金元人詞》之《漱玉詞》（下簡稱『趙本』）收李清照詞四十三首、唐圭璋輯《全宋詞》收李清照詞四十七首等等，可見明代至民國間李清照詞的各種輯本收録李清照詞數量大不相同。今有中華書局編《李清照集》收李清照詞四十四首、王仲聞《李清照集校注》（下簡稱『王本』）收李清照詞四十三首、黄墨谷《重輯李清照集》（下簡稱『黄本』）收李清照詞四十五首、徐北文主編《李清照全集評注》收李清照詞四十九首、徐培均《李清照集箋注》計收李清照詞五十九首、劉乃昌主編《李清照志》收李清照詞四十三首等。劉從王本，兩本所收闋數雖與趙本同，但趙、王兩本有三首各不相同：趙本《浣溪沙》（髻子傷春）、《臨江仙》（……雲窗霧閣春遲）、《殢人嬌》（玉瘦香濃）；王本《長壽樂》（微寒應候）、《減字木蘭花》（賣花擔上）、《瑞鷓鴣》（風韵雍容）。

總之，宋元兩代李清照之作品集還存在，據書録所載書名不一，卷數不一，闋數不一。至明代其著作原本失傳。從明迄今，特别是現今出版之李清照作品，層出不窮，收其詞多少，不僅没有統一的闋數，詞調也不盡相同，并且差距很大。最多者是李文裿輯冷雪盦叢書本《漱玉集》（簡稱『冷雪盦本』），收李清照詞七十九首（其黄節序稱『七十八首』，非實）。最少者明毛晉輯汲古閣本《漱玉詞》（簡稱『汲古閣本』），收詞僅十七首半。造成這種情況之根源，主因是没有原宋本所據，後編者又對李清照及其存疑詞考辨不詳，釐得不清，特别是對《梅苑》所載李清照詞及其銜接之無名氏詞看法見仁見智。欲釐清李清照詞，必須對歷代載籍中之李清照詞、特别是對《梅苑》中李清照及其銜接詞進行詳考，纔能排除迷宫中這道難以逾越之魔障。這是編輯此書的重要基礎和依據。

試考辨釐清楝亭本《梅苑》之李易安詞

今存宋黄大輿《梅苑》汲古閣影宋抄本、明毛氏汲古閣《群賢梅苑》影宋本等。《欽定四庫全書總目》：『《群賢梅苑》十卷……然詳勘其書，乃取宋黄大輿《梅苑》，而顛倒割裂之。一卷、二卷即黄書之六卷、七卷，而三卷則如其舊。四卷後八調移為第五卷之首，而五卷中刪作九調。六卷、七卷即黄書之一卷、二卷，至八卷則又如其舊。九卷後五調，移冠十卷之首，而十卷刪去十調，顛倒錯亂，殆書賈售僞者為之。』可見《梅苑》與《群賢梅苑》為兩種本子。舊題朱鶴齡編《群賢梅苑》汲古閣影宋本，源自宋黄大輿輯《梅苑》，然多處前顛後倒，『割裂』『錯亂』，書商造假售書所為。但内容基本相同。趙萬里《校輯宋金元人詞》本收《群賢梅苑》（不全）。清曹寅輯《楝亭十二種》之《梅苑》，源自宋本黄大輿輯《梅苑》。陳匪石撰《聲執》云：『今可見之刊本，以曹楝亭為最先』，流傳較廣。國家圖書館、上海圖書館均有藏本：四庫全書本、揚州詩局本（古書流通處本）、揚州使院本、戈順卿校跋本、何小山手校本、曹元忠本、李祖年本等多種，皆源自楝亭本。曹元忠《重校刊梅苑序》云：『載萬（大輿）原書久已斷種，世傳宋本皆出書棚。……視楝亭本固已有過而無不及，其亦今世善本也。』筆者所考楝亭本《梅苑》，揚州詩局重刊本。

一　考楝亭本《梅苑》之目録

考楝亭本《梅苑》，按目録總計五百零六首，書實録為四百一十三首，與文淵閣《欽定四庫全書》本《梅苑》同，缺失九十三首。多書所載傳統説法楝亭本《梅苑》四百一十二首，或計算有誤，或版本不同。《梅苑》開篇三首皆無署撰者，目録與内載篇數不統一，有多、少、無者，該書弊象歷歷而未葺。

二　考楝亭本《梅苑》詞之編排體例

全書共十卷，未按詞調統一編排。如：《減字木蘭花》，卷六編十首，卷九也編十首。《擣練子》，卷五編八首，卷八編一首。《孤雁兒》，卷一編一首，卷八亦編一首（《御街行》，异名同調）。足徵驗矣。

全書十卷也未曾按撰者統一編排。如：李易安署名詞六首分别編入：卷一輯録李易安詞：《孤雁兒》（藤床紙帳）一首（第八頁）。卷三輯録李易安詞：《滿庭霜》（小閣藏春）一首（第五頁），又《玉燭新》（溪源新臘）一首（第十頁）。卷八輯録李易安詞：《玉樓春》（紅酥肯放）一首（第九頁）。卷九輯録李易安詞：《漁家傲》（雪裏已知）一首（第六頁），又《清平樂》（年年雪裏）一首（第八頁）。足徵驗矣。

那麼《梅苑》之詞是如何編排的呢？是以卷為單位，每卷按詞調編排的，相同詞調編在一起，下注明闋數，顯而易見。如卷一：「《勝勝慢》三首」、「《漢宮春》五首」、「《鼓笛慢》六首」、「《念奴嬌》八首」、「《花心動》二首」、「《遠朝歸》二首」。卷一其餘按單個詞調編排的，如：「《江梅引》一首」、「《賞南枝》一首」、「《孤雁兒》一首」……卷一尚有單首詞調與連排詞調相間或相隔編排的。各卷均如此。然其他卷，存在相同詞調單排和銜接連排并存的情況。如第七卷，卷首編「《菩薩蠻》十二首」，卷尾又編「《菩薩蠻》一首」。何不去後增前而編成「《菩薩蠻》十三首」，説明編排之不倫，雜亂無章，率意性較大。此情況存在，或為後人補入之。

三　考楝亭本《梅苑》署名詞與銜接連排無名氏詞之關係

（一）考《梅苑》李子正詞

其十首《減蘭》（十梅并序），目録與書相符，衹第一首前署撰者名，其餘九首皆銜接連排，不署撰者（卷六，第一頁）。查《全宋詞》（五冊本，第一二九三頁——一二九五頁），皆收録為李子正詞，亦十首依次銜接連排，衹署名在第一首。合古今書籍編排慣例。此為同一撰者詞銜接連排十首，衹第一首署名其餘不再署名之例證。

（二）考《梅苑》劉伯壽（幾）詞

其《梅花曲》（漢宮中侍女）收作劉伯壽詞（卷三，第四頁）；檢《全宋詞》（五冊本，第二四〇頁），收作劉幾（伯壽）詞。其銜接詞《梅花曲》（結子非貪）及《梅花曲》（淺淺池塘）皆無撰者；查《全宋詞》（五冊本，第二四〇、二四一頁），均署名劉幾詞。此為同一撰者詞銜接連排三首，衹第一首署名其餘兩首不再署名之例證。

（三）考《梅苑》南山居士詞

其《永遇樂》（滿眼寒姿）撰者南山居士（卷四，第四頁）；檢《全宋詞》（五冊本，第一二九一頁），收作南山居士詞。其銜接詞

《永遇樂》（玉骨冰肌）無撰者，查《全宋詞》（五冊本，第一二九一頁），亦署名南山居士。此為同一撰者詞銜接連排二首，衹第一首署名其餘不再署名之例證。

（四）考《梅苑》莫少虛（莫將）詞

其《木蘭花》（一枝和露）、（梅邊曉景）、（清姿自是）、（寒稍雨裏）、（尋梅莫背）、（暗香浮動）、（花時人道）、（眼前欲盡）、（少陵長被），九首連排（卷七，第二至四頁），衹第一首（一枝和露）署名『莫少虛』，其餘八首均無撰者；查《全宋詞》（五冊本，第一五九頁），皆收作莫將詞。此為同一撰者詞銜接連排九首（《梅苑》此詞調下注：『十梅未開』，但實録九首。《全宋詞》十首全録，據景宋本《梅苑》），衹第一首署名其餘不再署名之例證。

（五）考《梅苑》晏殊詞

其《瑞鷓鴣》（江南殘臘），收作晏丞相（晏殊）詞（卷八，第一頁）；查《全宋詞》（兩冊本，上，第七〇頁），收作晏殊詞。其銜接詞《瑞鷓鴣》（越娥紅泪），《梅苑》未署撰者（卷八，第一頁），然《全宋詞》（兩冊本，上，第七〇頁），亦收作晏殊詞。此為同一撰者詞銜接連排二首，衹第一首署名其餘不再署名之例證。查汲古閣晏殊撰《珠玉詞》：《瑞鷓鴣》（江南殘臘）、《瑞鷓鴣》（越娥紅泪）皆收録之（第三十四頁、第三十三頁）。

（六）考《梅苑》葉少蘊（夢得）詞

其《臨江仙》（聞道今年），收作葉少蘊詞（卷九，第三頁）；檢《全宋詞》（五冊本，第一〇〇〇頁），收作葉夢得詞。其銜接詞《臨江仙》（不與群芳）未署撰者；查《全宋詞》（五冊本，第一〇〇二頁），亦收作葉夢得詞。此為同一撰者詞銜接連排二首，衹第一首署名其餘不再署名之例證。查汲古閣葉夢得撰《石林詞》：《臨江仙》（聞道今年）、《臨江仙》（不與群芳）皆收録之（第十六頁、第十九頁）。

綜上考《梅苑》六家詞，就是某一撰者詞及銜接連排詞衹第一首署名，其後不再署名，以免重複之六個例證。這不是烏合或巧合，而是有意為之。《梅苑》這些無名氏詞在《全宋詞》中皆有名，即名皆為《梅苑》第一署名撰者。這種古今書籍編排慣例在《梅苑》中得到徵驗。事實勝于雄辯。黄墨谷《重輯漱玉詞校勘記》云：『足證《梅苑》體例，凡不注撰人者，均系逸名之作。……衹録《梅苑》注撰人者，闕名者均不録。』則為舛繆。

署名撰者詞與銜接連排無名氏詞之關係，有的載籍後者皆歸屬前第一署名撰者，有的則不然，應具體問題具體分析考辨，確定其歸屬。

四　考楝亭本《梅苑》收詞最多之撰者詞

（一）李子正詞十首

《減蘭》（十梅并序），目録與書相符，衹第一首前署撰者名，其餘九首皆銜接連排，不著撰者（卷六，第一頁）；查《全宋詞》，皆收録為李子正詞（五册本，第一二九三頁——一二九五頁），十首依次銜接連排。因署名『李子正』又有『十梅并序』字樣，故十首皆以署名李子正詞視之。

（二）毛澤氏（民、毛滂）詞八首

《梅苑》共收毛澤氏（民）詞八首：《浣溪沙》（月樣嬋娟）、《浣溪沙》（曾向瑶臺）、《浣溪沙》（水北烟寒）、《菩薩蠻》（含章檐下）、《蝶戀花》（想見江南）、《玉樓春》（蕊珠宫裏）、《踏莎行》（粟玉玲瓏）、《漁家傲》（恰到小庵），查《全宋詞》皆收作毛滂（澤民）詞；汲古閣本《宋名家詞》之毛滂撰《東堂詞》全收。二十三首銜接詞：《浣溪沙》（水净烟閑）、《浣溪沙》（苒苒飛雲）、《浣溪沙》（十月開花）、《浣溪沙》（梅粉初嬌）、《浣溪沙》（剪碎紅娘）、《浣溪沙》（梅與為名）、《浣溪沙》（梅與稱名）、《太常引》（行雲踪迹）、《太常引》（江梅開似）、《小重山》（竹裏清香）、《小重山》（不是蛾兒）、《小重山》（天際春來）、《西地錦》（不與群花）、《西地錦》（嶺上初消）、《踏歌》（帶雪）、《感皇恩》（剪玉蹙花苞）、《枕屏兒》（江國春來）、《菩薩蠻》（嶠南江淺）、《玉樓春》（迢遞前村）、《玉樓春》（靚妝纔學）、《玉樓春》（蕭蕭海上）、《漁家傲》（蕙死蘭枯）、《漁家傲》（雪點江梅），皆無撰者；查《全宋詞》

其中二十一首為無名氏詞，一首《菩薩蠻》（嶠南江淺）收作蘇軾詞，一首《玉樓春》（靚妝纔學）收作郭仲循詞。

（三）李易安（清照）詞六首（見後）

（四）周忘機（純）詞四首

《梅苑》共收周忘機詞四首：《驀山溪》（江南春信，望斷人千里）、《滿庭霜》（脂澤休施）、《菩薩蠻》（梅花韵似）、《瑞鷓鴣》（一痕月色），查《全宋詞》皆收作周純（忘機）詞；十二首銜接詞：《驀山溪》（孤村冬杪）、《驀山溪》（黄苞初綻）、《驀山溪》（梅梢破蕚）、《驀山溪》（小山蒼翠）、《驀山溪》（江南春信，已過長安路）、《驀山溪》（當時曾見）、《滿庭霜》（園林蕭索）、《瑞鷓鴣》（漢宮鉛粉）、《瑞鷓鴣》（柳未回春）、《一落索》（臘後東風）、《鬢邊華》（小梅香細）、《御街行》（平生有個）皆無撰者；查《全宋詞》其中十一首為無名氏詞，一首《驀山溪》（黄苞初綻）為費時舉詞。

五　考楝亭本《梅苑》五名家詞

（一）柳耆卿（永）詞二首

［一］《江梅引》（年年江上）收作柳耆卿詞；　查汲古閣本柳永撰《樂章集》不收；《全宋詞》收作柳永存目詞，調作《江城引》。其銜接詞二首，依次是：《水龍吟》（夜來深雪）無撰者；查《全宋詞》，收作晁端禮詞。《水龍吟》（雪霏冰結）無撰者；查《全宋詞》，收作柳永存目詞。

［二］《瑞鷓鴣》（天將奇艷）收作柳耆卿詞；　查汲古閣本柳永撰《樂章集》收之；查《全宋詞》，收作柳永詞。無銜接詞。

總之，《梅苑》共收柳耆卿詞二首。《江梅引》，《樂章集》未收，《全宋詞》收其為柳永存目詞（調作《江城引》）；《瑞鷓鴣》，查《樂章集》、《全宋詞》皆收作柳永（耆卿）詞；二首銜接詞，皆無撰者；查《全宋詞》其中《水龍吟》（夜來深雪）收作晁端禮詞，另一首收作柳永存目詞。

（二）歐陽永叔（修）詞二首

［一］《望梅花》（春草全無）收作歐陽永叔詞；　查景宋吉州本《歐陽文忠公近體樂府》、景宋本歐陽修撰《醉翁琴趣外篇》、汲古閣本歐陽修撰《六一詞》皆未收；查《全宋詞》，收作歐陽修（永叔）存目詞，出處：『梅苑卷五』。其銜接詞一首：《千秋歲》（臘殘春盡）無撰者；　查《全宋詞》，收作無名氏詞。

［二］《減字木蘭花》（去年殘臘）收作歐陽永叔詞；　查景宋本歐陽修撰《醉翁琴趣外篇》收之；　查《全宋詞》，收作歐陽修詞。其銜接詞四首，依次是：《減字木蘭花》（庭梅初綻）無撰者；　查《全宋詞》，收作無名氏詞。《減字木蘭花》（前村夜半）無撰者；查《全宋詞》，收作葉夢得詞。《減字木蘭花》（疏梅風韻）無撰者；　查《全宋詞》，收作無名氏詞。《減字木蘭花》（山城驛近）無撰者，查《全宋詞》，收作無名氏詞。

總之，《梅苑》共收歐陽永叔詞二首，查《全宋詞》其中《望梅花》（春草全無）收作歐陽修存目詞，歐陽修撰《六一詞》未收；另一首收作歐陽修詞，查景宋本歐陽修撰《醉翁琴趣外篇》收之；　五首銜接詞，查《全宋詞》其中《減字木蘭花》（前村夜半）為葉夢得詞，其餘四首皆收作無名氏詞。

（三）蘇東坡（軾）詞二首

［一］《南鄉子》（寒雀滿疏籬）蘇東坡詞；　查四印齋本《東坡樂府》收爲東坡詞；　查《全宋詞》，收作蘇軾詞。其銜接詞九首，依次是：《南鄉子》（莫作俗花看）、《南鄉子》（醉捻一枝春）、《南鄉子》（欄檻對幽堂）、《南鄉子》（凛冽苦寒時）、《南鄉子》（把酒祝江梅）、《戞金釵》（梅蕊破初寒）、《戞金釵》（園林已有）、《一斛珠》（寒冰初泮）、《解珮令》（蕙蘭無韵），俱無撰者。

［二］《西江月》（玉骨那愁）蘇東坡詞；　查四印齋本《東坡樂府》收爲東坡詞；　查《全宋詞》收作蘇軾詞。無銜接詞。

總之，《梅苑》共收蘇東坡詞二首，查四印齋本《東坡樂府》俱收；　查《全宋詞》皆收作蘇軾詞；　九首銜接詞，全無撰者；　查《全宋詞》皆為無名氏詞，其中《戞金釵》（園林已有）《全宋詞》調作《人月圓》。

（四）周美成（邦彦）詞一首

《花犯》（粉牆低）收作周美成詞；查四印齋本《清真集》亦收作周邦彦詞；查《全宋詞》，收作周邦彦（美成）詞。其銜接詞三首，依次是：《金盞倒垂蓮》（依約疏林）、《梅香慢》（高閣寒輕）、《買馬索》（曉窗明），俱無撰者。

總之，《梅苑》共收周美成詞一首；查四印齋本《清真集》亦收作周邦彦詞；查《全宋詞》收作周邦彦（美成）詞；三首銜接詞，皆無撰者；查《全宋詞》皆為無名氏詞。

以上，《梅苑》收録李子正、毛澤氏（民）、周忘機、柳耆卿、歐陽永叔、蘇東坡、周美成七家署名詞，共計二十九首。查《全宋詞》計有二十八首各自的署名詞真實存在，確鑿無疑，衹有一首《望梅花》（春草全無）《全宋詞》收作歐陽修存目詞。署名詞，其真實性、可靠性、可信性，達到百分之九十六點五五。就目前之考據，誤差概率僅為百分之三點四五。

綜之，以上共計考《梅苑》七家八十三首詞。七家二十九首署名詞的銜接詞共有五十四首，皆無撰者；查《全宋詞》其中四十九首為無名氏詞，衹毛澤氏（民）銜接詞《菩薩蠻》（嶠南江淺）收作蘇軾詞；《玉樓春》（靚妝纔學）收作郭仲循詞；周忘機銜接詞《驀山溪》（黄苞初綻）收作費時舉詞；柳耆卿銜接詞《水龍吟》（夜來深雪）收作晁端禮詞；歐陽永叔銜接詞《減字木蘭花》（前村夜半）收作葉夢得詞。《梅苑》無名氏詞，《全宋詞》大都以《梅苑》為根據底本。《梅苑》詞無撰者，《全宋詞》殆皆收作無名氏詞。

（五）李易安署名詞共六首

總數在《梅苑》輯録的署名撰者詞中居第三位，排在毛澤氏（民，八首）之後，周忘機（四首）之前。其李易安詞的銜接詞計十八首。如次：卷一輯録李易安署名詞：《孤雁兒》（藤床紙帳）一首（第八頁），銜接詞七首（第八至十頁）：《沁園春》（山驛蕭疏）、《真珠髻》（重重山外）、《遠朝歸》（金谷先春）、《遠朝歸》（新律纔交）、《擊梧桐》（雪葉紅凋）、《泛蘭舟》（霜葉亭亭）、《十月梅》（千林凋盡）。卷三輯録李易安署名詞：《滿庭霜》（小閣藏春）一首（第五頁）；又《玉燭新》（溪源新臘）一首（第十頁），均無銜接詞。卷八輯録李易安署名詞：《玉樓春》（紅酥肯放）一首（第九頁）；銜接詞四首（第九至十頁）：《玉樓春》（臘前先報）、《小桃紅》（後園春早）、《搗練子》（欺萬木）、《喜團圓》（輕攢碎玉）。卷九輯録李易安署名詞：《漁家傲》（雪裏已知）一首

（第六頁），無銜接詞；又《清平樂》（年年雪裏）一首（第八頁），銜接詞七首（第八至十頁）：《清平樂》（寒溪過雪）、《春光好》（看看臘盡）、《殢人嬌》（玉瘦香濃）、《二色宫桃》（鏤玉香苞）、《河傳》（香苞素質）、《七娘子》（清香浮動）、《憶少年》（疏疏整整）。其中，考辨《玉燭新》（溪源新臘）為李易安（清照）存疑詞，實收易安詞五首。

以上十八首銜接詞，在《梅苑》中均無撰者。其中有五首：《春光好》（看看臘盡）、《河傳》（香苞素質）、《七娘子》（清香浮動）、《憶少年》（疏疏整整）、《玉樓春》（臘前先報），被《永樂大典》收作李易安詞。明朱棣皇帝昭令纂修此大典搜采甄擇極為嚴格，并親自寫了序言。『原書在修纂之初，曾訂凡例二十一條。……所輯録書籍，一字不易。悉照原著整部、整篇或整段分別編入』（郭沫若《永樂大典》影印序，第二頁）。清全祖望《鮚埼亭集外編》卷十七《抄永樂大典記》云：『或可以補人間之缺本，或可以正後世之偽書……不可謂非宇宙間之鴻寶也』，闡明了《永樂大典》極其珍貴的價值，可據信。

其次，一首《小桃紅》（後園春早），唐圭璋輯《全宋詞》（兩冊本，上，第七三頁）收作晏殊詞，調作《玉堂春》。其《珠玉詞》（汲古閣本，第二七頁）也收之，為有主詞。

再次，筆者又從這些無名氏詞中發現《真珠髻》是李易安詞之確鑿根據（詳見此詞【考辨】）。不可動摇。

再其次，《殢人嬌》（玉瘦香濃）被清江標抄《李清照漱玉詞》汲古閣未刻詞二十二家本等多種載籍收作李清照詞，可從，也是有主詞。

以上八首詞皆有撰者，屬有主詞。尚有十首李易安署名詞之銜接詞撰者今無着落，被《全宋詞》等收作無名氏詞。

六　考楝亭本《梅苑》三首李易安署名詞銜接十首無名氏詞之歸屬

《梅苑》李易安署名詞後銜接連排那十首之無名氏詞，理應歸屬李易安。根據如下：

（一）《梅苑》卷一李易安署名詞《孤雁兒》（藤床紙帳）銜接詞：《沁園春》（山驛蕭疏）、《遠朝歸》（金谷先春）、《遠朝歸》（新律纔交）、《擊梧桐》（雪葉紅凋）、《泛蘭舟》（霜葉亭亭）、《十月梅》（千林凋盡）；卷八李易安署名詞《玉樓春》（紅酥肯放）之銜接詞：《搗練子》（欺萬木）、《喜團圓》（輕攢碎玉）；卷九李易安署名詞《清平樂》（年年雪裏）之銜接詞：《清平樂》（寒溪過雪）、《二色宫桃》（鏤玉香苞），即尚餘李易安三首署名詞銜接連排之十首無名氏詞，與上六家詞（見前『三』）相比，其每首署名詞之銜接詞數量，大體相當，據此類推，其中的李易安詞也可以認為是用此法編排的，即前為李易安署名詞，銜接連排之詞雖未署撰者姓名，為避重複，歸屬理應為李易安。以前六家詞例間接推理得出如斯之結論。

（二）筆者發現李易安之愛國詞篇《真珠髻》（重重山外）就排在署名之李易安詞《孤雁兒》（藤床紙帳）後第三首，亦没有署名，即所謂無名氏詞。但【考辨】證明此無名氏詞其歸屬就是第一署名撰者李易安，為避重複，而特意略去姓名。為什麼此詞偏排在李易安署名詞後，而不排在別人署名詞後，應引起我們深思。正確解釋：此詞原本就是李易安詞，為避重複，編者特意略去撰者姓名而排在李易安署名詞後。再有李易安署名詞《清平樂》（年年雪裏）之第三首銜接詞《殢人嬌》（玉瘦香濃）為無名氏詞，被明陳耀文輯《花草粹編》二十四卷本及十二卷本、清江標抄《李清照漱玉詞》汲古閣未刻詞二十二家本等十多種載籍收作李易安（清照）詞，筆者考辨亦認定此詞為李易安詞。以此類推，其餘與署名李易安詞銜接連排之詞，雖未署撰者姓名，為避重複，歸屬也理應為李易安。這裏又以李易安詞二例直接推理而得出如此結論。

（三）筆者絕對不相信在宋元兩朝佚名之李清照詞補遺者補不上李清照（易安）之名字。這事輕而易舉，易補而不補，衹有一種解釋，即與署名李易安詞銜接連排之詞同為李易安所撰，編者為避重複，特意略去姓名，這是編排慣例，存心所致，并非無主詞。元代以後編者讀者又因易安詞集失傳，無所遵循比對勘校，均以撰者無名氏視之。原排李易安署名詞後之無名氏《真珠髻》（重重山外），被筆者發現確認為李清照（易安）光輝愛國詞篇，原排李易安署名詞後之銜接詞《殢人嬌》（玉瘦香濃）為無名氏詞，亦被不少古今載籍及筆者確認為李易安詞。

（四）《永樂大典》所收《梅苑》五首無名氏詞，皆署名為李易安。《梅苑》不乏署名之李易安詞，然《永樂大典》却未選，偏收其中與李易安署名詞銜接連排之五首無名氏詞，并署名為李易安，必有所據。此五首原都是排在《梅苑》署名之李易安詞後：卷八輯録李易安詞《玉樓春》（紅酥肯放）一首，其銜接詞第一首《玉樓春》（臘前先報）為無名氏詞；卷九輯録李易安詞《清平樂》（年年雪裏），其銜接連排詞四首：《春光好》（看看臘盡）、《河傳》（香苞素質）、《七娘子》（清香浮動）、《憶少年》（疏疏整整）為無名氏詞。據上推論證明其就是李易安詞。說明《永樂大典》所收之正確性。徐培均先生《李清照集箋注·後記》中也有肯定之論述，可據信。亦可互證，《永樂大典》所收《梅苑》中五首無名氏詞，皆署名為『李易安詞』，亦證明以上推論之正確性，又為《梅苑》這些無名氏詞就是李易安詞提供一個佐證。衹是未詳所出而已。

（五）現在翻檢《全宋詞》，核實與《梅苑》李易安三首署名詞銜接連排的那十首無名氏詞（見前），至今皆為無名氏詞，無一闋歸屬別人。筆者論證《梅苑》中那十首無名氏詞為李易安詞，而權威載籍《全宋詞》那十首詞又俱為無主詞，正好無人『認領』，如此吻合，這不是偶然的，客觀説明了這些詞是有主的，為其撰者就是李易安提供一個助證。為避重複，而特意略去姓名的，前有六家詞例間接推論和李易安二詞例直接推論可以證明這一點。李易安署名詞後銜接連排那十首無名氏詞，歸屬理應為李易安。惜欠實據，出于慎重，還是輯入『存疑詞』待考。

重證據，實事求是，科學分析，去偽存真。如原《梅苑》卷三署名之李易安詞《玉燭新》（溪源新臘後），經【考辨】，没有確據足證為李易安詞，故編入『存疑詞』，此詞亦無銜接連排之無名氏詞。又如《梅苑》卷八輯録署名李易安詞《玉樓春》（紅酥肯放）一首，其銜接詞《小桃紅》（後園春早），經【考辨】，屬晏殊詞之可能性大。亦輯入『存疑詞』。

王鵬運云：『詞意膚淺，不類易安手筆。』趙萬里云：『詞意儇薄，不似他作。』不宜以『詞意膚淺』、『儇薄』來主斷歸屬，應為輔證。最天才的詩人，其詩歌也不能首首内容深厚、技法超絶。

總之，《梅苑》原署名李易安詞六首（除《玉燭新》），實為五首；又確認《永樂大典》五首為李易安詞；筆者新發現李易安爱國詞篇《真珠髻》；《殢人嬌》為諸多載籍及筆者認定為李易安詞；《臨江仙》（……雲窗霧閣春遲），《梅苑》卷九收為曾夫人子宣妻詞，筆者考辨，實為李易安詞。計楝亭本《梅苑》收李易安詞十三闋，信而有徵，輯入《漱玉詞》。李易安署名詞後銜接連排那十首無名氏詞，歸屬理應或最有可能為李易安撰之詞作，稽無確證，輯入『存疑詞』。

七　《梅苑》為何名家詞少而無名氏詞多缺失詞更多

（一）《梅苑》黄大輿自序：『録唐以來詞人才士之作』。周輝撰《清波雜志》云：『復考少陵詩史，專賦梅纔二篇，因他泛及者固多。取專賦，略泛及，則所得甚鮮』。故『國朝騷人才士凡為梅賦者，第而録之』。被稱為『詩史』的杜甫詩專咏梅者纔二首。詞亦然。黄大輿輯《梅苑》所收詞全是單一賦梅詞，局限性頗大，雖大家罕有。不免當時親自或托人登『騷人才士』之第求詞拜稿，故收署名名家詞歐陽永叔（修）二首、蘇東坡（軾）二首、柳耆卿（永）二首、周美成（邦彦）一首，甚少，收李易安（清照）詞六首，算是名家之最。

（二）編者為避重複，衹第一首署撰者名，其餘略去。猶如李子正、劉伯壽（幾）、南山居士、莫少虛（將）、晏丞相（晏殊）、葉少藴（夢得）等六家詞，僅第一篇署撰者名，同一撰者作品銜接連排其後皆不再署名，并得到徵驗（見前）。其實都有名，歸屬前面第一署名撰者。説明《梅苑》也是采用了這種編排方式，但不盡完善。若不詳考，顯見皆為無名氏詞，體例亦不明晰。這是《梅苑》乍看有那麼多無名氏詞原因之一。

（三）詞不完整，依殘缺之内容和詞律尚可補失，然非名家詞没書可核對，名字毁掉則無法補佚。考《梅苑》所收非名家詞甚多，撰者多在《全宋詞》中收詞既少，又無生平著録。如：蘇仲及一首、趙耆孫一首、費時舉一首、南山居士二首、郭仲宣一首、邵叔齊三首、房舜卿二首、杜安道一首、史遠道一首、郭仲循一首、範夢龍一首、薛幾聖一首，等等皆鮮而無生平記録。就是《梅苑》選詞最多的李子正（十首）也無一字生平記載。却都是因為《梅苑》有署名詞而被《全宋詞》輯録之。若別無見經傳，即無刻本或傳抄之本，一旦底本被毁，或署名磨滅，補上撰者名字很難。遂以無名氏之星永耀詞苑。這就是《梅苑》有那麼多無名氏詞之另一原因。謙者不願留名，或存在，甚少。

（四）清末曹元忠《重校刊梅苑序》云：『載萬（大輿）原書久已斷種，世傳宋本皆出書棚。』宋李龏輯《梅花衲》後記載為『臨安府棚北大街睦親坊南陳齋書籍鋪印』。南宋臨安陳起陳思等在棚北大街睦親坊南開陳齋書籍鋪，賣書也印書，詳見《南宋群賢小集》序。葉德輝撰《書林清話》（卷二）：『南宋臨安之書棚、書鋪，風行一時』。或書商一味逐利，校勘不嚴，假冒僞劣出之。《梅苑》之詞每首或原本就完整，或經修補纔完善，總之相形之下編修者重視詞，不重視撰者之考訂修補，致使許多詞作者皆為無名氏。葉德輝撰《書林清話》（卷二）：『古書無刻本，故一切出于手抄，或節其要以便流觀』，『南宋末已有此陋習。』《梅苑》按目録總計五〇六闋，書内實録四一三闋，缺失九十三闋，哪裏去了，什麼原因？或因非『其要』而被略去（包括撰者）。根本原因，坊肆棚鋪書賈唯利是图，偷工減料為之。

（五）《欽定四庫全書總目》評《梅苑》曰：『雖一題裒至數百闋，或不免窠臼相因，而刻畫形容，亦往往各出新意，固倚聲者之所采擇也。集中兼采蠟梅，蓋二花別種同時，義可附見。至九卷兼及楊梅，則務博之失，不自知其泛濫矣』。盡管是書弊象缺憾不少，然所裒之詞『刻畫形容，往往各出新意』，又輯録較多宋代無名氏詞，價值重大。

筆者通過【考辨】，釐清楝亭本《梅苑》中李易安詞及其銜接連排無名氏詞之歸屬，是有根據的，并非以個人之好惡。

《全璧》【考辨】之新發現。筆者宣告：首個發現李清照彪炳千秋之愛國詞篇。李清照曾寫詩《上樞密韓公、工部尚書胡公》，序云：『紹興癸丑（三年）五月，樞密韓公（肖胄）、工部尚書胡公（松年）使虜，通兩宮也。有易安室者，父祖皆出韓公門下……見此大號令，不能忘言，作古、律詩各一章，以寄區區之意』。兩個使者即樞密韓肖胄、工部尚書胡松年，奉詔使金，《宋史》（卷二七，高宗四；卷三七九，列傳第一三八韓肖胄、列傳第一三八胡松年）、《建炎以來系年要録》（卷六六）、《續資治通鑒》（卷第一一二、卷第一一三）皆有記載。紹興二、三、四年李清照居杭州，對國家興亡、民族命運异常關心，寫詩給肩負國家民族使命、關係密切之韓、胡兩公，表示祝願提醒。這首充滿愛國主義思想情懷之詩歌早被發現并編輯在她之作品集中，為我們所欣賞贊頌。她也最關注韓、胡兩公出使之成果，歸來後她寫詞表示慰問和慶賀，為情理中事。那麽這首詞是否失傳了呢？否。『養在深閨人未識』，筆者發現并欣然宣告：這首詞收在《梅苑》（卷一）署名之李易安詞《孤雁兒》（藤床紙帳）後，為銜接詞第二首之無名氏詞《真珠髻》（重重山外）。『詩』、『詞』、『史』所載的時間史實是驚人的吻合。『遇』『東歸使』，『攀折』梅花敬獻在『去年』『十一月』，寫詞時間在下一年，即紹興四年（一一三四）初。以梅隱頌兩位出使者。『比雙成皎皎』，『香艷殊絶』的使者是誰？即樞密韓肖胄、工部尚書胡松年。種種恰合，確鑿無疑，【考辨】證明此闋就是李清照炳耀千秋的愛國詞篇，今日筆者首個識得『廬山真面目』。漢韓嬰《韓詩外傳》：『白玉度尺，雖有十仞之土，不能掩其光；良珠度寸，雖有百仞之水，不能掩其輝』。可惜此詞被許多書拒收，連存疑詞也未占住。詳見是書此詞【考辨】之『瑜按』及【品鑒】文。

【考辨】發現李清照《轉調滿庭芳》（芳草池塘）之最佳底本、範詞。筆者以李清照《轉調滿庭芳》（芳草池塘）四種重要載籍考辨其優者：文淵閣《欽定四庫全書》本《樂府雅詞·提要》云：『此本抄自上元焦氏，止存三卷及拾遺，殆非足本。然（朱）彝尊《曝書亭集》又載此書《跋》云：繹其自序稱三十有四家，合三卷詞人，為足本無疑。蓋此卷首原題當為（朱）彝尊初稿集所載，乃詳定之本也。』説明此本『抄自上元焦氏』藏書，『足本無疑』，『詳定之本』。此本《轉調滿庭芳》（芳草池塘）是否是李清照原詞？或經朱彝尊等校補，不得而知，但輿文津閣《欽定四庫全書》本、涵芬樓手抄本、《四部叢刊》本所載此詞比較，假使文津、文淵兩本，都是校補本，則文淵閣本此詞以字全、文通、意順、律合，獨占鰲頭。故擇為範詞，底本。未見古今李清照詞編輯者，將文淵閣本《轉調滿庭芳》（芳草池塘）全篇收録，都是用文津閣本補文説事，《全璧》第一次全文收録此詞，以其為底本範詞，嶄新的面孔出現。詳見是書此詞【考辨】之『瑜按』。

【考辨】《草堂詩餘》類編本（按前集：春景類、夏景類、秋景類、冬景類；後集：節序類、天文類、地理類、人物類、人事類、飲饌器用、花禽類，分類編排）和調編本（詞按小令、中調、長調編排）兩個脉系。《怨王孫》（夢斷，漏悄）、《怨王孫》（帝里，春晚）二首，篤定撰者為李易安，發現新證據。文淵閣本、文津閣本宋無撰人《草堂詩餘》皆為明顧從敬家藏宋刻本，内容基本相同，為調編本之始祖，收李易安署名詞八首：《如夢令》（昨夜雨疏）、《武陵春》（風住塵香）、《醉花陰》（薄霧濃雲）、《怨王孫》（夢斷，漏悄）、《怨王孫》（帝里，春晚）、《一剪梅》（紅藕香殘）、《鳳凰臺上憶吹簫》（香冷金猊）、《念奴嬌》（蕭條庭院）。兩首《怨王孫》（夢斷，漏悄）、《怨王孫》（帝里，春晚）就在其中。筆者所考，兩首《怨王孫》并收作李易安詞是有根據的，無論調編本是直接收入，還是間接收入，其祖本、母本、底本就是文津閣本宋無撰人《草堂詩餘》，筆者已正本清源。類編本現存最早版本，即宋佚名輯、何士信《增修箋注妙選群英草堂詩餘》，元至正癸未廬陵泰宇書堂刊本，及署名建安古梅何士信君實編選《妙選箋注群英詩餘》元至正辛卯孟夏雙璧陳氏刊行本。然何士信增修所據宋佚名輯《草堂詩餘》二卷本（《直齋書録》有載）已失傳，無法窮源竟委，難考源流繼承演變之關係。文津閣本宋無撰人《草堂詩餘》，與宋何士信增修所據宋佚名輯《草堂詩餘》是兩種不同之典籍，不能混為一談，詳見此書《怨王孫》（夢斷，漏悄）【考辨】之『瑜按』。

【考辨】一欄，考辨詳盡。詞歸屬之結論皆產生在詳考明辨之後。如考辨《醉花陰》（薄霧濃雲愁永晝）歷代此闋載籍一百多種、考辨《如夢令》（昨夜雨疏風驟）歷代此闋載籍近百種、考辨《一剪梅》歷代此闋載籍九十餘種、考辨《鳳凰臺上憶吹簫》（香冷金猊）歷代此闋載籍近百種等等，而後得出詞撰者為李清照（易安）之正確結論。并非人云亦云。

極力收録有關載籍，為其考辨詳實，纔有迥异前人之結論。如趙萬里輯《漱玉詞》、唐圭璋輯《全宋詞》、王仲聞《李清照集校注》皆未收《真珠髻》（重重山外）、《怨王孫》（夢斷，漏悄）、《怨王孫》（帝里，春晚）（《全宋詞》僅收了此闋）、《點絳唇》（蹴罷鞦韆）、《采桑子》（晚來一陣風兼雨）、《浪淘沙》（簾外五更風）、《青玉案》（一年春事都來幾）、《青玉案》（征鞍不見邯鄲路）、《行香子》（天與秋光）等為李清照（易安）詞。《全璧》考辨詳實，得出這些詞俱為李清照（易安）詞之堅實結論。事實勝于雄辯。

除此以外，歸屬有疑竇之李清照及存疑詞，如《遠朝歸》（金谷先春）、《臨江仙》（……雲窗霧閣春遲）、《轉調滿庭芳》（芳草池塘）、《如夢令》（常記溪亭日暮）、《浣溪沙》（小院閑窗春色深）、《一剪梅》（紅藕香殘玉簟秋）、《武陵春》（風住塵香花已盡）、《蝶戀花》（泪濕羅衣脂粉滿）、《品令》（急雨驚秋曉）、《念奴嬌》（朱門湖上）等，皆詳加考辨，窮源溯流，科學分析，去偽存真，確定歸屬。考辨每首李清照及存疑詞之歷代載籍繁多而詳實，皆標明朝代、撰者、書名、版本、卷數、頁碼（原載籍未注卷頁或卷頁不清者除外），詳作校記，此欄是個創新。

《漱玉詞全璧》對李清照本詞及其存疑詞，全部同設【考辨】【注釋】【品鑒】【選評】，四個欄目進行研究，這是個開拓創造，古今未曾見到。

李清照是我国文學史上卓越女詞人，婉約派冠首，然其詞流傳迄今，存者顯鮮，嚴加【考辨】後，是書裒輯六十四闋，堪稱『隋珠和璧』，為中華民族寶貴璀璨之文化遺產，我們固應『寶而存之』。李清照存疑詞，雖經千年，桑田滄海，大浪淘沙，真金尚存，是書輯得二十七闋，其中有十首經考辨最有可能為李清照（易安）詞，皆可謂『鳳毛麟角』。有一闋殆為學人清除在李清照集之外，然筆者考辨發現此詞確是李清照之光輝愛國詞篇，毋庸置疑，意義非常重大，等于新發現一首李清照詞。昭示編者，歸屬未明，切勿亂伐，皆是中華民族寶貴燦爛之文化遺產，亦應『存而寶之』，以俟考辨。是書共收其詞和存疑詞九十一闋，為古今此類書收詞最多之著作。新收三首存疑詞：《眉峰碧》（蹙破眉峰碧）、《武陵春》（汩汩離愁）、《念奴嬌》（朱門湖上），俱為古今李清照（易安）作品輯所未曾全文著録。『窗外芭蕉窗裏人，分明葉上、心頭滴』，徐本已收作『佚句』。凡署過一次及以上李清照（易安）名字之詞作、佚句，俱輯録之，經『考辨』斷其真偽，研其究竟。又詳細校記歷代載籍所收李清照（易安）及其存疑詞約三千闋次，都是考辨釐清其詞歸屬之證據，亦為研究李清照（易安）及其詞不可缺少之必參基資，异常珍貴。故名《漱玉詞全璧》。『漱玉詞』芳名延用。筆者往昔研究此詞之成果其認知以是書為準，并引一些融入之。雖是一部嘔心瀝血之學術專著，舛誤紕漏，再所難免，俯首聆教。

劉　瑜

發　凡

一　是書，凡署過一次及以上李清照（易安）名字之詞作、佚句俱收録之。輯得李清照（易安）詞六十四闋、佚句九則；其存疑詞二十七闋、佚句四則，共計詞九十一闋、佚句十三則。又考辨校記歷代載籍所收李清照（易安）及其存疑詞三千餘闋次、佚句若干則次。皆為中華民族文化不可多得之璀燦瑰寶，故名《漱玉詞全璧》（下簡稱《全璧》）。另選録對每首詞之評論近七百條。收録雖多，但每首詞之撰者、詞調、題目、正文、附録（詞評、按語、本事、附注）等，都是考辨釐清其詞歸屬之證據，亦為研究李清照（易安）及其詞不可缺少之必參基資。

二　明毛晉汲古閣本《漱玉詞》，收其詞十七首半（《永遇樂》不全）。最多者為李文裿輯冷雪盦叢書本《漱玉集》，收李清照詞七十九首（其黄節序稱『七十八首』，非）。相差甚巨，一因無原籍所依，二因對李易安（清照）詞釐得不清。楝亭本《梅苑》收李易安署名詞六首，收其銜接之無名氏詞十八首，計二十四首，是個最大謎團。黄墨谷《重輯漱玉詞校勘記》云：『凡不注撰人者，均系逸名之作。……闕名者均不録。』似毅然決然。冷雪盦本《漱玉集》，將《梅苑》中署名李易安詞及其銜接連排之無名氏詞全部收録為李清照詞。李文裿《漱玉集》再版弁言云：『凡所徵引，俱已詳其本源，為是言者，則余弗與之辨，亦不屑與之辨也。』何等自信。兩個極端。楝亭本《梅苑》究竟收多少李易安（清照）詞？糾結不清，是編輯其詞的最大障礙。為釐清李清照詞，是書特別對《梅苑》之李易安詞及其銜接連排之無名氏詞進行詳考，辨證真僞，確定歸屬。考文寫在是書《序》中。

三　是書入編之詞皆為精選之範詞，殆出自古籍著名之底本。尊重版本早、善、足，又不為其所拘囿。如宋曾慥輯《樂府雅詞》、宋黄大輿輯《梅苑》、宋黄昇編《唐宋諸賢絶妙詞選》等多擇為李清照（易安）及其存疑詞之範詞、底本。并與他本對照選其優。如李清照《轉調滿庭芳》（芳草池塘），《全璧》用影印涵芬樓手抄本、《四部叢刊》本、文津閣《欽定四庫全書》本、文淵閣《欽定四庫全書》本《樂府雅詞》所收此詞進行比較。涵芬樓手抄本與《四部叢刊》本同，但所收此詞脱文太多；文津閣《欽定四庫全書》本雖此詞脱文全補，然多不合；惟文淵閣《欽定四庫全書》本以字全、文通、意順、合律，獨占鰲頭。故擇其為底本，範詞。未見前例。

四　《全璧》選字、詞、句、韵優者為範詞，即以意、境取勝，擇優而從。各舉一例説明之。範詞後皆標明其出處底本。

句優。如李清照（易安）《怨王孫·賞荷》，宋鮦陽居士輯《復雅歌詞》所收此詞首句：『雲鎖重樓簾幕曉』；清沈辰垣等編《御選歷代詩餘》等所收此詞首句：『湖上風來波浩渺』。後者與詞意更為貫通，一脉相承，故擇後為底本，範詞，而非前。

詞優。如李清照（易安）《如夢令》（常記溪亭），《樂府雅詞》所收此詞：『藕花深處』，《花草粹編》作『芙蕖深處』。『藕花』，給人美感，勝于『芙蕖』，雖所指相同，故擇《樂府雅詞》所載此詞為『範詞』。以『藕花』一詞取勝。

字優。如《校輯宋金元人詞》之《漱玉詞》所收《添字采桑子》：『愁損北人』，指北宋滅亡流落江浙的北方人，對故國鄉關之殷切思念；《御選歷代詩餘》等作『愁損離人』，尋常之離愁。『北』、『離』一字之差。前突顯北人情思之崇高厚重。故範詞選前而非後。

律優。『範詞』要合律，所選多為正體。如四印齋本《漱玉詞》，李清照（易安）《點絳唇》：『連天芳樹』；汲古閣本《漱玉詞》，李清照《點絳唇》作『連天芳草』。據《欽定詞譜》此調三體，此句末字都葉韵，然『草』字不葉韵。但『芳草』用典，意含豐富，優于『芳樹』，故擇後為底本，範詞，而非前。即重內容，不為個處韵律所束。

五　《全璧》特設【考辨】一欄，竭力全面釐清每首所謂李清照（易安）詞或存疑詞之歸屬，為是書之重。將其每一首詞之歷代載籍，大體上以其編撰成書之時代先後為序，成書時代難考者以編撰者在世時間酌定，依次按『歷代載籍著録此闋之詞調、題目』、『歷代此闋著録為李清照（易安）詞之載籍』、『歷代此闋著録他人或無名氏及存疑詞之載籍』編輯欄內。寫明各載籍出現之時代、編撰者、書名、版本、卷數、頁碼、詞之作者。要『清』就得幾乎全面詳查每首詞，特别是同詞撰者异名之歷代載籍，避免作品歸屬就是漏掉那個載籍此闋撰者之情况。全面而客觀地研究審視，注重證據，對那些臆測推想進行科學分析。載籍之時代、版本、署名、别集、總集、選集、載籍多寡等，都是判斷詞歸屬的重要因素。故詳列歷代載籍上述情况就非常必要，甚至缺一不可。

六　《全璧》用歷代載籍該詞所載對照『範詞』，考核讎勘，從『調題』（調名、題目、小注）、『正文』、『附録』（詞評、按語、本事、附注等）三方面作『校記』，包括了全部。『附録』、『調題』没記載，用『無』明示。保持每一首詞之框架，便于讀者掌握詞之原貌。所收載籍原附録内容為保持原貌供讀者參考，未加注釋。此書所收李清照及存疑詞之載籍，從宋迄今，古代盡力收録，皆出校記。亦作甄擇，如《草堂詩餘》幾十種，衹選收約二十五種。精選繁體載籍全校，出校記。簡體載籍不校。新中國出版有關李清照之書繁多，只選全集五種：中華書局編《李清照集》、王仲聞《李清照集校注》、黄墨谷《重輯李清照集》、徐北文主編《李清照全集評注》、徐培均《李清照集箋注》，皆不校，要點擇録。譜類解説選摘。這些詞皆為考辨之證據，作為證據則必須保持原貌。讓讀者看出千年傳承演變之關係，編撰者及評家褒貶之原因態度等，也是釐清不可或缺的重要參考依據。

七　《全璧》【考辨】中所列載籍，均標明卷數、頁碼（原籍未注卷頁或不清者標注）。給讀者查檢原籍以更大方便。讀者查看一入編範詞，則歷代載籍此詞原有文字、行世朝代、編撰者、版本、卷數、頁碼等皆歷歷在目。給讀者提供廣闊之視野和思維之空間，并大大減少翻檢之勞，查找之苦。

八　『校勘以校是非為主，兼校异同』。『範詞』中不規範字皆改為規範繁體字，即正字，在同一【考辨】欄裏所列『範詞』載籍中均有記載説明：『原……玆改為正字……』所列其他歷代載籍此詞全部文字皆與改好之『範詞』比勘對校，按『調題』、『正文』、『附録』要求作『校記』。异體字徑改，不出校。『範詞』以規範繁體正字出現，想知歷代各載籍原貌者，以其『校記』對照『範詞』『校記』便知。

九　『瑜按』，《全璧》用這些歷代載籍所提供之資訊，研究考證，從古至今，窮源竟委。由此及彼，比較鑒別，辨僞存真，得出其詞歸屬之正確結論。考據多則確，確則鐵，鐵證如山，釐清可期矣！

十　【注釋】一欄，前輩有『注』、『校注』、『評注』、『箋注』等書，大都所選為李清照詞。但《全璧》不僅對李清照詞，而且對全部存疑詞都進行了注釋，這是一種開拓。引領讀者閲讀理解這些詞，探討與李清照及其詞的關係，以便釐清李清照詞。

十一　李清照詞鑒賞之書出版不少，所選皆為李清照詞或認為可能是李清照詞之作品，但至今尚無對全部李清照詞及存疑詞進行品鑒之書。如果説有，從《全璧》始。用文學品鑒之形式對全部李清照詞及存疑詞進行研究，探討其思想內容，藝術特色，創作風格，并使讀者獲得美之享受。為釐清李清照詞之實際需要，特別是對全部存疑詞進行這方面研究，【品鑒】欄目為讀者提供一個平臺，多一個角度，從其思想內容，藝術特色，創作風格，辨別確認署名李清照詞及存疑詞之真僞。其作法也是首創。

十二　此書對李清照及存疑詞，俱設【選評】一欄，記載古今評家精闢之論述和灼見卓識，提高讀者對這些詞之認知和品鑒能力，啓迪我們的心智，推進這方面之研究。

十三　是書使用最新之繁體規範漢字，即『正字』。所録古籍內容皆全加新式標點，專名號不用。『範詞』『引詞』標點據《欽定詞譜》：『句』作『，』；『讀』作『、』；『韵』作『。』。所引今人著作保持原標點。

十四　《全璧》之李清照詞及其存疑詞，全部開闢【考辨】、【注釋】、【品鑒】、【選評】，四個欄目，是個發明創造。

漱玉詞宋璧

漱玉詞

詞六四闋
佚句九則

孤雁兒 并序

世人作梅詞，下筆便俗。予試作一篇，乃知前言不妄耳。

藤床紙帳朝眠起。説不盡、無佳思。沉香斷續玉爐寒，伴我情懷如水。笛聲三弄，梅心驚破，多少春情意。　小風疏雨蕭蕭地。又催下、千行泪。吹簫人去玉樓空，腸斷與誰同倚。一枝折得，人間天上，没個人堪寄。

——《楝亭十二種》之《梅苑》

【考辨】

◎歷代載籍著録此闋之詞調、題目：

調作《孤雁兒》、《御街行》。無題。有的載籍此闋調下有「并序」。

◎歷代此闋著録為李清照（易安）詞之載籍：

［一］宋·黄大輿輯《梅苑》，《楝亭十二種》本（卷一，第八頁），收作李易安詞。

校記

調題： 調作《孤雁兒》。無題。

正文： 原「鴈」、「牀」、「沈」、「鑪」、「疎」、「淚」、「沒」、「箇」，茲改為正字「雁」、「床」、「沉」、「爐」、「疏」、「泪」、「没」、「個」。（擇為範詞，底本）

附録： 無。

［二］宋・黄大輿輯《梅苑》文淵閣《欽定四庫全書》本（卷一，第一一頁），收作李易安詞。

校記

調題：皆同範詞。

正文：皆同範詞。

附録：無。

［三］明・陳耀文纂（原署）《花草粹編》影印明刊十二卷本（卷八，第三六頁），收作李易安詞。

校記

調題：皆同範詞。無『并序』。

正文：『斷續』作『烟斷』；『蕭蕭』作『瀟瀟』。

附録：無。

［四］明・陳耀文輯《花草粹編》文淵閣《欽定四庫全書》二十四卷本（卷一五，第四五頁），收作李易安詞。

校記

調題：皆同範詞。無『并序』。

正文：『斷續』作『烟斷』；『蕭蕭』作『瀟瀟』。

附録：無。

［五］明・陳耀文編（原署）《花草粹編》文津閣《欽定四庫全書》二十四卷本（卷一五，總第六八頁），收作李易安詞。

校記

調題：皆同範詞。無『并序』。

正文：『斷續』作『烟斷』；『蕭蕭』作『瀟瀟』。

附録：無。

［六］清・孫致彌輯　樓儼補訂《詞鵠初編》清康熙四十四年自刻本（卷五，第一六頁），收作李清照詞。

校記

調題：皆同範詞。

正文：『斷續』作『烟斷』；『蕭蕭』作『瀟瀟』；『與誰同倚』作『與同倚』。

附録：此詞絕類《御街行》，較范詞少一字，但『腸斷』句必脱落一字。（尾注）

[七] 清・沈辰垣等編《御選歷代詩餘》影印康熙内府本（卷四九，第二五五頁），收作『宋媛 李清照』詞。

校記

調題：調作《御街行》。無題。無『并序』。

正文：『斷續』作『烟斷』；『蕭蕭』作『瀟瀟』；『又』作『人』。

附録：無。

[八] 清・江標抄《李清照漱玉詞》汲古閣未刻詞二十二家本（手抄，不分卷頁，第四六首），上海圖書館藏，收作『宋易安居士李氏清照』詞。

校記

調題：皆同範詞。無『并序』。

正文：『斷續』作『烟斷』；『蕭蕭』作『瀟瀟』；『人去』作『一去』。

附録：無。

[九] 清・葉申薌輯《天籟軒詞選》清嘉慶間刊本（卷五，第五〇頁），收作李易安詞。

校記

調題：調作《御街行》。無題。

正文：『斷續』作『烟斷』。

附録：無。

[一〇] 清・汪玢箋《漱玉詞彙抄》問遽廬正本（手抄，不分卷頁，第三六首），復旦大學圖書館藏，收作『宋李氏清照易安』詞。

校記

調題：皆同範詞。下注：『以下六闋見《梅苑》』。瑜注：指此闋及《滿庭霜》（小閣藏春）、《玉燭新》（溪源新臘後）、《玉樓春》（紅酥肯放）、《漁家傲》（雪裏已知）、《清平樂》（年年雪裏）。

正文：『斷續』作『烟斷續』；『情懷』作『懷情』；『笛』作『篴』。
附録：按：即《御街行》調，較兩字多。（尾注）

［一一］清·王鵬運輯《漱玉詞》，《四印齋所刻詞》本（第九頁），收作『李清照　易安』詞。

校記

調題：調作《御街行》。無題。無『并序』。
正文：『斷續』作『烟斷』；『蕭蕭』作『瀟瀟』。
附録：無。

［一二］清·楊文斌輯録《三李詞》光緒庚寅夏香海閣刊本（卷三，第一四頁），收作李清照詞。

校記

調題：調作《御街行》。無題。
正文：『斷續』作『烟斷』；『蕭蕭』作『瀟瀟』。
附録：無。

［一三］清·何震彝輯《詞苑珠塵》清光緒三十三年鉛印本（不分卷，第四八頁），著録為李清照詞句。

校記

調題：無調。集為詩句。詩題作『冬閨雜咏四首』。
正文：僅收録『沉香烟斷玉爐寒』一句。『斷續』作『烟斷』。
附録：無。

［一四］清·蕙風簃主箋《漱玉詞箋》中華圖書館石印本　中華民國四年六月版（不分卷，第一〇頁），收作李清照詞。

校記

調題：皆同範詞。
正文：『斷續』作『烟斷』；『蕭蕭』作『瀟瀟』。
附録：無。

［一五］木石居士選輯　絳雲女史參校《歷代名媛詞選》民國十六年石印本（卷一一，中調三，未注頁碼），收作李清照詞。

校記

調題：調作《御街行》。無題。

正文：『斷續』作『烟斷』；『蕭蕭』作『瀟瀟』。

附録：無。

［一六］李文裿輯《漱玉集》冷雪盦叢書本（卷四，第三頁），收作李清照詞。

校記

調題：調作《御街行》。無題。無『并序』二字，但序同。

正文：『斷續』作『烟斷』；『蕭蕭』作『瀟瀟』。

附録：《歷代詩餘》、《花草粹編》、《梅苑》、四印齋本《漱玉詞》。此詞《梅苑》題《孤雁兒》，按《詞律》云即《御街行》。

（尾注）

［一七］趙萬里輯《漱玉詞》，《校輯宋金元人詞》本（第七頁），收作『李清照　易安』詞。

校記

調題：皆同範詞。『并序』下注：『《花草粹編》序文脱去，《歷代詩餘》同』。

正文：『聲』作『裏』；『春情』作『春恨』。

附録：《梅苑》一、《花草粹編》八、《歷代詩餘》四十九。（尾注）

［一八］唐圭璋輯《全宋詞》中州古籍出版社　兩冊本（上，第六四三頁），收作李清照詞。

［一九］中華書局編《李清照集》（第二六頁），收作李清照詞。

［二〇］王仲聞《李清照集校注》人民文學出版社（第四二頁），收作李清照詞。

［二一］黄墨谷《重輯李清照集》齊魯書社（卷三，第三七頁），收作李清照詞。

［二二］徐北文主編《李清照全集評注》濟南出版社（第七〇頁），收作李清照詞。

［二三］徐培均《李清照集箋注》上海古籍出版社（第一二三頁），收作李清照詞。

◎歷代此闋著録他人或無名氏及存疑詞之載籍：

雖廣徵博采而未見。

◎ 瑜按：

此詞二十餘種載籍著録為李易安（清照）詞，撰者無异名，故輯入《漱玉詞》。

【注釋】

［一］**紙帳**：紙制之帳。明高濂《遵生八箋》：「紙帳，用藤皮繭紙纏于木上，以索纏緊，勒作縐紋。不用糊，以綫折縫縫之。頂不用紙，以稀布為頂，取其透氣。或畫以梅花，或畫以蝴蝶。自是分外清致。」還有一種「梅花紙帳」，是一種法用獨床，四柱挂以半錫瓶，插數枝梅花（宋人林洪《山家清事》）。宋周密《疏影》『梅影』：「記回夢，紙帳殘燈，瘦倚數枝清絶。」宋陳三聘《朝中措》：「柳色野塘幽興，梅花紙帳輕寒」。

［二］**沉香**：也叫「沉水」，香料名。《梁書・林邑國傳》：「沉木香，土人斫斷，積以歲年，朽爛而心節獨在，置于水中則沉，故曰沉香。」宋周邦彥《蘇幕遮》：「燎沉香，消溽暑。」宋蔡松年《鷓鴣天》：「胭脂雪瘦熏沉水，翡翠盤高走夜光」。

［三］**玉爐**：玉製或瓷質之香爐。亦泛稱美麗之香爐。五代毛文錫《虞美人》：「玉爐香暖頻添炷，滿地飄輕絮」。宋蔡伸《虞美人》：「深炷玉爐，燒氣不燒烟」。

［四］**笛聲三弄**：笛裏奏出《梅花三弄》的曲調。古笛曲有《梅花三弄》。宋趙廱《謁金門》：「何處笛聲三弄斷？」宋沈瀛《如夢令》：「纔聽笛聲三弄。關捩一時都動」。

［五］**蕭蕭**：這裏指一般的風雨聲。唐白居易《寒食野望吟》：「冥寞重泉哭不聞，蕭蕭暮雨人歸去」。宋蘇軾《浣溪沙》：「山下蘭芽短浸溪，松間沙路浄無泥，蕭蕭暮雨子規啼」。

［六］**吹簫人去玉樓空**：用典。《列仙傳拾遺》：蕭史善吹簫，作鸞鳳之響。秦穆公有女弄玉，善吹簫，以女妻之。蕭史遂教弄玉作鳳鳴。居十數年，鳳凰來此。公為作鳳臺，夫婦住其上。數年，弄玉乘鳳、蕭史乘龍去。「鳳臺」即「鳳樓」、「秦樓」。宋劉仙倫《菩薩蠻》：「吹簫人去行雲杳」。「玉樓」中的「玉」為樓的美稱。

［七］**腸斷**：指人極度哀傷，柔腸愁斷之意。唐王建《宮中調笑》：「腸斷、腸斷，鷓鴣夜飛失伴」。宋蘇軾《江城子》：「料得年年腸斷處，明月夜、短松岡」。

［八］**一枝折得**：折取一枝梅花。用典。南朝宋盛宏之撰《荊州記》曰：「陸凱與范曄相善，自江南寄梅花一枝，詣長安與曄，并贈花詩曰：「折梅逢驛使，寄與隴頭人。江南無所有，聊贈一枝春」」（《太平御覽》引）。表現對摯友的慰藉和深厚的情誼。此典多被咏梅的詩詞所化用。宋無名氏《水龍吟》：「一枝折得，雪妍冰麗，風梳雨洗」。

【品鑒】

李清照《金石録後序》云：「（建炎已酉，公元一一二九年）夏五月，（他們）至池陽（今安徽貴池），（他）被旨知湖州

（今浙江吴興），過闕上殿。六月十三日，始負擔捨舟……遂馳馬去……至行在（當時建康，今南京），病痁。七月末，書報臥病。……（她）遂解舟下……八月十八日，（他）遂不起。取筆作詩，絶筆而終』。這段文字記載了趙明誠病逝的扼要經過。從他好端端地離家赴召，到絶筆而終，僅兩個月的時間，説明他是溘然而逝，死得很暴。故李清照悲痛欲絶。因為志同道合，伉儷情篤，故易安『悲泣』，『杞婦之悲深』（易安《祭趙湖州文》）。她怎能忘記明誠？他像一枝風雅高潔的梅花，永駐易安的心扉。後來她寫了一首咏梅詞《孤雁兒》。起初，詞『往往調即是題』，調與内容是一致的。《孤雁兒》由無名氏詞『聽孤雁聲嘹唳』而得名。可見易安選此調寫梅詞并非偶然，是藉梅花以表孤懷及對亡夫的悼念之情。

頭兩句，起筆于景，落筆于情。開端頓入，以『藤床紙帳』冠領。那麽它與題旨有何關係？紙帳頂『或畫以梅花……』。可見無論是梅花紙帳還是一般紙帳都與梅花有關。這就是詞人在寫室内環境時擷取『藤床紙帳』的原因，開筆入題，但含而不露。女主人早晨從藤床上紙帳中醒來，第一眼看到的就是帳頂繪飾的風雅高潔的梅花，便立即憶起逝去的明誠，使哀傷的情懷愈加沉痛。綿綿愁思怎能盡述，哪裏會有好的心緒。『説不盡、無佳思』籠罩全篇。此句與易安《怨王孫》（湖上風來波浩渺）：『説不盡、無窮好』一樣率直，痛快淋漓。

次兩句，承寫室内環境，藉以抒情。『沉香』易安詞中常提到，如『沉水臥時燒。香消酒未消』等，燃香可消暑祛寒爽心。『斷續』，女主人獨守香爐，心情沉重，愁緒千縷，連香都添得不及時，斷斷續續，終于熄滅。揭示了她隱秘沉痛的内心世界。『玉爐』，『伴我情懷如水』。古今文人常喜歡用水打比方，唐杜牧《秋夕》詩云：『天階夜色凉如水』，用水之凉喻天階之寒。宋寇準《夜度娘》：『柔情不斷如春水』，用春水的滔滔不絶比喻綿綿不已的情思。趙嘏詩句：『月光如水水如天』，用水之顔色喻月光之顔色。此詞中『情懷如水』，喻法與《秋夕》喻法相同，都是取水之『凉』，不過此句用水之凉喻情懷之蒼凉。極言心緒之惡。全句是説，沉水這種香料斷斷續續，直至熄滅，瓷質熏爐已經冰凉，『我』形影相吊，孑然一身，衹有寒爐與心如冷水一般的『我』相依為伴，無人相慰，孤凄無告。此兩句，先寫景，後抒情，藉景抒情，景情相生，妙合無垠。

次三句，由前寫室内環境，承轉寫外面環境。『笛聲三弄，梅心驚破』，看來『笛聲』與『梅』有密切關係，指古笛曲『梅花三弄』。『驚』字，作者賦予『梅』以感知，把無生命的東西寫活了。『破』，這裏是綻開之意。全句是説，笛裏奏出《梅花三弄》的哀怨曲調，梅花的蓓蕾被催綻。看看初放的梅花，有無限芳春的情調和意味。良辰美景，勃然生機，該令人心曠神怡。然而這春天仿佛不屬于她，愛人永訣，肝膽欲裂，孤苦伶仃。作者利用美景愁情，『梅心驚破，多少春情意』與『説不盡、無佳思」的美感差异性，渲染烘托心情的哀痛。即所謂樂景寫哀。唐陳子良《于塞北春日思歸》詩云：「我家吴會青山遠，他鄉關塞白雲深。為許羈愁長下泪，那堪春色更傷心。」遠離家鄉，為此羈愁，經常落泪，那堪春色濃艷，使人更思念家鄉。唐杜甫《絶句》云：「江碧鳥逾白，山青花欲燃。今春看又過，何日是歸年。」好山好水，春光無限，不僅不能使人賞心悦目，反而倍增鄉愁。同理，都是樂景寫哀。明王夫之《薑齋詩話》云：「以樂景寫哀，以哀景寫樂，一倍增其哀樂」，精闢地説明了這種藝術手法的非凡感染力。

過片，又一個承轉，承前寫環境，從寫梅花轉而寫天氣。「疏雨」，雨點稀小。「千行泪」，是虚數，與南北朝庾信《寄王琳》：「獨下千行泪」，宋蘇軾《江城子》「惟有泪千行」中的「千行泪」、「泪千行」同意，極言哀傷之甚。「又」字，説明女主人在丈夫逝後常常是泪涕交頤的，揭示出她這一時期悲哀的心境。天飃着微風，稀疏的雨點不緊不慢地下着，落地發出唰唰的響聲。女主人本來心緒黯然，而細雨綿綿，下得人心扉無縫，真是「人間無個安排處」，于是又催下滂沱的傷心泪。杜甫「感時花濺泪」（《春望》），易安傷心時雨「催」泪，「濺」、「催」兩動詞確有异曲同工之妙。

次三句，「吹簫人去玉樓空」，運用典故。易安寫離愁别苦的《鳳凰臺上憶吹簫》也用此典，云：「念武陵人遠，烟鎖秦樓」。然此處説明心愛的丈夫趙明誠離開了人世。委婉典雅，意味雋永，情趣盎然。「腸斷與誰同倚」。南朝梁江淹《别賦》云：「是以行子腸斷，百感凄測」，其中的「腸斷」同意。自己相依為伴的丈夫已經仙逝，過去同居的美麗樓房，顯得格外空蕩凄清，她極度哀傷，有誰慰藉、憐憫，將與誰相依為命？

末三句，「一枝折得」，折取一枝初綻的梅花。「得」，助詞，用動詞後。「人間天上」古來有不同含義。南唐李煜《浪淘沙》：「流水落花春去也，天上人間」，其「天上人間」有迷茫邈遠，難以尋覓之意。唐韋莊《思帝鄉》：「説盡人間天上，兩心知」，其「人間天上」指忠貞不渝的愛情誓願。此詞中的「天上」，指「吹簫人去」，蕭史乘龍飛升，即寓明誠魂歸九天。「人間」，自己活在人間，與明誠無相見機緣，隔世永訣。此處化用典故，陸凱從江南遥寄一枝梅花給范曄，表現對摯友的慰藉和深厚的情誼。此詞，易安折取一枝初放的梅花，想寄贈自己死去的丈夫，因為梅花象徵他高尚的品格，可是一個在天上，一個在人間，有哪一個「驛使」能夠傳遞給心愛的人呢？表現對愛人的緬懷和悼念，及對亡靈的安慰。

此詞，如層巒叠嶂，層層布景，景景呈新。「藤床紙帳朝眠起（景）。説不盡、無佳思（情）」；「沉香斷續玉爐寒（景），伴我情懷如水（情）」；「笛聲三弄，梅心驚破（景），多少春情意（情）」；「小風疏雨蕭蕭地（景）。又催下、千行泪

（情）』；『吹簫人去玉樓空（景），腸斷與誰同倚（情）』，每層均前景後情，藉景抒情，情隨景遷，景景生哀。

此詞在局法上與易安《念奴嬌·春情》（蕭條庭院）詞有頗似之處。《念奴嬌·春情》（蕭條庭院）：『樓上幾日春寒，簾垂四面（景），玉欄杆慵倚（情）。被冷香消新夢覺（偏景），不許愁人不起（情）。清露晨流，新桐初引（景），多少游春意（情）。日高烟斂（景），更看今日晴未（情）』，也是層層布景，前景後情，藉景抒情，情隨景遷，説明易安藝術技巧的高超嫻熟，構局的精工佳絶，雖幾經更景，自有一氣卷舒之妙。

『吹簫人去玉樓空』。把明誠的逝世及自己悲痛的心情，用蕭史弄玉的愛情神話故事，委婉出之，運實于虚，切當自然，超逸蘊藉。結句：『一枝折得，人間天上，没個人堪寄。』乍看似乎没有用典，實際上化用陸凱寄一枝梅花給范曄的故事，説明用典融化不澀，不着痕迹，最得用古之法。《詩人玉屑》記載唐杜少陵的話：『作詩用事，要如禪家語，「水中着鹽，飲水乃知鹽味」』。此詞用典達到如此高超的藝術境地。

真善美的愛情，因為一方的病故而受到毁壞，便有悲劇的色彩了，格外牽動人心，令人悲憫。因此，李清照以悼亡為内容的梅詞《孤雁兒》，具有非凡的藝術魅力。此詞巧妙靈活地運用多種藝術手法，實屬詞林佳制。

【選評】

［一］　**黄墨谷**：此詞從王半塘《漱玉詞》本《歷代詩餘》調名《御街行》，《梅苑》、《花草粹編》并作《孤雁兒》。《梅苑》附有序文：『世人作梅詞，下筆便俗，予試作一篇，乃知前言不妄耳。』按此詞乃悼亡之詞，序文與原意無涉，且清照咏梅之作頗多，所云試作一篇，亦不合，因不録序。（《重輯李清照集》）

［二］　**鄧魁英**：作為一首梅詞來看，李清照在避免『下筆便俗』的弊病上，已經做出了有益的探索。她盡量擺脱描寫梅花的花朵、枝條、梅花的顏色、芳香等等俗套，也不致力于點染『疏影横斜』、『暗香浮動』一類優美的詞句。她的梅詞是從梅花所引起的人的内心活動上構思立意的。在這首詞中，作者不斷地在抒情：她寫自己早晨起來即『無佳思』，『情懷如水』；寫她對着小風疏雨而流下『千行泪』；寫她因無人同倚樓而斷腸；最後寫因折得梅花『没個人堪寄』而悲傷。整首詞始終以寫人為主體，寫人對周圍事物的觀察和反應，而不是單純地咏物。所以説李清照這首《孤雁兒》，實際上是一首優秀的含有悼亡性質的抒情詞。（《李清照詞鑒賞》）

［三］　**徐培均**：這首詞的特點歸納起來大致有四：一是將咏梅與悼亡冶于一爐，十分真摯地抒寫了憶念亡夫趙明誠的哀思；

二是舊典新用，語意雙關，如『笛聲三弄』、『吹簫人去』以及折梅贈遠等都做到渾化無迹，恍如己出；三是語言通俗，音調凄婉，象『説不盡，無佳思』和結尾三句，全是以口頭語度入音律，令人感到和諧雅暢，不落蒜酪；四是環境描寫與心理刻畫融合無間，意境渾成，特別表現在二起之中。詞人通過這些藝術手法，層層描寫，步步開掘，從而塑造了一個有血有肉、内心充滿無限痛苦的孀婦形象，在宋代詞壇上，可算是獨特的。（《唐宋詞鑒賞辭典》江蘇古籍出版社）

［四］**温紹堃　錢光培**：李清照作此詞，是想在此有所創新的。她的創新，首先就表現在，她在構思這首詞的時候，没有從直接摹寫梅花入手，而是將梅推到了『伴我』的位置：在抒瀉『我』的悼亡情懷中來寫梅。這就使她筆下的梅花，從一般咏梅詞中的主角地位，退到了配角地位；從一般咏梅詞中的孤立狀態，進入了一個特定的感情環境中。也就是説，她為自己的咏梅，尋找到了一個與衆不同的新角度。因此，在歷代衆多的咏梅詞裏，它的確與衆不同。其次，在一般的咏梅詞裏，梅的形象都是單一的，完整的藝術形象，李清照在這首《孤雁兒》中，由于把梅推到了『伴我』的位置，使梅成為了『我』抒情的附庸，梅花的獨立的寓意就没有必要了。因此，出現在她的這首詞裏的梅花形象的内涵就具有了很大的彈性。（《李清照名篇賞析》）

［五］**平慧善**：本詞抒情有層次，哀情由淡而濃。從『無佳思』到『情懷如水』，到『春情意』，到『千行泪』，到『腸斷與誰同倚』，則是痛極之語，但是下面詞人將痛斷腸的感情及時收住，以『一枝折得：人間天上，没個人堪寄』收束全篇，其孤苦凄凉可想而知。所以，末三句不僅回到咏梅這一題材上來，而且抒情委婉含蓄，耐人尋味。（《李清照詩文詞選譯》）

［六］**羅敏中**：這是一首悼亡詞。其時趙明誠已逝世幾年，李清照痛定思痛，哀感轉為深沉涵藴，哀思綿綿不絶，任何一件細小的事物都可以勾起她對亡人的懷念。因此，從室内的藤床紙帳、玉爐沉香到室外的陣陣笛聲、瀟瀟春雨都被她藉用來作了抒發感情的『道具』。寒爐斷香是正面藉用，表達思春情意的笛聲是反面藉用（反襯），形成了這首詞在表現方法上藉物（景）抒情的最大特色。這裏的基調、氣氛與《聲聲慢》是一致的，而以春景春情來反襯自己的喪夫之痛，則更見其悲戚之深。（《中國文學寶庫·唐宋詞精華分卷》）

［七］**祝　誠**：展讀全詞，我們彷彿見到一幅以詞人為軸心，以她的視聽為界定，所描繪出的全方位的多維立體畫面。較之一般咏梅詞之或堆砌典故以誇學，或雕章琢句以炫才，或窮形盡相以逞能，均不能免俗，確是不可同日而語。《重輯李

清照集》在為這一首詞所撰的『校記』中，曾確認『此詞乃悼亡之詞』。然而，却以為此詞之『序文與原意無涉』，故而删去小序。愚意以為，這一序文不僅與詞意至為密切相關，而且是啓迪讀者解開這一詞作感情繩結的一把鑰匙。若果真如此，又怎能掉以輕心，乃至于略而『不録』呢？（《李清照作品賞析集》）

〔八〕**侯健　吕智敏**：這是一首悼亡之作，約寫于建炎三年（公元一一二九年）趙明誠逝世後。序中説明這是一首咏梅詞，實際上既没有直接描繪梅的色、香、姿，也没有去歌頌梅的品性，而是把梅作為作者個人悲歡的見證者。從表達上看，是把梅作為全詞的綫索，着力描寫了丈夫去世後自己清冷孤寂的生活和凄凉悲絶的心情。（《李清照詩詞評注》）

〔九〕**陳祖美**：總之，李清照的咏梅詞，由『香臉半開』的自况，經『没個人堪寄』的悼亡，再到寄寓家國之念，其作品主旨的變化，再清楚不過地説明了詞人的身世遭際及其思想的升華。由于其後期思想的全面升華，無形中也突破了她寫《詞論》時的詞學思想，使其『小歌詞』的題材内容越出了兒女私情，那就更與『俗』字無緣了。（《李清照詞新釋輯評》）

真珠髻　紅梅

重重山外，苒苒流光，又是殘冬時節。小園幽徑，池邊樓畔，翠木嫩條春別。纖蕊輕苞，粉蕚染、猩猩鮮血。乍幾日、好景和風，次第一齊催發。天然香艷殊絶。比雙成皎皎，倍增芳潔。去年因遇，東歸使指，遠恨意曾攀折。豈謂浮雲，終不放、滿枝明月。但嘆息、時飲金鐘，更繞叢叢繁雪。

——《楝亭十二種》之《梅苑》

【考辨】

◎歷代載籍著録此闋之詞調、題目：

調作《真珠髻》。題作『紅梅』、『梅』。

◎歷代此闋著録為李清照（易安）詞之載籍：

［一］　宋・黄大輿輯《梅苑》，《楝亭十二種》本（卷一，第九頁）收録。未注撰者。與署名的李易安詞《孤雁兒》（藤床紙帳）銜接連排，第三首。此闋被筆者考辨為李易安詞，詳見是書《序》及此詞【考辨】之『瑜按』。

校記

調題： 調作《真珠髻》。題作『紅梅』。

正文： 原『蘂』、『蕚』、『染』、『豔』、『雙』、『遶』，兹改為正字『蕊』、『萼』、『染』、『艷』、『雙』、『繞』。（擇為範詞，底本）

附録： 無。

〔二〕宋・黃大輿輯《梅苑》文淵閣《欽定四庫全書》本（卷一，第一二頁）收録。未注撰者。與署名的李易安詞《孤雁兒》（藤床紙帳）銜接連排，第三首。此闋被筆者考辨為李易安詞，詳見是書《序》及此詞【考辨】之『瑜按』。

校記

調題：皆同範詞。

正文：皆同範詞。

附録：無。

〔三〕李文裿輯《漱玉集》冷雪盦叢書本（卷四，第六頁），收作李清照詞。

校記

調題：皆同範詞。

正文：『苒苒』作『冉冉』。

附録：《梅苑》。（尾注）

◎歷代此闋著録他人或無名氏及存疑詞之載籍：

〔一〕明・陳耀文纂（原署）《花草粹編》影印明刊十二卷本（卷一二，第一頁）收録。未注撰人，與晏叔原（幾道）詞《泛清波滴遍》銜接。

校記

調題：調同範詞。無題。

正文：『輕苞』作『苞輕』；『雙成』作『成雙』；『倍增方潔』作『倍方潔』；『遠恨』作『增遠恨』；『終不放』作『始終不放』。

附録：無。

〔二〕明・陳耀文輯《花草粹編》文淵閣《欽定四庫全書》二十四卷本（卷二三，第一頁）收録。未注撰人，與晏叔原（幾道）詞《泛清波滴遍》連排。

校記

調題：調同範詞。無題。

正文：『苒苒』作『冉冉』；『輕苞』作『苞輕』；『雙成』作『成雙』；『倍增方潔』作『倍方潔』；『遠恨』作『增遠

恨』；『終不放』作『始終不放』。

附録： 無。

［三］明・陳耀文編（原署）《花草粹編》文津閣《欽定四庫全書》二十四卷本（卷二三，總第一二三頁），收作無名氏詞。

校記

調題： 調同範詞。無題。

正文： 『輕苞』作『苞輕』；『雙成』作『成雙』；『倍增方潔』作『倍方潔』；『遠恨』作『增遠恨』；『終不放』作『始終不放』。

附録： 無。

［四］清・沈辰垣等編《御選歷代詩餘》影印康熙内府本（卷八四，第四一〇頁），收作晏幾道詞。

校記

調題： 調同範詞。題作『梅』。

正文： 『苒苒』作『冉冉』；『輕苞』作『苞輕』；『雙成』作『成雙』；『倍增方潔』作『倍方潔』；『遠恨』作『增遠恨』；『終不放』作『始終不放』。

附録： 無。

［五］清・王奕清等纂修《欽定詞譜》影印康熙内府刻本（卷三四，第一〇頁），收作《梅苑》無名氏詞。

校記

調題： 調同範詞。無題。調下注：『雙調一百五字，前段十句四仄韻，後段十句五仄韻』。

正文： 『鮮』作『紅』；『使指』作『驛使』；『遠恨意』作『贈遠憶』。

附録： 此調祇有此詞，無別首可校。《花草粹編》此詞後段第三句脱『增』字，第四五六句，作『去年因遇東歸使，指遠恨意曾攀折』，今從《梅苑》詞訂正。（尾注）

［六］清・孫平叔先生鑒定　葉申薌編次《天籟軒詞譜》清道光九年刊本（卷五，第三八頁），撰者『闕名』。

校記

調題： 調同範詞。無題。調下注：『百五字仄九韻』。

正文：『鮮』作『紅』；『使指』作『驛使』；『遠恨意』作『贈遠憶』。

附録：無。

［七］清・萬樹論次　徐本立纂《新校正詞律全書》民國合刊本　拾遺部分（卷五，第一三頁），收作晏幾道詞。

校記

調題：調同範詞。無題。調下注：「一百五字，「真」或作「珍」」。

正文：『苒苒』作『冉冉』；『鮮』作『紅』；『使指』作『驛使』；『遠恨意』作『贈遠憶』。

附録：『小園』下與後『去年』下同，此調與《百宜嬌》略相同。（尾注）

［八］唐圭璋輯《全宋詞》中州古籍出版社　兩冊本（上，第一八二頁），收為晏幾道『存目詞』。

附録：出處：歷代詩餘卷八十四　附注：無名氏詞，見梅苑卷一。

［九］唐圭璋輯《全宋詞》中州古籍出版社　兩冊本（下，第二四一五頁），收為無名氏詞。

附録：按此首歷代詩餘卷八十四誤作晏幾道詞。

［一〇］中華書局編《李清照集》（第五九頁），『附録』收作《梅苑》無名氏詞。

附録：『按』略。瑜注：共按見《沁園春》（山驛蕭疏）。

［一一］王仲聞《李清照集校注》人民文學出版社（第三四一頁），『附録』收為『誤題李清照撰之作品』。

附録：按：此首無名氏詞，見《梅苑》卷一。《歷代詩餘》卷八十七（瑜注：不知仲聞所據何本？筆者所用影印康熙內府刻本為卷八十四，與唐圭璋輯《全宋詞》所載并同）誤作晏幾道詞。李文裿輯《漱玉集》卷四誤作李清照詞。

◎瑜按：

晏幾道（公元一〇三八—一一一〇年）北宋詞人。靖康之恥（公元一一二六—一一二七年），即北宋滅亡的前十六、七年在世。查《續修四庫全書》影汲古閣《宋名家詞》之晏幾道撰《小山詞》無此闋，即他本人之詞集不載。這就排除了晏詞之可能。查唐圭璋輯《全宋詞》之晏幾道詞亦未收，收為『存目詞』，『出處：歷代詩餘卷八十四』，『附注：無名氏詞，見梅苑卷一』。此詞迄今仍為無名氏詞。

然筆者考辨此闋乃李易安（清照）光輝燦爛之愛國詞篇。

詞中『東歸使』，顯然這是南宋王朝派出的使者，從國家東部都城臨安出發又回到都城的一次外交活動。北宋都城開封，地處中原。故此次外交活動屬南宋。更與北宋滅亡前十六、七年在世的詞人晏幾道扯不上關係。這就否定了此詞撰者晏幾道之説。界定此詞非為北宋之詞。

『豈謂浮雲，終不放、滿枝明月』，侵占中原的金國總有一天會失敗滅亡，大好河山一定會光復。更是寫對南宋時局發展充滿勝利之信心。并非北宋形勢。界定了此詞為南宋詞。

詞中『比雙成皎皎，倍增芳潔。去年因遇，東歸使指』，以梅隱頌兩個出使者。『比雙成皎皎』『香艷殊絶』的使者是誰？南宋紹興三年（公元一一三三）『五月』詔命『以韓肖胄等充金國軍前通問使』使金（《宋史》第二十七卷高宗四）。『以胡松年為副之』（《宋史》列傳第一三八韓肖胄）。紹興『三年（公元一一三三）春正月丁巳朔，帝在臨安』（《宋史》本紀第二十七，高宗四）。李清照《金石録後序》：『壬子，又赴杭』，即紹興二年（公元一一三二）亦到杭州。三、四年（十月離開）仍居杭。李清照曾寫詩《上樞密韓公、工部尚書胡公》，序云：『紹興癸丑（三年）五月，樞密韓公、工部尚書胡公使虜，通兩宫也。……作古、律詩各一章，以寄區區之意』。兩個使者即樞密韓肖胄、工部尚書胡松年。

詩中贊韓公：『中朝第一人，春官有昌黎。身為百夫特，行足萬人師』；贊胡公：『胡公清德人所難，謀同德協必志安』。他們將不辱出使金國之使命。這就是此詞中『天然香艷殊絶。比雙成皎皎，倍增芳潔』頌詞的最好注脚。詩中：『不乞隋珠與和璧，只乞鄉關新信息』，『欲將血泪寄山河，去灑東山一抔土』與詞中：『豈謂浮雲，終不放、滿枝明月。……時飲金鐘，更繞叢叢繁雪』的意旨相同，都是企祝抗金勝利，收復失地，光復神州，舉杯慶賀。韓、胡兩公出使前，李易安（清照）寫詩祝願提醒：『夷虜從來性虎狼，不虞預備庸何傷』。歸來後，李易安（清照）寫詞表示慰問慶賀。內容又驚人的吻合。

『去年因遇，東歸使指，遠恨意曾攀折』，詞人『遇』東歸使是梅花盛開之時折梅敬獻。梅花是頂寒冒雪開放預報先春的。與『十一月……甲子，韓肖胄等使還』（《宋史》卷二七，高宗四）所記載的季節特徵梅花開放是一致的。又一吻合之處。《建炎以來系年要録》（卷六六）：『紹興三年六月……丁亥同簽書樞密院事韓肖胄工部侍郎胡松年入辭』，『紹興三年十有一月……甲子樞密院言端明殿學士同簽書樞密院事韓肖胄工部尚書胡松年使還』（卷七〇）。《續資治通鑒》（卷第一百十二）：『紹興三年……六月……韓肖胄為端明殿學士、同簽書樞密院事，充大金軍前奉表通問使；給事中胡松年試工部尚書，充副使。……丁亥，入辭』，『紹興三年……十一月……甲子，端明殿學士同簽書樞密院事韓肖胄、工部尚書胡松年使還，詔肖胄等速赴行在」（卷第一百十三）。兩書記載其告辭為六月、歸來為十一月，其時間是相同的。出發的時間與李清照給兩公的詩中所言「三年夏六月」是一致的。「十一月」歸來梅花競放，與詞中「遇」「東歸使」「攀折」梅花敬獻是相合的。「遇」「東歸使」「攀折」梅花敬獻在「去年」「十一月」，寫詞時間在下一年，即紹興四年（公元一一三四）初。

此詞《梅苑》題作「紅梅」，但細究此詞內容，「粉萼染、猩猩鮮血」，又以「比雙成皎皎」、「芳潔」、「繁雪」，描繪梅花而證，此詞所咏為「白梅」。江浙一帶白梅之特徵：一般為白花，萼為紅褐色，有兩花同生于一芽苞者，在陽曆一、二月或稍前後開放。詞人「遇」「東歸使」「攀折」梅花敬獻是在陰曆「去年」「十一月」，正好是陽曆一、二月或稍前後，白梅開放的時節，這與此詞所描寫之白梅形象特徵一致。「紅梅」是傳抄刻印之輾轉中誤抄誤刻。

這樣「詩」、「詞」、「史」所載的時間史實内容是驚人之吻合。種種恰合之處，確鑿無疑，考辨證明該首就是李清照炳耀千秋的愛國詞章，衹是「人未曉」。今日筆者首個識得「廬山真面目」。可惜此詞被許多書拒收，連存疑詞也未占住。漢韓嬰《韓詩外傳》：「白玉度尺，雖有十仞之土，不能掩其光；良珠度寸，雖有百仞之水，不能掩其輝」。誠哉是也！欣然輯入《漱玉詞》。筆者宣告：首個發現李清照彪炳千秋之愛國詞篇。

【注釋】

〔一〕**苒苒**：漸漸地過去。宋杜安世《蝶戀花》：「金縷衣寬，賽過宮腰細。苒苒光陰似流水」。宋柳永《八聲甘州》：「是處紅衰翠減，苒苒物華休」。

〔二〕**流光**：像河水一般不停流動的時光。宋張掄《醉落魄》：「流光轉轂。烏飛兔走爭相逐」。宋晁冲之《玉蝴蝶》：「盡鎖重門，人去暗度流光」。

〔三〕**蕊**：指花。宋侯寘《菩薩蠻》：「玉蕊縱妖嬈，恐無能樣嬌。」宋晁補之《鹽角兒》《亳社觀梅》：「香非在蕊，香非在萼，骨中香徹」。

〔四〕**苞**：花没開時包着花朵的小葉片。宋郭應祥《念奴嬌》：「瓊苞玉屑，問天公、底事亂拋輕墜」。宋蔣捷《白苧》：「瓊苞未剖，早是東風作惡」。

〔五〕**萼**：花瓣外面的一層小托片。唐王維《辛夷塢》：「木末芙蓉花，山中發紅萼」。宋李之儀《早梅芳》：「嫩苞匀點綴，緑萼輕裁剪」。

〔六〕**猩猩鮮血**：紅褐色如猩猩鮮血。唐白居易《感興》二首：「樽前誘得猩猩血，幕上偷安燕燕窠」。唐方幹《孫氏林亭》：「瑟瑟林排全巷竹，猩猩血染半園花」。

［七］**次第**：忽然，陡地。唐白居易《觀幻詩》：「次第花生眼，須臾燭過風」。宋辛弃疾《鷓鴣天》：「新愁次第相抛捨，要伴春歸天盡頭」。（《唐宋詞常用詞辭典》）

［八］**殊絶**：無以倫比的。唐姚合《題鳳翔西郭新亭》：「結構方殊絶，高低更合宜」。宋劉浚《期夜月》：「當時妙選舞袖，慧性雅資，名為殊絶」。

［九］**皎皎**：潔白亮麗超過一般。魏曹丕《燕歌行》：「明月皎皎照我床，星漢西流夜未央」。唐張若虛《春江花月夜》：「江天一色無纖塵，皎皎空中孤月輪」。

［一〇］**因**：趁着、就着。唐安守範《天臺禪院聯句》：「偶到天臺院，因逢物外僧」。宋黄庭堅《清平樂》：「百囀無人能解，因風飛過薔薇」。

［一一］**東歸使**：指從東北歸來的南宋出使金國的使者回到東部都城臨安，即現在的杭州。

［一二］**指**：指斥。《漢書・王嘉傳》：「里諺曰：『千人所指，無病而死』」。魯迅《自嘲》：「横眉冷對千夫指，俯首甘為孺子牛」。

［一三］**豈謂**：難道説。唐白居易《嘆魯二首》：「蟲獸尚如是，豈謂無因緣」。宋黄庭堅《減字木蘭花》：「豈謂無衣。歲晚先寒要弟知」。

［一四］**浮雲**：飄浮的雲彩。西漢陸賈《新語・慎微篇》云：「邪臣之蔽賢，猶浮雲之障日月也」。此詞指金國的反動統治和侵掠及朝内的賣國投降的罪惡勢力。宋文天祥《北行第九十》「浮雲暮南征，我馬向北嘶。」宋辛弃疾《水龍吟》《過南劍雙溪樓》：「舉頭西北浮雲，倚天萬里須長劍」。

［一五］**金鐘**：金質的或美麗的飲酒器具。唐高駢《邊方春興》：「草色青青柳色濃，玉壺傾酒滿金鐘」。宋李祁《浪淘沙》：「唯有一輪山上月，長照江中。一點落金鐘」。

【品鑒】

此詞《梅苑》題作「紅梅」，然詞中所寫梅之形態特徵：「粉萼染、猩猩鮮血」，「比雙成皎皎」、「芳潔」、「繁雪」，與現在江浙一帶白梅的形態特徵：一般為白花，萼為紅褐色，有兩花同生于一芽苞者，在陽曆一、二月間或稍前後開放是一致的。詞人「遇」「東歸使」「攀折」梅花敬獻是在陰曆「去年」「十一月」（紹興三年），正好是陽曆一、二月間或稍前後白梅開放之時節，這與現在江浙一帶白梅之開放時間也是一致的。「紅梅」是傳抄刻印之輾轉中誤抄誤刻。（前已有論述，為保此鑒賞文之完整性而重述）。

上片，發端，起得突兀：「重重山外，苒苒流光，又是殘冬時節。」「重重」，群山綿亙，有峻嶒之勢。「山外」，茫遠無際。光陰晝夜遞嬗如流水般漸漸地逝去。「又是殘冬時節」，整個大地殘留嚴冬之寒威。四叠字之運用加重了時空的無限之感和環境莽蒼肅殺的氣象。寫初春想象之中遥遠金國殘冬冷落衰敗之景象。『又』字説明頽勢已久。隱喻北方金國國勢隨着時間的推移而苟延殘喘，大勢已去。

次三句：『小園幽徑，池邊樓畔，翠木嫩條春別。』寫小園，僻静的小路，池邊樓畔的緑樹嫩條，欲到春天就呈現出明顯的變化。由遠及近，由大及小。這似攝影藝術畫面的陪體。再次三句：『纖蕊輕苞，粉蕚染、猩猩鮮血。』如影視的特寫，攝影藝術畫面的主體。攝取梅花的視覺形象：纖細的花蕊，輕柔的花苞，花粉蕚片都染上鮮紅色，如猩猩鮮血。題旨暗點，含而不露。

前結：『乍幾日、好景和風，次第一齊催發。』忽然不幾天，陽光充足，惠風和暖，轉眼之間，促使梅花一齊開放了。『次第』照應『乍』字。整個畫面給人以藝術美感的享受。

上片次九句，承寫環境，但寫冬末初春時節南宋都城臨安欣欣向榮之景象。語言色彩濃重，充滿熱愛赞美之情。與發端三句所寫，同一時節『重重山外』遥遠金國毫無生氣之『殘冬』景象成顯明對比。『別』有春天之氣象。

下片，換頭，承：『天然香艷殊絶。比雙成皎皎，倍增芳潔。』其天然的芳香艷麗是無以倫比的。一對對比并着潔白亮麗，倍增芬馨潔美。從視覺嗅覺形象寫的。比喻韓、胡兩公出使取得的成就，使原本超邁之高尚品德不朽勛業增輝添彩。次三句：『去年因遇，東歸使指，遠恨意曾攀折。』通過審美主體對白梅的審美想象，從前寫其香艷殊絶，聯想出一段難忘的回憶：去年就着遇到出使東北金國的南宋使節歸來之機，斥責金人對中原的侵犯，我懷着對金國痛恨的心情，曾折取白梅贈給韓胡二公他們，表示慰勞慶賀之情意。『攀折』，暗自猝題。李清照《訴衷情》（夜來沉醉卸妝遲）寫梅花芳香可愛，然而為了延續愛人歸來的夢幻，可以犧牲梅花，襯托出她對丈夫的愛無比深沉，是透過一層的寫法。此詞描寫梅花香艷無以倫比，非常憐愛和赞賞。但遇到肩負民族大義出使金國而歸來的宋使，却從容地攀折而獻給他們，寄託愛國的深情厚意，表示感謝和慰問，突出詞人的愛國之情。寫法與前同妙。且感情的高度上升到國家民族的層面，提高了白梅的審美價值。

再次三句：『豈謂浮雲，終不放、滿枝明月。』『浮雲』，此詞指金國的反動統治和侵掠及南宋朝内賣國投降之罪惡勢力。此處用反詰句，難道説烏雲總能遮住明月，不讓光輝照滿梅枝嗎？達到正面的肯定效果。即肯定絶對會有雲散月出之時機，皎月會朗照梅枝的。這是富有詩情哲理的理趣佳句，辭勝、理勝。『枝』字切題。此三句寓意是『浮雲』終會被驅散。金國必敗，投降派必敗，中原必復，被統治和揉躪的宋民一定會重見光明。詞人對打敗金兵收復中原，抱着必勝的信心。愛國的思想閃閃發光，熠熠生輝。

結句：『但嘆息、時飲金鐘，更繞叢叢繁雪。』合。『但』字一轉，折出『嘆息』二字，隱含着『烏雲』散去，『滿枝明月』之不易。南宋王朝苟安一隅，投降派主政，不圖恢復，且打擊抗戰派，想擊敗金國收復失地困難重重，局面複雜，談何容易？盡在一聲長『嘆』裏。但詞人堅信金國必亡，神州必復，屆時我們要端起金光閃閃的酒杯，斟滿美酒，再圍繞着花團簇簇之白梅痛飲，慶祝勝利，光復神州。『繁雪』，合題。此詞所表現的愛國思想，光芒四射，可歌可頌。李清照曾『瀝血投書』，給出使金國的韓公、胡公（公元一一三三年），在《上樞密韓公、工部尚書胡公》詩中云：『夷虜從來性虎狼，不虞預備庸何傷』，對敵虜的虎狼獸性有清醒的認知，告誡使者二公要有充分準備，百倍警惕。在她的《打馬賦》中云：『佛狸定見卯年死』，對敵國的滅亡充滿信心，表現了刻骨的仇恨。與此詞的『遠恨意』是相同的。李清照在《上樞密韓公、工部尚書胡公》詩云：『不乞隋珠與和璧，只乞鄉關新信息』、『欲將血泪寄山河，去灑東山一抔土』，其《打馬賦》云：『木蘭横戈好女子。老矣不復（誰能）志千里，但願相將過淮水』，都表現對故國鄉關的無比熱愛和思念，切盼敵虜滅亡，光復失地。與此詞『豈謂浮雲，終不放、滿枝明月』，『更繞叢叢繁雪』的寓意：金國一定滅亡，失地一定收復，人民定會重見光明，是一致的，本出一爐。李清照在韓、胡二公出使金國前寫《上樞密韓公、工部尚書胡公》詩，給他們提醒；在二公出使歸來，即『遇』『東歸使』，于白色梅花盛開之時，折梅敬獻，表示慰問和祝賀，這是合乎情理的。遇『東歸使』是『去年』，寫此詞即在『東歸使』歸來的下一年正月，不會太晚，這是合乎羅輯的。

此詞章嚴法妙：上片，開端三句隱寫初春想象之中『重重山外』遥遠金國殘冬衰敗之景象。暗喻北方金國國勢衰頹，隨着時間的推移而苟延殘喘，大勢已去。虛寫遠境；上片次九句，寫冬末初春時節南宋都城臨安欣欣向榮之景象。語言色彩濃重，充滿熱愛贊美之情。與發端三句所寫，同一時節『重重山外』遥遠金國毫無生氣之『殘冬』景象成顯明對比。實寫近境。由遠及近。在詞人看來臨安之春景榮盛，這是造化，天佑，不可戰勝，這是勝利之徵象，大宋必勝，奄奄一息之金國必亡。這是景象對比的藝術效果，詞人意旨所在。下片，換頭四句，承，特寫梅花香艷殊絶；轉，憶去年遇『東歸使』折梅敬獻，『折』切梅；次三句堅信『浮雲』定散，會放『滿枝明月』，『枝』切梅；結句，闔合，寫期待驅散『浮雲』月滿梅枝，再繞叢叢白梅，舉金杯痛飲觀賞，并慶賀光復之情景。『叢叢繁雪』，重磅搗題，詞眼。曲盡其意，意脉晰然。此詞起、承、轉、合之妙，堪稱佳構。

此詞使用『又』、『豈』、『但』、『更』等虛字，襯逗呼應，靈動流美，轉折達意，栩栩欲活。清沈祥龍《論詞隨筆》：『詞中虛字，猶曲中襯字，前呼後應，仰承俯注，全賴虛字靈活，其詞始妥溜而不板實』，對詞中虛字的作用論述得頗為精湛。

婉約含蓄，境界神奇。首三句：『重重山外，苒苒流光，又是殘冬時節』，這是『重重山外』曠遠蒼莽冷峻之殘冬氣象。詞人雖未點出所寫為金國，含而不露，然讀者可會意捕捉。『小園幽徑，池邊樓畔，翠木嫩條』，陪體景色幽美；梅就是環境裏的重中之重。用神妙之筆渲染主體『香艷殊絶』，『纖蕊輕苞，粉萼染，猩猩鮮血』，『好景和風』，『比雙成皎皎，倍增芳潔』，『滿枝明月』，『叢叢繁雪』，美極了！但作者仍不露所咏為何花，含蓄蘊藉，然讀者仍可把詞人筆下的梅花形象特徵與現實中江浙白梅形象特徵比較：色白，萼一般為紅褐色，有雙花同生于一芽苞者，在陽曆一、二月或稍前後開放是相同的。便知作者所寫之花為『白梅』。此詞之境為超然之『勝境』。清劉熙載《藝概·文概》：『《檀弓》語少意密，顯言直言所難盡者，但以句中之眼，文外之致含藏之，已使人自得其實，是何神境』，此詞『滿枝明月』，為警策之語，有三層意思：整個樹枝被明月照耀；哲理名言：浮雲不能長久遮住明月；隱喻金人終會被消滅，收復失地，人民幸福美滿。即『意密』。『叢叢繁雪』，亦三層意思：簇簇綴滿白雪；隱喻叢叢白梅盛開；象徵打敗金兵收復失地形勢美好，即『意密』。『叢叢繁雪』，為『詞眼』，『滿枝明月』，為警策之語，均使讀者認識到文外蘊含的深情厚意，而不説破，有『含蓄而不晦，透露而不盡』之妙！為奇崛的『神境』。并跌宕轉折出崇高的愛國情思，情景交融。呈現景勝，情勝，情景兼勝而化一的意境之美。把梅的審美價值推向更高的層次。筆者認為，從這個意義上説，此詞當為唐、宋咏梅詞之霸。充分體現婉約派之藝術風格。

清蔣敦復《芬陀利室詞話》：『唐、五代、北宋人詞，不甚咏物，南渡諸公有之，皆有寄託。白石、石湖咏梅，暗指南北議和事。及碧山、草窗、玉潛、仁近諸遺民，樂府補遺中，龍涎香、白蓮、蓴、蟹、蟬諸咏，皆寓其家國無窮之感，非區區賦物而已』，『即間有咏物，未有無所寄託而可成名作者』，論述南宋咏物詞多有寄託，隱含『南北議和』，寄寓家國之憂。沒有一個詞家之咏物詞沒有這種寄託，而成為著名詞人，且作品成為名作的。此詞正因為蘊含『南北議和』，寄託詞人濃重家國之憂，對消滅敵虜光復失地充滿必勝信心的崇高愛國思想，而獲得高度評價和榮耀，將永垂中國文學史。

【選評】

力求而未得。

滿庭霜

小閣藏春，閑窗鎖晝，畫堂無限深幽。篆香燒盡，日影下簾鈎。手種江梅更好，又何必、臨水登樓。無人到，寂寥渾似，何遜在揚州。　從來知韵勝，難堪雨藉，不耐風柔。更誰家，橫笛吹動濃愁。莫恨香消雪減，須信道、掃迹情留。難言處，良宵淡月，疏影尚風流。

——《楝亭十二種》之《梅苑》

【考辨】

◎歷代載籍著録此闋之詞調、題目：

調作《滿庭霜》、《滿庭芳》。題作『殘梅』。

◎歷代此闋著録為李清照（易安）詞之載籍：

［一］宋・黃大輿輯《梅苑》，《楝亭十二種》本（卷三，第五頁），收作李易安詞。

校記

調題： 調作《滿庭霜》。無題。

正文： 原『鉤』、『韻』、『桒』、『横』、『銷』、『减』、『踈』，兹改為正字『鈎』、『韵』、『柔』、『横』、『消』、『減』、『疏』。

（擇為範詞，底本）

附録： 無。

［二］宋・黃大輿輯《梅苑》文淵閣《欽定四庫全書》本（卷三，第七頁），收作李易安詞。

校記

調題：調作《滿庭芳》。無題。
正文：「濃」作「儂」。
附録：無。

［三］明・陳耀文纂（原署）《花草粹編》影印明刊十二卷本（卷九，第三八頁），收作李易安詞。

校記

調題：調作《滿庭芳》。題作「殘梅」。
正文：「更好」作「漸好」；「渾」作「恰」；「柔」作「揉」。
附録：無。

［四］明・陳耀文輯《花草粹編》文淵閣《欽定四庫全書》二十四卷本（卷一七，第四八頁），收作李易安詞。

校記

調題：調作《滿庭芳》。題作「殘梅」。
正文：「更好」作「漸好」；「渾」作「恰」；「柔」作「揉」。
附録：無。

［五］明・陳耀文編（原署）《花草粹編》文津閣《欽定四庫全書》二十四卷本（卷一七，總第八四頁），收作李易安詞。

校記

調題：調作《滿庭芳》。題作「殘梅」。
正文：「更好」作「漸好」；「渾」作「恰」；「柔」作「揉」。
附録：無。

［六］清・沈辰垣等編《御選歷代詩餘》影印康熙内府本（卷六一，第三〇九頁），收作「宋媛　李清照」詞。

校記

調題：調作《滿庭芳》。題作「殘梅」。
正文：「更好」作「漸好」；「渾」作「恰」；「堪」作「禁」；「柔」作「揉」；「雪」作「玉」。
附録：無。

［七］　清・江標抄《李清照漱玉詞》汲古閣未刻詞二十二家本（手抄，不分卷頁，第四七首），上海圖書館藏，收作『宋易安居士李氏清照』詞。

校記

調題： 調作《滿庭芳》。無題。

正文： 『更好』作『漸好』；『渾』作『恰』；『堪』作『禁』；『柔』作『揉』。

附録： 無。

［八］　清・汪玢箋《漱玉詞彙抄》問遽廬正本（手抄，不分卷頁，第三七首），復旦大學圖書館藏，收作『宋李氏清照易安』詞。

校記

調題： 皆同範詞。調下注：『按即《滿庭芳》』。

正文： 『更好』作『好』。

附録： 無。

［九］　清・譚獻輯《復堂詞録》稿本（卷八，宋集七，未注頁碼），收作李清照詞。

校記

調題： 調作《滿庭芳》。題作『殘梅』。

正文： 『更好』作『漸好』；『渾』作『却』；『雪』作『玉』。

附録： 無。

［一〇］　清・王鵬運輯《漱玉詞》，《四印齋所刻詞》本（第八頁），收作『李清照　易安』詞。

校記

調題： 調作《滿庭芳》。題作『殘梅』。

正文： 『更好』作『漸好』；『渾』作『恰』；『堪』作『禁』；『柔』作『揉』；『雪』作『玉』。

附録： 無。

［一一］　清・楊文斌輯録《三李詞》光緒庚寅夏香海閣刊本（卷三，第一五頁），收作李清照詞。

校記

調題： 調作《滿庭芳》。題作『殘梅』。

正文： 『更好』作『漸好』；『渾』作『恰』；『堪』作『禁』；『不耐風柔』作『不奈風揉』；『家』作『知』；『雪』作『玉』。

附録： 無。

［一二］清・何震彝輯《詞苑珠塵》清光緒三十三年鉛印本（不分卷，第一一頁），著録為李清照詞句。

校記

調題： 無調。集為詩句。詩題作『夜坐』。

正文： 僅收録『從來知道韵勝』一句。『知』作『知道』。

附録： 無。

［一三］清・蕙風簃主箋《漱玉詞箋》中華圖書館石印本　中華民國四年六月版（不分卷，第一〇頁），收作李清照詞。

校記

調題： 調作《滿庭芳》。題作『殘梅』。

正文： 『更好』作『漸好』；『渾』作『恰』；『堪』作『禁』；『柔』作『揉』；『雪』作『玉』；『掃迹』作『迹掃』。

附録： 無。

［一四］李文裿輯《漱玉集》冷雪盦叢書本（卷四，第四頁），收作李清照詞。

校記

調題： 調作《滿庭芳》。題作『殘梅』。

正文： 『更好』作『漸好』；『又何必』作『何必』；『渾』作『恰』；『堪』作『禁』；『柔』作『揉』；『雪』作『玉』。

附録： 《歷代詩餘》、《花草粹編》、《梅苑》、四印齋本《漱玉詞》。（尾注）

［一五］趙萬里輯《漱玉詞》，《校輯宋金元人詞》本（第八頁），收作『李清照　易安』詞。

校記

調題：調作《滿庭芳》。無題。調下注：「《花草粹編》題作「殘梅」，《歷代詩餘》同」。

正文：「情」作「難」。

附録：《梅苑》三、《花草粹編》九、《歷代詩餘》六十一。（尾注）

［一六］唐圭璋輯《全宋詞》中州古籍出版社　兩冊本（上，第六四三頁），收作李清照詞。

［一七］中華書局編《李清照集》（第二六頁），收作李清照詞。

［一八］王仲聞《李清照集校注》人民文學出版社（第四三頁），收作李清照詞。

［一九］黃墨谷《重輯李清照集》齊魯書社（卷二，第一八頁），收作李清照詞。

［二〇］徐北文主編《李清照全集評注》濟南出版社（第一一一頁），收作李清照詞。

［二一］徐培均《李清照集箋注》上海古籍出版社（第一一三頁），收作李清照詞。

◎歷代此闋著録他人或無名氏及存疑詞之載籍：

雖廣徵博采而未見。

◎瑜按：

上輯得二十餘種載籍著録為李易安（清照）詞，且撰者無异名，兹入《漱玉詞》。

【注釋】

［一］**篆香**：唐宋流行在香上刻篆字十二時辰，以燃香計時。宋洪芻《香譜·百刻》云：「近世尚奇者作篆香，其文准十二辰，分一百刻，凡燃一晝夜已。」此詞「篆香」是也。宋馮偉壽《春雲怨》：「簾幕輕陰，圖書清潤，日永篆香絶。」宋仲殊《訴衷情》：「鐘聲已過，篆香纔點，月到門時。」另解「篆香」為盤香，形如篆字，故名。又解「香篆」為裊升之香烟，狀如篆文，故名。

［二］**簾鈎**：挂簾的鈎。唐杜甫《落日》：「落日在簾鈎，溪邊春事幽。」宋晏殊《清平樂》：「斜陽獨倚西樓，遥山恰對簾鈎」。

［三］**江梅**：宋范成大《范村梅譜》：「江梅，遺核野生，未經栽接者。又名直脚梅，或曰之野梅。」但亦泛指梅。宋高觀國《蝶戀花》：「謝了江梅，可踏江頭路。」宋黃人杰《瑞鷓鴣》：「江梅還是嫁東風。夜半春心一點融」。

［四］**臨水登樓**：晋·陶淵明《游斜川》詩序：「五月五日……臨長流……賦詩。」建安七子之一的王粲避亂荊州依劉表，未得重用，登當陽城樓作《登高賦》：「登茲樓以四望兮，聊暇日以銷憂。……挾清漳之通浦兮，倚曲沮之長洲。」以抒所懷。唐楊巨源《送人過衛州》：「論舊舉杯先下泪，傷離臨水更登樓」。金元好問《木蘭》：「祇問寒沙過雁，幾番王粲登樓。」此處用「臨水」、「登樓」兩典。

〔五〕寂寥：寂静、空曠。唐王維《登河北城樓作》：『寂寥天地暮，心與廣川閑。』唐劉禹錫《秋詞二首》：『自古逢秋悲寂寥，我言秋日勝春朝』。

〔六〕何遜在揚州：何遜，南朝梁詩人，曾在揚州為官，官署院内有梅盛開，遜常留連梅下，吟咏詩歌。故清照自比何遜。語出杜甫《和裴迪登蜀州東亭送客逢早梅相憶見寄》：『東閣官梅動詩興，還如何遜在揚州。』宋蘇軾《次韵王定國會飲清虚堂》：『何遜揚州又幾年，官梅詩興故依然』。

〔七〕韵勝：風韵逸群，超出一般。宋楊澤民《玲瓏四犯》：『韵勝江梅，笑杏俗桃粗，空眩妖艷』。宋范成大《梅譜·後序》：『梅以韵勝，以格高』。

〔八〕藉：這裏欺凌之意。唐杜甫《催宗文樹雞柵》：『踢藉盤案翻，塞蹊使之隔』。唐白居易《雜興三首》：『奸邪得藉手，從此幸門開』。

〔九〕不耐：禁受不了。唐李白《古風其二十八》：『華鬢不耐秋，颯然成衰蓬』。南唐李煜《浪淘沙》：『簾外雨潺潺。春意闌珊。羅衾不耐五更寒』。

〔一〇〕笛：指梅笛。宋吴文英《高陽臺·落梅》：『南樓不怕吹横笛，恨曉風千里關山。』宋姜夔《暗香》：『舊時月色，算幾番照我。梅邊吹笛。』笛曲中有《梅花落》的哀怨曲調。

〔一一〕疎影：梅花稀疏的影子。宋陳師道《卜算子》：『梅嶺數枝春，疏影斜臨水。』宋陳與義《臨江仙·夜登小閣憶洛中舊游》：『長溝流月去無聲。杏花疏影裏，吹笛到天明』。

【品鑒】

李清照在《孤雁兒》（藤床紙帳）小序中説：『世人作梅詞，下筆便俗。予試作一篇，乃知前言不妄耳。』説明《孤雁兒》這首梅詞不流于俗。《滿庭霜》這首梅詞，與《孤雁兒》一樣，具有自己獨特的藝術構思，亦不同于一般的咏梅詞。此詞當為清照南渡前的詞作。

『小閣藏春，閑窗鎖晝，畫堂無限深幽。』寫早春閨閣畫堂殊為凄寂幽邃。就其此詞本旨而言，這是側入。春天來到了人間，春天來到了庭院，春天來到了閨樓。『春』字點明了時節。『藏』字，説明小樓的重門緊閉着。『小閣』，小樓。宋陳與義《臨江仙》有『閑登小閣看新晴』句。『閑窗』，與易安《浣溪沙》：『小院閑窗春色深』中的『閑窗』同意，『鎖』字説明帶護欄的窗子關閉不動。緑窗寂寂，無人光顧。『藏春』，『鎖晝』，好像樓裏別有個春天，窗裏另有個白晝，并與外面的世界隔絶似的。開始用一個對偶句寫出女主人春季整日價關在深閨，孤獨凄寂、抑鬱惆悵。『畫堂』，雕繪得非常美麗的屋子。五代張泌《酒泉子》

有『畫堂深，紅焰小，背蘭釭』句。『無限』，極言畫堂的深邃幽凄。頭三句，通過對樓內凄寂幽邃環境的描寫，暗示出女主人的抑鬱惆悵的情懷，并渲染了氛圍。

『篆香燒盡，日影下簾鈎。』小閣畫堂是這般的凄寂幽邃，女主人百無聊賴，失魂落魄，索居獨處，幾乎與世隔絕，似乎對什麼東西都不感興趣。那麼怎樣消磨這永晝的時光？點燃篆香，調節一下沉悶的空氣，一直到篆香燃盡，熬到天色將晚，日影下簾鈎。女主人為什麼這樣？顯然，這是綢繆的離愁所致。『下』字用得警動异常，把日光寫活了，有神韵，也點出一天中的具體時間。

『手種江梅更好，又何必、臨水登樓。』徐徐引入本題。傍晚，室内出現暗影，可是窗下與屋裏相比亮得多了。透過窗子，她看到庭院裏親手栽種的江梅，那雅韵豐神逐漸美好。『梅』，點出題旨。『臨水登樓』，用典，晋人陶淵明曾臨長流而賦詩，三國時王粲曾登上當陽城樓作《登樓賦》，以抒所懷。開頭云：『登茲樓以四望兮，聊暇日以銷憂。……挾清漳之通浦兮，倚曲沮之長洲。』我登上這座城樓四下眺望，藉閑暇時間來消除我的憂愁。易安此三句化用典故，意思是我在庭院裏親手栽種的江梅是逐漸美好的，在傍晚賞梅賦詩尚可消愁解憂，何必要像陶淵明那樣非臨近水邊、像王粲那樣非登上城樓吟詩作賦，藉以消憂不可呢？

『無人到，寂寥渾似，何遜在揚州。』『無人到』宕頓，『寂寥』兩句拍合。『寂寥』，寂静，空曠。唐江采萍《謝賜珍珠》詩有『長門盡日無梳洗，何必珍珠慰寂寥』句。此三句的意思是，我的居所終日没有人來，寂寞空曠，就像何遜在揚州一樣，我常常望梅賦詩，消愁解悶。『梅』，隱而不露，而在典中含梅，比直接寫梅更耐人尋味，藴藉高妙。

『從來知韵勝，難堪雨藉，不耐風柔。』人們從來知道梅花高標獨迥，風韵逸群，但難以禁受雨的欺凌，甚至連柔和之風的吹拂也禁受不了。暗寓女主人的雅韵豐神，芳潔自愛，但經受不了離别等痛苦的折磨和摧殘。明寫梅花，暗寫自我形象。這使我們自然想起李清照《漁家傲》：『香臉半開嬌旖旎。當庭際。玉人浴出新妝洗』，李清照《玉樓春》：『不知醖藉幾多香，但見包藏無限意』，所寓的都是自我形象。

『更誰家，横笛吹動濃愁。』兩句振起。唐薛濤《春望》詩云：『花開不同賞，花落不同悲。欲問相思處，花開花落時。』花開花落是最能觸動人的相思之情的。此韵的意思是，梅花的雅韵豐神，令人贊賞，無奈遭到風吹雨打，令人憐憫、同情、感傷、惆悵。然而，不知從誰家傳來的笛聲，吹奏的正好是《梅花落》的曲調，憂傷哀怨，與女主人此時的情懷産生了共鳴，使原來的愁緒更加濃摯。言外之意，本來離情綢繆，痛苦難耐，又聽到《梅花落》的哀怨曲調。梅花落，意味着美好事物或青春年華的流逝，更觸動女主人的離懷，別緒更加濃重淒惻。

『莫恨香消雪減，須信道、掃迹情留。』『雪』，喻白色梅花。唐人戎昱《早梅》：『應緣近水花先發，疑是經春雪未消』，這是用雪來比喻梅花的。意思是，不要恨梅花的香味漸消花瓣零落，一定要相信，即使是凋落的花瓣和香味一掃而光，但情意長存。言外之意，我為思念丈夫而縈損芳肌，這是自然的，無法制止的，不要怨恨。假使我的肉體在人間消失了，但愛情永存。表現對愛情的忠貞。這是自我安慰，同時也在勸藉別人。『莫恨』與『須信』兩句呼應。

『難言處，良宵淡月，疏影尚風流。』『難言處』一頓，摇曳生姿，喚出下面兩句。結句清俊，餘韻殊勝，振作全篇。『風流』，有風度，有韻致。唐人吴融《杏花》：『粉薄紅輕掩斂羞，花中占斷得風流』，明人錢士升《紫薇花》：『深紫嫣紅出素秋，不粘皮骨自風流』，其中的『風流』與此詞中的『風流』同意。宋范成大《梅譜・後序》：梅『以横斜疏瘦、與老枝怪奇者為貴』，故易安詞云『良宵淡月，疏影尚風流。』結句意思是，難以用語言表達的地方，雖然是梅花香消雪減，但是在美好的夜晚，清淡的月光照耀着稀疏的梅影，它還是很有風韵情致的。言外之意，儘管自己受到離情别苦的折磨，魂消腸損，但是依舊别有風韵，表現了作者芳潔自愛的品質。

上片，寫早春女主人幽閨索居的孤寂惆悵。下片，寫梅花雖香消雪減，但淡月下的疏影依舊很有風韵。

易安寫梅詞何以不俗？宋林逋詩《山園小梅》：『衆芳摇落獨喧妍，占盡風情向小園。疏影横斜水清淺，暗香浮動月黄昏。霜禽欲下先偷眼，粉蝶如知合斷魂。幸有微吟可相狎，不須檀板共金樽。』這是一首歷來最被人稱賞的咏梅詩，古人多有評騭。還有宋陸游的《卜算子》：『驛外斷橋邊，寂寞開無主。已是黄昏獨自愁，更着風和雨。無意苦争春，一任群芳妒。零落成泥碾作塵，衹有香如故。』也是中國詞壇一首著名的梅詞，膾炙千古。這兩首詩詞與李清照的梅詞在藝術表達上有何异同呢？林、李、陸三首詩詞，都是咏梅的，都是托物言志的。林詩托梅花自贊其高雅芳潔；陸詞托梅花自喻其高風亮節；李詞托梅花贊頌愛情。在各有寄託這點上是相同的。然而林、陸咏梅的詩詞，從字面上説通篇都是寫梅的。李詞則不然，把咏梅放在人物的生活、活動中，加以描寫和贊頌，把相思和咏梅結合起來，自成高格，正是易安匠心獨運處。

用了大量的虚詞：『更』、『又』、『何必』、『從來』、『莫』、『須』、『尚』等，呼應傳神，轉折達意，跌宕多姿，是此詞在表達方面的另一特色。

易安咏梅，不落窠臼，在寫法上別出機杼，説明易安在藝術上勇于創新的精神。

【選評】

［一］**邱俊鵬：** 全詞就這樣以『手種江梅漸好』為樞紐，以何遜見梅而動詩興作為過渡，把詞的上闋主要寫人，下闋主要咏梅緊密地聯繫起來。特別是詞的下闋，從愛梅、惜梅，到安慰梅，而堅信『疏影尚風流』，不僅表現抒情主人公與梅情感交流，而且達到人梅難分的境界了。不是嗎？『疏影尚風流』是梅特有的姿質，恐怕也是詩人的寫照吧！（《李清照詞鑒賞》）

［二］**溫紹堃　錢光培：** 這首詞，在《花草粹編》中題作『殘梅』。是一首咏梅詞。『小閣藏春，閑窗鎖晝，畫堂無限深幽。』有的注家，將『小閣藏春』的『春』，解釋為『梅』，因為梅花開于早春，用『梅』來指代『春』，或是用『春』來指代『梅』，在修辭上都是可以的，但是，在這裏，將『春』釋作『梅』，顯得不妥。其一是，下闋有『難堪雨藉，不耐風揉』和『掃迹難留』等句都是寫梅的境遇，如果梅是處在小閣之內，便不當有此境遇；其二是，上闋中『小閣藏春』之句後面，還有『手種江梅更好』句，如果『春』所指代的就是『梅』，此闋就顯得重沓了。我們以為，『小閣藏春』的『春』，就是指春光、春色。（《李清照名篇賞析》）

［三］**謝桃坊：** 關于這首詞的寫作時間，因缺乏必要的綫索而無法詳考，但從詞中所描述的冷清寂寞『無人到』的環境和表現凋殘遲暮『難言』的感傷情緒來看，它應是清照遭到家庭變故後的作品。這種變故使清照的詞作具有凄涼悲苦的情調。因而在咏殘梅的詞裏，我們不難發現作者藉物咏懷，暗寓了身世之感，其主觀抒情色彩十分濃厚，達到了意與境諧、情景交融的程度，故難辨它是作者的自我寫照還是咏物了。它和清照那些抒寫離別相思和悲苦情緒的作品一樣，詞語輕巧尖新，詞意深婉曲折，表情細膩，音調低沉諧美，富于女性美的特徵，最能體現其基本的藝術特色。這首《滿庭芳》不僅是《漱玉詞》中的佳作，也應是宋人咏物的佳作之一。（《李清照作品賞析集》）

［四］**侯健　吕智敏：** 結尾處，又變曲筆為熱情的直頌，勾繪出在美好春夜的朦朧月光下，梅樹那疏枝斜逸的風流倩影。用『難言處』以冠之，更是含蓄蘊藉，給讀者留下了無限想象的餘地。此詞以梅自況，表現了詞人早年既自恃才高志遠，對生活滿懷美好希望，又深感自己身為閨秀，『小閣藏春，閑窗鎖晝』，奇才難展，伉儷常別，故將此愁此怨藉咏梅以托出。（《李清照詩詞評注》）

［五］王英志：此詞約作于南渡後的宋建炎三年（一一二九），時在建康（今南京）。此詞屬專咏『殘梅』的咏物詞，與前詞《訴衷情》把『殘梅』作為詞人情感的襯托不同。此詞之『殘梅』實際是作者的化身，是其人格的象徵。……此詞是詞人在北宋淪亡、背井離鄉的背景下，心境老化、悲觀頹喪的形象表現。（《李清照集》）

［六］范英豪：詞上片寫賞梅之環境和氛圍，由當前的小閣、畫堂之深幽，寫到『篆香燒盡』，所暗示的時間推移。『手種江梅更好』切入主題，但又隨即跳開，以典虛寫梅花所處的寂寥環境，下片頌梅之孤高堅毅，憐梅之飽經折磨，寄託了詞人孤傲自愛，對生活充滿信心的精神。結句以素筆描繪了一幅淡淡月光下梅枝之倩影兀自風流的圖畫，將梅之姿容、品格，詞人之情、之思融為一體，寄託高遠，梅人無隔。（《李清照詩詞選》）

玉樓春

紅酥肯放瓊苞碎。探着南枝開遍未。不知蘊藉幾多香，但見包藏無限意。　道人憔悴春窗底。悶損欄杆愁不倚。要來小酌便來休，未必明朝風不起。

——《楝亭十二種》之《梅苑》

【考辨】

◎**歷代載籍著録此闋之詞調、題目：**

調作《玉樓春》。題作『紅梅』。

◎**歷代此闋著録為李清照（易安）詞之載籍：**

［一］　宋·黄大輿輯《梅苑》，《楝亭十二種》本（卷八，第九頁），收作李易安詞。

校記

調題： 調作《玉樓春》。無題。

正文： 原『闌』、『干』，茲改為正字『欄』、『杆』。（擇為範詞，底本）

附録： 無。

［二］　宋·黄大輿輯《梅苑》文淵閣《欽定四庫全書》本（卷八，第一三頁），收作李易安詞。

校記

調題： 皆同範詞。

正文： 皆同範詞。

附録：無。

[三] 明・陳耀文纂（原署）《花草粹編》影印明刊十二卷本（卷六，第九頁），收作李易安詞。

校記

調題：調同範詞。題作『紅梅』。

正文：『苞』作『瑶』；『悶』作『閑』；『酌』作『着』。

附録：無。

[四] 明・陳耀文輯《花草粹編》文淵閣《欽定四庫全書》二十四卷本（卷一一，第一一頁），收作李易安詞。

校記

調題：調同範詞。題作『紅梅』。

正文：『苞』作『瑶』；『悶』作『閑』；『酌』作『着』。

附録：無。

[五] 明・陳耀文編（原署）《花草粹編》文津閣《欽定四庫全書》二十四卷本（卷一一，總第三三頁），收作李易安詞。

校記

調題：調同範詞。題作『紅梅』。

正文：『苞』作『瑶』；『悶』作『閑』；『酌』作『着』。

附録：無。

[六] 清・朱竹垞（彝尊）著《静志居詩話》扶荔山房本影印（卷一八，第三三頁），著録為李易安詞。

校記

調題：無調。無題。

正文：僅收録『要來小酌便來休，未必明朝風不起』。與範詞同。

附録：李易安詞：『要來小酌便來休，未必明朝風不起。』皆得此花之神。（詞評）

[七] 清・沈辰垣等編《御選歷代詩餘》影印康熙内府本（卷三二，第一六九頁），收作『宋媛　李清照』詞。

校記

調題： 調同範詞。題作『紅梅』。

正文： 『苞』作『瑶』；『香』作『時』；『悶損』作『閑拍』；『酌』作『看』。

附録： 無。

［八］ 清・江標抄《李清照漱玉詞》汲古閣未刻詞二十二家本（手抄，不分卷頁，第三四首），上海圖書館藏，收作『宋易安居士李氏清照』詞。

校記

調題： 調同範詞。題作『紅梅』。

正文： 『苞』作『瑶』；『香』作『時』；『悶』作『閑』；『酌』作『看』。

附録： 無。

［九］ 清・汪玢箋《漱玉詞彙抄》問遽廬正本（手抄，不分卷頁，第三九首），復旦大學圖書館藏，收作『宋李氏清照易安』詞。

校記

調題： 皆同範詞。

正文： 皆同範詞。

附録： 無。

［一〇］ 清・王鵬運輯《漱玉詞》，《四印齋所刻詞》本（第一二頁），收作『李清照　易安』詞。

校記

調題： 調同範詞。題作『紅梅』。

正文： 『苞』作『瑶』；『香』作『時』；『悶損』作『閑拍』；『酌』作『看』。

附録： 無。

［一一］ 清・楊文斌輯録《三李詞》光緒庚寅夏香海閣刊本（卷三，第九頁），收作李清照詞。

校記

調題： 調同範詞。題作『紅梅』。

正文：「苞」作「瑶」；「香」作「時」；「悶損」作「閑拍」；「酌」作「看」。

附録：無。

［一二］清・蕙風簃主箋《漱玉詞箋》中華圖書館石印本　中華民國四年六月版（不分卷，第五頁），收作李清照詞。

校記

調題：調同範詞。題作「紅梅」。

正文：「苞」作「瑶」；「悶損」作「閑拍」。

附録：無。

［一三］木石居士選輯　絳雲女史參校《歷代名媛詞選》民國十六年石印本（卷八，小令八，未注頁碼），收作李清照詞。

校記

調題：調同範詞。題作「紅梅」。

正文：「苞」作「瑶」；「香」作「時」；「悶損」作「閑拍」；「酌」作「看」。

附録：無。

［一四］李文裿輯《漱玉集》冷雪盦叢書本（卷三，第八頁），收作李清照詞。

校記

調題：調同範詞。題作「紅梅」。

正文：「苞」作「瑶」；「香」作「時」；「悶損」作「間拍」；「酌」作「看」。

附録：《歷代詩餘》、《花草粹編》、《梅苑》、四印齋本《漱玉詞》。（尾注）

［一五］趙萬里輯《漱玉詞》，《校輯宋金元人詞》本（第五頁），收作「李清照　易安」詞。

校記

調題：調同範詞。題作「紅梅」。題下小注：「題從《花草粹編》、《歷代詩餘》補」。

正文：皆同範詞。

附録：《梅苑》八、《花草粹編》六、《歷代詩餘》三十二。（尾注）

［一六］唐圭璋輯《全宋詞》中州古籍出版社　兩冊本（上，第六四三頁），收作李清照詞。

［一七］中華書局編《李清照集》（第一五頁），收作李清照詞。

［一八］王仲聞《李清照集校注》人民文學出版社（第四五頁），收作李清照詞。

［一九］黄墨谷《重輯李清照集》齊魯書社（卷三，第一七頁），收作李清照詞。

［二〇］徐北文主編《李清照全集評注》濟南出版社（第二六頁），收作李清照詞。

［二一］徐培均《李清照集箋注》上海古籍出版社（第二七頁），收作李清照詞。

◎歷代此闋著録他人或無名氏及存疑詞之載籍：

雖廣徵博采而未見。

◎瑜按：

此詞二十餘種載籍著録為李易安（清照）詞，且撰者無异名，兹入《漱玉詞》。

【注釋】

［一］**紅酥：**酥，一種乳製品，即酥油。此處形容紅梅初放時的柔膩和色澤。宋陸游《釵頭鳳》：『紅酥手，黄藤酒，滿城春色宮牆柳』。宋王炎《采桑子》：『一番飛次春風巧，細看工夫。點綴紅酥』。

［二］**瓊苞：**美玉一般美麗的花苞。瓊：美玉。參見《真珠髻》（重重山外）『苞』注。

［三］**藴藉：**同『醖藉』，含蓄寬容（見《辭源》）。宋王千秋《生查子》：『玲瓏影結陰，蘊藉香成陣。』。宋劉塤《賀新郎》：『想蘊藉、和羹風度』。

［四］**道人：**道：説道；人：此處指自己。意謂『説我』。王仲聞以為指『得道之人，或云僧也』。并以為此處為清照自稱，似不宜從。

［五］**憔悴：**人面黄肌瘦，像得病的樣子。宋柳永《鳳栖梧》：『衣帶漸寬終不悔。為伊消得人憔悴。』金吴激《春從天上來》：『寫胡笳幽怨，人憔悴、不似丹青』。

［六］**悶損：**悶壞。宋秦觀《河傳》：『悶損人，天不管』。宋歐陽修《品令》：『悶損我、也不定』。

［七］**酌：**飲酒。唐李白《月下獨酌》：『花間一壺酒，獨酌無相親。』唐白居易《寄王質夫》：『吟詩石上坐，引酒泉邊酌』。

【品鑒】

此詞當為易安南渡前的詞作，是首咏梅詞。李清照寫梅深得咏物之法，此詞把咏紅梅與寫愛情巧妙地融為一體，自然渾成，一掃咏梅詞之俗套，當為咏花卉詞之上乘。

『紅酥肯放瓊苞碎。探着南枝開遍未。』落筆擒題，開端便寫紅梅。宋陸游《釵頭鳳》云：『紅酥手，黄藤酒，滿城春色宮牆柳』，其中的『紅酥』與此詞中的同意。不過一個是形容手的紅潤柔滑，一個是狀紅梅的滑膩和色澤。詩詞中常用『瓊』來修飾『枝』、『苞』、『樓』等，表現其美麗。『肯放』，願意開放之意，顯然是一種擬人化的寫法。通過梅逢春時梅花的『肯放』，表現了作者對春天的熱愛和贊頌。『探』，尋察。一個『探』字，表現女主人對梅花的喜愛和關注。『南枝』，向南的枝條。唐人劉元載妻《早梅》：『南枝向暖北枝寒，一種春風有兩般』，説明南枝向陽，北枝背陰，故梅花南枝先放。又宋朱淑真《臘梅》有：『昨夜南枝報春信，摘來香束月中清』句。『探着南枝開遍未』，從南枝的梅花是否開遍，尚未可知，而由此推知北枝的梅花没有開放或很少開放，可以斷定，這是梅花初放的時節。一個冬天，冰雪封地，山林寂寥，庭院隆寒，趙明誠在一段時間裏離開了家。李清照閨房獨守，極凄冷無聊。她天天盼望春天的到來，冰雪消融，到大自然中去拾翠簪紅，松解一下心中的怨結。那麽什麽是春天的資訊呢？衹有雪中開放的梅花。有時她向東君祈禱，拜求梅花的早日開放。她盼呀，盼呀，終于盼來了春天，紅潤柔滑的紅梅纔願意開放，美麗的花苞終于綻裂。李清照《清平樂》云：『年年雪裏。常插梅花醉』，《漁家傲》詞云：『共賞金樽沉緑蟻。莫辭醉。此花不與群花比』，説明夫婦飲酒賞梅，這似乎是個慣例。于是她特地尋察一下向陽的梅枝，到底梅花開遍了没有？是否到了夫妻飲酒賞梅的良辰？此句為疑問句，作者没有作正面回答。

『不知蘊藉幾多香，但見包藏無限意。』此韵，承寫梅花的芳香和精神。『包藏』，裏面隱藏。女主人打量着梅花，它芳香四溢，沁人心脾，却不知它蘊含多少芳香氣味。『但』字一轉，寫梅花的精神。女主人上下察看一陣，凝神了，引起了她對花前月下往事的回憶。她覺得梅花孤標獨迥，高雅芳潔，含有無限的情意，更激發她想念丈夫盼其歸來的急切心情。『包藏無限意』，衹有感情豐富細膩的人，纔會有這樣的靈感。花、鳥、蟲、魚本來無情，作者賦予它們以人的感情意識，顯然這是擬人的手法，審美移情作用。五代鹿虔扆《臨江仙》云：『藕花相向野塘中。暗傷亡國，清露泣香紅。』説荷花也知亡國之恨，暗自哭泣。唐羅隱《牡丹》：『當庭始覺春風貴，帶雨方知國色寒。日晚更將何所似，太真無力憑欄杆。』説傍晚的牡丹花，像楊貴妃那樣疲憊無力地倚靠着欄杆。這是作者賦予花以人的感情和姿態的例子，把花人格化，栩栩如生地寫出花之精神。這裏作者以梅自喻，是説自己年輕、貌美、感情豐富，是下文的鋪墊和原因。『托物以寓意，此格尤新奇』。并非虚語。

『道人憔悴春窗底。悶損欄杆愁不倚。』换頭，由上面的寫花轉而寫人，形斷實連。『倚欄』，憑欄。這一形象，用來表達悒悵相思的情懷，元鄭奎妻：《愛月夜眠遲》：『徘徊不語倚欄杆，參横門轉風露寒』，宋朱淑真《秋日晚望》：『倚欄堪聽處，玉笛在漁舟』，皆其例。此詞云『欄杆愁不倚』，一反常態，妙言人心情之不佳。全句意思是，人們都這樣説我，議論我，在春日閨房的窗底下，離情綢繆，低徊顧影，被相思之苦折磨得像病人一樣，面黄肌瘦，已經無力去倚欄杆了。這裏是藉別人的口來表現自己，為相思而苦悶、憔悴。用他人的同情、關懷，打動愛人的心，來喚起愛人更為深摯的愛，使他儘快地歸來，表現易安對愛情執着地追求，對愛人不可終日地思念，收到比正面描寫更能震撼人心的藝術效果。

『要來小酌便來休，未必明朝風不起。』前句寫出女主人對丈夫的殷切思念之情。接着，女主人委婉提出要愛人回家飲酒賞梅之事。從局法上説，這是合。明明是女主人急不可待，殷切盼望愛人的歸來，却不直説，而偏偏要説丈夫『要來小酌』，寫得多麽委婉而富于情致。『未必』，不一定之意，是表示推測、判斷的詞語。該句中的『未必』與後面的『不』配搭，構成否定之否定的句式，即肯定判斷，表示明朝風可能起來的意思，以説服丈夫馬上歸來，以償熱願。意思是你如果要回家飲酒賞梅，就應趕快回來就是了，明天早上會颳起大風，那麽晚來你就很難觀賞到梅花了。《春覺齋論文》云：『魏叔子之論文法，析而為四：曰伏，曰應，曰斷，曰續。……伏處不必即應，斷處亦不必即續，此要訣也。』要在下面關鍵處去『應』、『續』、『合』。詞法亦然。此詞換頭轉而寫人，似乎離了題，斷了詞意，可結句極其巧妙地扣在題的本旨上，真可謂『藕斷絲連』，『明斷暗續』，妙在意脉貫穿。實際上，這種形式上的突兀陡轉是一種用曲折、隱秘的方式來深化詞旨的方法，曲徑通幽，更富意趣。

上片，寫梅花的色香和精神。下片，寫女主人的相思之苦，及急切盼望丈夫歸來飲酒賞梅的心情。

此詞章法，在于起承轉合之妙。首兩句，起，寫梅花的姿色；次兩句，承，寫梅花的芳香和精神；換頭，轉，寫女主人的相思之苦；結句，合，寫盼望丈夫歸來飲酒賞梅的急切心情。上片，起承無迹，為下片蓄勢。下片，過變轉得陡然，末句合得巧妙輕靈。

此詞，《花草粹編》、《御選歷代詩餘》，題為『紅梅』，作者因思念丈夫纔寫這首梅詞的。上片，作者把觀察、想象、聯想等精神活動發動起來，強化了女詞人對梅花的感受。這是對作者思想的回饋。作者又深情地用比喻、擬人等手法將梅花的色香和精神表現出來。作者以梅花自喻，把梅花寫得越俏麗、越馨香、越情深意濃，便益能夠打動愛人的心。下片，寫相思之苦，殷切盼望丈夫歸來飲酒賞梅，以慰雙撐盼眸。這樣的咏梅就不是僅僅咏一紅梅，而是把咏梅與描寫愛情巧妙地融而為一，自然渾成。這與李清照《孤雁兒》同一機杼。把咏梅與懷念丈夫的内容巧妙地切當地結合起來，掃除了庸俗的梅詞沾沾而咏一物，索然呆述，枯燥無味的作法。這是易安梅詞高明、超絶之處。

清沈雄《古今詞話》云：『緊要處前結，如奔馬收韁，須勒得住，又似住而未住。後結如衆流歸海，要收得盡，又似盡而不盡者。』此詞前結，『但見包藏無限意』，如『奔馬收韁』，『似住而未住』，有『水窮雲起』，帶出下意之妙。結句『要來小酌便來休，未必明朝風不起』，從時間上説，照例丈夫應該歸來賞梅；從情理上説，她愁情纏綣，痛苦難耐，丈夫也應該歸來，以慰芳心一片；從天氣上説，明早風起，將很難看到梅花，故歸來飲酒賞梅，似『泉流歸海』，勢在必然。但究竟歸與不歸，令人騁想無極，乃有『似盡而不盡』之妙。餘韻繚繞，悠悠不絶。

這首小詞，僅僅五十七字，但亦能顯出易安的藝術匠心。誠如宋王灼《碧雞漫志》云：易安居士『作長短句，能曲折盡人意，輕巧尖新，姿態百出。』絶非虚譽。

【選評】

[一] **清·朱彝尊**：咏物詩最難工，而梅尤不易……朱希真詞：『橫枝清瘦衹如無，但空裹、疏花幾點。』李易安詞：『要來小酌便來休，未必明朝風不起。』皆得此花之神。（《静志居詩話》）

[二] **邱俊鵬**：這首詞在藝術上的另一個特點，是在咏物時，既不是明確地融抒情主人公之性格特徵與遭遇于所咏之物的形象和物性之中，也不取擬人化的手法，也不是簡單地以所咏之物興起抒情主人公在特定時、地的思緒與聯想，更不像某些通常的咏物之作，上闋寫物，下闋抒情。而是讓所咏之物與抒情主人公精神交通，以一『探』字貫穿全詞，由梅之美而『探』，由『探』而得其内藴，而擔心其飄零。物引起人之情思，人憐惜物之命運。是憐物，還是嘆己？衹好讓讀者讀後自去體會了。（《李清照詞鑒賞》）

[三] **温紹堃　錢光培**：但聯繫全詞，還有更深的意思，那就是：以一種過來人的心情，為花的未來感傷。其含意即是：這些紅梅，眼前是這般嫵媚、鮮艷，但這樣的嫵媚、鮮艷又能有多長久呢？明朝一起風，不全都會凋零嗎？——而這種感傷正是詞人觸景生情抒發出來的心聲。所以這首咏梅詞，全詞的落脚點是在抒情上。也正因為詞人是以自己獨特的感情、感受來咏梅的，所以她的咏梅詞印有她的烙印，具有獨特的個性，不是其他人的咏梅詞所能取代的。（《李清照名篇賞析》）

[四] **魏同賢**：首句以『紅酥』比擬梅花花瓣的宛如紅色凝脂，以『瓊苞』形容梅花花苞的美好，都是抓住了梅花特徵的準確用語，『肯放瓊苞碎』者，是對『含苞未放』的巧妙説法。上片皆從此句生發。『探著南枝開遍未』，便是宛轉説出梅

花未盡開放。初唐時李嶠《梅》詩云：『大庾斂寒光，南枝獨早芳。』張方注：『大庾嶺上梅，南枝落，北枝開。』如今對南枝之花還須問『開遍未』，則梅枝上多尚含苞，宛然可知。三、四兩句『不知醞藉幾多香，但見包藏無限意』，用對偶句，仍寫未放之花，『醞藉』、『包藏』，點明此意。而『幾多香』、『無限意』，又將梅花盛開後所發的幽香、所呈的意態攝納其中，精神飽滿，亦可見詞人的靈心慧思。（《唐宋詞鑒賞辭典》上海辭書出版社）

［五］**蕭瑞峰**：作者深諳『離形得似』的藝術哲理，除上片首句點染梅花之形外，其餘都以觸處生春的詩筆摹寫梅花之神，將這花的精靈刻畫得那樣生動，仿佛在字裏行間呼之欲出。而且，有异于一般的咏物詩詞，作者不是簡單地襲用古老的比興手法來托物寄意，而是將梅花這一所咏之物當作自己的同類，互相敬慕，互相愛憐，即不僅將梅花人格化，而且將它個性化。至于作者之所以視梅花為知己，不言而喻，正因為高潔的梅魂與她超塵拔俗的情操兩相契合。顯然，在衆多的咏梅詩詞中，李清照此詞是別具一格的。由此『一斑』，可略窺作者『尖新』的風格特徵。（《李清照作品賞析集》）

［六］**侯健　呂智敏**：詞人由探花、度花、見花而愛花，但一想到明朝風起後花事的殘落景象，自然頓生惜花之情，于是，自然地也就聯想到自己——未幾年前，自己也曾象乍放的紅梅那樣新鮮嬌艷，但韶光易逝，紅顏易改，思前顧後，怎不讓人愁煞『悶損』！但憔悴的詞人從『春窗底』望出去，那紅梅分明還在欣欣向榮地開放着，于是，又由自己的青春流逝想到了眼前的梅花——早春的寒風也會象流光一樣帶走紅梅的青春韶華的！到那時，要想賞梅已經來不及了，那麼，還是抓緊現時的大好春光，飲酒賞梅吧！詞人就是這樣以回環的筆勢寫出了由梅而我，由我而梅的複雜感情流動過程。這種感情在結尾處已經由單純的愛花而升華到愛惜時光，鮮明的形象中寓有很深的哲理性。（《李清照詩詞評注》）

玉樓春　蠟梅

臘前先報東君信。清似龍涎香得潤。黄輕不肯整齊開，比着紅梅仍舊韵。纖枝瘦緑天生嫩。可惜輕寒摧挫損。劉郎祇解誤桃花，悵恨今年春又盡。

——《楝亭十二種》之《梅苑》

【考辨】

◎歷代載籍著録此闋之詞調、題目：

調作《玉樓春》。題作『蠟梅』、『臘梅』。

◎歷代此闋著録為李清照（易安）詞之載籍：

［一］宋・黄大輿輯《梅苑》，《楝亭十二種》本（卷八，第九頁）收録。未注撰者。與署名的李易安詞《玉樓春》（紅酥肯放）連排，有『又』銜接，此闋被筆者考辨為李易安詞，詳見是書《序》。

校記

調題： 調作《玉樓春》。題作『蠟梅』。

正文： 原『黃』、『韻』、『綠』、『只』、『悮』（同『誤』），茲改為正字『黄』、『韵』、『緑』、『祇』、『誤』。（擇為範詞，底本）

附録： 無。

［二］宋・黄大輿輯《梅苑》文淵閣《欽定四庫全書》本（卷八，第一三頁）收録。未注撰者。與署名的李易安詞《玉樓春》（紅酥肯放）連排，有『又』銜接，此闋被筆者考辨為李易安詞，詳見是書《序》。

校記

調題：皆同範詞。

正文：皆同範詞。

附録：無。

［三］明・解縉等編《永樂大典》影印本（卷二千八百十一，第一九頁），收作李易安詞。

校記

調題：調同範詞。無題。

正文：『前』作『梅』；『比』作『此』；『紅』作『江』；『舊』作『更』；『挫損』作『損横』；『悵恨』作『惆悵』。

附録：無。

［四］李文綺輯《漱玉集》冷雪盦叢書本（卷三，第八頁），收作李清照詞。

校記

調題：調同範詞。題作『臘梅』。

正文：皆同範詞。

附録：《梅苑》（尾注）

［五］徐培均《李清照集箋注・補遺》上海古籍出版社（第五四九頁），收作李清照詞。

◎歷代此闋著録他人或無名氏及存疑詞之載籍：

［一］唐圭璋輯《全宋詞》中州古籍出版社　兩冊本（上，第六四九頁），收作李清照『存目詞』。

附録：永樂大典卷二八十一，梅字韵。無名氏詞，見梅苑卷八。

［二］唐圭璋輯《全宋詞》中州古籍出版社　兩冊本（下，第二四三六頁），收作無名氏詞。

附録：按永樂大典卷二千八百十一梅字韵誤作李清照詞。

［三］中華書局編《李清照集》（第五七頁），『附録』收作《梅苑》無名氏詞。

附録：按：此闋《永樂大典》二千八百十一作易安詞。

（共）『按』略。瑜注：見《沁園春》（山驛蕭疏）。

[四] 王仲聞《李清照集校注》人民文學出版社（第三三三頁），『附録』收為『誤題李清照撰之作品』。

附録：《永樂大典》卷二千八百十一梅字韵。

按：以上五首（瑜注：指《玉樓春・臘梅》、《春光好》、《河傳》、《七娘子》、《憶少年》），俱見《梅苑》卷九（瑜注：不知所用何本，楝亭本《梅苑》之《玉樓春・蠟梅》為卷八，其餘四首在卷九。《欽定四庫全書》本《梅苑》并同），無撰人姓氏，蓋無名氏作品。《永樂大典》誤題李清照作。《永樂大典》中誤題撰人之詞殊不少，《梅苑》無名氏詞，《永樂大典》往往以為前一人所作，誤題作者姓名者，有三十餘首之多。如認為可信，未免失考。

◎瑜按：

此詞《永樂大典》、《漱玉集》、《李清照集箋注》收作李易安（清照）詞。王仲聞云：『《永樂大典》誤題李清照作。《永樂大典》中誤題撰人之詞殊不少，《梅苑》無名氏詞，《永樂大典》往往以為前一人所作，誤題作者姓名者，有三十餘首之多』，僅以此臆測斷定該首為『誤題李清照作品』没有確據。明永樂帝朱棣頒發詔令，命解縉等纂修《永樂大典》，并親自寫序，云：『考一事之微，泛覽莫周；求一物之實，窮力莫究。譬之淘金于沙，探珠于海，戛戛乎其不易得也……』郭沫若在《永樂大典》影印序中云：『原書在修纂之初，曾訂凡例二十一條。……所輯録書籍，一字不易，悉照原著整部、整篇或整段分別編入。』天命皇權聖旨纂修者膽敢違迕，豈不『殺勿赦』。清全祖望《鮚埼亭集外編》卷十七《抄永樂大典記》云：『或可以補人間之缺本，或可以正後世之偽書……不可謂非宇宙之鴻寶也』，闡明了《永樂大典》極其珍貴的價值。據此《永樂大典》所收五首李易安詞（見上）可靠可從。徐培均《李清照集箋注》之《再版後記》有專論，云：『《永樂大典》極具可靠性權威性』，『可以確認《永樂大典》所載的五闋易安詞，是真實可信的』。又《漱玉集》此闋源自《梅苑》，筆者以李易安（清照）詞視之，見是書《序》。茲入《漱玉詞》。

【注釋】

[一] **臘**：臘月，即陰曆十二月。

[二] **東君**：原指日神，後人則指代為司春之神。『按五行之説，東方屬木，尚青色，代表春天，故東帝、東君、東皇、青皇、青帝等都是司春的東方之神的稱呼』（見《古代詩詞典故辭典》）。唐白居易《和〈送劉道士游天臺〉》：『齋心謁西母，瞑拜朝東君。』宋李邴《漢宮春》『梅』：『東君也不愛惜，雪壓霜欺』。

[三] **龍涎**：一種名貴的香料名，據載為抹香鯨病胃的一種分泌物。宋洪芻《香譜》：在衆多香料中『龍涎居首位』。宋葛長庚《祝英臺近》：

『翻起一片龍涎，梅花對人冷』。宋洪适《朝中措》：『壽觴争舉，歌縈蛾緑，香裊龍涎』。

［四］**韵**：這裏指美麗，風雅。宋蔡伸《憶秦娥》：『江梅標韵，海棠顔色』。宋程大昌《萬年歡》：『次後連天紅紫，向東風、萬般嬌韵』。

［五］**瘦**：當頽萎講。宋汪藻《點絳唇》『起來搔首，梅影横窗瘦。』宋曹冠《水龍吟》：『碧瓊枝瘦，真仙風骨』。

［六］**摧挫**：摧殘折磨。唐元稹《和李校書新題樂府十二首・立部伎》：『如今節將一掉頭，電卷風收盡摧挫』。宋楊無咎《玉抱肚》：『你知後、我也甘心受摧挫』。

［七］**劉郎**：用典。《幽明録》載：漢劉晨阮肇入天臺山采藥，迷途不知歸路，饑渴交加。望山上有一結桃的大桃樹，懸崖峭壁溪澗，攀藤而上摘桃充饑。又下山取水，遇二仙女，留住半年。懷土思歸，到家時，親舊邑屋蕩然無存，問得一人乃七世孫。這裏指女子心愛的人。宋康與之《玉樓春》：『誰將消息問劉郎？悵望玉溪溪上路。』唐李商隱《無題》：『劉郎已恨蓬山遠，更隔蓬山一萬重』。

［八］**解**：當能講。唐羅隱《西施》：『西施若解傾吴國，越國亡來又是誰？』宋黄庭堅《寄賀方回》詩：『解作江南腸斷曲，祇今唯有賀方回。』（《詩詞曲語辭匯釋》）

［九］**悵恨**：失意怨恨。晋陶淵明《歸園田居》（其五）：『悵恨獨策還，崎嶇歷榛曲』。宋向子諲《鷓鴣天》：『長悵恨，短因緣』。

【品鑒】

清劉熙載《藝概・詩概》：『山之精神寫不出，以烟霞寫之；春之精神寫不出，以草樹寫之。故詩無氣象，則精神亦無所寓矣』，鞭辟入裏。此詞咏梅寓意，以贊頌蠟梅的特色，抒發詞人的感慨，別有寄託。

開端，『臘前先報東君信。』平入，題旨暗破。蠟梅在農曆十二月前就開放了，這是司春之神在向人間傳告春天來到的資訊。詞人未明説所咏之花為何花，用臘前先放暗示，見影知竿，詞人所咏非蠟梅莫屬，含蓄有味，突顯不畏嚴寒而先開的特性。『清似龍涎香得潤。』承題，蠟梅的幽香像名貴的香料龍涎那樣香得溫和不燥。用比喻的手法，從嗅覺形象寫蠟梅的特出之處。

次二句，承接，寫視覺形象：『黄輕不肯整齊開，比着紅梅仍舊韵。』有黄色的和淡黄色的花苞，不肯一齊開放。蠟梅從農曆十二月到一月次第開放，不是一齊開，也是其顯著的特質。詞中議論，其姿容與紅梅相比仍然是有風采和韵致的。用比較的手法稱揚蠟梅。上片贊頌蠟梅的特色。『蠟梅』含而未露。

下片，過片，承前，『纖枝瘦緑天生嫩。』，細長枝條上長的梅花已經衰萎，新葉顯緑是生來的嬌嫩。『可惜輕寒摧挫損。』可惜受到了料峭春寒的折磨傷害。『可惜』，深抒惋惜之情啊！此二句似『纖枝』的特寫鏡頭，承寫蠟梅嫩枝的視覺形象，感情色彩濃重。到此收住，放開一筆，驀然轉寫劉郎及桃花了，宕出遠神，形斷實連，以『劉郎祇解誤桃花，悵恨今年春又盡。』作結。清劉熙載《藝概・詞曲概》：『收句非繞回即宕開，其妙在言雖止而意無窮』，信哉斯言。劉郎在外不歸衹能是被桃花所迷惑，惆悵嘆惋今年春光又過去了，也未見其歸來賞觀婀娜芳艷的蠟梅花呀！言外的象徵意思是，你在外久而未歸是被野花吸引，另尋所歡！盼望一年又一年，今年美好的春光又過去了，也未見你歸來觀賞蠟梅看看我呀！抒發詞人的深情大怨。可謂『宕出遠神』。用典自然貼切，婉轉含蓄，耐人尋味。

清沈祥龍《論詞隨筆》：『咏物之作，在藉物以寓性情，凡身世之感，君國之憂，隱然藴于其内，斯寄託遥深，非沾沾焉咏一物矣』，説得很好。筆者總以為『清似龍涎香得潤』、『比着紅梅仍舊韵』、『纖枝瘦緑天生嫩。可惜春寒摧挫損』，是一幅窈窕嬌嬈，風韵韶秀，因思念心上人而姿容瘦削的女子靚影。所以纔有結句『劉郎』恐被『桃花』所誤，另尋新歡，久盼不歸，空度年華的哀怨。故此詞深有寄託，為詞人自況。此詞藉咏梅抒發了詞人的悵惋怨恨之情。

結尾往往是作者思想感情的凝結點，心聲的最强音，是詞章靈魂命意所在。古評家云：『一篇之妙在乎落句』，所以是非常講究的。此詞結尾餘韵娓娓，意味綿長。又用寄託、典故、比較、比喻等手法突現詞旨。屬《梅苑》佳制。

【選評】

［一］**徐培均**：《永樂大典》二千八百十一卷『八灰・梅・蠟梅』第十九頁，署『李易安詞《玉樓春》』，黑色橘紅。《梅苑》卷八載此詞，不著撰人。其前一首同調詞（紅酥肯放瓊苞碎），署李易安，故此處省略。《全宋詞》列入《存目詞》，注云：『《永樂大典》卷二千八百十一梅字韵。無名氏詞，見《梅苑》卷八。』似不可從，説見《再版後記》。此詞咏蠟梅，疑建中靖國元年（一一二六）前後作于汴京。（《李清照集箋注》）

［二］**王英志**：此詞亦咏蠟梅。蠟梅冬季開，故先點出『臘前先報東君信』的特點。全詞于蠟梅外在形態上筆墨較多，如以『龍涎』比喻其清香之味，又寫其『黄輕』之花朵，以及『瘦緑』的『纖枝』，可謂面面俱到。但亦不忘贊其韵致、氣度勝于『江梅』。可見蠟梅之姿態與韵致皆為詞人所欣賞。正因為極喜蠟梅，故惋惜其被『輕寒摧挫』，又埋怨『劉郎』衹知『解誤桃花』，而不懂欣賞蠟梅，更遺憾蠟梅受損，『今年春又盡』。蠟梅凋損并不意味春盡，此乃誇飾之詞，極力表達詞人愛春、惜春之情；而詞中顯然有詞人對自己青春年華流逝的惋惜，并寄託于蠟梅身上。（《李清照集》）

臨江仙

梅

庭院深深深幾許，雲窗霧閣春遲。為誰憔悴損芳姿。夜來清夢好，應是發南枝。　玉瘦檀輕無限恨，南樓羌管休吹。濃香吹盡有誰知。暖風遲日也，別到杏花肥。

——影印明刊十二卷本之《花草粹編》

【考辨】

◎歷代載籍著録此闋之詞調、題目：

調作《臨江仙》。題作『梅』。

◎歷代此闋著録為李清照（易安）詞之載籍：

［一］明·陳耀文纂（原署）《花草粹編》影印明刊十二卷本（卷七，第一〇頁），收作李易安詞。

校記

調題：調作《臨江仙》。題作『梅』。瑜注：此闋，與《欽定詞譜》同調『又一體』之賀鑄詞（巧剪合歡羅勝子）字數句數韵數同：『雙調六十字，前後段各五句，三平韵。』此詞原無序，自汪玢箋《漱玉詞彙抄》、李文裿輯《漱玉集》、趙万里輯《漱玉詞》等，據宋無撰人《草堂詩餘》文淵閣《欽定四庫全書》本（卷二，第五頁）、宋無撰人《草堂詩餘》文津閣《欽定四庫全書》本（卷二，總第五七四頁）歐陽修《蝶恋花》（庭院深深深幾許）詞後注：『易安居士序：歐陽公作《蝶戀花》，有「深深深幾許」之句，予酷愛之，用其語作「庭院深深」數闋，其聲即舊《臨江仙》也』補，與另一首《臨江仙》（庭院深深深幾許，雲窗霧閣常扃）兩首共序。為保底本範詞原貌，未據之增補，然須知。

正文：原『㡬』、『窓』、『遅』、『夣』、『王』、『楼』、『羗』，茲改為正字『幾』、『窗』、『遲』、『夢』、『玉』、『樓』、『羌』。

（擇為範詞，底本）

附録：無。

［二］明・陳耀文輯《花草粹編》文淵閣《欽定四庫全書》二十四卷本（卷一三，第一二頁），收作李易安詞。

校記

調題：皆同範詞。

正文：皆同範詞。

附録：無。

［三］明・陳耀文編（原署）《花草粹編》文津閣《欽定四庫全書》二十四卷本（卷一三，總第四七頁），收作李易安詞。

校記

調題：皆同範詞。

正文：皆同範詞。

附録：無。

［四］清・沈辰垣等編《御選歷代詩餘》影印康熙内府本（卷三八，第一九九頁），收作『宋媛　李清照』詞。

校記

調題：調同範詞。無題。

正文：『損』作『瘦』；『吹盡』作『開盡』；『肥』作『時』。

附録：無。

［五］清・江標抄《李清照漱玉詞》汲古閣未刻詞二十二家本（手抄，不分卷頁，第三六首），上海圖書館藏，收作『宋易安居士李氏清照』詞。

校記

調題：調同範詞。無題。調下注：『《梅苑》作魏夫人』。

正文：『肥』作『時』。

附録：無。

［六］清・葉申薌輯《天籟軒詞選》清嘉慶間刊本（卷五，第五〇頁），收作李易安詞。

校記

調題：調同範詞。無題。

正文：『損』作『瘦』；『吹盡』作『開盡』；『肥』作『時』。

附録：無。

［七］清・汪玢箋《漱玉詞彙抄》問遽廬正本（手抄，不分卷頁，第三一首），復旦大學圖書館藏，收作『宋李氏清照易安』詞。

校記

調題：調同範詞。無題。調下有『自序：歐陽公作《蝶戀花》，有「庭院深深深幾許」之句，予酷愛之，用其語作「庭院深深」數闋，其聲即舊《臨江仙》也』。

正文：『損』作『瘦』；『吹盡』作『開盡』；『別到杏花肥』作『到別杏天時』。

附録：此闋從欽定列代詩餘補入，《梅苑》載此詞以為曾夫人作，注：子宣妻。『開盡』作『吹盡』。『時』作『肥』。（尾注）

［八］清・王鵬運輯《漱玉詞》，《四印齋所刻詞》本（第一一頁），收作『李清照　易安』詞。

校記

調題：調同範詞。無題。

正文：『損』作『瘦』；『吹盡』作『開盡』；『肥』作『時』。

附録：此首亦疑有偽，似藉前《臨江仙》調檃括為之者。（詞評）

［九］清・楊文斌輯録《三李詞》光緒庚寅夏香海閣刊本（卷三，第一〇頁），收作李清照詞。

校記

調題：調同範詞。無題。

正文：『損』作『瘦』；『吹盡』作『開盡』；『肥』作『時』。

附録：無。

［一〇］清・蕙風簃主箋《漱玉詞箋》中華圖書館石印本　中華民國四年六月版（不分卷，第九頁），收作李清照詞。

校記

調題：調同範詞。無題。調下有『自序：歐陽公作《蝶戀花》，有「庭院深深深幾許」之句，予酷愛之，用其語作「庭院深深」數闋，其聲即舊《臨江仙》也』。

正文：『損』作『瘦』；『吹盡』作『開盡』；『肥』作『時』。

附録：無。

［一一］木石居士選輯　絳雲女史参校《歷代名媛詞選》民國十六年石印本（卷一〇，中調二，未注頁碼），收作李清照詞。

校記

調題：調同範詞。無題。

正文：『損』作『減』；『吹盡』作『開盡』；『肥』作『時』。

附録：無。

［一二］李文裿輯《漱玉集》冷雪盦叢書本（卷三，第九頁），收作李清照詞。

校記

調題：調同範詞。無題。瑜注：此首與《臨江仙》（……雲窗霧閣常扃）共序，見另首。

正文：『損』作『瘦』；『輕』作『郎』；『吹盡』作『開盡』；『肥』作『時』。

附録：《歷代詩餘》、《花草粹編》、四印齋本《漱玉詞》。（尾注）

［一三］趙萬里輯《漱玉詞》，《校輯宋金元人詞》本（第六頁），收作『李清照　易安』詞。

校記

調題：調同範詞。調下注：『《花草粹編》題作「梅」』。

正文：皆同範詞。

附録：《花草粹編》七、《歷代詩餘》三十八。（尾注）

按：《梅苑》九引作曾子宣妻詞，《樂府雅詞》下魏夫人詞不收。以草堂所載前闋《自序》證之，自是李作無疑。王鵬運云：『藉前調撫擬為之者』，蓋未之深考也。

[一四] 唐圭璋輯《全宋詞》中州古籍出版社　兩冊本（上，第六四八頁），收作李清照詞。

附録： 按：趙萬里云：梅苑卷九引作曾子宣妻詞。樂府雅詞下魏夫人詞不收，以草堂詩餘所載前闋自序證之，自是李作無疑。

[一五] 中華書局編《李清照集》（第一九頁），收作李清照詞。

[一六] 徐培均《李清照集箋注》上海古籍出版社（第一〇九頁），收作李清照詞。

附録： 均按：王仲聞以『情調』論詞，與其在《減字木蘭花》（賣花擔上）按語中所説『以詞意判斷真偽，恐不甚妥』，不免自相矛盾，應從趙萬里説，作李清照詞為是。

◎歷代此闋著録他人或無名氏及存疑詞之載籍：

[一] 宋·黃大輿輯《梅苑》，《楝亭十二種》本（卷九，第二頁），收作『曾夫人　子宣妻』詞。

校記

調題： 調同範詞。無題。

正文： 『濃』作『儂』。

附録： 無。

[二] 宋·黃大輿輯《梅苑》文淵閣《欽定四庫全書》本（卷九，第三頁），收作『曾夫人　子宣妻』詞。

校記

調題： 調同範詞。無題。

正文： 『濃』作『儂』。

附録： 無。

[三] 唐圭璋輯《全宋詞》中州古籍出版社　兩冊本（上，第一八八頁），收為魏夫人詞。

附録： 按：此首花草粹編卷七作李清照詞。據趙萬里所考，此首應是李作。

[四] 王仲聞《李清照集校注》人民文學出版社（第八七頁），收為『存疑之作』。

附録： 按此首泛咏梅花，情調與另一首完全不同，未必同時所作。《樂府雅詞》李詞亦未收此首。《梅苑》以此首為曾子宣妻詞，《花草粹編》以為李易安詞，俱不詳所本，存疑為是。

［五］黃墨谷《重輯李清照集》齊魯書社（第五一頁），『附』録收之。

附録：刊削意見：此詞《花草粹編》作李詞，《梅苑》作魏夫人詞，其他宋代總集均未録，且詞筆劣陋，半塘老人《漱玉詞》注：此首亦似偽作，乃藉前《臨江仙》調橅擬為之者。茲不録。

［六］徐北文主編《李清照全集評注》濟南出版社（第一五〇頁），收作李清照存疑詞。

◎**瑜按**：

上十六种載籍收為李易安（清照）詞。此詞《梅苑》收録為『曾夫人　子宣妻』詞。『曾』，曾布，字『子宣』。其妻姓魏，稱『魏夫人』。《全宋詞》從趙萬里之説收為李清照詞（兩冊本，上，第六四八頁），『自是李作無疑。』但其也收為魏夫人詞（兩冊本，上，第一八八頁）。附注：『梅苑卷九』，『按此首花草粹編卷七作李清照詞。據趙萬里所考，此首應是李作』。收李清照名下，判為『自是李作無疑』；收魏夫人名下，斷為『應是李作』。雖兩家互收，但皆堅信李作。王鵬運：『似藉前《臨江仙》調橅擬為之』，衹是『亦疑有偽』，然無所據。趙萬里『以草堂所載，前闋《自序》證之，自是李作無疑。王鵬運云：藉前調撫擬為之者，蓋未之深考也』，可信。茲入《漱玉詞》。

【注釋】

［一］**庭院深深深幾許**：李清照認為此句為歐陽公《蝶戀花》首句。歐陽公，即宋歐陽修（公元一〇〇七—一〇七二年），字永叔，我國宋代文學家。所謂其《蝶戀花》：『庭院深深深幾許。楊柳堆烟，簾幕無重數。玉勒雕鞍游冶處。樓高不見章臺路。　雨横風狂三月暮。門掩黃昏，無計留春住。泪眼問花花不語。亂紅飛過鞦韆去。』五代馮延巳撰《陽春集》四印齋本（第三頁）收之。曾昭岷等編著《全唐五代詞》中華書局（第六五六頁）收為馮延巳詞，調作《鵲踏枝》（又名《蝶戀花》）。《歐陽文忠公近體樂府》四印齋本（第二二頁）調作《蝶戀花》，收為歐陽修詞。《醉翁琴趣外篇》，《景刊宋金元明本詞》本（第五二頁）亦收為歐陽修詞。《全宋詞》之歐陽修詞未收，收其为『存目詞』。成为两家互收之情况。據《陽春集》，《四印齋所刻詞》本（總三四六頁）王鵬運跋中云：『《陽春録》一卷，崔公度跋偁其家所藏最为詳確。……此本編于嘉祐，既去南唐不遠，且與正中（馮延巳）為亲屬，其所編録自可依據，蓋見崔跋之不謬。』據此，詞歸屬馮延巳之可能性大。難道易安『酷爱』之詞，并肯定『歐陽公作《蝶戀花》』，竟成子虛之語？參見曾昭岷等編著《全唐五代詞》所收此詞考辨。

［二］**羌管**：即羌笛，古代羌族的一種管樂器。宋范仲淹《漁家傲》：『羌管悠悠霜滿地。人不寐，將軍白髮征夫泪。』這裏指梅笛吹奏出《梅花落》的哀怨曲調。宋晁端禮《水龍吟》：『最是關情處，高樓上、一聲羌管』。

［三］**暖風遲日**：春風溫暖、陽光融和。春天漸長，日行顯緩。唐韓琮《春愁》：『勸君年少莫游春，暖風遲日濃于酒。』宋陳與義《清明》：『寒

食清明驚客意，暖風遲日醉梨花』。

【品鑒】

此詞，據前【考辨】收為李清照所作，題作『梅』。這是一首獨具特色的咏梅詞。

首句引歐陽修（馮延巳）『庭院深深深幾許』（《蝶戀花》）入詞，『深』字三叠，突出『庭院』的幽森。『雲窗霧閣』謂樓閣及窗子被雲遮霧繞，極言樓閣之高。『春遲』，告訴讀者『庭院』裏的春天來得很慢很晚。庭院的深長、幽森，樓閣高聳入雲，令人感到凄神寒骨。這不僅是女主人生活的環境，也是『梅花』生長的環境。

次三句：『為誰憔悴損芳姿。夜來清夢好，應是發南枝。』寫梅應是很好發育成長之時，却過早衰萎了。從時節而論，這正是梅生長南枝的時候，可是不知為誰減損了沁人心脾的芳香和裊娜的風姿，也許是因為『春遲』的緣故吧。夜裏梅花仙子也作了好夢嗎？作者賦予梅以人的思想、意識和行為。亦花亦人，花和人已融為一體，形神俱似，物我合一了。

換頭，『玉瘦檀輕無限恨，南樓羌管休吹。』寫美麗的梅花衰萎了，檀色的梅枝也減輕了重量，含有無限的悲哀和怨恨。她已被摧殘得這種樣子，南樓的人不要再吹《梅花落》的哀怨曲調了。這裏，作者對梅花寄寓了無限的憐憫和同情。

末三句：『濃香吹盡有誰知。暖風遲日也，別到杏花肥。』承寫梅花。預示、擔心梅花的不幸。梅花濃郁的芳香被吹盡了，青春飄逝了，誰人能夠知曉并有惻隱之心呢？就連那溫暖的春風，緩緩經天的白日，也會另外尋找對象，去吹拂和照耀着那肥美盛開的杏花。『杏花肥』，與前『憔悴損芳姿』、『玉瘦檀輕』形成鮮明對比，以襯托梅花仙子境遇的凄慘，楚楚堪憐。

這首咏梅詞，托物言志，以梅喻人。表面寫梅，實際上寫人。寫梅花運用了擬人的寫法。『為誰憔悴損芳姿』、『夜來清夢好』、『無限恨』，賦予梅花以人的思想、感情和行為。説是寫人，却有梅花的物態形象：『發南枝』、『玉瘦檀輕』、『濃香』，真是亦花亦人，梅與人渾然一體。寄託着女主人對遠離身邊的心上人的深情思念，為相思而憔悴瘦損，憂心韶華易逝、紅顏衰老，心上人會對自己冷落和疏遠。意味悠遠深長。

【選評】

〔一〕**清·王鵬運**：此首疑亦有偽，似藉前《臨江仙》調橅擬為之者。（四印齋本《漱玉詞》）

〔二〕**趙萬里**：按《梅苑》九引作曾子宣妻詞，《樂府雅詞》下魏夫人詞不收。以草堂所載前闋《自序》證之，自是李作無疑。王鵬運云：『藉前調撫擬為之者』，蓋未之深考也。（《漱玉詞》）

［三］**唐圭璋**：按《花草粹編》收此首作李清照詞，但《梅苑》作曾子宣妻詞。據《草堂詩餘》載清照別一首《臨江仙》自序云：『歐陽公作《蝶戀花》，有深深深幾許之句，予酷愛其語，作庭院深深數闋，其聲即《臨江仙》也。』是清照曾作數闋《臨江仙》，此闋起處相同，或亦清照作也。（《宋詞四考・宋詞互見考》）

［四］**王仲聞**：按此首泛咏梅花，情調與另一首完全不同，未必同時所作。《樂府雅詞》李詞亦未收此首。《梅苑》以此首為曾子宣妻詞，《花草粹編》以為李易安詞，俱不詳所本，存疑為是。（《李清照集校注》）

［五］**黃墨谷**：此詞《花草粹編》作李詞，《梅苑》作魏夫人詞，其他宋代總集均未録，且詞筆劣陋，半塘老人《漱玉詞》注：此首亦似偽作，乃藉前臨江仙調橅擬為之者。茲不録。（《重輯李清照集》）

［六］**周篤文**：漱玉詞富于形象之美，尤長于活用比况類形容詞。如『緑肥紅瘦』與此處之『別到杏花肥』等，皆能別出巧思，一新耳目。『杏花肥』猶言杏花盛開也。然而不用常語而換一『肥』字，把形容詞活用作謂語，就大增其直觀的美感。巧而不尖，新而不怪，真能度越凡庸，別開生面。此處着一『肥』字，上與『瘦』字關合，以梅花之玉瘦，襯紅杏之憨肥，益覺鮮明生動。同時兩相映帶，還點明了時間的跨度。從早梅綻蕊直盼到杏花開遍，二十四番花信風，已吹過十一番了。春光半過，伊人未歸，花落花開，祇成孤賞。難怪園中的春色，盡作愁痕了。末尾以景結情，騷情雅韵，令人凄然無盡，洵為小令中精品。（《李清照詞鑒賞》）

［七］**侯健　吕智敏**：這首詞托物抒懷，藉咏梅以抒發閨怨。……層層深入，處處語義雙關，貌似寫花，實則寫人，于曲折隱晦中婉轉地表現了深閨女子對空度芳年的怨恨。（《李清照詩詞評注》）

［八］**王英志**：此詞既是寫梅又是寫人，如『憔悴損芳姿』，幾乎分不清是梅還是人；『無限恨』，也既是指梅又是指人：人與梅融為一體。此詞梅花具有一定象徵意義，寄託着詞人的美好願望，當然表現甚為含蓄。（《李清照集》）

漁家傲

雪裏已知春信至。寒梅點綴瓊枝膩。香臉半開嬌旖旎。當庭際。玉人浴出新妝洗。　造化可能偏有意。故教明月玲瓏地。共賞金樽沉緑蟻。莫辭醉。此花不與群花比。

——《棟亭十二種》之《梅苑》

【考辨】

◎歷代載籍著録此闋之詞調、題目：

調作《漁家傲》。無題。

◎歷代此闋著録為李清照（易安）詞之載籍：

［一］　宋·黄大輿輯《梅苑》，《棟亭十二種》本（卷九，第六頁），收作李易安詞。

校記

調題： 調作《漁家傲》。無題。

正文： 原『點』、『蔙』、『尊』、『沈』、『羣』，茲改為正字『點』、『旎』、『樽』、『沉』、『群』。（擇為範詞，底本）

附録： 無。

［二］　宋·黄大輿輯《梅苑》文淵閣《欽定四庫全書》本（卷九，第八頁），收作李易安詞。

校記

調題： 皆同範詞。

正文： 皆同範詞。

附録：無。

［三］清・沈辰垣等編《御選歷代詩餘》影印康熙内府本（卷四二，第二一八頁），收作李清照詞。

校記

調題：皆同範詞。

正文：皆同範詞。

附録：無。

［四］清・江標抄《李清照漱玉詞》汲古閣未刻詞二十二家本（手抄，不分卷頁，第四〇首），上海圖書館藏，收作『宋易安居士李氏清照』詞。

校記

調題：皆同範詞。

正文：『莫辭醉』作『莫解辭醉』。

附録：無。

［五］清・汪玢箋《漱玉詞彙抄》問遽廬正本（手抄，不分卷頁，第四〇首），復旦大學圖書館藏，收作『宋李氏清照易安』詞。

校記

調題：皆同範詞。

正文：皆同範詞。

附録：無。

［六］清・王鵬運輯《漱玉詞》，《四印齋所刻詞》本（第一一頁），收作『李清照　易安』詞。

校記

調題：皆同範詞。

正文：皆同範詞。

附録：無。

［七］清・楊文斌輯録《三李詞》光緒庚寅夏香海閣刊本（卷三，第一三頁），收作李清照詞。

校記

調題：皆同範詞。

正文：皆同範詞。

附録：無。

［八］清・蕙風簃主箋《漱玉詞箋》中華圖書館石印本　中華民國四年六月版（不分卷，第五頁），收作李清照詞。

校記

調題：皆同範詞。

正文：皆同範詞。

附録：無。

［九］木石居士選輯　絳雲女史參校《歷代名媛詞選》民國十六年石印本（卷一〇，中調二，未注頁碼），收作李清照詞。

校記

調題：皆同範詞。

正文：皆同範詞。

附録：無。

［一〇］李文裿輯《漱玉集》冷雪盦叢書本（卷四，第二頁），收作李清照詞。

校記

調題：皆同範詞。

正文：『知』作『和』。

附録：《梅苑》、四印齋本《漱玉詞》。（尾注）

［一一］趙萬里輯《漱玉詞》，《校輯宋金元人詞》本（第七頁），收作『李清照　易安』詞。

校記

調題：皆同範詞。

正文：皆同範詞。

附録：《梅苑》九、《歷代詩餘》四十二。（尾注）

[一二] 唐圭璋輯《全宋詞》中州古籍出版社 兩冊本（上，第六四三頁），收作李清照詞。

[一三] 中華書局編《李清照集》（第二三頁），收作李清照詞。

[一四] 王仲聞《李清照集校注》人民文學出版社（第四六頁），收作李清照詞。

[一五] 黄墨谷《重輯李清照集》齊魯書社（卷二，第一八頁），收作李清照詞。

[一六] 徐北文主編《李清照全集評注》濟南出版社（第一〇一頁），收作李清照詞。

[一七] 徐培均《李清照集箋注》上海古籍出版社（第八頁），收作李清照詞。

◎ 歷代此闋著録他人或無名氏及存疑詞之載籍：

雖廣徵博采而未見。

◎ 瑜按：

上列載籍收作李易安（清照）詞，撰者無异名，兹入《漱玉詞》。

【注釋】

[一] **點綴**：稍加裝飾襯托，使事物更加美好。宋韓淲《好事近》：『春色入芳梢，點綴萬枝紅玉。』宋陳若晦《滿庭芳》：『露華冷、環珠點綴瓊林』。

[二] **瓊枝**：像美玉製成的枝條。南唐李煜《破陣子》：『鳳閣龍樓連霄漢，玉樹瓊枝做烟羅。』宋蘇軾《浣溪沙》：『璧月瓊枝空夜夜，菊花人貌自年年』。

[三] **膩**：光潔細膩之意。唐郭震《蓮花》：『臉膩香薰似有情，世間何物比輕盈。』宋韓元吉《六州歌頭》：『紅粉膩，嬌如醉，倚朱扉』。

[四] **香臉**：指女人敷着胭脂或使用其他化妝品而散發香味的面部，用以比擬半開着散發芳香的花朵。宋程垓《臨江仙》：『瘦從香臉薄，愁到翠眉殘。』宋曹冠《水調歌頭》：『朱粉膩香臉，酒暈着冰肌』。

[五] **旖旎**：柔美嫵媚之意。五代魏承班《木蘭花》：『小芙蓉，香旖旎。』宋陳亮《蝶戀花》：『旖旎妖嬈，春夢如今覺』。

[六] **玉人**：美人。唐杜牧《寄揚州韓綽判官》：『二十四橋明月夜，玉人何處教吹簫』。宋蔡伸《浣溪沙》：『窗外桃花爛漫開。年時曾伴玉人來』。

〔七〕**造化**：指大自然。唐薛濤《朱槿花》：『造化大都排比巧，衣裳色澤總薰薰』。唐杜甫《望岳》：『造化鍾神秀，陰陽割昏曉』。

〔八〕**玲瓏**：這裏為清晰明亮之意。唐李白《玉階怨》：『却下水晶簾，玲瓏望秋月。』唐溫庭筠《菩薩蠻》：『竹風輕動庭除冷，珠簾月上玲瓏影』。

〔九〕**金樽**：珍貴的酒杯。唐李山甫《菊》：『栽處不容依玉砌，要時還許上金樽』。唐陳子昂《春夜別友人》：『銀燭吐清烟，金樽對綺筵』。

〔一〇〕**緑蟻**：本來指古代釀酒時上面浮的碎屑沫子，也叫浮蟻，後來衍為酒的代稱。唐翁綬《咏酒》：『逃暑迎春復送秋，無非緑蟻滿杯浮』。唐白居易《問劉十九》：『緑蟻新醅酒，紅泥小火爐』。

【品鑒】

宋王淇《梅》詩云：『不受塵埃半點侵，竹籬茅舍自甘心。衹因誤識林和靖，惹得詩人說到今。』是說梅花不受半點塵埃的侵染和玷污，自己甘心處在竹籬茅舍之間。宋代詩人林和靖，隱居孤山，以梅為妻以鶴為子，人稱『梅妻鶴子』。梅花悔恨認識了他，招引千百年來詩人的咏梅詩。這首膾炙人口的咏梅詩，寫出梅花的高標逸韵和安貧樂道的精神境界，也反映了歷代詩人寫出的梅詩之多。女詞人李清照喜歡梅花，她寫的咏梅詞，在浩繁的咏梅詩詞中占有重要的位置。此詞就是她的一首咏梅詞。當為李清照南渡前所作。

『雪裏已知春信至。寒梅點綴瓊枝膩。』劈空一個『雪裏』，將讀者帶入堅冰封地、白雪皚皚的世界。然而，在這個世界裏衹有梅花冒寒傲雪獨自開放，點染先春。這就是梅花最為人稱賞的特質，所以在許多的咏梅詩裏，都提到這一點。宋白玉蟾《早春》詩云：『南枝纔放兩三花，雪裏吟香弄粉些』，唐僧齊己《早梅》詩云：『前村風雪裏，昨夜一枝開』，皆其例。梅花是一種報春之花，當冰雪覆蓋大地的時候，它却獨自開放，顯示出無限的生機。人們在雪的世界裏一見梅花開放，便知道是春天來了。『寒梅』，點出本旨，落筆擒題。『瓊』，美玉。明人高啓《梅花》：『瓊枝衹合在瑶臺，誰向江南處處栽』，其中的『瓊枝』與此詞中的意同。『膩』，光潔柔潤，往往用以形容花的光澤，在咏花卉的詞詩中常見。唐人吴融《木筆花》：『嫩如新竹管初齊，粉膩紅輕樣可携』，明人陳石亭《秋海棠》：『露浥秋姿膩，風回宫袂凉』，皆其證。此句意思是，寒梅用美玉般的枝條裝飾襯托着光潔柔美的花朵。頭兩句寫出寒梅遺世獨立，高雅芳潔的標格。

『香臉半開嬌旖旎。當庭際。玉人浴出新妝洗。』詞人賦予寒梅以人的情態。『香臉』，用以比擬半開着散發芳香的花朵。『嬌』，妖嬈。顯然作者用擬人的修辭方法寫出梅花的綽約姿容。雪裏半開着噴發馨香的寒梅花，像敷着胭脂或使用其他化妝品而散發芳香的美人臉龐，多麼妖嬈嫵媚。當它立在庭院中，又多麼像剛洗浴過後扮好新妝的美人，絶無纖塵。這不僅寫出她綽約的風姿，同時也寫出她『不受塵埃半點侵』的高雅芳潔之品格。不啻寫出梅花的姿容，更主要的是寫出寒梅的『神』韻。

『造化可能偏有意。故教明月玲瓏地。』『地』，助詞。大自然可能是別有一番心意，特地讓明月在空中朗照。萬物為大自然之子，衹有寒梅受到『造化』的特別鍾愛，讓明月分輝照耀。皚皚的雪地，銀色的月輝，白色梅花那種素雅芳潔的顔容儀態，諧美自然，渾成一體。這多麽像一個巨大的舞臺，背景美，燈光美，把本來妖嬈的女主人，襯托得更加美好，取得了突出的舞臺效果。

『共賞金樽沉緑蟻。莫辭醉。此花不與群花比。』『共賞』，一同觀賞。李清照《偶成》：『十五年前花月底，相從曾賦賞花詩』，記載了夫婦兩人賞花賦詩的情景。這次也是在月下花前，并且是在雪地裏共同觀賞初放的寒梅，興味盎然。宋林逋著名的《山園小梅》詩結句：『幸有微吟可相狎，不須檀板共金樽』，意思是幸好有相親相近的朋友可以相互娱樂，共同賞梅，低聲吟詩，不須要歌女擊板歌唱，也不要共同舉杯飲酒。李清照的志趣則不然，不僅要與自己的愛人共同賞梅飲酒，并且要吟詩填詞，勸酒助興。梅花是這樣給予人以美的享受，令人開懷，酒興大作，一定要喝得痛快酣暢，一醉方休。『沉緑蟻』，酒上的浮沫沉下去了，可以馬上舉杯痛飲了。全詞以『此花不與群花比』總束全篇，使全詞振作。這是最精闢的結語和頌詞，也是作者寫梅、贊梅、托梅言情的原因。梅花不是其他的花所能比擬的，為什麽？梅在『雪裏』開放，説明它的卓爾不群，凌寒傲雪，標高韵逸；『瓊枝』，『玉人浴出新妝洗』，表現梅花冰清玉潔的特質；『香臉半開嬌旖旎』，説明梅花芳顔儀態之非凡。

上片，寫出梅花的豐神雅韵，超然霞舉。下片，寫大自然和人對梅花的偏愛及此花的無與倫比。

咏物的詩詞古已有之。或托物以寓意，或藉物以言情，這首詞，通過咏梅寫出梅花的超然霞舉，高標逸韵，形神俱似，這也是作者的精神品質和姿容的縮影。宋林逋《梅花》詩云：『天與清香似有私』，意思是自然給予梅花以清香，好像老天對梅花別有恩澤。唐李商隱《十一月中旬至扶風界見梅花》：『素娥唯與月』，意思是説，嫦娥使月亮發光，照耀着梅花，此兩句為易安詞『造化可能偏有意。故教明月玲瓏地』之本。我以為此詞是托物言情的。清沈祥龍云：『咏物之作，在藉物以寓性情，凡身世之感，君國之憂，隱然蘊于其内。斯寄託遥深，非沾沾焉咏一物矣。』如宋蘇軾的《水龍吟·次韵章質夫楊花詞》（似花還是非花）、《賀新郎》（乳燕飛華屋）、宋史達祖《雙雙燕》（春社過了）、宋姜白石的《齊天樂》（庾郎先自吟愁賦）、宋陸游的《卜算子·咏梅》（驛外斷橋邊）、宋趙佶的《燕山亭·北行見杏花》（裁剪冰綃）等等，都是人們交口稱贊的咏物言志的咏物詞。當然并非所有的咏物詞都別有寄託。我覺得李清照這首《漁家傲》也是有寄託的，作者在于通過咏梅花謳歌自己美好幸福的婚姻愛情。『造化可能偏有意。故教明月玲瓏地』，造化偏偏讓明月分輝，花月相照，花好月圓。這使我們自然聯想到趙明誠、李清照那神妙離奇的婚姻故事。據《瑯嬛記》載，明誠少時，一次白天睡覺，在夢中讀書，醒來祇記得三句：『言與司合，安上已脱，芝芙草拔』，莫名其妙，以此告訴他的父親。父親欣然解道：『言與司合』是『詞』，『安上已脱』是『女』，『芝芙草拔』是『之夫』，我兒將是『詞女之夫』啊！後來李格非將其女李清照嫁給趙明誠，明誠果然成了『詞女之夫』。這個故事的真偽我們没有必要去考證，但讀者看過之後，似乎覺得『造化可能偏有意。故教明月玲瓏地』，真是天做良緣，花月相照，花好月圓，婚姻幸福美滿。故夫婦兩人共同舉杯，為明誠得一才華横溢、梅花一般高雅芳潔的詞女而乾杯，為自己美好幸福的愛情拚得一醉。顯然，此詞李清照以高格獨迥、孤標逸韵、冰清玉潔的梅花自喻。

此詞在藝術上的另一特色，是擬人手法的超卓，將梅花寫得形神俱似，亦花亦人。梅花有一令人陶醉的『香臉』；她有令人傾倒的『嬌旖旎』的情態；梅花猶如『玉人浴出新妝洗』一般的高雅芳潔，一塵不染。一個靡顏膩理、風姿綽約、標高韵逸、冰清玉潔的梅娘形象躍然紙上，呼之欲出。這種神奇的藝術效果，便是高超的擬人藝術手法的功力。宋梅聖俞《金針詩格》云：『詩有内外意，内意欲盡其理，外意欲盡其象，内外意含蓄，方入詩格』，詞也亦然。此詞外意是寫梅花，内意是寫人，亦花亦人，渾然一體。妙在『有寄託入，無寄託出』。

此詞，梅花是自我形象的縮影，似有『孤芳自賞』情緒的流露。

【選評】

〔一〕**楊恩成**：李清照在《詞論》中，對秦觀的詞曾給予較高的評價。理由是，秦詞『專主情致』。同時，她又指出秦詞『如貧家美女，雖極妍麗豐逸，而終乏富貴態』。可見，李清照認為，詞不僅要『主情致』，而且要表現出『妍麗豐逸』的『富貴態』。這首咏梅詞，可以説充分地體現了她的這種主張。她從一個貴婦人的立場、情趣出發，體物言情，無不帶着一種優裕、高雅的情趣，既貼切地描繪出『庭際』梅花的狀貌，又把自己高雅、悠嫻的志趣，傾注入梅花，不即不離、情景相因，托興深遠。同時，作者又用『雪』、『月』作背景，成功地映襯出梅花的高潔與孤傲的品格。形神俱似，體物超妙。（《李清照詞鑒賞》）

〔二〕**溫紹堃　錢光培**：也正因為詞中所出現的梅花雪景是在『明月玲瓏』的特定情境下纔有的，所以詞人在詞中勸杯時説：『此花不與群花比』。在這裏，『此花』二字的蘊含，已不單是『梅花』的意思，而是指『此時此境下的梅花』。如果我們在讀這首詞時，僅僅將『此花』理解為『梅花』，而沒有理解為『此時此境下的梅花』，那就表明，我們還沒有讀懂這首詞，沒有瞭解詞人的藝術用心和她在詞的藝術創作中的創新精神。因為，用貶低群花來贊美梅花，也是一種俗套。詞人的這句詞，強調『此時此境下的梅花』的美，是群花所沒有的，所突出的衹不過是這種美的獨特性而已，而這『群花』中，也未嘗不包括其他情境下的梅花。這就從詞『意』上脱出俗套而翻了新意。（《李清照名篇賞析》）

〔三〕**陳祖美**：此首亦當作于詞人出嫁前夕，其時她正當豆蔻年華，其父官禮部員外郎，作為已故宰相的外孫女，她的家庭環境相當優裕，好花美酒任其享用，身價地位幾無倫比，其自矜自得之意，溢于言表，以梅自況之意甚明，是時可謂良辰、美景、賞心、樂事四者兼并。（《中國詩苑英華·李清照傳》）

〔四〕**侯健　吕智敏**：但仔細揣摩，我們就會發現下片的結構特點：過片處先以『偏有意』和『故教』埋下伏筆，而主旨則扣在結句『此花不與群花比』上，它回貫整個下片，與過片處的伏筆相照應——原來造物主也為梅花的美麗所吸引，『有意』來人間賞梅，因此『故教』月光如瀉銀般地明亮。于是，月下賞梅飲酒、殷勤勸酒等描寫就都有了依傍。在賞梅的場面中雖未着一『梅』字，但梅仍是整個場面的核心。這就不但使人玩味到過片處的『承上啓下』含蓄得妙，而且首尾相呼應，更顯出梅的超群不凡，抒發了詞人對梅的熱愛贊美之情。（《李清照詩詞評注》）

〔五〕**王英志**：詞人不僅凸顯蠟梅的內美，還刻畫其嬌艷的風姿。她枝條滑潤，花朵旖旎，宛如光彩照人的出浴美人；特別是在玲瓏明月的映照下，更是妍麗綽約，如同仙女。當詞人于月下邊品酒、邊觀賞『玉人』之時，怎能不發出『此花不與群花比』的由衷贊嘆！早梅的丰姿與品格，顯然是詞人心目中所嚮往的淑女的象徵。全詞采用擬人手法來寫蠟梅的形象，正透露了這一信息。（《李清照集》）

〔六〕**范英豪**：詞上片集中筆力表現梅花嬌美而高潔的姿容，開篇以寒梅于雪裏報春入手，轉而鋪叙梅花之美與香，擬人手法將梅花比作美女，使静態的梅花有了神態間的動感。詞下片寫月夜飲酒賞梅的場面，描繪了一個月光與白雪交相輝映，雪地裏梅花傲然怒放的晶瑩透亮的境界。而沉醉于美景的人們把酒暢飲，從側面寫了梅花之可愛。末句『此花不與群花比』，將梅花孤傲不群的品格，水到渠成地點染出來。全篇充滿了歡快的氣氛，格調輕快流暢。（《李清照詩詞選》）

清平樂

年年雪裏。常插梅花醉。挼盡梅花無好意。贏得滿衣清泪。今年海角天涯。蕭蕭兩鬢生華。看取晚來風勢，故應難看梅花。

——《楝亭十二種》之《梅苑》

【考辨】

◎歷代載籍著録此闋之詞調、題目：

調作《清平樂》。無題。

◎歷代此闋著録為李清照（易安）詞之載籍：

［一］宋·黄大輿輯《梅苑》，《楝亭十二種》本（卷九，第八頁），收作李易安詞。

校記

調題：調作《清平樂》。無題。瑜注：此詞與《欽定詞譜》李白《清平樂》（禁闈清夜）韵律合：『雙調四十六字，前段四句四仄韵，後段四句三平韵』。

正文：原『涙』、『鬂』，茲改為正字『泪』、『鬢』。（擇為範詞，底本）

附録：無。

［二］宋·黄大輿輯《梅苑》文淵閣《欽定四庫全書》本（卷九，第一一頁），收作李易安詞。

校記

調題：皆同範詞。

正文：皆同範詞。

附録：無。

[三] 明・陳耀文纂（原署）《花草粹編》影印明刊十二卷本（卷三，第六六頁），收作李易安詞。

校記

調題：皆同範詞。

正文：皆同範詞。

附録：無。

[四] 明・陳耀文輯《花草粹編》文淵閣《欽定四庫全書》二十四卷本（卷六，第三八頁），收作李易安詞。

校記

調題：皆同範詞。

正文：『蕭蕭』作『瀟瀟』。

附録：無。

[五] 明・陳耀文編（原署）《花草粹編》文津閣《欽定四庫全書》二十四卷本（卷六，總第六七六頁），收作李易安詞。

校記

調題：皆同範詞。

正文：皆同範詞。

附録：無。

[六] 清・沈辰垣等編《御選歷代詩餘》影印康熙内府本（卷一四，第七五頁），收作『宋媛　李清照』詞。

校記

調題：皆同範詞。

正文：皆同範詞。

附録：無。

[七] 清・江標抄《李清照漱玉詞》汲古閣未刻詞二十二家本（手抄，不分卷頁，第二六首），上海圖書館藏，收作『宋

易安居士李氏清照』詞。

校記

調題： 皆同範詞。

正文： 皆同範詞。

附録： 無。

［八］　清・汪玢箋《漱玉詞彙抄》問遽廬正本（手抄，不分卷頁，第四一首），復旦大學圖書館藏，收作『宋李氏清照易安』詞。

校記

調題： 皆同範詞。

正文： 皆同範詞。

附録： 無。

［九］　清・王鵬運輯《漱玉詞》，《四印齋所刻詞》本（第七頁），收作『李清照　易安』詞。

校記

調題： 皆同範詞。

正文： 皆同範詞。

附録： 無。

［一〇］　清・楊文斌輯録《三李詞》光緒庚寅夏香海閣刊本（卷三，第五頁），收作李清照詞。

校記

調題： 皆同範詞。

正文： 皆同範詞。

附録： 無。

［一一］　清・蕙風簃主箋《漱玉詞箋》中華圖書館石印本　中華民國四年六月版（不分卷，第一一頁），收作李清照詞。

校記

調題： 皆同範詞。

正文： 皆同範詞。

附録： 無。

［一二］木石居士選輯　絳雲女史參校《歷代名媛詞選》民國十六年石印本（卷五，小令五，未注頁碼），收作李清照詞。

校記

調題： 皆同範詞。

正文： 皆同範詞。

附録： 無。

［一三］李文椅輯《漱玉集》冷雪盦叢書本（卷三，第四頁），收作李清照詞。

校記

調題： 皆同範詞。

正文： 皆同範詞。

附録： 《歷代詩餘》、《花草粹編》、《梅苑》、四印齋本《漱玉詞》。（尾注）

［一四］趙萬里輯《漱玉詞》，《校輯宋金元人詞》本（第三頁），收作『李清照　易安』詞。

校記

調題： 皆同範詞。

正文： 皆同範詞。

附録： 《梅苑》九、《花草粹編》三、《歷代詩餘》十四。（尾注）

［一五］唐圭璋輯《全宋詞》中州古籍出版社　兩冊本（上，第六四三頁），收作李清照詞。

［一六］中華書局編《李清照集》（第七頁），收作李清照詞。

［一七］王仲聞《李清照集校注》人民文學出版社（第四七頁），收作李清照詞。

［一八］黃墨谷《重輯李清照集》齊魯書社（卷三，第三八頁），收作李清照詞。

〔一九〕徐北文主編《李清照全集評注》濟南出版社（第九五頁），收作李清照詞。

〔二〇〕徐培均《李清照集箋注》上海古籍出版社（第一二六頁），收作李清照詞。

◎歷代此闋著録他人或無名氏及存疑詞之載籍：

雖廣徵博采而未見。

◎瑜按：

上列載籍皆著録為李易安（清照）詞，源之《梅苑》，撰者無异名，兹人《漱玉詞》。

【注釋】

〔一〕**挼：**揉搓。唐曹唐《小游仙詩九十八首》：『玉女暗來花下立，手挼裙帶問昭王。』五代馮延巳《謁金門》：『閑引鴛鴦香徑裏，手挼紅杏蕊』。

〔二〕**贏得：**獲得。唐杜牧《遣懷》：『十年一覺揚州夢，贏得青樓薄倖名』。宋辛弃疾《永遇樂·京口北固亭懷古》：『元嘉草草，封狼居胥，贏得倉皇北顧』。

〔三〕**海角天涯：**形容地方極為偏遠。宋陸游《蝶戀花》：『海角天涯行略盡。三十年間，無處無遺恨。』元侯善淵《滿庭芳》：『海角天涯，尋朋訪友，悄無一個知音』。

〔四〕**蕭蕭：**這裏是耳際的頭髮短而稀疏的樣子。宋蘇軾《南歌子》：『苒苒中秋過，蕭蕭兩鬢華。』宋韓淲《采桑子》：『蕭蕭兩鬢吹華髮，老眼全昏』。

〔五〕**看取：**看着。唐李白《長相思》有『不信妾腸斷，歸來看取明鏡前』句。唐孟浩然《題義公禪房》：『看取蓮花净，方知不染心』。

【品鑒】

公元一一二六年（靖康元年）北宋都城汴京失守，公元一一二七年（建炎元年）徽欽兩帝被金兵擄去，北宋淪亡。是年趙明誠從青州（在淄州任上）載書十五車奔母喪南下江寧（現在江蘇南京）。是年趙明誠奉詔知江寧。也是這一年，李清照從青州後下江寧。公元一一二九年（建炎三年）趙明誠罷守江寧，後被詔守湖州。同年趙明誠病殁江寧（據黄盛璋《趙明誠李清照夫婦年譜》）。從此李清照就流徙江浙，漂泊『海角天涯』。金兵南犯，南宋王朝岌岌可危。一年的早春，她打量着『未開匀』的紅梅，回憶起南渡前與梅花有關的一些往事，憶昔傷今，感慨無窮，寫下了這首《清平樂》詞。

『年年雪裏。常插梅花醉。』發端逆入，不直陳眼前情事，而是從往昔年年雪裏插梅這一生活情趣寫起。女主人『今看花月渾相似，安得情懷似往時』，便油然想起南渡前與梅花有關的情事。『年年』，極言每年雪季無不如此。『雪』字，寫出北方早春的獨特景象。北方堅冰封地，寒風凜冽，白雪皚皚，唯其梅花鬥寒傲雪，獨自開放，預報春訊，超群絶倫。故女主人喜歡它，插戴它，這也顯示出詞人的雅韵情致，高潔超逸。『常』字寫出每年此舉是經常的。『插花』，戴花。古代不僅僅女人，就是男子也要在年節儀禮時戴花。《東京夢華録·元宵》：『彩結欄檻，兩邊皆禁衛排立，錦袍，襆頭簪賜花』，可見宫中男衛士元宵節插花。宋人邵雍《插花吟》：『頭上花枝照酒巵，酒巵中有好花枝』，寫的是男詩人邵雍春日飲酒插花，都是男子插花的例子。兩宋時代還流行女子在元夕左右戴玉梅，即白色絹制的梅花。宋李漢老《女冠子》：『東來西往誰家女，買玉梅爭戴，緩步香風度』，就説明了這一點。易安的插戴梅花，不完全是拘泥于時俗，更主要的是因為梅花風雅高潔。這也反映了詞人的嗜好和審美情趣。易安《訴衷情》詞云：『夜來沉醉卸妝遲。梅萼插殘枝』，又《菩薩蠻》詞云：『睡起覺微寒。梅花鬢上殘。故鄉何處是。忘了除非醉』，都是年年早春『常插梅花醉』的佐證。首韵是説，南渡之前，年年如此，每當北國朔風凜冽，冰天雪地，衹有梅花鬥風傲雪，點染先春，獨自開放。她經常喜歡插戴它，因為它卓爾不群。春到人間，她酒興融怡，插戴着心愛的梅花，端起了酒杯，就不願放下，往往一醉方休。

『挼盡梅花無好意。贏得滿衣清泪。』承上，回憶從前與『挼盡梅花』有關的一些往事。『挼花』這是古典詩詞中的常用形象。這與古典詩詞的『倚欄』、『收紅豆』、『聞杜鵑』、『懶弄妝梳洗』等都是常出現的意象。『倚欄』表示傷離念遠，悒鬱惆悵的情懷；『收紅豆』表示相思；『聞杜鵑』表示思歸；『懶弄妝梳洗』多表閨情。『挼花』往往表示女人的心情不佳。酒意詩情，李清照要與丈夫明誠共用；花前月下，李清照要與丈夫明誠共處。當丈夫遠離身邊，她孤獨寂寞，愁緒繾綣，情懷甚惡，也有『挼花』的時候。比如易安《訴衷情》：『更挼殘蕊，更撚餘香』，是枕邊殘梅的郁香把她夢見心上人歸來的美夢熏破，她氣得把梅花用手揉碎。這是因為思念相依為命的心上人，渴望夢中歸來而不得，没有好的心緒纔這樣做的。最終往往落得滿衣相思的純净泪水。此韵的意思是，南渡前，我是很喜歡插戴梅花的，但有時心情不好，也曾將梅花用手揉碎。這多因為春天對明誠的思念，最終的結果，常常是相思的泪水沾濕了我的衣裳。以上是寫南渡後某一年的初春，她看到梅花，引起與梅花有關的一些往事的回憶。一幕一幕，一件一件，不過這些事情都好像離現在很遠很遠，仿佛發生在另外一個世界裏。

開端，作者從遠處着筆，作出姿態，『年年雪裏。常插梅花醉』，如江河日夜流淌，源遠流長，表現女主人對故國往事的眷戀，對梅花的喜愛；次兩句『挼盡梅花無好意。贏得滿衣清泪』，好比滔滔江河，突然受截，水回浪激。從一貫愛梅到『挼』

梅，詞生波瀾，顯示女主人比愛梅花更愛自己的丈夫，回想往事表現對丈夫深切悼念之情。上片，憶昔。

「今年海角天涯。蕭蕭兩鬢生華。」换頭，轉寫當今漂泊「海角天涯」，「兩鬢生華」的苦況。以「今年」冠領，點明時間，與上片的「年年」相對照、區别，着意説明這是南渡以後的某一年。公元一一二九年（建炎三年），明誠病殁江寧，金人進襲，李清照便隨着「流人伍」淪落江浙，漂泊不定，遠遠離開故國鄉關，可謂是在「海角天涯」了。

「蕭蕭兩鬢生華。」「蕭蕭」，與易安《攤破浣溪沙》：「病起蕭蕭兩鬢華」中的「蕭蕭」同意，都是頭髮短而稀疏的樣子。「兩鬢生華」，兩邊耳際的頭髮花白了。北國的大好河山淪落金人之手。她對故國鄉關殷切思念；婦女受歧視的封建時代，孀居是何等艱難；又漂泊流亡在「海角天涯」，她怎能不「蕭蕭兩鬢生華」。這是時代的災難和她生活道路的坎坷困厄的記録。此韵的意思是，今年我逃難流亡在距離家鄉遥遠的江浙，種種災難殘酷地折磨着我，使我兩鬢短而稀疏的頭髮花白了。

「看取晚來風勢，故應難看梅花。」結尾兩句，合，應上片。南渡之前那是個和平安寧的時代，李清照曾與愛人趙明誠飲酒賞花，游山玩水，研究金石，背書賭茶。年年初春插戴梅花，春天又曾有過多少次離别的痛苦和甜蜜的思念。這一切都不復返了。現在又是梅花開放的時節，從年齡上説，兩鬢已生出白髮；從地點上説，是在距故鄉有數千里之遥的「海角天涯」；從生活上説，現在是流亡逃難；從心情上説，深沉的家國之思，孀居的孤苦，種種的磨難，真是「雙溪舴艋舟。載不動、許多愁」，「安得情懷似往時」。「風勢」，風的大小。「風勢」，暗喻當時金兵進犯，南宋國勢危機，處于風雨飄摇之中。「故」，所以。「應」，是。「故應難看梅花」，所以是很難看到梅花的。未言風勢之大，而風勢之大自見。「梅花」，有隱喻蒼生之意。兩句的意思是，我痛心地看着晚來狂風吹打，所以料想難以看到盛開的梅花。言外之意，金兵的兇殘侵犯，南宋的國勢岌岌可危，生靈塗炭，身陷水火。

清劉熙載《藝概・詞曲概》云：「收句非繞回即宕開，其妙在言雖止而意無盡」。此詞結句「繞回」，緊扣「梅花」，内涵博深，令人「掩卷後猶作三日之想」，達到「言雖止而意無盡」的藝術境界。

上片，女主人回憶南渡前與梅花有關的一些往事。下片，女主人感慨而今，年老漂泊，國勢岌岌可危，生靈塗炭。

此詞的藝術特色，就是成功地運用了白描這種藝術手法。「白描」本是中國畫技法之一，不着彩色，衹用墨綫勾勒輪廓。這種方法用在寫作上就是抓住事物特徵，用洗練的文字，不加渲染，不用烘托，質樸自然地勾勒出鮮明形象的表現方法。宋蘇軾《江城子》：「十年生死兩茫茫。不思量。自難忘。千里孤墳，無處話淒涼。縱使相逢應不識，塵滿面、鬢如霜。　夜來幽夢忽還鄉。小軒窗。正梳妝。相顧無言，惟有泪千行。料得年年斷腸處，明月夜、短松岡。」就是全篇運用白描手法，不加渲染，不用烘托，語言精煉，仿佛字字從肺腑中流出，表達了對亡妻深切悼念的至真之情。這與李清照此詞的藝術手法是相同的。但李清照此詞《清平樂》較蘇軾《江城子》更含蓄。她用白描手法，通過傷今追昔，表現作者深沉的家國之思、對亡夫的悼念之情、身世漂零之感。『晚來風勢』，蘊蓄金兵瘋狂進犯之意。『難看梅花』，隱含着南宋王朝的岌岌可危，人民深陷水火。對南渡前生活的留戀，對丈夫的深情懷念等，都是『以不言言之』，含蓄蘊藉，餘韵娓娓。

李清照擅長白描手法。如《如夢令》（常記溪亭日暮）、《浣溪沙》（淡蕩春光寒食天）等詞都是這種藝術手法的詞林佳作。易安此首《清平樂》詞對比手法的運用，其藝術效果也是鮮明的，對主題的表達，起重要的作用。作者撫今追昔，家國之思深沉濃重，憂慮國家前途，關心人民命運，這種思想感情十分可貴。

【選評】

〔一〕**王延梯　胡景西**：這首詞在藝術上頗具特色。從章法上看，詞人攝取了三個不同時期的賞梅片段，從早年，經中年，至暮年，次序井然不紊。但三層寫來又非平叙。早年是『常插梅花醉』，中年是『挼盡梅花無好意』，晚年是『難看梅花』。這一『醉』，一『挼』，一『難』，使詞意一轉再轉，跌宕生姿。另外，詞的對比襯托手法也很突出。上片以往年梅花開放時節兩次賞梅的不同心情作對比，而上片的兩次賞梅又有力地襯托了下片的難以賞梅，從而深化了主題。（《李清照詞鑒賞》）

〔二〕**楊敏如**：結尾二句，更加聲如裂帛：『看取晚來風勢，故應難看梅花。』根據傍晚風起的勢頭，該不必再作觀賞梅花之想了吧！『晚來風勢』，語出雙關，指的是國家情事的惡劣。『故應難看梅花』是作者對逝去的如梅花般繁盛的歲月，對梅花標格的自身的沉痛訣別。現實無情，今非昔比，從此再無觀看與品味梅花的雅興與清夢了。這篇詞悲深凄絕，探得梅花魂魄，因此，應視作清照梅花詞之冠。（《唐宋詞鑒賞辭典》江蘇古籍出版社）

〔三〕**王延梯　聶在富**：這首詞篇幅雖小，却運用了多種藝術手法。從依次描寫賞梅的不同感受看，運用的是對比手法，賞梅而醉、對梅落泪和無心賞梅，三個生活階段，三種不同感受，形成鮮明的對比，在對比中表現詞人生活的巨大變化。從上下兩闋的安排看，運用的是襯托的手法，上闋寫過去，下闋寫現在，但又不是今昔并重，而是以昔襯今，表現出當時作者飄零淪落、衰老孤苦的處境和飽經磨難的憂鬱心情。以賞梅寄寓自己的今昔之感和家國之憂，但不是如咏物詞之以描寫物態雙關人事。詞語平實而感慨自深，較之《永遇樂『落日熔金』》一首雖有所不及，亦足動人。（《唐宋詞鑒賞

辭典》上海辭書出版社）

［四］**平慧善**：本詞為晚年所作，藉賞梅自嘆身世。上片憶舊，『年年雪裏』二句，回憶早年與趙明誠共同賞梅的歡快情景，一個『醉』字將詞人熱愛梅花，為梅花陶醉的心情充分表達出來。三四句當寫喪後，『挼』的動作，將女主人觸景傷神的狀態，形容得惟妙惟肖。『滿衣清泪』與『醉』對比，一喜一悲，反映了不同處境、不同心境。下片叙今。詞人飄泊天涯，遠離故土，年華飛逝，兩鬢斑白，與上片首二句所描女性形象遥相對照。三四句又扣住賞梅，以擔憂的口吻説出：『看取晚來風勢，故應難看梅花。』表面寫自然現象：看風勢晚上賞不成花，實指南宋形勢甚惡，極不安定，縱有梅花，難以賞玩。將賞梅與家國之憂聯系起來，提高了詞的境界。（《李清照詩文詞選譯》）

［五］**楊海明**：在這首《清平樂》中，『梅花』已由前期的『高情雅趣』之象徵物，『轉化』成了晚年飄零身世的象徵物。所以梅花似人，人似梅花，兩者渾然打成了『誰憐憔悴更凋零』。（《臨江仙》）的一片可憐意象，從而把作者哀哀無告、祇得與落梅『同病相憐』的家國身世之感推向了一個更加引人同情的新的境界。總觀全詞，從梅花寫起，又以梅花作結；從往昔之賞梅寫起，到今日之憐梅告終，其中展示了今昔生活之強烈對照，又充分地顯示了作者撫今而追昔，憐花而自傷的痛楚心境，寄寓了遠較一般的咏梅詞所少見的深廣的思想内容。所以稱它是《梅苑》中超群之作，此言非為誇張。（《李清照作品賞析集》）

［六］**侯健　吕智敏**：這首詞是李清照晚年流徙途中的作品。詞的上、下兩片，分别描繪了兩幅畫面。從畫面所反映的時間來看，上片寫的是往昔，下片寫的是當前，從畫面的背景來看，上片是白雪紅梅，下片是海角風霜，從畫面上的人物形象來看，上片是頭簪鮮花的少女，下片是白髮蒼蒼的老婦，從畫面的色彩情調看，上片鮮明清麗，下片陰黯冷峻。總之，這兩幅畫面構成了鮮明強烈的對比。……這『看取晚來風勢，故應難看梅花』的結句，又一語雙關，既預示出自己風燭殘年，已敵不住無情風雨的侵襲；又暗示出國事衰敗，危在旦夕的黯澹前途。惜花之情中隱含着對自己命運多艱的哀嘆和憂國憂民的愁思。（《李清照詩詞評注》）

［七］**陳祖美**：這首詞特别值得關注的尚有以下兩個方面：一是曾見于《訴衷情》一詞中的『挼梅』意象。它不全是李清照的杜撰，而是由前代積澱下來的作為宮、閨怨情，亦即『婕妤之嘆』的揭櫫；二是可見李清照把自己的一生分為早、中、晚三期。這一點是正確解讀《漱玉詞》的關鍵所在。（《李清照詞新釋輯評》）

春光好

看看臘盡春回。消息到、江南早梅。昨夜前村深雪裏，一朵花開。　盈盈玉蕊如裁。更風細、清香暗來。空使行人腸欲斷，駐馬徘徊。

——《棟亭十二種》之《梅苑》

【考辨】

◎歷代載籍著録此闋之詞調、題目：

調作《春光好》。無題。

◎歷代此闋著録為李清照（易安）詞之載籍：

［一］宋・黄大輿輯《梅苑》，《棟亭十二種》本（卷九，第九頁）收録。未注撰者。與署名的李易安詞《清平樂》（年年雪裏）銜接連排，第三首。此闋被筆者考辨為李易安詞，詳見是書《序》。

校記

調題：調作《春光好》。無題。

正文：原『朶』、『蘂』、『裵』、『回』，茲改為正字『朵』、『蕊』、『徘』、『徊』。（擇為範詞，底本）

附録：無。

［二］宋・黄大輿輯《梅苑》文淵閣《欽定四庫全書》本（卷九，第一二頁）收録。未注撰者。與署名的李易安詞《清平樂》（年年雪裏）銜接連排，第三首。此闋被筆者考辨為李易安詞，詳見是書《序》。

校記

［三］明・解縉等編《永樂大典》影印本（卷二千八百八，第一二頁），收作李易安詞。

調題：皆同範詞。

正文：皆同範詞。

附録：無。

校記

調題：皆同範詞。

正文：『消』作『信』；『花』作『先』；『細、清』作『清、細』。

附録：無。

［四］李文裿輯《漱玉集》冷雪盦叢書本（卷三，第四頁），收作李清照詞。

校記

調題：皆同範詞。

正文：皆同範詞。

附録：《梅苑》。（尾注）

［五］徐培均《李清照集箋注・補遺》上海古籍出版社（第五四三頁），收作李清照詞。

◎歷代此闋著録他人或無名氏及存疑詞之載籍：

［一］清・王奕清等纂修《欽定詞譜》影印康熙内府刻本（卷三，第一六頁），收作『《梅苑》無名氏』詞。

校記

調題：皆同範詞。

正文：『花』作『先』。

附録：無。

［二］唐圭璋輯《全宋詞》中州古籍出版社　兩冊本（下，第二四三八頁），收作無名氏詞。

附録：按永樂大典卷二千八百零八梅字韵誤引作李易安詞。

［三］中華書局編《李清照集》（第五四頁），『附録』收之。

附録：按：此闋《梅苑》作無名氏詞，《永樂大典》卷二千八百八作易安詞。

［四］　王仲聞《李清照集校注》人民文學出版社（第三三二頁），『附録』收為『誤題李清照撰之作品』。

附録：《永樂大典》卷二千八百零八梅字韵。瑜注：有五首共『按』，見《玉樓春·蠟梅》【考辨】所收王仲聞《李清照集校注》（人民文學出版社）此闋『附録』之『按』。

◎**瑜按**：

此詞上述載籍收為無名氏詞者俱源自《梅苑》。筆者考定這首與李易安詞連排的無名氏詞就是李易安詞，理由見是書《序》及《玉樓春·蠟梅》（臘前先報）之『瑜按』，茲入《漱玉詞》。

【注釋】

［一］**臘**：見《玉樓春·蠟梅》（臘前先報）注。

［二］**盈盈**：形容女子姿態美好。唐崔顥《王家少婦》：『十五嫁王昌，盈盈入畫堂。』宋晁補之《下水船》：『困倚妝臺，盈盈正解羅髻。』這裏喻梅花。

［三］**玉蕊**：像玉石雕成的美麗花朵。見《真珠髻》（重重山外）『蕊』注。

［四］**裁**：用刀、剪等把紙、布等薄的東西割或剪開。唐白居易《繚綾》：『廣裁衫袖長制裙，金斗熨波刀剪紋』。宋李之儀《早梅芳》：『嫩苞勻點綴，緑萼輕裁剪』。

［五］**行人**：出行的人。唐杜牧《清明》：『清明時節雨紛紛，路上行人欲斷魂』。宋歐陽修《踏莎行》：『平蕪盡處是春山，行人更在春山外』。

［六］**駐馬**：使馬不走，停住。唐蔣吉《高溪有懷》：『駐馬高溪側，旅人千里情』。唐李商隱《馬嵬二首》：『此日六軍同駐馬，當時七夕笑牽牛』。

［七］**徘徊**：來回走動，流連不去。宋蘇舜欽《滄浪亭記》：『予愛而徘徊，遂以錢四萬得之。』宋晏殊《浣溪沙》：『無可奈何花落去，似曾相識燕歸來。小園香徑獨徘徊』。

【品鑒】

此咏梅詞，寫昨夜前村雪裏的一枝梅花開放，美麗無比，但未能松解排除賞梅的行人對國事、家事或個人事的極度哀愁。

上片，發端：『看看臘盡春回。消息到、江南早梅。』宛若影視藝術的分鏡頭，首先展現欣賞者視野的是蒼茫寥廓的大地，已『臘盡春回』，季候有了明顯的變化；然後轉換鏡頭，縮至局部地區，春訊傳到『江南早梅』。破題，點出所咏之花為『早梅』。開篇平入，似影視的兩個鏡頭，即畫面。

次兩句：『昨夜前村深雪裏，一朵花開。』承，影視藝術的鏡頭又一次轉換畫面，縮小到『前村』；又轉移畫面，最後祇呈現其『一朵花開』的梅花，這是一個特寫的鏡頭。詞人寫觀賞梅的時間點由『臘盡春回』的泛寫，縮小到具體的『昨夜』，由長到短；空間點由大地的『江南』，縮小到『前村』，由大到小；梅花由江南的衆多『早梅』，縮小到前村的『一朵』，由多到少。影視的藝術鏡頭由廣角的漸轉為特寫。作者用時空景物的轉變，引起讀者無窮的審美聯想和想象，從而獲得更多的美感享受。古詞論家認為『詞貴益轉益深』，『一轉一深，一深一妙，此騷人三昧，倚聲家得之，便自超出常境』（清劉熙載《藝概·詞曲概》）。前結化用唐齊己的著名咏梅詩《早梅》：『前村風雪裏，昨夜一支開』詩句。上片，直接鋪叙為『賦』的方法，『敷陳其事而直言之者也』。

下片，换頭：『盈盈玉蕊如裁。更風細、清香暗來。』承前『一枝花開』，是特寫鏡頭，何樣？用比喻的手法，寫姿容美好的梅花宛若用剪刀裁制的一般。這是視覺形象。又隨着微風暗自傳來沁人心脾的純正香味。這是嗅覺形象，是直觀的影視藝術無法表達的。此前咏梅。

結句：『空使行人腸欲斷，駐馬徘徊。』抒情，這麽好的季節，這麽美麗的梅花，可賞梅不但没有改變旅人的心緒，却使他沉浸在悲哀和痛苦之中，勒住馬來回走動，心理活動非常激烈。為什麽『腸欲斷』？人在徘徊，沉思什麽？或是國事、或是家事，或是對心上人的思念……都没有告訴我們，使讀者想象飛騰，去探究，去追尋，言有止而意無窮，有玩索不盡之味。

結句多麽像影視藝術的無聲鏡頭畫面：在花團錦簇的梅花背景下，觀賞的馬上旅人却勒住馬，下來心情沉重地來回走動，走動。『以動蕩見奇』。這是為什麽？令人撲朔迷離。此時無聲勝有聲，引起欣賞者的無限遐想，從而補充影視鏡頭不能盡達的意韵，進而獲得審美的愉悦。清沈謙《填詞雜説》：『填詞結句，或以動蕩見奇，或以迷離稱雋，着一實語，敗矣』，此詞結尾就是沈謙所稱賞的，即『以動蕩見奇』，又以『迷離稱雋』的那種結尾。

此詞清空。清沈祥龍《論詞隨筆》：『詞宜清空，然須才華富，藻采縟，而能清空一氣者為貴。清者不染塵埃之謂，空者不着色相之謂。清則麗，空則靈，如月之曙，如氣之秋』。此詞不着色相，寫景物雪潔玉瑩香清，不染纖塵，清麗空靈。為此詞一大特色。

此詞先景後情，上平直而冲淡，下秀隱而情濃。比喻的運用，心理活動的描寫，有餘味的結尾等都説明此詞為詞林佳制。

【選評】

[一] **徐培均**：宋黄大輿《梅苑》卷九李易安《清平樂》（年年雪裏）之下第三首為本詞，不著撰人。故《欽定詞譜》卷三據《梅苑》作無名氏。《全宋詞》亦據以列入《存目詞》，注云：『《永樂大典》卷二千八百零八梅字韵。無名氏作，見《梅苑》卷九。』，似不可從，説見《再版後記》。依結句『空使行人腸欲斷，駐馬徘徊』詞意，此闋似作于建炎四年（一一三〇），追隨高宗輾轉浙東之際，參見本書《年譜》。（《李清照集箋注》）

[二] **王英志**：詞藉咏輾轉途中所見早梅，抒發當時悲懷。詞先采用叙述的筆法點出『早梅』，并藉齊己成句略作描寫。然後從視覺與嗅覺兩個角度簡略寫早梅之花蕊與暗香。詞似乎寫得有些敷衍，并未作精雕細刻。這是可以理解的：一是當時行色匆匆，無暇斟酌字句；二是心情不佳，早梅雖然帶來春天『信息』，但想到新春并未改變形勢之危急，自己又在旅途上飽嘗艱辛，在駐馬觀賞了幾眼早梅後，落得的還是肝腸欲斷的心情。詞雖草草寫來，十分平淡，但其内心深處藴含的悲哀，不難想見。（《李清照集》）

殢人嬌

玉瘦香濃，檀深雪散。今年恨、探梅又晚。江樓楚館，雲閑水遠。清晝永、憑欄翠簾低卷。

坐上客來，樽中酒滿。歌聲共、水流雲斷。南枝可插，更須頻剪。莫直待、西樓數聲羌管。

——《御選歷代詩餘》

【考辨】

◎歷代載籍著録此闋之詞調、題目：

調作《殢人嬌》。題作『後亭梅開有感』、『後亭梅花開有感』、『梅開有感』。

◎歷代此闋著録為李清照（易安）詞之載籍：

［一］宋・黄大輿輯《梅苑》，《楝亭十二種》本（卷九，第九頁）收録。未注撰者。與署名的李易安詞《清平樂》（年年雪裏）銜接連排，第四首。此闋被筆者考辨為李易安詞，詳見是書《序》。

校記

調題： 調同範詞。題作『後亭梅花開有感』。

正文： 『又』作『較』；『卷』作『捲』；『更』作『便』。

附録： 無。

［二］宋・黄大輿輯《梅苑》文淵閣《欽定四庫全書》本（卷九，第一二頁）收録。未注撰者。與署名的李易安詞《清平樂》（年年雪裏）銜接連排，第四首。此闋被筆者考辨為李易安詞，詳見是書《序》。

校記

調題：調同範詞。題作『後亭梅花開有感』。
正文：『又』作『較』；『卷』作『捲』；『更』作『便』。
附録：無。

［三］明・陳耀文纂（原署）《花草粹編》影印明刊十二卷本（卷七，第六四頁），收作李易安詞。

校記

調題：調同範詞。題作『後亭梅開有感』。
正文：『中』作『前』。
附録：無。

［四］明・陳耀文輯《花草粹編》文淵閣《欽定四庫全書》二十四卷本（卷一四，第三五頁），收作李易安詞。

校記

調題：調同範詞。題作『後亭梅開有感』。
正文：『中』作『前』。
附録：無。

［五］明・陳耀文編（原署）《花草粹編》文津閣《欽定四庫全書》二十四卷本（卷一四，總第五八頁），收作李易安詞。

校記

調題：調同範詞。題作『梅開有感』。
正文：『中』作『前』。
附録：無。

［六］清・沈辰垣等編《御選歷代詩餘》影印康熙内府本（卷四三，第二二二頁），收作『宋媛　李清照』詞。

校記

調題：調作《殢人嬌》。無題。瑜注：此闋與《欽定詞譜》《殢人嬌》之又一體，毛滂詞（雪做屏風）韵律同：『雙調六十四字，前後段各六句四仄韵』。
正文：原『閒』、『凭』、『尊』、『翦』，茲改為正字『閑』、『憑』、『樽』、『剪』。（擇為範詞，底本）

附録：無。

［七］清・江標抄《李清照漱玉詞》汲古閣未刻詞二十二家本（手抄，不分卷頁，第四五首），上海圖書館藏，收作『宋易安居士李氏清照』詞。

校記

調題：皆同範詞。

正文：皆同範詞。

附録：無。

［八］清・王鵬運輯《漱玉詞》，《四印齋所刻詞》本（第一一頁），收作『李清照　易安』詞。

校記

調題：皆同範詞。

正文：皆同範詞。

附録：無。

［九］清・楊文斌輯録《三李詞》光緒庚寅夏香海閣刊本（卷三，第一三頁），收作李清照詞。

校記

調題：皆同範詞。

正文：『卷』作『捲』。

附録：無。

［一〇］清・蕙風簃主箋《漱玉詞箋》中華圖書館石印本　中華民國四年六月版（不分卷，第一二頁），收作李清照詞。

校記

調題：皆同範詞。

正文：『卷』作『捲』。

附録：無。

〔一一〕木石居士選輯　絳雲女史參校《歷代名媛詞選》民國十六年石印本（卷一〇，中調二，未注頁碼），收作李清照詞。

校記

調題： 皆同範詞。

正文： 『卷』作『捲』。

附録： 無。

〔一二〕李文裿輯《漱玉集》冷雪盦叢書本（卷四，第二頁），收作李清照詞。

校記

調題： 調同範詞。題作『後亭梅花開有感』。

正文： 皆同範詞。

附録： 《花草粹編》、《梅苑》、《歷代詩餘》。（尾注）

〔一三〕趙萬里輯《漱玉詞》，《校輯宋金元人詞》本（第七頁），收作『李清照　易安』詞。

校記

調題： 調同範詞。題作『後亭梅花開有感』。題下注：『《歷代詩餘》無題』。

正文： 『閑』作『間』；『卷』作『捲』；『中』作『前』；『莫直待』作『莫待』。

附録： 《花草粹編》七、《歷代詩餘》四十三。（尾注）

按：《梅苑》九引上闋不注撰人。《花草粹編》題作李詞者其所據《梅苑》，殆較今本為善故也，茲并校之。

〔一四〕中華書局編《李清照集》（第二四頁），收作李清照詞。

〔一五〕黄墨谷《重輯李清照集》齊魯書社（卷二，第一六頁），收作李清照詞。

〔一六〕徐北文主編《李清照全集評注》濟南出版社（第一〇九頁），收作李清照詞。

〔一七〕徐培均《李清照集箋注》上海古籍出版社（第九〇頁），收作李清照詞。

◎歷代此闋著録他人或無名氏及存疑詞之載籍：

〔一〕唐圭璋輯《全宋詞》中州古籍出版社　兩冊本（上，第六五〇頁），收為李清照『存目詞』。

［二］王仲聞《李清照集校注》人民文學出版社（第八八頁），收為李清照『存疑之作』。

附録：趙萬里輯《漱玉詞》云：『按《梅苑》九引上闋，不注撰人。《花草粹編》題作李詞者，其所據《梅苑》，殆較今本為善故也。茲并校之。』按舊本《梅苑》，今不可見。傳本《梅苑》既不注撰人姓名，或《花草粹編》誤題清照姓名，亦不可知。祇能存疑。

◎瑜按：

此詞《梅苑》雖未署名，因為與李易安詞連排，被視為李易安詞，詳見是書《序》。此闋又諸多載籍收為李易安（清照）詞，撰者無异名。茲入《漱玉詞》。

【注釋】

［一］**玉瘦：**指花朵瘦小。宋陳亮《梅花》：『疏影横玉瘦，小萼點珠光』。宋黄庭堅《沁園春》：『添憔悴，鎮花銷翠减，玉瘦香肌』。

［二］**探：**察看。宋韓淲《點絳唇》：『山凹春生，探梅衹道今年早。』宋陳造《水調歌頭》：『勝日探梅去，邂逅得奇觀』。

［三］**江樓楚館：**這裏指遠行的愛侣所居之處。江樓，臨江的樓。宋吴禮之《醜奴兒》：『金風顫葉，那更餞別江樓。』楚館，楚地的館舍，後來也指旅館。宋柳永《西平樂》：『秦樓鳳吹，楚館雲約，空帳望、在何處』。

［四］**憑欄：**倚着或靠着欄杆。南唐李煜《浪淘沙》：『獨自莫憑欄，無限江山。』宋岳飛《滿江紅》：『怒髮冲冠，憑欄處、瀟瀟雨歇』。

［五］**水流雲斷：**指歌聲隨着流水和白雲傳到極遠的地方。

［六］**南枝可插：**南枝，向陽的梅枝。宋歐陽修《阮郎歸》：『前村已遍倚南枝。群花猶未知。』插：戴。唐溫庭筠《海榴》：『葉亂裁箋緑，花宜插鬢紅』。

［七］**西樓：**指思念者的居所。唐李益《寫情》：『從此無心愛良夜，任他明月下西樓』。宋周紫芝《鷓鴣天》：『如今風雨西樓夜，不聽清歌也泪垂』。

［八］**羌管：**見《臨江仙·梅》（……雲窗霧閣春遲）注。

【品鑒】

《梅苑》收録的李清照《殢人嬌》詞，題為《後庭梅花開有感》，點出了此詞的寫作時節、地點及意旨。

開頭四句：『玉瘦香濃，檀深雪散。今年恨、探梅又晚。』從視覺和嗅覺兩個方面寫家園後庭梅花的景象。女主人是喜歡梅花的，過去往往在梅花未開之前就開始觀察注視梅花的微妙變化。易安詞云：『暖日晴風初破凍。柳眼梅腮，已覺春心動』

（《蝶戀花》）、『柳梢梅萼漸分明』（《臨江仙》），就説明了這一點。然而目前，梅枝上的積雪已經消融，露出了深檀色的枝幹。梅花雖還瘦小，但香味濃烈。此時來探梅與往年相比已經很晚了。女主人對未能及時探梅的態度是怨『恨』的，感情色彩十分顯明。此『恨』字，與她寫相思之情的《怨王孫》（夢斷，漏悄）中的『春又去。忍把歸期負。此情此恨』之『恨』同意。為什麽『晚』？為什麽『恨』？開了下文。

『江樓楚館，雲閑水遠。』寫的是旅館景象，并非家園。這是女主人料想離家遠行的丈夫在异地他鄉的『江樓楚館』，如『閑』『雲』『遠』『水』一般悠然自得，而不思歸家，正是『恨』之所在。易安《漁家傲》（雪裏已知春信至）詞云：『共賞金樽沉緑蟻，莫辭醉，此花不與群花比』，《偶成》詩云：『十五年前花月底，相從曾賦賞花詩』，表明她的探梅、賞梅、觀花都是與丈夫『共賞』、『相從』的。然而今年他『又』離家在外，没有心上人與她『共賞金樽』，這是『探梅又晚』的一個原因。

『清晝永、憑欄翠簾低卷。』在清冷的早春，閨房的緑色簾幕低卷，整天倚欄，凝望你的歸來，哪有興致和時間去『探梅』呢？『翠簾低卷』，反映了閨房的沉寂和女主人心情的落寞。此兩句是『晚』字的最好注脚。

下片：『坐上客來，樽中酒滿。歌聲共、水流雲斷。』女主人料想丈夫在外的『江樓楚館』常常是賓客滿坐，美酒盈樽，歌舞助興。『水流雲斷』，回應上片的『雲閑水遠』，皆寫丈夫羈旅他鄉的情事。『恨』丈夫不作回歸的打算，一次再次地耽誤了『探梅』的時機。

後四句：『南枝可插，更須頻剪。莫直待、西樓數聲羌管。』照應開頭，由寫人轉而寫梅花。現在家園後庭向陽的梅花已經開放，芳香四溢，沁人心脾，可以插戴，請你趕快歸來。千萬不要等從思念者的閨房裏吹奏出《梅花落》的哀怨曲調，那時歸來就晚了。頗有唐杜秋娘《金縷曲》：『花開堪折直須折，莫待無花空折枝』的意味。青春易老，年華易逝，宜足珍惜。

此詞，《梅苑》題目是『後庭梅花開有感』，『感』什麽？『西樓』，透露這是寫相思内容的詞作。『一種相思，兩處閑愁』，即為一個問題的兩個方面：一為女主人在『後庭』家園，一為丈夫在异地『江樓楚館』。『坐上客來』三句，因有『水流雲斷』，回應上片『雲閑水遠』，故斷定亦是寫『江樓楚館』，即指明誠，并非易安。儘管此詞極盡委婉含蓄之能事，脉絡仍晰然可辨。弄清脉絡，乃理解此詞的關捩。

李清照曾批評一些咏梅詞『下筆便俗』，李清照的咏梅詞超然之處，是把咏梅與愛情、相思、懷鄉等内容有機而巧妙地結合在一起，并非『沾沾焉』而咏一物。在于『藉物以寓性情』。

開頭，藉寫梅而引其『恨』，『恨』外有無窮之『恨』，妙在『藉景以引其情』，又情外含情；寫『江樓楚館』之事，又不把真情道破，巧在『藉物以寓情』；結尾，有梅堪『剪』快來『剪』，莫等無梅空『剪』枝，『事表而情裏』，真意寓于景象之中，貴在含蓄。『含蓄而不晦，透露而不盡』，超然手筆。

【選評】

〔一〕**溫紹堃　錢光培**：全詞語言清新流暢，感情真實自然。通篇都洋溢着詞人對傲寒報春的梅花的贊頌、激賞與珍惜的深情；尤其最後兩句，更是情真辭切，扣人心弦。（《李清照名篇賞析》）

〔二〕**侯健　吕智敏**：詞人在這裏感慨萬端地嘆韶華之易逝，勸人惜花愛花，勿負花期。這實際上是含蓄地將花比人，殷切地勸戒中暗含着責怪嗔怨：那遠在江樓楚館的薄情人哪，難道你不知道今年『探梅又晚』嗎？不要再貽誤花期了吧，不要再讓那西樓上的人兒哀怨嗟嘆了吧！尾句的『數聲羌管』中，就這樣交和着愛與怨，勸與盼，同時，使下片與上片，尾句與首句，人與梅花達到了和諧的統一。（《李清照詩詞評注》）

〔三〕**徐培均**：黄本卷二將此詞繫為『大觀二年屏居鄉里至建炎元年南渡以前之作』，可備一說。然詞云『江樓楚館』，為江南建築物之美稱。此詞當為建炎二年（一一二八）春日，清照抵江寧未久時作。至三年二月，明誠罷守江寧，清照不可能有此心情矣。『後庭』當指江寧郡齋後院。（《李清照集箋注》）

〔四〕**王英志**：上片寫獨自一人『探梅』。開篇先點出了梅花意象，『玉瘦香濃』寫出梅花芳香，于雪景下更顯得皎潔清幽，隱含憐愛之情；花枝條遒勁，『今年恨探梅又晚』，則明顯流露愛惜之意。接下三句是寫探梅：地點是江樓楚館内，環境是『雲閑水遠』，人物是白晝伫立于樓上捲簾憑欄觀賞的詞人。下片則寫宴請衆賓客『探梅』，席間不僅暢飲，而且高歌，大有『聲振林木，響遏行雲』之概，衆人似乎心情頗為激動，面對梅花更表達出『南枝可插，更須頻剪』的惜梅之情。詞之所以一再寫對眼前梅花的珍惜，是因為詞人心懷隱憂，即『有感』于像這樣賞花的日子將不多了。因為西樓處即將傳來『數聲羌管』，金兵入侵的日子不遠矣。歇拍乃畫龍點睛之筆，使此詞格調陡然提升，成為一首含有憂患意識的佳作。當然，意旨的表現仍屬于婉約含蓄一格。（《李清照集》）

〔五〕**范英豪**：這首咏梅詞，有題曰：『後庭梅花開有感。』點明了時令和題旨。詞上片寫户外景物，下片寫户内宴飲，有惜花飲酒的閑情逸致。詞從描寫梅花外形與芬芳起筆，以『恨今年，探梅又晚』，點出了詞人惜梅、愛梅之情。而在此情渲染下的梅花，配以『江樓楚館，雲閑水遠』的淡墨背景，更顯秀美典雅。『憑欄翠簾低卷』，勾勒了一個終日望梅的癡情詞人形象。下片摘取圍繞賞梅而展開的兩組生活場景，于委婉中見出愛梅之情。最後從假想的笛曲收尾，詞意含蓄，餘味無窮。（《李清照詩詞選》）

［六］**孫秋克**：梅花，在李清照筆下不僅承載了豐富的情感信息，而且成為其人生旅程各個不同階段的寫照。這首詠梅詞詞風既清麗又豪放，顯然作于詞人生活的早期。明代陳耀文所輯《花草粹編》收此詞，題為《後庭梅花開有感》。或認為此非易安詞作，或認為不容輕易否定。……這是青春的閑愁，也是愛的守望，更有惜春的傷感。把這些情緒寄託在賞梅和憑欄兩個中心意象上，梅花和人融為一體，難分彼此。這樣的詞筆，即令是後人假託易安，也足以亂真了。（《李清照詩詞選》）

河傳

香苞素質。天賦與、傾城標格。應是曉來，暗傳東君消息。把孤芳、回暖律。　壽陽粉面增妝飾。説與高樓，休更吹羌笛。花下醉賞，留取時倚欄杆，鬥清香、添酒力。

——《楝亭十二種》之《梅苑》

【考辨】

◎歷代載籍著録此闋之詞調、題目：

調作《河傳》。題作『梅影』。瑜注：宋王灼《碧雞漫志》云：『《河傳》，唐詞存者二，其一屬南吕宮，凡前段平韵，後仄韵。其一乃今《怨王孫》曲，屬無射宮。以此知煬帝所製《河傳》，不傳久矣』。《欽定詞譜》：『《河傳》之名，始于隋代。其詞則創自溫庭筠。……韋莊詞名《怨王孫》，宋人多宗之。……張先詞，有「海寓稱慶。與天同」句，更名《慶同天》。李清照詞有「人静皎月初斜。浸梨花」句，更名《月照梨花》。……徐昌圖詞，有「秋光滿目」句，更名《秋光滿目》……』。

◎歷代此闋著録為李清照（易安）詞之載籍：

［一］　宋・黄大輿輯《梅苑》，《楝亭十二種》本（卷九，第九頁）收録。未注撰者。與署名的李易安詞《清平樂》（年年雪裏）銜接連排，第六首。此闋被筆者考辨為李易安詞，詳見是書《序》。

校記

調題：調作《河傳》。無題。

正文：原『闌』、『干』、『鬭』，兹改為正字『欄』、『杆』、『鬥』。（擇為範詞，底本）

附録：無。

［二］宋・黄大輿輯《梅苑》文淵閣《欽定四庫全書》本（卷九，第一三頁）收録。未注撰者。與署名的李易安詞《清平樂》（年年雪裏）銜接連排，第六首。此闋被筆者考辨為李易安詞，詳見是書《序》。

校記

調題：皆同範詞。

正文：皆同範詞。

附録：無。

［三］明・解縉等編《永樂大典》影印本（卷二千八百十，第一五頁），收作李易安詞。詞前標明：『李易安詞梅影』。瑜注：『梅影』并非詞的題目，而是分類編輯梅詞的標題。如：『梅枝』、『梅蕊』、『梅萼』、『梅香』、『梅影』、『梅實』、『梅子』……其李易安『梅影』三首：《河傳》、《七娘子》、《憶少年》，即收在『梅影』中。三首依次收録，下不再説明。

校記

調題：皆同範詞。

正文：皆同範詞。

附録：無。

［四］李文裿輯《漱玉集》冷雪盦叢書本（卷三，第八頁），收作李清照詞。

校記

調題：皆同範詞。

正文：皆同範詞。

附録：《梅苑》、《永樂大典》。（尾注）

［五］徐培均《李清照集箋注・補遺》上海古籍出版社（第五四四頁），收作李清照詞。調下注『梅影』。

附録：此詞録自……《永樂大典》二千八百十卷『八灰・梅』第十五頁，詞前署『李易安詞梅影』。

箋注：此詞似建炎二年（一一二八）春作于江寧，參見卷一《殢人嬌》注一。

◎歷代此闋著録他人或無名氏及存疑詞之載籍：

[一] 清・王奕清等纂修《欽定詞譜》影印康熙内府刻本（卷一一，第一六頁），收作『《梅苑》無名氏』詞。

校記

調題：皆同範詞。

正文：『增』作『曾』。

附録：略（瑜注：調下及詞後此調説明）。

[二] 唐圭璋輯《全宋詞》中州古籍出版社　兩冊本（上，第六四九頁），收作李清照『存目詞』。

附録：永樂大典卷二八一〇，梅字韵。無名氏作，見梅苑卷九。

[三] 唐圭璋輯《全宋詞》中州古籍出版社　兩冊本（下，第二四三九頁），收為無名氏詞。

附録：以上三首（瑜注：指《河傳》、《七娘子》、《憶少年》）永樂大典卷二千八百十梅字韵誤引作李清照詞。

[四] 中華書局編《李清照集》（第五五頁），『附録』收之。

附録：按：此詞《梅苑》作無名氏詞，《永樂大典》卷二千八百十作易安詞。

[五] 王仲聞《李清照集校注》人民文學出版社（第三三二頁），『附録』收為『誤題李清照撰之作品』。題作『梅影』。

附録：《永樂大典》卷二千八百十梅字韵。（瑜注：有五首共『按』，詳見《玉樓春》『蠟梅』【考辨】所收王仲聞《李清照集校注》此詞『按』。）

◎瑜按：

此詞上述載籍收為無名氏詞者俱源自《梅苑》。筆者考定這首與李易安詞連排的無名氏詞就是李易安詞，理由見是書《序》及《玉樓春・蠟梅》（臘前先報）之『瑜按』。茲輯入《漱玉詞》。

【注釋】

[一] **苞**：見《真珠髻・紅梅》（重重山外）注。

[二] **素質**：事物原本的性質。晉張華《勵志詩》（四）：『如彼梓材，弗勤丹漆，雖勞樸斫，終負素質』。宋陳允平《南歌子》：『素質盈盈瘦，嬌姿淡淡妝』。

[三] **傾城**：此處指梅的香艷非凡吸引全城人都來觀賞。《漢書・孝武李夫人傳》：『延年侍上起舞，歌曰：「北方有佳人，絶世而獨立。一顧傾

人城，再顧傾人國。」』後此典以『傾城傾國』來形容女色超群。宋曹勛《浣溪沙》：『并蒂輕黃宜淡淡，聯芳競秀巧盈盈。飛瓊萼緑兩傾城』。宋黃庭堅《王充道送水仙花五十支》：『含香體素欲傾城，山礬是弟梅是兄』。

［四］**標格**：風範，格調。宋楊無咎《玉樓春》：『娉婷標格神仙樣，幾日佩環離海上。』宋李廷忠《霜天曉角》：『洞天仙伯。總是梅標格』。

［五］**東君**：見《玉樓春·蠟梅》（臘前先報）注。

［六］**把**：守衛之意。宋楊萬里《松關》：『竹林行盡到松關，分付雙松為把門』。

［七］**孤芳**：這裏指單獨的梅花。宋朱熹《賦水仙花》：『隆冬凋百卉，江梅厲孤芳。』宋蔡伸《點絳唇》：『忍使孤芳，攀折他人手』。

［八］**律**：這裏指節氣。『古代用來校正樂音標準的管狀儀器。以管的長短來確定音階。從低音算起成奇數的六個管叫律，成偶數的六個管叫吕。統稱十二律……又古人用律管候氣，以十二律的名稱對應一年的十二個月，故又指節氣』（《漢語大字典》）。唐杜荀鶴《御溝柳》：『律到御溝春，溝邊柳色新』。宋陸游《歲晚書懷》：『暖律初催柳，晴光并上梅』。

［九］**壽陽粉面**：指梅花妝。宮中婦女的一種妝式，即在眉心間畫五瓣梅花，故名。《太平御覽》時序部引《雜五行書》云：『宋武帝女壽陽公主，人日卧于含章殿檐下，梅花落公主額上，成五出花，拂之不去。皇后留之，看得幾時，經三日，洗之乃落。宮女奇其异，競效之，今梅花妝是也。』宋王安禮《萬年歡》：『渾疑是、姑射冰姿，壽陽粉面初妝』。

［一〇］**羌管**：見《臨江仙·梅》（……雲窗霧閣春遲）注。

［一一］**留取**：留得。唐白居易《縣南花下醉中留劉五》：『願將花贈天臺女，留取劉郎到夜歸』。宋文天祥《過零丁洋》：『人生自古誰無死，留取丹心照汗青』。

［一二］**鬥**：這裏是趁着之意。宋晏殊《訴衷情》：『青梅煮酒鬥時新。天氣欲殘春。』宋史浩《水龍吟》：『排斥風霜，掃除雰霧，直教鬥早』。見《詩詞曲小説語辭大典》。

【品鑒】

此咏梅詞贊頌梅的傾城標格是老天賦予的，并受到司春之神的呵護，以突顯其高貴與不凡。并贊揚了它的價值。

上片，發端：『香苞素質。天賦與、傾城標格。』隱擒咏題，似述似議。香苞原本的性質都是老天給予的，或者説是天命。『天』，在詞人看來是至高無尚的，主宰一切的，天生萬物。『傾城標格』，不僅説明風範格調之高超，同時也説明其地位的不可動摇和取代，是天生命定的，是凡花俗卉所不能比擬的。贊揚其卓越超拔。

其次，『應是曉來，暗傳東君消息。』應該是早晨上蒼派專員來暗自傳達司春之神的旨意。這個旨意是什麽呢？即『把孤芳、回暖律。』好好守護孤單的梅花，讓她在春天陽氣上升的季候裏開放。這一方面是『天』的旨意，一方面又是『東君』的有機安排。用典，寫出梅花的至高無上，超群絕倫的由來。上片開筆暗擒咏題，寫『香苞』，但其為何花含而不露。讓讀者在咀嚼玩味中鑒別欣賞。

下片，換頭，『壽陽粉面增妝飾。』承，寫梅花仍含而不露，用典暗示讀者。宋武帝女壽陽公主化妝打扮，在臉上傅粉，于含章宮檐下睡着了，梅花花瓣落于額上，成五出花，拂之不去，皇后留三日，宮女皆效仿，後來形成流行的梅花妝。因為在粉面上增加幾瓣梅花，或擇其插戴，而使婦女妝扮得更美麗。『增妝飾』，是梅花的功效，豐富而美化人們的生活，價值之一。這是從視覺層面說的。

其次：『說與高樓，休更吹羌笛。』轉，我要對高樓喊話，不要再吹奏催促梅花落的哀怨曲調，不讓它凋零，讓人們更多地享用它。從聽覺層面寫的。化用唐李白《與史中郎欽聽黃鶴樓上吹笛》：『黃鶴樓中吹玉笛，江城五月落梅花』詩句，自然渾成。

再次兩句：『花下醉賞，留取時倚欄杆』，承轉，我要在花下醉賞，使我陶然自得，要給我留得更多的時間，靠着欄杆觀賞。使我在精神上得到滿足，給我更多的美感享受。『醉賞』，梅的又一價值，這是從視覺、感覺層面說的。唐劉元載妻《早梅》：『憑仗高樓莫吹笛，大家留取倚欄杆。』句，有詞人互相學習的顯明迹象。

結句：『鬥清香、添酒力。』合，首尾照應。『凡作詩詞，要當如常山之蛇，救首救尾，不可偏也』（宋胡仔語）。趁着有梅花的清香助興，把酒痛飲，更增加我對酒的承受能力。這是梅花的價值之三。這是從嗅覺、感覺層面寫的。

曲折生姿，角度多變。上片寫梅的高標奇格是天、神給的，贊頌其超逸絕倫，角度新穎。下片，稱頌梅花的價值，從多角度多層面寫的：『壽陽粉面增裝飾』——視覺；『花下醉賞』——視覺、感覺；『鬥清香，添酒力』——嗅覺、感覺，構思精巧獨特。變化多端，曲盡其意。宋魏慶之《詩人玉屑》：『一篇之中曲盡其意，史稱其瑰邁奇古，信然』（引《湘素雜記》）。清劉熙載《藝概·詞曲概》：『一轉一深，一深一妙，此騷人三昧』，這是寫詩作詞的三個妙訣。皆為對詩詞轉折達意的高度評價。

全篇咏梅而不露『梅』字，蘊蓄有致，別具匠心，創造了含蓄之美的藝術境界。上片『香苞』、『孤芳』，暗示詞人所咏的是一種花卉，但為何卉隱而未露。下片，『壽陽』、『羌笛』，用典透露，詞人所咏的是梅花，但終不露『梅』字，正是『含蓄而不晦，透露而不盡』，即含蓄又不讓人迷離不解；即透露又不透露盡净，尚留有餘地。詞人最得含蓄蘊藉之妙訣。

這是一首別開生面獨具特色的小詞。

【選評】

［一］ **徐培均**：此詞似建炎二年（一一二八）春作于江寧。（《李清照集箋注》）

〔二〕王英志：此詞咏梅除標題『梅影』外，全詞未見一個『梅』字，而且除了首句，亦幾乎未寫梅的形態。上片基本是寫梅的『標格』即內在氣質，寫她是帶來溫暖的報春使者。詞人所欣賞的亦正是梅的『標格』，所以下片即寫對梅的珍愛與迷醉，她給女子增添裝飾之美，令人醉賞，令人留戀。這仍是間接表現梅的『標格』。其中『休更吹羌笛』一句，表現出對金兵南下，將踐踏梅花的擔憂。但『休更吹』三字表示詞人欲竭力暫時忘掉此事，寧願且聞梅之『清香』，沉醉于美酒之中，可見詞人對梅癡迷已極。此詞文字樸素，風格疏淡。（《李清照集》）

七娘子

暗香浮動到黃昏。向水邊、疏影梅開盡。溪畔清蕊，有如淺杏。一枝喜得東君信。　風吹祇怕霜侵損。更新來、插向多情鬢。壽陽妝鑒，雪肌玉瑩。嶺頭別自添微粉。

——《欽定詞譜》

【考辨】

◎歷代載籍著録此闋之詞調、題目：

調作《七娘子》。無題。

◎歷代此闋著録為李清照（易安）詞之載籍：

［一］宋・黃大輿輯《梅苑》，《楝亭十二種》本（卷九，第九頁）收録。未注撰者。與署名的李易安詞《清平樂》（年年雪裹）銜接連排，第七首。此闋被筆者考辨為李易安詞，詳見是書《序》。

校記

調題：皆同範詞。

正文：『暗』作『清』；『溪畔』作『溪邊畔』；『自添微』作『微添』。

附録：無。

［二］宋・黃大輿輯《梅苑》文淵閣《欽定四庫全書》本（卷九，第一三頁）收録。未注撰者。與署名的李易安詞《清平樂》（年年雪裏）銜接連排，第七首。此闋被筆者考辨為李易安詞，詳見是書《序》。

校記

調題： 皆同範詞。

正文： 「暗」作「清」；「溪畔」作「溪邊畔」；「自添微」作「微添」。

附録： 無。

〔三〕明·解縉等編《永樂大典》影印本（卷二千八百十，第一五頁），收作李易安詞。

校記

調題： 皆同範詞。

正文： 「暗」作「清」；「盡」作「粉」；「畔」作「伴」；「枝」作「枝兒」；「新」作「欲折」；「向」作「在」；「鑒」作「面」；「自添微」作「後微添」。

附録： 無。

〔四〕李文裿輯《漱玉集》冷雪盦叢書本（卷四，第二頁），收作李清照詞。

校記

調題： 皆同範詞。

正文： 「暗」作「清」；「溪畔」作「溪邊畔」；「自添微」作「微添」。

附録： 《梅苑》、《永樂大典》。（尾注）

〔五〕徐培均《李清照集箋注·補遺》上海古籍出版社（第五四六頁），收作李清照詞。

◎歷代此闋著録他人或無名氏及存疑詞之載籍：

〔一〕清·王奕清等纂修《欽定詞譜》影印康熙内府刻本（卷一三，第一九頁），收作「《梅苑》無名氏」詞。

校記

調題： 調作《七娘子》。無題。

正文： 原「孃」、「黄」、「踈」、「只」、「鑑」，茲改為正字「娘」、「黄」、「疏」、「衹」、「鑒」。（擇為範詞，底本）

附録： 略（瑜注：調下、詞後説明）。

〔二〕唐圭璋輯《全宋詞》中州古籍出版社　兩冊本（上，第六四九頁），收作李清照「存目詞」。

附録： 見永樂大典卷二千八百十梅字韵。無名氏作，見梅苑卷九。

［三］　唐圭璋輯《全宋詞》中州古籍出版社　兩冊本（下，第二四三九頁），收作無名氏詞。

附録：以上三首（瑜注：指《河傳》、《七娘子》、《憶少年》）永樂大典卷二千八百十梅字韵誤引作李清照詞。

［四］　中華書局編《李清照集》（第五五頁），『附録』收之。

附録：按：此闋《梅苑》作無名氏詞，《永樂大典》卷二千八百十作易安詞。

［五］　王仲聞《李清照集校注》人民文學出版社（第三三三頁），『附録』收為『誤題李清照撰之作品』。

附録：《永樂大典》卷二千八百十梅字韵。（瑜注：有五首共『按』，見《玉樓春・蠟梅》【考辨】所收王仲聞《李清照集校注》此詞『按』。）

◎**瑜按**：

綜前，此闋源自《梅苑》及《永樂大典》，茲輯入《漱玉詞》。詳見是書《序》及《玉樓春・蠟梅》（臘前先報）之『瑜按』。

【注釋】

［一］　**暗香**：幽香。宋韓淲《太常引》『臘前梅』：『一陣暗香來，便覺得詩情有涯。』宋朱淑真《眼兒媚》：『遲遲春日弄輕柔，花徑暗香流。』『暗香』兩句：化用宋林逋《山園小梅》：『衆芳搖落獨喧妍，占盡風情向小園。疏影橫斜水清淺，暗香浮動月黃昏。霜禽欲下先偷眼，粉蝶如知合斷魂。幸有微吟可相狎，不須檀板共金樽』詩意。

［二］　**向**：在。唐李白《清平調》：『若非群玉山頭見，會向瑶臺月下逢』。宋蘇軾《水調歌頭》：『不應有恨，何事長向别時圓』。

［三］　**蕊**：見《真珠髻》（重重山外）注。

［四］　**東君**：見《玉樓春》（臘前先報）注。

［五］　**壽陽妝**：參見《河傳》（香苞素質）『壽陽粉面』注。

［六］　**鑒**：這裏為照之意。《左傳・昭公二十八年》：『昔有仍氏生女，黰黑而甚美，光可以鑒。』晋杜預注：『髮膚光色，可以照人』（引《漢語大詞典》）。唐白居易《隋堤柳》：『後王何以鑒前王，請看隋堤亡國樹』。唐杜甫《秋日荊南送石首薛明府辭滿告别奉寄薛尚書頌》：『鑒澈勞懸鏡，荒蕪已荷鋤』。

［七］　**嶺頭**：嶺上。嶺指大庾嶺，嶺上多梅，故亦稱『梅嶺』。唐戴叔倫《送李明府之任》：『别後南風起，相思夢嶺頭』。宋陳與義《戲大光送酒》：『折得嶺頭如玉梅，對花那得欠清杯』。

【品鑒】

此咏梅詞，就是審美主體詞人對審美客體梅花的欣賞，寫出了其審美的感受。贊頌水邊的梅花盛開、暗香浮動、疏影横斜的景觀。特寫溪畔惟一梅枝開得格外喜人，預報春訊，表現對其格外的鍾愛之情。

上片，發端：『暗香浮動到黄昏。向水邊、疏影梅開盡。』開門見山，落筆捽題。化用宋林逋《山園小梅》著名詩句：『疏影横斜水清淺，暗香浮動月黄昏』，從嗅覺角度寫黄昏之時空氣中飄浮着梅花的芳香，又從視覺角度寫水邊的稀疏梅影、花兒盡放的美麗景象。似一廣角的影視鏡頭。歌頌贊美喜愛之情溢于言表。『月黃昏』，有顯明濃重的時空之感。次兩句：『溪畔清蕊，有如淺杏。』承題，寫溪邊的陸地上梅花純潔美麗，有的像淺色的杏花。前結：『一枝喜得東君信。』有一枝宛若高興地得到了司春之神的命令，讓春天早日到來的訊息，而特地開放了。似影視的特寫鏡頭，惟寫『一枝』。『喜得』，是審美移情的作用，擬人寫法，注入了人的思想感情。上片，描寫水邊溪畔梅花開放的情景。由遠及近。

下片，過變：『風吹衹怕霜侵損。更新來、插向多情鬢。』風吹還是可以承受的，但就怕寒霜的侵襲摧殘，那真讓人痛惜呀！想未來可能發生的不幸，因愛而擔心，都是審美的聯想。又聯想到新近以來，有多情的人們攀折它，把它插在自己的鬢髮上，增加自己美的感受和給觀賞之人以美感享受！表現人們對梅花的鍾愛之情！

次兩句：『壽陽妝鑒，雪肌玉瑩。』壽陽公主式的梅花妝光彩照人，皮膚像冰雪一般白潔，像玉一般滑膩。壽陽妝臉因有梅花而增艷添色。用典。

結句：『嶺頭別自添微粉。』梅嶺上得天獨厚的自然環境，特別適宜梅花的生長，自然會多增長些微少的花粉，花兒更旖旎。這是詞人的祈盼和厚望，嶺上有更多的梅花開放供人欣賞，供人插戴。緊扣詞旨，收束全篇。下片，表現對梅花的鍾愛之情。

此詞藝術構思的特點之一，就是巧妙地運用想象和聯想。由眼前的梅花聯想到未來可能的『霜侵損』，擔心梅花；又聯想到『多情鬢』的插戴，激賞梅花；更聯想到『嶺上』『添微粉』，厚望梅花。由近及遠。通過審美聯想超越時空，能『思接千載』，神游宇宙，『視通萬里』，揮灑自如。沒有藝術想象和聯想就沒有卓越的藝術。『如果談到本領，最杰出的藝術本領就是想象』（黑格爾）。

此詞發端是由宋林逋《山園小梅》著名詩句脱出，用『鳳頭』震撼讀者心靈，引人入勝。衹有『月』與『到』之异。李清照《小重山》首句『春到長門春草青』，也是全句援薛昭蘊《小重山》首句。用法同妙，自然渾成，如出諸己。林詩『疏影横斜水清淺，暗香浮動月黃昏』，由五代江為的『竹影横斜水清淺，桂香浮動月黃昏』點化而來，祇兩字不同。這都不是抄襲，而是為了翻出一種新的境界而妙用，應有青出于藍而勝于藍之魅力。

上片運用由遠及近，由泛寫到具體，下片由近及遠。全詞用直接描寫，即賦的方法。『有如淺杏』、『冰肌玉瑩』似花似人，也兼用了比的方法。『東君信』、『壽陽妝』，用事，增加了詞的情趣，豐富了其内涵。這些皆為此詞的顯明藝術特色。

【選評】

［一］**徐培均**：此詞當為南渡後作。清照建炎二年（一一二八）春有《訴衷情》詞云：『夜來沉醉卸妝遲，梅蕊插殘枝』此詞咏梅，亦云『更欲折來，插在多情鬢』，疑作于稍前數日。時詞人與趙明誠久别重逢，故心情較開朗。（《李清照集箋注》）

［二］**王英志**：詞人本來就喜梅，加上心情較好，所以梅在筆下更顯得惹人憐愛。上片化用林逋《山園小梅》成句，突出梅之『清香』，『有如淺杏』，傳來春的信息，以及『喜得一枝』的心情。下片寫對梅的珍愛與喜愛。寫心理上是『祇怕霜侵損』，寫行為是欲『插在』髮鬟，寫想象是裝飾出『梅花妝』，映襯得玉瑩雪肌又添艷麗。『喜』字是此詞的主旨。這與清照大多咏梅詞或寄託人格理想、或寄託憂國思鄉之情的『功利』之作相比，是純審美的咏梅之作，并不多見。（《李清照集》）

憶少年

疏疏整整，斜斜淡淡，盈盈脉脉。徒憐暗香句，笑梨花顏色。　羈馬蕭蕭行又急。空回首、水寒沙白。天涯倦牢落，忍一聲羌笛。

——《楝亭十二種》之《梅苑》

【考辨】

◎歷代載籍著録此闋之詞調、題目：

調作《憶少年》、《十二時》。無題。

◎歷代此闋著録為李清照（易安）詞之載籍：

［一］宋·黄大輿輯《梅苑》，《楝亭十二種》本（卷九，第一〇頁）收録。未注撰者。與署名的李易安詞《清平樂》（年年雪裏）銜接連排，第八首。此闋被筆者考辨為李易安詞，詳見是書《序》。

校記

調題： 調作《憶少年》。無題。

正文： 原『疎』、『脈』，茲改為正字『疏』、『脉』。（擇為範詞，底本）

附録： 無。

［二］宋·黄大輿輯《梅苑》文淵閣《欽定四庫全書》本（卷九，第一三頁）收録。未注撰者。與署名的李易安詞《清平樂》（年年雪裏）銜接連排，第八首。此闋被筆者考辨為李易安詞，詳見是書《序》。

校記

調題： 皆同範詞。

正文： 皆同範詞。

附録： 無。

[三] 明・解縉等編《永樂大典》影印本（卷二千八百十，第一五頁），收作李易安詞。詞前標明：『李易安詞梅影』，此首為其三。

校記

調題： 皆同範詞。

正文： 皆同範詞。

附録： 無。

[四] 李文裿輯《漱玉集》冷雪盦叢書本（卷三，第四頁），收作李清照詞。

校記

調題： 皆同範詞。

正文： 皆同範詞。

附録： 《梅苑》、《永樂大典》。（尾注）

[五] 徐培均《李清照集箋注・補遺》上海古籍出版社（第五四八頁），收作李清照詞。

附録： [校記]……此詞所寫情景與易安身世相合，詳後箋注及再版後記。

◎歷代此闋著録他人或無名氏及存疑詞之載籍：

[一] 明・陳耀文纂（原署）《花草粹編》影印明刊十二卷本（卷三，第六七頁）收録。署撰者名處注：『《梅苑》』。

校記

調題： 調作《十二時》。無題。調下注『即《憶少年》』。瑜注：據《欽定詞譜》：宋朱敦儒有詞《十二時》（連雲衰草），其格律合《憶少年》，故《憶少年》亦稱《十二時》；万俟咏詞有『上隴首，凝眸天四闊』句，又名《隴首山》；元劉秉忠詞，有『恨桃花流水』句，又名《桃花曲》。

正文： 『水』作『冰』；『忍』作『忽』。

附録：無。

〔二〕明·陳耀文輯《花草粹編》文淵閣《欽定四庫全書》二十四卷本（卷六，第四〇頁）收録。署撰者名處注：「《梅苑》」。

校記

調題：調作《十二時》。無題。調下注「即《憶少年》」。（瑜注：詳見影印明刊十二卷本《花草粹編》「校記」之「瑜注」）

正文：「水」作「冰」；「忍」作「忽」。

附録：無。

〔三〕明·陳耀文編（原署）《花草粹編》文津閣《欽定四庫全書》二十四卷本（卷六，總第六七七頁）收録，未注撰者，與曹元寵《十二時》「年時酒伴」詞連排，用「二」銜接。

校記

調題：調作《十二時》。無題。調下注「即《憶少年》」。（瑜注：詳見影印明刊十二卷本《花草粹編》「校記」之「瑜注」）

正文：「水」作「冰」；「忍」作「忽」。

附録：無。

〔四〕清·朱彝尊編《詞綜》，《欽定四庫全書薈要》集部（卷二四，第一四頁），收作無名氏詞。

校記

調題：皆同範詞。調下注：「見《梅苑》」。

正文：「忍」作「忽」。

附録：無。

〔五〕清·孫致彌輯　樓儼補訂《詞鵠初編》清康熙四十四年自刻本（卷二，第二三頁），收作「宋　無名氏」詞。

校記

調題：調作《十二時》。無題。調下注：「一名《憶少年》」。

正文：皆同範詞。

附録：無。

［六］清・沈辰垣等編《御選歷代詩餘》影印康熙内府本（卷一五，第七九頁），收作無名氏詞。

校記

調題： 調作《十二時》。無題。

正文： 『忍』作『忽』；『羌』作『長』。

附録： 無。

［七］清・汪灝等編修《御定佩文齋廣群芳譜》文淵閣《欽定四庫全書》本　花譜　梅花三（卷二四，第四頁），收作無名氏詞。

校記

調題： 皆同範詞。

正文： 『忍』作『忽』。

附録： 無。

［八］清・陳世焜（廷焯）選《雲韶集》手抄本（卷一〇，第一三頁），收作無名氏詞。

校記

調題： 皆同範詞。調下注：『見《梅苑》』。

正文： 『忍』作『忽』。

附録： 通首寫梅花，全是側面取神。（眉批）

［九］王官壽輯《宋詞抄》中華民國十一年排印本（卷二，第七頁），收作無名氏詞。

校記

調題： 皆同範詞。

正文： 『忍一聲羌笛』作『忽一聲長笛』。

附録： 無。

［一〇］唐圭璋輯《全宋詞》中州古籍出版社　兩冊本（上，第六四九頁），收作李清照『存目詞』。

附録： 永樂大典卷二千八百十梅字韵。無名氏作，見梅苑卷九。

[一一] 唐圭璋輯《全宋詞》中州古籍出版社　兩冊本（下，第二四三九頁），收作無名氏詞。

附録： 以上三首（瑜注：指《河傳》、《七娘子》、《憶少年》）永樂大典卷二千八百十梅字韵誤引作李清照詞。

[一二] 中華書局編《李清照集》（第五四頁），『附録』收之。

附録： 按：此闋《梅苑》作易安詞（瑜注：未詳所用何本），亦見《永樂大典》卷二千八百十。

[一三] 王仲聞《李清照集校注》人民文學出版社（第三三三頁），『附録』收為『誤題李清照撰之作品』。

附録：《永樂大典》卷二千八百十梅字韵。（瑜注：有五首共『按』，見《玉樓春・蠟梅》**【考辨】**所收王仲聞《李清照集校注》此詞『按』。）

◎**瑜按：**

此詞各種載籍源自《梅苑》及《永樂大典》。筆者認為此闋屬李易安（清照）詞作，理由詳見是書《序》及《玉樓春・蠟梅》（臘前先報）之『瑜按』。

【注釋】

[一] **疏疏整整：** 很是稀疏整齊。宋程垓《清平樂》：『疏疏整整。風急花無定』。

[二] **盈盈脉脉：** 形容女人姿態美好，含情濃重深長。宋毛并《念奴嬌》：『倚風含露，似輕顰微笑，盈盈脉脉』。元曹居一《木蘭花慢》：『看脉脉盈盈，何消解語，已斷人腸。』這裏是擬人手法。

[三] **暗香句：** 指宋林逋《山園小梅》詩句：『衆芳搖落獨暄妍……不須檀板共金樽』等咏梅的詩詞佳句。

[四] **羈馬：** 羈旅之人所騎的馬。宋陸游《對酒作》：『陌上金羈馬，墳前石琢麟』。又《初夏閑居》：『長女青蓋金羈馬，也有農家此樂無』。

[五] **蕭蕭：** 這裏形容馬的叫聲。《詩經・車攻》：『蕭蕭馬鳴。』唐李白《送友人》：『揮手自茲去，蕭蕭班馬鳴』。

[六] **牢落：** 孤寂無依。唐戴叔倫《過申州》：『牢落千餘里，山空水復清』。唐白居易《和微之四月一日作》：『芳節或蹉跎，游心稍牢落』。

[七] **羌笛：** 見《臨江仙・梅》（……云窗霧阁春遲）『羌管』注。

【品鑒】

此首咏梅詞，上片寫梅花形態的綽約，因為踏上旅途，為祇能空記贊美它的詩句且不能停留久賞而感到遺憾；下片寫出羈旅生活的疲頓，環境的荒凉，再也無處觀賞梅花的惋惜和無奈。表現了對梅花特有的喜愛之情。用美景與哀情的美感差异，增強了藝術的表達效果。

詞人羈旅天涯，山遠水長，在辛苦疲憊慵慵欲睡的途中馬上，意外遇到一片梅林，是格外驚喜愜意開心的。這是怎樣的梅林？詞人贊道：「疏疏整整，斜斜淡淡，盈盈脉脉。」寫出梅的孤標逸韵，美好的形象，精警而得神。它稀稀疏疏，整整齊齊，像綽約多姿的美女那樣含情脉脉。審美的移情作用，擬人手法，充滿對梅花的珍愛之情。發端，可謂「鳳頭」，開門見山，陡然而起，連用十二個叠字寫梅。李清照善用叠字，其《聲聲慢》首句：「尋尋覓覓，冷冷清清，淒淒慘慘戚戚」，連用十四叠字，很得古人激賞。稱其為「創意出奇」、「超然筆墨」、「真如大珠小珠落玉盤也」。明茅暎《詞的》評曰：「情景婉絶，真是絶唱」。僅比此詞多二叠字，其藝術效果同妙。用單字輕描淡寫，總沒有叠字的濃艷重彩更富感染力，表現力，而使欣賞者印象更為深刻。

次兩句：「徒憐暗香句，笑梨花顔色。」寫情，對宋林逋《山園小梅》：「疏影横斜水清淺，暗香浮動月黄昏」等咏梅的詩句白白喜愛。這片梅林或是詞人羈旅途中所見，總之今次要遠離了梅花開放的現場實景。「徒」字表明離開梅花的惋惜留連之情，不僅如此，就連被其譏笑的容顔色彩不盡人意之梨花也看不到了。褒梅貶梨之意顯然。但深表旅途生活的寂寞和無聊。咏梅却不着一個「梅」字；「暗香」為點睛之筆，仍然不是明點，而是藉典故暗示，極為含蓄藴藉。上片寫梅花形態的綽約，因為踏上旅途，為衹能空記贊美的詩詞之句且不能停留久賞而感到遺憾。就連被譏笑的没有好「顔色」的「梨花」也將難得一瞥了。

换頭：「羈馬蕭蕭行又急。空回首、水寒沙白。」轉，從視、聽、感三角度寫羈馬再踏上旅途的情景。「又」字暗示前寫之梅是「行」途所見。回頭一看那無以倫比的梅花都不見了，一片空濛。呈現眼前的是條條冰冷的河水，道道荒山，茫茫白沙。寫旅途環境的惡劣。

結句：「天涯倦牢落，忍一聲羌笛。」羈旅天涯海角的人，感到難堪的疲倦困乏，孤寂無依。唯有旅途中罕見的難得的那片「疏疏整整，斜斜淡淡，盈盈脉脉」的梅花靚影時而浮現在他的眼前，是旅途中的亮點，似乎能緩解一下緊張乏味寂寞無聊的情緒。不料傳來一聲《梅花落》的哀怨笛曲，宛若告訴他路遇的那片梅花已經凋落了，他不禁悵然，更增添了沉悶孤寂的意緒。「忍」，「無可奈何花落去」，不得不為之。結句合，梅「笛」照應首句十二叠字對梅的描寫。「一聲羌笛」作結，也别具一格，有餘韵悠悠，意味不盡之藝術效果。

清劉熙載《藝概·詞曲概》：「空中蕩漾，最是詞家妙訣。上意本可接入下意，却偏不入，而于其間傳神寫照，乃愈使下意栩栩欲動」，此詞上片寫梅花的芳姿，换頭可承接寫梅花，但偏不然，從視、聽、感三角度傳神寫照，寫羈馬再踏上旅途的情景，栩栩欲動，宕出遠神。結句又繞回，緊扣題旨。

詞人用旅途中偶見梅花的美麗景象與天涯旅程中的寒水白沙之惡劣環境及孤寂沉悶疲頓哀鬱的情緒所存在的美感差异來突顯贊頌梅花。十二疊字的運用，增加了詞的韵律美和修辭美。擬人手法的運用，更使梅花活靈活現，都增加了梅花描寫的藝術魅力。

【選評】

［一］**清·陳世焜（廷焯）**：通首寫梅花，全是側面取神。（《雲韶集》）

［二］**徐培均**：此詞所寫情景與易安身世相合。細玩下闋，此詞當作于建炎四年（一一三〇）追隨高宗輾轉浙東之際。（《李清照集箋注》）

［三］**王英志**：詞仍是咏梅，但與《河傳·暗香》相比，則全無一『梅』字，僅巧用『暗香』一典而把梅點出。詞開篇巧用十二疊字，可與《聲聲慢》開篇『尋尋覓覓，冷冷清清，淒淒慘慘戚戚』十四疊字媲美。此十二疊字不僅寫出梅外在形態，亦寫出梅的情致，再以『梨花顔色』反襯，則贊賞之意明矣。但詞旨并不在贊梅，因為梅花衹是在羈馬急行的途中一閃而過，待詞人留戀地『回首』時，梅已不見踪影，但見『水寒沙白』而已。于是詞人孤寂惆悵之情益加沉重，更何况『一聲羌笛』不堪忍受，則此梅的出現帶給詞人的美感是極短暫的，而引發的『牢落』却是長久的。可見上片寫梅之美，實成為下片抒『牢落』之重的襯托。（《李清照集》）

怨王孫

賞荷

湖上風來波浩渺。秋已暮、紅稀香少。水光山色與人親，説不盡、無窮好。　蓮子已成荷葉老。清露洗、蘋花汀草。眠沙鷗鷺不回頭，應也恨、人歸早。

——《御選歷代詩餘》

【考辨】

◎歷代載籍著録此闋之詞調、題目：

調作《憶王孫》、《怨王孫》（詳見《河傳》【考辨】『歷代載籍著録此闋之詞調、題目』『瑜注』）。題作『賞荷』、『賞池荷』。

◎歷代此闋著録為李清照（易安）詞之載籍：

［一］宋・鮦陽居士輯（原署）《復雅歌詞》第三頁，《校輯宋金元人詞》第五冊，收作李清照（下有小注『詞譜作無名氏』）詞。

校記

調題：調作《憶王孫》。題同範詞。

正文：『湖上風來波浩渺』作『雲鎖重樓簾幕曉』；『少』作『小』；『應』作『似應』。

附録：《花草粹編》五、《詞譜》二。（尾注）

［二］宋・鮦陽居士撰（原署）《復雅歌詞》，《詞話叢編》本（第一冊，第六二頁），收作李清照（下小注：《詞譜》作無名氏）詞。

校記

調題： 調作《憶王孫》。題同範詞。

正文： 『湖上風來波浩渺』作『雲鎖重樓簾幕曉』；『少』作『小』；『應』作『似應』。

附録： 《花草粹編》五、《詞譜》二。（尾注）

[三] 宋・曾慥輯《樂府雅詞》影印涵芬樓手抄本（樂下，第六六頁），收作李易安詞。

校記

調題： 調同範詞。無題。

正文： 『香少』作『少』；『應』作『似』。

附録： 無。

[四] 宋・曾慥編（原署）《樂府雅詞》文淵閣《欽定四庫全書》本　集部（卷下，第七三頁），收作李易安詞。

校記

調題： 調同範詞。無題。

正文： 『香少』作『少』；『應』作『似』。

附録： 無。

[五] 宋・曾慥撰（原署）《樂府雅詞》文津閣《欽定四庫全書》本　集部（卷下，總第四七九頁），收作李易安詞。

校記

調題： 調同範詞。無題。

正文： 『香少』作『少』；『應』作『似』。

附録： 無。

[六] 清・沈辰垣等編《御選歷代詩餘》影印康熙内府本（卷二九，第一五四頁），收作『宋媛　李清照』詞。

校記

調題： 調作《怨王孫》。題作『賞荷』。

正文： 範詞。（擇為範詞，底本）

附録：無。

［七］清・葉申薌輯《天籟軒詞選》清嘉慶間刊本（卷五，第五〇頁），收作李易安詞。

校記

調題：調同範詞。無題。

正文：皆同範詞。

附録：無。

［八］清・汪玢箋《漱玉詞彙抄》問遽廬正本（手抄，不分卷頁，第三〇首），復旦大學圖書館藏，收作『宋李氏清照易安』詞。

校記

調題：調同範詞。無題。

正文：『香少』作『少』；『眠』作『草』；『應也』作『也似』。

附録：無。

［九］清・莫友芝家抄《漱玉詞》（手抄，不分卷頁，第一八首），復旦大學圖書館藏，收作『宋李氏清照易安』詞。

校記

調題：調同範詞。無題。

正文：『香少』作『少』；『應』作『似』。

附録：無。

［一〇］清・王鵬運輯《漱玉詞》，《四印齋所刻詞》本（第五頁），收作『李清照　易安』詞。

校記

調題：調同範詞。無題。

正文：『香少』作『少』；『清』作『青』；『應』作『似』。

附録：無。

［一一］清・楊文斌輯録《三李詞》光緒庚寅夏香海閣刊本（卷三，第七頁），收作李清照詞。

校記

調題： 皆同範詞。

正文： 皆同範詞。

附録： 無。

［一二］清・何震彝輯《詞苑珠塵》清光緒三十三年鉛印本（不分卷，第二六頁），著録為李清照詞句。

校記

調題： 無調。集為詩句。詩題作『上巳日泛舟湖上盡醉而返』。

正文： 僅收録『湖上風來波浩渺』一句。

附録： 無。

［一三］清・蕙風簃主箋《漱玉詞箋》中華圖書館石印本　中華民國四年六月版（不分卷，第九頁），收作李清照詞。

校記

調題： 調同範詞。無題。

正文： 『香少』作『少』；『應』作『似』。

附録： 無。

［一四］李文裿輯《漱玉集》冷雪盦叢書本（卷三，第六頁），收作李清照詞。

校記

調題： 皆同範詞。

正文： 皆同範詞。

附録： 《歷代詩餘》、《樂府雅詞》、四印齋本《漱玉詞》。（尾注）

［一五］趙萬里輯《漱玉詞》，《校輯宋金元人詞》本（第四頁），收作『李清照　易安』詞。

校記

調題： 調同範詞。無題。調下注：『《花草粹編》題作「賞荷」，《歷代詩餘》同』。

正文： 『清』作『青』；『應』作『似』。

附録：《樂府雅詞》、《花草粹編》五、《歷代詩餘》二十九。（尾注）

〔一六〕唐圭璋等輯《全宋詞》中州古籍出版社　兩冊本（上，第六四五頁），收作李清照詞。

〔一七〕中華書局編《李清照集》（第一三頁），收作李清照詞。

〔一八〕王仲聞《李清照集校注》人民文學出版社（第三二頁），收作李清照詞。

〔一九〕黄墨谷《重輯李清照集》齊魯書社（卷一，第六頁），收作李清照詞。

〔二〇〕徐北文主編《李清照全集評注》濟南出版社（第七四頁），收作李清照詞。

〔二一〕徐培均《李清照集箋注・補遺》上海古籍出版社（第五四〇頁），收作李清照詞。

◎歷代此闋著録他人或無名氏及存疑詞之載籍：

〔一〕明・陳耀文纂（原署）《花草粹編》影印明刊十二卷本（卷五，第三六頁）收録，未注撰人。

校記

調題：皆同範詞。

正文：『應』作『似應』。

附録：首句《復雅歌詞》作『雲鎖重樓簾幕曉』。（尾注）

〔二〕明・陳耀文輯《花草粹編》文淵閣《欽定四庫全書》二十四卷本（卷一〇，第五頁）收録，未注撰人。

校記

調題：皆同範詞。

正文：『應』作『似應』。

附録：首句《復雅歌詞》作『雲鎖重樓簾幕曉』。（尾注）

〔三〕明・陳耀文編（原署）《花草粹編》文津閣《欽定四庫全書》二十四卷本（卷一〇，總第二六頁），收作無名氏詞。

校記

調題：調同範詞。題作『賞池荷』。

正文：『應』作『似應』。

附録：首句《復雅歌詞》作『雲鎖重樓簾幕曉』。（尾注）

［四］清・王奕清等纂修《欽定詞譜》影印康熙内府刻本（卷二，第一〇頁），收作無名氏詞，注明出之《復雅歌詞》。

校記

調題：調作《憶王孫》。無題。瑜注：據《欽定詞譜》：『雙調五十四字者，見《復雅歌詞》或名《怨王孫》。』《復雅歌詞》（趙萬里輯本）五十五字，多一『也』字，去除方合此體。

正文：『應也』作『似應』。

附録：無。

［五］清・謝元淮輯《碎金詞譜》清道光刊本（卷二，北仙吕調，第二頁），收作無名氏詞。

校記

調題：調作《憶王孫》。無題。調下注：『隻曲　小工調』。『見《復雅歌詞》或名《怨王孫》，與單調不同，雙調五十四字，前後段各四句三仄韻』。

正文：『應也』作『似應』。

附録：無。

◎**瑜按：**

上二十餘種載籍著録為李清照（易安）詞，特別是宋代成書的《復雅歌詞》、《樂府雅詞》與李清照同一時代，根據會是確鑿的。又撰者無异名，茲入《漱玉詞》。

【注釋】

［一］**浩渺：**漫無邊際。唐許棠《過洞庭湖》：『漁父閑相引，時歌浩渺間。』宋范成大《三登樂》：『眼雙明，曠懷浩渺』。

［二］**紅稀香少：**鮮花衰萎，空氣中飄散的香味也淡薄了。宋周邦彦《粉蝶兒慢》：『數枝新，比昨朝、又早紅稀香淺』。

［三］**蘋：**多年生水草，又名『田字草』。唐白居易《想東游五十韻》：『餘芳認蘭澤，遺咏思蘋洲』。宋范成大《過平望》：『波明荇葉顫，風熟蘋花香』。

［四］**汀：**水邊平地。唐馬戴《遠水》：『汀洲杳難別，萬古覆蒼烟。』唐白居易《泛溢水》：『汀樹緑拂地，沙草芳未休』。

【品鑒】

王國維《人間詞話》云：『有我之境，以我觀物，故物皆着我之色彩』，此語誠哉是也。主體的『我』，由于價值觀之不同，觀察客體之『物』所得到之感受肯定會有所不同，『我』對『物』的爱憎、褒貶、揚抑之情感態度就自然融入其作品中，即有『我之色彩』。因為時間的改變，作者經歷的變故，思想感情的變化，雖然同寫秋天的景物，其筆下的秋色會有所不同。李清照筆端的秋色就是如此。其《一剪梅》云：『紅藕香殘玉簟秋』，《鷓鴣天》云：『寒日蕭蕭上鎖窗。梧桐應恨夜來霜。……秋已盡，日猶長。仲宣懷遠更凄涼』，《醉花陰》云：『薄霧濃雲愁永晝。……佳節又重陽，玉枕紗櫥，半夜涼初透。東籬把酒黄昏後。有暗香盈袖。莫道不消魂，簾捲西風，人比黄花瘦』，《憶秦娥》云：『臨高閣。亂山平野烟光薄。烟光薄。栖鴉歸後，暮天聞角。　斷香殘酒情懷惡。催他一葉梧桐落。梧桐落。又驚秋色，又還寂寞』，這些詞多寫離情別緒，因此筆端的秋色都着『我』之色彩，染上了凄楚悲凉的情調。但易安《怨王孫》詞中的秋色却儼然不同了。作者以親切清新的筆觸，寫出暮秋湖上水光山色的優美迷人，表現她對祖國大好河山的無限熱愛之情。從情致上看出，她此時的生活是安静、和平、閑適、歡快的，此詞屬李清照早期作品無疑。

『湖上風來波浩渺。秋已暮、紅稀香少。』起句，通俗自然，開門見山，直觸詞旨，毫無突兀之感。『湖上』，點出地點。『浩渺』，遼闊無邊。『秋已暮』，點出節序。『紅』，指鮮花，與易安名句『緑肥紅瘦』中的『紅』同意。開頭三句，作者對湖上景物作了輪廓的勾勒。儘管如此，但我們還是可以想象湖上水色的綺麗動人。已是晚秋時節，在湛藍的天底下，翠鑾瓊田，一望無際，有幾葉小舟悠悠飄蕩。朝陽又把它的光輝射向湖面，颯爽的秋風吹來，細浪騰躍，泛起滿湖的碎金。湖上水生植物的鮮花已經不多了，星星點點，隨風發散着淡淡的清香。從電影藝術來説，這是視點高遠，表現闊大場景的遠鏡頭，但它比『鏡頭』更高明，使我們聞到視覺無法感知的幽香。作者不僅從視覺的角度來寫，也從嗅覺角度來寫。

『水光山色與人親，説不盡、無窮好。』水光是迷人的，山色更引人入勝。請看近處的山勢：有的亭亭玉立，妖嬈婀娜；有的威壯聳峙，筆峭險雄。看那遠處：層巒疊嶂，躍躍争秀。有的山上蒼翠欲滴，那大概是片片的松林；有的山上，像一堆堆火焰在燃燒，那大概是簇簇楓林；有的山坳，還籠罩着白紗般的霧。水光秀美，山色瀟灑，旖旎動人。好一幅暮秋湖光山水的畫卷，雖神來之筆難以窮盡。故詞人嘆曰：『説不盡，無窮好』。這是情不自禁，脱口而出的贊語。這與宋歐陽修對潁州西湖的贊語『天容水色西湖好』（《采桑子》），與唐白居易對江南春日風光的贊語『江南好』（《憶江南》），同樣率直、豪爽、熱烈、奔放。『水光山色與人親』，這是一種擬人的寫法，賦予山水以人的感情意識，栩栩如生。五代鹿虔扆《臨江仙》云：『藕花相向野塘中。暗傷亡國，清露泣香紅』，生長在野外池塘中芳香的紅色荷花，偷偷相對着為亡國而悲傷流泪。作者的亡國之痛，通過擬人的手法曲折地表達出來。宋蘇軾《飲湖上初晴後雨》詩云：『欲把西湖比西子，淡妝濃抹總相宜』，西湖像美女西施一般俏麗，無論是妝飾淡雅，還是打扮濃艷，總是秀美動人的。作者用擬人的修辭方法寫出西湖風光的美麗。『水光山色與人親』，易安用擬人的手法，移情于山水，把自己對祖國山河的熱愛之情，婉轉曲達。此句有總前啓後的作用。

『蓮子已成荷葉老。清露洗、蘋花汀草。』換頭，承寫湖上景物。『清露洗』，交待出湖上游賞的時間，濃露未晞，萬物如剛洗過一般，當是早晨或九點以前的時間。下文的『人歸早』中的『早』字，也説明了這一點。蓮蓬子已經成熟了，往日湖上『接天蓮葉無窮碧，映日荷花別樣紅』的景物不見了。如今那田田荷葉已經衰萎，凝碧的葉盤上晶瑩的露珠，盈盈垂滴。純净的濃露冲洗了水面上那點點星星的蘋花和岸邊平灘上的水草。多麼清新的世界！從電影藝術上來説，這很有『近鏡頭』的特點。

『眠沙鷗鷺不回頭，應也恨、人歸早。』『鷗鷺』，兩種水鳥名。鷗鷺不回頭，不關人事，而作者却謂其恨人回去太早。本來是自己依戀山水，流連不捨，把這種感情用擬人手法遷至鷗鷺身上，使對祖國山河的熱愛之情，婉轉委曲地表達出來。作者為了表達的需要，却把禽鳥畜獸擬人化。宋李綱《病牛》詩云：『但得衆生皆得飽，不辭羸病卧殘陽』，將牛擬人，藉揭示牛的內心世界，表達作者『鞠躬盡瘁，死而後已』的美麗靈魂，高尚情操。《敦煌曲子詞・鵲踏枝》云：『比擬好心來送喜。誰知鎖我在金籠裏。欲他征夫早歸來。騰身却放我向青雲裏。』將喜鵲擬人，通過人與鵲的對話，表現了女主人公對離家遠征丈夫的思念，增強了藝術感染力。

此詞兩句擬人手法的運用，不僅妙趣橫生，而且也使作者筆下的景象獲得勃然的生機。連同『來』、『洗』等動詞的運用，使整體畫面靈活，氣韻飛動。前結後結皆有無窮之味，極精煉，亦極自然，獲得『能令人掩卷後，猶作三日之想』的強烈藝術效果。《詞源・句法》云：『詞中句法，要平妥精粹。一曲之中，安能句句高妙』？兩個擬人句皆為有『句法』的入神之句，高妙而精粹。

從此詞的格律結構上看，上下兩片的韵律結構都是一致的，是并列的。上片前三句概括寫湖上景物；後三句，用擬人手法表現作者對山水的熱愛。下片，前三句具體寫湖上景物；後三句用擬人手法表達對湖光山色依戀的深情。

《金粟詞話》評易安《念奴嬌》：『被冷香消新夢覺，不許愁人不起』和《聲聲慢》：『守着窗兒，獨自怎生得黑』時説：『皆用淺俗之語，發清新之思，詞意并工，閨情絶調。』《貴耳集》評李易安《永遇樂》：『于今憔悴，風鬟霜鬢，怕見夜間出去』時説：『皆以尋常語度入音律，煉句精巧則易，平淡入調者難。』都推崇易安詞的『淺俗』、『清新』、『尋常』。這一特點，在

《怨王孫》這首詞更有充分的體現，通篇明白如話，一目了然。

古人寫秋多感傷之語，悲淒之調。能把秋天寫得絢麗多彩，令人精神振奮，浮想聯翩，也有人在。宋王荊公《桂枝香》：『登臨送目。正故國晚秋，天氣初肅。千里澄江似練，翠峰如簇。歸帆去棹殘陽裏，背西風、酒旗斜矗。彩舟雲淡，星河鷺起，畫圖難足。』這是一幅令人競折腰的金陵晚秋壯麗景色的畫卷，多麼使人心馳神往。唐人杜牧《山行》詩云：『遠上寒山石徑斜，白雲生處有人家。停車坐愛楓林晚，霜葉紅于二月花。』多麼清澄、明麗、令人心神鼓舞的秋色。但是，作為一個中國封建社會受壓抑、受禁錮的女子，把晚秋景色寫得如此浩大、俊朗、清鮮、親切、令人意志煥發，毫無萎靡之感，這是作者本身精神境界的表露，在中國古代文學史上閨閣作家中實屬少見，在『鬢眉』中亦是罕覯。

【選評】

〔一〕**王　瑤**：李詞從紅稀香少、蓮熟葉老中生發出水光山色、蘋花汀草、鷗鷺眠沙來，頓使生氣蓬勃，景色鮮妍，充滿着熱情爽朗的朝氣，躍動着青春的活力，體現出詞人少年時期的那種積極的、開闊的胸懷和樂觀進取的精神。（《李清照研究叢稿·一幅絢爛奪目的秋景圖》）

〔二〕**潘君昭**：辛弃疾有一首《醜奴兒近》，副標題是『博山道中效李易安體』，與本詞格調頗為接近。兩詞都是運用口語，不用典故，以樂觀的情調傳達出對大自然的熱愛，用擬人化的手法表現了對鷗鷺野鳥的親近。這說明這種表達方式是為清照所習用而又為大家熟知且頗有效法者，故稱之為『李易安體』。（《唐宋詞鑒賞辭典》江蘇古籍出版社）

〔三〕**溫紹堃　錢光培**：很明顯，在這些詞句裏，山水、鷗鷺等自然景物都被詩人賦予了人的感情，具體說來，也就是詩人那種熱愛自然，留連不捨的感情。這樣的寫法，不僅將山水景物寫活了，也將詞人當時的神情寫活了，仿佛詞人已完全融入了山水之中。讀後，讓人感到妙趣橫生，充滿生氣，也使人感到有一股明净的感情的細流流進了自己的心底，它既清醇，又甘美，承受着它的滋潤，那的確是一種美的享受。（《李清照名篇賞析》）

〔四〕**魏同賢**：人們常說，詩人騷客多愁善感，我以為『多愁』未必，『善感』却誠然，作家對社會和自然不能不特別敏感，不能不引起思考并積極反映。這本是文學藝術家的職業特點，無須奇怪，倒是這種思考和反映往往各具特徵，呈現出鮮明的個性，這纔值得人們的特別注意。李清照的文學個性是什麼，僅僅用一、二闋詞當然是說不清楚的，然而這闋《怨王孫》却也有所顯露，比如，造景的清新，描寫的細密，真是心細如髮；擬人化手法的巧妙運用，達到了物我兩接，融情于景的文學境界；而口語、俗語的鍛煉，更顯得灑脱不凡。不過，這也都是需要細心體味的。（《唐宋詞鑒賞辭典》上海辭書出版社）

［五］**周篤文**：《怨王孫》，『怨』，當為『憶』字之訛。考此詞之平仄韵式均同《憶王孫》，而與《怨王孫》迥异。按周紫芝之《雙調憶王孫》：『梅子生時春漸老，紅滿地、落花誰掃？舊年池館不歸來，又綠盡、今年草。　思量千里鄉關道，山共水、幾時得到。杜鵑祇解怨殘春，也不管、人煩惱。』與此《怨王孫》詞纖悉無殊，可證其誤……女詞人不去嘆息衰敗的殘荷，而是透過一層，從成實的蓮的蓮子上看到了支新去故的生命突進的過程，并從中發掘出豐盈充實的美的品格來。這就比尋常的悲秋傷春之咏嘆，高出一大截了。晨露，特別是如珠的秋露——這大自然的沆瀣之氣，本來就是詩家的『愛物』，用清露洗出的蘋花汀草，映襯着清碧如水的蓮蓬以及綠雲般的荷葉，還有那晶瑩圓轉的萬顆荷珠。這畫面、境界和意趣，真令人滓塵消盡腑臟俱清了。……抒情性是詩歌的第一生命。從這首小詞裏我們處處可以感受到女詞人熱愛生活的芬芳綿渺的深情。瓊枝寸寸玉，沉檀節節香，余于此詞亦作如是觀。（《李清照作品賞析集》）

［六］**侯健　吕智敏**：為什麼蕭瑟秋風吹拂下的湖水，湖畔零星的幾朵殘荷，沙洲上的幾叢水草、幾隻水鳥在詞人的筆下竟會是這樣的生機勃勃，明麗動人呢？這主要是由于詞人以擬人化的手法進行了移情——自然景物都被賦予了人的感情，更確切地説，詞人把自己熱愛自然、熱愛生活的感情和青春的活力全部移入了自然景物之中。于是，土石之山與汩汩流水也變成了游人的良知，向詞人殷勤致以親切之意，海鷗和鷺鷥也變得通曉人性了，它們悵恨游人離去，不忍回頭作別。人與物已經達到了心交神會的境界。移情手法的運用不但將詞人的主觀感受注入了外界客觀景物之中、而且，使得藝術形象活脱逼真，畫面親切生動，具有很強的藝術魅力。（《李清照詩詞評注》）

［七］**陳祖美**：論者多把《金粟詞話》中所謂『用淺俗之語，發清新之思』視為『易安體』的基本特色之一，此詞便集中體現了這一特色，其用語極為淺顯通俗，而所表達的思想感情却很新穎，毫不落窠臼。比如，寫秋風無蕭瑟之氣，狀秋情無悲傷之意。在『紅稀香少』、『蓮子已成荷葉老』、『清露洗、蘋花汀草』等等一連串明白省净的語句中，人們看到詞人不是在為『秋已暮』、『荷葉老』而傷感，而是在為『水光山色』、蓮子荷葉和湖畔花草而歡歌不已。這首詞不僅比被作者批評的柳永的某些『詞語塵下』的作品，要清新健康得多，就是在有詞以來的全部作品中，也是別具一格的，它給人以清新向上、愉悦充實之感，體現出作者的一種倜儻豪邁、青春煥發之氣。（《李清照詞新釋輯評》）

南歌子

天上星河轉，人間簾幕垂。涼生枕簟泪痕滋。起解羅衣、聊問夜何其。　翠貼蓮蓬小，金銷藕葉稀。舊時天氣舊時衣。祇有情懷、不似舊家時。

——影印涵芬樓手抄本之《樂府雅詞》

【考辨】

◎ **歷代載籍著録此闋之詞調、題目：**

調作《南歌子》、《南柯子》（又名《風蝶令》、《望秦川》）。無題。

◎ **歷代此闋著録為李清照（易安）詞之載籍：**

［一］　宋・曾慥輯《樂府雅詞》影印涵芬樓手抄本（樂下，第六三頁），收作李易安詞。

校記

調題： 調作《南歌子》。無題。

正文： 原『垂』、『聊』，玆改為正字『垂』、『聊』。（擇為範詞，底本）

附録： 無。

［二］　宋・曾慥編（原署）《樂府雅詞》文淵閣《欽定四庫全書》本　集部（卷下，第六九頁），收作李易安詞。

校記

調題： 皆同範詞。

正文： 皆同範詞。

附録：無。

［三］宋・曾慥撰（原署）《樂府雅詞》文津閣《欽定四庫全書》本 集部（卷下，總第四七八頁），收作李易安詞。

校記

調題： 皆同範詞。

正文： 皆同範詞。

附録： 無。

［四］明・陳耀文纂（原署）《花草粹編》影印明刊十二卷本（卷五，第二〇頁），收作李易安詞。

校記

調題： 調作《南柯子》。無題。調下注：『一名《風蝶令》、《望秦川》』。

正文： 皆同範詞。

附録： 無。

［五］明・陳耀文輯《花草粹編》文淵閣《欽定四庫全書》二十四卷本（卷九，第二五頁），收作李易安詞。

校記

調題： 調作《南柯子》。無題。調下注：『一名《風蝶令》、《望秦川》』。

正文： 皆同範詞。

附録： 無。

［六］明・陳耀文編（原署）《花草粹編》文津閣《欽定四庫全書》二十四卷本（卷九，總第二三頁），收作李易安詞。

校記

調題： 調作《南柯子》。無題。調下注：『一名《風蝶令》、《望秦川》』。

正文： 皆同範詞。

附録： 無。

［七］清・沈辰垣等編《御選歷代詩餘》影印康熙内府本（卷二四，第一二九頁），收作『宋媛 李清照』詞。

校記

調題：皆同範詞。

正文：「簾」作「翠」。

附録：無。

［八］清・江標抄《李清照漱玉詞》汲古閣未刻詞二十二家本（手抄，不分卷頁，第三〇首），上海圖書館藏，收作「宋易安居士李氏清照」詞。

校記

調題：皆同範詞。

正文：皆同範詞。

附録：無。

［九］清・汪玢箋《漱玉詞彙抄》問遽廬正本（手抄，不分卷頁，第一九首），復旦大學圖書館藏，收作「宋李氏清照易安」詞。

校記

調題：皆同範詞。調下注：「此闋至《行香子》共十六闋從《樂府雅詞》録出，内附《臨江仙》一闋，另有注」。

正文：皆同範詞。

附録：無。

［一〇］清・莫友芝家抄《漱玉詞》（手抄，不分卷頁，第一首），復旦大學圖書館藏，收作「宋李氏清照易安」詞。

校記

調題：皆同範詞。調下注：「此下二十三首見《樂府雅詞》」。瑜注：指《南歌子》（天上星河轉）至《行香子》（草際鳴蛩）。

正文：皆同範詞。

附録：無。

［一一］清・王鵬運輯《漱玉詞》，《四印齋所刻詞》本（第一頁），收作「李清照　易安」詞。

校記

調題：皆同範詞。

正文：皆同範詞。
附録：無。

［一二］清·楊文斌輯録《三李詞》光緒庚寅夏香海閣刊本（卷三，第六頁），收作李清照詞。

校記

調題：皆同範詞。
正文：『簾』作『翠』；『似』作『是』。
附録：無。

［一三］清·何震彝輯《詞苑珠塵》清光緒三十三年鉛印本（不分卷，第一一頁），著録為李清照詞句。

校記

調題：無調。集為詩句。詩題作『瘦西湖夜泛』。
正文：僅收録『天上星河轉』一句。
附録：無。

［一四］清·蕙風簃主箋《漱玉詞箋》中華圖書館石印本　中華民國四年六月版（不分卷，第六頁），收作李清照詞。

校記

調題：皆同範詞。
正文：皆同範詞。
附録：無。

［一五］木石居士選輯　絳雲女史參校《歷代名媛詞選》民國十六年石印本（卷六，小令六，未注頁碼），收作李清照詞。

校記

調題：皆同範詞。
正文：『簾』作『翠』。
附録：無。

［一六］李文椅輯《漱玉集》冷雪盦叢書本（卷三，第六頁），收作李清照詞。

校記

調題：皆同範詞。

正文：『簾』作『翠』。

附録：《樂府雅詞》、《歷代詩餘》、《花草粹編》、四印齋本《漱玉詞》。（尾注）

［一七］趙萬里輯《漱玉詞》，《校輯宋金元人詞》本（第四頁），收作『李清照　易安』詞。

校記

調題：皆同範詞。

正文：皆同範詞。

附録：《樂府雅詞》、《花草粹編》五、《歷代詩餘》二十四。（尾注）

［一八］梁令嫻抄《藝蘅館詞選》上海中華書局印行　民國二十五年再版（乙卷，北宋詞，第八三頁），收作李清照詞。

校記

調題：皆同範詞。

正文：皆同範詞。

附録：無。

［一九］王官壽輯《宋詞抄》中華民國十一年排印本（卷三，第二三頁），收作李清照詞。

校記

調題：皆同範詞。

正文：『簾』作『翠』。

附録：無。

［二〇］唐圭璋輯《全宋詞》中州古籍出版社　兩冊本（上，第六四三頁），收作李清照詞。

［二一］中華書局編《李清照集》（第一三頁），收作李清照詞。

［二二］王仲聞《李清照集校注》人民文學出版社（第三頁），收作李清照詞。

[二三] 黃墨谷《重輯李清照集》齊魯書社（卷三，第三九頁），收作李清照詞。

附録：此詞本《樂府雅詞》，「簾幕」《歷代詩餘》作「翠幕」，不宜從。

[二四] 徐北文主編《李清照全集評注》濟南出版社（第八一頁），收作李清照詞。

[二五] 徐培均《李清照集箋注》上海古籍出版社（第三五頁），收作李清照詞。

◎歷代此闋著録他人或無名氏及存疑詞之載籍：

雖廣徵博采而未見。

◎瑜按：

上列二十餘種載籍均著録為李易安（清照）詞，撰者無异名。茲入《漱玉詞》。

【注釋】

[一] **星河**：銀河，即天河、銀漢、河漢。宋葉夢得《臨江仙》：「小軒攲枕，檐影挂星河」。唐李白《望廬山瀑布》：「飛流直下三千尺，疑是銀河落九天」。宋陳與義《夜賦》：「三更螢火鬧，萬里天河橫」。宋秦觀《鵲橋仙》：「纖雲弄巧，飛星傳恨，銀漢迢迢暗度」。宋蘇軾《洞仙歌》：「起來携素手，庭户無聲，時見疏星渡河漢」。

[二] **枕簟**：枕上鋪的細竹席。五代顧敻《虞美人》：「露清枕簟藕花香。恨悠揚。」宋程垓《滿江紅》：「月在衣裳風在袖，冰生枕簟香生幕」。

[三] **泪痕滋**：泪越來越多，痕迹越來越擴大。漢蘇武《留別妻》：「握手一長嘆，泪為生別滋」。唐杜牧《秋娘詩并序》：「濞即白首叛，秋亦紅泪滋」。

[四] **夜何其**：夜到幾更了。《詩經·庭燎》「夜如何其？夜未央，庭燎之光」。漢蘇武《留別妻》：「征夫懷遠路，起視夜何其？」宋方岳《水調歌頭》：「夜何其，秋老矣，盍歸來」。

[五] **貼**：蓋與現在將另外做好的圖案縫貼在衣裳上的作法相同。唐溫庭筠《菩薩蠻》：「新帖綉羅襦，雙雙金鷓鴣。」唐李洸《夢仙謡》：「裁紗剪羅貼丹鳳，膩霞遠閉瑶山夢」。

[六] **金銷**：以金飾物。唐駱賓王《帝京篇》：「黃金銷鑠素絲變，一貴一賤交情見」。宋陳允平《虞美人》：「翠羅塵暗縷金銷」。

[七] **舊家**：從前（見《詩詞曲語辭彙釋》）。宋柳永《小鎮西》：「夜來魂夢裏，尤花殢雪。分明似舊家時節」。宋周邦彥《瑞龍吟》：「前度劉郎重到，訪鄰尋里，同時歌舞。惟有舊家秋娘，聲價如故」。

【品鑒】

趙明誠病故（公元一一二九年）之後，李清照處在國破家亡，夫喪身零的悲痛和種種的苦難之中，因此她常常憶起南渡之前的一些往事。因為伉儷情重，一次她憶起十五年前曾與趙明誠在月下花前吟詩的事，撫今追昔，感慨萬端，寫了一首《偶成》詩：『十五年前花月底，相從曾賦賞花詩。今看花月渾相似，安得情懷似往時。』客觀事物是不知人世的更易的，明月依然分輝籠地，鮮花仍舊噴香鬥奇，但是人恍如隔世，『情懷』迥异。而今她的『情懷』是由多種因素和成分構成的，不單是她個人身世飄零的哀傷和遭際的凄苦，還交融着她對整個國家和民族悲慘命運的切腹之痛。因而此詩的內涵深刻，意境幽美。大約是寫此詩之後的某一年的秋初，在同一時代背景下，寫了一首《南歌子》詞，內容與此詩頗有相似之處，但情調更為深沉，感懷更加凄愴。

『天上星河轉，人間簾幕垂。』作者一開筆，頓然將讀者帶入廣漠、迷茫、黝暗、岑寂的夤夜之中。『轉』，星象的變化短期內人們是不易察覺的，能夠明顯看出『星河轉』動，説明夜已經很深了。『垂』字，暗示夜的平静，又在『垂』字之前冠之以『人間』兩字，告訴我們并非一家兩家，人間皆如此，再次表明這是個遥夜。深邃的蒼穹，綴滿閃閃的繁星，一條明亮的天河，轉離了入夜時的位置。人世間，家家户户的窗簾帳幕垂挂着。清沈德潛曾稱贊《暫使下都夜發新林至京邑贈西府同僚》詩開頭云：『謝玄暉「大江流日夜，客心悲未央」極蒼蒼莽莽之致』，此詞開頭勝謝詩開頭一籌。用天上、人間、黑夜，構成一個曠遠、闊大、幽暗、蒼蒼茫茫的境界，藉以抒發孤獨、凄凉、哀傷的情懷。開端的境界越曠遠、闊大，簾內『凉生枕簟泪痕滋』的女主人益顯得身隻影單。黑夜的色彩似乎蒙在女主人的心上，她也愈加黯然，這都增强了藝術表達的效果。

開頭以對仗的句式領起，十分自然，似乎在向讀者説明一個規律：『天上星河轉，人間簾幕垂』，永遠如此，夜夜依舊，古今皆然，是最後抒情的伏筆。這樣的開頭甚為精彩。

『凉生枕簟泪痕滋。起解羅衣、聊問夜何其。』人要在夜間睡眠，來恢復一天的疲勞。但是該眠而不眠，這是异乎尋常的。『凉生枕簟泪痕滋』，女主人不僅没有入睡，還在床上輾轉反側，傷心落泪，枕上竹席的泪痕越來越擴大。『凉生枕簟』，枕着枕上的細竹席已感覺有些凉意，點明了秋天的節序。此語與李清照《一剪梅》：『紅藕香殘玉簟秋』中的『玉簟秋』意思相類似，人坐在華美的竹席上，因生凉而知秋，點出了時令。不過一個是『坐』，一個是『枕』，都是從觸覺上寫的。『凉生枕簟泪痕滋』，與五代馮延巳《鵲踏枝》：『蕭索清秋珠泪墜，枕簟微凉，輾轉渾無寐』的意境是相同的。『起解羅衣』，起來解開羅制的衣服。説明女主人一入夜就把頭扎在枕頭上了。暗示她心事的堆纍沉重，心情痛苦殊甚。顯然，入夜脱衣也難以進入夢鄉，但現在夜又是這樣的深沉，又不能不脱掉羅衣。『聊問夜何其』，姑且聊以自問：『夜什麼時候纔是盡頭啊』，『現在夜是幾更了』，『夜怎麼這樣漫長呀』，『夜怎麼這樣難耐呀』，設想她問話的內容，上述哪一種都是説得通的，究竟問的是什麼，多麼耐人咀嚼。反映她的心際是無可告語的孤寂，沉痛。《填詞雜説》云：『填詞結句，或以動蕩見奇，或以迷離稱雋，着一實語，敗矣。』此詞前結堪稱『以迷離稱雋』，言有盡而意無窮。

『翠貼蓮蓬小，金銷藕葉稀。』過片承前『起解』句。此詞為雙調《南歌子》，下片換頭，與上片開頭兩句均為對偶句。對羅衣的花飾進行了工筆的描摹。『翠』，綠色。此對句是説，羅衣縫的是另外製作的綠色小小蓮蓬，上面是用金綫裝飾的稀疏的荷葉。『蓮蓬小』，尚未成熟；『藕葉稀』，已不壯盛。從衣服的花飾特徵上看，此衣為女主人年輕時的秋裝。古人的裁制衣服和現代的時裝設計家的設計都是一樣的，既講年齡特徵，又講季節特徵。比如現在衣服兜上、胸前、褲腿、袖子綉有長頸鹿、小熊貓、小斑馬等圖案的，不用説，一般都是童裝。在衣服的胸前綉有鮮艷花朵的，不必打聽，一般都是姑娘們的時裝。女主人猛然看見這件貼上小小蓮蓬、金綫綉成的稀疏荷葉的羅衣，勾引起她對許多年輕時美好往事的回憶。此衣也許是李清照這位豪門千金的嫁衣，當時穿着它曾對未來婚姻生活充滿幸福的憧憬；也許此衣是李易安這位望族少婦的禮服，穿着它曾迎賓赴宴，與儕輩爭齊楚。睹物懷舊，怎能不有所感慨呢？于是開了下文。

『舊時天氣舊時衣。祇有情懷、不似舊家時。』，『舊時天氣』，回應首句『天上星河轉』，仍然如故。『舊時衣』承前『翠貼蓮蓬小，金銷藕葉稀』，衣服依舊。『祇有』與上片『聊』都是虛詞，用在結句襯逗，使詞生曲折，姿態生動。『情懷』，指人的感情，心緒。『舊家』，也是『從前』之意。那麼從前的『情懷』如何？快樂歡暢，美好幸福，與明誠一起觀花賞月，游山玩水，整理金石，背書賭茶，吟詩賡和，充滿學術的氣息和無限的生活情趣。如今為什麼『凉生枕簟淚痕滋』？『情懷』如何？黍離之悲，桑梓之情，喪夫之哀，顛沛流離之苦，萬感交集，與年輕時相比而覺『物是人非』，故發出『祇有情懷不似舊家時』的嗟嘆，感喟深沉，『卒章顯其志』。三個『舊』、三個『時』，表示對過去的深情懷戀，『不似』，對而今充滿無限痛惜之情。

句妙在襯跌。作者不直説今日情懷之惡——『情懷不似舊家時』，先用種種事物的不變——『舊時天氣舊時衣』一句來襯托『祇有情懷』的异變，令人不勝哀憐、悲憫、嘆惋之至。這種藝術效果，就是襯跌手法的功力。清劉熙載《藝概·詞曲概》中説：『詞之妙全在襯跌。如宋文文山《滿江紅·和王夫人》云：「世態便如翻覆雨，妾身元是分明月」，《酹江月·和友人驛中言別》云：「鏡裹朱顔都變盡，祇有丹心難滅」，每二句若非上句，則下句之聲情不出矣』，是很有見地的。

此詞，作者以凄傷的筆觸，抒發了南渡後國破家亡，喪夫身零的悲愴情懷。

上片，寫深夜天氣依舊，女主人孑然一身，辛酸落泪，而怨夜長不盡。下片，寫天氣依舊，女主人衣服如故，睹物傷情，感慨情懷甚惡。

構思精巧。先寫『天上星河轉』，天氣依舊，是下文抒情的伏筆。『翠貼蓮蓬小，金銷藕葉稀』，衣服如故，是下文抒情的基礎。最後感喟『舊時天氣舊時衣。祇有情懷、不似舊家時』，『卒章顯其志』，有水到渠成之妙。

上下片開頭兩句均為對偶句，諧美自然。《詞繹》中説：『詞中對句，正是難處，莫認作襯句。至五言對句、七言對句，使觀者不作對疑，尤妙』，『不作對疑』正為此詞對句的特色及高超之處。

此處，襯跌手法及三個『舊』、三個『時』字的巧用，也都表明易安藝術手法的圓熟，精湛。

此詞，深刻的思想内容與高超的藝術技巧達到完美統一，不失為一首絶妙好詞。

【選評】

[一] **王仲聞**：李清照追憶過去的作品，此外還有一些……詞裏面的『舊時天氣舊時衣。祇有情懷、不似舊家時。』『如今也，不成懷抱，得似舊時那！』這些句子裏的『舊時』『舊家時』，主要是回首她自己的過去，但也并不排斥某一些同時回憶國家民族繁榮景象的成分。李清照這些作品，假使是在北宋時期寫的，那就没有多大意義，必須又作别論了。可是，現在還没有理由和根據來懷疑它們不是寫于南宋時期的。（《李清照集校注》）

[二] **蔡義江**：這首詞的結尾，也如近體詩中『起、承、轉、合』的『合』，把前面所説的意思加以總束，不再使用暗示、寄寓等表現手法，而祇放筆直寫……這種格局在詩詞中是經常使用的，因為它能夠唤醒全篇主題。……全詞用筆細膩、縝密、從容、藴蓄，寫得情致宛轉，凄惻動人，足以代表李清照詞的婉約風格。（《李清照詞鑒賞》）

[三] **黄墨谷**：清照穿圖繪蓮蓬、藕葉的羅衣，也是她愛國思想，高尚人格的表現。屈原忠而被謗，横遭放逐後所作《離騷》，就有這樣一段自叙：『進不入以離尤兮，退將復修吾初服。制芰荷以為衣兮，集芙蓉以為裳。不吾知其亦已矣，苟余情其信芳』。清照建炎元年自青州來建康，力主抗金，恢復中原，曾作詩詆高宗及其佞臣，以致明誠罷建康守，他們的遭遇與屈原為楚臣被逐近似。梁令嫻《藝蘅館詞選》評清照《武陵春》詞：『此蓋感憤時事之作』，確是獨具慧眼。我以為讀《南歌子》詞，亦應作如是觀。（《唐宋詞鑒賞辭典》江蘇古籍出版社）

[四] **溫紹堃　錢光培**：本詞語言雖然淺近平易，却極富于表現力。寫其情懷的悲戚，祇用了『泪痕滋』、『起解羅衣』、『聊

問』幾個詞語，便把詞人悲苦的情態與內心描寫得極為真切傳神。南渡以來，境遇的變遷，時間的推移，苦難的生活，都并非三言兩語所表達得清的，但詞人這裏衹用了『蓮蓬小』、『藕葉稀』兩個詞語便十分形象而又準確地表達了出來。如果没有錘煉語言的深厚功力是不能寫得如此生動凝煉的。（《李清照名篇賞析》）

［五］**平慧善**：本詞作于南宋高宗建炎三年（一一二九年）秋趙明誠亡故之後。上闋寫秋夜傷感。首句寫夜深，次句寫人静，接寫秋寒夜泣，詞境悲愴。然後由『起解羅衣』過渡到下闋寫睹物興嘆。羅衣的花紋不僅寫得細緻精巧，而且與秋色、心境融洽無間。『蓮』諧音『憐』，『藕』諧音『偶』，以此來表達詞人所引起的感觸。最後三句直寫，總結詞意，以舊時衣物反襯非舊時情懷，悲愴已極。三個『舊』字的運用不僅不顯得重複，而是更好地表現了『同中之异』，有強烈的對比作用。（《李清照詩文詞選譯》）

［六］**劉揚忠**：『舊時天氣舊時衣，衹有情懷、不似舊家時！』這裏短短二句十六個字，却選用三個『舊時』，令人觸目驚心，一股難以為懷的幽怨之情被作者宣染得淋漓盡致。（《李清照作品賞析集》）

［七］**侯健　吕智敏**：過片處巧妙地接寫羅衣，既與上片緊密相承，又在讀者不知不覺中把描寫的範圍縮小，通過一件衣衫來抒寫情懷。目睹舊日衣衫，頓時生出許多對舊日生活的回想：京都府邸中夫妻把玩文物，歸來堂中夫妻勘校書史，花前月下夫妻對酌賦詩。這些回憶，非但没有給詞人帶來任何快慰，反而激起了她物是人非的痛楚感慨，『舊時天氣舊時衣，衹有情懷不似舊家時。』連用三個『舊』字，却無意于構成層層遞進，而是以『衹有……不似……』造成強烈轉折，突出強調了舊時的情懷將一去不復返。全詞雖然就在這深深的惋息慨嘆中結束，但却留下了餘情不斷的弦外之音——如今的情懷又是怎樣的呢？于是，上片中詞人伏枕飲泣的畫面就又浮現在我們眼前了。（《李清照詩詞評注》）

轉調滿庭芳

芳草池塘，緑陰庭院，晚晴寒透窗紗。誰開金鎖，管是客來吵。寂寞樽前席上，春歸去、海角天涯。能留否，酴醾落盡，猶賴有殘葩。　當年曾勝賞，生香熏袖，活火分茶。儘如龍，驕馬流水輕車。不怕風狂雨驟，恰纔稱、煮酒看花。如今也，不成懷抱，得似舊時那。

——文淵閣《欽定四庫全書》之《樂府雅詞》

【考辨】

◎歷代載籍著録此闋之詞調、題目：

調作《轉調滿庭芳》、《滿庭芳》。無題。瑜注：據清王奕清等纂修《欽定詞譜》宋晏幾道《滿庭芳》（南苑吹花）說明中云：『此調以此詞及周（邦彦）詞（風老鷹雛）為正體。若黄（公度）詞（一徑叉分）之減字，程（垓）、趙（長卿）、元（好問）三詞之添字，與無名氏詞（風急霜濃）之轉調皆變體也。』又宋曾覿《踏莎行》（翠幄成陰）說明中云：『轉調者，攤破句法，添入襯字，轉換宮調，自成新聲耳』。

◎歷代此闋著録為李清照（易安）詞之載籍：

［一］宋·曾慥輯《樂府雅詞》影印涵芬樓手抄本（樂下，第六三頁），收作李易安詞。

校記

調題：皆同範詞。

正文：『誰開金鎖』作『□□金纙』；『春歸去』作『惟□』；『殘葩』作『□□』；『儘如龍驕』作『□□□龍嬌（瑜注：與「驕」辨別不清）』；『看』作『殘』。

附録：無。

[二] 宋・曾慥編（原署）《樂府雅詞》文淵閣《欽定四庫全書》本　集部（卷下，第六九頁），收作李易安詞。

校記

調題：調作《轉調滿庭芳》。無題。瑜注：此調与《欽定詞譜》（卷二四，第三頁）晏幾道《滿庭芳》（南苑吹花）同：『雙調九十五字，前後段各十句，四平韻』，為正體。

正文：原『牕』、『鎻』、『薫』、『流』、『才』，茲改為正字『窗』、『鎖』、『熏』、『流』、『纔』。（擇為範詞，底本）

附録：無。

[三] 宋・曾慥撰（原署）《樂府雅詞》文津閣《欽定四庫全書》本　集部（卷下，總第四七八頁），收作李易安詞。

校記

調題：皆同範詞。

正文：『誰開金鎖』作『玉鈎金纔』；『春歸去』作『惟愁』；『殘葩』作『梨花』；『熏』作『董』；『儘如龍騎』作『極目猶龍嬌』；『看』作『殘』。

附録：無。

[四] 宋・曾慥輯《樂府雅詞》，《叢書集成初編》本（卷六，第二六六頁），收作李易安詞。

校記

調題：皆同範詞。

正文：『誰開』作『□□』；『春歸去』作『惟□□』；『殘葩』作『□□』；『儘如』作『□□』；『看』作『殘』。

附録：無。

[五] 清・汪玢箋《漱玉詞彙抄》問遽廬正本（手抄，不分卷頁，第二〇首），復旦大學圖書館藏，收作『宋李氏清照易安』詞。

校記

調題：皆同範詞。

正文：『誰開』作『□□』；『吵』作『抄』；『春歸去』作『惟□□』；『殘葩』作『□□』；『儘如龍騎』作『□□龍

嬌」；「看」作「殘」。

附録：無。

［六］清・莫友芝家抄《漱玉詞》（手抄，不分卷頁，第二首），復旦大學圖書館藏，收作「宋李氏清照易安」詞。

校記

調題：皆同範詞。

正文：「誰開」作「□□」；「春歸去」作「惟□□」；「殘葩」作「□□」；「勝」作「盛」；「儘如龍驕」作「□□龍嬌」；「看」作「殘」。

附録：無。

［七］清・王鵬運輯《漱玉詞》，《四印齋所刻詞》本（第一頁），收作「李清照　易安」詞。

校記

調題：皆同範詞。

正文：「誰開」作「□□」；「春歸去」作「惟□□」；「殘葩」作「□□」；「儘如龍驕」作「□□龍嬌」；「看」作「殘」（小注：「別作㱮」）；「懷」作「裹」。

附録：無。

［八］清・蕙風簃主箋《漱玉詞箋》中華圖書館石印本　中華民國四年六月版（不分卷，第六頁），收作李清照詞。

校記

調題：皆同範詞。

正文：「誰開」作「□□」；「春歸去」作「惟□口」；「殘葩」作「□□」；「儘」作「有」；「驕」作「嬌」；「看」作「㱮」。

附録：《玉梅詞隱》曰：閨秀許德蘋和《漱玉詞》全帙《多麗》闋自記云：此闋見《樂府雅詞》，原缺八字，過腔之韵亦無第二韵。「吵」字遍閱字書俱未載，乃是當時土音，經易安用過便自雅絕，猶楚騷之些字矣。夫子在琴川曾于書肆得舊抄宋詞一冊，內有此闋所缺八字俱全，欣然和之。按：德蘋係朱子鶴姬人。子鶴，名和羲，自號幺鳳詞人，所得舊抄宋詞有易安此詞缺字，惜女史未經揭出，唯過拍葉字作摩。余所據舊抄本，祇前段缺六字，今又補摩字，則祇缺五字矣。唯摩上一字須與上文貫穿，極意懸擬，殊難吻合耳。（詞評）

［九］　李文裿輯《漱玉集》冷雪盦叢書本（卷四，第四頁），收作李清照詞。

校記

調題： 皆同範詞。

正文： 『誰開』作『玉鈎』；『春歸去』作『惟愁』；『酴醾』作『荼蘼』；『殘葩』作『梨花』；『儘如龍驕』作『極目猶龍嬌』；『纔』後無『稱』；『看』作『殘』。

附録：《樂府雅詞》、四印齋本《漱玉詞》。（尾注）

［一〇］　趙萬里輯《漱玉詞》，《校輯宋金元人詞》本（第八頁），收作『李清照　易安』詞。

校記

調題： 調作《滿庭芳》。無題。調下注：『《樂府雅詞》調作《轉調滿庭芳》』。

正文： 『誰開』作『□□』；『春歸去』作『惟□□』；『殘葩』作『□□』；『儘如龍驕』作『□□龍嬌』；『看』作『殘』。

附録：《樂府雅詞》。（尾注）

［一一］　唐圭璋等輯《全宋詞》中華書局　簡體增訂本（第一二〇二頁），收作李清照詞。

［一二］　中華書局編《李清照集》（第二七頁），收作李清照詞。

［一三］　王仲聞《李清照集校注》人民文學出版社（第三頁），收作李清照詞。

附録： 箋注：『玉鈎』，箋注：各本《樂府雅詞》原缺，據文津閣《欽定四庫全書》本《樂府雅詞》補。惟此句『玉鈎金鎖』文義，與下句不甚連接，疑有錯誤，或館臣臆補。『惟□□』，箋注：文津閣《欽定四庫全書》本《樂府雅詞》作『惟愁』，仍缺一字，疑非，故未補。『有□□』，箋注：文津閣《欽定四庫全書》本《樂府雅詞》作『梨花』。按季節，酴醾花開在梨花之後。江南有二十四番花信風，酴醾亦在梨花之後，此處作『梨花』不妥。未據補。『□□』，箋注：文津閣《欽定四庫全書》本《樂府雅詞》作『極目猶』。趙萬里輯《漱玉詞》云：『與律不合，蓋出館臣臆改』。『驕』，原作『嬌』，說見注釋。『殘』，箋注：四印齋本《漱玉詞》注：別作『淺』。未知所據何本，文義亦不合。　附注：《樂府雅詞》。

［一四］　黄墨谷《重輯李清照集》齊魯書社（卷三，第三五頁），收作李清照詞。

附録： 此詞僅見《樂府雅詞》，系懷京洛舊事之作。脱文較多，《四庫全書》本《樂府雅詞》，妄為綴補，不可從。『晚晴寒透窗紗』句『晴』字；『恰纔稱煮酒殘花』句『殘』字：恐均系誤文。

［一五］徐北文主編《李清照全集評注》濟南出版社（第六九頁），收作李清照詞。

［十六］徐培均《李清照集箋注》上海古籍出版社（第一四六頁），收作李清照詞。

附録：均按：據宋程大昌《演繁露》卷一《花信風》……可證『梨花』早于『酴醿』兩信，約一月有餘，此處疑為『棟花』之誤。

◎歷代此闋著録他人或無名氏及存疑詞之載籍：

雖廣徵博采而未見。

◎瑜按：

上述載籍均收作李易安（清照）詞，撰者無异名，故輯入《漱玉詞》。筆者以此闋三種載籍考辨其優者：

（一）涵芬樓手抄本《樂府雅詞》（與《四部叢刊》本全同）：『□□金縷』；『惟□□』；『有□□』；『□□龍嬌（瑜注：與「驕」辨別不清）』。脱字太多。語言文字是交流思想的工具，缺漏太多的文字則難以表達完整的詞意。

（二）文津閣本《樂府雅詞》（上多家所據）：補後作『玉鈎金鎖』，王仲聞箋注云：『文義，與下句不甚連接，疑有錯誤，或館臣臆補。』意脉不通，不可取。『惟□□』，文津閣本作『惟愁』，王仲聞箋注云：『仍缺一字，疑非』。筆者認為，據《欽定詞譜》此調以晏幾道《滿庭芳》（南苑吹花）及周（邦彥）詞（風老鷹雛）為正體。該調晏詞此句為三字。此补不合律。『有□□』，文津閣本補後作『有梨花』，王仲聞箋注云：『文津閣《欽定四庫全書》本《樂府雅詞》作「梨花」。按季節，酴醿花開在梨花之後。江南有二十四番花信風，酴醿亦在梨花之後，此處作「梨花」不妥。』筆者認為，所補有背事實。不可取。『□□龍』，文津閣本補後作『極目猶龍』，王仲聞箋注云：『文津閣《欽定四庫全書》本《樂府雅詞》作「極目猶」。趙萬里輯《漱玉詞》云：「與律不合，蓋出館臣臆改」』。筆者認為，此調正體晏詞此句為三字，并非四字句。『殘』，王仲聞箋注：『四印齋本《漱玉詞》注：別作「䏼」。未知所據何本，文義亦不合。』筆者認為，『煮酒殘花』，令人無解，上下不通，『殘』字不可取。所補各詞語俱有問題。

（三）文淵閣《欽定四庫全書》本《樂府雅詞》：『誰開金鎖』，涵芬樓本作『□□金縷』；文淵閣《欽定四庫全書》本《樂府雅詞》：『春歸去』，涵芬樓本作『惟□』；文淵閣《欽定四庫全書》本《樂府雅詞》：『殘葩』，涵芬樓本作『□□』；文淵閣《欽定四庫全書》本《樂府雅詞》：『儘如龍，驕』，涵芬樓本作『□□龍，嬌』，且『嬌』與『驕』辨認不清；文淵閣《欽定四庫全書》本《樂府雅詞》：『看』，涵芬樓本作『殘』。筆者認為文淵閣本，上述所補各詞語于正文中前後意脉貫通，全闋渾然一體，韵律與《欽定詞譜》（卷二四，第三頁）晏幾道《滿庭芳》（南苑吹花）同：『雙調九十五字，前後段各十句，四平韵』，為正體。此詞九十五字中平仄聲亦合。文淵閣《欽定四庫全書》本《樂府雅詞・提要》云：『此本抄自上元焦氏，止存三卷及拾遺，殆非足本。然（朱）彝尊《曝書亭集》又載此書《跋》云：繹其自序稱三十有四家，合三卷詞人，為足本無疑。蓋此卷首原題當為（朱）彝尊初稿集所載，乃詳定之本。』說明此本『抄自上元焦氏』藏書，『足本無疑』，『詳定之本』。此本所載《轉調滿庭芳》（芳草池塘）是否是李清照原詞？或經朱彝尊等校補，不得而知，但與文津閣《欽定四庫全書》本、涵芬樓手抄本、《四部叢刊》本所載此詞比較，即使同為校補本，文淵閣《欽定四庫全書》本此詞以字全、文通、意順，合律，獨占鰲頭。故擇為範詞，底本。

【注釋】

〔一〕**芳草**：芳香的野草。唐崔顥《黃鶴樓》：『晴川歷歷漢陽樹，芳草萋萋鸚鵡洲』。唐劉長卿《尋南溪常道士》：『白雲依静渚，芳草閉閑門』。

〔二〕**金鎖**：這裏指安在門上能開關的金屬鎖具。唐岑參《青門歌》：『青門金鎖平旦開，城頭日出使車回。』五代鹿虔扆《臨江仙》：『金鎖重門荒苑静，綺窗愁對秋空』。

〔三〕**管**：准、定（《詩詞曲語辭彙釋》）。宋楊萬里《過雪川大溪》詩：『老夫乍喜棹夫悶，管有到時君莫問』。宋程大昌《好事近》：『管取身心安泰，閱椿齡千百』。

〔四〕**吵**：語助詞，類似『呵』。宋黃庭堅《歸田樂》：『意思裏，莫是賺人吵』。金董解元《西厢記・仙吕調・賞花時》（卷一）：百媚鶯鶯正驚訝，道：『管是媽媽使來吵！』

〔五〕**海角天涯**：見《清平樂》（年年雪裏）注。

〔六〕**酴醾**：此處花名。『醾』同『醿』。『醿』，俗『醾』字。『醿』同『醾』。『薔薇科，落葉灌木，白花，羽狀複葉，供觀賞用』（《漢語大字典》）。張邦基《墨莊漫録》九：『酴醾花或作荼蘼，一名木香，有二品。一種花大而棘長條而紫心者為酴醾。一品花小而繁，小枝而檀心者為木香。』（《辭源》）。宋趙彥端《柳梢青》：『酴醾過後，無花堪折』，又宋蘇軾《分類東坡詩》之《杜沂游武昌以酴醾花菩薩泉見餉》：『酴醾不争春，寂寞開最晚。』皆說明酴醾花開得最遲。清厲鶚《春寒》：『梨花雪後酴醾雪，人在重簾淺夢中』，說明酴醾花開在梨花之後。故文津閣《欽定四庫全書》本《樂府雅詞》在『有』後『□□』處補作『梨花』不當。成『酴醾落盡，猶賴有梨花』不合邏輯。

〔七〕**勝賞**：別具特色的游賞（《唐宋詞常用詞辭典》）。宋蔡伸《水調歌頭》：『東郊勝賞，歸路騎馬踏殘紅』。宋程大昌《水調歌頭》：『適茲勝賞，風輕雲薄有情天』。

［八］**生香**：焚香。宋高觀國《聲聲慢》：『壺天不夜，寶炷生香，光風蕩揺金碧』。生香，別解，頭等麝香稱生香。明李時珍《本草綱目・獸二・麝》集解引蘇頌曰：『其香有三等：第一生香，名遺香，乃麝自剔出者。然極難得，價同明珠。』唐許渾《寄題南山王隱居》詩：『隨蜂收野蜜，尋麝采生香。』從『麝香孕婦内外皆禁忌，氣血虚者需慎用』而言，詞人所用，當為它種香料。

［九］**活火**：帶火苗的炭火。唐溫庭筠《采茶録》引李約語：『茶須緩火炙，活火煎。活火謂炭火之有苗者』（見《中國茶酒辭典》『三沸湯』注，第三六七頁）。宋蘇軾《汲江煎茶》：『活水還須活火烹，自臨釣石汲深清』。

［一〇］**分茶**：分茶即泡茶。宋以前人所喝茶俱用煎茶，為分別起見，人們把注水入壺的泡茶方法技巧稱為分茶。宋楊萬里《澹庵座上觀顯丈人分茶》詩：『分茶何似煎茶好，煎茶不似分茶巧。』《中國茶酒辭典》（第四一四頁）解釋此詩説：『分茶是宋代沏茶的一種游藝，也稱「茶百戲」，陶穀《荈茗録》：「使湯紋水脉成物象者，禽獸蟲魚鳥之屬，纖巧如畫，但須臾即就散失」』，記分茶情況。

［一一］**驕馬**：高大健美之良馬。宋劉辰翁《臨江仙》：『天上西湖似錦，人間驕馬如龍』。宋蘇軾《祭常山回小獵》詩：『弄風驕馬跑空立，趁兔蒼鷹掠地飛』。

［一二］**流水輕車**：即輕快之車如流水般絡繹不絶。南唐李煜《望江南》：『多少恨，昨夜夢魂中。還似舊時游上苑，車如流水馬如龍』。

［一三］**稱**：適合，符合。唐白居易《廢琴》：『古聲淡無味，不稱今人情』。唐崔塗《晚次修路僧》：『應難將世路，便得稱師心』。

［一四］**煮酒**：溫酒、燙酒、酒中加佐料煮一定時間。宋晁冲之《玉蝴蝶》：『重來一夢，手挼梅子，煮酒初嘗。』宋陳著《念奴嬌》：『趁取酴醾新煮酒，燒笋煎花為具』。

［一五］**懷抱**：這裏指心裏計劃盤算。唐白居易《贈言》『胡為坐脉脉，不肯傾懷抱。』宋蔡伸《憶秦娥》『一生懷抱，為君牽役』。

［一六］**那**：用在句末，為感嘆詞。宋陸游《柳橋秋夕》：『野逸誰能那，悠然西復東？』金董解元《西厢記》：『這妮子慌忙則甚那』。

【品鑒】

從詞中今昔對比觀之，這肯定為李清照南渡後期之生活情景。又從『芳草池塘，緑陰庭院，晚晴寒透窗紗』、『金鎖』、『客來』、『席上』看，這是詞人居有定所，親朋往來，『臨安』之生活情景。此闋當作于她流寓生活相對穩定杭州之時期。

首三句，寫環境，景起，漸入。空間由遠及近。先寫宅外：『芳草』圍着『池塘』；次寫『庭院』：『緑陰』掩映；再寫『晚晴』下『寒透窗紗』，由物及人。宛若三個依次移動之影視畫面。『寒』字，雨致降溫。但對這種微涼，有人無感，有人感覺爽，詞人却敏鋭地感覺『寒』，反映其心靈深處之凄涼。

次『誰開』四句，從聽到『金鎖』響，推斷『管是』客人來，果然不出所料。備好酒菜，親友之間推心置腹地交流，應是高高興興，開懷舒暢。但『席上』的氣氛仍然冷清，『寂寞』，這是主基調。種種話題都不能使主客開心。姹紫嫣紅生機盎然之春天已經歸去，到『海角天涯』，無處追尋。情感之表層乍看是傷春，其心底是國破家亡喪夫漂泊無依之『許多愁』，塊塊纍纍，堆積如山，無法排除。什麽時候也高興不起來。

再次三句：『能留否，酴醿落盡，猶賴有殘葩。』宋趙彦端《柳梢青》：『酴醿過也，酴醿過後，無花堪折』，説明酴醿花開得最晚。宋孫道絢《少年游》：『歸家漸春暮，探酴醿消息』。表明酴醿在春暮時開放，過後就無好花堪摘。眼前之景象是酴醿花已經『落盡』。惜春之情昭然。此三句挽留客人：您能留下嗎？我們還可以觀賞殘花敗朵度過旅游的時光，這未免有些遺憾了。『來』也『寂寞』，無緒；『留』也衹能看到『殘葩』，亦無緒。這是凝結在心頭，無法開釋的濃愁。由挽留客人出游，衹能見到暮春的凄凉景象，引起南渡前京洛出游時那種難忘的情景回憶，開了下片。

換頭：『當年』一轉，回憶京洛往事：『曾勝賞，生香熏袖，活火分茶。』舊時曾經出游賞景，人要打扮，用名貴香料熏滿衣袖，喝足用活火燒開水所沏的茶，玩着『茶百戲』。這是出游前之準備活動。

次兩句：『儘如龍，驕馬流水輕車。』旅游的隊伍如龍，男士騎着高大的駿馬，女眷坐着流水般的車輛，絡繹不絶。與南唐李煜《望江南》：『還似舊時游上苑，車如流水馬如龍』頗類，氣派宏大，陣容豪華。詞人在京洛或曾見過皇帝出游或親自以朝官家屬的身份參加朝廷、朝官組織的或自家的旅游活動。那氣派，那陣容雖不及皇帝，亦是世不多見，故終生難忘。

再次三句：『不怕風狂雨驟，恰纔稱、煮酒看花。』旅游不怕艱難險阻，越遇狂風暴雨，越覺游興益高，越挑戰大自然就更有情趣興致。這樣纔正好與一邊燙酒一邊觀花的情趣相切合。

結三句：『如今也，不成懷抱，得似舊時那。』這是感今追昔後發出無可奈何之悲嘆：心裏的什麽盤算都實現不了。怎麽能與南渡前在京洛生活之時代相比呢？天壤之别啊！

上片通過寫客人來訪去留之間，反映晚年流寓杭州孀居生活之『寂寞』無緒。下片回憶『當年曾勝賞』，寫京洛旅游時興致勃勃之豪情興盛況。聯繫緊密，過度自然。此詞内容結構寫法與其《永遇樂》詞基本相同。全詞通過北宋汴京和南宋臨安兩個都城元宵佳節有關情况之描寫和對比，表現詞人對故國鄉關親人的懷念，及凄愴悲憤的心情。兩詞寫作之時代背景相同，寫作地點相同，寫作時間從詞之思想情感上看《永遇樂》較早。都是上片撫今，凄寂悲凉；下片憶昔，興致勃然。此詞卒章用『如今也』，其《永遇樂》用『如今』，抒發感慨表悲凉之情。一切與舊時相比皆有判若天淵之感。『如今』與『舊時』相對比，突顯國破家亡喪夫給她造成的深重災難和痛苦，深化了主題。有人説對比是『藝術的超級武器』，此言不虛。兩首詞雖時代背景、思想内容、藝術手法基本相同，但讀者毫無重複之感，正是作品之高超處。

開端三句，寫環境，景起，漸入。空間由遠及近，由物及人。宛若三個依次移動之影視畫面，引人入勝。『誰開金鎖』，『能留否』，都是設問句，起到醒明題旨之作用。諸多寫法值得藉鑒。

【選評】

［一］**清・蕙風簃主（況周頤）**：《玉梅詞隱》曰：閨秀許德蘋和《漱玉詞》全帙《多麗》闋自記云：此闋見《樂府雅詞》，原缺八字，過腔之韵亦無第二韵。『吵』字遍閲字書俱未載，乃是當時土音，經易安用過便自雅絶，猶楚騷之些字矣。夫子在琴川曾于書肆得舊抄宋詞一冊，内有此闋所缺八字俱全，欣然和之。按：德蘋係朱子鶴姬人。子鶴，名和義，自號幺鳳詞人，所得舊抄宋詞有易安此詞缺字，惜女史未經揭出，唯過拍葉字作摩。余所據舊抄本，衹前段缺六字，今又補摩字，則衹缺五字矣。唯摩上一字須與上文貫穿，極意懸擬，殊難吻合耳。（《漱玉詞箋》）

［二］**王仲聞**：《轉調滿庭芳》，宋詞常有于調名上加『轉調』二字者，如《轉調蝶戀花》《轉調二郎神》《轉調醜奴兒》《轉調踏莎行》《轉調賀聖朝》等等，（元曲中亦有《轉調貨郎兒》今人吴藕汀所編《調名索引》，尚未遍收。《詞譜》卷十三釋《轉調踏莎行》云：『轉調者，攤破句法，添入襯字，轉換宫調，自成新聲耳。』此説未全確。據現在所能見之《轉調》各詞，并不全攤破句法、添入襯字，《詞譜》蓋未深考。……《鼠璞》以『轉調』與『正調』對立并舉，蓋非其正調者，即為『轉調』，如《蝶戀花》原入商調，為正調；如入其他宫調，則為『轉調』。『轉調』非宫調名稱也。……蓋『轉調』二字并不構成調名一部分，僅以别于非『轉調』之詞而已。（《李清照集校注》）

［三］**黄墨谷**：此詞僅見《樂府雅詞》，系懷京洛舊事之作。脱文較多，《四庫全書》本《樂府雅詞》，妄為綴補，不可從。『晚晴寒透窗紗』句『晴』字；『恰纔稱煮酒殘花』句『殘』字：恐均系誤文。（《重輯李清照集》）

［四］**吴熊和**：轉調又稱轉聲（現在稱為移調），是與本調相對而言。戴埴《鼠璞》：『今之樂章，至不足道，猶有正調，轉調。』張元幹《鵲橋仙》詞：『更低唱，新翻轉調。』轉調從音樂上説，就是轉變本調的宫調，即所謂『移宫換羽』。本調一經轉調，就猶如一個『新翻』之曲，不能再和本調相混。（《唐宋詞通論》）

［五］**侯健　吕智敏**：這結尾處的三句與前七句形成了鮮明強烈的對比，而對比雙方句首冠之以『當年』與『如今』，更顯出

了今昔的天壤之別。詞人運用這嚴重失却平衡的對比，有力地表現出自己身家遭塗炭，苟活于人間之時心靈所受到的震顫，具有極強的感染力量。從全詞的布局上看，上下兩片都是以問句煞尾，且于問句中又含而不露地暗示了否定答案——戰亂中顛沛流離的親朋是不能留下來的，自己如今的生活與心境也再不能似舊時那樣了！這兩個問句遥相呼應，不但造成了結構上的和諧完美，也令人感到一種雋永的餘味。（《李清照詩詞評注》）

［六］**陳祖美**：她之所以謂之『海角天涯』、『晚晴寒透窗紗』，當屬以下三種所指：一則當指『心理』距離和感受，意類『甜言蜜語三冬暖，惡語傷人六月寒』之謂；二則當指『時代政治』距離，李清照内心所嚮往和親近的是故都汴京，今居杭州，遠離汴梁，故謂之『海角天涯』；三則當指『情感』距離，當時一班苟安之輩，稱臨安為『銷金鍋兒』，此輩以臨安為『安樂窩』極盡享樂之能事，而李清照面對半壁江山，為之不勝憂戚，備感寂寞，憂愁流年……（《李清照詞新釋輯評》）

［七］**徐培均**：按：『詞云「寂寞樽前席上，唯愁海角天涯」』蓋明誠逝世後，詞人晚年孀居，席上客稀，故云寂寞也；甫自金華逃難歸來，驚魂未定，故仍「惟愁海角天涯」也。因知此詞當為紹興中定居杭州時所作。轉調，《欽定詞譜》卷十三「轉調踏莎行」云：「轉調者，攤破句法，添入襯字，轉換宫調，自成新聲耳。」據此，則此調下片「極目」二句，似將原來「仄平仄（句）平平仄仄平平（韵）」二句攤破，添入襯字。如此，則趙萬里所云不能成立矣。（《李清照集箋注》）

［八］**王英志**：詞人以今昔對比，倍覺今日之淒涼。上片寫『芳草』、『緑陰』，點出春末夏初的典型景物，而『晚晴寒透』之『寒』字當是詞人的心理錯覺，是心緒清冷孤寂的反映。詞人之所以有此感覺，是因為所居處『玉鈎金鎖』，如同牢籠，即使有客來，仍覺席上『寂寞』。其遠離故鄉如同在『海角天涯』而愁苦難熬。『能留否』之問，回答是衹能留，因為北方還在金人鐵蹄下。而杭州雖然酴醾花落，但還有梨花聊以慰藉。由眼下之『愁海角天涯』，詞人自然懷念起『當年』南渡前在汴京無憂無慮的日子，憶甜而思苦。那時曾出游觀賞，肘後懸香囊，甚是瀟灑；又活火烹茶，亦極悠閑；更見車水馬龍，享盡繁華；即使遇到風雨，還可煮酒吟花，風雅之至。當年的賞心樂事，終生難忘，可惜『流水落花春去也』，如今的日子已不值一提。詞人失落之感洋溢字裏行間。歇拍『得似舊時那』的詢問，充滿懷舊與無奈，令人沉思。（《李清照集》）

漁家傲　記夢

天接雲濤連曉霧。星河欲轉千帆舞。仿佛夢魂歸帝所。聞天語。殷勤問我歸何處。　我報路長嗟日暮。學詩謾有驚人句。九萬里風鵬正舉。風休住。蓬舟吹取三山去。

——《唐宋諸賢絶妙詞選》

【考辨】

◎歷代載籍著録此闋之詞調、題目：

調作《漁家傲》。題作『記夢』。

◎歷代此闋著録為李清照（易安）詞之載籍：

［一］宋・曾慥輯《樂府雅詞》影印涵芬樓手抄本（樂下，第六三頁），收作李易安詞。

校記

調題： 調同範詞。無題。

正文： 皆同範詞。

附録： 無。

［二］宋・曾慥編（原署）《樂府雅詞》文淵閣《欽定四庫全書》本　集部（卷下，第六九頁），收作李易安詞。

校記

調題： 調同範詞。無題。

正文： 皆同範詞。

附録： 無。

［三］ 宋・曾慥撰（原署）《樂府雅詞》文津閣《欽定四庫全書》本　集部（卷下，總第四七八頁），收作李易安詞。

校記

調題： 調同範詞。無題。

正文： 『取』作『向』。

附録： 無。

［四］ 宋・花庵詞客（黃升）編集（原署）《唐宋諸賢絶妙詞選》掃葉山房刊本（卷一〇，第二頁），收作李易安（下注：『趙明誠之妻善為詞，有《漱玉集》三卷』）詞。

校記

調題： 調作《漁家傲》。題作『記夢』。

正文： 原『帆』、『彷』、『彿』，茲改為正字『帆』、『仿』、『佛』。（擇為範詞，底本）

附録： 無。

［五］ 明・毛晋訂《漱玉詞》影印汲古閣初刻《詩詞雜俎》本（第二頁），收作『李氏　清照』詞。

校記

調題： 皆同範詞。

正文： 皆同範詞。

附録： 無。

［六］ 清・沈辰垣等編《御選歷代詩餘》影印康熙内府本（卷四二，第二一八頁），收作『宋媛　李清照』詞。

校記

調題： 調同範詞。無題。

正文： 『轉』作『曙』；『謾』作『復』。

附録： 無。

［七］ 清・周銘編集　金成棟重校（原署）《林下詞選》，《四庫全書存目叢書補編》第二冊（卷一，第五頁），收作李清照詞。

校記

調題：皆同範詞。

正文：皆同範詞。

附録：無。

［八］清・江標抄《李清照漱玉詞》汲古閣未刻詞二十二家本（手抄，不分卷頁，第一四首），上海圖書館藏，收作『宋易安居士李氏清照』詞。

校記

調題：調同範詞。無題。

正文：『轉』作『渡』。

附録：無。

［九］清・汪玢箋《漱玉詞彙抄》問遽廬正本（手抄，不分卷頁，第四首），復旦大學圖書館藏，收作『宋李氏清照易安』詞。

校記

調題：皆同範詞。

正文：皆同範詞。

附録：無。

［一〇］清・莫友芝家抄《漱玉詞》（手抄，不分卷頁，第三首），復旦大學圖書館藏，收作『宋李氏清照易安』詞。

校記

調題：調同範詞。無題。調下注：『毛本有，《花庵詞選》録注云「記夢」』。

正文：皆同範詞。

附録：無。

［一一］清・王鵬運輯《漱玉詞》，《四印齋所刻詞》本（第一頁），收作『李清照　易安』詞。

校記

調題：調同範詞。無題。

正文： 皆同範詞。

附録： 無。

［一二］清・楊文斌輯録《三李詞》光緒庚寅夏香海閣刊本（卷三，第一二頁），收作李清照詞。

校記

調題： 調同範詞。無題。

正文：『轉』作『曙』；『謾』作『復』。

附録： 無。

［一三］清・陳廷焯選評《詞則》上海古籍出版社影印本　別調集（卷二第二七頁），收作李清照詞。

校記

調題： 調同範詞。無題。

正文： 皆同範詞。

附録： 有出世之想，筆意矯變，此亦無改適事一證也。（眉批）

［一四］清人輯《斷腸漱玉詞合刊》之《漱玉詞》光緒庚子石印本（第一頁），收作李清照詞。

校記

調題： 皆同範詞。

正文：『聞天語』作『天語』。

附録： 無。

［一五］清・蕙風簃主箋《漱玉詞箋》中華圖書館石印本　中華民國四年六月版（不分卷，第二頁），收作李清照詞。

校記

調題： 皆同範詞。

正文： 皆同範詞。

附録： 黄了翁云：此似不甚經意之作，却渾成大雅，無一毫釵粉氣，自是北宋風格。（詞評）

［一六］木石居士選輯　絳雲女史參校《歷代名媛詞選》民國十六年石印本（卷一〇，中調二，未注頁碼），收作李清

照詞。

校記

調題：調同範詞。無題。

正文：『轉』作『曙』；『歸何處』作『來何處』；『謾』作『復』。

附録：無。

［一七］李文裿輯《漱玉集》冷雪盦叢書本（卷四，第二頁），收作李清照詞。

校記

調題：調同範詞。無題。

正文：『轉』作『曙』；『謾』作『復』。

附録：《歷代詩餘》、《樂府雅詞》、四印齋本《漱玉詞》。（尾注）

［一八］趙萬里輯《漱玉詞》，《校輯宋金元人詞》本（第七頁），收作『李清照　易安』詞。

校記

調題：調同範詞。無題。調下注：『《花庵詞選》題作「記夢」』。

正文：皆同範詞。

附録：《樂府雅詞》、《花庵唐宋諸賢絶妙詞選》、《歷代詩餘》四十二。（尾注）

按：《詩詞雜俎》本《漱玉詞》收之，題作『記夢』，與《花庵詞選》同。

［一九］梁令嫻抄《藝蘅館詞選》上海中華書局印行　民國二十五年再版（乙卷，北宋詞，第八四頁），收作李清照詞。

校記

調題：調同範詞。無題。

正文：皆同範詞。

附録：家大人云：此絶似蘇辛派，不類《漱玉集》中語。（眉批）

［二〇］唐圭璋輯《全宋詞》中州古籍出版社　兩冊本（上，第六四三頁），收作李清照詞。

［二一］中華書局編《李清照集》（第二三頁），收作李清照詞。

[一二二]　王仲聞《李清照集校注》人民文學出版社（第六頁），收作李清照詞。

[一二三]　黃墨谷《重輯李清照集》齊魯書社（卷二，第一五頁），收作李清照詞。

[一二四]　徐北文主編《李清照全集評注》濟南出版社（第九八頁），收作李清照詞。

[一二五]　徐培均《李清照集箋注》上海古籍出版社（第一二七頁），收作李清照詞。

◎歷代此闋著録他人或無名氏及存疑詞之載籍：

雖廣徵博采而未見。

◎瑜按：

上列二十五種載籍皆著録為李易安（清照）詞，撰者無异名，故輯入《漱玉詞》。

【注釋】

[一]　**星河：**見《南歌子》（天上星河轉）注。

[二]　**帝所：**天帝居住的地方。宋劉克莊《浪淘沙》『恰似昔人曾夢到，帝所清都。』宋方岳《念奴嬌》：『誰取寶奩奔帝所，深鎖玉華宫闕』。

[三]　**天語：**天帝的話語。唐李白《明堂賦》：『聽天語之察察，擬帝居之將將。』又《飛龍引》：『造天關，聞天語，長雲河車載玉女』。

[四]　**我報路長嗟日暮：**路長：隱括屈原《離騷》：『路漫漫其修遠兮，吾將上下而求索』之意。日暮：隱括屈原《離騷》：『欲少留此靈瑣兮，日忽忽其將暮』之意。嗟：慨嘆。唐李白《蜀道難》：『側身西望長諮嗟』。

[五]　**謾：**空、徒。『漫，助詞。有隨意、任由、枉、徒然等義。也作「慢」、「謾」』（《辭源》）。宋周邦彦《芳草渡》：『謾回首、烟迷望眼，依稀見朱户』。元白樸《沁園春》『保寧佛殿』：『謾流盡、英雄泪萬行』。

[六]　**鵬：**古代神話傳説中的大鳥。《莊子·逍遥游》：『鵬之徙于南冥也，水擊三千里，摶扶摇而上者九萬里，去以六月息者也。』唐白居易《寓意詩五首》：『君為得風鵬，我為失水鯨』。

[七]　**蓬舟：**像蓬蒿被風吹動的飛快小船。古人以蓬根被風吹飛，喻飛動。宋方岳《水調歌頭》『蘆葉蓬舟千重，菰菜蓴羹一夢，無語寄歸鴻』。

[八]　**吹取：**吹得。唐羅鄴《春風》：『如何一瑞車書日，吹取青雲道路平』。金宇文虚中《迎春樂》：『把酒祝春風，吹取人歸去』。

[九]　**三山：**傳説中海上的三座仙山。《史記·封禪書》：『自威、宣、燕昭，使人入海求蓬萊、方丈、瀛洲。此三神山者，其傳在渤海中，去人不遠；患且至，則船引風而去，蓋嘗有至者，諸仙人及不死之藥皆在焉。』宋蘇軾《驪山絶句》：『海中方士覓三山，萬古明知去不還』。唐陳子昂《春臺引》：『悵三山之飛鶴，憶海上之白鷗』。

【品鑒】

此詞，無疑是易安南渡後的作品。公元一一二六年，金兵攻陷汴京，次年擄走徽欽二帝，史稱『靖康之耻』，北宋遂告滅亡。李清照也流亡江浙。作為一個愛國者，最大的恨，莫過于亡國之恨了。趙明誠與李清照夫婦情愛篤深，明誠暴亡。作為一個受中國封建社會壓抑，處從屬地位的婦女，什麼是最大的不幸？最大的不幸，莫過于喪失自己的丈夫了。作為一個中國封建社會受重重束縛的婦女，没有什麼比國破、家亡、喪夫、顛沛流離更令人痛苦和憂愁的。然而，她彼時的境遇能夠有所改變嗎？根本没有這種可能。南宋統治集團苟安一隅，祇圖歌舞淫樂，不求收復中原。易安的亡國之恨不能雪，顛沛流離飄零無依的凄慘生活不能解除，喪夫之愁又何能消釋？易安所嚮往追求的和平、自由、光明、幸福的理想境界，祇能在夢中實現，則寄寓《漁家傲·記夢》詞之中。

『天接雲濤連曉霧。』『天』，指極高的天空。『雲濤』，翻滚變幻的雲層。『曉霧』，拂曉時的霧氣。『曉』字點明時間。『接』、『連』兩個動詞，寫出拂曉時天地一片溟濛的闊大景象。天空接着翻滚的雲層，這樣的雲層又連着拂曉時那濛濛的霧氣。這是按空間順序寫的，由高到低，從上至下。

『星河欲轉千帆舞。』『星河』，即天河，銀河。『欲轉』，將要轉動。魏曹丕《燕歌行》云：『明月皎皎照我床，星漢西流夜未央』，即天河轉而向西，夜深而未盡之意。易安《南歌子》云：『天上星河轉』，即天上星河轉動之意。『星河欲轉』，指拂曉前天河要調轉方向，即天將黎明。『千帆舞』，千帆開始競發。『濤』、『轉』、『舞』三個動詞寫出海天景象的變化。天欲曉，星河要調轉方向，夜泊在河海上的無數船隻要迎着曙光競發。作者依然是按空間順序寫的，由上而下，從天上寫到下界。

『仿佛夢魂歸帝所。聞天語。』『天』，指天帝。這裏『天』與『帝』同指。全句意思是説，拂曉，千帆競發之時，似乎在夢中我的靈魂回到天帝的居所，聽到他在講話。

『殷勤問我歸何處。』『殷勤』，指天帝待『我』的態度殷切、勤勉、熱誠。宋吴彦高（激）《春從天上來》云：『夢回天上，金屋銀屏，歌吹競舉青冥。問當時遺譜，有絶藝，鼓瑟湘靈』，也是『夢回天上』，與天神問答的夢游式。古詩詞采取這種『夢游』的浪漫主義構思方式，是不乏其人的。唐人李白的《夢游天姥吟留別》，唐李賀的《夢天》，皆如此，可見古詩的相互藉鑒。這句的意思是，天帝熱誠殷切而勤勉地詢問我去向什麼地方。

上闋，寫拂曉時海天溟濛的壯闊景象，及夢回天上，天帝的殷切勤勉詢問。

『我報路長嗟日暮。』換頭，承上問作答。『路長』、『日暮』皆隱括戰國時代楚國偉大詩人屈原《離騷》詩意。『路長』，即《離騷》：『路漫漫其修遠兮，吾將上下而求索』之意。意思是，我要走的路確實是又長又遠，我將上天下地去尋求、探索。『日暮』，即《離騷》：『欲少留此靈瑣兮，日忽忽其將暮』之意。意思是説，我本來想要在靈瑣神山稍稍停留，可是太陽却很快落下去了，夜幕將要降臨。這是屈原向重華（舜）陳辭，楚國政治黑暗昏瞶，懷王聽信讒言，他遭忌蒙讒，但誓將奮然前行，上天下地去探索光明，追求理想，表現詩人屈原對楚國貴族統治集團的憤慨和勇往直前的鬥爭精神。

易安何以隱括《離騷》詩句入詞？易安所處的時代，與屈原所處的時代一樣，政治腐朽，奸佞當道，『讒諂之蔽明』、『邪曲之害公』、『方正之不容』，甚至有過之而無不及。南宋統治集團，衹求歌舞淫樂，不圖恢復中原；丈夫早亡，她生活顛沛流離。無論是國家的命運，還是個人飄零無依的痛苦，在短時期内都没有改變的可能，這就是『路長嗟日暮』的真正含義，充滿了對南宋統治集團政治腐敗的無限幽憤。全句的意思是，我回答天帝，道路漫長，慨嘆到了太陽將落的時候，『路長』、『日暮』，都是影射。

『學詩謾有驚人句。』『驚人句』，指詩句出奇，令人驚訝。儘管易安出身名門望族，通習詩書，才華横溢，在婦女受壓抑的封建時代，仍然毫無政治地位，對國土淪喪，奸臣當道的政局無濟于事，對喪夫顛沛流離的痛苦也絲毫不能擺脱。這是愛國者報國無門，濟世無方的抑鬱和慨嘆。全句是説，我滿腹經綸，能寫出驚人的詩句，可又有什麽用處呢？

『九萬里風鵬正舉。』莊子《逍遥游》云：『鵬之徙于南冥也，水擊三千里，搏扶摇而上者九萬里，去以六月息者也。』大鵬遷移南海，振翅起飛時雙翼擊水掀起巨浪三千里，像旋風上升達九萬里的高空，是乘六月裏海波動蕩的大風動身的。在易安的夢境中出現大鵬展翅九萬里的雄姿，一方面表現易安胸懷的豁達、曠遠，同時也表現她精神奮發，意氣昂揚，并没有因為報國無門、濟世無方而消沉、頹唐。

『風休住。蓬舟吹取三山去。』『蓬舟』，像蓬草一般輕快的小船。唐人李賀夢游詩《夢天》云：『黄塵清水三山下，更變千年如走馬』，從天上俯瞰下界，在三座仙山的下面，忽而黄塵變成清水，忽而清水變黄塵，千年變化像馬跑過一樣迅疾。易安在夢游時也夢到了海上仙山。她熱烈地希望所乘的蓬船能被大風吹到三山上去，這絶非隱逸求仙的超俗雅趣在驅使，而是對腐朽黑暗社會現實迅速改變之渴望，是對和平、自由、幸福境界的追求和嚮往。也是對罪惡社會現實的鞭撻。此二句的意思是，大風不要住呵，把我乘的蓬草一般輕的小船吹到三山上去吧。

這使我想起唐朝偉大詩人李白，當時政治腐敗，他不肯『摧眉折腰事權貴』，玄宗『賜金』，逐其『還鄉』。唐天寶四年（公元七四五）將辭別東魯南下，寫下《夢游天姥吟留别》，留贈友人。也是用浪漫主義的藝術構思，藉以排遣內心的悲憤惆悵之情，表達對黑暗社會現實的不滿，對理想境界的追求。儘管李白與易安所處的時代背景不盡相同，但都是用豐富的想象，高遠的意境，夢游的形式，浪漫主義的構思，表達了對理想境界的追求、對自由的嚮往、對光明的渴望，有异曲同工之妙。

下闋，作者通過對天帝的答話，表現對南宋黑暗社會現實的無限幽憤，對光明、自由、幸福的理想境界的追求和嚮往。

上闋，寫拂曉時海天溟濛的景象及天帝的殷勤詢問；下闋，寫易安對天帝的回答。一問一答，意脉貫穿，天衣無縫。

此詞，《花庵詞選》題作『記夢』，這與許多夢游詩一樣，并非真夢，而是藉浪漫主義的藝術構思，寄託自己的情懷。夢中場景宏闊：『天接雲濤連曉霧』，雲濤翻騰，海天茫茫，景象壯闊；『千帆舞』，場面盛大；『九萬里風鵬正舉』，氣勢磅礴。

易安以浪漫主義的藝術構思，夢游的方式，馳騁豐富的想象，設想與天帝問答，傾述隱衷。對于一個封建社會受壓抑，處從屬地位的婦女，這設想本身就充滿了豪情壯彩，表現易安曠遠、開闊的胸懷。作品的風格豪放。

此詞就是被評家譽為婉約派詞人李清照的『豪放詞』，確實在她現存的詞中是不可多得的。清黃蓼園《蓼園詞評》評曰：『無一毫釵粉氣』。

【選評】

[一]　**清·陳廷焯**：有出世之想，筆意矯變，此亦無改適事一證也。（《詞則》）

[二]　清·蕙風簃主：黄了翁云：此似不甚經意之作，却渾成大雅，無一毫釵粉氣，自是北宋風格。《漱玉詞箋》

[三]　**清·梁啓超**：此絶似蘇辛派，不類《漱玉集》中語。（《藝衡館詞選》）

[四]　**王　瑶**：就本詞而言，總共十句，却連用了李賀、李白、杜甫、屈原、莊子數典，占了絶大部分篇幅。二李、莊、騷，都是我國古代浪漫主義的大家，用他們所塑造的形象和熔鑄的語言，以之入詞，自是情辭并茂，貼切自然，入于化境；藝術魅力，非常強烈。（《李清照研究叢稿·胸懷壯闊　氣象恢宏》）

[五]　**夏承燾**：這首詞中就充分表示她對自由的渴望，對光明的追求。但這種願望在她生活的時代的現實生活中是不可能實現的，因此她衹有把它寄託于夢中虛無縹緲的神仙境界，在這境界中尋求出路。然而在那個時代，一個女子而能不安于

社會給她安排的命運，大膽地提出冲破束縛、嚮往自由的要求，確實是很難得的。在歷史上，在封建社會的婦女群中是很少見的。這首風格豪放的詞，意境闊大，想象豐富，確實是一首浪漫主義的好作品。出之于一位婉約派作家之手，那就更突出了。其所以有此成就，無疑是決定于作者的實際生活遭遇和她那種渴求冲決這種生活的思想感情；這決不是没有真實生活感情而故作豪語的人所能寫得出的。（《唐宋詞欣賞》）

［六］**周篤文**：一般中調之詞，兩片的安排，或寫景，或言情，或泛叙，或專寫，大致以停勻工穩為常格。此詞則不然。從層次上看，先寫天河夢游的景色，衹用兩句帶過，這是第一層；後寫叙事，一問一答，八句密銜，這是另一層。可是從分片上看，就不同了。問話三句上承寫景，合為一片。答問五句却獨自為片。然而，究其文意，則自『仿佛』以下八句，一氣趕下，詞意挺接，中間容不得換頭與間隔。而是一種跨片之格。如此處理，便顯得錯綜奇矯而不呆板，能給予讀者一種既有條理而又富于變化的美感。『文如看山不喜平』，就從作者對本詞章法結構的安排上，我們不是也可以看出一個藝術家的匠心嗎！（《中國古典文學鑒賞叢刊·唐宋詞鑒賞集》）

［七］**吴熊和**：詞人置身于廣漠無垠的太空，不顧『路長』、『日暮』，在『九萬里風』的推動下泠然作海外之行，反映了李清照不滿現狀，要求打破沉悶狹小的生活圈子的願望。她希望對自己的精神世界作一番新的開拓和追求，不能作為一般的游仙之作看待。（《唐宋詞通論》）

［八］**朱德才**：詞人善于化用前人的詩文，以增強詞作的廣度和深度，而且用得靈活多變。如『路長日暮』脱胎于《離騷》，重在正面取意，做到以少勝多、言簡意賅。『驚人句』本自杜詩，但用『謾有』化去町畦，將詩意透過一層。『風鵬九萬里』，則主要藉取形象，以喻騰飛之志。（《李清照詞鑒賞》）

［九］**徐培均**：總起來説，這首詞把真實的生活感受融入夢境，把屈原《離騷》、莊子《逍遥游》以至神話傳説譜入宫商，使夢幻與生活、歷史與現實融為一體，構成氣度恢弘、格調雄奇的意境。（《唐宋詞鑒賞辭典》上海辭書出版社）

［一〇］**喻朝剛**：本篇在《漱玉詞》中，別具一格，意象飛動，境界壯闊，浪漫主義氣息很濃。全詞由望星空引起遐想，通過在仙境的見聞，描繪出一個奇幻瑰麗的神話世界，抒發了作者追求理想的豪情壯志。前人稱贊李清照『有丈夫氣』，『乃閨閣中之蘇、辛』（《菌閣瑣談》），試讀此詞乃知非虛語也。可惜李清照的作品多數均已散佚，像這類『無一毫釵粉氣』，風格豪壯疏放之作很可能并非絶無僅有，否則怎麽能與蘇、辛相提并論呢？（《宋詞精華新解》）

〔一一〕**平慧善**：詞人通過舟行大海的奇幻夢境抒發自己的志向。上闋記夢，開頭兩句由描繪海上景象入夢，接寫飄忽回到天宮，開始仙凡對話。『歸』字，表現了詞人的自負，意為本是天宮中人。又以天帝的關切，開出下闋，反襯在人間的孤獨寂寞。下闋連用三個典故。詞人答語以求索精神與詩才自負，又藉『日暮』、『謾有』，表現悲觀迷惘的情緒。接着，『九萬里』句振起，表示要像背負青天，志存天地的大鵬鳥一樣，乘風高飛遠舉，奔向理想中的仙境，表現了詞人宏大的抱負。（《李清照詩文詞選譯》）

〔一二〕**羅敏中**：在短短的六十二個字中，或隱或顯地引用了屈原、李白、杜甫等人的故實説明自己的抱負。她對實現這一抱負是如此執著。一方面，她嗟嘆『路長日暮』；另一方面，却仍要求『風休住，蓬舟吹取三山去』。她也明知理想難以實現，因此，詞以記夢的形式出現，并歸結到縹緲的海上三神山（虚無）。此詞突破了閨情和婉約的常格，呈現出豪放之風，故歷來為人們稱道。（《中國文學寶庫·唐宋詞精華分卷》）

〔一三〕**劉乃昌**：此為記夢詞。開篇描繪乘舟飛升所見，雲霧迷茫，星移轉，仙舟在銀河破浪前進。次寫升入天國，上帝殷勤撫問，沐浴到人間無從領略的溫暖關切。過片回答上帝之語，反映詞人才高運蹇、年華遲暮，包蘊無限人生坎坷與艱辛。末尾宕開筆鋒，表達一己欲乘長風高飛遠舉、馳入天界仙境之壯懷奇思。全詞場境宏闊，意象奇幻，筆力勁拔，氣度恢弘，一氣呵成，體現出作者不甘庸碌的胸襟。氣韵豪邁，前人有『絶似蘇辛』之評。（《宋詞三百首新編》）

〔一四〕**侯健　呂智敏**：從内容和風格上推敲考察，這首詞當為李清照後期的作品。它通過奇幻的夢境描寫，表現了詞人對美好理想的追求及在逆境中積極進取的精神。……與李清照其他詞作相比，這首詞獨樹一幟，表現出一種獨有的豪放風格，因此，為歷代詞家所重視，對于易安詞的研究、鑒賞都具有重要的價值。（《李清照詩詞評注》）

〔一五〕**王兆鵬**：詞藉夢境，表現受壓抑之苦悶與對理想世界之追求。詞人并不以學詩有『驚人句』而滿足，而想象鯤鵬一樣，乘風展翅，去追求更高的理想境界。讀之催人奮發進取。全詞由非現實化的奇特壯闊意象組成，極富浪漫色彩。又意象動蕩，『星河』『轉』、『千帆舞』、『風鵬』『舉』、『風』『吹』篷舟，富于氣勢和力度美，確乎『絶似蘇辛派』。（《宋詞大辭典》）

如夢令

常記溪亭日暮。沉醉不知歸路。興盡晚回舟，誤入藕花深處。争渡。争渡。驚起一灘鷗鷺。

——影印涵芬樓手抄本之《樂府雅詞》

【考辨】

◎歷代載籍著録此闋之詞調、題目：

調作《如夢令》（又名《宴桃園》、《古記》、《比梅》、《憶仙姿》）。題作『酒興』、『感舊』。

◎歷代此闋著録為李清照（易安）詞之載籍：

［一］宋・曾慥輯《樂府雅詞》影印涵芬樓手抄本（樂下，第六三頁），收作李易安詞。

校記

調題： 調作《如夢令》。無題。

正文： 原『醉』、『婦』、『囬』，茲改為正字『醉』、『歸』、『回』。（擇為範詞，底本）

附録： 無。

［二］宋・曾慥編（原署）《樂府雅詞》文淵閣《欽定四庫全書》本　集部（卷下，第七〇頁），收作李易安詞。

校記

調題： 皆同範詞。

正文： 皆同範詞。

附録： 無。

［三］宋・曾慥撰（原署）《樂府雅詞》文津閣《欽定四庫全書》本　集部（卷下，總第四七八頁），收作李易安詞。

校記

調題：皆同範詞。

正文：『暮』作『夢』。

附録：無。

［四］宋・花庵詞客（黄升）編集（原署）《唐宋諸賢絶妙詞選》掃葉山房刊本（卷一〇，第二頁），收作李易安詞。

校記

調題：調同範詞。題作『酒興』。

正文：『溪』作『西』；『灘』作『行』。

附録：無。

［五］宋・陳景沂編輯　祝穆訂正《全芳備祖》燕京大學圖書館抄本　前集　花部之荷花（卷一一，第二頁），收作李易安詞。

校記

調題：皆同範詞。

正文：『常』作『嘗』；『路』作『落』（旁注紅字『路』）；『晚』作『欲』；『灘』作『行』。

附録：無。

［六］宋・陳景沂編輯　祝穆訂正《全芳備祖》徐氏積學齋抄本抄録　前集　花部之荷花（卷一一，總第四五一頁），收作李易安詞。

校記

調題：皆同範詞。

正文：『常』作『嘗』；『晚』作『欲』；『灘』作『行』；『鷗』作『鴛』。

附録：無。

［七］宋・陳景沂撰《全芳備祖》文淵閣《欽定四庫全書》本　前集　花部之荷花（卷一一，第二頁），收作李易安詞。

校記

調題：皆同範詞。

正文：『常』作『嘗』；『晚』作『欲』；『灘』作『行』；『鷗』作『鴛』。

附録：無。

［八］　明・陳耀文纂（原署）《花草粹編》影印明刊十二卷本（卷一，第二四頁），收作李易安詞。

校記

調題：皆同範詞。《花草粹編》目録調下注：『一名《宴桃園》、《古記》、《憶仙姿》』。書中此調下注：『一名《宴桃園》，一名《憶仙姿》，東坡改為《如夢令》（《古今詞話》）』。

正文：『藕花』作『芙蕖』。

附録：無。

［九］　明・陳耀文輯《花草粹編》文淵閣《欽定四庫全書》二十四卷本（卷一，第三二頁），收作李易安詞。

校記

調題：皆同範詞。調下注：『一名《宴桃園》，一名《憶仙姿》，東坡改為《如夢令》（《古今詞話》）』。

正文：『藕花』作『芙蕖』。

附録：無。

［一〇］　明・陳耀文編（原署）《花草粹編》文津閣《欽定四庫全書》二十四卷本（卷一，總第六三八頁），收作李易安詞。

校記

調題：皆同範詞。

正文：『藕花』作『芙蕖』。

附録：無。

［一一］　明・毛晋訂《漱玉詞》影印汲古閣初刻《詩詞雜俎》本（第三頁），收作『李氏　清照』詞。

校記

調題：調同範詞。題作『酒興』。

正文：『灘』作『行』。

附録：無。

［一二］明・王象晉纂輯《二如亭群芳譜》虎丘禮宗書院藏板（卷四，果譜，第五二頁），收作李易安詞。

校記

調題：皆同範詞。

正文：「溪」作「漢」；「晚」作「欲」；「灘」作「行」。

附録：無。

［一三］清・周銘編集　金成棟重校《林下詞選》，《四庫全書存目叢書補編》第二冊（卷一，第一頁），收作李清照詞。

校記

調題：皆同範詞。

正文：「灘」作「行」。

附録：無。

［一四］清・歸淑芬等選輯《古今名媛百花詩餘》康熙二十三年刻本（季夏卷，荷花類，第一頁），收作「宋李清照」詞。

校記

調題：皆同範詞。

正文：「灘」作「行」。

附録：無。

［一五］清・沈辰垣等編《御選歷代詩餘》影印康熙内府本（卷二，第一二頁），收作「宋媛　李清照」詞。

校記

調題：皆同範詞。

正文：「灘」作「行」。

附録：無。

［一六］清・汪灝等編修《御定佩文齋廣群芳譜》文淵閣《欽定四庫全書》本　花譜　荷花三（卷三一，第一五頁），收作李清照詞。

校記

調題：皆同範詞。

正文：『晩』作『欲』；『灘』作『行』。

附録：無。

［一七］清・沈雄撰《古今詞話》，《詞話叢編》本（第八九五頁），收作李清照詞。

校記

調題：皆同範詞。調下注：「《憶仙姿》、《古記》、《比梅》、《宴桃園》」。

正文：『常』作『嘗』；『晩』作『欲』；『灘』作『行』。

附録：傳是呂仙之曲。別刻又云無名氏，此非呂仙之詞……（尾注）

按：『嘗記』一首乃李清照詞。

［一八］清・江標抄《李清照漱玉詞》汲古閣未刻詞二十二家本（手抄，不分卷頁，第二首），上海圖書館藏，收作『宋易安居士李氏清照』詞。

校記

調題：皆同範詞。

正文：『灘』作『行』。

附録：無。

［一九］清・汪玢箋《漱玉詞彙抄》問遽廬正本（手抄，不分卷頁，第六首），復旦大學圖書館藏，收作『宋李氏清照易安』詞。

校記

調題：調同範詞。題作『酒興』。題下注：「《全芳備祖》作「荷花」」。

正文：『灘』作『行』。

附録：無。

［二〇］清・莫友芝家抄《漱玉詞》（手抄，不分卷頁，第四首），復旦大學圖書館藏，收作『宋李氏清照易安』詞。

校記

調題： 皆同範詞。調下注：『花庵及《詞林萬選》并録，毛本有，花庵注云：「酒興」』。

正文： 皆同範詞。

附録： 無。

〔二一一〕清・王鵬運輯《漱玉詞》，《四印齋所刻詞》本（第一頁），收作『李清照　易安』詞。

校記

調題： 皆同範詞。

正文： 皆同範詞。

附録： 無。

〔二一二〕清・楊文斌輯録《三李詞》光緒庚寅夏香海閣刊本（卷三，第一頁），收作李清照詞。

校記

調題： 皆同範詞。

正文： 『灘』作『行』。

附録： 無。

〔二一三〕清人輯《斷腸漱玉詞合刊》之《漱玉詞》光緒庚子石印本（第二頁），收作李清照詞。

校記

調題： 調同範詞。題作『酒興』。

正文： 『争渡。争渡』作『争渡』；『灘』作『行』。

附録： 無。

〔二一四〕清・蕙風簃主箋《漱玉詞箋》中華圖書館石印本　中華民國四年六月版（不分卷，第三頁），收作李清照詞。

校記

調題： 皆同範詞。

正文： 皆同範詞。

附録：無。

［二一五］木石居士選輯　絳雲女史参校《歷代名媛詞選》民國十六年石印本（卷一，小令一，未注頁碼），收作李清照詞。

校記

調題：皆同範詞。

正文：「灘」作「行」。

附録：無。

［二一六］李文裿輯《漱玉集》冷雪盦叢書本（卷三，第一頁），收作李清照詞。

校記

調題：調同範詞。題作「酒興」。

正文：「灘」作「行」。

附録：《歷代詩餘》、《樂府雅詞》、《全芳備祖》、《花草粹編》、《花庵詞選》、文津閣本《漱玉詞》、四印齋本《漱玉詞》。（尾注）

［二一七］趙萬里輯《漱玉詞》，《校輯宋金元人詞》本（第一頁），收作「李清照　易安」詞。

校記

調題：皆同範詞。調下注：「花庵詞題作「酒興」」。

正文：皆同範詞。

附録：《樂府雅詞》下、《花芳備祖》（瑜注：「花」疑為「全」之誤）前集十一荷花門、《花庵唐宋諸賢絶妙詞選》十、《花草粹編》一、《歷代詩餘》二。（尾注）

按：《詞林萬選》四引上闋不注撰人，《詩詞雜俎》本《漱玉詞》收之，題作「酒興」，「灘」作「行」，與《花庵詞選》同。

［二一八］唐圭璋輯《全宋詞》中州古籍出版社　兩冊本（上，第六四四頁），收作李清照詞。

附録：按：此首誤作蘇軾詞，見楊金本草堂詩餘前集卷下。別又誤作吕洞賓詞，見唐詞紀卷五。

〔二九〕中華書局編《李清照集》（第一頁），收作李清照詞。

〔三〇〕王仲聞《李清照集校注》人民文學出版社（第七頁），收作李清照詞。

〔三一〕黄墨谷《重輯李清照集》齊魯書社（卷一，第一二頁），收作李清照詞。

〔三二〕徐北文主編《李清照全集評注》濟南出版社（第四一頁），收作李清照詞。

〔三三〕徐培均《李清照集箋注》上海古籍出版社（第四〇頁），收作李清照詞。

◎歷代此闋著録他人或無名氏及存疑詞之載籍：

〔一〕明·楊慎輯《詞林萬選》，《四庫全書存目叢書》影印汲古閣刻《詞苑英華》本（卷四，第一頁），收作無名氏（下有小字：『或作李易安』）詞。

校記

調題： 皆同範詞。

正文： 『晚』作『欲』；『灘』作『行』。

附録： 無。

〔二〕宋·何士信輯《草堂詩餘前集二卷後集二卷》明嘉靖三十三年楊金刻本（卷下前，第一二頁），收作蘇子瞻詞。

校記

調題： 皆同範詞。

正文： 『常』作『嘗』；『晚』作『欲』；『藕花』作『芙蕖』；『灘』作『行』。

附録： 無。

〔三〕明·鱅溪逸史選編《彙選歷代名賢詞府全集》明嘉靖丁己（巳）一得山人跋抄本（卷之一，第五頁），收作吕洞賓詞。

校記

調題： 調同範詞。題作『感舊』。

正文： 『常』作『嘗』；『晚』作『欲』；『藕花』作『芙蕖』；『灘』作『行』。

附録： 無。

〔四〕明·董逢元輯《唐詞紀》，《四庫全書存目叢書》本（與首都圖書館藏《唐詞紀》抄本同），（卷五，第一一頁），收作吕嵒詞。

校記

調題： 皆同範詞。

正文： 『晚』作『欲』；『灘』作『行』。

附録： 無。

［五］清·沈辰垣等編《御選歷代詩餘》影印康熙内府本（卷一一二，第四九六頁）著録。『傳是吕仙之曲，别刻又云無名氏作』。

校記

調題： 皆同範詞。又調作：《古記》、《比梅》、《宴桃源》。

正文： （下見附録）『常』作『嘗』；『晚』作『欲』；『灘』作『行』。

附録： 《如夢令》，《小石調》曲，有傳自莊宗者，有傳自吕仙者。莊宗于宫中掘得石刻，名曰：《古記》，復取調中二字為名。曰：《如夢令》，所謂『如夢。如夢。殘月落花烟重』是也。不知先曾有一闋云：『嘗記溪亭日暮。沉醉不知歸路。興盡欲回舟，誤入藕花深處。争渡。争渡。驚起一行鷗鷺。』傳是吕仙之曲，别刻又云無名氏作，非吕仙也。張宗端寓以新詞曰：『《比梅》』。近選以莊宗『曾宴桃源深洞』，又名曰：《宴桃源》。（《古今詞譜》）

［六］唐圭璋輯《全宋詞》中州古籍出版社　兩冊本（上，第二三四頁），收作宋蘇軾『存目詞』。

附録： 出處　楊金本草堂詩餘前集卷下　附注　李清照詞，見樂府雅詞卷下。

◎**瑜按：**

楊金本《草堂詩餘》收作蘇軾詞，誤。查《四印齋所刻詞》之《東坡樂府》元延祐雲間本，卷下四首《如夢令》，無此首。查《續修四庫全書》影汲古閣《宋名家詞》本《東坡詞》、查唐圭璋輯《全宋詞》之蘇軾詞亦無此首。《唐詞紀》收作吕嵒（洞賓）詞，其為唐人，傳八仙之一，故稱吕仙。編者為明人，未説明此詞源自何處。查張璋、黄畬輯《全唐五代詞》（上海古籍），查曾昭岷等輯《全唐五代詞》（中華書局）、查《全唐詩》（上海古籍）詞之部分，皆不載。其歸屬的兩個疑竇全被排除。上列多種載籍著録此首為李易安（清照）詞。茲入《漱玉詞》。

【注釋】

［一］**常記：** 長久記憶。宋張先《少年游》：『帽檐風細馬蹄塵，常記探花人。』金蔡松年《月華詩》：『常記别時，月冷半山環佩』。

［二］**溪亭**：徐北文《濟南風情》：『溪亭，固然可做泛指溪邊的亭子，但宋時濟南確實有「溪亭」的地名。蘇轍在濟南時有《題徐正權秀才城西溪亭》詩。徐正權為著名學者石介女婿，當時名醫。』時代與李清照相當，可從。

［三］**沉醉**：大醉。五代張泌《滿宮花》：『東風惆悵正清明，公子橋邊沉醉。』宋晏幾道《阮郎歸》：『欲將沉醉換悲涼，清歌莫斷腸』。

［四］**藕花**：荷花。五代鹿虔扆《臨江仙》：『藕花相向野塘中。暗傷亡國，清露泣香紅。』宋朱淑真《清平樂》：『携手藕花湖上路，一霎黃梅細雨』。

［五］**争渡**：這裏指奮力渡過。唐王維《從軍樂》：『笳悲馬嘶亂，争渡金河水』。有注『怎渡』者，不宜從。

【品鑒】

易安詞南渡前後的內容儼然不同。南渡前多寫閨情、離別、相思之類。南渡後多寫國破、家亡、喪夫、顛沛流離的悲痛。從此小令的情調看，無疑是屬南渡前的作品。

作為才華橫溢、豪情滿懷的年輕女詞人，她追求更豐富的精神生活，嚮往美好開闊的境界。喜歡遨游山水，盡情享受那種自然美。對旖旎的風光，絶妙的境地，愛得更加深沉。特別是這種自然美不可多得常得的時候，那佳麗的境地，便常常在腦海中涌現，回味中使她感到甜蜜和幸福。重複是記憶之母，于是這種美的境界在腦海中則經久不忘。易安在此小令中寫的一次遨游便是如此。

『常記溪亭日暮。』『常記』，説明這次遨游留給易安的印象是不可磨滅的。『溪亭』、落『日』、『暮』色，這是輕描淡寫野游時看到的景物，同時也交代游覽的時間和地點。顯然首句是寫刻印在腦海中的游覽勝地的環境。易安在《永遇樂》詞中寫臨安傍晚景物時云：『落日熔金，暮雲合璧』，將要落山的太陽像熔化的黄金那樣光輝耀眼，晚雲聚集在一起像一整塊瑰麗的玉璧那樣色彩斑斕。這種動人晚景圖，真是氣象壯美，濃顔重彩，引人入勝。然而，此小令寫的晚景圖，作者在構思上却又别具匠心，采用的是迥然不同的方法，即用墨綫勾勒，未曾着色，不加渲染，没有烘托，顯然，這是一種白描的藝術手法。這種寫法，留有更多的餘地，比前者更引人遐想，令人回味，耐人咀嚼。我們想，那澄碧的溪水，那翼然的溪亭，那驕艷的落日，那蒼茫的暮色，該多麽令人神往和懷戀啊！

『沉醉不知歸路。』『沉醉』，與易安《訴衷情》：『夜來沉醉卸妝遲。梅萼插殘枝』中的『沉醉』同意。易安的嗜酒，從她許多詞中反映出來。易安《好事近》云：『酒闌歌罷玉樽空，青缸暗明滅』，《醉花陰》云：『東籬把酒黄昏後。有暗香盈袖』，《蝶戀花》詞云：『惜别傷離方寸乱。忘了臨行，酒盞深和淺』，《玉樓春》云：『要來小酌便來休，未必明朝風不起』，《永遇樂》詞云：『來相召、香車寶馬，謝他酒朋詩侶』。《李清照集》（中華書局編輯）收録的認為易安所作的四十四首詞中，居然有二十二首寫到飲酒、醉酒之事。這説明了一個問題，一個受封建社會種種束縛和壓抑的婦女，這般喜歡飲酒，并且在供人游玩的溪亭喝得大醉，竟然連回家的道路也不知道，這反映出易安的豪放瀟灑、縱情不羈。這裏的『沉醉』，也有『在乎山水之間』的一面。此句，轉，寫她在『日暮』『溪亭』喝得大醉，不知道回去的水路了。

『興盡晚回舟』，承上，寫她酒醒，以最大的興致，盡情地游覽，致趣已盡，很晚纔蕩舟回轉。『興盡』，興致已盡。李易安喜歡游覽，説明一個愛國者對祖國美好河山懷有深切的愛。宋周輝《清波雜志》（卷八）載：『頃見易安族人，言明誠在建康日，易安每值天大雪，即頂笠披蓑，循城遠覽以尋詩……』李清照《念奴嬌》云：『清露晨流，新桐初引，多少游春意』，都説明了這一點。即使是避亂金華，在國破、家亡、夫喪、顛沛流離，悲愁痛苦填胸臆的情況下，她依然有藉景消憂的打算。易安此時寫的《武陵春》云：『聞説雙溪春尚好，也擬泛輕舟』，儘管因為『衹恐雙溪舴艋舟。載不動、許多愁』而未成行。這都説明易安追求豐富的精神生活和開闊美好的境界，反映她卓然不群的情趣和對祖國大自然的無限熱愛之情。

『誤入藕花深處』，因為是『日暮』『溪亭』『沉醉』，故不知回歸的水路；待酒醒，游興既盡，天色已『晚』，故誤把小『舟』划進繁茂的荷花叢裏去了。『藕花深處』，説明荷花長勢旺盛，範圍頗廣，詞的意境更加優美。

『争渡。争渡。』《詩詞曲語辭彙釋》云：『争，猶怎也。自來謂宋人用怎字，唐人衹用争字』。宋人易安用『怎』字，而不用『争』字的例子，如《聲聲慢》：『三杯兩盞淡酒，怎敵他、晚來風急』、『守着窗兒，獨自怎生得黑』、『這次第，怎一個、愁字了得』，裏面的三個『怎』字都是『怎麽』的意思，而不用『争』字。這裏的『争』字，有奮力、盡力的意思。全句是説，奮力地划呀！奮力地划呀！也正是這樣，在荷遏歸舟的情況下，猛烈地擊水聲，奮力划船的舉動，纔驚動了準備在乾灘上夜宿的鷗鷺。

『驚起一灘鷗鷺。』『鷗鷺』，兩種水鳥。灘，指水邊或水中泥沙淤積而成的乾地。『一灘』，整個灘上。全句是説，驚飛了在灘上準備過夜的全部鷗鷺。此句是從聽覺上寫的，説明『争渡』的力量之大，划船的聲音之響。五代李珣《漁歌子》有云：『下長汀，臨淺渡。驚起一行沙鷺』，此句是否易安『驚起一灘鷗鷺』之本，暫不去研求，但在寫法上，李珣詞從聽覺和視覺兩個角度寫的，是白天湖景。而易安衹從聽覺『驚起』上寫，因為天色很晚，看不清景物的緣故。易安語言精煉、準確、淺易、活潑。

此小令，易安以丹青妙筆，運用白描的藝術手法，創造出一個平淡之境，耐人尋味。語言淺淡自然，樸實無華。正是『其淡語皆有味，淺語皆有致』。易安的另一首《如夢令》（昨夜雨疏風驟）也運用了這種白描的藝術手法，衹是結尾『緑肥紅瘦』着色濃艷。《貴耳集》評易安詞時云：『皆以尋常語度入音律，煉句精巧則易，平淡入調者難』。易安匠心獨運，善于創造這種絶妙的境界。如易安《一剪梅》上闋：『紅藕香殘玉簟秋。輕解羅裳，獨上蘭舟。雲中誰寄錦書來，雁字回時，月滿西樓』，把離別時那種濃摯的離愁别恨注入到輕淡的筆墨之中，之所以格外令人神傷，便是這種平淡之境的藝術功力。

此小令，似乎信手拈來，毫無雕琢，衹寥寥數筆便勾勒出一幅日暮酒醒歸舟圖，清秀淡雅，静中有動，人物形象栩栩如生，産生了强烈的藝術魅力，令人想象飛騰。它簡直似影視的一個大鏡頭。展現在銀幕或屏幕上的背景：驕驕的落『日』，蒼茫的『暮』色，逶迤的『溪』水，亭亭的『藕花』，翼然的『溪亭』，芳草萋萋的乾『灘』，群栖待宿的『鷗鷺』，幽静恬淡；女主人公在這個環境中活動：『溪亭』『沉醉』，茫然『不知歸路』，『興盡晚回』，短楫輕『舟』，『誤入藕花深處』，『争渡。争渡』，『驚起一灘鷗鷺』，生機盎然。女詞人那種卓然不群的情趣，那豪放飄灑的風姿，那活潑開朗的性格，對祖國山河的摯愛之情，都得以充分表現。

【選評】

[一] **清·沈　雄**：古今詞譜曰：小石調曲，有傳自吕仙者，有傳自莊宗者。莊宗于宫中掘得石刻，名曰古記。復取調中二字為名，曰如夢令，所謂『如夢如夢，殘月落花烟重』是也。不知先曾有一闋云：『嘗記溪亭日暮……』傳是吕仙之曲。別刻又云無名氏，此非吕仙之詞。（《古今詞話·詞辨》）

[二] **龍榆生**：矯拔空靈，極見襟度之開拓。（《漱玉詞續論》）

[三] **王　瑶**：詞中用了日暮、溪亭、藕花、鷗鷺等詞兒勾勒出一幅五彩斑斕的荷湖日暮圖，又用回舟、誤入、争渡、驚起等動作，在這幅畫面中渲染迷離動蕩的愉悦而迫蹙氛圍，把景、物、人、情融會為一，唤起讀者美好的想象，從而創造出一種耐人尋味的意境。語言淺近，清新雋永，是一首絶妙好詞。（《李清照研究叢稿·女性情懷　詞人襟抱》）

[四] **楊敏如**：這首詞形象生動逼真，語言自然優美，表現了李清照早期詞用白描法引出新思，取尋常語度入音律的藝術特色。有人以為是蘇軾的作品（《草堂詩餘》），甚至以為是吕洞賓的詞（《古今詞話》），都是没有理解李清照詞一掃香而弱的詞風，不作女兒態的詞語的一種獨特之處。（《唐宋詞鑒賞辭典》江蘇古籍出版社）

[五] **魏同賢**：她衹是擇要叙述了這次游賞活動的幾個片斷，側重在寫景，融情于景，讓讀者去分享她對自然美的感受！誠然，這闋小詞的容量不大，它不過寫了幾幅移動着的風景和作者的一種心情，向它索取更多的内容不但是不現實的也是過分苛刻的。尺幅不一定非有千里之勢不可，衹要它能給予讀者以健康的美的享受，那就夠了。（《唐宋詞鑒賞辭典》上

海辭書出版社）

〔六〕**吳小如**：我以為『争』應作另一種解釋，即『怎』的同義字。這在宋詞中是屢見不鮮的。『争渡』即『怎渡』，這一疊句乃形容泛舟人心情焦灼，千方百計想着怎樣纔能把船從荷花叢中划出來，正如我們平時遇到棘手的事情輒呼『怎麽辦』、『怎麽辦』的口吻。不料左右盤旋，船却總是走不脱。這樣一折騰，那些已經眠宿灘邊的水鳥自然會受到驚擾，撲拉拉地群起而飛了。檢近人王延梯《漱玉集注》，『争』正作『怎』解，可謂先得我心。（《詩詞札叢》）

〔七〕**唐圭璋**：李清照《如夢令》第一句云『常記溪亭日暮』，『常』字顯然為『嘗』字之誤。四部叢刊本《樂府雅詞》原為抄本，并非善本，其誤抄『嘗』為『常』，自是意中事，幸宋陳景沂《全芳備祖》卷十一荷花門内引此詞正作『嘗記』，可以糾正《樂府雅詞》之誤，由此亦可知《全芳備祖》之可貴。縱觀近日選本，凡選清照此詞者無不作『常記』，試思常為經常，嘗為曾經，作『常』必誤無疑，不知何以竟無人深思詞意，沿誤作『常』，以訛傳訛，貽誤來學，影響甚大。希望以後選清照此詞者，務必以《全芳備祖》為據，改『常』作『嘗』。（《百家唐宋詞新話》）

〔八〕**林東海**：全詞以悠閑的游興始，中經溪亭沉醉，急切回舟，誤入藕花，最後驚起鷗鷺，動作和情緒，起伏變化，很富于節奏感。最後一切都統一在白色鷗鷺蒼茫暮色的大自然景色之中。瞬時的神情，瞬時的動作，瞬時的音容，瞬時的景色，聯成一個有機的整體，一個極富立體感的生活畫面。這是一個永恒的活生生的生活畫面。這畫面在清新之景中滲透了野逸之情。（《李清照作品賞析集》）

〔九〕**薛祥生**：這是一首絶妙的大自然的贊歌。……寥寥幾筆，便勾勒出一幅蕩舟晚游圖，熱情洋溢地贊美了大自然的絢麗多姿，抒發了作者熱愛自然的濃厚情趣，具有唤起人們追求自然美的巨大作用。（《李清照詞的審美價值》）

〔一〇〕**侯健　吕智敏**：在完整、曲折却又簡約的叙述中還交和着畫面的描繪：遠景是涣涣流水，沉沉落日，隱隱溪亭；近景是鬱鬱荷塘，少女奮槳，鷗鷺齊飛。動静結合，十分富于情趣。同時，隨着事件的發展，畫面的展現，主人公的感情也起伏跌宕地流露出來了：美酒勝景帶來的『沉醉』和『興盡』，日暮始返和『不知歸路』所引起的不安，回舟擇路時『誤入藕花深處』所引起的焦灼，手忙脚亂連呼『争渡』時的慌亂無主，以及譁然的水聲『驚起一灘鷗鷺』時的喜出望外，都于叙述中傾瀉無遺。事、景、情三者融為一體，意境開闊，形象生動。這不但表現了詞人筆墨集中、善于剪裁的工夫，而且顯露出詞人善于托情于事、寓情于景的創造藝術境界的才能。（《李清照詩詞評注》）

如夢令

昨夜雨疏風驟。濃睡不消殘酒。試問捲簾人，却道海棠依舊。知否。知否。應是緑肥紅瘦。

——影印涵芬樓手抄本《樂府雅詞》

【考辨】

◎歷代載籍著録此闋之詞調、題目：

調作《如夢令》（又名《宴桃園》、《古記》、《憶仙姿》）。題作『春晚』、『暮春』、『春景』、『春曉』、『酒興』。

◎歷代此闋著録為李清照（易安）詞之載籍：

［一］　宋・胡仔纂輯《苕溪漁隱叢話》聚珍仿宋版印　中華書局　前集（卷六〇，第四頁），《麗人雜記》著録為李易安詞。

校記

調題：無調。無題。

正文：（見下附録）皆同範詞。

附録：近時婦人，能文詞如李易安，頗多佳句。小詞云：『昨夜雨疏風驟。濃睡不消殘酒。試問捲簾人，却道海棠依舊。知否。知否。應是緑肥紅瘦。』『緑肥紅瘦』，此語甚新。（詞評）。

［二］　宋・曾慥輯《樂府雅詞》影印涵芬樓手抄本（樂下，第六三頁），收作李易安詞。

校記

調題：調作《如夢令》。無題。

正文：原『踈』、『緑』，兹改為正字『疏』、『緑』。（擇為範詞，底本）

附録：無。

［三］宋・曾慥編（原署）《樂府雅詞》文淵閣《欽定四庫全書》本　集部（卷下，第七〇頁），收作李易安詞。

校記

調題：皆同範詞。

正文：皆同範詞。

附録：無。

［四］宋・曾慥撰（原署）《樂府雅詞》文津閣《欽定四庫全書》本　集部（卷下，總第四七八頁），收作李易安詞。

校記

調題：皆同範詞。

正文：皆同範詞。

附録：無。

［五］宋・花庵詞客（黄升）編集（原署）《唐宋諸賢絶妙詞選》掃葉山房刊本（卷一〇，第二頁），收作李易安詞。

校記

調題：皆同範詞。

正文：皆同範詞。

附録：苕溪漁隱云：近時婦人，能文詞如李易安，頗多佳句。如云『緑肥紅瘦』，此語甚新。（詞評）

［六］宋・阮閲撰《詩話總龜》文淵閣《欽定四庫全書》本　後集（卷四八，第四頁），著録為李易安詞。

校記

調題：無調。無題。

正文：皆同範詞。

附録：近時婦人，能文詞如李易安，頗多佳句。小詞云：『昨夜雨疏風驟。濃睡不消殘酒。試問捲簾人，却道海棠依舊。知否。知否。應是緑肥紅瘦。』『緑肥紅瘦』，此言甚新。（詞評）

［七］宋・無撰人《草堂詩餘》文淵閣《欽定四庫全書》本　集部（卷一，第二頁），收作李易安詞。

校記

調題： 調同範詞。題作『春晚』。

正文： 皆同範詞。

附録： 苕溪漁隱云：近時婦人，能文詞如李易安，頗有佳句。如云『緑肥紅瘦』，此語甚新。（詞評）

［八］宋・無撰人《草堂詩餘》文津閣《欽定四庫全書》本　集部（卷一，總第五六六頁），收作李易安詞。

校記

調題： 調同範詞。題作『春晚』。

正文： 皆同範詞。

附録： 苕溪漁隱云：近時婦人，能文詞如趙明誠之妻李易安，頗有佳句。如云：『緑肥紅瘦』，此語甚新。（詞評）

［九］宋・何士信編《增修箋注妙選群英草堂詩餘》前集二卷　影元至正癸未廬陵泰宇書堂新刊本（餘前上，第三一頁），收作李易安詞。

校記

調題： 皆同範詞。

正文： 皆同範詞。

附録： 苕溪漁隱云：近時婦人，能文詞如李易安，頗知佳句。如云『緑肥紅瘦』，此語甚新。（詞評）

［一〇］宋・建安古梅何士信君實編選《妙選箋注群英詩餘》（《增修箋注妙選群英草堂詩餘》）前集二卷後集二卷　影元至正辛卯孟夏雙璧陳氏刊行本（餘前上，第二九頁），收作李易安詞。

校記

調題： 皆同範詞。

正文： 皆同範詞。

附録： 苕溪漁隱云：近時婦人，能文詞如李易安，頗知佳句。如云『緑肥紅瘦』，祇此語甚新。（詞評）

［一一］宋・佚名輯　何士信增注《增修箋注妙選群英草堂詩餘》，《景刊宋金元明本詞》本（洪武本，餘前上，第二九頁），收作李易安詞。

校記

調題： 皆同範詞。

正文： 皆同範詞。

附録： 苕溪漁隱云：近時婦人，能文詞如李易安，頗知佳句。如云『緑肥紅瘦』，祇此語甚新。（詞評）

［一二］宋・佚名輯　何士信增注《增修箋注妙選群英草堂詩餘》（内名），《四部叢刊》影印涵芬樓本（前集，卷之上，第三七頁），收作李易安詞。

校記

調題： 皆同範詞。

正文： 皆同範詞。

附録： 苕溪漁隱云：近時婦人，能文詞如李易安，頗知佳句。如云『緑肥紅瘦』，祇此語甚新。（詞評）

［一三］宋・祝穆撰《古今事文類聚》文淵閣《欽定四庫全書》本　後集（卷一一，第二七頁），著録為李易安詞。

校記

調題： 無調。無題。

正文： （見下附録），缺一『知否』，餘同範詞。

附録： 近時婦人，能文詞如李易安，頗多佳句。小詞云：『昨夜雨疏風驟。濃睡不消殘酒。試問捲簾人，却道海棠依舊。知否。應是緑肥紅瘦。』此語甚新。（詞評）

［一四］宋・陳景沂編輯　祝穆訂正《全芳備祖》燕京大學圖書館抄本　前集　花部之海棠（卷七，第一七頁），收作李易安詞。

校記

調題： 調作《醉花陰》（瑜注：誤，應為《如夢令》）。無題。

正文： 『捲』作『卷』。

附録： 無。

［一五］宋・陳景沂編輯　祝穆訂正《全芳備祖》徐氏積學齋抄本抄録　前集　花部之海棠（卷七，總第三二〇頁），收作李清照詞。

校記

調題： 調作《醉花陰》（瑜注：誤，應為《如夢令》）。無題。

正文： 皆同範詞。

附録： 無。

［一六］宋・陳景沂撰《全芳備祖》文淵閣《欽定四庫全書》本　前集　花部之海棠（卷七，第二一頁），收作李易安詞。

校記

調題： 皆同範詞。

正文： 『捲』作『卷』。

附録： 無。

［一七］明・茅暎遠士評選《詞的》清萃閔堂抄本《四庫未收書輯刊》影印（卷之一，第五頁），收作李清照詞。

校記

調題： 調同範詞。題作『春晚』。

正文： 皆同範詞。

附録： 易安，我之知己也。今世少解人，自當遠與易安作朋。（眉批）

［一八］明・顧從敬類選　沈際飛評正《草堂詩餘正集》明萬賢樓自刻本（卷一，第三頁），收作李易安詞。

校記

調題： 調同範詞。題作『春晚』。調下注：『一名《宴桃園》，一名《憶仙姿》』。

正文： 皆同範詞。

附録： 『知否』二字疊得可味。『緑肥紅瘦』創獲自婦人，大奇。（眉批）

盧仝《茶歌》：『日高丈五睡正濃』。（尾注）

［一九］明・周瑛撰《詞學筌蹄》，《續修四庫全書》本（卷二，總第四〇五頁），收作李易安詞。

校記

調題： 皆同範詞。

正文：皆同範詞。

附録：無。

〔二〇〕明・酈琥采撰　顧廉校正《姑蘇新刻彤管遺編》明隆慶元年刻補修本《四庫未收書輯刊》影印（續集，卷之一七，第二一頁），收作李清照詞。

校記

調題：調同範詞。題作『暮春』。

正文：皆同範詞。

附録：無。

〔二一〕明・陳鐘秀校《精選名賢詞話草堂詩餘》，《四印齋所刻詞》本（草堂上，第一三頁），收作李易安詞。

校記

調題：皆同範詞。

正文：皆同範詞。

附録：苕溪漁隱云：近時婦人，能文詞如李易安，頗多佳句。如云『緑肥紅瘦』，祇此語甚新。（詞評）

〔二二〕明・張綖輯《草堂詩餘別録》嘉靖戊戌抄本　上海圖書館複製（第一〇頁），收作李易安詞。

校記

調題：皆同範詞。

正文：皆同範詞。

附録：韓偓詩云：『昨夜三更雨，今朝一陣寒。海棠花在否？側卧捲簾看。』此詞盡用其語點綴，結句尤為委曲精工，含蓄無窮之意焉。可謂女流之藻思者矣。（詞評）

〔二三〕明・楊慎批點　閔暎璧校訂《草堂詩餘》明閔暎璧刻朱墨套印本（卷一，第二頁），收作李易安詞。

校記

調題：調同範詞。題作『春晚』。調下注：『此詞創自唐莊宗自度曲，詞中有「如梦」二字，即以名詞。唐詞多緣題而賦，爾後漸及與題遠矣』。

正文：皆同範詞。

附録：此詞較周詞更婉媚。（眉批）

[二四]　明・楊慎批點《草堂詩餘》明萬曆《詞壇合璧》刊本（卷一，第二頁），收作李易安詞。

校記

調題：調同範詞。題作『春晚』。

正文：皆同範詞。

附録：此詞較周詞更婉媚。（眉批）　甚新。（『緑肥紅瘦』之旁批）

[二五]　明・蔣一葵編《堯山堂外紀》明刊本（卷五四，第二二頁），著録為李易安詞。

校記

調題：皆同範詞。

正文：（見下附録）皆同範詞。

附録：李易安又有《如夢令》，云『昨夜雨疏風驟。濃睡不消殘酒。試問捲簾人，却道海棠依舊。知否。知否。應是緑肥紅瘦。』當時文士莫不擊節稱賞，未有能道之者。（詞評）

[二六]　明・武陵逸史編次　開雲山農校正《類編草堂詩餘》明嘉靖二十九年顧汝所刻本（卷之一，第二頁），收作李易安詞。

校記

調題：調同範詞。題作『春晚』。

正文：皆同範詞。

附録：苕溪漁隱云：近時婦人能文詞如李易安，頗知佳句。如云：『緑肥紅瘦』，此語甚新。又『九日』詞：『簾捲西風，人似黄花瘦』，此言亦婦人所難到也。（詞評）

[二七]　明・武陵逸史編次　上元崑石山人校輯《類編草堂詩餘》（《新刻注釋草堂詩餘》）古吴陳長卿梓（卷之一，第三頁），收作李易安詞。

校記

調題：調同範詞。題作『春晚』。

正文：皆同範詞。

附録：苕溪漁隱云：近時婦人能文詞如李易安，頗知佳句。如云：『緑肥紅瘦』，祇此語甚新。又『九日』詞：『簾捲西風，人似黃花瘦』，此言亦婦人所難到也。（詞評）

〔二八〕 明·顧從敬編次　韓俞臣校正《類編草堂詩餘》古吳博雅堂梓行本（卷之一，第二頁），收作李易安詞。

校記

調題：調同範詞。題作『春晚』。

正文：皆同範詞。

附録：苕溪漁隱云：近時婦人能文詞如李易安，頗有佳句。如云：『緑肥紅瘦』，此語甚新。又『九日』詞：『簾捲西風，人似黃花瘦』，此言亦婦人所難到也。（詞評）

〔二九〕 明·唐順之解注　田一雋精選《類編草堂詩餘》金陵書坊張氏東川綉梓　萬曆甲申年重刊本　（卷之一，第三頁），收作李易安詞。

校記

調題：調同範詞。題作『春晚』。調下注：『又名《憶仙姿》、《宴桃園》』。

正文：皆同範詞。

附録：苕溪漁隱云：近時婦人能文詞如李易安，頗知佳句。如云：『緑肥紅瘦』，祇此語甚新。又『九日』詞：『簾捲西風，人似黃花瘦』，此言亦婦人所難到也。（詞評）

〔三〇〕 明·顧從敬類選　陳繼儒重校　陳仁錫參訂（内署）《類選箋釋草堂詩餘》明萬曆刻本《續修四庫全書》影印　集部詞類（卷之一，第三頁），收作李易安詞。

校記

調題：調同範詞。題作『春晚』。

正文：皆同範詞。

附録：苕溪漁隱云：近時婦人，能文詞如李易安，頗知佳句。如云『緑肥紅瘦』，祇此語甚新。（詞評）

〔三一〕 宋·何士信輯《草堂詩餘前集二卷後集二卷》明嘉靖三十三年楊金刻本（卷下前，第一一頁），收作李易安詞。

校記

調題： 皆同範詞。

正文： 皆同範詞。

附録： 無。

［三二］明・鏞溪逸史選編《彙選歷代名賢詞府全集》明嘉靖丁己（巳）一得山人跋抄本（卷之一，第四頁），收作李易安詞。

校記

調題： 調同範詞。題作『春曉』。

正文： 『捲』作『卷』。

附録： 無。

［三三］明・田藝蘅輯《詩女史》，《四庫全書存目叢書》影印明嘉靖三十六年刻本（卷一一，第六頁），收作李清照詞。

校記

調題： 皆同範詞。

正文： 皆同範詞。

附録： 無。

［三四］明・陳耀文纂（原署）《花草粹編》影印明刊十二卷本（卷一，第二四頁），收作李易安詞。瑜注：李易安《如夢令》（常記溪亭日暮）與此首連排，用『二』字銜接，衹前一首署名，此首撰者亦應為李易安，詳見《品令》（急雨驚秋曉）之『瑜按』。

校記

調題： 皆同範詞。《花草粹編》目録調下注：『一名《宴桃園》、《古記》、《憶仙姿》』。書中此調下注：『一名《宴桃園》，一名《憶仙姿》，東坡改為《如夢令》（《古今詞話》）』。

正文： 『捲』作『卷』。

附録： 無。

［三五］明・陳耀文輯《花草粹編》文淵閣《欽定四庫全書》二十四卷本（卷一，第三二頁），收作李易安詞。瑜注：李易安《如夢令》（常記溪亭日暮）與此首連排，用『二』字銜接，祇前一首署名，此首撰者亦應為李易安，詳見《品令》（急雨驚秋曉）之『瑜按』。

校記

調題：皆同範詞。調下注：『一名《宴桃園》，一名《憶仙姿》，東坡改為《如夢令》（《古今詞話》）』。

正文：『捲』作『卷』。

附録：無。

［三六］明・陳耀文編（原署）《花草粹編》文津閣《欽定四庫全書》二十四卷本（卷一，總第六三八頁），收作李易安詞。瑜注：李易安《如夢令》（常記溪亭日暮）與此首連排，用『二』字銜接，祇前一首署名，此首撰者亦應為李易安，詳見《品令》（急雨驚秋曉）之『瑜按』。

校記

調題：皆同範詞。

正文：『捲』作『卷』。

附録：無。

［三七］明・起北赤心子輯《綉谷春容》明清善本小説叢刊　天一出版社印行（樂集，卷之二，彤管摭粹，名媛詞，頁不清），收作李易安詞。

校記

調題：調同範詞。題作『暮春』。

正文：皆同範詞。

附録：無。

［三八］明・胡文煥輯《新刻彤管摘奇》明胡文煥刻格致叢書本（卷下，第五〇頁），收作『宋　李清照』詞。

校記

調題：調同範詞。題作『暮春』。

正文：皆同範詞。
附録：無。

［三九］明・池上客選《歷朝烈女詩選名媛璣囊》（一名《名媛璣囊》）明萬曆二十三年書林鄭雲竹刻本（廉集三，第一六頁），收作李清照詞。

校記

調題：調同範詞。題作『暮春』。
正文：皆同範詞。
附録：無。

［四〇］明・徐師曾輯《文體明辨附録》明萬曆間吳江壽檜堂刻本（卷四，詩餘二，第一頁），收作『宋婦李清照』詞。

校記

調題：調同範詞。題作『春晚』。
正文：皆同範詞。
附録：無。

［四一］明・董其昌評訂　曾六德參釋《新鋟訂正評注便讀草堂詩餘》明萬曆三十年喬山書舍刻本（卷三，頁不清），收作李易安詞。

校記

調題：調同範詞。題作『春晚』。
正文：『雨疏風驟』作『風疏雨驟』。
附録：盧仝《茶歌》云：『日高丈五睡正濃』。（眉批）

［四二］明・毛晋訂《漱玉詞》影印汲古閣初刻《詩詞雜俎》本（第三頁），收作『李氏　清照』詞。

校記

調題：皆同範詞。
正文：皆同範詞。

附録：無。

[四三] 明・武陵逸史編　隱湖小隱訂《草堂詩餘》明末毛氏汲古閣刻《詞苑英華》本（卷一，第二頁），收作李易安詞。

校記

調題：調同範詞。題作『春晚』。

正文：皆同範詞。

附録：無。

[四四] 明・胡桂芳重輯（原宋・何士信輯）《類編草堂詩餘》明萬曆三十五年黄作霖等刻本（卷之上，第一七頁），收作李易安詞。

校記

調題：調同範詞。題作『春晚』。

正文：皆同範詞。

附録：無。

[四五] 明・李廷機批評　翁正春校正　徐憲成梓行《新刻注釋草堂詩餘評林》明萬曆三十六年戊申起秀堂刊本（春景三卷，第三二頁），收作李易安詞。

校記

調題：調同範詞。題作『春晚』。

正文：皆同範詞。

附録：李易安詞華可與朱淑真埒。（眉批）

茗溪詞話云：『近時婦人能文詞如李易安，頗知佳句。如云：『緑肥紅瘦』，祇此語甚新。又『九日』詞：『簾捲西風，人似黄花瘦』，此言亦婦人所難到也。（尾注）

[四六] 明・汪氏輯《詩餘畫譜》明萬曆刊本　浙江人民美術出版社影印（不分卷，第一二頁），收作李易安詞。

校記

調題：調同範詞。題作『春景』。

正文：皆同範詞。

附録：無。

［四七］　明·鄭文昂編輯《古今名媛彙詩》，《四庫全書存目叢書》影印明刊本（卷一七，第五頁），收作李清照詞。

校記

調題：調同範詞。題作『春晚』。

正文：皆同範詞。

附録：無。

［四八］　明·王象晋纂輯《二如亭群芳譜》虎丘禮宗書院藏板（卷一，歲譜，第六八頁），收作李易安詞。

校記

調題：皆同範詞。

正文：皆同範詞。

附録：無。

［四九］　明·程明善纂輯《嘯餘譜》，《續修四庫全書》集部　詞類（卷二，詩餘一，第一頁），收作李清照詞。

校記

調題：調同範詞。題作『春晚』。

正文：皆同範詞。

附録：無。

［五〇］　明·馬嘉松輯《花鏡雋聲》明天啓刻本（雋聲七卷，詩餘，第二頁），收作李易安詞。

校記

調題：調同範詞。題作『春晚』。

正文：皆同範詞。

附録：無。

［五一］　明·卓人月彙選　徐世俊參評《古今詞統》（又名陳繼儒評選《草堂詩餘》、《詩餘廣選》），《續修四庫全書》本

（卷三，第八頁），收作李清照詞。

校記

調題：調同範詞。題作『春晚』。調下注：『一名《宴桃園》，一名《憶仙姿》』。

正文：皆同範詞。

附録：『緑肥紅瘦』新，獲自婦人大奇。（眉批）

《花間集》云：此調安頓二疊語最難。『知否。知否』，口氣宛然。若他『人静。人静』、『無寐。無寐』，便不渾成。

外傳：趙明誠幼時……為世所薄。按：明誠乃趙挺之子，非趙抃子抃謚，清獻挺之謚清憲故訛云。（詞評，本事）

［五二］　明・李攀龍補遺　陳繼儒校正　余文杰綉梓《新刻題評名賢詞話草堂詩餘》明萬曆四十三年書林自新齋余文杰刻本（三卷，第二七頁），收作李易安詞。

校記

調題：調同範詞。題作『春晚』。

正文：皆同範詞。

附録：李易安詞華可與朱淑真埒。（眉批）

苕溪詞話云：近時婦人，能文詞如李易安，頗知佳句。如云：『緑肥紅瘦』，祇此語甚新。又『九日』詞：『簾捲西風，人似黄花瘦。』此言亦婦人所難到也。（尾注）

［五三］　明・吴從先　寧野甫彙編《新刻李于麟先生批評注釋草堂詩餘雋》師儉堂蕭少衢依京板刻（卷之二，第六〇頁），收作李易安詞。

校記

調題：調同範詞。題作『春晚』。

正文：『雨疏風驟』作『風疏雨驟』。

附録：風雨另從睡裏度，肥瘦更問誰人知。（詞前評語）

語新意雋，更有豐情。（眉批）

苕溪詞話云：近時婦人，能文詞如李易安，頗知佳句。如云『緑肥黄（「紅」字之誤）瘦』，祇此語甚新。又『九

日』詞『簾捲西風，人似黃花瘦』，此言亦婦人所難到也。（詞評）

寫出婦人聲口，可與朱淑真并擅詞華。（詞後評語）

[五四] 明・趙世杰選輯　許肇文參閱《古今女史》明崇禎刊本（卷一二，詩餘，第一頁），收作李易安詞。

校記

調題：調同範詞。題作『春晚』。

正文：皆同範詞。

附録：無。

[五五] 明・宋祖法修　葉承宗纂《崇禎歷城縣志》友聲堂刻本（卷一五，藝文，詩餘，第七頁），收作『宋　李清炤』（下小注：『易安　邑人』）詞。

校記

調題：調同範詞。題作『春晚』。

正文：『疏』作『凉』。

附録：無。

[五六] 明・潘游龍輯《精選古今詩餘》（《古今詩餘醉》）清乾隆壬午秋鐫（卷二，第二一頁），收作李易安詞。

校記

調題：調同範詞。題作『春晚』。

正文：皆同範詞。

附録：『知否』字，疊得妙。（詞評）

[五七] 清・先著　程洪輯《詞潔》清康熙刻本（卷一，第三頁），收作李清照詞。

校記

調題：皆同範詞。

正文：皆同範詞。

附録：無。

［五八］　清・周銘編集　金成棟重校（原署）《林下詞選》，《四庫全書存目叢書補編》　第二冊（卷一，第一頁），收作李清照詞。

校記

調題：皆同範詞。調下注：『苕溪漁隱云：「近時婦人，能文詞如李易安，頗多佳句。如云：綠肥紅瘦，此語甚新」』。

正文：皆同範詞。

附録：無。

［五九］　清・陸次雲　章昞輯《見山亭古今詞選》康熙年間刻本（卷一，第一二頁），收作李清照詞。

校記

調題：調同範詞。題作『春晚』。

正文：皆同範詞。

附録：無。

［六〇］　清・徐釚撰《詞苑叢談》康熙刊本　上海古籍出版社排印（卷三，品藻一，第五七頁），著録為李易安詞。

校記

調題：調同範詞。題作『春晚』。

正文：全詞收録。皆同範詞。

附録：極為人所膾炙。（詞評）

［六一］　清・嚴沆等參訂《古今詞匯初編》清康熙十八年刻本（卷一，第一一頁），收作李清照詞。

校記

調題：調同範詞。題作『春晚』。

正文：『消』作『勝』。

附録：無。

［六二］　清・歸淑芬等選輯《古今名媛百花詩餘》康熙二十三年刻本（仲春卷，海棠花類，第六頁），收作『宋李清照』詞。

校記

調題：皆同範詞。

正文：皆同範詞。

附録：無。

［六三］清・沈時棟輯《古今詞選》康熙刻本（卷一，第七頁），收作李清照詞。

校記

調題：調同範詞。題作『春晚』。

正文：皆同範詞。

附録：無。

［六四］清・雲山卧客選《詩餘神髓》豐草齋選抄本（不分卷頁，小令），收作李易安詞。

校記

調題：調同範詞。題作『春晚』。

正文：皆同範詞。

附録：無。

［六五］清・沈辰垣等編《御選歷代詩餘》影印康熙内府本（卷二，第一二頁），收作李清照詞。

校記

調題：皆同範詞。

正文：皆同範詞。

附録：無。

［六六］清・陳夢雷　蔣廷錫等輯《欽定古今圖書集成》曆象彙編歲功典　中華書局影印本（第三五卷，季春部，第〇一八冊之一八葉），收作『媛　李清照』詞。

校記

調題：皆同範詞。

正文：皆同範詞。

附録：無。

［六七］清・夏秉衡輯《清綺軒詞選》乾隆巾箱本（卷一，第二一頁），收作李清照詞。

校記

調題：調同範詞。題作『春晚』。

正文：皆同範詞。

附録：無。

［六八］清・張思巖（宗橚）輯《詞林紀事》清刊本　古典文學出版社排印　一九五七年版（卷一九，第四九八頁），著録為李清照詞。

校記

調題：皆同範詞。

正文：全詞收録。皆同範詞。

附録：《苕溪漁隱叢話》：『近時婦人，能文詞如李易安，頗多佳句。如云：「緑肥紅瘦」，此語甚新。』查初白云：『可與唐莊宗《如夢令》疊字争勝。』（詞評）

［六九］清・江標抄《李清照漱玉詞》汲古閣未刻詞二十二家本（手抄，不分卷頁，第一首），上海圖書館藏，收作『宋易安居士李氏清照』詞。

校記

調題：皆同範詞。

正文：皆同範詞。

附録：無。

［七〇］清・陳鼎輯《同情集詞選》乾隆三十九年刊本（卷二，第二三頁），收作李清照詞。

校記

調題：皆同範詞。

正文：皆同範詞。

附録：無。

［七一］清・黄氏（蘇）撰《蓼園詞評》，《詞話叢編》本（總第三〇二四頁），著録為李易安詞。

校記

調題：無調。無題。

正文：祇録『依舊』、『知否』、『緑肥紅瘦』，（下見附録）。

附録：一問極有情，答以『依舊』，答得極淡，跌出『知否』二句來。而『緑肥紅瘦』，無限凄婉，却又妙在含蓄。短幅中藏無數曲折，自是聖于詞者。（詞評）

［七二］清・許寶善評選《自怡軒詞選》嘉慶元年六月間鐫　本衙之藏板（卷一，第五頁），收作李清照詞。

校記

調題：調作《憶仙姿》。調下注：『一名《如夢令》』。無題。

正文：皆同範詞。

附録：無。

［七三］清・葉申薌輯《天籟軒詞選》清嘉慶間刊本（卷五，第四九頁），收作李易安詞。

校記

調題：皆同範詞。

正文：皆同範詞。

附録：無。

［七四］清・俞正燮撰《癸巳類稿・易安居士事輯》求日益齋刻本（卷一五，第四四頁），《易安居士事輯》著録為李易安詞。

校記

調題：無調。無題。

正文：全詞收録。『雨疏風驟』作『風疏雨驟』。

附録：《苕溪漁隱叢話》：易安有小令云：『昨夜風疏雨驟……緑肥紅瘦』（本事）。

［七五］清・周之琦（金梁夢月外史）輯《晚香室詞録》清抄本（卷七，未注頁碼），收作李清照詞。

校記

調題：皆同範詞。

正文：皆同範詞。

附録：無。

［七六］清・汪玢箋《漱玉詞彙抄》問遽廬正本（手抄，不分卷頁，第七首），復旦大學圖書館藏，收作『宋李氏清照易安』詞。

校記

調題：皆同範詞。

正文：皆同範詞。

附録：《苕溪漁隱叢話》：『近日婦人，能文詞如李易安，頗多佳句。如云：「緑肥紅瘦」，此語甚新。』查初白云：『可與唐莊宗「如夢」疊字争勝。』（詞評）

［七七］清・莫友芝家抄《漱玉詞》（手抄，不分卷頁，第五首），復旦大學圖書館藏，收作『宋李氏清照易安』詞。

校記

調題：皆同範詞。

正文：皆同範詞。

附録：無。

［七八］清・楊希閔撰録《詞軌・補録》同治二年手抄本（卷一，閨秀，第一八頁），收作李清照詞。

校記

調題：皆同範詞。

正文：『捲』作『卷』；『應是』作『應』。

附録：無。

［七九］清・譚獻輯《復堂詞録》稿本（卷八，宋集七，未注頁碼），收作李清照詞。

校記

調題：皆同範詞。

正文：『捲』作『卷』。

附録：無。

［八〇］清・王鵬運輯《漱玉詞》，《四印齋所刻詞》本（第二頁），收作『李清照　易安』詞。

校記

調題：皆同範詞。

正文：皆同範詞。

附録：無。

［八一］清・楊文斌輯録《三李詞》光緒庚寅夏香海閣刊本（卷三，第一頁），收作李清照詞。

校記

調題：皆同範詞。

正文：『却』作『恰』。

附録：無。

［八二］清・陳世焜（廷焯）選《雲韶集》手抄本（卷一〇，第二〇頁），收作李清照詞。

校記

調題：皆同範詞。

正文：皆同範詞。

附録：祇數語中，層次曲折有味。世徒稱其『緑肥紅瘦』一語，猶是皮相。（眉批）

［八三］清・陳廷焯選評《詞則》上海古籍出版社影印本　別調集（卷二，第二七頁），收作李清照詞。

校記

調題：皆同範詞。

正文： 皆同範詞。

附録： 一片傷心，纏綿凄咽，世往賞其『緑肥紅瘦』一語，猶是皮相。（眉批）

［八四］ 清・李佳撰《左庵詞話》，《詞話叢編》本（不分卷，總第三一一〇頁），著録為李易安詞。

校記

調題： 無調。無題。

正文： 僅著録：『試問捲簾人，却道海棠依舊。知否。知否。應是緑肥紅瘦。』

附録： 李易安《漱玉詞》，匪特閨閣無此清才，既求之詞家能手亦罕。……又如『試問捲簾人，却道海棠依舊。知否。知否。應是緑肥紅瘦。』語意清新，的是詞家吐屬。（詞評）

［八五］ 清人輯《斷腸漱玉詞合刊》之《漱玉詞》光緒庚子石印本（第二頁），收作李清照詞。

校記

調題： 皆同範詞。

正文： 『試問捲簾人』作『捲簾人』。

附録： 無。

［八六］ 清・蕙風簃主箋《漱玉詞箋》中華圖書館石印本　中華民國四年六月版（不分卷，第三頁），收作李清照詞。

校記

調題： 皆同範詞。

正文： 皆同範詞。

附録： 《苕溪漁隱叢話》：近時婦人，能文詞如李易安，頗多佳句。如云『緑肥紅瘦』，祗此語甚新。

詞眼『緑肥紅瘦』。

《詞苑叢談》：王弇州曰：『人瘦也，比梅花瘦幾分』，又『天還知道，和天也瘦』，又『應是緑肥紅瘦』，又『簾卷西風，人比黄花瘦』，又『人共博山烟瘦』，『瘦』字俱妙。

《花草蒙拾》：前輩謂史梅溪之句法，吴夢窗之字面，固是確論，尤須雕組而不失天然。如『緑肥紅瘦』、『寵柳嬌花』，人工天巧，可稱絶唱。若『柳腴花瘦，蝶凄蜂慘』即工，亦巧匠琢山骨矣。

查初白曰：可與唐莊宗《如夢令》叠字争勝。按唐莊宗詞『如夢。如夢。殘月落花烟重』。

黄了翁曰：一問極有情，答以『依舊』，答得極淡，跌出『知否』二句來。而『緑肥紅瘦』，無限凄婉，却又妙在含蓄。短幅中藏無數曲折，自是聖于詞者。（以上皆為詞評）

［八七］木石居士選輯　絳雲女史参校《歷代名媛詞選》民國十六年石印本（卷一，小令一，未注頁碼），收作李清照詞。

校記

調題：皆同範詞。

正文：皆同範詞。

附録：無。

［八八］李文裿輯《漱玉集》冷雪盦叢書本（卷三，第一頁），收作李清照詞。

校記

調題：皆同範詞。

正文：皆同範詞。

附録：《歷代詩餘》、《樂府雅詞》、《花草粹編》、《彤管遺編》、《花庵詞選》、文津閣本《漱玉詞》、四印齋本《漱玉詞》。（尾注）

［八九］趙萬里輯《漱玉詞》，《校輯宋金元人詞》本（第一頁），收作『李清照　易安』詞。

校記

調題：皆同範詞。調下注：『《類編草堂詩餘》題作「春晚」，《古今女史》、《古今詞統》并同，《彤管遺編》題作「暮春」』。

正文：皆同範詞。

附録：《樂府雅詞》、《苕溪漁隱叢話》前集七十、《詩話總龜》後集四十八引苕溪漁隱、《全芳備祖》前集二海棠門（瑜注：前筆者所用兩種版本此詞皆在『前集　花部　海棠　卷七』，不知萬里『前集二』為何本）、《花庵唐宋諸賢絶妙詞選》、《草堂詩餘》前集上（類編一）、《詩女史》十一、《彤管遺編》十七、《花草粹編》一、《堯山堂外紀》五十四、《古今女史》十二、《古今詞統》四、《歷代詩餘》二。（尾注）

按：《詩詞雜俎》本《漱玉詞》收之。

［九〇］梁令嫻抄《藝蘅館詞選》上海中華書局印行　民國二十五年再版（乙卷，北宋詞，第八四頁），收作李清照詞。

校記

調題：皆同範詞。

正文：皆同範詞。

附録：無。

［九一］王官壽輯《宋詞抄》中華民國十一年排印本（卷一，第五頁），收作李清照詞。

校記

調題：皆同範詞。

正文：皆同範詞。

附録：無。

［九二］唐圭璋輯《全宋詞》中州古籍出版社　兩冊本（上，第六四四頁），收作李清照詞。

［九三］中華書局編《李清照集》（第一頁），收作李清照詞。

［九四］王仲聞《李清照集校注》人民文學出版社（第八頁），收作李清照詞。

［九五］黄墨谷《重輯李清照集》齊魯書社（卷一，第一二頁），收作李清照詞。

［九六］徐北文主編《李清照全集評注》濟南出版社（第三七頁），收作李清照詞。

［九七］徐培均《李清照集箋注》上海古籍出版社（第一四頁），收作李清照詞。

◎歷代此闋著録他人或無名氏及存疑詞之載籍：

雖廣徵博采而未見。

◎瑜按：

此詞近百種載籍皆著録為李清照（易安）詞，膾炙千古。撰者無异名，故輯入《漱玉詞》。

【注釋】

［一］**雨疏風驟**：雨點稀落，風勢迅猛。宋吴文英《如夢令》：『風驟。風驟。花徑啼紅滿袖』。

［二］**緑肥紅瘦**：枝葉繁茂，鮮花稀疏或衰萎脱落。此語甚奇，多被詞家引用。宋趙長卿：『緑肥紅瘦春歸去，恨逼愁侵酒怎寬。』宋黄機《謁金門》：『風雨後，枝上緑肥紅瘦』。

【品鑒】

《文心雕龍・物色》云：『春秋代序，陰陽慘舒，物色之動，心亦搖焉』，四季交替，陰冷的秋冬令人感到悲凉，天氣和暖、陽光充足的春夏令人感到暢快，景物變化了，人的感情也隨之波動。又云：『情以物遷，辭以情發』，人的感情因景物而變化，文辭因人的感情而生發。某年暮春的一個夜晚，暴風驟雨突然襲來。這對百花來説是難逃厄運的，自然觸發了感情豐富的女詞人的情懷。易安就在此情況下寫了這首《如夢令》。

『昨夜雨疏風驟。』『風驟』，風勢強，而起得突然。『雨疏』，雨點大而稀落。『昨夜』，點出這場暴風雨的時間。這句是説，昨天夜裏突然颳起暴風，落下稀疏的大雨點兒。這對春天盛開的百花無疑是一場災難，將會大殺風景，這又怎能不引發易安的痛惜之情呢？首句統攝全篇。

『濃睡不消殘酒。』一夜的酣然沉睡，未能把殘存的酒意消盡。易安的嗜酒，從她的好多詞中可見，《如夢令》云：『常記溪亭日暮，沉醉不知歸路』，《鳳凰臺上憶吹簫》云：『新來瘦，非干病酒』，《醉花陰》云：『東籬把酒黄昏後。有暗香盈袖』，等等。『濃睡』，是不易被驚醒的，況且是醉酒情況下的『濃睡』，會睡得更沉。但何以知道『昨夜雨疏風驟』呢？説明昨夜的風雨是頗具規模的，曾驚破女主人的夢境。『惜春長怕花開早』，況百花慘遭狂風疏雨的摧折呢？在睡夢中易安又怎能忘記罹難的百花呢？故此句是下句的主觀原因。首句是下句的客觀原因。

『試問捲簾人』，眼下已是過了『昨夜』的清晨，從濃睡中乍醒，當然最關心的莫過于百花的命運了。偌大的風雨，百花究竟被摧殘到什麼程度，這是易安亟須知道的，但又不能起來察看，因為『未消殘酒』，衹有『問』了。『試問』，表現作者極為關切的心情。此句為陳述句，不作疑問句，亦不説出『問』的内容，讓讀者自己去思索、推斷。故評家評曰：『一問極有情』，是很有道理的。

『却道海棠依舊。』『却』字一轉。『海棠依舊』，海棠花依然如故。易安對這種回答頗有愕然之感。顯然未能碰上作者的心情，極不從意，又激起新的波瀾，再增一曲。這種回答表示侍女態度的漠然，感情的輕淡，因而引起易安的叠問。相形之下更顯出易安對百花别是一般的關切之情。

『知否。知否。』知道嗎？知道嗎？因為侍女的回答使易安深感意外，禁不住重複發問。感情真摯，語氣急促，對『海棠』關切之情溢于言外。幾經跌宕曲折，最後推出自己的成熟看法。

『應是绿肥紅瘦。』『是』為判斷詞。『瘦』，與李清照《醉花陰》：『人比黄花瘦』中的『瘦』用法同妙，都是擬人手法。

『緑肥紅瘦』，緑色的花葉壯大了，而鮮花凋零了。風雨曾把濃睡的女主人驚醒，可謂大矣！如不是這樣，未曾起來，也未曾看見，安能知道『昨夜雨疏風驟』呢？百花又怎能禁得？凋零謝落是必然的了，故曰『應是』。所以，『應是緑肥紅瘦』的判斷是準確而又令人信服的。清王士禎《花草蒙拾》評此句云：『人工天巧，可稱絶唱』，是評得很好的。

這首小令，通過對話曲折地表現出作者對百花的憐惜，對春光的珍視，對美好事物的熱愛，把自己的思想感情融注在具體的形象之中。

劉坡公《學詞百法》中云：『言情之詞，貴乎婉轉，最忌率直。』李清照有些詞是寫得頗為曲折的。《武陵春》詞就是如此。其中『物是人非事事休。欲語泪先流』，想對人述説以遣懷，欲説又先流下辛酸的眼泪，而終于不能説，更加惆悵悲切；『聞説雙溪春尚好，也擬泛輕舟。祇恐雙溪舴艋舟。載不動、許多愁』，獨抱濃愁，欲藉景消憂，祇恐對景難排，欲游而終于不能去游，更加凄婉哀絶。構思新巧，曲折跌宕，摇曳生姿，含蓄藴藉。易安《如夢令》也是寫得婉轉曲折的。

清袁枚在《隨園詩話》中亦主張『作詩文貴曲』，又例曰：『方蒙章《訪友》云：「輕舟一路繞烟霞，更愛山前滿澗花。不為尋君也留住，那知花裏即君家」。此曲也，若知是君家，便直矣。』易安小令，如開始道出『緑肥紅瘦』，則不曲也；如侍女答話恰是女主人所想，則不曲也，便成為一覽無餘，淺薄外露，僵直乏味，毫無藝術價值和美學價值的東西了。

《如夢令》：『試問捲簾人』，百花的厄運，易安知而不言，妙在一『問』。猶如『風乍起，吹縐一池春水』，宕起波瀾，然易安對百花的殷憂之情，惴惴之心，昭然突顯。『却道海棠依舊』，捲簾之侍女感情淡薄，態度輕漠，又偏偏并非易安心中所想，易安怎能心平氣和？波瀾再起，又生一曲，引出『知否。知否。』的叠問。語氣緊迫，態度殷誠。幾經曲折跌宕，最後推出：『應是緑肥紅瘦』，含不盡凄婉憐惜之情，將情推向高潮。清黄了翁《蓼園詞評》評此小令云：『短幅中藏無數曲折，自是聖于詞者。』不僅曲折，而作品的思想、意境在曲折跌宕中逐層深化。直而不露，妙趣横生。清沈祥龍《論詞隨筆》云：『詞貴愈轉愈深』，我以為這正是此小令出奇制勝之處。

《草堂詩餘別録》：『韓偓詩云：「昨夜三更雨，今朝一陣寒。海棠花在否？側卧捲簾看。」此詞儘用其語點綴。』還有評家以為此詞之意殆出于唐孟浩然《春曉》：『春眠不覺曉，處處聞啼鳥。夜來風雨聲，花落知多少？』宋李石亦有《一剪梅》云：『後院棠梨昨夜開，雨急風忙次第催。』上述以惜春為内容的詩詞雖各有千秋，然易安小令獨占鰲頭，以構思新穎，對話精巧，曲折跌宕，愈轉愈深，高出一籌。

易安《如夢令》聞名遐邇，膾炙人口，千古不衰，何也？除上面原因，還有語言的功力：清新淺俗、精煉至極，『緑肥紅瘦』甚為奇俊。正所謂不甚經意之作，却渾成大雅，煞是絶妙。

【選評】

[一] **宋·胡仔**：近時婦人，能文詞如李易安，頗多佳句。小詞云：『昨夜雨疏風驟。濃睡不消殘酒。試問捲簾人，却道海棠依舊。知否。知否。應是緑肥紅瘦。』『緑肥紅瘦』，此語甚新。（《苕溪漁隱叢話》）

[二] **宋·陳郁**：李易安工造語，故《如夢令》『緑肥紅瘦』之句，天下稱之。（《藏一話腴》）

[三] **明·茅暎**：易安，我之知己也。今世少解人，自當遠與易安作朋。（《詞的》）

[四] **明·沈際飛**：『知否』二字，叠得可味。『緑肥紅瘦』創獲自婦人，大奇。（《草堂詩餘正集》）

[五] **明·張綖**：韓偓詩云：『昨夜三更雨，今朝一陣寒。海棠花在否？側卧捲簾看。』此詞儘用其語點綴，結句尤為委曲精工，含蓄無窮之意焉。可謂女流之藻思者矣。（《草堂詩餘別録》）

[六] **明·楊慎**：此詞較周詞更婉媚。　甚新。（『緑肥紅瘦』之旁批）（批點《草堂詩餘》）

[七] **明·蔣一葵**：當時文士莫不擊節稱賞，未有能道之者。（《堯山堂外紀》）

[八] **明·卓人月　徐士俊**：『緑肥紅瘦』新，獲自婦人大奇。

附評：《花間集》云：此調安頓二叠語最難。『知否。知否』，口氣宛然。若他『人静。人静』、『無寐。無寐』，便不渾成。……（《古今詞統》）

[九] **明·李于麟（攀龍）**：風雨另從睡裏度，肥瘦更問誰人知。（詞前評語）　語新意雋，更有豐情。（眉批）　寫出婦人聲口，可與朱淑真并擅詞華（詞後評語）。（明吳從先、寧野甫彙編《新刻李于麟先生批評注釋草堂詩餘雋》）

[一〇] **明·潘游龍等**：『知否』字，叠得妙。（《古今詩餘醉》）

[一一] **明·徐伯齡**：當時趙明誠妻李氏，號易安居士，詩詞尤獨步，縉紳咸推重之。其『緑肥紅瘦』之句及『人與黄花俱瘦』之語傳播古今。（《蟫精雋》）

[一二] **清·王士禛**：前輩謂史梅溪之句法，吳夢窗之字面，固是確論，尤須雕組而不失天然。如『緑肥紅瘦』、『寵柳嬌花』，人工天巧，可稱絶唱。（《花草蒙拾》）

〔一三〕清・徐釚：極為人所膾炙。（《詞苑叢談》）

〔一四〕清・張思巖（宗橚）：查初白云：「可與唐莊宗《如夢令》叠字争勝。」（《詞林紀事》）

〔一五〕清・月朗道人：「緑肥紅瘦」四字竟出之女子。（《古今才女子奇賞》）

〔一六〕清・馮金伯：康與之「人瘦也，比梅花、瘦幾分」，又「天還知道，和天也瘦」，又「簾卷西風，人比黄花瘦」，又「應是緑肥紅瘦」，又「人共博山烟瘦」，「瘦」字俱妙。（《詞苑萃編》引王弇州）

〔一七〕清・黄蓼園：一問極有情，答以「依舊」，答得極淡，跌出「知否」二句來。而「緑肥紅瘦」，無限凄婉，却又妙在含蓄。短幅中藏無數曲折，自是聖于詞者。（《蓼園詞評》）

〔一八〕清・陳廷焯：詞人好作精艷語。如左與言之「滴粉搓酥」，姜白石之「柳怯雲鬆」，李易安之「緑肥紅瘦」、「寵柳嬌花」等類，造句雖工，然非大雅。（《白雨齋詞話》）

〔一九〕清・陳世焜（廷焯）：祇數語中，層次曲折有味。世徒稱其「緑肥紅瘦」一語，猶是皮相。（《雲韶集》）

〔二〇〕清・陳廷焯：一片傷心，纏綿凄咽，世徒賞其「緑肥紅瘦」一語，猶是皮相。（《詞則》）

〔二一〕清・李佳：李易安《漱玉詞》，匪特閨閣無此清才，既求之詞家能手亦罕。……又如「試問捲簾人，却道海棠依舊。知否。知否。應是緑肥紅瘦。」語意清新，的是詞家吐屬。（《左庵詞話》）

〔二二〕馬仲殊：這「緑肥紅瘦」形容詞，在可解不可解之間，真覺新穎，查初白以為詞中叠字，可與唐莊宗《如夢令》叠字争勝。但我以為連篇累幅寓暮春的景色的，抵不上緑肥紅瘦四字。（《中國文學體系》）

〔二三〕梁乙真：此詞聲調，非常工整，而「緑肥紅瘦」之句，尤為人所稱道。黄了翁云：「一問極有情，答以依舊，答得極淡。跌出知否二句來，而緑肥紅瘦，無限凄惋，却又妙在含蓄。短幅中藏有無限曲折，自是聖于詞者。」（《苕溪漁隱叢話》）即此觀之，可見易安之詞為人佩服至「五體投地」矣。（《中國婦女文學史綱》）

〔二四〕胡雲翼：李清照在北宋顛覆之前的詞頗多飲酒、惜花之作，反映出她那種極其悠閑、風雅的生活情調。這首詞在寫作上以寥寥數語的對話，曲折地表達出主人翁惜花的心情，寫得那麼傳神。「緑肥紅瘦」，用語簡練，又很形象化。（《宋詞選》）

〔二五〕吳熊和：全詞僅三十三字，巧妙地寫了同卷簾人的問答，問者情多，答者意淡，因而逼出「知否，知否」二句，寫得靈活而多情致。詞中造語工巧，『雨疏、風驟』、『濃睡』、『殘酒』都是當句對；『緑肥紅瘦』這句中，以緑代葉、以紅代花，雖為過去詩詞中常見（如唐僧齊己詩『紅殘緑滿海棠枝』），但把『紅』同『瘦』聯在一起，以『瘦』字狀海棠的由繁麗而憔悴零落，顯得凄婉，煉字亦甚精，在修辭上有所新創。（《唐宋詩詞探勝》）

［二六］**艾治平**：也有人説，本詞前四句用孟浩然『夜來風雨聲，花落知多少』（《春曉》）詩意。不過孟詩是在『覺』中寫『不覺』，『風雨聲』是作者對昨夜的追憶，而且妙在末句：作者想象花已落多但又希望它落得少。表露感情，含蓄藴藉，着重心理情緒的刻畫。但從人物形象的生動活潑説，詞似又勝于詩了。（《宋詞的花朵》）

［二七］**龔克昌**：這首詞過去人們一直以為是惜春之作。這樣解釋當然也講得通，但未免失之膚淺，流于皮相之見。這首詞實際上表現了女詞人對邪惡勢力的痛恨和對美好事物的珍惜，蘊含着的思想内容是極其豐富的。（《情深意長》）

［二八］**唐圭璋**：此詞與詩（孟浩然《春曉》）所寫，一樣濃睡初醒，一樣回憶夜來風雨，一樣關心小園花朵，二人時代雖不同，詩與詞之體格雖不同，樸素與凝練之表現手法雖不同，但二人愛花心靈之美則完全一致，宜乎并垂不朽云。（《詞學論叢·讀李清照詞札記》）

［二九］**吴小如**：這裏表面上是在用韓偓《懶起》詩末四句：『昨夜三更雨，今朝（一作『臨明』）一陣寒，海棠花在否，側卧捲簾看』的語意，實則惜花之意正是戀人之心。丈夫對妻子説『海棠依舊』者，正隱喻妻子容顏依然嬌好，是溫存體貼之辭。但妻子却説，不見得吧，她該是『緑肥紅瘦』，葉茂花殘，祇怕青春即將消失了。這比起杜牧的『緑葉成陰子滿枝』來，雅俗之間判若霄壤，故知易安居士為不可及也。『知否』叠句，正寫少婦自家心事不為丈夫所知。可見後半雖亦寫實，仍舊隱兼比興。如果是一位闊小姐或少奶同丫鬟對話，那真未免大殺風景，索然寡味了。（《詩詞劄叢》）

［三〇］**程千帆　張宏生**：李清照的這首《如夢令》，寫女主人早上起身後的一個生活片斷。起二句是對昨夜情事的追憶。顯然，這一夜，詞人傾聽着不斷入耳的風聲、雨聲，感受着大自然的變化，睡得并不安穩。何況，她還未『消殘酒』呢。所謂『濃睡』云云，不過是為了烘托經過一夜後的鮮明對比，以點出變化的突然。實際上，這也是對主人公傷春意緒的側面描寫。正因為詞人整夜都在為這場風雨所引起的節物變化而擔憂，所以，她一早起來，不顧殘酒未消，便迫不及待地向侍女發問。……這首詞的另一特色，是作者通過對話，揭示出人物生活感受和審美感受的層次區別，從而塑造出兩個生動的形象：女主人和她的侍女。（《李清照作品賞析集》）

多麗　咏白菊

小樓寒，夜長簾幕低垂。恨瀟瀟、無情風雨，夜來揉損瓊肌。也不似、貴妃醉臉，也不似、孫壽愁眉。韓令偷香，徐娘傅粉，莫將比擬未新奇。細看取、屈平陶令，風韻正相宜。微風起，清芬蘊藉，不減酴醾。　漸秋闌、雪清玉瘦，向人無限依依。似愁凝、漢皋解佩，似泪灑、紈扇題詩。朗月清風，濃烟暗雨，天教憔悴度芳姿。縱愛惜、不知從此，留得幾多時。人情好，何須更憶，澤畔東籬。

——《四印齋所刻詞》之《漱玉詞》

【考辨】

◎歷代載籍著録此闋之詞調、題目：

調作《多麗》。題作『咏白菊』、『白菊』、『蘭菊』、『菊』。

◎歷代此闋著録為李清照（易安）詞之載籍：

［一］　宋·曾慥輯《樂府雅詞》影印涵芬樓手抄本（樂下，第六四頁），收作李易安詞。

校記

調題： 皆同範詞。

正文： 『恨』作『葉（旁注「恨」）』；『瀟瀟』作『蕭蕭』；『揉』不清，旁注『揉』；『瓊』作『瑶（旁注「瓊」）』；『微』

作『酸（旁注「微」）』。

附録：無。

[二]　宋・曾慥編（原署）《樂府雅詞》文淵閣《欽定四庫全書》本　集部（卷下，第七〇頁），收作李易安詞。

校記

調題：皆同範詞。

正文：『瀟瀟』作『蕭蕭』。

附録：無。

[三]　宋・曾慥撰（原署）《樂府雅詞》文津閣《欽定四庫全書》本　集部（卷下，總第四七八頁），收作李易安詞。

校記

調題：皆同範詞。

正文：『瀟瀟』作『蕭蕭』；『末』作『米』；『皋』作『幕』；『佩』作『珮』。

附録：無。

[四]　明・陳耀文纂（原署）《花草粹編》影印明刊十二卷本（卷一二，第八五頁），收作李易安詞。

校記

調題：調同範詞。無題。

正文：『瀟瀟』作『蕭蕭』；『朗』作『明』。

附録：無。

[五]　明・陳耀文輯《花草粹編》文淵閣《欽定四庫全書》二十四卷本（卷二四，第五四頁），收作李易安詞。

校記

調題：調同範詞。無題。

正文：『瀟瀟』作『蕭蕭』；『朗』作『明』。

附録：無。

［六］明・陳耀文編（原署）《花草粹編》文津閣《欽定四庫全書》二十四卷本（卷二四，總第一四一頁），收作李易安詞。

校記

調題：調同範詞。題作「白菊」。

正文：「瀟瀟」作「蕭蕭」；「朗」作「明」。

附録：無。

［七］清・沈辰垣等編《御選歷代詩餘》影印康熙内府本（卷九九，第四六三頁），收作「宋媛　李清照」詞。

校記

調題：調同範詞。題作「蘭菊」。

正文：「瀟瀟」作「蕭蕭」；「愁」作「低」；「佩」作「珮」；「朗」作「明」；「度」作「瘦」。

附録：無。

［八］清・江標抄《李清照漱玉詞》汲古閣未刻詞二十二家本（手抄，不分卷頁，第四九首），上海圖書館藏，收作「宋易安居士李氏清照」詞。

校記

調題：調同範詞。無題。

正文：「瀟瀟」作「蕭蕭」；「酴醾」作「荼蘼」；「佩」作「珮」；「朗」作「明」。

附録：無。

［九］清・汪玢箋《漱玉詞彙抄》問遽廬正本（手抄，不分卷頁，第二一首），復旦大學圖書館藏，收作「宋李氏清照易安」詞。

校記

調題：皆同範詞。

正文：「幕」作「暮」；「瀟瀟」作「蕭蕭」；「韓令」作「韓壽」；「解佩」作「佩解」；「朗」作「郎」。

附録：無。

［一〇］清・莫友芝家抄《漱玉詞》（手抄，不分卷頁，第六首），復旦大學圖書館藏，收作「宋李氏清照易安」詞。

校記

調題： 皆同範詞。（「咏白菊」後有「菊」。瑜注：似多一題。）

正文： 「瀟瀟」作「蕭蕭」；「細」作「試」。

附録： 無。

［一一］清・王鵬運輯《漱玉詞》，《四印齋所刻詞》本（第二頁），收作「李清照　易安」詞。

校記

調題： 調作《多麗》。題作「咏白菊」。

正文： 原「徵」、「醞」、「淚」、「洒」、「叓」，兹改為正字「微」、「蘊」、「泪」、「灑」、「更」。（擇為範詞，底本）

附録： 無。

［一二］清・楊文斌輯録《三李詞》光緒庚寅夏香海閣刊本（卷三，第一八頁），收作李清照詞。

校記

調題： 調同範詞。題作「蘭菊」。

正文： 「愁」作「低」；「酴醿」作「荼蘼」；「朗」作「明」；「度」作「瘦」。

附録： 無。

［一三］清・蕙風簃主箋《漱玉詞箋》中華圖書館石印本　中華民國四年六月版（不分卷，第七頁），收作李清照詞。

校記

調題： 皆同範詞。

正文： 皆同範詞。

附録： 《珠花簃詞話》：李易安《多麗・咏白菊》，前段用「貴妃」、「孫壽」、「韓」掾、「徐娘」、「屈平」、「陶令」若干人物，後段「雪清玉瘦」、「漢皋」、「紈扇」、「朗月清風」、「濃烟暗雨」許多字面，却不嫌堆垛，賴有清氣流行耳。「縱愛惜，不知從此，留得幾多時」三句最佳。所謂傳神阿堵，一筆凌空，通篇俱活。歇拍不妨更用「澤畔東籬」字。昔人評《花間》鏤金錯綉而無痕迹，余于此闋亦云。（詞評）

［一四］木石居士選輯　絳雲女史參校《歷代名媛詞選》民國十六年石印本（卷一六，長調五，未注頁碼），收作李清照詞。

校記

調題： 調同範詞。題作「蘭菊」。

正文： 「愁」作「低」；「酴醾」作「荼蘼」；「佩」作「珮」；「朗」作「明」；「度」作「瘦」。

附録： 無。

［一五］李文裿輯《漱玉集》冷雪盦叢書本（卷四，第七頁），收作李清照詞。

校記

調題： 皆同範詞。

正文： 「瀟瀟」作「蕭蕭」；「愁」作「低」；「佩」作「珮」；「朗」作「明」；「度」作「瘦」。

附録： 《歷代詩餘》、《樂府雅詞》、《花草粹編》、四印齋本《漱玉詞》。（尾注）

［一六］趙萬里輯《漱玉詞》，《校輯宋金元人詞》本（第一〇頁），收作「李清照　易安」詞。

校記

調題： 皆同範詞。題下注：「《花草粹編》無題。《歷代詩餘》題作「蘭菊」」。

正文： 皆同範詞。

附録： 《樂府雅詞》、《花草粹編》十二、《歷代詩餘》九十九。（尾注）

［一七］唐圭璋輯《全宋詞》中州古籍出版社　兩冊本（上，第六四四頁），收作李清照詞。

［一八］中華書局編《李清照集》（第四〇頁），收作李清照詞。

［一九］王仲聞《李清照集校注》人民文學出版社（第一一頁），收作李清照詞。

［二〇］黃墨谷《重輯李清照集》齊魯書社（卷二，第二六頁），收作李清照詞。

［二一］徐北文主編《李清照全集評注》濟南出版社（第二九頁），收作李清照詞。

［二二］徐培均《李清照集箋注》上海古籍出版社（第三六頁），收作李清照詞。

◎歷代此闋著録他人或無名氏及存疑詞之載籍：

雖廣徵博采而未見。

◎瑜按：上列二十餘種載籍收為李易安（清照）詞。撰者無异名，兹入《漱玉詞》。

【注釋】

〔一〕**瀟瀟**：急暴的風雨聲。宋柳永《八聲甘州》：『對瀟瀟暮雨灑江天，一番洗清秋。』宋岳飛《滿江紅》：『怒髮衝冠，憑欄處、瀟瀟雨歇』。

〔二〕**瓊肌**：形容花瓣如美玉。瓊：美玉。宋無名氏《采桑子》：『雪融日暖瓊肌膩，酒暈生香。』宋王沂孫《露華》：『瓊肌瘦損，那堪燕子黄昏』。

〔三〕**貴妃醉臉**：像楊貴妃醉酒後那樣嬌媚造作。貴妃：即楊貴妃。史載其唐蒲州永樂（今山西永濟）人。通音樂、善歌舞。唐玄宗封為貴妃。深受帝寵，楊門得以豪貴。安禄山反，唐明皇往蜀，出京至馬嵬坡（今陝西興平縣境内），六軍不發，軍將歸楊氏禍國，逼殺楊國忠，玄宗無奈，貴妃亦被縊死。

〔四〕**孫壽愁眉**：像孫壽那樣故作愁眉惑人。孫壽，東漢時梁冀之妻，善化裝作態，如作愁眉、齲齒笑、啼狀、墮馬髻、折腰步等，風行一時（見《後漢書・梁冀傳》）。隋盧思道《日出東南隅行》：『楚腰寧且細，孫眉本未愁』。

〔五〕**韓令偷香**：像韓壽那樣偷來別人的奇香。東晋韓壽，貌美體輕，賈充女賈午看中了他。壽逾牆暗通。午將皇帝給其父的西域奇香偷來給壽。後賈充會見諸吏聞壽身上有奇香，疑壽與午私通，但没有宣揚，後將午嫁給壽。詳見《世説新語・惑溺第三十五》。宋歐陽修《望江南》：『身似何郎全傅粉，心如韓壽愛偷香』。

〔六〕**徐娘傅粉**：像徐娘那樣雖年老，但風韵尚存，擦胭抹粉。南朝梁元帝妃徐昭佩與帝左右暨季江私通。季江曾曰：『徐娘雖老，猶尚多情』（詳見《南史・元帝徐妃傳》）。後稱中年婦人姿色不衰者為徐娘。宋陳與義《書懷示友十首》：『開窗逢一笑，未覺徐娘老』。宋歐陽修《望江南》：『身似何郎全傅粉』。

〔七〕**屈平**：屈原名平，戰國時代楚國偉大詩人。他在《離騷》中云：『朝飲木蘭之墜露兮，夕餐秋菊之落英』，象徵他的高尚和純潔。

〔八〕**陶令**：即陶潛，字淵明，東晋末年的偉大詩人。曾為彭澤令，故名。他對黑暗現實不滿，『志趣高潔，不慕名利』。後弃官歸家，作《歸去來辭》，有《陶淵明集》傳世。他很愛菊花，在《飲酒》詩中云：『采菊東籬下，悠然見南山』。

〔九〕**風韵**：風采韵致。宋秦觀《念奴嬌》：『幾處堆金縷，不勝風韵』。宋蔡伸《小重山》：『新裝好，風韵愈飄然』。

〔一〇〕**藴藉**：見《玉樓春》（紅酥肯放）注。

〔一一〕**酴醾**：見《轉調滿庭芳》（芳草池塘）注。

〔一二〕**秋闌**：秋日欲盡。闌：盡。宋方夔詩：『蟲壁話秋闌，西齋日已寒』。

［一三］**玉瘦**：見《殢人嬌》（玉瘦香濃）注。

［一四］**漢皋解佩**：《韓詩外傳》：「鄭交甫將南適楚，遵彼漢皋臺下，遇二女，佩兩珠。交甫目而挑之，兩女解佩贈之。」漢皋：山名，今在湖北省襄陽西北。宋楊無咎《水龍吟》：「似漢皋解佩，桃源人去，成思憶、空凝佇」。金元好問《鷓鴣天》：「漢皋解佩終疑夢，緱嶺吹笙恰是仙」。

［一五］**紈扇題詩**：在絹制的團扇上題詩。據載，漢班昭，成帝時選入宮，後立為婕妤。待趙飛燕進宮，受寵嬌妒，班求供養太后長信宮。後退居東宮。曾寫《怨歌行》（亦稱《團扇歌》）：「新裂齊紈素，皎潔如霜雪。裁為合歡扇，團團似明月。出入君懷袖，動摇微風發。常恐秋節至，涼風奪炎熱。弃捐篋笥中，恩情中道絶。」元王特起《喜遷鶯》：「記遺簪綺席，題詩紈扇」。

［一六］**憔悴**：見《玉樓春》（紅酥肯放）注。

［一七］**澤畔東籬**：澤畔，指屈原，他被流放，《楚辭·漁父》説他「行吟澤畔，顔色憔悴。」東籬，指陶淵明，曾寫《飲酒詩》，有「采菊東籬下」句。

【品鑒】

李清照《醉花陰》詞云：「簾捲西風，人比黄花瘦」，其《鷓鴣天》云：「不如隨分樽前醉，莫負東籬菊蕊黄」，其中的「黄花」、「菊蕊黄」，指的都是黄色菊花，説明她是喜愛黄菊的。不僅如此，她對白菊也是頗為贊賞的。此詞是一首咏物詞，就是咏白菊的。

「小樓寒，夜長簾幕低垂。恨瀟瀟、無情風雨，夜來揉損瓊肌。」首句一個「寒」字，似乎冷徹全篇。小巧的畫樓充滿着寒氣，黑夜漫漫，簾幕低低地垂挂着。令人懷恨的就是夜來那發出「瀟瀟」聲響的無情風雨，摧殘了白菊那玉片般的花瓣。用「無情」、「揉損」，表現對「風雨」的「恨」，用「瓊」修飾菊花瓣，表現對白菊的珍愛，感情色彩十分濃厚。開頭的環境是有寄託的。我覺得「小樓寒」、「夜長」，隱寓南宋社會的黑暗，「無情風雨」，象徵罪惡勢力的肆虐。

「也不似、貴妃醉臉，也不似、孫壽愁眉。韓令偷香，徐娘傅粉，莫將比擬未新奇。」白菊的容顔不像貴妃醉酒那樣臉泛紅暈，嬌妍柔媚，也不像孫壽那樣故作愁眉，妖態惑人。如果用靠從他人那裏得來的香味裝點自己的韓令，用青春已過而靠傅粉打扮容顔的徐娘來比擬白菊，那未免太新鮮離奇了。「貴妃醉臉」，「孫壽愁眉」，靠的是自己的嬌揉造作；韓令、徐娘是靠外來的東西來美化自己。作者運用兩組對偶句，既是擬人，又是用典，兼用多種藝術手法，贊美白菊「清水出芙蓉，天然去雕飾」的天生麗質、純潔高雅的自然之美。

『細看取、屈平陶令，風韵正相宜。』仔細觀察白菊，覺得其風采韵致正與屈原、陶潛相像。他們共同的特點就是憤世嫉俗，出污泥而不染，潔白高雅。作者通過咏白菊，表現自己對屈原、陶令的稱頌，也表現了她自己高尚的品格和情操。此韵是寫白菊的容顔、風韵，運用擬人手法。

『微風起，清芬醖藉，不減酴醿。』清冷的秋風陣陣吹來，空中浮動着白菊的幽香，絶不在酴醿花之下。這是作者對白菊芳香的熱情贊美。這裏用了比較的手法。

上片，作者從白菊的容顔、風韵、香味三個方面加以贊美。

換頭，『漸秋闌、雪清玉瘦，向人無限依依。』轉寫白菊的精神，在秋日將盡的時候，白菊逐漸變得像雪一般的潔清，如玉一般的瘦削，她對人有無限難捨難離的深情。『雪清』是比喻手法，『玉瘦』、『向人無限依依』是擬人手法，寫出白菊冰清玉潔的姿質。

『似愁凝、漢皋解佩，似泪灑、紈扇題詩。』它像在漢皋解佩贈給鄭交甫的仙女，因不忍離別而愁緒凝重；它像退居東宫的班婕妤在團扇上題詩，因傷懷而灑泪。她覺得白菊似乎在發愁流泪。這完全是一種審美的移情作用，擬人的藝術手法。這是在寫白菊的情態和精神，這也是作者精神氣質的反映。

『朗月清風，濃烟暗雨，天教憔悴度芳姿。縱愛惜、不知從此，留得幾多時。』白菊美麗的姿容要在明朗的月光、清爽的晚風、濃濃的烟霧、凄暗的秋雨中度過，自然使其憔悴凋零。即使是想方設法愛惜，也不知從此以後能保留多長時間。表現了作者無限凄惋憐惜之情。作者以白菊自喻，表明自己禁受不了人世間冷暖的變化，和各種打擊、折磨。清況周頤《珠花簃詞話》評曰：『「縱愛惜，不知從此，留得幾多時」三句最佳，所謂傳神阿堵，一筆凌空，通篇俱活。』評得有道理。

『人情好，何須更憶，澤畔東籬。』用反問句作結，就是正面肯定，意思是説世態炎凉，人心惟危。如果世間人情好，人人都去愛憐白菊，人們就不必去回憶酷愛菊花的屈平、陶令了。也就是説社會黑暗混濁，小人當道，『讒諂之蔽明也，邪曲之害公也，方正之不容也』，人情不好。南宋時代，統治集團對敵屈膝求和，苟安一隅，奸佞當道，陷害忠良，這與屈平所處的時代有過之而無不及。所以她纔想起心志高潔，品德廉正，超拔世俗的屈原和陶潛來。我覺得其中是深有寄託的，藉以表達自己憤世嫉俗，出污泥而不染的高潔心志。

此詞結構清晰。開端到『揉損瓊肌』，寫惡劣的環境給白菊帶來的災難。隱寓了社會的黑暗，世態的炎凉，罪惡勢力對心志高潔端方正直之人的打擊迫害。這是寄託的寫法；「也不似……未新奇」，寫白菊的天生麗質，自然之美，贊美其純潔高雅。用對偶、擬人、典故、反襯等手法；「細看取……正相宜」，寫白菊的「風韻」，用正面描寫、擬人手法；「微風起……酴醿」，寫白菊的芳香，用正面描寫、對比手法；「漸秋闌……紈扇題詩」，寫白菊的情態和精神，運用典故、比喻和擬人等手法；「朗月清風……澤畔東籬」，照應開頭，寫濃烟暗雨下白菊的悲慘命運，似乎是不可避免。渴望有屈平、陶令那樣的人愛惜白菊，隱喻社會黑暗混濁，小人當道，她要效法「屈平」、「陶令」，表現易安憤世嫉俗，不與罪惡勢力同流合污的高潔心志。

李清照《詞論》云：「秦（觀）即專主情致，而少故實」，説明她是主張詞中用「故實」的。但李清照大多數詞中不用「故實」，用了也是較少的。唯獨此篇，用了許多的「故實」，也算此詞顯明的藝術特色。清況周頤《珠花簃詞話》評此詞云：「前段用「貴妃」、「孫壽」、「韓」掾、「徐娘」、「屈平」、「陶令」若干人物，後段用「雪清玉瘦」、「漢皋」、「紈扇」、「朗月清風」、「濃烟暗雨」許多字面，却不嫌堆垛，賴有清氣流行耳」，是有其道理的。

全詞是深有寄託的，作者以白菊自況，表現詞人高潔的心志，端莊的品格。

【選評】

[一] **清·蕙風簃主（況周頤）**：《珠花簃詞話》：李易安《多麗·咏白菊》，前段用『貴妃』、『孫壽』、『韓』掾、『徐娘』、『屈平』、『陶令』若干人物，後段『雪清玉瘦』、『漢皋』、『紈扇』、『朗月清風』、『濃烟暗雨』許多字面，却不嫌堆垛，賴有清氣流行耳。『縱愛惜，不知從此，留得幾多時』三句最佳。所謂傳神阿堵，一筆凌空，通篇俱活。歇拍不妨更用『澤畔東籬』字。昔人評《花間》鏤金錯綉而無痕迹，余于此闋亦云。（《漱玉詞箋》）

[二] **潘君昭**：關于本詞的藝術手法，是通過上下片内容相對比和首尾相呼應，以寫白菊顯示出人物的高風亮節，藉此透露出作者自身的志向。上片以楊玉環和孫壽等低俗的容止來反襯白菊不同流俗的風采。下片的漢皋仙女和漢宫婕妤乃是從正面來作為白菊的陪襯，『也不似』是從反面説，『似』則是從正面寫，而屈原和陶淵明，則是以愛菊者的身份出現，他們的風度韵致也堪與白菊相比擬。另外，全詞先從自身感受寫起，衹恨風雨無情，摧損白菊，末尾仍從自身愛菊收束，深怕芳姿憔悴，做到首尾呼應；末句更進一層，是慰安兼以挽留，意思是説可以不必為苦憶昔人而萎謝化去，此地亦有愛菊之知音。詞意至此，拓開意境，以曠達之語道出作者輕視鄙俗，不甘隨俗浮沉的志趣；這種首尾相呼應而又在結句開拓詞境的寫法，使詞句顯得宛轉而多不盡之意。（《李清照詞鑒賞》）

［三］**溫紹堃　錢光培**：李清照在《詞論》中曾批評賀鑄的詞『少典重』，秦觀的詞『少故實』，而主張詞應典雅。這篇作品當屬李詞的典雅之作。……的確這詞博徵廣引却不生澀堆砌，反而顯得典雅莊重，渾然天成，讓人讀了感到詞人不僅是在吟咏菊花，稱頌前賢，更是在傾吐自己的心聲。（《李清照名篇賞析》）

［四］**侯健　吕智敏**：大量用典藉以比擬是此詞的特色。人們一般喜歡以花喻人，清照此詞却以大量歷史人物從正、反兩方面比擬白菊，除了使人感到新鮮別致外，其中表現出的對貴妃、孫壽、韓令、徐娘等的輕蔑，對屈原、陶潛等的崇慕，更能使人體會到詞人以菊自況的良苦用心。（《李清照詩詞評注》）

［五］**陸堅　衛軍英**：易安詞作，向以明麗素雅、淡朴清新著稱，雖重質情，却不尚故實，但這首詞中却通篇用典，這可説是一個例外。從作者的寄寓和形象的要求來看，詞中一系列典故的運用無疑對加強感情，賦予白菊一種人格化力量增色不少，使形象得以豐滿和深化，具有一種真切實在的生命感。當然，從讀者閱讀的角度講，這種過多的用典，雖然不感堆砌，但也不免有一些文字上的障礙。（《李清照作品賞析集》）

［六］**王英志**：此詞屬長調，頗具詞人其《詞論》所主張的主『情致』、重『鋪叙』、尚『故實』之特點。詞人對白菊的『愛惜』之情貫穿全詞，鋪叙亦曲折有致，特別是全詞用典甚多，堪稱累累如貫珠，有其所贊賞的『高貴態』。但『鏤金錯綉而無痕迹』，并不嫌堆垛，『賴有清氣流行耳』（況周頤《珠花簃詞話》）。此『清氣』就是詞人對白菊所具有的『情致』。（《李清照集》）

菩薩蠻

風柔日薄春猶早。夾衫乍着心情好。睡起覺微寒。梅花鬢上殘。　故鄉何處是。忘了除非醉。沉水卧時燒。香消酒未消。

——影印明刊十二卷本之《花草粹編》

【考辨】

◎歷代載籍著録此闋之詞調、題目：

調作《菩薩蠻》（一名《重疊金》，一名《子夜歌》）。無題。

◎歷代此闋著録為李清照（易安）詞之載籍：

［一］宋·曾慥輯《樂府雅詞》影印涵芬樓手抄本（樂下，第六四頁），收作李易安詞。

校記

調題：皆同範詞。

正文：『薄』作『暮』。

附録：無。

［二］宋·曾慥編（原署）《樂府雅詞》文淵閣《欽定四庫全書》本　集部（卷下，第七一頁），收作李易安詞。

校記

調題：皆同範詞。

正文：『薄』作『暮』。

附録：無。

［三］宋・曾慥撰（原署）《樂府雅詞》文津閣《欽定四庫全書》本　集部（卷下，總第四七八頁），收作李易安詞。

校記

調題：皆同範詞。

正文：『薄』作『暮』。

附録：無。

［四］明・陳耀文纂（原署）《花草粹編》影印明刊十二卷本（卷三，第二八頁），收作李易安詞。

校記

調題：調作《菩薩蠻》。無題。調下注：『一名《重叠金》，一名《子夜歌》』。

正文：原『微』、『鬢』、『虜』，茲改為正字『微』、『鬢』、『處』。（擇為範詞，底本）

附録：無。

［五］明・陳耀文輯《花草粹編》文淵閣《欽定四庫全書》二十四卷本（卷五，第三七頁），收作李易安詞。

校記

調題：皆同範詞。調下注：『一名《重叠金》，一名《子夜歌》』。

正文：皆同範詞。

附録：無。

［六］明・陳耀文編（原署）《花草粹編》文津閣《欽定四庫全書》二十四卷本（卷五，總第六六八頁），收作李易安詞。

校記

調題：皆同範詞。調下注：『一名《重叠金》，一名《子夜歌》』。

正文：皆同範詞。

附録：無。

［七］清・江標抄《李清照漱玉詞》汲古閣未刻詞二十二家本（手抄，不分卷頁，第二一首），上海圖書館藏，收作『宋

易安居士李氏清照』詞。

校記

調題：皆同範詞。

正文：皆同範詞。

附録：無。

［八］清・汪玢箋《漱玉詞彙抄》問遽廬正本（手抄，不分卷頁，第二二首），復旦大學圖書館藏，收作『宋李氏清照易安』詞。

校記

調題：皆同範詞。

正文：『猶』作『酒（旁注「猶」）』；『睡起』作『睡』；『除非』作『除非非』（瑜注：疑多一『非』字）。

附録：無。

［九］清・莫友芝家抄《漱玉詞》（手抄，不分卷頁，第七首），復旦大學圖書館藏，收作『宋李氏清照易安』詞。

校記

調題：皆同範詞。

正文：皆同範詞。

附録：無。

［一〇］清・王鵬運輯《漱玉詞》，《四印齋所刻詞》本（第二頁），收作『李清照　易安』詞。

校記

調題：皆同範詞。

正文：皆同範詞。

附録：無。

［一一］清・蕙風簃主箋《漱玉詞箋》中華圖書館石印本　中華民國四年六月版（不分卷，第七頁），收作李清照詞。

校記

調題： 皆同範詞。

正文： 皆同範詞。

附録： 俞仲茅曰：趙忠簡《滿江紅》『欲待忘憂除是酒』，與易安『忘了除非醉』意同。下句『奈酒行有盡，愁無極』，微嫌説盡，豈如『沉水卧時燒，香消酒未消』，亦宕開，亦束住，何等蘊藉。易安自是專家，忠簡不以詞重云爾。（詞評）

［一二］李文裿輯《漱玉集》冷雪盦叢書本（卷三，第三頁），收作李清照詞。

校記

調題： 皆同範詞。

正文： 皆同範詞。

附録： 《樂府雅詞》、《花草粹編》、四印齋本《漱玉詞》。（尾注）

［一三］趙萬里輯《漱玉詞》，《校輯宋金元人詞》本（第二頁），收作『李清照　易安』詞。

校記

調題： 皆同範詞。

正文： 皆同範詞。

附録： 《樂府雅詞》、《花草粹編》三。（尾注）

［一四］唐圭璋輯《全宋詞》中州古籍出版社　兩册本（上，第六四四頁），收作李清照詞。

［一五］中華書局編《李清照集》（第五頁），收作李清照詞。

［一六］王仲聞《李清照集校注》人民文學出版社（第一三頁），收作李清照詞。

［一七］黄墨谷《重輯李清照集》齊魯書社（卷三，第四一頁），收作李清照詞。

［一八］徐北文主編《李清照全集評注》濟南出版社（第一〇三頁），收作李清照詞。

［一九］徐培均《李清照集箋注》上海古籍出版社（第一三一頁），收作李清照詞。

◎歷代此闋著録他人或無名氏及存疑詞之載籍：

雖廣徵博采而未見。

◎瑜按：

上列近二十種載藉收為李易安（清照）詞，撰者無异名，茲入《漱玉詞》。

【注釋】

［一］**風柔**：指春風和煦。宋黄機《傳言玉女》：『日薄風柔，池面欲平還皺。』宋晁補之《南歌子》：『霜細猶欺柳，風柔已弄梅』。

［二］**日薄**：指日光淡薄。宋陳人杰《沁園春》：『日薄風獰，萬里空江，隱隱有聲。』宋韓淲《蝶戀花》：『日薄簾櫳，花影遮前後』。

［三］**乍着**：剛剛穿上。宋方千里《蕙蘭芳》：『乍着單衣，纔拈圓扇，氣候暄燠。』宋曹勛《木蘭花慢》：『更乍着輕紗，凉摇素羽，翠點清池』。

［四］**沉水**：見《孤雁兒》（藤床紙帳朝眠起）『沉香』注。

【品鑒】

宋靖康二年（公元一一二七），徽欽兩帝『北狩』。李清照南下江寧，她接踵遭際國破、家亡、夫喪、顛沛流離的種種不幸。她憂愁嗎？是的，誠如她避亂金華時寫的《武陵春》詞所云：『祇恐雙溪舴艋舟。載不動、許多愁』，愁真是太濃重了。就在這『許多愁』裏，其中有相當一部分是『鄉愁』。在最能觸發人離思的特定環境裏，三更枕上，雨打芭蕉，她『傷心』、『愁損』，深深地懷念故國鄉關（李清照詞《添字采桑子》）；在古老的節日，陰曆三月上巳的前夜，她『永夜懨懨』，『空夢長安，認取長安道』，深切地懷念故國鄉關（李清照詞《蝶戀花》），那麼在尋常的日子裏，是否忘記她的故國鄉關了呢？沒有。上面這首《菩薩蠻》就是寫她在一個早春的白日，對故國鄉關無限懷戀的深情。

『風柔日薄春猶早。夾衫乍着心情好。』易安從寫時令天氣開篇。首句是說，春風和煦，日光淡薄，這是個早春時節，點出了時令和天氣。『乍着』，剛剛穿上。『心情好』，身心感到輕鬆爽快。次句是說褪去沉重的冬裝，剛剛穿上夾衫，心情是很好的。易安經受種種不幸遭際的摧殘、累壓，『祇恐雙溪舴艋舟。載不動、許多愁』，平日裏她能夠心曠神怡嗎？亡國之恨尚未雪，喪夫之痛猶未除，顛沛流離的困苦境遇仍不能擺脱，這種種問題，在當時都是沒有辦法從根本上解决的。所謂『心情好』，無非是長期以來憂愁痛苦像泰山一般壓在心身之上，當物換星移，時序乍新，脱掉了沉重的棉衣，宛若心身頓然減了不少負擔，身體感到輕鬆些，心情感到愜爽些罷了。下闋『故鄉何處是。忘了除非醉』一語告訴我們，此時此刻她絶非忘乎所以，『樂』而無憂。在這春光明媚、鳥語花香的時節，或許使她倍加緬懷她的故國鄉關了。

『睡起覺微寒。梅花鬢上殘。』此兩句，字面意思一目了然，其内涵祇有細加尋釋，方可得其端倪。易安《清平樂》云：

『年年雪裏。常插梅花醉』，《訴衷情》詞云：『夜來沉醉卸妝遲。梅萼插殘枝』，《殢人嬌》詞云：『坐上客來，樽中酒滿。歌聲共、水流雲斷。南枝可插，更須頻剪』，可以看出易安咏梅賞梅詞都把酌酒、醉酒同插戴梅花聯繫起來。我們姑且在這裏可以斷定，易安『梅花鬢上殘』，也是易安沉醉後的形象，當可用下文『香消酒未消』一語，來印證這一判斷的可靠性。『常插梅花醉』，這是易安早春的嗜好。『殘』，在翻轉中揉損梅花而致殘，説明酒飲得多，濃睡的時間長。讀到『睡起』的『睡』，不禁使人要問，為什麽女主人早春白日睡覺？這并不是閨閣中人百無聊賴，用睡覺來打發光陰，而是因為沉醉，所以纔濃睡。使我們不禁再問，易安為什麽要飲這麽多的酒，致使沉醉？在這裏，不妨聯繫一下下闋：『故鄉何處是。忘了除非醉』一語，我們便茅塞頓開，不多飲則不能沉醉；不沉醉則不能排遣濃重的鄉愁。『覺微寒』，回應首句，因為是『日薄春猶早』。『起』、『覺』兩字，説明雖是殘酒未消，但酒力已減大半。酩酊大醉，酒力勁作，人是不會覺得冷的，何况衹是『微寒』呢！『睡起』這一行動顯示頭腦還是清醒多了，對故鄉的思念之情正是『纔下眉頭，却上心頭』，又重新襲擊着她。『欲將沉醉換悲凉』（宋晏幾道《阮郎歸》），用其他的辦法開解家國之思都是不能奏效的。她按捺不住，放出心聲，直抒胸臆，開了下闋。

『故鄉何處是。忘了除非醉。』換頭與宋黄庭堅的《清平樂》換頭：『春無踪迹誰知？除非問取黄鸝』句式相同。前句用反詰句，肯定正面的意思，後句都用『除非』一詞，構成表示條件關係的句式。『故鄉何處是』，意思是説，時刻懷念的故鄉在哪裏呢？此句包涵着她對故國家鄉深深懷念，也包涵着對南宋統治集團無限幽憤。他們屈膝媚敵，沉迷聲色，苟安一隅，不思收復中原，故鄉依然陷入金人的蹂躪之中，消息杳然，相見無由。此句與唐崔顥《黄鶴樓》詩：『日暮鄉關何處是』同意，不過他寫的是淡淡的鄉愁。

『忘了除非醉』，易安對故鄉的愛，何其濃摯！她在《上樞密韓公工部尚書胡公》云：『欲將血泪寄山河，去灑青州（東山）一抔土』。想把血泪寄與祖國的大好山河，去灑向故鄉名山一把土。又在此詩中云：『不乞隋珠與和璧，衹乞鄉關新信息』，不希求隋侯之珠和氏之璧那類珍寶，衹望求得故鄉光復的好消息。其《打馬賦》中云：『老矣不復（誰能）志千里，但願相將過淮水』，我老了不能實現遠大的志向了，但願收復中原，同大家一起回到淮水以北的家鄉去。其《春殘》詩云：『春殘何事苦思鄉，病裏梳頭恨最長』，其《添字采桑子》詞云，『傷心枕上三更雨……愁損北人、不慣起來聽』，其《蝶戀花》詞云：『永夜懨懨歡意少。空夢長安，認取長安道』，這些詩詞中的語句都表現了易安對故國鄉關是何等深切的緬懷，何等執著的愛。懷念家鄉，熱愛祖國的山河，這便是她愛國主義思想的具體表現。『忘了除非醉』，除非酩酊大醉的時候纔能忘記故鄉。『除非』這是表示條件關係的關聯詞語，指出忘記故鄉衹有一種可能，就是在沉醉之時。在其餘的任何時候，無論是春夏秋冬，不管是白天夜晚，甚至在夢裏也常常出現被金人鐵蹄踐踏下的可愛故鄉之影像。此句極言易安對故國鄉關的深沉懷念、執著熱愛。

『沉水卧時燒。香消酒未消。』『沉水』是一種熏香名，點燃之後，可使室内潤香，使人爽心。在李清照的十多首詞中談到點燃熏香之事。《滿庭霜》詞云：『篆香燒盡』、《浪淘沙》詞云：『寶篆成空』、《孤雁兒》詞云：『沉香斷續玉爐寒』、《鷓鴣天》詞云：『夢斷偏宜瑞腦香』、《憶秦娥》詞云：『斷香殘酒情懷惡』、《浣溪沙》詞云：『玉爐沉水裊殘烟』、《念奴嬌》詞云：『被冷香消新夢覺』、《浣溪沙》詞云：『玉鴨熏爐閑瑞腦』、《浣溪沙》詞云：『瑞腦香消魂夢斷』，這些詞中的『瑞腦』、『篆香』、『寶篆』、『沉水』都是熏香名。可見喜聞熏香、飲酒、插戴梅花醉，均為易安生活中的嗜好。『卧時』回應上文，指上片『睡』覺之時。女主人未睡之前點燃香料這一活動，是在『睡起覺微寒。梅花鬢上殘』之前，然而却在下片寫出，起着補充説明的作用。『香消酒未消』，意思是香料已經燃盡，可是殘存的酒意尚未消除。這一面説明酒飲得多，另一面也補充説明上闋『睡』的原因是因為『醉酒』。因醉酒而濃睡，因濃睡而梅殘。這樣一來，纔能使我們窺測到女主人公那隱秘的内心活動，詞的主題纔得以深化，思想纔得以升華。她不是寫閨閣中人的閑情逸趣，而是寫一個愛國女詞人對故國鄉關那種深沉執著的愛，反映了她無法排解的思國懷鄉之濃烈感情，使詞達到了完美的藝術境界。

上闋，作者寫早春日裏用醉酒濃睡來開解濃重鄉愁之情景。幽隱婉約，深妙穩雅。

下闋，寫她除了神經受到麻醉，否則是不會忘記故鄉的。直陳胸臆，披肝瀝膽。

在藝術技巧上匠心獨出。上隱下直；上平淡下濃摯。隱與直相濟，平淡與濃摯相成。在内容上，下闋對上闋起到了補充和醒明的作用。構思超妙，斐然成章。

試以李清照南渡後，寫其江南流落，思國懷鄉的深厚感情之《添字采桑子》與此詞作比較：『窗前誰種芭蕉樹，陰滿中庭。陰滿中庭。葉葉心心、舒卷有餘情。傷心枕上三更雨，點滴霖霪。點滴霖霪。愁損北人、不慣起來聽。』詞上闋渲染芭蕉的壯盛和『餘情』；下闋寫三更雨打芭蕉，殊念故國鄉關的深厚感情。上闋是下闋的鋪墊，上揚下抑，順理成章。結構嚴謹，構思精工。一個是早春用酒排解鄉愁，而終不能；一個是春季夜裏三更雨打芭蕉，而鄉愁倍增。同一主題，但表現手法迥然不同，可謂兩臻佳境，各具風韵，皆有撼動人心的藝術魅力。

金兵攻陷汴京，擄走徽欽兩帝，大好河山被侵略者的鐵蹄踐踏，渡江南來的難民有誰不晝夜思念故國鄉關；渡江南來的血性臣僚，有誰没有黍離之悲，桑梓之情；南宋的廣大人民及朝野愛國志士，有誰不急切力圖『還我河山』，光復中原？李清照在此詞中所表露的思國懷鄉的綿綿愁緒，殷殷鄉情，并非惟其一人纔有，那是宋朝廣大人民的共同心聲。古人以懷鄉為題材的文學作品不乏其篇。漢佚名詩《行行重行行》云：『胡馬依北風，越鳥巢南枝』、唐李白詩《静夜思》云：『舉頭望明月，低頭思故鄉』、唐顧況詩《憶故園》：『故園北去千餘里，春夢猶能夜夜歸』、宋歐陽修詞《漁家傲》云：『鄉關千里危腸斷』、宋蘇軾詞《永遇樂》云：『天涯倦客，山中歸路，望斷故園心眼』、李清照『故鄉何處是。忘了除非醉』，可是有誰的遭遇像李清照這樣悲慘？有誰像李清照那樣思國懷鄉癡情至誠？有誰思國懷鄉像李清照那樣深沉執著？這是時代、歷史和個人的思想、經歷及美學理想的産物。李清照的懷鄉詞，無論是思想内容，還是藝術技巧都有很高的價值，應得到我們今人的特別珍重。

【選評】

［一］**清·蕙風簃主（况周頤）：** 俞仲茅曰：趙忠簡《滿江紅》『欲待忘憂除是酒』，與易安『忘了除非醉』意同。下句『奈酒行有盡，愁無極』，微嫌説盡，豈如『沉水卧時燒，香消酒未消』，亦宕開，亦束住，何等藴藉。易安自是專家，忠簡不以詞重云爾。（《漱玉詞箋》）

［二］**俞平伯：** 上片措語輕淡，意思和平。下片説故鄉之愁，一時半刻也丢不開，除非醉了。又説，就寢時焚香，到香消了酒還未醒。醉深即愁重也。意極沉痛，筆致却不覺其重，與前片輕靈的風格相一致。（《唐宋詞選釋》）

［三］**曹濟平：** 李清照這首詞寫得婉約情深，代表了她南渡後詞作的藝術風格。在感情的抒發上，由平緩細流而漸趨噴涌深沉。詞人欲説還休的哀愁凄苦的思鄉情緒，通過情景交融的日常生活畫面和明白如話的語言，深深地吸引着讀者的心力。在『風柔日薄』的早春季節，詞人没有展示『為報今年春色好，花光月影宜相照』（《蝶戀花》）的那種美好的感受，而是覺得乍暖還寒，并且起床後又懶于梳理。這種日常生活情景，作者采用淡淡的筆墨來刻畫，但下片『故鄉何處是？忘了除非醉』和『香消酒未消』，詞人的筆力已透過外在的感覺深入到内心深處的揭示，把埋藏心中無時無刻都在思念横遭金兵鐵蹄踐踏的故鄉的意緒，充分地泄露出來，構成一幅情景交融、意態逼真的畫面，使讀者體會到她那眷念故鄉的深沉情思，不正是渴望着重返故土的愛國意願的自然流露嗎？（《李清照詞鑒賞》）

［四］**王思宇：** 此詞上片寫喜，下片寫悲，表面看去意似不連，實際關係非常緊密。春風送暖，本來應該歡樂地盡情領略這大好春光，然而節候的變化，往往特別容易觸動人的思鄉懷人之情，想到山河破碎，有家難歸，這美好的春色，反而成

了生愁釀恨之物。所以上片之喜，更反襯出下片之悲；寫喜是賓，抒恨是主；悲喜對照，把主題表現得更加突出。（《唐宋詞鑒賞辭典》上海辭書出版社）

[五] **平慧善**：此詞抒發南渡後的思鄉之情，却從心情好寫起，早春給人帶來了喜悦之情，這對抒發鄉情起了反襯作用。三、四句妝殘、人寒、心境轉換。『故鄉何處是？忘了除非醉』，語氣突轉，充分表達對淪陷故土的强烈思念之情。接寫濃郁的沉香已消散，而酒意尚存，説明昨夜醉意之甚，但酒醉微醒，詞人就發抒鄉思，可見不思量之不可能，表示『醉後也難忘』。這與李白的『舉杯消愁愁更愁』相仿佛，但在表達上委婉含蓄，與前兩句結合在一起，耐人尋味。（《李清照詩文詞選譯》）

[六] **孫乃修**：全詞風格婉約、含蓄、深沉、强烈的情緒并不施以濃墨重彩，却以清淡、省簡的文字輕描淡寫，情感表達得强烈而又有羈勒，陡然從心靈深處涌出，但隨即又輕輕一筆打住，使這短短的一首小詞在情感表達上産生一種起伏和跌宕，形成美感上的節奏。上闋的情感，一路平穩而冲淡，下闋劈頭便是『故鄉何處是』，使前面那一路冲淡的情緒頓起波瀾。而上闋那種乍着夾衫的好心情，到了下闋也陡然一變，跳到思念故鄉的一懷愁緒上來。這種情感上的節奏和突變，無疑具有詩詞創作和審美欣賞上的美學意義，但從另一方面看，也實在是女詞人複雜、深刻的精神心理的真實顯示。這首詞相當深刻、有力地揭示出女詞人靈魂深處的悲憤、不安和强烈的思鄉情緒。細心的讀者不難透過女詞人深閨中的裊裊香霧、沉沉酒杯、昏昏醉意而窺見那顆與民族命運共存亡的崇高心靈。（《李清照作品賞析集》）

[七] **范英豪**：這首詞是詞人南渡後懷鄉之作，故國淪落的悲痛，深沉濃厚，力透紙背。詞上片寫早春白日的心情，和風煦日，乍試春衫，人物的心情是輕快愉悦的，『睡起』句以『寒』、『殘』點出詞人心情的漸變，已有一絲愁意。至下片，起筆波瀾頓起，直言思鄉主題，悲愴有血泪之音。『忘了除非醉』一語揭開詞人歡笑的面具，將心中無時不忘的家國之憂噴涌而出。『沉水』句將詞勢一挫，在酒意香霧中將詞人的情感稍加壓抑，使詞情如烟霧般蔓延，有不盡之勢。通篇語言質樸，抒情深刻含蓄，有沉鬱之氣。（《李清照詩詞選》）

菩薩蠻

歸鴻聲斷殘雲碧。背窗雪落爐烟直。燭底鳳釵明。釵頭人勝輕。　角聲催曉漏。曙色回牛斗。春意看花難。西風留舊寒。

——影印明刊十二卷本之《花草粹編》

【考辨】

◎歷代載籍著録此闋之詞調、題目：

調作《菩薩蠻》（一名《重疊金》，一名《子夜歌》）。無題。

◎歷代此闋著録為李清照（易安）詞之載籍：

［一］宋・曾慥輯《樂府雅詞》影印涵芬樓手抄本（樂下，第六四頁），收作李易安詞。

校記

調題：皆同範詞。

正文：『曙色』作『口口』。

附録：無。

［二］宋・曾慥編（原署）《樂府雅詞》文淵閣《欽定四庫全書》本　集部（卷下，第七一頁），收作李易安詞。

校記

調題：皆同範詞。

正文：『曙色』作『銀漢』。

附録： 無。

［三］宋・曾慥撰（原署）《樂府雅詞》文津閣《欽定四庫全書》本　集部（卷下，總第四七八頁），收作李易安詞。

校記

調題： 皆同範詞。

正文： 『曙』作『霽』。

附録： 無。

［四］明・陳耀文纂（原署）《花草粹編》影印明刊十二卷本（卷三，第二九頁），收作李易安詞。瑜注：李易安《菩薩蠻》（風柔日薄春猶早）與此首連排，用『二』字銜接，祇前一首署名，此首撰者亦應為李易安，詳見《品令》（急雨驚秋曉）之『瑜按』。

校記

調題： 調作《菩薩蠻》。無題。調下注：『一名《重疊金》，一名《子夜歌》』。

正文： 原『歸』、『窓』、『囬』，茲改為正字『歸』、『窗』、『回』。（擇為範詞，底本）

附録： 無。

［五］明・陳耀文輯《花草粹編》文淵閣《欽定四庫全書》二十四卷本（卷五，第三七頁），收作李易安詞。瑜注：李易安《菩薩蠻》（風柔日薄春猶早）與此首連排，用『二』字銜接，祇前一首署名，此首撰者亦應為李易安，詳見《品令》（急雨驚秋曉）之『瑜按』。

校記

調題： 皆同範詞。調下注：『一名《重疊金》，一名《子夜歌》』。

正文： 皆同範詞。

附録： 無。

［六］明・陳耀文编（原署）《花草粹編》文津閣《欽定四庫全書》二十四卷本（卷五，總第六六八頁），收作李易安詞。瑜注：李易安《菩薩蠻》（風柔日薄春猶早）與此首連排，用『二』字銜接，祇前一首署名，此首撰者亦應為李

易安，詳見《品令》（急雨驚秋曉）之『瑜按』。

校記

調題： 皆同範詞。調下注：『一名《重疊金》，一名《子夜歌》』。

正文： 皆同範詞。

附録： 無。

〔七〕清・江標抄《李清照漱玉詞》汲古閣未刻詞二十二家本（手抄，不分卷頁，第二三首），上海圖書館藏，收作『宋易安居士李氏清照』詞。

校記

調題： 皆同範詞。

正文： 『回牛斗』作『回牛』。

附録： 無。

〔八〕清・汪玢箋《漱玉詞彙抄》問遽廬正本（手抄，不分卷頁，第二三首），復旦大學圖書館藏，收作『宋李氏清照易安』詞。

校記

調題： 皆同範詞。

正文： 『曙色』作『口口』。

附録： 無。

〔九〕清・莫友芝家抄《漱玉詞》（手抄，不分卷頁，第八首），復旦大學圖書館藏，收作『宋李氏清照易安』詞。

校記

調題： 皆同範詞。

正文： 『曙色』作『口口』。

附録： 無。

［一〇］清・王鵬運輯《漱玉詞》，《四印齋所刻詞》本（第二頁），收作『李清照　易安』詞。

校記

調題：皆同範詞。

正文：皆同範詞。

附録：無。

［一一］清・蕙風簃主箋《漱玉詞箋》中華圖書館石印本　中華民國四年六月版（不分卷，第七頁），收作李清照詞。

校記

調題：皆同範詞。

正文：皆同範詞。

附録：無。

［一二］李文裿輯《漱玉集》冷雪盦叢書本（卷三，第三頁），收作李清照詞。

校記

調題：皆同範詞。

正文：『曙』作『霽』。

附録：《樂府雅詞》、《花草粹編》、四印齋本《漱玉詞》。（尾注）

［一三］趙萬里輯《漱玉詞》，《校輯宋金元人詞》本（第二頁），收作『李清照　易安』詞。

校記

調題：皆同範詞。

正文：皆同範詞。

附録：同上（瑜注：指尾注，即『《樂府雅詞》、《花草粹編》三』）。

［一四］唐圭璋輯《全宋詞》中州古籍出版社　兩冊本（上，第六四四頁），收作李清照詞。

［一五］中華書局編《李清照集》（第五頁），收作李清照詞。

［一六］王仲聞《李清照集校注》人民文學出版社（第一四頁），收作李清照詞。

［一七］黄墨谷《重輯李清照集》齊魯書社（卷三，第四一頁），收作李清照詞。

［一八］徐北文主編《李清照全集評注》濟南出版社（第一〇五頁），收作李清照詞。

［一九］徐培均《李清照集箋注》上海古籍出版社（第一〇二頁），收作李清照詞。

◎歷代此闋著録他人或無名氏及存疑詞之載籍：

雖廣徵博采而未見。

◎瑜按：

上列十九種載藉輯録為李易安（清照）詞，撰者無异名，兹入《漱玉詞》。

【注釋】

［一］**歸鴻**：這裏指春天北歸的大雁。唐柳宗元《覺衰》：『日照天正緑，杳杳歸鴻吟』。宋秦觀《江城子》：『南來飛燕北歸鴻，偶相逢』。

［二］**碧**：青緑色。唐李白《菩薩蠻》：『平林漠漠烟如織，寒山一帶傷心碧。』宋晏幾道《蝶戀花》：『嫩曲羅裙勝碧草，鴛鴦綉字春衫好』。

［三］**背窗**：後面的窗子。亦指北窗，《詩經·伯兮》：『言樹之背』，背，北。唐溫庭筠《菩薩蠻》：『相憶夢難成，背窗燈半明。』宋陸游《初寒在告有感》：『到枕雨聲酣旅夢，背窗燈影動清愁』。

［四］**鳳釵**：釵：古代婦女的一種首飾，即雙股簪。釵名有時以釵的材質而异，如：金釵、玉釵等；有時因釵頭的形狀而异。釵頭為蟬形的稱蟬釵，五代牛嶠《菩薩蠻》：『柳陰烟漠漠，低鬢蟬釵落。』釵頭為雀形的稱雀釵，唐溫庭筠《更漏子》：『金雀釵，紅粉面。』釵頭為燕形的稱燕釵，五代毛希震《浣溪沙》：『碧玉冠輕裊燕釵，捧心無語步香階。』釵頭為鳳形的稱鳳釵，唐楊容華《新妝》詩云：『鳳釵金作縷，鸞鏡玉為臺』。

［五］**人勝**：古時正月初七為『人日』，剪彩為人形，或貼屋内，或戴頭上，稱人勝。勝，古代婦女的一種首飾。梁宗懔《荊楚歲時記》：『人日剪彩為人，或鏤金箔為人，以貼屏風，亦戴之頭鬢。』唐李乂《奉和人日清暉閣宴群臣遇雪應制》：『幸陪人勝節，長願奉垂衣』。唐溫庭筠《菩薩蠻》：『藕絲秋色淺，人勝參差剪』。

［六］**角**：古時軍中樂器。有彩繪者，也稱畫角。《淵鑒類函》中引《衛公兵法》：『夫軍城及屯營在處，日出日没時，撾鼓一千槌（三三〇槌為一通）。鼓音止，角音動，吹十二聲為一疊。角音止，鼓聲動，為此三角三鼓而昏明畢。』黄昏、拂曉用角報時。唐杜牧《邊上晚秋》：『風送孤城臨晚角，一聲聲入客心愁。』唐王維《觀獵》：『風勁角弓鳴，將軍獵渭城』。

［七］**漏**：古代滴水計時的工具。唐韋莊《浣溪沙》：『夜夜相思更漏殘，傷心明月憑欄杆。』唐溫庭筠《更漏子》：『山枕膩，錦衾寒。覺來更漏殘』。

【品鑒】

唐劉禹錫《秋風引》：『何處秋風至？蕭蕭送雁群。朝來入庭樹，孤客最先聞。』作者驚异地看到蕭瑟的秋風吹來，它送着北雁南飛。早晨，秋風吹得庭院裏的樹木颯颯作響。獨在异鄉為异客的人最先聽到這種聲音。可見羈旅他鄉的人對時節物候是特殊敏感的。南渡之後，李清照對金人踐踏下的故鄉之思念與日俱增。因此她對報春的梅花，春季的到來，北飛雁群的感覺十分鋭敏，她的鄉愁也隨之濃摯。此詞就是李清照南渡之後的懷鄉之作。

『歸鴻聲斷殘雲碧。背窗雪落爐烟直。』開端用『歸鴻』領起，雖然作者説雁的嘹唳『聲斷』，但『驟響易徹』，已籠罩全篇。大雁是一種候鳥，春天要由南方飛往北方的。電影《廬山戀》中的周筠與其父在美國的山林中游獵，突然天際出現一行北歸的大雁。周筠舉槍要向大雁射擊，周筠的父親立即阻止説：大雁是個有志氣的飛禽，衹要春天一到就要飛回故鄉的，樹高萬丈，落葉歸根，這是我們中華民族的傳統，特别是上了年紀的人更是縈縈于懷的，真想像大雁一樣飛回故鄉啊！引起了他一陣難耐的鄉思。此詞作者之所以劈頭一個『歸鴻』，儘管時代及其歷史背景不同，同樣是用以反映主人公濃重鄉愁的。『故鄉何處是。忘了除非醉』（易安《菩薩蠻》），她無時無刻不在思念故鄉，因此她對北歸的大雁非同一般的敏感，亦最能撩撥她的鄉愁。這是大雁對异鄉异客的一種回饋。那悲凄的雁鳴響徹雲天，在她那想聽又不堪聽的矛盾心理的瞬間，雁聲消失了。大雁的影子也在青緑色的晚雲中隱没了。大雁，届時能夠回到故鄉，自己却是有鄉回不得，她惆悵地望着遥遠的北方。『碧』，青緑色，元王實甫《西厢記》：『碧雲天，黄花地，西風緊，北雁南飛』中的『碧』，都是形容雲之顔色的，意同。『背窗』，北面的窗子。作者為什麽偏寫北面窗子，而不寫南面的窗子？這與作者選取『歸鴻』北去和『愁損北人』（易安《添字采桑子》）中用『北人』的構想是同一機杼的。女主人的心向着北方，思念着北方的故鄉。『雪落』，暮雪紛紛落下。這對鄉愁濃重的女主人來説在心理上又增加一層凄寒和負壓。『爐烟直』，室内熏爐裏的烟垂直上升。這寫出室内空氣的沉静，歸鴻的餘音悠悠，北窗的暮雪紛紛，垂直的熏烟裊裊，環境的岑寂沉悶，更使女主人的愁發鬱勃。

首韵寫的是早春黄昏室内外的環境。其色彩是昏暗的，凄寒的，這與女主人因思鄉而愁苦煩悶的感情色彩是和諧一致的。

『燭底鳳釵明。釵頭人勝輕。』作者的筆鋒轉而寫夜晚室内的景象。『燭』，點明這是個黑夜。『歸鴻』、『人勝』，點出具體的季節和時間。室内的蠟燭發出昏暗的光，女主人心事重重，連妝都没有卸。燭底下鳳釵光閃閃，釵頭上人勝輕飄飄，像李清照這樣的大家，無疑在選材上是考究的，入詞的材料是典型的，那麽作者選取頭妝上的『鳳釵』、『人勝』來寫，其典型意義在哪裏？典型在女主人行為上的反常，以反映女主人激蕩的心潮，揭示女主人複雜的內心世界。一般婦女都愛梳洗打扮的，但有時一反常態，却突然懶得打扮了，這反映心理上的變化。李清照詞，幾次寫懶梳頭、極無聊賴的行為和情態，或反映對丈夫的深情思念，或反映家國之憂的濃重。『日晚倦梳頭』（《武陵春》）、『寶奩塵滿，日上簾鈎』（《鳳凰臺上憶吹簫》），皆其例。同樣，頭是梳了，但晚間不愛卸妝，這也是寫女主人异乎尋常的舉動。即不卸妝又不睡眠，反映出女主人激烈的心理活動。這種構思方法對揭示女主人公內心世界的藝術效果是卓著的。此詞，女主人無論是在燭光下悶坐，還是在床上枯卧，都没有心思卸妝，寫出她對故鄉的深情懷念。

『角聲催曉漏。曙色回牛斗。』換頭，寫拂曉時的景象。拂曉，從時間上説，是夜間的延續；從時序上説這又是夜晚的盡頭；從意脉上説，殷殷鄉情不僅没斷，反而與時俱增。拂曉時，從軍營裏傳出凄凉的畫角聲，像在催促漏水快滴一般。天空的曙光，使牛斗星隱没。女主人徹夜不眠，衹有孤燈相伴。那嘹唳的雁鳴仿佛在屋裏迴響，她的心隨着北歸的雁陣回到可愛的故鄉。故鄉的山山水水，故居的街坊鄰里，兒童時的歡樂，年輕時愛情的幸福，父母的恩愛，祖輩的墳塋，一切的榮辱，悲歡離合，都一幕幕在腦海中聯翩出現，歷歷在目，似乎覺得心都牽念得疲乏了。

『春意看花難。西風留舊寒。』『春』字再次點明時令。易安最喜歡游玩、賞花、覽勝。在早春時節她是最喜歡飲酒賞梅的。賞梅最好的時辰又是在早晨。李清照《玉樓春》：『要來小酌便來休，未必明朝風不起』，又《清平樂》：『看取晚來風勢，故應難看梅花』，都是擔心早晨、夜間起風，早晨不能觀賞完好的梅花。眼下，正是一個徹夜不寐之後的早晨，因為一夜的鄉愁，或許偏宜通過賞梅來開解一下綿綿的鄉思。大雁的北歸，雪裏的梅花，已顯示些許的春意，春已來到人間。但想欣賞一下梅花是十分困難的，北風陣陣吹來，尚殘留着冬日的寒威。

此句，倒裝句法，并非單純淺薄的早春景象的描摹，而是寄託遥深，感喟無窮。因為金人的殘酷統治，侵略者鐵蹄的踐踏，雖然春天來了，但淪陷區及家鄉的景象依然目不忍睹，結句餘味悠遠，意味深長。

上片，寫黄昏室內外的景象及女主人永夜思念家鄉的情景。下片，寫拂曉時室外的景象和女主人難以看到梅花的惆悵。

此詞，充分體現了婉約派詞的藝術風格，即委婉、含蓄。詞的本旨是寫主人公對故國鄉關的深情懷念，但全詞共四十四個字，不着『愁』、『恨』、『思』、『念』、『故鄉』一字，而把綿綿的鄉國之愁蘊蓄在所寫的景象和人物的藝術形象之中，真是渾涵得奇。其意境深邃、幽邈，有『不着一字盡得風流』之妙。

宋嚴羽《滄浪詩話》云：『語忌直，意忌淺，脉忌露，味忌短』，否則僵直淺薄，一覽無餘，缺乏藝術生命力，詞亦然。易安《鷓鴣天》（寒日蕭蕭上鎖窗），與此詞總體構思同一機杼。兩詞衹『歸鴻聲斷殘雲碧』、『仲宣懷遠更凄凉』一句，暗示女主人深沉的鄉國之思，其餘則衷曲藴藉，意脉不顯。

此詞，不假雕飾，純用白描手法。在時間上，先寫黄昏，次寫夜晚，後寫早晨；在空間上，先寫室外，次寫室内，後又寫室外，結構井然。層層布景，鋪叙委婉。

詞旨婉約，局法井序，意境幽遠，此詞乃屬懷鄉佳制。

【選評】

［一］**王　瑶**：周輝所記每值大雪，頂笠披蓑，循城遠覽以尋詩，在建康日也衹能是建炎二年冬或三年春這個短暫的時間内纔有可能。所以詞中所寫種種，就是她踏雪尋詩前的準備工作，那是可以肯定的。（《李清照研究叢稿·對李清照兩首〈菩薩蠻〉的理解》）

［二］**溫紹堃　錢光培**：全詞除結尾兩句略寫心情外，始終着力于景物與環境的描寫，但詞人却能巧妙地把自己深沉的感情，寄于景物描寫之中。這樣寓情于景，藉景抒情，以鮮明真切的景物形象來烘托人物的自我形象，通過環境氣氛的極力渲染，來細膩深刻地表達詞人晚年思念故鄉、懷念親人、孤苦無告、凄楚難禁的情懷。寫得情景交融、哀情婉轉，具有極强的藝術感染力，真是如王國維《人間詞話》所説的：『一切景語，皆情語也！』。（《李清照名篇賞析》）

［三］**徐培均**：周邦彦《蝶戀花·早行》詞云：『月皎驚烏栖不定，更漏將殘，轣轆牽金井。』細節雖不同，手法正相似，它們都是通過客觀景物的色彩、聲響和動態，表現主人翁通宵不寐的神態。所不同的是周詞乃寫男女臨别之夜的輾轉不安，李詞則寫客居外地的惆悵情懷。周詞風格較為妍艷，李詞風格較為沉鬱。……此詞給人最突出的印象是淡永。宋人張端義謂易安詞『皆以尋常語度入音律，煉句精巧則易，平淡入調者難』（《貴耳集》卷上）。構成淡永的因素大約有三：一是格調輕靈而感情深摯；二是語言淺淡而意味隽永；三是細節豐富而不癡肥。仔細玩索，當能得其崖略。

（《唐宋詞鑒賞辭典》上海辭書出版社）

［四］**平慧善**：此詞寫在异鄉過人日（正月初七日）的情景。上片首句寫鴻雁歸來，聲斷碧雲，藉景抒情，寄寓對故鄉的深切思念。一二句寫室内外之景，暗寫主人公目送鴻雁，愁對爐烟。三四句則藉飾物寫人，表現節日的特點，并點出已由

白晝轉入夜晚。下片一二句寫由黑夜轉到黎明，以聽號角，見曙色，暗示抒情主人公未能安眠。三四句寫早春還寒的時令，又暗寫人物心情，寓情入景，并與首句呼應。全詞着力渲染凄凉的環境氣氛，并通過時間的推移，抒寫深切的鄉關之思，表達飄泊异鄉的悲苦心情，雖無一個愁字，却處處寫愁，含蓄深沉。（《李清照詩文詞選譯》）

[五] **唐玲玲：** 藝術語言的精確優美，在這首詞中也令人嘆為觀止。『斷』、『落』、『催』、『回』等詞語在詞中所顯現的功力，起到了人工天巧的藝術效果。『斷』字反映碧空的廣闊，雁聲的凄厲；『落』字顯示環境的輕蒙寧静；『催』字、『回』字是表現時間的轉移；『看』字表達心靈的動蕩；『留』字傳達人物對春寒的感受。詞中用字，十分貼切地呈現了人物的細膩感情。李清照以準確精美的詞語，描寫人物的心靈世界的細微變化，使詞章藴含的詩意更加濃鬱，更加傳神。（《李清照作品賞析集》）

[六] **侯健　吕智敏：** 上片從遲暮寫到夜晚，下片從夜晚寫到黎明。對時間的轉換推移的描寫使黯淡凄冷的氣氛不斷加深、加濃，詞尾雖然已是『曙色回牛斗』的黎明，但這仍然是一個陰冷慘淡的黎明，為曙色而萌動起的賞花之意轉瞬之間又受了『西風』、『舊寒』的襲擊而破滅了。春是花的世界，而今春却如此難于看花，女子的哀怨之情就自然地流于詞人的筆端了。全詞頻用襯托——既用正襯亦用反襯，含蓄委婉地寫出了閨中女子意願難遂的抑鬱心情。（《李清照詩詞評注》）

浣溪沙

莫許杯深琥珀濃。未成沉醉意先融。疏鐘已應晚來風。　瑞腦香消魂夢斷，辟寒金小髻鬟鬆。醒時空對燭花紅。

——《四印齋所刻詞》之《漱玉詞》

【考辨】

◎歷代載籍著録此闋之詞調、題目：

調作《浣溪沙》（此調有作《浣溪紗》者，據《欽定詞譜》皆改作《浣溪沙》，下俱不出校）。無題。

◎歷代此闋著録為李清照（易安）詞之載籍：

〔一〕宋・曾慥輯《樂府雅詞》影印涵芬樓手抄本（樂下，第六四頁），收作李易安詞。

校記

調題：皆同範詞。

正文：「疏鐘」作「口口」；「辟」作「碎」；「燭」作「菊」。

附録：無。

〔二〕宋・曾慥編（原署）《樂府雅詞》文淵閣《欽定四庫全書》本　集部（卷下，第七一頁），收作李易安詞。

校記

調題：皆同範詞。

正文：「許」作「訝」；「疏鐘」作「輕寒」；「辟」作「碎」；「燭」作「菊」。

附録：無。

〔三〕宋・曾慥撰（原署）《樂府雅詞》文津閣《欽定四庫全書》本　集部（卷下，總第四七八頁），收作李易安詞。

校記

調題：皆同範詞。

正文：「辟」作「碎」；「燭」作「菊」。

附録：無。

〔四〕清・汪玢箋《漱玉詞彙抄》問遽廬正本（手抄，不分卷頁，第二四首），復旦大學圖書館藏，收作「宋李氏清照易安」詞。

校記

調題：皆同範詞。

正文：「疏鐘」作「口口」；「夢」作「寢（旁注「夢」）」；「辟」作「碎」。

附録：「碎」當作「辟」。（尾注）

〔五〕清・莫友芝家抄《漱玉詞》（手抄，不分卷頁，第九首），復旦大學圖書館藏，收作「宋李氏清照易安」詞。

校記

調題：皆同範詞。

正文：「疏鐘」作「口口」；「辟」作「碎」。

附録：無。

〔六〕清・王鵬運輯《漱玉詞》，《四印齋所刻詞》本（第二頁），收作「李清照　易安」詞。

校記

調題：調作《浣溪沙》。無題。

正文：原「盃」、「沈」，茲改為正字「杯」、「沉」；「疏鐘」，據文津閣本《樂府雅詞》補，原為「口口」。（擇為範詞，底本）

附録：無。

［七］清·蕙風簃主箋《漱玉詞箋》中華圖書館石印本　中華民國四年六月版（不分卷，第七頁），收作李清照詞。

校記

調題：皆同範詞。

正文：『許』作『訝』；『疏鐘』作『口口』。

附録：無。

［八］李文裿輯《漱玉集》冷雪盦叢書本（卷三，第二頁），收作李清照詞。

校記

調題：皆同範詞。

正文：『髻鬟鬆』作『髻鬟』。

附録：《樂府雅詞》、四印齋本《漱玉詞》。（尾注）

［九］趙萬里輯《漱玉詞》，《校輯宋金元人詞》本（第一頁），收作『李清照　易安』詞。

校記

調題：皆同範詞。

正文：『疏鐘』作『口口』，下小注：『《欽定四庫全書》本《雅詞》作疏鐘』。

附録：《樂府雅詞》。（尾注）

［一〇］唐圭璋輯《全宋詞》中州古籍出版社　兩冊本（上，第六四四頁），收作李清照詞。

［一一］中華書局編《李清照集》（第三頁），收作李清照詞。

［一二］王仲聞《李清照集校注》人民文學出版社（第一四頁），收作李清照詞。

［一三］黃墨谷《重輯李清照集》齊魯書社（卷一，第八頁），收作李清照詞。

［一四］徐北文主編《李清照全集評注》濟南出版社（第八五頁），收作李清照詞。

［一五］徐培均《李清照集箋注》上海古籍出版社（第六頁），收作李清照詞。

◎歷代此闋著録他人或無名氏及存疑詞之載籍：

雖廣徵博采而未見。

◎瑜按：　上列十五種載藉收為李易安（清照）詞，撰者無异名，茲入《漱玉詞》。

【注釋】

［一］**莫許**：不期望。許，期望（見《漢語大字典》）。唐岑參《醉戲竇子美人》：『細看秖似陽臺女，醉着莫許歸巫山』。宋史浩《漁夫舞》：『無羈絆。等閑莫許金章換』。

［二］**琥珀**：松柏的樹脂積壓在地底下億萬年而形成的化石，呈褐色或紅褐色。琥珀濃，指酒的顏色很濃，色如琥珀。唐李白《酬中都小吏攜鬥酒雙魚于逆旅見贈》：『魯酒若琥珀，汶魚紫錦鱗』。

［三］**瑞腦**：一種熏香名，也叫龍腦，即冰片。宋周密《武林舊事》：『弁陽老人有詩云：「黃道宮羅瑞腦香，衮龍升降佩鏘鏘」』。宋無名氏《南柯子》：『翠袖熏龍腦，烏雲映玉臺』。

［四］**魂夢**：即夢魂，指睡夢中人的心神。唐韋莊《木蘭花》：『千山萬水不曾行，魂夢欲教何處覓。』唐薛昭蘊《小重山》：『至今猶惹御爐香，魂夢斷，愁聽漏更長。』魂夢斷，即夢醒。

［五］**辟寒金**：梁任昉《述异記》：『三國時，昆明國貢魏嗽金鳥。鳥形如雀，色黃，常翱翔海上，吐金屑如粟。至冬，此鳥畏霜雪，魏帝乃起溫室以處之，名曰辟寒臺。故謂吐此金為辟寒金。』唐許渾《贈蕭煉師》詩：『還磨照寶鏡，猶插辟寒金。』詩人遂以辟寒金指代珍貴之精金。『辟寒金小』，喻精金頭飾小巧。宋賀鑄《迎春樂》：『誰似辟寒金，聊藉與、空床暖』。

［六］**髻鬟**：古代婦女的兩種髮式。唐孟浩然《王家少婦》：『妝為桃李春，髻鬟低舞席，衫袖掩歌唇。』唐歐陽炯《浣溪沙》：『獨掩畫屏愁不語，斜攲瑶枕髻鬟偏』。

［七］**燭花**：蠟燭燃燒時的燼結。宋陳三聘《三登樂》：『燭花紅、夜闌共語』。南唐李煜《玉樓春》：『歸時休放燭花紅，待踏馬蹄清夜月』。

【品鑒】

《楚辭・九歌・少司命》云：『悲莫悲兮生離別，樂莫樂兮新相知。』人道是千古情語之濫觴。『悲莫悲兮生離別』，説明再沒有比離別更令人悲傷的了。千古寫離情別緒的文藝作品是很多的，李清照的閨情詞在宋詞中可稱冠絶。這首詞就是寫她的離情別緒的。

『莫許杯深琥珀濃。未成沉醉意先融。疏鐘已應晚來風。』此詞開篇以否定詞『莫』領起，篇開得奇。宋陳亮《水調歌頭》：『不見南師久』，宋葉夢得《臨江仙》：『不見跳魚翻曲港』，也是由否定詞『不』字領起。深深的酒杯，不要斟滿那麼多琥珀色的濃酒，讓人一看就頭暈了，尚未喝到大醉的時候，醉意早就促成了。在人心情舒暢的時候，濃酒不易致醉；人在悲傷愁苦的時候飲酒，往往是擔不住酒力的。這與《西厢記・耍孩兒》：『雖然眼底人千里，且盡生前酒一杯。未飲心先醉，眼中流血，心内成灰』的意境是有相同之處的。從『未成沉醉意先融』而言，女主人的情懷是不佳的，女主人為什麼飲酒？也無非是『愁怀惟赖酒扶持』（宋朱淑真《恨春》）而矣。頭兩句，展示女主人的内心世界。『疏鐘已應晚來風』，『晚』字點出時令。陣陣的晚風裏，傳來悠揚的鐘聲，使她思緒綿綿。晚風、疏鐘，對女主人的心理活動起到推波助瀾的作用。

上片，寫女主人以酒澆愁。

下片，『瑞腦香消魂夢斷，辟寒金小髻鬟鬆。醒時空對燭花紅。』寫女主人夜晚從睡夢中醒來的情景。她愁緒滿懷，飲了一些琥珀色濃酒，未到酒酣時就已成醉人了，于是她就倒在床上輾轉，也没有卸妝，連插戴金釵的髻鬟都弄得鬆散了。室内熏爐裏瑞腦的香味已經消盡，女主人與心上人在夢中相見了，她欣喜若狂，驚破了美好的夢境。醒來一看，原來是千里關山空勞夢魂，心上的人兒遠在异鄉。室内静静的，遥夜沉沉的，她孑然一身，空對着紅燭。那鮮紅的燭花，雖然是喜事之兆，但心上人乃未回歸。這與宋范仲允妻《伊川令》：『教奴獨自守空房，泪珠與燈花共落』的意境是相同的，含有無限的幽怨。

此詞，寫得幽約委婉，全詞是寫相思的，却不着相思一字，具有婉約詞的藝術特色。『未成沉醉意先融』，她隱約地告訴讀者，她愁思悱惻，愁什麼，但没有告訴我們；『魂夢斷』，正是白天晚上所愁，夢中所見，欣喜驚夢，夢見什麼？没有説；『空對燭花紅』，透露出她對心上人的思念，表現閨房獨守的孤凄。

此詞，着意開掘了抒情主人公的心理活動。『莫許杯深琥珀濃。未成沉醉意先融』，因為女主人公未飲酒致醉之前，經過激烈的心理活動，獨抱濃愁，纔酒未醉人而人早已先惝恍迷離了。『醒時空對燭花紅』，此時無聲勝有聲，女主人的内心是無限的凄凉，她會没完没了地思念心上人。夜更深，情更切，餘韵無窮。

【選評】

〔一〕**王　瑶**：這也是一首記夢的詞，寫的是離别相思之情。不過它没有從正面去描寫愁和恨，却用全力刻劃人物内心活動。通過夢前夢後的對比，把年輕少婦沉重的愁苦情思從側面烘托出來。（《李清照研究叢稿・李清照兩首記夢的〈浣溪沙〉》）

〔二〕**吴熊和**：李清照在《詞論》中嘗批評秦觀的詞『譬如貧家美女，非不妍麗，而終乏富貴態。』這首《浣溪沙》詞，以『琥珀濃』，『瑞腦香』、『辟寒金』、『燭花紅』處處點綴其間，色澤秾麗，氣象華貴，可謂不乏『富貴態』了。但李清照詞亦專以『情致』為主，詞中高華的色調并没有冲淡深沉的抒情氣氛，倒是兩者相得益彰，彼此協調，使這首抒寫閨思的詞帶有一種高雅的氣派。這是李清照詞所特有的一種氣派，我們在她的不少詞作中可以感受到。（《李清照詞鑒賞》）

［三］**趙慧文**：全詞在語言錘煉上也是頗見功力的。首先是精煉、形象、表現力強。如『莫許杯深琥珀濃』的『深』、『濃』兩字，形象地勾出詞中人即將豪飲之態。又如『應』、『空』是兩個普通字眼兒，在這裏却有極強蘊含力。『應』不僅寫出鐘聲、風聲相互應和的聲響，而且暗示出女主人公深夜不寐之態，披露出人的脉脉愁情，一個『空』字又帶出了詞中人的多少寂寥哀怨。『香消魂夢斷』一句中兩個動詞，用得也極為精煉、形象，它生動地勾畫出女主人公夢寐難成之狀。『辟寒金小髻鬟鬆』句中的『小』、『鬆』是一對形容詞，而且又是相反相成，鬟愈鬆，釵愈小，頗有點思辯的味道，以此生動地描繪出詞中人輾轉床側的情態。此句着此二形容詞，大大增強了表現力，它使讀者通過頭飾的描寫，不僅看到人物的情態，而且體察到人物的內心世界。如此精練、生動的筆墨，令人嘆服。其二，通俗的口語與典雅的用事自然和諧地統一于作品中。『琥珀』、『瑞腦』、『辟寒金』均是典雅富麗之辭，而『杯深』、『晚來風』、『香消魂夢斷』、『髻鬟鬆』、『燭花紅』等等又是極為通俗、明白如話的口語，這些口語經過錘煉加工，使其與典雅的用語相和諧，體現了『易安體』的顯著特色。（《李清照作品賞析集》）

［四］**王英志**：此詞作于詞人未婚時，抒寫深閨少女青春期的寂寞情懷，反映出詞人對愛情的憧憬，真切而含蓄。上片開篇即點出琥珀色的美酒。此乃全詞之中心意象，與詞人的心境密切相關。酒乃澆愁之物，而且似也十分有效，果然詞人尚未沉醉愁已先消，那晚風送來的鐘聲似乎也變得動聽了。可惜詞人的愁緒祇是暫時被抑制而已，當『瑞腦香消』，夢斷酒醒之後，現實依然如故，美酒并未『融意』，孤單慵懶的少女，面對的是一朵寂寞燭花。酒醒後的苦悶更甚于未醉之時。詞采用先揚後抑的筆法，從而達到表現苦悶倍增的藝術效果。（《李清照集》）

［五］**范英豪**：這首詞是寫詞人在與丈夫離別的日子裏，獨處深閨的愁苦與思情，它着力于表達詞人對所處環境的敏鋭感受，并藉此折射出詞人的一種無聊、空寂心緒。孤獨的詞人對酒獨斟，耳際傳來晚風中寥落的鐘聲，室內香盡夢醒時，發鬆簪小，對燭枯坐，詞人的藝術形象透紙而出。歷來抒發空寂之意的作品，大都要藉閑雲野鶴，遠山枯水，而這首《浣溪沙》從詞人所居閨房寫起，以其細緻的感受，寫出了閨中之空寂，在曠遠寂寞中，帶有閨閣女子獨有的脂粉之氣，使『空』的感情更富層次感，凄清孤單之外別有深情。（《李清照詩詞選》）

浣溪沙

小院閑窗春色深。重簾未捲影沉沉。倚樓無語理瑶琴。遠岫出雲催薄暮，細風吹雨弄輕陰。梨花欲謝恐難禁。

——《御選歷代詩餘》

【考辨】

◎歷代載籍著録此闋之詞調、題目：

調作《浣溪沙》（一名《山花子》、一名《浣沙溪》）。題作『春景』。

◎歷代此闋著録為李清照（易安）詞之載籍：

［一］宋·曾慥輯《樂府雅詞》影印涵芬樓手抄本（樂下，第六五頁），收作李易安詞。

校記

調題： 皆同範詞。

正文： 『雲』作『山』。

附録： 無。

［二］宋·曾慥編（原署）《樂府雅詞》文淵閣《欽定四庫全書》本 集部（卷下，第七一頁），收作李易安詞。

校記

調題： 皆同範詞。

正文： 『雲』作『山』。

附録：無。

［三］宋・曾慥撰（原署）《樂府雅詞》文津閣《欽定四庫全書》本　集部（卷下，總第四七八頁），收作李易安詞。

校記

調題：皆同範詞。

正文：『雲』作『山』。

附録：無。

［四］宋・吴文英撰《夢窗詞集・附補遺》重校明萬曆本（第三五頁），著録為李清照詞。

校記

調題：皆同範詞。調下注：『原抄是調有：秦觀「青杏園林」、南唐後主「手捲珠簾」、晏殊「一曲新詞」、蘇軾「簌簌衣巾」、李清照「小院閑窗」，各闋并删』。（瑜注：調下注可證此詞歸屬。此詞調下注與《四部備要》集部《夢窗詞集》該詞調下注并同。）

正文：僅著録一句，見右『調題』之『調下注』。

附録：無。

［五］明・陳耀文纂（原署）《花草粹編》影印明刊十二卷本（卷二，第二九頁），收作李易安詞。

校記

調題：皆同範詞。

正文：『雲』作『山』。

附録：無。

［六］明・陳耀文輯《花草粹編》文淵閣《欽定四庫全書》二十四卷本（卷三，第三五頁），收作李易安詞。

校記

調題：皆同範詞。

正文：『雲』作『山』。

附録：無。

[七]　明・陳耀文編（原署）《花草粹編》文津閣《欽定四庫全書》二十四卷本（卷三，總第六五四頁），收作李易安詞。

校記

調題： 皆同範詞。

正文： 『雲』作『山』。

附録： 無。

[八]　清・沈辰垣等編《御選歷代詩餘》影印康熙内府本（卷七，第三五頁），收作李清照詞。

校記

調題： 調作《浣溪沙》。無題。

正文： 原『閒』、『沈』、『瑤』、『棃』，茲改為正字『閑』、『沉』、『瑶』、『梨』。（擇為範詞，底本）

附録： 無。

[九]　清・江標抄《李清照漱玉詞》汲古閣未刻詞二十二家本（手抄，不分卷頁，第一九首），上海圖書館藏，收作『宋易安居士李氏清照』詞。

校記

調題： 皆同範詞。調下注：『草堂誤作周美成，而周詞不載』。

正文： 皆同範詞。

附録： 無。

[一〇]　清・汪玢箋《漱玉詞彙抄》問遽廬正本（手抄，不分卷頁，第二五首），復旦大學圖書館藏，收作『宋李氏清照易安』詞。

校記

調題： 皆同範詞。

正文： 『語』作『意』；『雲』作『山』。

附録： 無。

[一一]　清・莫友芝家抄《漱玉詞》（手抄，不分卷頁，第一〇首），復旦大學圖書館藏，收作『宋李氏清照易

安」詞。

校記

調題：皆同範詞。

正文：「雲」作「山」。

附録：無。

［一二］清・譚獻輯《復堂詞録》稿本（卷八，宋集七，未注頁碼），收作李清照詞。

校記

調題：皆同範詞。

正文：「捲」作「卷」；「暮」作「莫」（瑜注：此處字音、字義同，見《漢語大字典》。「暮」為正字，下皆不出校）；

附録：無。

［一三］清・王鵬運輯《漱玉詞》，《四印齋所刻詞》本（第三頁），收作「李清照　易安」詞。

校記

調題：皆同範詞。

正文：「雲」作「山」。

附録：無。

［一四］清・楊文斌輯録《三李詞》光緒庚寅夏香海閣刊本（卷三，第四頁），收作李清照詞。

校記

調題：皆同範詞。

正文：皆同範詞。

附録：無。

［一五］清・陳廷焯選評《詞則》上海古籍出版社影印本　別調集（卷二，第二七頁），收作李清照詞。

校記

調題：皆同範詞。

正文：『深』作『沵』；『雲』作『山』。

附録：中有怨情，意味雋永。（眉批）

［一六］清・蕙風簃主箋《漱玉詞箋》中華圖書館石印本　中華民國四年六月版（不分卷，第八頁），收作李清照詞。

校記

調題：皆同範詞。

正文：『雲』作『山』。

附録：無。

［一七］木石居士選輯　絳雲女史參校《歷代名媛詞選》民國十六年石印本（卷三，小令三，未注頁碼），收作李清照詞。

校記

調題：皆同範詞。

正文：皆同範詞。

附録：無。

［一八］李文裿輯《漱玉集》冷雪盦叢書本（卷三，第二頁），收作李清照詞。

校記

調題：皆同範詞。

正文：皆同範詞。

附録：《歷代詩餘》、《花草粹編》、《樂府雅詞》、《類編草堂詩餘》。（尾注）

按：此闋《類編草堂詩餘》作歐陽永叔撰，查《六一詞》中《浣溪沙》凡九詞，并無此首。

［一九］趙萬里輯《漱玉詞》，《校輯宋金元人詞》本（第一頁），收作『李清照　易安』詞。

校記

調題：調同範詞。題位注：『《草堂詩餘》題作「春景」』。

正文：『雲』作『山』。

附録：《樂府雅詞》、《花草粹編》二、《歷代詩餘》七。（尾注）

按：至正本《草堂詩餘》前集上引與歐陽修詞銜接，不著撰人，類編本因以為歐作，失之。

[二〇] 唐圭璋輯《全宋詞》中州古籍出版社　兩冊本（上，第六四四頁），收作李清照詞。

附録：按此首別又誤作歐陽修詞，見韓俞臣本類編草堂詩餘卷一。又誤作周邦彥詞，見陳鐘秀本草堂詩餘卷上（據《訂補附記》，此處應改為見錢允治類選箋釋草堂詩餘卷一）。別又誤入吳文英夢窗詞集。

[二一] 中華書局編《李清照集》（第三頁），收作李清照詞。

[二二] 王仲聞《李清照集校注》人民文學出版社（第一五頁），收作李清照詞。

[二三] 黄墨谷《重輯李清照集》齊魯書社（卷一，第六頁），收作李清照詞。

[二四] 徐北文主編《李清照全集評注》濟南出版社（第八三頁），收作李清照詞。

[二五] 徐培均《李清照集箋注》上海古籍出版社（第六七頁），收作李清照詞。

◎歷代此闋著録他人或無名氏及存疑詞之載籍：

[一] 宋・周邦彥撰《片玉詞・補遺》汲古閣《宋名家詞》本《續修四庫全書》影印（第七〇頁），收作周邦彥詞。

校記

調題：調同範詞。題作『春景』。題下注：『或刻歐陽永叔』。

正文：皆同範詞。

附録：無。

[二] 宋・無撰人《草堂詩餘》文淵閣《欽定四庫全書》本　集部（卷一，第六頁），收作歐陽永叔詞。

校記

調題：調同範詞。題作『春景』。調下注：『一名《山花子》』。

正文：皆同範詞。

附録：無。

[三] 宋・無撰人《草堂詩餘》文津閣《欽定四庫全書》本　集部（卷一，總第五六七頁），收作歐陽永叔詞。

校記

調題：調同範詞。題作『春景』。調下注：『一名《山花子》』。

正文：皆同範詞。

附録：無。

［四］宋・吳文英撰《夢窗甲藁》汲古閣《宋名家詞》本《續修四庫全書》影印（第二八頁），存吳文英詞一遺句。

校記

調題：皆同範詞。

正文：《浣溪沙・桂》（曲角深簾）後刪除未盡，僅存：『梨花欲謝恐難禁』。

附録：無。

［五］宋・何士信編《增修箋注妙選群英草堂詩餘》前集二卷　影元至正癸未廬陵泰宇書堂新刊本（餘前上，第五頁），與署名的歐陽永叔詞《浣溪沙・春游》（湖上朱橋）銜接連排，第二首，視為歐陽永叔詞。

校記

調題：調同範詞。題作『春景』。

正文：皆同範詞。

附録：無。

［六］宋・建安古梅何士信君實編選《妙選箋注群英詩餘》（《增修箋注妙選群英草堂詩餘》）前集二卷後集二卷　影元至正辛卯孟夏雙璧陳氏刊行本（餘前上，第四頁），與署名的歐陽永叔詞《浣溪沙・春游》（湖上朱橋）銜接連排，第二首，視為歐陽永叔詞。

校記

調題：調同範詞。題作『春景』。

正文：皆同範詞。

附録：無。

［七］宋・佚名輯　何士信增注《增修箋注妙選群英草堂詩餘》，《景刊宋金元明本詞》本（洪武本，餘前上，第四頁），與署名的歐陽永叔詞《浣溪沙・春游》（湖上朱橋）銜接連排，第二首，視為歐陽永叔詞。

校記

調題： 調同範詞。題作『春景』。

正文： 皆同範詞。

附録： 無。

［八］宋・佚名輯　何士信增注《增修箋注妙選群英草堂詩餘》（内名），《四部叢刊》影印涵芬樓本（前集，卷之上，第一〇頁），未著撰者。與署名的歐陽永叔詞《浣溪沙・春游》（湖上朱橋）銜接連排，第二首，視為歐陽永叔詞。

校記

調題： 調同範詞。題作『春景』。

正文： 皆同範詞。

附録： 無。

［九］明・顧從敬類選　沈際飛評正《草堂詩餘正集》明萬賢樓自刻本（卷一，第八頁），收作周美成（下注：『一刻歐陽』）詞。

校記

調題： 調同範詞。題作『春景』。調下注：『多三字即《山花子》。一作《浣沙溪》』。

正文： 皆同範詞。

附録： 雅練。欲謝難禁，淡語中致語。（眉批）

唐詩：『遠岫朝雲出』；杜詩：『亂雲低薄暮』。（尾注）

［一〇］明・周瑛撰《詞學筌蹄》，《續修四庫全書》本（卷之五，總第四三〇頁），收作歐陽永叔詞。

校記

調題： 調作《院（瑜注：疑為『浣』字之誤）溪沙》。題作『春景』。

正文： 『瑶』作『摇』。

附録： 無。

［一一］明・陳鐘秀校《精選名賢詞話草堂詩餘》、《四印齋所刻詞》本（草堂上，第二四頁），收作周美成詞。

校記

調題： 皆同範詞。

正文： 皆同範詞。

附録： 無。

［一二］明・張綖輯《草堂詩餘別録》嘉靖戊戌抄本　上海圖書館複製（第三頁），收作『六一』詞。

校記

調題： 皆同範詞。

正文： 皆同範詞。

附録： 原無點，今録後段三句，似佳。結語尤曲折，婉約有味。若嫌巧細，詞與詩體不同，正欲其精工，故謂秦淮海以詞為詩，嘗有『簾幕千家錦綉垂』之句，孫莘老見之云：『又落小石調矣』。（詞評）

［一三］明・楊慎批點　閔暎璧校訂《草堂詩餘》明閔暎璧刻朱墨套印本（卷一，第七頁），收作周美成詞。

校記

調題： 調同範詞。題作『春景』。

正文： 皆同範詞。

附録： （遠岫出雲催薄暮）景語，麗（或雋）語。（旁批）

［一四］明・楊慎批點《草堂詩餘》明萬曆《詞壇合璧》刊本（卷一，第七頁），收作周美成詞。

校記

調題： 調同範詞。題作『春景』。

正文： 皆同範詞。

附録： （遠岫出雲催薄暮）景語，麗語。（旁批）

［一五］明・武陵逸史編次　開雲山農校正《類編草堂詩餘》明嘉靖二十九年顧汝所刻本（卷之一，第五頁）收録。未注撰人，與周美成詞《浣溪沙・春景》（水漲魚天）連排。

校記

調題： 調同範詞。題作『春景』。調下注：『一名《山花子》』。

正文： 皆同範詞。

附録： 無。

［一六］明·武陵逸史編次　上元崑石山人校輯《類編草堂詩餘》（《新刻注釋草堂詩餘》）古吴陳長卿梓（卷之一，第九頁）收録。未注撰人，與周美成詞《浣溪沙·春景》（水漲魚天）連排。

校記

調題： 調同範詞。題作『春景』。調下注：『一名《山花子》』。

正文： 皆同範詞。

附録： 無。

［一七］明·顧從敬編次　韓俞臣校正《類編草堂詩餘》古吴博雅堂梓行本（卷之一，第五頁），收作歐陽永叔詞。

校記

調題： 調同範詞。題作『春景』。調下注：『一名《山花子》』。

正文： 皆同範詞。

附録： 無。

［一八］明·唐順之解注　田一雋精選《類編草堂詩餘》金陵書坊張氏東川綉梓　萬曆甲申年重刊本　（卷之一，第九頁）收録。未注撰人，與周美成詞《浣溪沙·春景》（水漲魚天）連排。

校記

調題： 調同範詞。題作『春景』。調下注：『一名《山花子》』。

正文： 皆同範詞。

附録： 無。

［一九］明·顧從敬類選　陳繼儒重校　陳仁錫參訂（内署）《類選箋釋草堂詩餘》明萬曆刻本《續修四庫全書》影印集部　詞類（卷之一，第七頁），收作周美成詞。

校記

調題：調同範詞。題作『春景』。調下注：『一名《山花子》』。

正文：皆同範詞。

附録：無。

［二一〇］　宋・何士信輯《草堂詩餘前集二卷後集二卷》明嘉靖三十三年楊金刻本（卷上後，第一五頁）收録，未注撰者。與李景詞《浣溪沙》（手捲真珠）連排，第二首。

校記

調題：皆同範詞。

正文：皆同範詞。

附録：無。

［二一一］　明・鱅溪逸史選編《彙選歷代名賢詞府全集》明嘉靖丁己（巳）一得山人跋抄本（卷之一，第一七頁），收作周美成詞。

校記

調題：調同範詞。題作『春景』。

正文：皆同範詞。

附録：無。

［二一二］　明・徐師曾輯《文體明辨附録》明萬曆間吴江壽檜堂刻本（卷五，詩餘一〇，第三七頁），收作『宋歐陽修』詞。

校記

調題：調同範詞。題作『春景』。

正文：皆同範詞。

附録：無。

［二一三］　明・董其昌評訂　曾六德參釋《新鋟訂正評注便讀草堂詩餘》明萬曆三十年喬山書舍刻本（卷一，頁不清），收

作周美成詞。

校記

調題： 調同範詞。題作『春景』。

正文： 皆同範詞。

附録： 寫出閨婦心情，在此數語。唐詩：『遠岫朝雲出』。　杜詩：『亂雲低薄暮』。（眉批）

[二四] 明・武陵逸史編　隱湖小隱訂《草堂詩餘》明末毛氏汲古閣刻《詞苑英華》本（卷一，第六頁）收録，未注撰人，與周美成詞《浣溪沙》（水漲魚天）連排，第二首。

校記

調題： 調同範詞。題作『春景』。

正文： 皆同範詞。

附録： 無。

[二五] 明・胡桂芳重輯（原宋・何士信輯）《類編草堂詩餘》明萬曆三十五年黃作霖等刻本（卷之上，第二三頁），收作歐陽永叔詞。

校記

調題： 調同範詞。題作『春景』。

正文： 皆同範詞。

附録： 無。

[二六] 明・李廷機批評　翁正春校正　徐憲成梓行《新刻注釋草堂詩餘評林》明萬曆三十六年戊申起秀堂刊本（春景一卷，第一五頁），收作周美成詞。

校記

調題： 調同範詞。題作『春景』。

正文： 皆同範詞。

附録： 寫出閨婦心情，在此數語。（眉批）

［二七］　明・李攀龍補遺　陳繼儒校正　余文杰綉梓《新刻題評名賢詞話草堂詩餘》明萬曆四十三年書林自新齋余文杰刻本（一卷，第『二十乙』頁），收作周美成詞。

校記

調題： 調同範詞。題作『春景』。

正文： 皆同範詞。

附録： 寫出閨婦心情，在此數語。（眉批）

［二八］　明・吴從先　寧野甫彙編《新刻李于麟先生批評注釋草堂詩餘雋》師儉堂蕭少衢依京板刻（卷之一，第二九頁），收作周美成詞。

校記

調題： 調同範詞。題作『春景』。

正文： 皆同範詞。

附録： 上是托琴傳幽思，下是對花難遣興。（詞前評語）

分明是閨中愁宮中怨情景。（眉批）

少婦心情却被周君淺淺勘破。（詞後評語）

［二九］　明・程明善纂輯《嘯餘譜》，《續修四庫全書》集部　詞類（卷三，詩餘一〇，第二七頁），收作歐陽修詞。

校記

調題： 調同範詞。題作『春景』。

正文： 皆同範詞。

附録： 無。

［三〇］　明・潘游龍輯《精選古今詩餘》（《古今詩餘醉》）清乾隆壬午秋鐫（卷五，第三頁），收作周美成詞。

校記

調題： 調同範詞。題作『春景』。

正文： 皆同範詞。

附録： 欲謝難禁句，有致。（詞評）

［三一］清・陸次雲　章昞輯《見山亭古今詞選》康熙年間刻本（卷一，第三一頁），收作周邦彥詞。

校記

調題： 調同範詞。題作『春景』。

正文： 皆同範詞。

附録： 無。

［三二］清・沈辰垣等編《御選歷代詩餘》影印康熙内府本（卷六，第三一頁），收作周邦彥詞。

校記

調題： 皆同範詞。

正文： 皆同範詞。

附録： 無。

［三三］清・趙式輯　陳維崧等評點《古今別腸詞選》清康熙間遺經堂之刻本（卷一，小令，第二九頁），收作周邦彥詞。

校記

調題： 調同範詞。題作『春景』。

正文： 『輕陰』作『新晴』。

附録： 無。

［三四］清・吴綺輯《選聲集》清大來堂刻本　中國人民大學圖書館藏（小令，第九頁），收作歐陽修詞。

校記

調題： 皆同範詞。

正文： 皆同範詞。

附録： 無。

［三五］清・吴綺　程洪同選　茅麟（麐）較（原署）《記紅集》清康熙刊本（卷之一，雙調小令，第八頁），收作歐陽修詞。

校記

調題：調同範詞。題作『春景』。調下注：『第一體』。

正文：皆同範詞。

附録：無。

［三六］清・陳夢雷　蔣廷錫等輯《欽定古今圖書集成》曆象彙編歲功典　中華書局影印本（第一三卷，春部，第〇一六冊之一五葉），收作周邦彥詞。

校記

調題：皆同範詞。

正文：皆同範詞。

附録：無。

［三七］清・夏秉衡輯《清綺軒詞選》乾隆巾箱本（卷三，第二〇頁）收録。未注撰者，與周邦彥詞《浣溪沙・春景》（水漲魚天）連排。

校記

調題：調同範詞。題作『春景』。

正文：皆同範詞。

附録：無。

◎瑜按：

此詞撰者歸屬有三個疑點：首先，上宋無撰人《草堂詩餘》、《詞學筌蹄》、《嘯餘譜》等此首收作歐陽修詞，誤。查雙照樓景宋本《歐陽文忠公近體樂府》、宋本歐陽修撰《醉翁琴趣外篇》、歐陽修撰《六一詞》、《全宋詞》之歐陽修本詞別集皆不載此首。這就排除了歐詞之可能。其次，周邦彥撰《片玉詞・補遺》（《續修四庫全書》影汲古閣《宋名家詞》本）雖收之，下注『或刻歐陽永叔』，顯為模棱兩可之語。查《景刊宋金元明本詞》之《景宋本詳注周美成詞片玉集》、四印齋本《清真集》（附集外詞）、唐圭璋輯《全宋詞》之周邦彥本人詞集別集皆不載此首。故《精選名賢詞話草堂詩餘》、《類選箋釋草堂詩餘》等諸載籍收為周邦彥詞，誤。又排除了周詞之可能。再次，《四印齋所刻詞》吳文英撰《夢窗甲乙丙丁稿》

（附補遺）未收。查唐圭璋輯《全宋詞》吳文英詞正集也不收，收為『存目詞』，并云：『出處夢窗詞集，附注：「李清照詞，見樂府雅詞」』，已指明為李清照詞。《夢窗詞集・附補遺》（重校明萬曆本），第三五頁《浣溪沙》下小注：『原抄是調有秦觀（青杏園林）、南唐後主（手捲珠簾）、晏殊（一曲新詞）、蘇軾（簌簌衣巾）、李清照（小院閑窗）各闋并刪』。該闋從吳文英詞中刪除，又肯定為李清照詞。故明抄本《夢窗詞集》等收此首為誤收。也排除了吳文英詞之可能。三個疑案皆除，上约二十五種載籍著録為李易安（清照）詞，茲入《漱玉詞》。

【注釋】

［一］**閑窗**：帶護欄的窗子。閑，欄也。宋蘇軾《回文詩》：『同誰更倚閑窗綉。』宋柳永《戚氏》：『對閑窗畔，停燈向曉，抱影無眠』。

［二］**沉沉**：指閨房幽暗，影子濃重。五代孫光憲《河瀆神》：『小殿沉沉清夜，銀燈飄落香灺』。

［三］**理瑶琴**：理，調理定調，一般指代彈琴。瑶琴：玉為飾，華美的琴。宋汪元量《湖州歌》：『宫人清夜按瑶琴，不識明妃出塞心。』宋文天祥《錢新班弟》：『送君天上去，當户理瑶琴』。

［四］**遠岫**：遠山。唐白居易《宣州崔》：『無復新詩題壁上，虚教遠岫列窗間』。五代顧敻《更漏子》：『遠岫參差迷眼』。

［五］**薄暮**：傍晚，黄昏。宋范仲淹《岳陽樓記》：『薄暮冥冥，虎嘯猿啼。』宋韓淲《蝶戀花》：『斜日清霜山薄暮。行到橋東，林竹疑無路』。

［六］**細風**：微風。唐曹唐《題子侄書院雙松》：『枝压細風過枕上，影籠殘月到窗前』。宋賀鑄《感皇恩》：『細風吹柳絮、人南渡』。

［七］**輕陰**：暗淡的輕雲。唐張旭《山行留客》：『山光物態弄春暉，莫為輕陰便擬歸。』唐韓愈《同水部張員外籍曲江春游寄白二十二舍人》詩：『漠漠輕陰晚自開，青天白日映樓臺』。

【品鑒】

此詞，從内容上看，屬于李清照前期的作品。作者用情景交融的藝術手法，含蓄蘊藉的筆致，寫出了女主人傷春懷人的悒悵心緒。

『小院閑窗春色深。』作者以寫小院的環境啓筆。『院』前用『小』來修飾，説明院子的範圍不大，并給人一種别致幽雅之感。『閑窗』，帶護欄的窗子。『春色深』，春色濃艷。在這恬静雅致的小小庭院裏，楊柳輕拂，百卉争艷，芳香四溢，春意正濃，但是那雕繪的瑣窗總是關閉着。女主人似乎對這美麗景色無動于衷，却悶在閨房裏，既不到小院觀看美麗的春色，也不打開窗子探望。這是為什麽？呆在院子裏覺得有些凄惶，呆在屋子裏也門窗緊閉，覺得有些悚然。因為心上人遠離身旁，她塊然獨處，抑鬱惆悵，就是面對外面的美景也難以排遣，揭示出離愁别恨之深。不言『愁』而『愁』自見。

『重簾未捲影沉沉。』作者轉筆而寫閨房。閨房是個什麼樣子呢？『重簾未捲』，層層的簾子垂挂着，這不是現放下的，而是根本『未捲』。『影沉沉』，影子沉重，閨房幽暗。宋秦觀《如夢令》：『遥夜沉沉如水，風緊驛亭深閉』，其中的『沉沉』，與此句『沉沉』同意。不僅瑣窗緊緊地關閉着，重重簾子也是整日垂挂着，這反映了女主人心境的孤寂凄惶，百無聊賴。這與易安《念奴嬌》：『樓上幾日春寒，簾垂四面，玉欄杆慵倚』的原因大致相同。一方面是思念丈夫，一方面也是因為『細風吹雨』的天氣所致。她無處開釋，更添愁悶。

開頭兩句由庭院的環境寫到室内的環境，主人公雖然尚未出場，但是她那孤獨寂寞，悵然若失的意緒隱然而藴于其中，這是融情入景。

『倚樓無語理瑶琴。』『倚樓』與『倚欄』一樣，都是詩詞中的常用形象，往往表現主人公相思念遠的惆悵情懷。五代張泌《浣溪沙》：『杜鵑聲斷玉蟾低。含情無語倚樓西』，五代顧敻《臨江仙》：『碧染長空池似鏡。倚樓閑望凝情』，其中『倚樓』這一形象就是表現主人公對心上人的思念的。『無語』，這一人物形象不是無話可説，而是有千種風情，無與人説。表現女主人激烈複雜的心理活動，頗有『此時無聲勝有聲』之境界。五代孫光憲《清平樂》：『掩鏡無語眉低。思隨芳草萋萋』，女主人閉着鏡子，低頭垂眉，鬱鬱寡歡，沉默無語，可是她的心却隨着萋迷的芳草，飛到遠方的心上人那裏。又孫光憲《臨江仙》：『含情無語，延伫倚欄杆』，主人公含情脉脉，默默無聲，靠欄杆站着，思念心中人。這都是用『無語』這一形象揭示人物内心世界的例子。『理瑶琴』，女主人悵然地靠着樓，默不作聲，練習着彈琴。唐韋莊《謁金門》：『有個嬌嬈如玉。夜夜綉屏孤宿。閑抱琵琶尋舊曲。遠山眉黛緑』，寫的是一個嬌嬈的女子潔美如玉，夜夜在綉花屏風前的床上孤宿無伴。她思念着自己的心上人，深夜難眠，抱起琵琶彈奏過去與心上人共同欣賞的曲子。易安的『理瑶琴』，跟韋詞的『尋舊曲』意境是相似的，都是寄託自己的幽怨、思念之情，并藉以消磨難耐的光陰。

『遠岫出雲催薄暮』，筆鋒急轉，寫傍晚的天氣。『遠岫出雲』，源于晋陶淵明《歸去來辭》：『雲無心以出岫，鳥倦飛而知還』。《古艷尺牘》中《沈素瓊復吴偉英》：『白雲無心而出岫，風則引之矣』，也祖于陶淵明《歸去來辭》。『催』，催促。宋史達祖《綺羅香》：『做冷欺花，將烟困柳，千里偷催春暮』，易安詞《點絳唇》：『惜春春去。幾點催花雨』，其中的『催』都是催促之意，都是擬人的手法，同妙。首句『小院閑窗春色深』的『春』字，點出季節。此句的『暮』字點出一天裏的具體時間。那遥遠的群山，升起飄飄悠悠的陰雲，催促着黄昏快快降臨，使人的心情感到一種負壓和煩悶，在離緒綿綿的情懷上又加添一些砝碼。

「細風吹雨弄輕陰。」『細風』，微風。『弄』，戲弄。宋張先《天仙子》：『沙上并禽池上暝，雲破月來花弄影』，極為古人稱道。張先自賞其『影』字，而王國維却盛贊其『弄』字，在他的《人間詞話》裏云：『「紅杏枝頭春意鬧」，着一「鬧」字，而境界全出。「雲破月來花弄影」，着一「弄」字，而境界全出矣。』『弄』，從修辭上説，用的是擬人的手法；從構思上説設想新奇；從藝術效果上説寫出了一個風吹花舞，影子婆娑的動感畫面，表現了主人公那孤寂的内心世界。這與此詞的『弄』字，有异曲同工之妙。微風吹着細雨，戲弄着暗淡的薄雲。『弄』字寫出一幅風雨戲雲、陰雲飄捲的動感畫面，表現女主人形影相吊的凄寂心境，也是用擬人的手法寫的，設想奇特，境界全出。與張先『雲破月來花弄影』的『弄』字同一機杼。宋道潛詩《臨平道中》也有『風蒲獵獵弄輕柔』句，可見古人的相互藉鑒。下片開始兩句用對偶句，描繪出一幅陰暗的黄昏，風吹細雨，雲霧飄飛的畫面，在本來『倚樓無語理瑶琴』的悵悵情懷之上，又加深一層令人煩悶的色彩，更添加女主人的愁緒，增強了藝術的表達效果。

『梨花欲謝恐難禁。』承前，依據前面天氣進行推理。微風吹着細雨，戲弄着暗淡的烏雲，又何嘗不摇曳着千樹，凌虐百花？女主人進行由此及彼的聯想，因為惜春的女主人最愛群芳，對花最敏感。此句關合首句『春色深』，物極必反，盛春將向衰歇的方向發展。『恐』，推斷之詞，相當于現代漢語中的『恐怕』。所以梨花經黄昏凄風苦雨的吹打，將要凋謝，恐怕是難以避免的。那麽人青春年華的消逝何嘗不是如此呢？此結耐人咀嚼，餘味久遠綿長，表現了女主人珍惜梨花，愛惜春光之意。

作者為什麽從群芳中選出『梨花』來寫呢？宋周邦彦《浪淘沙慢》：『恨春去、不與人期，弄夜色、空餘滿地梨花雪』，又易安《怨王孫》：『鞦韆巷陌，人静皎月初斜。浸梨花』，寫的都是暮春景色。梨花凋落意味着春將逝去，故用梨花凋謝表示盛春已去，是最典型的。

上片，寫春色已深，女主人用彈琴來排遣離愁，表現對丈夫的思念之情。

下片，寫一個風雨的黄昏，女主人看到梨花將謝，表現出傷春的思想感情。

上片懷人，下片傷春。懷人為全詞主腦。易安的一些詞，是將傷春之感與懷人之情密切聯繫起來寫的。易安《好事近》（風定落花深），上片寫的是傷春，下片寫的是懷人。作者把傷春和懷人結合起來寫有什麽好處？用傷春之感，引出或襯托懷人之情。春是美好事物的象徵，也是美妙青春的象徵，春光的逝去，往往意味着青春年華的流逝。『錦瑟年華誰與度』，自然引出對丈夫的思念。在本來傷春的心底又加上懷人，春愁加離愁，使主人公的心緒更加難耐，使藝術表達效果倍增。總之，傷春與懷人，兩種情感，相輔相成，相得益彰，會收到良好的藝術效果。作者這樣構思，匠心獨具。

《詩説雜記》：『下字之法：貴乎響，言其有聲也；貴乎麗，言其有色彩也；貴乎切，一字可以追魂攝魄也；貴乎情，灼然如明珠，屹然如長城也。』所言者『響』、『麗』、『切』、『情』之字哪裏來？必從琢煉中來。此詞中的『催』、『弄』兩個動詞用得高妙，頗有神韵，是千錘百煉的結果。

易安被譽為婉約派之宗。《新鋟訂正評注便讀草堂詩餘》評此詞時云：『寫出閨婦心情，在此數語。』這首區區四十二字的小詞，却寫得婉約清麗、景情兼勝，體現了婉約派詞之特色，不能不令人嘆服。

【選評】

[一] **明·沈際飛**：雅練。　『欲謝』、『難禁』，淡語中致語。（《草堂詩餘正集》）

[二] **明·張綖**：……後段三句，似佳。結語尤曲折，婉約有味。若嫌巧細，詞與詩體不同，正欲其精工，故謂秦淮海以詞為詩，嘗有『簾幕千家錦綉垂』之句，孫莘老見之云：『又落小石調矣』。（《草堂詩餘別録》）

[三] **明·楊　慎**：景語，麗語。（批點《草堂詩餘》）

[四] **明·董其昌**：寫出閨婦心情，在此數語。（《新鋟訂正評注便讀草堂詩餘》）

[五] **明·李于鱗（攀龍）**：上是托琴傳幽思，下是對花難遣興。（詞前評語）　分明是閨中愁、宫中怨情景。（眉批）少婦心情，却被周君淺淺勘破（詞後評語）。（明吴從先、寧野甫彙編《新刻李于鱗先生批評注釋草堂詩餘雋》）　瑜注：『周君』，指周邦彦。李誤將易安此詞收為周詞，纔作此評云爾。

[六] **明·潘游龍**：欲謝難禁句，有致。（《精選古今詩餘》）

[七] **清·陳廷焯**：中有怨情，意味自（雋）永。（《詞則》）

[八] **吴熊和**：　杜牧詩：『砌下梨花一堆雪，明年誰此倚欄杆。』蘇軾詩：『梨花淡白柳深青，柳絮飛時花滿城。惆悵東欄一株雪，人生看得幾清明？』自來咏梨花者，常藉此而發出人生的感喟。李清照此詞，或許也含有這層意思。對于梨花的『欲謝難禁』，一個多愁善感的女子很容易因青春的漸漸消逝而聯想到自身的命運，不禁引起深心的根觸。不過此詞風格輕淡，這層有關人生的感喟在詞中也很輕淡，也在有意無意、若存若亡之間。別具會心者纔賞其『淡語』中有『致語』。

（《李清照詞鑒賞》）

〔九〕**侯健　吕智敏**：在這些自然景物中，最為鮮明的是梨花嬌弱憔悴的形象。是誰摧殘着梨花使她即將凋謝呢？詞人没有點明，却嘎然收束了全篇，給人留下了無窮的餘味——那『倚樓無語理瑶琴』的深閨女子不也正同欲謝難禁的梨花一樣，任芳年流逝，衹能空自悲嘆，藉琴音寄託閨愁，而不能發問，不能作答，更無力擺脱嗎？『倚樓無語理瑶琴』與『梨花欲謝恐難禁』這上、下兩片結句的内在聯繫，緊密呼應，使傷春弱女子的形象與嬌弱欲謝的梨花形象互為補充映照，融為一體，意在言外，使讀者更深切地去體味詞人寂寞孤獨的心境。通篇不着『傷春』、『愁怨』一字，而一景一物却在『無語』之中産生出一種淡淡的哀怨閑愁，形成了籠罩全詞的氛圍。（《李清照詩詞評注》）

〔一〇〕**徐培均**：詞的結句，景語而兼情語。『梨花欲謝』，與上片『春色深』在時序上是一致的。梨花是春深時凋謝，自從唐人劉方平《春怨》詩寫出了『寂寞空庭春欲晚，梨花滿地不開門』的名句以後，梨花在詩人眼中竟成了撩人傷感的景物。秦少游《鷓鴣天》（枝上流鶯和泪聞）云：『甫能炙得燈兒了，雨打梨花深閉門。』這裏説：『梨花欲謝恐難禁。』因為潔白的梨花與女性的容貌與心靈有相似之處，故而詞人見到梨花即將凋謝，便産生同情、憐憫，以致把自己的命運與梨花聯繫在一起。『恐難禁』三字，似乎是説嬌弱的梨花難以禁受，也似乎在説詞人自己在感情上受不了，語簡意賅，把主觀感情與客觀景物緊密地融合在一起，幾乎使人難以分辨。明人沈際飛評此句説：『雅煉，欲謝難禁，淡語中致語。』（《草堂詩餘》正集卷一）在淺淡的語言中饒有深厚的情致，讀之如食橄欖，感到餘味無窮。（《李清照作品賞析集》）

〔一一〕**王英志**：上片寫窗外小院『春色深』，窗内簾影沉，構成寂寞壓抑的氣氛。雖未寫人，但寫出詞人的感覺，一位少女連重簾都懶得卷起，而在簾影下枯坐發呆，實在是百無聊賴。她又起身登上閨樓，姑且彈奏一曲瑶琴，彈罷或許可暫時得以解悶釋懷。但下片寫她抬頭展望時，看到的是薄暮中遠山飄出的烏雲，天空忽而轉陰，細風吹來雨絲；更看到風雨中的梨花在抖動，在飄零，詞人的心情頓時又沉重起來。她一定是産生了聯想：自己的青春不就是雨中梨花嗎？花無百日紅，自己還有幾多青春呢？未來的命運如何呢？淡語中自有怨情。正如清陳廷焯所評：『中有怨情，意味自永。』（《詞則·别調集》卷二）『怨』確實是這首小令的詞旨。（《李清照集》）

浣溪沙

淡蕩春光寒食天。玉爐沉水裊殘烟。夢回山枕隱花鈿。海燕未來人鬥草，江梅已過柳生綿。黃昏疏雨濕鞦韆。

——影印涵芬樓手抄本之《樂府雅詞》

【考辨】

◎歷代載籍著録此闋之詞調、題目：

調作《浣溪沙》。題作『春閨即事』。

◎歷代此闋著録為李清照（易安）詞之載籍：

〔一〕宋·曾慥輯《樂府雅詞》影印涵芬樓手抄本（樂下，第六五頁），收作李易安詞。

校記

調題：調作《浣溪沙》。無題。

正文：原『炉』、『囬』、『隠』、『鬪』、『栁』、『踈』、『湿』，茲改為正字『爐』、『回』、『隱』、『鬥』、『柳』、『疏』、『濕』。

（擇為範詞，底本）

附録：無。

〔二〕宋·曾慥編（原署）《樂府雅詞》文淵閣《欽定四庫全書》本　集部（卷下，第七二頁），收作李易安詞。

校記

調題：皆同範詞。

正文：皆同範詞。

附録：無。

［三］宋・曾慥撰（原署）《樂府雅詞》文津閣《欽定四庫全書》本　集部（卷下，總第四七八頁），收作李易安詞。

校記

調題：皆同範詞。

正文：皆同範詞。

附録：無。

［四］宋・趙聞禮選《陽春白雪》，《續修四庫全書》本　集部　詞類（卷二，第一六頁），收作李易安詞。

校記

調題：皆同範詞。

正文：『未』作『歸』。

附録：無。

［五］明・陳耀文纂（原署）《花草粹編》影印明刊十二卷本（卷二，第二九頁），收作李易安詞。瑜注：李易安《浣溪沙》（小院閑窗）與此首連排，用『二』字銜接，祇前一首署名，此首應為李易安詞。詳見《品令》（急雨驚秋曉）之『瑜按』。

校記

調題：皆同範詞。

正文：皆同範詞。

附録：無。

［六］明・陳耀文輯《花草粹編》文淵閣《欽定四庫全書》二十四卷本（卷三，第三五頁），收作李易安詞。瑜注：李易安《浣溪沙》（小院閑窗）與此首連排，用『二』字銜接，祇前一首署名，此首應為李易安詞。詳見《品令》（急雨驚秋曉）之『瑜按』。

校記

調題：皆同範詞。

正文：皆同範詞。

附録：無。

［七］明・陳耀文編（原署）《花草粹編》文津閣《欽定四庫全書》二十四卷本（卷三，總第六五四頁），收作李易安詞。瑜注：李易安《浣溪沙》（小院閑窗）與此首連排，用『二』字銜接，衹前一首署名，此首應為李易安詞。詳見《品令》（急雨驚秋曉）之『瑜按』。

校記

調題：皆同範詞。

正文：皆同範詞。

附録：無。

［八］清・沈辰垣等編《御選歷代詩餘》影印康熙内府本（卷七，第三五頁），收作『宋媛　李清照』詞。

校記

調題：皆同範詞。

正文：皆同範詞。

附録：無。

［九］清・陳夢雷　蔣廷錫等輯《欽定古今圖書集成》曆象彙編歲功典　中華書局影印本（第四一卷，清明部，第〇一八冊之四八葉），收作『媛　李清照』詞。

校記

調題：皆同範詞。

正文：皆同範詞。

附録：無。

［一〇］清・江標抄《李清照漱玉詞》汲古閣未刻詞二十二家本（手抄，不分卷頁，第二〇首），上海圖書館藏，收作

『宋易安居士李氏清照』詞。

校記

調題：皆同範詞。

正文：『鞦韆』作『秋』。

附録：無。

［一一］清・汪玢箋《漱玉詞彙抄》問遽廬正本（手抄，不分卷頁，第二六首），復旦大學圖書館藏，收作『宋李氏清照易安』詞。

校記

調題：皆同範詞。

正文：『夢』作『寢』（旁注『夢』）。

附録：無。

［一二］清・莫友芝家抄《漱玉詞》（手抄，不分卷頁，第一一首），復旦大學圖書館藏，收作『宋李氏清照易安』詞。

校記

調題：皆同範詞。

正文：皆同範詞。

附録：無。

［一三］清・勞格著《讀書雜識》光緒月河精舍叢抄本（卷一二，第一九頁），著録為李清照詞。

校記

調題：調同範詞。題作『春閨即事』。

正文：未載。

附録：仲并《浮山集》附考：《浣溪沙・春閨即事》，《樂府雅詞》作李清照詞。（附考）

［一四］清・王鵬運輯《漱玉詞》，《四印齋所刻詞》本（第三頁），收作『李清照　易安』詞。

校記

調題：皆同範詞。

正文：皆同範詞。

附録：無。

［一五］清・楊文斌輯録《三李詞》光緒庚寅夏香海閣刊本（卷三，第二頁），收作李清照詞。

校記

調題：皆同範詞。

正文：皆同範詞。

附録：無。

［一六］清・陳廷焯選評《詞則》上海古籍出版社影印本　別調集（卷二，第二七頁），收作李清照詞。

校記

調題：皆同範詞。

正文：皆同範詞。

附録：無。

［一七］清・何震彝輯《詞苑珠塵》清光緒三十三年鉛印本（不分卷，第四一頁），著録為李清照詞句。

校記

調題：無調。集為詩句。詩題作『泛舟珠湖游覽竟日』。

正文：僅收録『江梅已過柳生綿』一句。

附録：無。

［一八］清・蕙風簃主箋《漱玉詞箋》中華圖書館石印本　中華民國四年六月版（不分卷，第八頁），收作李清照詞。

校記

調題：皆同範詞。

正文：皆同範詞。

附録： 黄了翁曰：「黄昏絲雨濕鞦韆」，可與「絲雨濕流光」、「波底夕陽紅濕」，「濕」字争勝。（詞評）

［一九］木石居士選輯　絳雲女史参校《歷代名媛詞選》民國十六年石印本（卷三，小令三，未注頁碼），收作李清照詞。

校記

調題： 皆同範詞。

正文： 皆同範詞。

附録： 無。

［二〇］李文裿輯《漱玉集》冷雪盦叢書本（卷三，第二頁），收作李清照詞。

校記

調題： 皆同範詞。

正文： 皆同範詞。

附録： 《歷代詩餘》、《花草粹編》、《樂府雅詞》、《陽春白雪》、四印齋本《漱玉詞》。（尾注）

［二一］趙萬里輯《漱玉詞》，《校輯宋金元人詞》本（第二頁），收作「李清照　易安」詞。

校記

調題： 皆同範詞。

正文： 皆同範詞。

附録： 《樂府雅詞》二、《陽春白雪》二、《花草粹編》二、《歷代詩餘》七。（尾注）

［二二］唐圭璋等輯《全宋詞》中華書局　簡體增訂本（第一二〇三頁），收作李清照詞。

附録： 按：此首別誤作仲并詞，見浮山集卷三。

［二三］中華書局編《李清照集》（第四頁），收作李清照詞。

［二四］王仲聞《李清照集校注》人民文學出版社（第一八頁），收為李清照詞。

附録： 曾慥與易安同時，以此首為易安作，必有所據。疑《永樂大典》誤作仲并詞，或清四庫館臣誤輯。

［二五］黄墨谷《重輯李清照集》齊魯書社（卷一，第七頁），收作李清照詞。

［二六］徐北文主編《李清照全集評注》濟南出版社（第九〇頁），收作李清照詞。

[二七] 徐培均《李清照集箋注》上海古籍出版社（第一一六頁），收作李清照詞。

◎歷代此闋著録他人或無名氏及存疑詞之載籍：

[一] 宋・仲并著《浮山集》文淵閣《欽定四庫全書》（《四庫全書珍本初集》集部　別集類），（卷三，第一〇頁），收作仲并詞。

校記

調題：調同範詞。題作「春閨即事」。

正文：「山」作「綉」；「已」作「初」；「綿」作「烟」。

附録：無。

◎瑜按：

綜上，有二十七種載籍收作李易安（清照）詞。然此詞撰者有一疑竇，《浮山集》收為宋仲并詞。查清勞格《讀書雜識》載：「仲并《浮山集》」，「附考：《浣溪沙・春閨即事》，《樂府雅詞》作李清照詞」。查唐圭璋輯《全宋詞》仲并詞，正集未收，收為「存目詞」，云：「浮山集卷三載有浣溪沙「淡蕩春光寒食天」一首，乃李清照作，見樂府雅詞卷下。勞格讀書雜識卷十二早已指出」。至此疑竇已釋。諸多載籍著録為李易安（清照）作品，茲入《漱玉詞》。

【注釋】

[一] **淡蕩：**指春風輕拂，天氣和煦。五代張泌《思越人》：「東風澹蕩慵無力」。「澹」同「淡」。宋呂本中《菩薩蠻》：「高樓祇在斜陽裏。春風淡蕩人聲喜」。

[二] **寒食：**節令名。宋吴自牧《夢粱録》載：「清明交三月節，前二日謂之寒食。京師人從冬至一百五日，便是此日。」唐韓翃《寒食》：「春城無處不飛花，寒食東風御柳斜」。唐韋莊《浣溪沙》：「清曉妝成寒食天」。

[三] **玉爐：**玉製的香爐，或白瓷製成，潔白如玉，故稱「玉爐」。玉，也可解為美稱。唐曹唐《三年冬大禮》詩：「銀箭水殘河勢斷，玉爐烟盡日華生。」宋程珌《西江月》：「歸來滿袖玉爐烟。願侍年年天宴」。

[四] **沉水：**見《孤雁兒》（藤床紙帳朝眠起）「沉香」注。

[五] **裊：**繚繞上升。五代鹿虔扆《臨江仙》：「玉佩搖蟾影，金爐裊麝烟。」五代魏承班《訴衷情》：「羅帳裊香平。恨頻生」。

[六] **山枕：**枕多以造型為名，有童枕、虎枕、狗枕、貓枕等稱謂。山枕，山形的枕頭，兩端高為峰，中間低為谷，成起伏狀，故名。五代顧敻

《甘州子》：「山枕上，幾點泪痕新。」五代牛嶠《菩薩蠻》：「玉爐冰簟鴛鴦錦。粉融香汗流山枕」。

［七］**隱**：倚。《孟子》：「隱几而卧」。唐溫庭筠《菩薩蠻》：「山枕隱濃妝。緑檀金鳳凰」。

［八］**花鈿**：一種嵌金花的首飾。唐白居易《長恨歌》：「花鈿委地無人收，翠翹金雀玉搔頭」。唐魚玄機《折楊柳》詩：「朝朝送別泣花鈿，折盡春風楊柳烟。」唐常非月《咏談容娘》：「舉手整花鈿，翻身舞錦筵」。

［九］**海燕**：指每年從海上飛來在梁檐築巢的燕子。宋陳德武《踏莎行》：「海燕春歸，江鴻秋邁」。宋陳允平《滿江紅》：「謝多情海燕，伴愁華屋」。

［一〇］**鬥草**：古代年輕婦女兒童以草賭輸贏的一種游戲。南朝宗懔《荊楚歲時記》載：「五月五日，四民并踏百草，又有鬥百草之戲。」宋晏幾道《臨江仙》：「鬥草階前初見，穿針樓上曾逢。」宋陳亮《水龍吟》：「金釵鬥草，青絲勒馬，風流雲散」。

［一一］**江梅**：見《滿庭霜》（小閣藏春）注。

【品鑒】

李清照的父親李格非曾做過北宋朝廷的禮部員外郎。李清照生在這樣的仕宦之家，過着大家閨秀的生活。她天資聰穎，性格開朗，喜歡游玩，勇于衝破封建禮教的束縛。哪堪閨閫的幽邃寂寞，常常跟姐妹或侍女到後花園去蕩鞦韆；深宅大院的重門鎖不成，有時跟侍女或同伴留連溪亭，蕩舟湖上；「春色滿園關不住」，有時與同伴到野外尋芳鬥草，折翠簪紅。此詞寫的就是她少女時代的某一「寒食天」的生活情景。

「淡蕩春光寒食天。」起筆寫春季寒食天的景象。以景開篇，在文藝作品中是很普遍的。唐李白的《菩薩蠻》：「平林漠漠烟如織。寒山一帶傷心碧」；五代牛希濟《生查子》：「春山烟欲收，天淡星稀小」；南唐李璟《浣溪沙》：「菡萏香銷翠葉殘。西風愁起緑波間」，皆其例。或以景寄情，或藉景抒情，或渲染氣氛，或烘托心境。開端寫景為女主人的活動提供了一個自然環境，并點明了節令。春光駘蕩，天氣和煦，季候宜人，正是寒食節之時。作者劈頭描繪户外景象，是總寫。這好比影視片開始介紹自然背景的一個鏡頭，或者是個「畫面」。

「玉爐沉水裊殘烟。」這宛若影視攝像機轉了鏡頭，對準了室内。屋内的景象是怎樣的呢？在精美的熏爐裏，沉水這種香料已經燃盡，殘烟繚繞上升。「玉爐」，與易安《醉花陰》：「玉枕紗橱，半夜凉初透」中的「玉枕」，是玉製，也可能均為白瓷製作，潔白如玉，故稱「玉枕」、「玉爐」。「殘」，説明沉水已經燃盡。屋内的氤氲彌漫，衹有珍美的熏爐與女主人相伴。

作者用高度凝煉的詞句寫出室内的環境，選取室内的「玉爐」、「沉水」、「烟」加以描繪。易安在明誠病殁之後所寫的悼亡之作《孤雁兒》：『沉香斷續玉爐寒』也是寫室內環境的，所選取的景物『沉香』、『玉爐』是相同的，不同之處，此詞的『烟』『裊殘』，《孤雁兒》的『沉香』烟『斷續』，一個『寒』字，使室内的環境染上了凄凉的色彩，這是為了烘托女主人丈夫去世後那種悲涼的情懷。作者描寫的環境也由室外轉到了室内。

『夢回山枕隱花鈿。』『夢回』，夢醒。此句好像影視攝影機將鏡頭對準了女主人公的頭部。這是個特寫鏡頭。明湯顯祖《牡丹亭・驚夢》：『夢回鶯囀，亂煞年光遍』，其中的『夢回』也為夢醒之意。『山枕』，山形的枕頭。寒食天的早晨，女主人從夢中驚醒，美麗的嵌花首飾倚着山形的枕頭。作者描寫對象由物及人。『夢回』，實際上是青春之夢醒來，往昔的寂寞春閨再也鎖不住她那青春萌動的心。『春色滿園關不住』，她要衝出閨閫，同侍女或夥伴們尋芳覓勝，踏青鬥草，折翠簪紅，消去『青春期瀲灧的輕愁』。開了下片。

『海燕未來人鬥草』，宋晏殊《破陣子》：『燕子來時新社，梨花落後清明。』按晏殊的説法，燕子要在社日剛到的時候飛來。社日是古代春秋兩季祭祀土神的日子。春社是在立春後，清明前。眼前正是清明前兩天的寒食節，但海燕還未到來。『人』，指當時的年輕婦女和小孩，當然也包括女主人在内。『鬥草』，據説此戲始于南朝。這種民俗在文學作品中多有反映，在詩詞之中常常出現，如宋柳永《木蘭花慢》：『盈盈。鬥草踏青。人艷冶、遞逢迎。』宋吴文英《祝英臺近》：『鬥草溪根，沙印小蓮步』等。從年齡特徵來説，一般年輕人對花鳥樹木是喜愛的。人們一提到春天，具有春天特徵的事物就呈現在腦海裏。作者寫『海燕未來』，説明女主人的心目中已經出現呢喃燕子翩翩飛舞的形象。但『海燕未來』，這似乎使『寒食天』顯得寡淡。然而年輕的婦女、孩子們依然走到田野、溪邊、陌上踏青尋芳，折翠簪紅，或以草鬥勝負，玩得十分開心。

『江梅已過柳生綿。』女主人同她的侍女、姐妹或夥伴們來到水邊上，曠野裏。那些野梅曾迎寒冒雪開放，現在花期已過，被人喜愛的柳樹，已經生出綿絮。『梅』、『柳』都是最能表現春色的典型景物，李清照《蝶戀花》有『柳眼梅腮，已覺春心動』句。然而現在紫燕尚未來，總使人感到有美中不足的遺憾。句中含有一種淡淡的哀鬱。這是概括地寫白天的活動及看到的景象。

『黄昏疏雨濕鞦韆。』晚飯後，霞光萬道的黄昏，恬謐、寧静，正是年輕人和孩子們消食、游戲的好時光。按着習慣，每個春日的黄昏，她總和姐妹或侍女們到後花園裏蕩鞦韆。易安《點絳唇》：『蹴罷鞦韆，起來慵整纖纖手。露濃花瘦。薄汗輕衣透』，就是她少女時代蕩鞦韆時盡興和欣悦的寫照。但是，今天的黄昏却不能到後花園裏蕩鞦韆去了，稀稀灑灑的小雨，淋濕了鞦韆的彩繩、花板、畫架。『黄昏疏雨』，頗有宋人美奴《如夢令》：『無緒。無緒。生怕黄昏疏雨』的意味。『疏雨』，雨點小而稀。『鞦韆』，一種游戲的器具。據載鞦韆之戲源于北方山戎族，齊桓公北伐引至中原。漢、唐、宋此俗頗盛，一直延續至今。古寒食、清明節時最興蕩韆，唐人韋莊《鄜州寒食》：『好是隔簾花樹動，女郎撩乱送鞦韆』，明人瞿佑《清明即事》：『鞦韆一架名園裏，人隔垂楊聽笑聲』，都記載了佳人蕩韆的情況。就是在這樣一個春風浩蕩的寒食天，作者寫了在這廣漠的空間裏缺了『年去年來來去忙』的翩翩紫燕，顯得有些寡淡冷清。絢爛的江梅花已經開過，使人感到美中不足。翠绿的柳枝已生出柳絮，枝條似乎也不如以前那般嬌嫩。但是她没有興致像唐人王表那樣去寫『寒食花開千樹雪』（《清明日登城春望寄大夫使君》），也没有像唐人溫庭筠那樣去寫『曉睡朦朦百轉鶯』（《寒食前有懷》），不難看出作者的心境。選取這些近乎令人敗興的景物，為了『造境』，反映女主人惜春之情，及青春期淡淡的輕愁。

王國維《人間詞話》云：『一切景語皆情語也』。作者通過對一些春天景物及人物活動的描寫，表現了女主人寒食鬥草的喜悦、惜春的淡淡哀鬱和『青春期潋灧的輕愁』。

上片，寫寒食天室内外的景象及女主人從早夢中醒來。下片，寫女主人白天户外的活動及黄昏看到的景象。

全詞作者盡用墨綫簡筆勾畫，不事雕琢。雖然描繪的是萬紫千紅的春天，但不着一點顔色。易安《如夢令》：『常記溪亭日暮。沉醉不知歸路。興盡晚回舟，誤入藕花深處。争渡。争渡。驚起一灘鷗鷺。』用白描手法寫一次遨游暮歸的情景；易安《清平樂》：『年年雪裏。常插梅花醉。挼盡梅花無好意。贏得滿衣清泪。　今年海角天涯。蕭蕭兩鬢生華。看取晚來風勢，故應難看梅花。』用白描的手法，寫出作者年老飄零，國家岌岌可危的感慨。這些詞在藝術表現上的主要特色是相同的。

其結構嚴謹，脉絡清晰。在時間上，從早晨寫到白天，又從白天寫到黄昏，按一天的時間順序寫人物活動；空間上，由室外寫到室内，又由室内寫到野外，由野外寫到家園。通體輕靈，曲折多變。

此詞格調清新，用語淺俗，作者并非精心雕琢，刻意求工，似乎信手拈得。《填詞雜説》云：『男中李後主，女中李易安，極是當行本色……鏟盡浮詞，直抒本色，而淺人常以雕繪傲之。此等詞極難作。』可見此詞來之不易。清孫麟趾云：『用意須出人意外，出句如在人口頭，便是佳作。』説得很有道理。

【選評】

［一］　**清·蕙風簃主（況周頤）**：黄了翁曰：『「黄昏絲雨濕鞦韆」，可與「絲雨濕流光」、「波底夕陽紅濕」，「濕」字争勝。』（《漱玉詞箋》）

［二］**王　瑶**：這詞構思奇突，語言凝練。有時令的描述，寫天氣由晴朗轉陰沉；有人物的刻劃，寫心情嬌慵轉憨直。渾然無間，融為一體。黄了翁評『黄昏疏雨濕鞦韆』句，説：『可與「絲雨濕流光」、「波底夕陽紅濕」，「濕」字争勝』（《蓼園詞評》），那就未免識其小而遺其大了。（《李清照研究叢稿・李清照兩首記夢的〈浣溪沙〉》）

［三］**陳邦炎**：上闋寫户内，是倒叙；下闋寫户外，是順序。……就這首詞的藝術結構而言，除了以『夢回』一句為中心，上闋逆挽，下闋順寫，使全詞既見錯綜變化而又層次分明、脉絡井然外，還有一些值得拈出之處。如前所述，全詞六句，顯示了六個畫面。每個畫面所描畫的又不止一物一事，而是兩三種事物的組合。如首句寫了春光與寒食；次句寫了玉爐、沉水、殘烟；第三句寫了春夢、山枕、花鈿；第四句寫了燕未來與人鬥草；第五句寫了梅已過與柳生綿；末句寫了黄昏、疏雨、鞦韆。詞人把這麽多的事物收集入詞，却使人讀來并無拼凑龐雜之感，衹覺事物與事物間、字句與字句間融合無間，構成了一幅完整而和諧的畫卷。（《李清照詞鑒賞》）

［四］**傅經順**：這是李清照婚前在汴京所寫的一首咏春詞。詞中通過對春天氣候，景致、游戲等描寫，以清新質樸的筆調，描繪了詞人天真、活潑、熱愛生活、無憂無慮的個性特點，抒發了詞人雅致而又愛動的生活情趣。運筆簡潔，意境新美，能給人以生活美、情趣美的藝術陶冶。……這首詞，從『淡蕩春光』起筆，到『黄昏疏雨』結束，寫得細緻、自然，雋秀、新美，詞人全用白描手法，没有半點雕飾斧鑿痕迹，清新、淡雅，充分表現了作者高雅的情趣和高超的寫作技巧。乍看句句皆景語，但仔細體味句句又都是抒情。古人有云：『男中李後主，女中李易安，極是當行本色』（《填詞雜説》），李後主的詞以『神秀』著稱，李清照的這首詞在這一點上也并不遜色。（《李清照作品賞析集》）

［五］**范英豪**：這首詞以時間為順序，從早晨到白天再到黄昏，從室内再到室外，描寫了寒食節一天的生活。全詞從『淡蕩春光』開始，運用了白描手法，清新淡雅，充分表現了詞人描繪景物的技巧和取捨間的高雅情趣。詞的上片寫早晨室内的景物，下片寫黄昏室外鬥草，全篇無一情字，却于言外有意，言盡而意無窮，顯示了詞人觸景傷懷的寂寞心緒。上片的舒適慵懶，下片的淺愁淡怨，在不着色的素描筆法中，表現得動人而不失莊重。（《李清照詩詞選》）

鳳凰臺上憶吹簫

香冷金猊，被翻紅浪，起來慵自梳頭。任寶奩塵滿，日上簾鈎。生怕離懷別苦，多少事、欲説還休。新來瘦，非干病酒，不是悲秋。　休休。這回去也，千萬遍陽關，也則難留。念武陵人遠，烟鎖秦樓。惟有樓前流水，應念我、終日凝眸。凝眸處，從今又添，一段新愁。

——《唐宋諸賢絶妙詞選》

【考辨】

◎歷代載籍著録此闋之詞調、題目：

調作《鳳凰臺上憶吹簫》（瑜注：『凰』有作『皇』者；『憶』有作『意』者，疑為『凰』、『憶』字之誤。下皆不出校）。

題作『閨情』、『離別』、『別意』、『閨思』、『秋別』。

◎歷代此闋著録為李清照（易安）詞之載籍：

［一］　宋・曾慥輯《樂府雅詞》影印涵芬樓手抄本（樂下，第六五頁），收作李易安詞。

校記

調題：皆同範詞。

正文：『慵自』作『人未』（旁注：『慵自』）；『塵滿』作『閑掩』（旁注：『塵滿』）；『離懷別苦』作『閑愁暗恨』（旁注：『見花開花謝』）；『新來』作『今年』（旁注：『來』）；『休休』作『明朝』；『則』作『即』；『人遠』作『春晚』（旁注：『曉』）；『烟』作『雲』；『秦』作『重』；『惟有』作『記取』；『流』作『緑』（旁注：『流』）；『又添』作『更數』（旁注：『又添』）；『一』作『幾』（旁注：『一』）。

附録：無。

［二］宋·曾慥編（原署）《樂府雅詞》文淵閣《欽定四庫全書》本　集部（卷下，第七二頁），收作李易安詞。

校記

調題：皆同範詞。

正文：『慵自』作『人未』；『塵滿』作『閉掩』；『離懷別苦』作『閑愁暗恨』；『新來』作『今年』；『休休』作『明朝』；『則』作『即』；『人遠』作『春晚』；『烟』作『雲』；『秦』作『重』；『惟有』作『記取』；『流』作『緑』；『又』作『更』；『一』作『幾』。

附録：無。

［三］宋·曾慥撰（原署）《樂府雅詞》文津閣《欽定四庫全書》本　集部（卷下，總第四七八頁），收作李易安詞。

校記

調題：皆同範詞。

正文：『慵自』作『人未』；『塵滿』作『閉掩』；『離懷別苦』作『閑愁暗恨』；『新來』作『今年』；『休休』作『明朝』；『則』作『即』；『人遠』作『春晚』；『烟』作『雲』；『秦』作『重』；『惟有』作『記取』；『流』作『緑』；『又添』作『更數』；『一段』作『幾片』。

附録：無。

［四］宋·花庵詞客（黄升）編集（原署）《唐宋諸賢絶妙詞選》掃葉山房刊本（卷一〇，第三頁），收作李易安詞。

校記

調題：調作《鳳凰臺上憶吹簫》。無題。

正文：原『囘』、『鎖』，茲改為正字『回』、『鎖』。（擇為範詞，底本）

附録：無。

［五］宋·無撰人《草堂詩餘》文淵閣《欽定四庫全書》本　集部（卷三，第一三頁），收作李易安詞。

校記

調題：調同範詞。題作『離別』。

正文：皆同範詞。

附録：無。

[六] 宋・無撰人《草堂詩餘》文津閣《欽定四庫全書》本　集部（卷三，總第五八〇頁），收作李易安詞。

校記

調題：調同範詞。題作『離別』。

正文：皆同範詞。

附録：無。

[七] 宋・建安古梅何士信君實編選《妙選箋注群英詩餘》（《增修箋注妙選群英草堂詩餘》）前集二卷後集二卷　影元至正辛卯孟夏雙璧陳氏刊行本（餘後下，第一〇頁），收作李易安詞。

校記

調題：皆同範詞。

正文：皆同範詞。

附録：無。

[八] 宋・佚名輯　何士信增注《增修箋注妙選群英草堂詩餘》，《景刊宋金元明本詞》本（洪武本，餘後下，第一〇頁），收作李易安詞。

校記

調題：皆同範詞。

正文：皆同範詞。

附録：無。

[九] 宋・佚名輯　何士信增注《增修箋注妙選群英草堂詩餘》（内名），《四部叢刊》影印涵芬樓本（後集，下卷，第六四頁），收作李易安詞。

校記

調題：皆同範詞。

正文：皆同範詞。

附録：無。

［一〇］明·茅暎遠士評選《詞的》清萃閔堂抄本《四庫未收書輯刊》影印（卷之四，第二頁），收作李清照詞。

校記

調題：調同範詞。題作『離别』。

正文：『懷』作『情』。

附録：從此人道，出自然，無一字不佳。（眉批）

［一一］明·顧從敬類選　沈際飛評正《草堂詩餘正集》明萬賢樓自刻本（卷三，第二三頁），收作李易安詞。

校記

調題：調同範詞。題作『離别』。

正文：皆同範詞。

附録：懶説出，妙。瘦為甚的，尤妙。　『千萬遍』，痛甚。　轉轉折折，忤合萬狀。清風朗月，陡化為楚雨巫雲；阿閣洞房，立變成離亭别墅。至文也。（眉批）

一作：『從今去，又添一段新愁』，無『凝眸處』三字，誤。（尾注）

［一二］明·周瑛撰《詞學筌蹄》，《續修四庫全書》本（卷八，總第四六三頁），收作李易安詞。

校記

調題：調同範詞。題作『離别』。

正文：『欲説』作『説欲』。

附録：無。

［一三］明·酈琥采撰　顧廉校正《姑蘇新刻彤管遺編》明隆慶元年刻補修本《四庫未收書輯刊》影印（續集，卷之一七，第二二頁），收作李清照詞。

校記

調題：調同範詞。題作『離别』。

正文：『又添』作『添』。

附録：無。

［一四］明・陳鐘秀校《精選名賢詞話草堂詩餘》，《四印齋所刻詞》本（草堂下，第四七頁），收作李易安詞。

校記

調題：皆同範詞。

正文：『日上』作『月上』。

附録：無。

［一五］明・楊慎批點　閔暎璧校訂《草堂詩餘》明閔暎璧刻朱墨套印本（卷四，第一三頁），收作李易安詞。

校記

調題：調同範詞。題作『離別』。

正文：『離懷別苦』作『離別苦』。

附録：『欲説還休』与『怕傷郎，又還休道』同意。（眉批）

端的為着甚的？（『新來瘦，非干病酒，不是悲秋。』之旁批）

［一六］明・楊慎批點《草堂詩餘》明萬曆《詞壇合璧》刊本（卷四，第一三頁），收作李易安詞。

校記

調題：調同範詞。題作『離別』。

正文：『離懷別苦』作『離別苦』。

附録：『欲説還休』与『怕傷郎，又還休道』同意。（眉批）

端的為著甚的？（『新來瘦，非干病酒，不是悲秋。』之旁批）

［一七］明・武陵逸史編次　開雲山農校正《類編草堂詩餘》明嘉靖二十九年顧汝所刻本（卷之三，第一〇頁），收作李易安詞。

校記

調題：調同範詞。題作『離別』。

正文：皆同範詞。

附録：無。

[一八] 明·武陵逸史編次　上元崑石山人校輯《類編草堂詩餘》（《新刻注釋草堂詩餘》）古吳陳長卿梓（卷之三，第二〇頁），收作李易安詞。

校記

調題：調同範詞。題作『離別』。

正文：『離懷別苦』作『離別苦』。

附録：無。

[一九] 明·顧從敬編次　韓俞臣校正《類編草堂詩餘》古吳博雅堂梓行本（卷之三，第一〇頁），收作李易安詞。

校記

調題：調同範詞。題作『離別』。

正文：皆同範詞。

附録：無。

[二〇] 明·唐順之解注　田一雋精選《類編草堂詩餘》金陵書坊張氏東川綉梓　萬曆甲申年重刊本（卷之三，第二〇頁），收作李易安詞。

校記

調題：調同範詞。題作『離別』。

正文：『離懷別苦』作『離別苦』。

附録：無。

[二一] 明·顧從敬類選　陳繼儒重校　陳仁錫參訂（内署）《類選箋釋草堂詩餘》明萬曆刻本《續修四庫全書》影印集部　詞類（卷之三，第二三頁），收作李易安詞。

校記

調題：調同範詞。題作『離別』。

正文：『離懷別苦』作『離別苦』。

附録：無。

［二二］宋・何士信輯《草堂詩餘前集二卷後集二卷》明嘉靖三十三年楊金刻本（卷上前，第六頁），收作李易安詞。

校記

調題：皆同範詞。

正文：皆同範詞。

附録：無。

［二三］明・鯆溪逸史選編《彙選歷代名賢詞府全集》明嘉靖丁己（巳）一得山人跋抄本（卷之五，第三三頁），收作李易安詞。

校記

調題：調同範詞。題作『閨情』。

正文：『日上』作『月上』；『念武陵人遠』作『空凝佇武陵人遠』；『凝眸處，從今又添，一段新愁』作『從今去又添一段新愁』。

附録：無。

［二四］明・吴承恩輯《花草新編》明抄本（殘卷，卷之四，長調，第一一〇頁），上海圖書館藏，收作李易安詞。

校記

調題：皆同範詞。

正文：皆同範詞。

附録：無。

［二五］明・陳耀文纂（原署）《花草粹編》影印明刊十二卷本（卷九，第六一頁），收作李易安詞。

校記

調題：皆同範詞。

正文：皆同範詞。

附録：無。

［二六］明・陳耀文輯《花草粹編》文淵閣《欽定四庫全書》二十四卷本（卷一八，第三二頁），收作李易安詞。

校記

調題：皆同範詞。

正文：皆同範詞。

附録：無。

［二七］明・陳耀文編（原署）《花草粹編》文津閣《欽定四庫全書》二十四卷本（卷一八，總第九〇頁），收作李易安詞。

校記

調題：皆同範詞。

正文：皆同範詞。

附録：無。

［二八］明・田藝蘅撰《留青日扎・陽關三疊》影印明刊本　上海古籍出版社（卷三九，第一一頁，總第一二四六頁），收作『易安居士李清照』詞。

校記

調題：皆同範詞。

正文：皆同範詞。

附録：無。

［二九］明・起北赤心子輯《綉谷春容》明清善本小説叢刊　天一出版社印行（樂集，卷之二，彤管摭粹，名媛詞，頁不清），收作李易安詞。

校記

調題：調同範詞。題作『離別』。

正文：『又添』作『添』。

附録：無。

［三三〇］明・胡文焕輯《新刻彤管摘奇》明胡文焕刻格致叢書本（卷下，第五〇頁），收作『宋　李清照』詞。

校記

調題：調同範詞。題作『離別』。

正文：『又添』作『添』。

附録：無。

［三三一］明・池上客選《歷朝烈女詩選名媛璣囊》（一名《名媛璣囊》）明萬曆二十三年書林鄭雲竹刻本（廉集三，第一八頁），收作李清照詞。

校記

調題：調同範詞。題作『離別』。

正文：『又添』作『添』。

附録：無。

［三三二］明・徐師曾輯《文體明辨附録》明萬曆間吴江壽檜堂刻本（卷一一，詩餘二五，第三五頁），收作『宋婦李清照』詞。

校記

調題：調同範詞。題作『閨情』。

正文：『還』作『難』。

附録：無。

［三三三］明・張綖　謝天瑞撰《詩餘圖譜》明萬曆二十七年刻本《續修四庫全書》影印　集部　詞類（卷之五，第九頁），收作李易安詞。

校記

調題：調同範詞。題作『閨情』。

正文：皆同範詞。

附録：無。

〔三四〕明・張綖撰　游元涇增訂《增正詩餘圖譜》明萬曆二十九年游元涇刻本（下卷，第八頁），收作李易安詞。

校記

調題：調同範詞。題作『閨情』。

正文：皆同範詞。

附録：無。

〔三五〕明・董其昌評訂　曾六德參釋《新鍥訂正評注便讀草堂詩餘》明萬曆三十年喬山書舍刻本（卷五，頁不清），收作李易安詞。

校記

調題：皆同範詞。

正文：『離懷別苦』作『離別苦』；『念我』作『分我』。

附録：瑜注：眉批位文字内容為箋注，而非批，故略。

〔三六〕明・毛晉訂《漱玉詞》影印汲古閣初刻《詩詞雜俎》本（第一頁），收作『李氏　清照』詞。

校記

調題：調同範詞。題作『閨情』。

正文：皆同範詞。

附録：無。

〔三七〕明・武陵逸史編　隱湖小隱訂《草堂詩餘》明末毛氏汲古閣刻《詞苑英華》本（卷三，第一〇頁），收作李易安詞。

校記

調題：調同範詞。題作『離別』。

正文：皆同範詞。

附録：無。

［三八］明・胡桂芳重輯（原宋・何士信輯）《類編草堂詩餘》明萬曆三十五年黃作霖等刻本（卷之下，第四三頁），收作李易安詞。

校記

調題：調同範詞。題作『離別』。

正文：皆同範詞。

附録：無。

［三九］明・李廷機批評　翁正春校正　徐憲成梓行《新刻注釋草堂詩餘評林》明萬曆三十六年戊申起秀堂刊本（秋景五卷，第三五頁），收作李易安詞。

校記

調題：皆同範詞。

正文：『離懷別苦』作『離別苦』。

附録：離愁無限，俱于此詞見之。（眉批）

［四〇］明・竹溪主人彙選　南陽居士評閲《豐韵情書》附《詩餘風韵情詞》明萬曆刻本（卷五，第三四頁），收作李易安詞。

校記

調題：調同範詞。題作『秋別』。

正文：『離懷別苦』作『別離苦』；『瘦』作『事』；『念我』作『分我』。

附録：雨洗梨花，泪痕有在。風吹柳絮，愁思成團。易安此詞頗似之。（眉批）

［四一］明・汪氏輯《詩餘畫譜》民國間影印明萬曆四十年宛陵汪氏刻本（不分卷，第六六頁），復旦大學圖書館藏，收作李易安詞。

校記

調題：調同範詞。題作『離別』。

正文：『日上』作『月上』；『又添』作『添』。

附録：無。

[四二] 明・鄭文昂編輯《古今名媛彙詩》，《四庫全書存目叢書》影印明刊本（卷一七，第六頁），收作李清照詞。

校記

調題：調同範詞。題作『離別』。

正文：皆同範詞。

附録：無。

[四三] 明・程明善纂輯《嘯餘譜》，《續修四庫全書》集部　詞類（卷四，詩餘二四，第二二頁），收作李清照詞。

校記

調題：調同範詞。題作『閨情』。

正文：『還』作『難』；『惟』作『唯』。

附録：無。

[四四] 明・卓人月彙選　徐世俊參評《古今詞統》（又名陳繼儒評選《草堂詩餘》、《詩餘廣選》），《續修四庫全書》本（卷一二，第一八頁），收作李清照詞。

校記

調題：調同範詞。題作『閨情』。

正文：缺『凝眸處』；『從今』作『從今去』。

附録：亦是林下風，亦是閨中秀。（眉批）

[四五] 明・李攀龍補遺　陳繼儒校正　余文杰綉梓《新刻題評名賢詞話草堂詩餘》明萬曆四十三年書林自新齋余文杰刻本（五卷，第二九頁），收作李易安詞。

校記

調題：調同範詞。題作『秋別』。

正文：『離懷別苦』作『離別苦』。

附録：離愁無限。（眉批）

［四六］　明·吴從先　寧野甫彙編《新刻李于麟先生批評注釋草堂詩餘雋》師儉堂蕭少衢依京板刻（卷之四，第二四頁），收作李易安詞。

校記

調題：皆同範詞。

正文：『離懷別苦』作『離別苦』；『應念我、終日凝眸。凝眸處』作『應分我、終日凝眸處』。

附録：上衷情難訴而頓減容顔，下繾綣莫留倍添愁緒。（詞前評語）

非病酒，不悲秋，都為苦別瘦。　水無情于人，人却有情于水。（眉批）

寫出一腔臨別心神，而新瘦新愁，真如秦女樓頭，聲聲有和鳴之奏。（詞後評語）

［四七］　明·趙世杰選輯　許肇文參閲《古今女史》明崇禎刊本（卷一二，詩餘，第一九頁），收作李易安詞。

校記

調題：調同範詞。題作『離別』。

正文：皆同範詞。

附録：宛轉見離情別意，思致巧成。（詞評）

［四八］　明·潘游龍輯《精選古今詩餘》（《古今詩餘醉》）清乾隆壬午秋鐫（卷八，第二四頁），收作李易安詞。

校記

調題：調同範詞。題作『離別』。

正文：皆同範詞。

附録：『千萬遍』，痛甚。（詞評）

［四九］　明·陸雲龍評選　陸人龍較定《詞菁》翠娱閣評選行笈必携十種本（卷二，離別，第三頁），收作李易安詞。

校記

調題：調同範詞。題作『別意』。

正文：『紅』作『江』；『離懷別苦』作『離別苦』；『干』作『關』；『則』作『祇』。

附録：滿楮情至語，豈是口頭禪。（眉批）

［五〇］　清・先著　程洪輯《詞潔》清康熙刻本（卷三，第四〇頁），收作李清照詞。

校記

調題： 皆同範詞。

正文： 皆同範詞。

附録： 無。

［五一］　清・周銘編集　金成棟重校《林下詞選》，《四庫全書存目叢書補編》第二冊（卷一，第五頁），收作李清照詞。

校記

調題： 皆同範詞。

正文： 皆同範詞。

附録： 無。

［五二］　清・陸次雲　章昞輯《見山亭古今詞選》康熙年間刻本（卷三，第八頁），收作李清照詞。

校記

調題： 調同範詞。題作『閨情』。

正文： 皆同範詞。

附録： 無。

［五三］　清・朱彝尊編《詞綜》，《欽定四庫全書薈要》集部（卷二五，第四頁），收作李清照詞。

校記

調題： 皆同範詞。

正文： 皆同範詞。

附録： 無。

［五四］　清・雲山卧客選《詩餘神髓》豐草齋選抄本（不分卷頁，長調），收作李易安詞。

校記

調題： 調同範詞。題作『離別』。

正文：皆同範詞。

附録：無。

［五五］清・西浙卓休園先生輯《古今詞匯》文芸館行（卷八，第二五頁），收作李清照詞。

校記

調題：調同範詞。題作『閨情』。

正文：皆同範詞。

附録：無。

［五六］清・鄭元慶選《三百詞譜》清康熙魚計亭刻本（長調四，第四頁），收作李清照詞。

校記

調題：調同範詞。題作『閨情』。

正文：『惟』作『唯』。

附録：無。

［五七］清・沈時棟輯《古今詞選》康熙刻本（卷六，第一三頁），收作李清照詞。

校記

調題：調同範詞。題作『離別』。

正文：『休休』作『悠悠』。

附録：無。

［五八］清・孫致彌輯　樓儼補訂《詞鵠初編》清康熙四十四年自刻本（卷七，第二一頁），收作李清照詞。

校記

調題：皆同範詞。

正文：『則』作『祇』。

附録：無。

［五九］清・沈辰垣等編《御選歷代詩餘》影印康熙内府本（卷五九，第三〇二頁），收作『宋媛　李清照』詞。

校記

調題： 皆同範詞。

正文： 『病酒』作『酒病』。

附録： 無。

［六〇］清・郭鞏撰《詩餘譜式》清康熙可亭刻本《四庫未收書輯刊》影印（後卷，第六七頁），收作李清照詞。

校記

調題： 調同範詞。題作『閨情』。

正文： 『還』作『難』；『這』作『衹』；『惟』作『唯』。

附録： 無。

［六一］清・王奕清等纂修《欽定詞譜》影印康熙内府刻本（卷二五，第一六頁），收作李清照詞。

校記

調題： 皆同範詞。

正文： 皆同範詞。

附録： 無。

［六二］清・吴綺輯《選聲集》清大來堂刻本（長調，第二頁），中國人民大學圖書館藏，收作李清照詞。

校記

調題： 皆同範詞。

正文： 皆同範詞。

附録： 無。

［六三］清・吴綺　程洪同選　茅麟（廖）較（原署）《記紅集》清康熙刊本（卷之三，長調，第八頁），收作李清照詞。

校記

調題： 調同範詞。題作『閨情』。

正文： 皆同範詞。

附録： 無。

［六四］清・陳夢雷　蔣廷錫等輯《欽定古今圖書集成》明倫彙編閨媛典　中華書局影印本（第二〇卷，閨媛總部，第三九六冊之四四葉），收作李清照詞。

校記

調題： 皆同範詞。

正文： 『病酒』作『酒病』。

附録： 無。

［六五］清・夏秉衡輯《清綺軒詞選》乾隆巾箱本（卷九，第四三頁），收作李清照詞。

校記

調題： 調同範詞。題作『離別』。

正文： 『干』作『于』。

附録： 無。

［六六］清・江標抄《李清照漱玉詞》汲古閣未刻詞二十二家本（手抄，不分卷頁，第一五首），上海圖書館藏，收作『宋易安居士李氏清照』詞。

校記

調題： 皆同範詞。

正文： 『惟』作『唯』；『從今』作『從念』。

附録： 無。

［六七］清・許寶善輯《自怡軒詞譜》乾隆刊本（卷一，第六頁），收作李清照詞。

校記

調題： 皆同範詞。

正文： 『離懷別苦』作『別愁離苦』。

附録： 無。

〔六八〕清·陸昶評選《歷朝名媛詩詞》紅樹樓藏版　乾隆癸巳新鐫（卷一一，第六頁），收作李清照詞。

校記

調題：皆同範詞。

正文：皆同範詞。

附録：無。

〔六九〕清·許寶善評選《自怡軒詞選》嘉慶元年六月間鐫　本衙之藏板（卷四，第六頁），收作李清照詞。

校記

調題：皆同範詞。

正文：『干』作『關』。

附録：易安詞筆是閨秀中所無前人到，為大家信。不謬矣。（詞評）

〔七〇〕清·張惠言輯《詞選》，《四部備要》本（卷二，第一三頁），收作『李易安　清照』詞。

校記

調題：皆同範詞。

正文：『則』作『衹』；『惟』作『唯』。

附録：無。

〔七一〕清·葉申薌輯《天籟軒詞選》清嘉慶間刊本（卷五，第五一頁），收作李易安詞。

校記

調題：皆同範詞。

正文：皆同範詞。

附録：無。

〔七二〕清·孫平叔先生鑒定　葉申薌編次《天籟軒詞譜》清道光九年刊本（卷三，第四一頁），收作李清照詞。

校記

調題：皆同範詞。調下注：『九十五字仄九韵』。

正文：『干』作『關』。

附録：無。

［七三］清・周之琦（金梁夢月外史）輯《晚香室詞録》清抄本（卷七，未注頁碼），收作李清照詞。

校記

調題：皆同範詞。

正文：『干』作『關』。

附録：無。

［七四］清・汪玢箋《漱玉詞彙抄》問遽廬正本（手抄，不分卷頁，第一首），復旦大學圖書館藏，收作『宋李氏清照易安』詞。

校記

調題：調同範詞。題作『閨思』。

正文：『新來』作『來朝』。

附録：無。

［七五］清・賴以邠著《填詞圖譜》，《四庫全書存目叢書》本（卷五，第一四頁），收作李清照詞。

校記

調題：皆同範詞。

正文：皆同範詞。

附録：無。

［七六］清・謝元淮輯《碎金詞譜》清道光刊本（卷二，北仙呂調，第三一頁），收作『李清照　易安』詞。

校記

調題：調同範詞。題作『離別』。

正文：『離懷別苦』作『別愁離苦』。

附録：無。

[七七] 清·莫友芝家抄《漱玉詞》(手抄，不分卷頁，第一二首)，復旦大學圖書館藏，收作「宋李氏清照易安」詞。

校記

調題：皆同範詞。

正文：「慵自」作「人未」；「塵滿」作「閑掩」；「離懷別苦」作「閑愁暗恨」；「新來」作「今年」；「干」作「關」；「休休」作「明朝」；「則」作「即」；「人遠」作「春晚」；「烟」作「雲」；「秦」作「重」；「惟有」作「記取」；「流」作「緑」；「又添一」作「更數幾」。

附録：無。

[七八] 清·譚獻輯《復堂詞録》稿本（卷八，宋集七，未注頁碼），收作李清照詞。

校記

調題：皆同範詞。

正文：皆同範詞。

附録：無。

[七九] 清·端木埰輯《宋詞賞心録》(又名端木子疇選《宋詞十九首》)飲虹簃癸甲叢刊（不分卷，第五頁），收作「漱玉」詞。

校記

調題：皆同範詞。

正文：「干」作「關」；「則」作「祇」；「念武陵」作「憶武陵」。

附録：無。

[八〇] 清·王鵬運輯《漱玉詞》,《四印齋所刻詞》本（第三頁），收作「李清照　易安」詞。

校記

調題：皆同範詞。

正文：「慵自」作「人未」；「塵滿」作「閑掩」；「離懷別苦」作「閑愁暗恨」；「新來」作「今年」；「休休」作「明朝」；「則」作「即」；「人遠」作「春晚」；「烟」作「雲」；「秦」作「重」；「惟有」作「記取」；「流」作

『緑』；『又添一』作『更數幾』。

附録：無。

［八一］清・楊文斌輯録《三李詞》光緒庚寅夏香海閣刊本（卷三，第一五頁），收作李清照詞。

校記

調題：皆同範詞。

正文：皆同範詞。

附録：無。

［八二］清・陳世焜（廷焯）選《雲韶集》手抄本（卷一〇，第一九頁），收作李清照詞。

校記

調題：皆同範詞。

正文：皆同範詞。

附録：此種筆墨，不減耆卿、叔原，而清俊疏朗過之。『新來瘦』三語，婉轉曲折，煞是妙絶。筆致絶佳，餘韻尤勝。（眉批）

［八三］清・陳廷焯選評《詞則》上海古籍出版社影印本　別調集（卷二，第二六頁），收作李清照詞。

校記

調題：皆同範詞。

正文：皆同範詞。

附録：淒艷不減耆卿，騷情雅意過之。曲折盡致。（眉批）

［八四］清・萬樹論次　徐本立纂《新校正詞律全書》民國合刊本　詞律部分（卷一四，第一〇頁），收作李清照詞。

校記

調題：皆同範詞。調下注：『九十五字』。

正文：皆同範詞。

附録：……按：九宮譜『離懷別苦』作『別愁離苦』，似誤。（詞評）

［八五］清・椒園主編《詞林摘錦》（内名《歷朝詞林摘錦》）光緒癸未七月守研山房開雕（不分卷，第二三頁），收作李清照詞。

校記

調題：皆同範詞。

正文：僅摘録『多少事、欲説還休。新來瘦，非干病酒，不是悲秋』、『這回去也，千萬遍陽關，也則難留』、『惟有樓前流水，應念我、終日凝眸。凝眸處，從今又添，一段新愁』。

附録：無。

［八六］清人輯《斷腸漱玉詞合刊》之《漱玉詞》光緒庚子石印本（第一頁），收作李清照詞。

校記

調題：調同範詞。題作『閨情』。

正文：皆同範詞。

附録：無。

［八七］清・蕙風簃主箋《漱玉詞箋》中華圖書館石印本　中華民國四年六月版（不分卷，第一頁），收作李清照詞。

校記

調題：皆同範詞。

正文：『惟』作『唯』。

附録：《古今詞論》張祖望曰：『唯有樓前流水，應念我、終日凝眸』，癡語也，如巧匠運斤，毫無痕迹。（詞評）

［八八］木石居士選輯　絳雲女史參校《歷代名媛詞選》民國十六年石印本（卷一三，長調二，未注頁碼），收作李清照詞。

校記

調題：皆同範詞。

正文：『干』作『關』。

附録：無。

［八九］李文裿輯《漱玉集》冷雪盦叢書本（卷四，第五頁），收作李清照詞。

校記

調題：調同範詞。題作「離別」。

正文：「病酒」作「酒病」。

附録：《花草粹編》、《歷代詩餘》、《樂府雅詞》、《詞綜》、《箋注群英草堂詩餘》、《花庵詞選》、《古今詞選》、《彤管遺編》、《詞律》、文津閣本《漱玉詞》、四印齋本《漱玉詞》、《歷朝名媛詩詞》。（尾注）

［九〇］趙萬里輯《漱玉詞》，《校輯宋金元人詞》本（第八頁），收作「李清照　易安」詞。

校記

調題：皆同範詞。調下注：「《草堂詩餘》題作「離別」，《彤管遺編》、《古今女史》并同；《古今詞統》題作「閨情」」。

正文：「慵自」作「人未」；「塵滿」作「閑掩」；「離懷別苦」作「閑愁暗恨」；「新來」作「今年」；「休休」作「明朝」；「則」作「即」；「人遠」作「春晚」；「烟」作「雲」；「秦」作「重」；「惟有」作「記取」；「流」作「緑」；「又添一」作「更數幾」。

附録：《樂府雅詞》、《花庵唐宋諸賢絶妙詞選》、《草堂詩餘》後集下（類編本三）、《詩餘圖譜》三、《彤管遺編》、《花草粹編》九、《古今女史》、《古今詞統》十二、《詞綜》、《詞律》十四、《歷代詩餘》五十九、《詞譜》二十五。（尾注）

按：《詩詞雜俎》本《漱玉詞》收之，題作「閨情」，與《花庵詞選》同。

［九一］梁令嫻抄《藝蘅館詞選》上海中華書局印行　民國二十五年再版（乙卷，北宋詞，第八二頁），收作李清照詞。

校記

調題：皆同範詞。

正文：「干」作「關」；「則」作「衹」；「惟」作「唯」。

附録：無。

［九二］王官壽輯《宋詞抄》中華民國十一年排印本（卷八，第一三頁），收作李清照詞。

校記

調題：皆同範詞。

正文：『則』作『即』。

附録：無。

［九三］　唐圭璋輯《全宋詞》中州古籍出版社　兩冊本（上，第六四四頁），收作李清照詞。

［九四］　中華書局編《李清照集》（第二八頁），收作李清照詞。

［九五］　王仲聞《李清照集校注》人民文學出版社（第二〇頁），收作李清照詞。

［九六］　黄墨谷《重輯李清照集》齊魯書社（卷二，第二二頁），收作李清照詞。

［九七］　徐北文主編《李清照全集評注》濟南出版社（第一六頁），收作李清照詞。

［九八］　徐培均《李清照集箋注》上海古籍出版社（第五九頁），收作李清照詞。

◎歷代此闋著録他人或無名氏及存疑詞之載籍：

雖廣徵博采而未見。

◎瑜按：

上近百種載籍著録為李易安（清照）詞，且撰者無异名，兹入《漱玉詞》。

【注釋】

［一］　**香冷金猊：**香冷：指香料已經燃盡。金猊：宋洪芻《香譜》：『香獸以塗金為狻猊、麒麟、鳧鴨之狀，空其中以燃香，使香自口出，以為玩好。』猊：獅子。金猊：黄銅鑄成的獅子形熏爐。宋趙鼎《點絳唇》：『香冷金爐，夢回鴛帳餘香嫩』。元邵亨貞《訴衷情》：『良宵如許，香冷金猊，夢繞青鸞』。

［二］　**被翻紅浪：**紅錦被翻成波浪狀亂放在床上，無心折叠之意。宋柳永《鳳栖梧》：『酒力漸濃春思蕩，鴛鴦綉被翻紅浪』。宋辛弃疾《臨江仙》：『被翻紅錦浪，酒滿玉壺冰』。

［三］　**寶奩：**精美、珍貴的妝匣。宋賀鑄《憶仙姿》：『銷黯。銷黯。門共寶奩長掩。』宋張先《于飛樂令》：『寶奩開，菱鑒静，一掬清蟾』。

［四］　**簾鈎：**見《滿庭霜》（小閣藏春）注。

［五］　**陽關：**這裏指唐王維《渭城曲》：『渭城朝雨浥輕塵，客舍青青柳色新。勸君更盡一杯酒，西出陽關無故人。』後入樂，為送别時唱的歌曲。曰《陽關曲》，亦稱《陽關》。宋蘇軾論《陽關三叠》唱法云：『……餘在密州，文勛長官以事至密，自云得古本《陽關》，每句皆再唱，而第一句不叠。乃知古本三叠蓋如此』。《四叠陽關》蓋按蘇軾之言推之，或者第一句也叠，故稱四叠。究竟如何叠法，説法不一。唐白居易

《答蘇六》：『更無別計相寬慰，故遣陽關勸一杯。』宋劉仙倫《一剪梅》：『唱到陽關第四聲，香帶輕分』。

[六] **武陵**：湖南常德。武陵人，本于晋陶淵明《桃花源記》：『晋太元中，武陵人捕魚為業，緣溪行，忘路之遠近，忽逢桃花林……』，指離家遠行的人。另有《幽明録》載：『漢明帝永平中，剡縣劉晨、阮肇共入天臺山采藥，道迷入山……溪邊有兩女子，姿容絶妙，遂留半年，懷土求歸，既已至家……』。唐王之渙《惆悵詩》：『晨肇重來路已迷，碧桃花落武陵溪』，也稱晨、肇到過武陵。後來武陵人作為離家遠行人的代稱了。

[七] **秦樓**：即鳳臺。典見《孤雁兒》（藤床紙帳朝眠起）『吹簫人去玉樓空』注。唐李白《憶秦娥》：『簫聲咽，秦娥夢斷秦樓月。』宋陳三聘《減字木蘭花》：『夢繞秦樓。欲趁歸潮上客舟』。宋蔡伸《江城子》：『争似秦樓蕭史伴，瑶臺路，共乘鸞』。

[八] **凝眸**：聚精會神地看。眸：指眼睛。宋柳永《曲玉管》：『立望關河蕭索，千里清秋。忍凝眸。』宋韓元吉《南鄉子》：『喚起佳人橫玉笛，凝眸』。

【品鑒】

南北朝劉勰《文心雕龍·知音》云：『書亦國華，玩繹方美』。好的書籍文章，是一國的芳葩，反複探求體會纔感覺它的美妙。又云：『世遠莫見其面，覘文輒見其心』。作者所處的時代距我們久遠了，我們未能見過他的面，看他的文章，就可以知道他的思想感情了。

『香冷金猊，被翻紅浪，起來慵自梳頭。』我們的詞人起來了，但慵懶得無意梳妝。唐溫庭筠《菩薩蠻》云：『小山重叠金明滅。鬢雲欲度香腮雪。懶起畫蛾眉。弄妝梳洗遲』，南唐李璟《應天長》云：『一鈎初月臨妝鏡，蟬鬢鳳釵慵不整』，易安《浣溪沙》云：『髻子傷春慵更梳』，其《武陵春》云：『日晚倦梳頭』，都有懶梳頭之事，反映其傷春、傷別、傷亂的心緒。易安何以『人未梳頭』？此詞未寫所以然，但婦女對頭髮的態度是其精神狀態的一種表露。全句是説屋内銅質獅形熏爐裏的香料已經燃盡，女主人無意續添，床上的紅錦被翻成波浪形，女主人無意去叠，早晨起來了，她慵懶得不願梳妝。

『任寶奩塵滿，日上簾鈎。』女主人任憑精美珍貴的妝匣閉置，太陽的光輝照在簾鈎上。進一步寫女主人慵懶的情景。以上是間接描寫，透過情態折射内心世界。究竟是為什麼？使讀者莫名其妙，發人索解。

『生怕離懷別苦，多少事、欲説還休。』『生怕』，最怕，與宋周邦彦《慶春宮》：『生怕黄昏，離思牽縈』中的『生怕』同意。女主人最怕勾引起離懷別苦，萬重心事，想要傾述，又咽了回去。周邦彦《風流子》：『欲説又休，慮乖芳信；未歌先噎，愁近清觴。』宋辛弃疾《醜奴兒》：『而今識盡愁滋味，欲説還休。欲説還休。却道天凉好個秋。』都是吞吐式，藉以反映女主人公内心活動的异常激烈及惆悵、悒鬱的情懷。《白雨齋詞話》云：『妙在纔欲説透，便自咽住，其味正自無窮。』何以如此，仍含而不露，誘人尋繹。

『新來瘦，非干病酒，不是悲秋。』今年的消瘦何由？連用兩個否定句，排除兩種可能性：『非干病酒』，即與多喝了一些酒而使身體不適無關；『不是悲秋』，即與為蕭瑟凄清的秋日哀傷無關。雖然大大縮小了原因的範圍，可到底是為什麽，還是没有道出，留有餘地，供人們去猜度、推測。用的是擯除法，『含不盡之意于言外』。故陳世焜（廷焯）云：『「新來瘦」三語，婉轉曲折，煞是妙絶。』

上闋分三層：頭二句寫慵懶的情景，未説所以然，用間接描寫法；三句，欲吐原因，又咽回。雖然還是没告訴我們具體原因，但在表達上却進了一步，已説出是與『多少事』有關，用吞吐法；末句用擯除法透露原因，十分耐人咀嚼。在表達上又向前推進一步，雖然還是没有告訴我們具體原因，但已大大縮小原因的範圍，人們就容易捕捉了。跌宕有致，極盡吞吞吐吐，吐而不盡之情趣，作品的思想感情在吞吐往復中逐層推進。

詞人選取的是典型含蓄的畫面：室内，黄銅的獅形熏爐冰凉，床上翻着浪形的紅錦被，珍美的妝匣閉置，燦爛的陽光照在簾鈎上，女主人欲説又止，身體瘦削。女主人的形象是鮮明的，詞人的情愫是藴藉的，然而她為什麽不去點香、不去叠被、欲説又止、身體消瘦呢？誘發我們去積極探求，顯示易安詞撼動人心的藝術魅力。

『休休。這回去也，千萬遍陽關，也則難留。』换頭，起着承前啓後的作用。全句是説，這次分離即使唱千萬遍《陽關》曲，也難以挽留。這是易安在别後自悔自怨設法挽留遠行的丈夫趙明誠而終不能奏效時，自我開解的剖白。這對摯愛夫婦的離别是無法避免的。感情表達得甚為細膩真摯。

『念武陵人遠，烟鎖秦樓。』『武陵人』為離家遠行人的代稱，這裏指遠行的丈夫趙明誠。『烟鎖秦樓』，即烟雲霧氣封鎖着秦樓之意。唐李白《憶秦娥》云：『簫聲咽，秦娥夢斷秦樓月』，南唐李煜《謝新恩》云：『秦樓不見吹簫女，空餘上苑風光』，宋柳永《笛家弄》云：『豈知秦樓，玉簫聲斷，前事難重偶』，其中的『秦樓』，皆有『鳳去臺空』，『吹簫人去』，覽物懷人之意。全句是説，心愛的人遠離家鄉，雲霧封鎖了我的居處，紅妝空幃，孤凄難耐，我是多麽想念你呀！此處用典使愛情更具浪漫色彩，表情益加綿婉。

『惟有樓前流水，應念我、終日凝眸。』魏人徐幹《室思》：『自君之出矣，明鏡暗不治。思君如流水，何有窮已時』，我以為易安詞二句，用此詩之意。意思是說，你要永記樓前的碧綠流水是晝夜不息的，就該想到我對你的終日思念就像流水一樣永無休止呀！『凝眸』，一往情深，專注不已。易安存疑詞《品令》有『應有凌波，時為故人凝目』句，宋柳永《訴衷情近》有『故人千里。竟日空凝睇』句。可見文學之『通變』。

『凝眸處，從今又添，一段新愁。』『凝眸處』，即凝神呆望的地方。宋周邦彥《滿庭芳》有『凝眸處，黄昏畫角，天遠路岐長』句。宋石孝友《蝶戀花》詞有『獨上危樓凝望處。西山暝色連南浦』句。全句是說，凝神呆望的地方，從今後，因為懷念你，又增添了幾段新的離愁。元袁易《高陽臺・鴛鴦菊》：『黯銷凝，添得東籬，一段閑愁』，蓋祖易安此詞之句。

上闋寫女主人的慵懶，滿腹心事，邇來消瘦的情景。不着『離』、『別』一字，然筆含別意，墨透離情，幽隱婉約。下闋寫別後的相思。感情的潮水奔涌流瀉，運筆一片神行。上隱下露，上果下因。跌宕曲折，風神摇曳。此詞的構思同于易安寫思國懷鄉之情的《菩薩蠻》詞：『風柔日薄春猶早。夾衫乍着心情好。睡起覺微寒。梅花鬢上殘。　故鄉何處是。忘了除非醉。沉水卧時燒。香消酒未消。』上片寫早春日裏睡醒，梅花殘留鬢上。未説白日何以睡？梅花如何殘？婉曲隱蔚，不着『想』、『念』、『愁』一字，盡得風流。下片寫她除了醉，否則是不會忘記故鄉的。盡情發露，直抒胸臆，披肝瀝膽。上含蓄，下直率，上果下因，兩詞同一機杼，不過《鳳凰臺上憶吹簫》更為深婉曲折罷了。

此詞到『惟有樓前流水，應念我、終日凝眸』，似有曲終意盡戛然而止之勢。又推出『凝眸處，從今又添，一段新愁』，作結。這固然是詞調的需要，但在内容上起着畫龍點睛的補足作用，愁上增愁，突出詞旨，使全篇精警得神。這使我想起南唐李煜的《望江南》詞：『多少恨，昨夜夢魂中。還似舊時游上苑，車如流水馬如龍。花月正春風。』全詞寫亡國之君李煜對南唐帝王游樂生活的夢境，結句『花月正春風』使詞出神入化，起到了補足的作用。既點明了時間，又補叙了月明花香春風和煦的自然背景，使樂中添樂，藉以反襯今日悲恨之極，恨中增恨。兩詞結句作用相同，有异曲同工之妙。

《填詞雜説》云：『生香真色，在離即之間，不特難知，亦難言。』人在離別的時候，自然流露的、毫無做作的、純潔濃摯的感情是最美好的，沁人心脾的。易安《鳳凰臺上憶吹簫》寫的就是這種『真色』，但何以這般『生香』，在閨怨之作中卓絶千古，那是藉助于李清照這位杰出女詞人的『神來之筆』——藝術手法的超卓。

【選評】

〔一〕　明・茅　暎：從此人道，出自然，無一字不佳。（《詞的》）

［二］明・沈際飛：懶説出，妙。瘦為甚的，尤妙。『千萬遍』，痛甚。轉轉折折，忤合萬狀。清風朗月，陡化為楚雨巫雲；阿閣洞房，立變成離亭別墅。至文也。（《草堂詩餘正集》）

［三］明・楊　慎：『欲説還休』與『怕傷郎，又還休道』同意。端的為著甚的？（批點《草堂詩餘》）

［四］明・李廷機：離愁無限，俱于此詞見之。（《新刻注釋草堂詩餘評林》）

［五］明・南陽居士：雨洗梨花，泪痕有在；風吹柳絮，愁思成團。易安此詞頗似之。（明竹溪主人彙選、南陽居士評閲《豐韵情書》附《詩餘風韵情詞》）

［六］明・卓人月、徐士俊：亦是林下風，亦是閨中秀。（《古今詞統》）

［七］明・李于麟（攀龍）：上衷情難訴而頓減容顔，下繾綣莫留倍添愁緒。（詞前評語）　非病酒，不悲秋，都為苦別瘦。水無情于人，人却有情于水。（眉批）　寫出一腔臨別心神，而新瘦新愁，真如秦女樓頭，聲聲有和鳴之奏（詞後評語）。（明吴從先、寧野甫彙編《新刻李于麟先生批評注釋草堂詩餘雋》）

［八］明・趙世杰、許肇文：宛轉見離情別意，思致巧成。（《古今女史》）

［九］明・陸雲龍：滿楮情至語，豈是口頭禪。（《詞菁》）

［一〇］清・王又華：張祖望曰：『詞雖小道，第一要辨雅俗，結構天成。而中有艷語、雋語、奇語、豪語、苦語、癡語、没要緊語，如巧匠運斤，毫無痕迹，方為妙手。古詞中如……「惟有樓前流水，應念我、終日凝眸」……癡語也……』。（《古今詞論》節録《〈掞天詞〉序》）

［一一］清・許寶善：易安詞筆是閨秀中所無前人到，為大家信。不謬矣。（《自怡軒詞選》）

［一二］清・鄧廷楨：然其《鳳凰臺上憶吹簫》諸作，繁香側艷，終以不工豪翰為佳。昔涪翁好作綺語，乃為法秀所訶。此在男子，猶當戒之，況婦人乎。（《雙硯齋詞話》）

［一三］清・陳世焜（廷焯）：此種筆墨，不減耆卿、叔原，而清俊疏朗過之。『新來瘦』三語，婉轉曲折，煞是妙絶。筆致絶佳，餘韵尤勝。（《雲韶集》）

［一四］清・陳廷焯：凄艷不減耆卿，騷情雅意過之。曲折盡致。（《詞則》）

［一五］夏承燾　盛静霞：上片不説離愁，却説生怕離愁，不説因離愁而消瘦，却説不關病酒和悲秋；下片不説雲遮視綫，

却説烟鎖秦樓；不説想寄情流水，却説流水應念我：都是深一層寫法。（《唐宋詞選》）

〔一六〕**唐圭璋**：此首述別情，哀傷殊甚。起三句，言朝起之懶。『任寶奩』句，言朝起之遲。『生怕』二句，點明離別之苦，疏通上文；『欲説還休』，含凄無限。『新來瘦』三句，申言別苦，較病酒悲秋為尤苦。換頭，嘆人去難留。『念武陵』四句，嘆人去樓空，言水念人，情意極厚。末句，補足上文，餘韵更雋永。（《唐宋詞簡釋》）

〔一七〕**傅庚生**：『新來瘦，非干病酒，不是悲秋』，然則果何為而人瘦損耶？為『離懷』耳。『凝眸處，從今又添，一段新愁。』又果何為而添新愁耶？為『別恨』耳。意在言外，言在意中，此烘雲托月，繪事後素之法也。（《中國文學欣賞舉隅》）

〔一八〕**劉乃昌**：如《鳳凰臺上憶吹簫》寫離情別苦，先説：『新來瘦，非干病酒，不是悲秋。』避去正面回答，巧用旁筆，作半吞半吐的迂回形容，使文勢回蕩多姿。故陳廷焯贊云：『「新來瘦」三語，婉轉曲折，煞是妙絶。』本篇上片寫晨起懶得整被梳頭，心事欲説又休，容顔日漸消瘦等等，都是日常生活的實寫。『念武陵人遠』以下改用虛筆，刻繪內心的癡情假想，愈顯出別情的深摯渾厚。……煞拍説：『從今又添，一段新愁。』既點明題旨，又歸結全詞。『新來瘦』，暗示為分離而愁，已非一日。大致在分袂之前，為難得割捨，愁思成團；分袂之後，洞房陡化為離宮，情牽行人，望斷雲山，近來的『新瘦』，又添『一段新愁』，既回應上片，又深化了離愁，使全詞意境渾厚，餘味無窮。本篇的特色，可以用深、曲、雅、暢四個字來概括。（《説〈漱玉詞〉的陰柔美》）

〔一九〕**艾治平**：這首詞表述感情綿密細緻，像一灣溪水，從心靈的幽谷中慢慢地流出。音調低而婉，音色哀而怨，寫離情宛轉曲折，用語却清新流暢，把詞中女主人公的內心感受，刻畫得十分細膩，看來她是很難從『離懷別苦』、『欲説還休』的境遇中掙扎出來的了。（《宋詞的花朵》）

〔二〇〕**王延梯**：結尾以『新愁』與前面的『新瘦』相呼應。『瘦』，因臨別銷魂而致；『愁』，為別後相思而生。二者融為一體，構成了濃郁的藝術意境。但它們的地位又不是平起平坐，而是有主次之分。顯然，她是以未來之別後相思，強化今日之臨別銷魂。這樣的藝術想象，不僅使作品的藝術結構跌宕起伏，婉轉曲折，并且能產生『不着一字，盡得風流。語不涉已，若不堪憂。是有真宰，與之沉浮』（司空圖《詩品・含蓄》）的藝術效果。所以，『新愁』是『新瘦』的自然發展，又使『新瘦』得到深化，使『一腔臨別心神』盡在意中言外。（《唐宋詞鑒賞・婉轉曲折含蓄渾厚》）

一剪梅

紅藕香殘玉簟秋。輕解羅裳，獨上蘭舟。雲中誰寄錦書來，雁字回時，月滿西樓。　花自飄零水自流。一種相思，兩處閑愁。此情無計可消除，纔下眉頭，却上心頭。

——影印涵芬樓手抄本之《樂府雅詞》

【考辨】

◎歷代載籍著録此闋之詞調、題目：

調作《一剪梅》、《一枝花》。瑜注：《欽定詞譜》云：『此調以周（邦彥）詞（一剪梅花萬樣嬌）、吴（文英）詞（遠目傷心樓上山）為正體。若盧（炳）詞（燈火樓臺萬斛蓮）、張（炎）詞（剩蕊驚寒減艷痕）、蔣（捷）詞（一片春愁帶酒澆）之減韵，曹（勛）詞（不占前村占瑶階）、李（清照）詞（紅藕香殘玉簟秋）之減字皆變體也』。其中正體都是『雙調六十字，前後段各六句』，不過周詞『三平韵』，吴詞『四平韵』而已。難考李清照原詞是否有『西』，有『西』者則為正體，無『西』者即『減字』則為變體。《樂府雅詞》著録此詞為正體，與周（邦彥）詞（一剪梅花萬樣嬌）：『雙調六十字，前後段各六句，三平韵』同。題作『別愁』、『離別』、『閨思』、『秋別』、『別怨』。

◎歷代此闋著録為李清照（易安）詞之載籍：

［一］　宋・曾慥輯《樂府雅詞》影印涵芬樓手抄本（樂下，第六五頁），收作李易安詞。

校記

調題：調作《一剪梅》。無題。

正文：原『鮮』、『囬』、『楼』、『流』、『虜』、『終』，兹改為正字『解』、『回』、『樓』、『流』、『處』、『纔』。（擇為範詞，底本）

附録： 無。

［二］　宋・曾慥編（原署）《樂府雅詞》文淵閣《欽定四庫全書》本　集部（卷下，第七二頁），收作李易安詞。

校記

調題： 皆同範詞。

正文： 皆同範詞。

附録： 無。

［三］　宋・曾慥撰（原署）《樂府雅詞》文津閣《欽定四庫全書》本　集部（卷下，總第四七八頁），收作李易安詞。

校記

調題： 皆同範詞。

正文： 『月滿西樓』作『月滿樓』；『兩處閑愁』作『兩處愁』。

附録： 無。

［四］　宋・花庵詞客（黃升）編集（原署）《唐宋諸賢絶妙詞選》掃葉山房刊本（卷一〇，第二頁），收作李易安詞。

校記

調題： 調同範詞。題作『別愁』。

正文： 『月滿西樓』作『月滿樓』。

附録： 無。

［五］　宋・無撰人《草堂詩餘》文淵閣《欽定四庫全書》本　集部（卷二，第一頁），收作李易安詞。

校記

調題： 調同範詞。題作『離別』。

正文： 『月滿西樓』作『月滿樓』。

附録： 苕溪漁隱云：近時婦人能文詞者，如趙明誠之妻李易安，長于詞，有《漱玉集》三卷行于世。此詞頗盡離別之情，當為拈出。（詞評）

［六］　宋・無撰人《草堂詩餘》文津閣《欽定四庫全書》本　集部（卷二，總第五七三頁），收作李易安詞。

校記

調題：調同範詞。題作『離別』。

正文：『月滿西樓』作『月滿樓』。

附録：苕溪漁隱云：近時婦人能文詞者，如趙明誠之妻李易安，長于詞，有《漱玉集》三卷行于世。此詞頗盡離別之情，當為拈出。（詞評）

［七］宋・建安古梅何士信君實編選《妙選箋注群英詩餘》（《增修箋注妙選群英草堂詩餘》）前集二卷後集二卷　影元至正辛卯孟夏雙璧陳氏刊行本（餘後下，第一一頁），收作李易安詞。

校記

調題：皆同範詞。

正文：『月滿西樓』作『月滿樓』。

附録：苕溪漁隱云：近時婦人能文詞者，如趙明誠之妻李易安，長于詞，有《漱玉集》三卷行于世。此詞頗盡離別之情，當為拈出。（詞評）

［八］宋・佚名輯　何士信增注《增修箋注妙選群英草堂詩餘》，《景刊宋金元明本詞》本（洪武本，餘後下，第一一頁），收作李易安詞。

校記

調題：皆同範詞。

正文：『月滿西樓』作『月滿樓』。

附録：苕溪漁隱云：近時婦人能文詞者，如趙明誠之妻李易安，長于詞，有《漱玉集》三卷行于世。此詞頗盡離別之情，當為拈出。（詞評）

［九］宋・佚名輯　何士信增注《增修箋注妙選群英草堂詩餘》（内名），《四部叢刊》影印涵芬樓本（後集，卷下，第六六頁），收作李易安詞。

校記

調題：皆同範詞。

正文：『月滿西樓』作『月滿樓』。

附録：苕溪漁隱云：近時婦人能文詞者，如趙明誠之妻李易安，長于詞，有《漱玉集》三卷行于世。此詞頗盡離別之情，當為拈出。（詞評）

〔一〇〕元·伊世珍輯《瑯嬛記》汲古閣本（卷中，第五頁），著録為李易安詞。

校記

調題：皆同範詞。

正文：全詞收録。『月滿西樓』作『月滿樓』。

附録：趙明誠幼時，其父將為擇婦。明誠晝寢，夢誦一書，覺來惟憶三句云：『言與司合，安上已脱，芝芙草拔。』以告其父。其父為解曰：『汝殆得能文詞婦也。「言與司合」，是「詞」字；「安上已脱」，是「女」字；「芝芙草拔」是「之夫」二字，非謂汝為詞女之夫乎？』後李翁以女女之，即易安也，果有文章。易安結縭未久，明誠即負笈遠游。易安殊不忍別，覓錦帕書《一剪梅》詞以送之。詞曰：『紅藕香殘玉簟秋……却上心頭。』（本事）

〔一一〕明·茅暎遠士評選《詞的》清萃閔堂抄本《四庫未收書輯刊》影印（卷之三，第一四頁），收作李清照詞。

校記

調題：調同範詞。題作『離別』。

正文：皆同範詞。

附録：香弱脆溜，自是正宗。（眉批）

〔一二〕明·顧從敬類選　沈際飛評正《草堂詩餘正集》明萬賢樓自刻本（卷二，第一〇頁），收作李易安詞。

校記

調題：調同範詞。題作『離別』。

正文：皆同範詞。

附録：時本落『西』字，作七字句，非調。　是元人樂府妙句。關、鄭、白、馬諸君，固效顰耳。（眉批）

〔一三〕明·周瑛撰《詞學筌蹄》，《續修四庫全書》本（卷六，總第四四六頁），收作李易安詞。

校記

調題：調同範詞。題作『離別』。

正文：『月滿西樓』作『月滿樓』；『水自流』作『水流』。

附録：無。

［一四］明・酈琥采撰　顧廉校正《姑蘇新刻彤管遺編》明隆慶元年刻補修本《四庫未收書輯刊》影印（續集，卷之一七，第二二頁），收作李清照詞。

校記

調題：調作《一枝花》。題作『離別』。

正文：『月滿西樓』作『月滿樓』。

附録：無。

［一五］明・陳鐘秀校《精選名賢詞話草堂詩餘》，《四印齋所刻詞》本（草堂下，第四九頁），收作李易安詞。

校記

調題：皆同範詞。

正文：『月滿西樓』作『月滿樓』；『却』作『又』。

附録：苕溪漁隱云：近時婦人能詩文者，如趙明誠之妻李易安，長于詞，有《漱玉集》二卷行于世。此詞頗盡離別之情，當為拈出。

［一六］明・楊慎批點　閔暎璧校訂《草堂詩餘》明閔暎璧刻朱墨套印本（卷三，第一頁），收作李易安詞。

校記

調題：調同範詞。題作『離別』。

正文：『月滿西樓』作『月滿樓』。

附録：離情欲泪。讀此始知高則誠、關漢卿諸人，又是效顰。（眉批）

［一七］明・楊慎批點《草堂詩餘》明萬曆《詞壇合璧》刊本（卷三，第一頁），收作李易安詞。

校記

調題： 調同範詞。題作『離別』。

正文： 『月滿西樓』作『月滿樓』。

附録： 離情欲泪。讀此始知高則誠、關漢卿諸人，又是效顰。（眉批）

［一八］　明・蔣一葵編《堯山堂外紀》明刊本（卷五四，第二二頁），收作李易安詞。

校記

調題： 調同範詞。題作『離別』。

正文： 『月滿西樓』作『月滿樓』。

附録： 無。

［一九］　明・武陵逸史編次　開雲山農校正《類編草堂詩餘》明嘉靖二十九年顧汝所刻本（卷之二，第一頁），收作李易安詞。

校記

調題： 調同範詞。題作『離別』。

正文： 『月滿西樓』作『月滿樓』。

附録： 苕溪漁隱云：近時婦人能文詞者，如趙明誠之妻李易安，長于詞，有《漱玉集》三卷行于世。此詞頗盡離別之情，當為拈出。（詞評）

［二〇］　明・武陵逸史編次　上元崑石山人校輯《類編草堂詩餘》（《新刻注釋草堂詩餘》）古吳陳長卿梓（卷之二，第一頁），收作李易安詞。

校記

調題： 調同範詞。題作『離別』。

正文： 『月滿西樓』作『月滿樓』。

附録： 苕溪漁隱云：近時婦人能文詞者，如趙明誠之妻李易安，長于詞，有《漱玉集》三卷行于世。此詞頗盡離別之情，當為拈出。（詞評）

［二一］　明・顧從敬編次　韓俞臣校正《類編草堂詩餘》古吳博雅堂梓行本（卷之二，第一頁），收作李易安詞。

校記

調題：調同範詞。題作『離別』。

正文：『月滿西樓』作『月滿樓』。

附録：苕溪漁隱云：近時婦人能文詞者，如趙明誠之妻李易安，長于詞，有《漱玉集》三卷行于世。此詞頗盡離別之情，當為拈出。（詞評）

［一一二］明·唐順之解注　田一雋精選《類編草堂詩餘》金陵書坊張氏東川綉梓　萬曆甲申年重刊本　（卷之二，第一頁），收作李易安詞。

校記

調題：調同範詞。題作『離別』。

正文：『月滿西樓』作『月滿樓』。

附録：苕溪漁隱云：近時婦人能文詞者，如趙明誠之妻李易安，長于詞，有《漱玉集》三卷行于世。此詞頗盡離別之情，當為拈出。（詞評）

［一一三］明·顧從敬類選　陳繼儒重校　陳仁錫參訂（内署）《類選箋釋草堂詩餘》明萬曆刻本《續修四庫全書》影印集部　詞類（卷之二，第一〇頁），收作李易安詞。

校記

調題：調同範詞。題作『離別』。

正文：『月滿西樓』作『月滿樓』。

附録：苕溪漁隱云：近時婦人能文詞者，如趙明誠之妻李易安，長于詞，有《漱玉集》三卷行于世。此詞頗盡離別之情，當為拈出。（詞評）

［一一四］宋·何士信輯《草堂詩餘前集二卷後集二卷》明嘉靖三十三年楊金刻本（卷下後，第六頁），收作李易安詞。

校記

調題：皆同範詞。

正文：『月滿西樓』作『月滿樓』。

附録：苕溪漁隱云：近時婦人能文詞者，如趙明誠之妻李易安，長于詞，有《漱玉集》三卷行于世。此詞頗盡離別之情，當為拈出。（詞評）

［二五］明・王世貞撰《弇州四部稿》文淵閣《欽定四庫全書》本（卷一五二，第五頁），著録為李易安詞。

校記

調題：無調。無題。

正文：僅録三句，詳見『附録』。『纔』作『方』；『却』作『又』。

附録：李易安：『此情無計可消除，方下眉頭，又上心頭。』可謂憔悴支離矣。（詞評）

［二六］明・鱅溪逸史選編《彙選歷代名賢詞府全集》明嘉靖丁己（巳）一得山人跋抄本（卷之三，第一頁），收作李易安詞。

校記

調題：調同範詞。題作『離別』。

正文：『却』作『又』。

附録：無。

［二七］明・陳耀文纂（原署）《花草粹編》影印明刊十二卷本（卷七，第一七頁），收作李易安詞。

校記

調題：皆同範詞。

正文：『却』作『又』。

附録：無。

［二八］明・陳耀文輯《花草粹編》文淵閣《欽定四庫全書》二十四卷本（卷一三，第一九頁），收作李易安詞。

校記

調題：皆同範詞。

正文：『却』作『又』。

附録：無。

［二九］明・陳耀文編（原署）《花草粹編》文津閣《欽定四庫全書》二十四卷本（卷一三，總第四八頁），收作李易

安詞。

校記

調題：皆同範詞。

正文：『却』作『又』。

附録：無。

〔三〇〕明・起北赤心子輯《綉谷春容》明清善本小説叢刊　天一出版社印行（樂集，卷之二，彤管摭粹，名媛詞，頁不清），收作李易安詞。

校記

調題：調作《一枝花》。題作『離別』。

正文：『月滿西樓』作『月滿樓』。

附録：無。

〔三一〕明・胡文煥輯《新刻彤管摘奇》明胡文煥刻格致叢書本（卷下，第五〇頁），收作『宋　李清照』詞。

校記

調題：調同範詞（目録調作：《一枝花》）。題作『離別』。

正文：『月滿西樓』作『月滿樓』。

附録：無。

〔三二〕明・池上客選《歷朝烈女詩選名媛璣囊》（一名《名媛璣囊》）明萬曆二十三年書林鄭雲竹刻本（廉集三，第一九頁），收作李清照詞。

校記

調題：調作《一枝花》。題作『離別』。

正文：『月滿西樓』作『月滿樓』。

附録：無。

〔三三〕明・徐師曾輯《文體明辨附録》明萬曆間吴江壽檜堂刻本（卷八，詩餘一九，第三四頁），收作『宋婦李清照』詞。

校記

調題：調同範詞。題作『離別』。

正文：皆同範詞。

附録：無。

〔三四〕明・張綖　謝天瑞撰《詩餘圖譜》明萬曆二十七年刻本《續修四庫全書》影印　集部　詞類（卷之三，第五頁），收作李易安詞。

校記

調題：皆同範詞。

正文：皆同範詞。

附録：無。

〔三五〕明・張綖撰　游元涇增訂《增正詩餘圖譜》明萬曆二十九年游元涇刻本（中卷，第四頁），收作李易安詞。

校記

調題：皆同範詞。調下注：略（詞律解説）。

正文：皆同範詞。

附録：無。

〔三六〕明・董其昌評訂　曾六德參釋《新鋟訂正評注便讀草堂詩餘》明萬曆三十年喬山書舍刻本（卷五，頁不清），收作李易安詞。

校記

調題：調同範詞。題作『秋別』。

正文：『裳』作『襦』；『花自』作『花月』。

附録：古詩：『書寄雲間雁』。　文選詩：『我詩月滿樓』。　古詩：『一種相思兩処愁』。（眉批）

〔三七〕明・毛晋訂《漱玉詞》影印汲古閣初刻《詩詞雜俎》本（第二頁），收作『李氏　清照』詞。

校記

調題：調同範詞。題作『別愁』。

正文：皆同範詞。

附録：無。

〔三八〕明・武陵逸史編　隱湖小隱訂《草堂詩餘》明末毛氏汲古閣刻《詞苑英華》本（卷二，第一頁），收作李易安詞。

校記

調題：調同範詞。題作『離別』。

正文：『月滿西樓』作『月滿樓』。

附録：無。

〔三九〕明・胡桂芳重輯（原宋・何士信輯）《類編草堂詩餘》明萬曆三十五年黄作霖等刻本（卷之下，第四二頁），收作李易安詞。

校記

調題：調同範詞。題作『離別』。

正文：『月滿西樓』作『月滿樓』。

附録：無。

〔四〇〕明・李廷機批評　翁正春校正　徐憲成梓行《新刻注釋草堂詩餘評林》明萬曆三十六年戊申起秀堂刊本（秋景五卷，第三五頁），收作李易安詞。

校記

調題：調同範詞。題作『秋別』。

正文：『裳』作『襦』。

附録：李易安有《漱玉集》，朱淑真有彤管編，并行于世，其可華可方駕者驅者。（眉批）

苕溪漁隱云：近時婦人能文詞者，如趙明誠之妻李易安，長于詞，有《漱玉集》三卷行于世。此詞頗盡離別之情，當為拈出。（詞評）

［四一］明・竹溪主人彙選　南陽居士評閱《豐韵情書》附《詩餘風韵情詞》明萬曆刻本（卷五，第三三頁），收作李易安詞。

校記

調題： 調同範詞。題作「秋別」。

正文： 「裳」作「襦」；「却」作「又」。

附録： 芭蕉葉上無情雨，夜半瀟瀟不忍聽。（眉批）

［四二］明・張丑撰《清河書畫舫》文淵閣《欽定四庫全書》本（卷九上，第一二頁），收作李易安詞。

校記

調題： 調同範詞。題作「離別」。

正文： 「西樓」作「樓頭」。

附録： 易安詞稿一紙，乃清秘閣故物也。筆勢清真可愛。此詞《漱玉集》中亦載，所謂「離別」曲者邪？卷尾略無題識，僅有「點定」兩字耳。録具于左：「紅藕香殘……却上心頭。」（本事）

［四三］明・鄭文昂編輯《古今名媛彙詩》，《四庫全書存目叢書》（卷一七，第七頁），收作李清照詞。

校記

調題： 調同範詞。題作「離別」。

正文： 皆同範詞。

附録： 無。

［四四］明・程明善纂輯《嘯餘譜》，《續修四庫全書》集部　詞類（卷三，詩餘一九，第二五頁），收作李清照詞。

校記

調題： 調同範詞。題作「離別」。

正文： 皆同範詞。

附録： 無。

［四五］明・卓人月彙選　徐世俊參評《古今詞統》（又名陳繼儒評選《草堂詩餘》、《詩餘廣選》），《續修四庫全書》本（卷一〇，第二頁），收作李清照詞。

校記

調題：調同範詞。題作『離別』。題下注：『來』字，『除』字，俱不用韻。前半段末句又與本調异。

正文：『月滿西樓』作『月滿樓』。

附録：『樓』字上不必增『西』字。劉伯溫『雁短人遥可奈何』亦七字句，仿此。（眉批）

［四六］明・李攀龍補遺　陳繼儒校正　余文杰綉梓《新刻題評名賢詞話草堂詩餘》明萬曆四十三年書林自新齋余文杰刻本（五卷，第二九頁），收作李易安詞。

校記

調題：調同範詞。題作『秋別』。

正文：『裳』作『襦』。

附録：李易安有《漱玉集》，朱淑真有彤管編，并行于世，其詞華可方駕齊驅者。（眉批）

苕溪漁隱云：近時婦人能文詞者，如趙明誠之妻李易安，長于詞，有《漱玉集》三卷行于世。此詞頗盡離別之情，當為拈出矣。（詞評）

［四七］明・吴從先　寧野甫彙編《新刻李于麟先生批評注釋草堂詩餘雋》師儉堂蕭少衢依京板刻（卷之四，第二四頁），收作李易安詞。

校記

調題：調同範詞。題作『秋別』。

正文：『裳』作『襦』。

附録：上有雁來雁去之空望，下有愁眉愁心之深思。（詞前評語）

多情不隨雁字去，空教一種上眉頭。（眉批）

苕溪漁隱云：近時婦人能文詞者，如趙明誠之妻李易安，長于詞，有《漱玉集》三卷行于世。此詞頗盡離別之情，當為拈出。（詞評）

惟錦書、雁字，不得將情傳去，所以『一種相思』，眉頭心頭，在在難消。（詞後評語）

［四八］明・趙世杰選輯　許肇文參閲《古今女史》明崇禎刊本（卷一二，詩餘，第一〇頁），收作李易安詞。

校記

調題：調同範詞。題作『離別』。

正文：『花自』作『花落』。

附録：此詞頗盡離別之情，語意飄逸，令人省目。（眉批）

［四九］明・潘游龍輯《精選古今詩餘》（《古今詩餘醉》）清乾隆壬午秋鐫（卷八，第二六頁），收作李易安詞。

校記

調題：調同範詞。題作『離別』。

正文：皆同範詞。

附録：無。

［五〇］清・先著　程洪輯《詞潔》清康熙刻本（卷二，第二六頁），收作李清照詞。

校記

調題：皆同範詞。

正文：『却』作『又』。

附録：無。

［五一］清・周銘編集　金成棟重校《林下詞選》，《四庫全書存目叢書補編》第二冊（卷一，第五頁），收作李清照詞。

校記

調題：調同範詞。題作『別愁』。

正文：『處』作『地』。

附録：無。

［五二］清・朱彝尊編《詞綜》，《欽定四庫全書薈要》集部（卷二五，第五頁），收作李清照詞。

校記

調題：皆同範詞。

正文：皆同範詞。

附録： 無。

［五三］清・卞永譽撰《書畫彙考》文淵閣《欽定四庫全書》本（卷一二，第四九頁），著録為李易安詞。

校記

調題： 調同範詞。題作『離別』。

正文： 全詞收録。『月滿西樓』作『月滿樓』。

附録： 外録：書畫舫云：易安詞稿一紙，乃清秘閣故物也。筆勢清真可愛。此詞《漱玉集》中亦載，所謂『離別』曲者耶？卷尾略無題識，僅有『點定』兩字耳。（本事）

［五四］清・倪濤撰《六藝之一録》文淵閣《欽定四庫全書》本（卷三九二，第三頁），收作李易安詞。

校記

調題： 皆同範詞。

正文： 『月滿西樓』作『月滿樓』。

附録： 無。

［五五］清・倪濤撰《六藝之一録・續編》文淵閣《欽定四庫全書》本（卷一三，第一五頁），收作李易安詞。

校記

調題： 皆同範詞。調下注：『詞帖』。

正文： 『無計』作『無處』。

附録： 易安詞稿一紙，乃清秘閣故物也。筆勢清真可愛。此詞《漱玉集》中亦載，所謂『離別』曲者，卷後無題識，僅有『點定』兩字耳（書畫舫）。（本事）

［五六］清・雲山卧客選《詩餘神髓》豐草齋選抄本（不分卷頁，中調），收作李易安詞。

校記

調題： 調同範詞。題作『離別』。

正文： 皆同範詞。

附録： 無。

［五七］清・孫致彌輯　樓儼補訂《詞鵠初編》清康熙四十四年自刻本（卷三，第四六頁），收作李清照詞。

校記

調題：皆同範詞。

正文：皆同範詞。

附録：無。

［五八］清・沈辰垣等編《御選歷代詩餘》影印康熙内府本（卷三七，第一九二頁），收作『宋媛　李清照』詞。

校記

調題：皆同範詞。

正文：『月滿西樓』作『月滿樓』。

附録：無。

［五九］清・趙式輯　陳維崧等評點《古今別腸詞選》清康熙間遺經堂之刻本（卷三，中調，第一一頁），收作李清照詞。

校記

調題：調同範詞。題作『離別』。

正文：『雲中誰寄錦書來，雁字回時，月滿西樓』作『雲中不見錦書投，雁字南樓，明月西樓』；『此情無計可消除』作『此情轉轉幾時休』；『却』作『又』。

附録：無。

［六〇］清・郭鞏撰《詩餘譜式》清康熙可亭刻本《四庫未收書輯刊》影印（後卷，第二七頁），收作李清照詞。

校記

調題：調同範詞。題作『離別』。

正文：皆同範詞。

附録：無。

［六一］清・王奕清等纂修《欽定詞譜》影印康熙内府刻本（卷一三，第二二二頁），著録為李清照詞（趙長卿《一剪梅》『霽靄迷空』後）。

校記

調題： 無調。無題。

正文： 僅録一句，見『附録』。『月滿西樓』作『月滿樓』。

附録： 此詞前段結句七字。按李清照詞『雁字來時月滿樓』，又《樂府雅詞》『明日從教一綫添』，皆作七字句，與此同。蓋《一剪梅》之變體也。舊譜謂李詞脱去一字者，非。（解説）

[六二] 清・吴綺輯《選聲集》清大來堂刻本（中調，第三頁），中國人民大學圖書館藏，收作李清照詞。

校記

調題： 皆同範詞。

正文： 皆同範詞。

附録： 無。

[六三] 清・夏秉衡輯《清綺軒詞選》乾隆巾箱本（卷七，第一四頁），收作李清照詞。

校記

調題： 調同範詞。題作『閨思』。

正文： 皆同範詞。

附録： 無。

[六四] 清・張思巖（宗橚）輯《詞林紀事》清刊本　古典文學出版社排印　一九五七年版（卷一九，第四九九頁），收作李清照詞。

校記

調題： 皆同範詞。

正文： 皆同範詞。

附録： 略（瑜注：本事，「《瑯嬛記》……覓錦帕書《一剪梅》詞以送之」，詳見此書此詞【考辨】所收元伊世珍輯《瑯嬛記》『附録』）。

王阮亭云：從范希文《御街行》詞結語脱胎，李特工耳。（詞評）

樠按：略（瑜注：詳見此書此詞【選評】《詞林紀事》選段）。

［六五］　清·江標抄《李清照漱玉詞》汲古閣未刻詞二十二家本（手抄，不分卷頁，第一二首），上海圖書館藏，收作『宋易安居士李氏清照』詞。

校記

調題：皆同範詞。

正文：皆同範詞。

附録：無。

［六六］　清·陸昶評選《歷朝名媛詩詞》紅樹樓藏版　乾隆癸巳新鐫（卷一一，第六頁），收作李清照詞。

校記

調題：皆同範詞。

正文：『却』作『又』。

附録：無。

［六七］　清·陳鼎輯《同情集詞選》乾隆三十九年刊本（卷一〇，第五一頁），收作李清照詞。

校記

調題：調同範詞。題作『閨思』。

正文：『月滿西樓』作『月滿樓』。

附録：無。

［六八］　清·葉申薌輯《天籟軒詞選》清嘉慶間刊本（卷五，第五〇頁），收作李易安詞。

校記

調題：皆同範詞。

正文：『閑』作『凝』；『却』作『又』。

附録：無。

［六九］　清·俞正燮撰《癸巳類稿·易安居士事輯》求日益齋刻本（卷一五，第四四頁），收作李易安詞。

校記

調題： 皆同範詞。

正文： 『月滿西樓』作『月滿樓』。

附録： （瑜注：原引《瑯嬛記》明誠之父為其擇婦一段，與此書此詞【考辨】所收元伊世珍輯《瑯嬛記》『附録』同，此略）。《瑯嬛記》、《草堂詩餘》俱如此。《詩餘圖譜》前段『秋』字句，『輕解羅裳』作一句，『月滿』下有『西』字。

[七〇] 清・汪玢箋《漱玉詞彙抄》問遽廬正本（手抄，不分卷頁，第五首），復旦大學圖書館藏，收作『宋李氏清照易安』詞。

校記

調題： 調同範詞。題作『別愁』。題下注：『張宗橚云：汲古閣宋詞，此闋入《惜香樂府》，恐誤』。

正文： 皆同範詞。

附録： 《瑯嬛記》……覓錦帕書《一剪梅》詞以送之（瑜注：本事，詳見此書此詞【考辨】所收元伊世珍輯《瑯嬛記》『附録』）。（本事、詞評）

王阮亭云：『從范希文《御街行》詞結語脱胎，李特工耳』。按范詞云：『都來此事，眉間心上，無計相迴避』。（詞評）

[七一] 清・賴以邠著《填詞圖譜》，《四庫全書存目叢書》本（卷三，第三頁），收作李清照詞。

校記

調題： 皆同範詞。

正文： 皆同範詞。

附録： 無。

[七二] 清・莫友芝家抄《漱玉詞》（手抄，不分卷頁，第一三首），復旦大學圖書館藏，收作『宋李氏清照易安』詞。

校記

調題： 皆同範詞。

正文： 皆同範詞。

附録： 無。

［七三］清·楊希閔撰録《詞軌·補録》同治二年手抄本（卷一，閨秀，第一八頁），收作李清照詞。

校記

調題：皆同範詞。

正文：皆同範詞。

附録：無。

［七四］清·譚獻輯《復堂詞録》稿本（卷八，宋集七，未注頁碼），收作李清照詞。

校記

調題：皆同範詞。

正文：皆同範詞。

附録：無。

［七五］清·王鵬運輯《漱玉詞》，《四印齋所刻詞》本（第三頁），收作『李清照　易安』詞。

校記

調題：皆同範詞。

正文：皆同範詞。

附録：無。

［七六］清·楊文斌輯録《三李詞》光緒庚寅夏香海閣刊本（卷三，第一〇頁），收作李清照詞。

校記

調題：皆同範詞。

正文：『却』作『恰』。

附録：無。

［七七］清·陳世焜（廷焯）選《雲韶集》手抄本（卷一〇，第二〇頁），收作李清照詞。

校記

調題：皆同範詞。

正文： 皆同範詞。

附録： 起七字秀絶，真不食人間烟火者。梁紹壬謂：祇起七字已是他人不能到。　結更凄絶。（眉批）

［七八］　清・陳廷焯選評《詞則》上海古籍出版社影印本　別調集（卷二，第二七頁），收作李清照詞。

校記

調題： 皆同範詞。

正文： 皆同範詞。

附録： 起七字秀絶，真不食人間烟火者。凄婉。（眉批）

［七九］　清・萬樹論次　徐本立纂《新校正詞律全書》民國合刊本　詞律部分（卷九，第三頁），收作李清照詞。

校記

調題： 皆同範詞。調下注：『五十九字』。

正文： 『回』作『來』；『月滿西樓』作『月滿樓』。

附録： 略（瑜注：詞調解説語）。

［八〇］　清・椒園主編《詞林摘錦》（内名《歷朝詞林摘錦》）光緒癸未七月守研山房開雕（不分卷，第三八頁），收作李清照詞。

校記

調題： 皆同範詞。

正文： 僅摘録『花自飄零水自流。一種相思，兩地閑愁。』『處』作『地』。

附録： 無。

［八一］　清人輯《斷腸漱玉詞合刊》之《漱玉詞》光緒庚子石印本（第一頁），收作李清照詞。

校記

調題： 調同範詞。題作『別怨』。

正文： 『此情無計』作『無計』。

附録： 無。

［八二］清・何震彝輯《詞苑珠塵》清光緒三十三年鉛印本（不分卷，第四一頁），著録為李清照詞句。

校記

調題：無調。集為詩句。詩題作『題湖樓（「樓」後一字不清，似「是」）夢圖』。

正文：僅收録『紅藕香殘玉簟秋』一句。

附録：無。

［八三］清・蕙風簃主箋《漱玉詞箋》中華圖書館石印本　中華民國四年六月版（不分卷，第二頁），收作李清照詞。

校記

調題：皆同範詞。

正文：皆同範詞。

附録：《瑯嬛記》：易安結褵未久，明誠即負笈遠游。易安殊不忍別，覓錦帕書《一剪梅》詞以送之。（本事）

苕溪漁隱云：近時婦人能詩文者，如趙明誠妻李易安，長于詞，有《漱玉集》二卷行世。此詞頗盡離別之情，當為拈出。（詞評）

《古今詞話》：周永年曰：《一剪梅》唯易安作為善。『雲中誰寄錦書來』、『此情無計可消除』，『來』字、『除』字，不必用韵，似俱出韵。（詞評）

《玉梅詞隱》云：：易安精研宫律，所作何至出韵。周美成倚聲專家，為南北宋關鍵，其《一剪梅》云：『一剪梅花萬樣嬌。斜插疏枝，略點眉梢。輕盈微笑舞低回，何事樽前，拍手相招。　夜漸寒深酒漸消。袖裏時聞，玉釧輕敲。城頭誰恁促殘更，銀漏何如，且慢明朝。』又周紫芝《一剪梅・送楊師醇》云：『無限江山無限愁。兩岸斜陽，人上扁舟。欄杆吹浪不多時，酒在離樽，情滿滄洲。　早是霜華兩鬢秋。目送飛鴻，那更難留。問君尺素幾時來，莫道長江，不解西流。』第四句均不用韵，詎皆出韵耶？竊謂《一剪梅》調當以第四句不用韵一體為最早，晚近作者，好為靡靡之音，徒事諧暢，乃添入此葉耳。（詞評）

《花草蒙拾》：俞仲茅小詞云：『輪到相思没處辭，眉間露一絲。』視易安『纔下眉頭，却上心頭』，可謂此兒善盜。然易安亦從范希文『都來此事，眉間心上，無計相回避』語脱胎，李特工耳。（詞評）

《兩般秋雨庵隨筆》：易安《一剪梅》詞起句『紅藕香殘玉簟秋』七字，便有吞梅嚼雪，不食人間烟火氣，其實尋常不經意語也。（詞評）

［八四］　木石居士選輯　絳雲女史參校《歷代名媛詞選》民國十六年石印本（卷九，中調一，未注頁碼），收作李清照詞。

校記

調題： 皆同範詞。

正文：『錦書來』作『錦書回』；『回時』作『來時』。

附録： 無。

［八五］　李文裿輯《漱玉集》冷雪盦叢書本（卷三，第八頁），收作李清照詞。

校記

調題： 調同範詞。題作『離別』。

正文：『月滿西樓』作『月滿樓』。

附録：《歷代詩餘》、《樂府雅詞》、《花草粹編》、《彤管遺編》、《箋注群英草堂詩餘》、《詞律》、文津閣本《漱玉詞》、四印齋本《漱玉詞》、《歷朝名媛詩詞》。（尾注）

［八六］　趙萬里輯《漱玉詞》，《校輯宋金元人詞》本（第五頁），收作『李清照　易安』詞。

校記

調題： 皆同範詞。調下注：『《花庵詞選》題作「別愁」；《草堂詩餘》題作「離別」；《彤管遺編》、《堯山堂外紀》、《古今女史》、《古今詞統》并同』。

正文： 皆同範詞。

附録：《樂府雅詞》、《花庵唐宋諸賢絶妙詞選》、《草堂詩餘》後集下（類編本二）、《瑯嬛記》中、《詩餘圖譜》、《彤管遺編》、《花草粹編》七、《堯山堂外紀》、《古今女史》、《古今詞統》十、《詞綜》、《詞律》九、《歷代詩餘》三十七。（尾注）

按：《詩詞雜俎》本《漱玉詞》收之，題作『別愁』，『滿』下有『西』字。又按：此闋別見趙長卿《惜香樂府》九，以校《雅詞》頗有异文：『玉簟』作『碧樹』；『輕解羅裳』作『羞解羅襦』；『獨』作『偷』；『滿』下有『西』字；『此情無計可消除』作『酒醒夢斷數殘更』；『纔下眉頭』作『舊恨前歡』；『却』作『總』。疑出長卿手訂，編者不察，遂誤入趙集耳。

［八七］　梁令嫻抄《藝蘅館詞選》上海中華書局印行　民國二十五年再版（乙卷，北宋詞，第八四頁），收作李清照詞。

校記

調題：皆同範詞。

正文：皆同範詞。

附録：《嫏嬛記》云：易安結褵未久，明誠出游。易安意殊不忍別，書此詞于錦帕送之。（本事）

［八八］王官壽輯《宋詞抄》中華民國十一年排印本（卷五，第一頁），收作李清照詞。

校記

調題：皆同範詞。

正文：『月滿西樓』作『月滿樓』。

附録：無。

［八九］唐圭璋輯《全宋詞》中州古籍出版社　兩冊本（上，第六四五頁），收作李清照詞。

附録：按：據《訂補附記》考訂，《古今別腸詞選》卷二誤以此首為明人馬洪作。

［九〇］中華書局編《李清照集》（第一六頁），收作李清照詞。

［九一］王仲聞《李清照集校注》人民文學出版社（第二三頁），收作李清照詞。

附録：按《惜香樂府》誤收之詞頗多，編者劉澤未細考，恐見有手迹即録，而不知其非長卿自作之故。又萬曆庚子喬山書堂刊本《續草堂詩餘》卷下，此首作無名氏詞。

［九二］黃墨谷《重輯李清照集》齊魯書社（卷一，第一一頁），收作李清照詞。

［九三］徐北文主編《李清照全集評注》濟南出版社（第三頁），收作李清照詞。

［九四］徐培均《李清照集箋注》上海古籍出版社（第二〇頁），收作李清照詞。

附録：均按：李詞既為雙調，則上下結句式、字數應一致，故仍應以有『西』字為是。

◎歷代此闋著録他人或無名氏及存疑詞之載籍：

［一］宋・趙長卿撰《惜香樂府》汲古閣《宋名家詞》本《續修四庫全書》影印（卷九，第一〇八頁），收作趙長卿詞。

校記

調題：皆同範詞。

正文：『玉簟』作『碧樹』；『輕解羅裳』作『羞解羅襦』；『獨』作『倫』；『此情無計可消除』作『酒醒夢斷數殘更』；『纔下眉頭』作『舊恨前歡』；『却』作『總』。

附録：無。

◎瑜按：

上九十餘種載籍著録為李易安（清照）詞。『此詞載入《惜香樂府》，恐誤』（張宗橚按）、『編者不察，遂誤入趙集耳』（趙萬里按）、『編者劉澤未細考，恐見于手迹即録，而不知其非長卿自作之故』（王仲聞按）。查唐圭璋輯《全宋詞》之趙長卿詞未收此首。在其『存目詞』中云：『一剪梅　紅藕香殘碧樹秋』，『出處』『惜香樂府卷九』，『附注』：『李清照詞，見樂府雅詞卷下』。可知此首被誤以為趙長卿詞而編入《惜香樂府》。又『據《訂補附記》考訂，《古今別腸詞選》卷二誤以此首為明人馬洪作』，不知所用何本。筆者查實清趙式輯、陳維崧等評點《古今別腸詞選》清康熙間遺經堂之刻本，收作李清照詞，并非明馬洪詞（詳見上）。茲以李易安（清照）詞輯入《漱玉詞》。

【注釋】

[一] **紅藕**：紅色荷花。五代顧敻《醉公子》：『漠漠秋雲淡。紅藕香侵檻。』又《浣溪沙》：『紅藕香寒翠渚平。月籠虚閣夜蛩清』。

[二] **玉簟秋**：接觸精美的竹席感覺發凉，方知秋天來了。簟：竹席。唐李賀《六月》：『裁生羅，伐湘竹，帔拂疏霜簟秋玉』。五代顧敻《虞美人》：『緑荷相倚滿池塘。露清枕簟藕花香。恨悠揚』。

[三] **羅裳**：羅制的裙子。裳：裙，古代男女都可穿。宋秦觀《画堂春・本意》：『暮寒微透薄羅裳。無限思量』。唐崔國輔《妾薄命》：『夜夜玉窗裏，與他卷羅裳』。

[四] **蘭舟**：用木蘭木製造的華美小船。南朝梁任昉《述异記》：『木蘭洲在潯陽江中，多木蘭樹。昔吴王闔閭植木蘭于此，用構宫殿也。七里洲中，有魯班刻木蘭為舟，舟至今在洲中。』五代孫光憲《河傳》：『木蘭舟上，何處吴娃越艷。藕花紅照臉。』宋晏幾道《清平樂》：『留人不住，醉解蘭舟去』。

[五] **錦書**：世傳前秦竇滔有妻蘇蕙，但在外娶了妾。蘇蕙織錦為《回文璿璣圖》詩寄給丈夫，夫終醒悟。這裏指書信。宋柳永《兩同心》：『鴛會阻、夕雨凄飛，錦書斷、暮雲凝碧。』宋陸游《釵頭鳳》：『山盟雖在，錦書難托』。

[六] **雁字**：雁在空中飛行時常排成『一』或『人』字形，故稱『雁字』。宋晏幾道《蝶戀花》：『雁字來時，恰向層樓見。』又《阮郎歸》：『天邊金掌露成霜。雲隨雁字長』。

〔七〕**西樓**：見《殢人嬌》（玉瘦香濃）注。

【品鑒】

元伊世珍輯《瑯嬛記》載：『易安結褵未久，明誠即負笈遠游。易安殊不忍別，覓錦帕書《一剪梅》詞以送之。』若此，該詞當為李清照年輕時贈給丈夫的送別之詞。但詳詞意僅為懷人之作，無送別之語。《瑯嬛記》乃偽託之書，不可據。本詞情景交融，寫出意境的藝術美。是李清照的代表詞作之一。

李清照詞以南渡為契機，前後風格迥异。南渡前多以閨情相思為內容；南渡後多寫身世遭逢的苦淒。婚後，夫妻情愛篤深，生活充滿學術和藝術氣息，甚為美滿。離別對他們簡直是一種不幸。

『紅藕香殘玉簟秋。』『紅藕』，即紅色荷花。水裏盛開的紅色荷花亭亭玉立，裊娜多姿，出污泥而不染，誰個不愛？但是它『香殘』了，好生生的紅色荷花竟然凋零了，衹剩下餘香，真是『無可奈何花落去』，風景大殺，這自然會觸發人們的憐憫、惋惜、惆悵之情。故作者筆端的『紅藕香殘』就染上了悲涼淒切的感情色彩。這是寫外景、遠景。『玉簟』，華美的竹席，蓋為舟上之物。『玉簟秋』，坐着華美的竹席感覺涼了，方知秋季來了，點明了時節。作者憑自己的主觀感受引出『秋』來，但不能把『秋』僅看成是客觀的節令，它主要起着渲染氣氛的作用。作者擷取了自然景觀『紅藕香殘』作為外景遠景和極富生活特色的『玉簟秋』作為內景近景，用兩個典型景觀，融注了自己的思想感情，渲染了氣氛，藉以烘托作者所要表達的離愁別緒，頗有『多情自古傷離別。更那堪、冷落清秋節』之意。

首句也有所祖。五代顧敻《醉公子》有『紅藕香侵檻』句，顧敻《浣溪沙》有『紅藕香寒翠渚平』句。南唐中主李璟寫相思之情的《浣溪沙》詞開頭云：『菡萏香銷翠葉殘』與『紅藕香殘玉簟秋』同意。『菡萏』，荷花的別稱。『玉簟秋』與『翠葉殘』本意相同，前者由竹席生涼而引出『秋』來；後者說天氣涼了，翠綠的荷葉凋零了，這衹不過是隱寫『秋』的節令罷了。因為詞的寫作背景不同，詞人的經歷不同，各有不同的特殊感受，易安對古人詞句加以點化，僅增別具生活氣息的『玉簟秋』三字，造出新境，乃爾精巧，藝術的感染力更加強烈。

作者何以偏偏藉鑒『菡萏香銷翠葉殘』這樣詞句作為開頭呢？自古以來，人們很是稱頌贊賞荷花的。戰國楚屈原《離騷》中云：『制芰荷以為衣兮，集芙蓉以為裳』，表達自己高尚的情操。詩人還常用同心并蒂的荷花表示忠貞不渝的愛情，如唐人王勃《采蓮曲》云：『牽花憐共蒂，折藕愛連絲』。唐人孟郊詩《去婦》：『妾心藕中絲，雖斷猶牽連』，『藕斷絲連』這一成語則源于此。宋人周敦頤作《愛蓮説》稱頌荷花為『花之君子』，『出淤泥而不染』。顯然荷花是忠貞的愛情、高尚的品格、美好事物的象徵。荷花的凋殘謝落，意味着美好事物受到破壞和扼抑，自然引發人們的悲哀凄愴之情，以此開頭不僅渲染了氣氛，也會使讀者預感到詞人將發生异乎尋常的事情。此句頗有戰國楚宋玉《九辯》：『悲哉！秋之為氣也。蕭瑟兮，草木摇落而變衰。憭栗兮，若在遠行。登山臨水兮，送將歸。』之境，景中有情，情含景中，情景交融。故清陳廷焯《白雨齋詞話》云：『易安佳句，如《一剪梅》起七字云：「紅藕香殘玉簟秋」，精秀特絶。真不食人間烟火者。』這個贊語是有道理的。乍看七字尋常，但内涵極富，乃詞人出奇制勝之筆。

『輕解羅裳』。她輕輕解下羅制的下裙。易安此句言外之意，已經到了凄凉的秋天，换上能禦寒的衣服。『獨上蘭舟。』一個人登上蘭舟泛游，藉以消憂。『獨』字反映易安這個失伴鴛鴦孑然凄愴的意緒。明誠易安這對摯愛着的新婚夫婦之離别，山高路遠，交通阻隔，相見亦難，纏綿悱惻的情思祇能在書信中傾吐了。于是宕開一層設想别後的書信，引出下面詞句。

『雲中誰寄錦書來』，有誰能做信使從雲中傳遞美好的書信呢？言外之意，没有誰能從雲中傳遞美好的書信，雁足傳書祇不過傳説而已，音信無憑。作者用個反詰句，表達了肯定的意思，寫出此時此刻的悵惘之情。『雁字回時，月滿西樓。』『西樓』，思念者所住。南唐李煜《烏夜啼》有『無言獨上西樓。月如鈎』句。縱使雁足能傳遞書信，也要等雁陣歸來的時候。凄寒的月光充滿綉樓，我獨居深閨，形單影隻，翹首盼望着你的佳音，那該是何等的難耐呀！月光越『滿』，越能勾引起對親人的思念之情。此韵，作者塑造了一幅月夜閨樓相思圖，意境深邃，韵味綿邈。

上片寫離别後的情景，作者滿腔的離愁别緒、凄愴抑鬱之情傾注在筆端，所寫的東西自然蒙上主觀的感情色彩，景中有情，情中有景，情景熔于一爐。作者采用運密入疏的藝術手法，把離别後那種濃摯惆悵的複雜感情寓于輕淡的筆墨之中，含蓄藴藉，意味雋永，格外使人神傷。

下片寫别後相思之情的難堪和無法排遣。换頭，照應首句。

『花自飄零水自流。』花會自行凋落，水會自行流動。『自』字説明這是個自然規律。此句寫，凄清的秋天在荷花凋落的水上泛舟遣愁時看到的景物。實際上這是個藉喻，作者用這種景物比喻『青春易老，時光易逝』的道理，藉自然之境，揭示自己所悟得之哲理。但作為喻體的本身，不是單純為説理而存在的，而是作為詞本身不可缺少的有機組成部分而存在的，即通過寫景渲染氣氛，烘托離愁别苦。所言之理切，所抒之情真；曉之以理，動之以情。則必然是：

「一種相思，兩處閑愁。」同是一種相思的感情，却兩地為它愁苦、被它折磨着。愛情本是人性中的至潔至純，又『多情自古傷離別。更那堪、冷落清秋節』，另加之『青春易老，時光易逝』，這是下片所寫的『相思』的豐厚基礎。作者用這一形式對稱、音節和諧的對偶句，突顯出別後兩處相思是何等的自然和不可避免啊！因愛得深，纔思得切；思而難偶，纔愁得苦；愁得苦，則情癡。宋夏之中《古離別》有「一種相思兩處愁」句。為易安此句之本。

『此情無計可消除』，此句頗有水到渠成之妙。這種別後的相思之情是無法消釋和排遣的。作者以理驅情，層層推進，作品的思想感情似乎在這裏達到了高潮，很有曲終意盡，戛然而止之勢。寫什麼呢？放開一步，宕出遠神。

『纔下眉頭，却上心頭。』以此對偶句作結。儘管她竭力控制自己的感情，努力排遣相思之苦，迫使緊蹙的眉峰剛剛舒展，可相思之情却又立即涌上心頭。把『相思』之情的無法排遣具體化、形象化、深刻化。這樣便把作品的思想感情又拔高一級，推向頂峰。『不着一字，盡得風流』，乃爾精巧。

此句也有所本。宋人范希文《御街行》詞云：『都來此事，眉間心上，無計相回避』，也與『此情無計可消除，纔下眉頭，却上心頭』意同。明王世貞《藝苑卮言》中評範詞末句云：『類易安而小遜之』。清王士禛《花草蒙拾》中云：『……然易安亦從范希文「都來此事，眉間心上，無計相回避」語脱胎。李特工耳。』可見易安善于融化前人詩句，稍加點化，氣韵煥然，便成為千古絶唱。此結尾堪稱『豹尾』，遒勁有力，『含不盡之意見于言外』，耐人尋味。

上片主要寫離別後的情景，下片寫別後的相思，上下聯繫自然，結構嚴謹。語言新麗清暢，不加雕琢。氣勢貫通，有一瀉千里之勢。

在漫長的中國封建社會裏，以愛情為主題的文學作品可謂多矣！李清照《一剪梅》詞，就是藝苑中的一朵奇葩。在那黑暗的時代，一個受壓抑的中國封建社會的婦女，敢于打破封建思想的羈絆，衝破封建主義的樊籬，得需要何等桀驁剛毅的性格和奮然解脱、孜孜求索的叛逆精神呀！這種性格和精神豈不更值得贊頌嗎？這種性格和精神與她那『生當作人杰，死亦為鬼雄』的豪壯詩句，同出一爐。

【選評】

［一］　宋·胡　仔：近時婦人能文詞者，如趙明誠之妻李易安，長于詞，有《漱玉集》三卷行于世。此詞頗盡離別之情，當為拈出。（引自文淵閣《欽定四庫全書》本宋無撰人《草堂詩餘》）

［二］明・茅　暎：香弱脆溜，自是正宗。（《詞的》）

［三］明・沈際飛：時本落『西』字，作七字句，非調。是元人樂府妙句。關、鄭、白、馬諸君，固效顰耳。（《草堂詩餘正集》）

［四］明・楊　慎：離情欲淚。讀此始如高則誠、關漢卿諸人，又是效顰。（批點《草堂詩餘》）

［五］明・王世貞：李易安『此情無計可消除，方下眉頭，又上心頭。』可謂憔悴支離矣。（《弇州四部稿》）

［六］明・李于麟（攀龍）：上有雁來雁去之空望，下有愁眉愁心之深思。（詞前評語）　多情不隨雁字去，空教一種上眉頭。（眉批）　惟錦書、雁字，不得將情傳去，所以『一種相思』，眉頭心頭，在在難消（詞後評語）。（明吴從先、寧野甫彙編《新刻李于麟先生批評注釋草堂詩餘雋》）

［七］明・卓人月　徐士俊：『樓』字上不必增『西』字。劉伯溫『雁短人遥可奈何』亦七字句，仿此。（《古今詞統》）

［八］明・趙世杰　許肇文：此詞頗盡離別之情，語意飄逸，令人省目。（《古今女史》）

［九］清・王士禎：俞仲茅小詞云：『輪到相思没處辭，眉間露一絲。』視易安『纔下眉頭，却上心頭』，可謂此兒善盜。然易安亦從范希文『都來此事，眉間心上，無計相回避』語脱胎，李特工耳。（《花草蒙拾》）

［一〇］清・沈　雄：周永年曰：《一剪梅》唯易安作為善。劉後村換頭亦用平字，于調未葉。若『雲中誰寄錦書來』，與『此情無計可消除』，『來』字、『除』字，不必用韵，似俱出韵。但『雁字回時月滿樓』，『樓』字上失一『西』字。劉青田『雁短人遥可奈何』，『樓』上似不必增『西』字。今南曲衹以前段作引子，詞家複就單調，別名『剪半』。將法曲之被管弦者，漸不可究詰矣。（《古今詞話》）

［一一］清・萬　樹：『月滿樓』，或作『月滿西樓』。不知此調與他詞异。如『裳』、『思』、『來』、『除』等字，皆不用韵，原與四段排比者不同。『雁字』句七字，自是古調，何必強其入俗，而添一『西』字以湊八字乎？人若欲填排偶之句，自有別體在也。（《詞律》）

［一二］清・徐　釚：董文友《一剪梅》云：『慣得相携花下游。蘇大風流，蘇小風流。而今別况冷于秋，燕去南樓，人去南樓。　等閑平判十分愁。儂在心頭，卿在心頭。少年心事總悠悠，一曲揚州，一夢蘇州。』商邱宋牧仲謂其酷似李易安。（《詞苑叢談》）

〔一三〕**清·張思巖（宗橚）**：此《一剪梅》，變體也。前段第五句原本無『西』字，後人所增。舊譜謂脱去一字者，非。又按：《汲古閣宋詞》，此闋載入《惜香樂府》，恐誤。（《詞林紀事》）

〔一四〕**清·梁紹壬**：易安《一剪梅》詞起句『紅藕香殘玉簟秋』七字，便有呑梅嚼雪，不食人間烟火氣象，其實尋常不經意語也。（《兩般秋雨庵隨筆》）

〔一五〕**清·陳廷焯**：易安佳句，如《一剪梅》起七字云：『紅藕香殘玉簟秋』，精秀特絶，真不食人間烟火者。（《白雨齋詞話》）

〔一六〕**清·陳世焜（廷焯）**：起七字秀絶，真不食人間烟火者。梁紹壬謂：祇起七字已是他人不能到。結更凄絶。（《雲韶集》）

〔一七〕**清·陳廷焯**：起七字秀絶，真不食人間烟火者。凄婉。（《詞則》）

〔一八〕**清·況周頤**：《玉梅詞隱》云：易安精研宮律，所作何至出韵。周美成倚聲專家，為南北宋關鍵，其《一剪梅》……第四句均不用韵，詎皆出韵耶？竊謂《一剪梅》調當以第四句不用韵一體為最早，晚近作者，好為靡靡之音，徒事諧暢，乃添入此葉耳。（《漱玉詞箋》）

〔一九〕**清·許昂霄**：《眼兒媚》『今宵眼底，明朝心上，後日眉頭。』希文『眉間心上，無計相回避』，易安襲用之，而語較工。此則更加尖穎矣。（《詞綜偶評》）

〔二〇〕**《中國文學史》**：《一剪梅》寫少婦在丈夫離家後的相思之忱，十分熨貼細膩，坦率深摯。像這樣敢于擺脱世俗輿論的束縛，而熱情地、健康地傾吐着想念丈夫的真心話的作品，無疑地是具有一定進步意義的。（北大一九五五級集體編寫）

〔二一〕**周篤文**：這是旖旎的、心心相印的、無計排遣的愛情之剖白。愁嗎？是的，這是蜜一樣的清愁啊！在那女性要求普遍遭到壓制的時代，能這樣大膽地謳歌自己的愛情，毫不扭捏，沒有病態成分，尤其顯得可貴。（《宋詞》）

〔二二〕**《唐宋詞選》**：相傳為元人伊世珍所寫的《瑯嬛記》説：趙明誠、李清照婚後不久，趙明誠就到遠處去上學，李清照『殊不忍別，覓錦帕，書《一剪梅》詞以送之。』伊世珍所説和作品内容大體符合。上片開頭三句寫分別的時令和地點，下片起句『花自飄零水自流』回應這三句，這些都是寫分別時情景，其他各句是設想別後的思念心情。（中國社會科學院文學研究所編）

蝶戀花

泪濕羅衣脂粉滿。四叠陽關，唱到千千遍。人道山長山又斷。蕭蕭微雨聞孤館。　惜别傷離方寸乱。忘了臨行，酒盞深和淺。好把音書憑過雁。東萊不似蓬萊遠。

——影印涵芬樓手抄本之《樂府雅詞》

【考辨】

◎歷代載籍著録此闋之詞調、題目：

調作《蝶戀花》（又名《一籮金》、《捲珠簾》、《鳳栖梧》）。題作『晚正昌樂館寄姊妹』、『晚止昌樂館寄姊妹』、『寄姊妹』、『暫止樂昌館寄姊妹』、『暫止東昌館寄姊妹』。瑜注：『《翰墨大全》所題「暫止昌樂館寄姊妹」，恐為原題。《詩女史》等誤以「昌樂館」為「樂昌館」，《閨詞抄》至誤作「東昌館」，魯魚亥豕，不可究詰矣。』王仲聞此論可從。然該論謂『《翰墨大全》所題《暫止昌樂館寄姊妹》，恐為原題』，有誤，《翰墨大全》題為『晚正昌樂館寄姊妹』。（詳見此書此詞【考辨】所收王仲聞《李清照集校注》『附録』）

◎歷代此闋著録為李清照（易安）詞之載籍：

［一］　宋・曾慥輯《樂府雅詞》影印涵芬樓手抄本（樂下，第六五頁），收作李易安詞。

校記

調題：調作《蝶戀花》。無題。

正文：原『恋』、『涙』、『湿』、『関』、『萧』、『微』、『舘』、『離』、『乱』、『鴈』，兹改為正字『戀』、『泪』、『濕』、『關』、『蕭』、『微』、『館』、『離』、『亂』、『雁』。（擇為範詞，底本）

附録：無。

［二］宋・曾慥編（原署）《樂府雅詞》文淵閣《欽定四庫全書》本　集部（卷下，第七二頁），收作李易安詞。

校記

調題：皆同範詞。

正文：皆同範詞。

附録：無。

［三］宋・曾慥撰（原署）《樂府雅詞》文津閣《欽定四庫全書》本　集部（卷下，總第四七八頁），收作李易安詞。

校記

調題：皆同範詞。

正文：『四』作『三』。

附録：無。

［四］明・陳耀文纂（原署）《花草粹編》影印明刊十二卷本（卷七，第二六頁），收作李易安詞。

校記

調題：皆同範詞。目録調名下注：『一名《一籮金》、《捲珠簾》、《鳳栖梧》』。

正文：『泪濕羅衣脂粉滿』作『泪揾征衣脂粉暖』；『到』作『了』；『好把』作『若有』。

附録：無。

［五］明・陳耀文輯《花草粹編》文淵閣《欽定四庫全書》二十四卷本（卷一三，第三二頁），收作李易安詞。

校記

調題：皆同範詞。

正文：『泪濕羅衣脂粉滿』作『泪揾征衣脂粉暖』；『到』作『了』；『好把』作『若有』。

附録：無。

［六］明・陳耀文編（原署）《花草粹編》文津閣《欽定四庫全書》二十四卷本（卷一三，總第五一頁），收作李易安詞。

校記

調題：皆同範詞。

正文：『泪濕羅衣脂粉滿』作『泪揾征衣脂粉暖』；『到』作『了』；『好把』作『若有』。

附録：無。

［七］　清・沈辰垣等編《御選歷代詩餘》影印康熙内府本（卷四〇，第二〇八頁），收作『宋媛　李清照』詞。

校記

調題：皆同範詞。

正文：『泪濕羅衣脂粉滿』作『泪揾征衣脂粉暖』；『唱到』作『聽了』；『道』作『到』；『山又』作『水又』；『好把』作『若有』。

附録：無。

［八］　清・江標抄《李清照漱玉詞》汲古閣未刻詞二十二家本（手抄，不分卷頁，第三八首），上海圖書館藏，收作『宋易安居士李氏清照』詞。

校記

調題：皆同範詞。

正文：『泪濕羅衣脂粉滿』作『泪揾征衣脂粉暖』；『到』作『了』；『山又』作『水又』；『好把』作『若有』。

附録：無。

［九］　清・汪玢箋《漱玉詞彙抄》問遽廬正本（手抄，不分卷頁，第二七首），復旦大學圖書館藏，收作『宋李氏清照易安』詞。

校記

調題：皆同範詞。

正文：『山又斷』作『山斷』。

附録：無。

［一〇］　清・莫友芝家抄《漱玉詞》（手抄，不分卷頁，第一四首），復旦大學圖書館藏，收作『宋李氏清照易安』詞。

校記

調題：皆同範詞。
正文：皆同範詞。
附録：無。

［一一］清・王鵬運輯《漱玉詞》，《四印齋所刻詞》本（第四頁），收作『李清照　易安』詞。

校記

調題：皆同範詞。
正文：『蕭蕭』作『瀟瀟』。
附録：無。

［一二］清・楊文斌輯録《三李詞》光緒庚寅夏香海閣刊本（卷三，第一一頁），收作李清照詞。

校記

調題：皆同範詞。
正文：『泪濕羅衣脂粉滿』作『泪揾征衣脂粉暖』；『唱到』作『聽了』；『人道山長山又斷』作『人到山長水又斷』；『好把』作『若有』。
附録：無。

［一三］清・蕙風簃主箋《漱玉詞箋》中華圖書館石印本　中華民國四年六月版（不分卷，第八頁），收作李清照詞。

校記

調題：皆同範詞。
正文：『蕭蕭』作『瀟瀟』。
附録：無。

［一四］木石居士選輯　絳雲女史參校《歷代名媛詞選》民國十六年石印本（卷九，中調一，未注頁碼），收作李清照詞。

校記

調題：皆同範詞。

正文：「汨濕羅衣脂粉滿」作「汨揾征衣脂粉暖」；「唱到」作「聽了」；「人道山長山又斷」作「人到山長水又斷」；「好把」作「若有」。

附録：無。

［一五］李文椅輯《漱玉集》冷雪盦叢書本（卷四，第一頁），收作李清照詞。

校記

調題：皆同範詞。

正文：「汨濕羅衣脂粉滿」作「汨揾征衣脂粉暖」；「唱到」作「聽了」；「人道山長山又斷」作「人到山長水又斷」；「方」作「分」；「好把」作「若有」。

附録：《歷代詩餘》、《樂府雅詞》、《花草粹編》。（尾注）

［一六］趙萬里輯《漱玉詞》、《校輯宋金元人詞》本（第六頁），收作「李清照　易安」詞。

校記

調題：皆同範詞。

正文：「蕭蕭」作「瀟瀟」。

附録：《樂府雅詞》、《花草粹編》七、《歷代詩餘》四十。（尾注）

［一七］唐圭璋輯《全宋詞》中州古籍出版社　兩冊本（上，第六四五頁），收作李清照詞。

附録：按：此首別又誤作延安夫人蘇氏詞，見彤管遺編後集卷十二。

［一八］中華書局編《李清照集》（第二〇頁），收作李清照詞。

［一九］王仲聞《李清照集校注》人民文學出版社（第二七頁），收作李清照詞。題作「晚止昌樂館寄姊妹」。

附録：此首別見元劉應李《事文類聚翰墨大全》後丙集卷四，無撰人姓氏，題作「晚止昌樂館寄姊妹」。……葉申薌《閩詞抄》卷四、林葆恒《閩詞徵》卷六亦以為延安夫人作，題作「暫止東昌館寄姊妹」，注：「此闋或誤題李易安」。……此首既見于宋曾慥輯《樂府雅詞》，題李易安作，而曾慥又與易安同時，必無錯誤。……此首殆為宣和三年辛丑八月間清照由青州至萊州途中宿昌樂寄姊妹所作。按地理圖，由青至萊，須經昌樂。《建炎以來系年要録》卷十九載建炎三年，趙晟由青赴萊，劉洪道令權知昌樂縣張成伏兵中途邀擊，可以證明。《翰墨大全》所題《暫止昌樂館寄姊妹》，恐為原題。《詩女史》等誤以「昌樂館」為「樂昌館」，《閩詞抄》至誤作「東昌館」，魯魚亥豕，不可究詰矣。詞中有『蕭蕭微雨聞孤館』句，必清照在旅途中作也。近人多以為此詞乃清照自諸城或青州寄至萊州趙明誠者，非是。

［二〇］黃墨谷《重輯李清照集》齊魯書社（卷二，第一九頁），收作李清照詞。

［二一］徐北文主編《李清照全集評注》濟南出版社（第一三一頁），收作李清照詞。

［二二］徐培均《李清照集箋注》上海古籍出版社（第八六頁），收作李清照詞。

◎歷代此闋著録他人或無名氏及存疑詞之載籍：

［一］元·劉應李輯《新編事文類聚翰墨大全》元刊本（『后丙四』，第八頁），中國科學院圖書館藏，收録，未注撰者。與署名『延安夫人』詞《臨江仙·立春寄季順妹》連排，第五首。應視為『延安夫人』詞。瑜注：元劉應李輯《新編事文類聚翰墨大全》所録此詞之前《臨江仙·立春寄季順妹》（一夜東風穿綉户）署名為『延安夫人』詞，與其銜接連排之三首：《更漏子·寄季玉妹》（小欄杆）、《鵲橋仙·寄季順妹》（星移斗轉）、《踏莎行·寄妹》（孤館深沉）雖都未署名，然《彤管遺編》（除《鵲橋仙·寄季順妹》）、《全宋詞》等皆以延安夫人（蘇氏）詞收之。同理銜接連排之第五首，即此詞也没有署名，以前推之，是書此詞亦應被視為延安夫人詞，合情合理。

校記

調題：調同範詞。題作『晚正昌樂館寄姊妹』。

正文：『泪濕羅衣脂粉滿』作『泪揾征衣脂粉暖』；『到』作『了』；『遍』作『過』；『惜』作『情』；『好把』作『若有』。

附録：無。

［二］明·酈琥采撰　顧廉校正《姑蘇新刻彤管遺編》明隆慶元年刻補修本《四庫未收書輯刊》影印（後集，卷之一二，第一二頁），收作延安夫人詞。

校記

調題：調同範詞。題作『寄姊妹』。

正文：『泪濕羅衣脂粉滿』作『泪揾征衣脂粉暖』；『到』作『了』；『好把』作『若有』。

附録：無。

［三］明·田藝蘅撰《留青日扎·陽關三叠》影印明刊本　上海古籍出版社（卷三九，第一一頁，總第一二四六頁），收作延安夫人詞。

校記

調題： 調同範詞。題作『暫止樂昌館寄姊妹』。

正文： 『泪濕羅衣脂粉滿』作『泪揾征衣脂粉暖』；『到』作『了』；『微』作『風』；『好把』作『若有』。

附録： 無。

［四］明・起北赤心子輯《綉谷春容》明清善本小説叢刊　天一出版社印行（樂集，卷之二，彤管摭粹，名媛詞，頁不清），收作延安夫人詞。

校記

調題： 調同範詞。題作『寄姊妹』。

正文： 『泪濕羅衣脂粉滿』作『泪揾征衣脂粉暖』；『四』作『曲』；『到』作『了』；『好把』作『若有』。

附録： 無。

［五］明・池上客選《歷朝烈女詩選名媛璣囊》（一名《名媛璣囊》）明萬曆二十三年書林鄭雲竹刻本（廉集三卷，第二九頁），收作延安夫人詞。

校記

調題： 調同範詞。題作『寄姊妹』。

正文： 『羅衣脂粉滿』作『征衣脂粉暖』；『到』作『了』；『好把』作『若有』；『東萊』作『東來』。

附録： 無。

［六］明・鄭文昂編輯《古今名媛彙詩》，《四庫全書存目叢書》影印明刊本（卷一七，第一一頁），收作延安夫人詞。

校記

調題： 調同範詞。題作『寄姊妹』。

正文： 『泪濕羅衣脂粉滿』作『泪揾征衣脂粉暖』；『到』作『了』；『好把』作『若有』。

附録： 無。

［七］明・趙世杰選輯　許肇文參閲《古今女史》明崇禎刊本（卷一二，詩餘，第一三頁），收作延安夫人詞。

校記

調題：調同範詞。題作『寄姊妹』。

正文：『羅衣脂粉滿』作『征衣脂粉暖』；『到』作『了』；『蕭蕭』作『瀟瀟』；『好把』作『若有』。

附録：無。

［八］清・周銘編集　金成棟重校《林下詞選》，《四庫全書存目叢書補編》第二冊（卷三，第一頁），收作延安夫人詞。

校記

調題：調同範詞。題作『暫止東昌館寄姊妹』。

正文：『泪濕羅衣脂粉滿』作『泪揾征衣脂粉暖』；『到』作『了』；『好把』作『若有』。

附録：無。

［九］清・葉申薌輯《閩詞抄》道光十四年刻本（道光十四年歲甲午八月三山葉氏開雕）（卷四，第七一頁），收作蘇氏詞。

校記

調題：調同範詞。題作『暫止東昌館寄姊妹』。題下注：『此闋或誤題李易安』。

正文：『泪濕羅衣脂粉滿』作『泪揾征衣脂粉暖』；『到』作『了』；『好把』作『若有』。

附録：無。

［一〇］清・林葆恒輯《閩詞徵》民國刻紅印本（卷六，第三二頁），收作延安夫人詞。

校記

調題：調同範詞。題作『暫止東昌館寄姊妹』。題下注：『此闋或誤題李易安』。

正文：『泪濕羅衣脂粉滿』作『泪揾征衣脂粉暖』；『到』作『了』；『好把』作『若有』。

附録：無。

◎瑜按：

此詞有宋曾慥輯《樂府雅詞》等二十餘種載籍收作李清照（易安）詞。上『歷代此闋著録他人或無名氏及存疑詞之載籍』中有十種載籍著録為延安夫人詞，以訛傳訛。實查唐圭璋輯《全宋詞》（兩冊本，上冊，第一四三頁）蘇氏（延安夫人）詞却未收。在其存目詞『附注』中指明：此詞為『李清照詞，見樂府雅詞卷下』，可信從。這就排除了延安夫人詞之可能。王仲聞《李清照集校注》也以為曾慥與易安同時，必無錯誤。故輯入《漱玉詞》。

【注釋】

［一］**陽關**：見《鳳凰臺上憶吹簫》（香冷金猊）注。

［二］**蕭蕭**：見《孤雁兒》（藤床紙帳朝眠起）注。

［三］**孤館**：孤獨寂寞的旅館。宋秦觀《踏莎行》：『可堪孤館閉春寒，杜鵑聲裏斜陽暮』。宋周邦彥《繞佛閣》：『樓觀迥出，高映孤館』。

［四］**方寸**：即『方寸地』，指人的心。唐白居易《感時》：『胡為方寸間，不貯浩然氣』。宋孔平仲《大風發長蘆詩》：『紛然方寸亂，魂干久不集』。

［五］**盞**：酒杯。宋秦觀《千秋歲》：『飄零疏酒盞，離別寬衣帶。』唐白居易《喜陳兄至》：『勿輕一盞酒，可以話平生』。

［六］**東萊**：即萊州，時為明誠為官之地，今山東萊州市。

［七］**蓬萊**：傳說中的海上仙山名。《史記·秦始皇本紀》：『齊人徐市具書言，海中有三神仙山，名曰蓬萊、方丈、瀛洲。』唐白居易《海漫漫—戒求仙也》：『蓬萊今古但聞名，烟水茫茫無覓處』。

【品鑒】

黄盛章《趙明誠·李清照夫婦年譜》云：『近人據元人選本《翰墨大全》，此詞前有一序，為昌樂館寄姊妹，故有「瀟瀟微雨聞孤館」之句。按清照于宣和三年八月十日到萊州，見《感懷詩序》，而此詞有云：「若有音書憑過雁，東萊不似蓬萊遠」，是盼其姊妹寄書東萊，必與赴萊州有關，昌樂即今昌樂，為自青州赴萊所必經，此詞應是宣和三年秋清照自青赴萊中途宿昌樂縣之館驛而作，時間當在七、八月間。』黄先生根據《翰墨大全》此詞之序、《感懷詩序》及趙李生平事蹟和此詞內容所做出的上述判斷是令人信服的。

摯密朋友、親生骨肉、恩愛夫妻、熾熱戀人、手足同胞的分離是不可避免的。宋蘇軾《水調歌頭》：『人有悲歡離合，月有陰晴圓缺，此事古難全』，這一富于哲理性的著名詞句形象地說明了這一道理。由于古代交通不便，婦女活動的範圍又很狹窄，加上李清照多情善感，姊妹情深，所以離別使她們格外傷情。以至她在途中昌樂的館驛中形影相吊，黯然泣下，倍覺同胞情重，于是寫了這首《蝶戀花》詞慰藉姊妹。

『泪濕羅衣脂粉滿。四叠陽關，唱到千千遍。』開筆入題。此詞首句猝然而起，以追溯姊妹分別時的悲傷場面發端，不僅渲染了氣氛，也為全文定下了感傷淒凉的基調。『泪濕羅衣脂粉滿』，這與易安存疑詞《菩薩蠻》：『啼粉污羅衣』的意境相同，不過此存疑詞是寫夫妻離情別緒的。『脂粉滿』，極言衣上脂粉之多。這麽多的脂粉又都是泪水沖下的，説明泪水之多。泪水之多説明姊妹間離別時感傷之甚，因而也越表明姊妹情深。『千千遍』，和《鳳凰臺上憶吹簫》中『千萬遍陽關』均為虚數，極言其多。為什麽要反複唱《陽關》曲？因為它是古代的送別之曲。特别是其中『勸君更盡一杯酒，西出陽關無故人』兩句，這是送行者對離者美好的祝願，親切的囑咐，真摯的道情，送者複雜的思想感情通過唱詞表達出來。『脂粉滿』、『千千遍』，表現姊妹間的感情是何等深厚濃摯。此詞開門見山，作者用精妙之筆勾勒了離別的場面。人與人之間友誼的深淺，感情的厚薄，在分別的片刻得以真實、自然、集中，然而又是最大程度的表現。選取離別的場面，表達姊妹骨肉之情是最典型的。李清照要離開青州的姊妹到在萊州做官的丈夫趙明誠那裏去了，除了準備好携帶的東西外，還要好好梳洗打扮一番，這是人之常情。臨別之際，姊妹為她餞行，她泪涕交頤。涕泪和着臉上的脂粉沾染了整個漂亮的綢衣，她哭得像泪人一樣。姊妹為她頻頻舉起酒杯，無數次地歌唱送別的《四疊陽關》曲，相對哽咽着述説關切的囑語。李清照雖然不是西出陽關，但是在交通不發達的古代，即使幾百里却也是『相見時難別亦難』，所以深情的姊妹泣不成聲，格外悲傷。首韵為作者倚聲填詞、囑語姊妹做了敷陳。

『人道山長山又斷。蕭蕭微雨聞孤館。』寫她遠離姊妹，在中途的昌樂驛館中夜聞雨聲的孤淒心境。『山長』隱喻路途遥遠。唐人李涉《六嘆》詩云：『山長水遠無消息』，宋晏殊《蝶戀花》『欲寄彩箋兼尺素，山長水闊知何處。』詩詞中的離情別緒常常與『山長水遠』聯繫起來。『斷』，盡。『人道山長山又斷』，人們都説山脉是很長的，可我已經走到了山的盡頭，遠遠别離了我的姊妹。此句承前，在于説明臨行過度哀傷的原因；啓後，提出孤館夜不成眠的根據。作者夜晚住在异地孤寂的驛館裏，伴着寒燈長夜不寐，回想起與姊妹傷離惜别的眷戀之情，不禁陣陣辛酸。這時隔窗傳來唰唰的雨聲，綿綿不已，更增加了心頭的無限愁緒。她低徊顧影，衹覺得摧肝裂膽的難受，不禁潸潸泪下。作者用抛在後面的蒼茫遠山和蕭蕭微雨構成一幅寥廓、迷茫、淒凉的畫面，這雖然是虚寫的景物，但却奇妙地烘托了長夜孤館中女主人的悵惘、悲傷、孤寂的心境。

上片寫姊妹分别時悲傷的情景和在昌樂驛館中的淒楚心境。

『惜別傷離方寸乱。忘了臨行，酒盞深和淺。』宋張炎《詞源》云：『最是過片，不要斷了曲意，須要承上接下』。换頭與上片首三句綰合，承寫離别時情景。『亂』、『忘』二詞，樸實無華，揭示出她臨行那矛盾複雜、愁思繚亂的心理。奔萊州明誠，欲留不住；姊妹情深，欲離難行。『酒盞』，酒杯。《詞苑叢談・張才翁以張公庠詩為詞》載，張公庠游白鶴山有詩云：『別離長恨人南北，會合休辭酒淺深。』張才翁將此詩句點化成《雨中花》詞云：『別離萬里，飄蓬無定，誰念會合難憑。相聚裏，休辭金盞，酒淺還深。』寫的是人久別之後，『會合』『相聚』時的痛飲。李清照『忘了臨行，酒盞深和淺』，寫的是姊妹的餞別。這也許是暗合，都是源于類似的生活情景。兩句的意思是，奔萊州的丈夫明誠，這是情理中事，姊妹情深，欲離難捨。姊妹們哽咽着低唱送別的《陽關》曲，一遍又一遍。尤其是『勸君更盡一杯酒，西出陽關無故人』，更撩人心酸淚涌。她們一杯杯喝下去，顧不得細察酒杯裏酒的多和少。此韵作者着力開掘臨行時依依惜別的心理活動。

『好把音書憑過雁。東萊不似蓬萊遠。』寫對姊妹的叮囑、安慰、期望。『好』，便于。『憑』，憑藉，依靠。『雁』，相傳它是能夠傳遞書信的。《漢書·蘇武傳》：『言天子射上林中，得雁，足有系帛書』。『蓬萊』，實際上是傳説中的虛無縹緲的神仙境界，人莫可及。惜別餞行的悲傷場面，集中、突出地表現了其姊妹深情，而情益深益覺孤館的凄寂。越凄寂，越懷念骨肉情深的姊妹。怎麽辦？倚聲填詞安慰她們。如此，自己也感到莫大的慰藉。結句意思是，距東萊儘管山長水遠，但不像傳説中的海上仙山蓬萊那樣虛無縹緲，還是便于憑藉遠征的大雁把書信從青州傳到萊州的。

下片寫臨行姊妹悲傷的場面，及倚聲填詞囑語姊妹的情景。

此詞，通過對姊妹惜別的情景、孤館夜宿的凄寂、寄語姊妹的描寫，表現出其姊妹間感情的真摯深厚。

此詞上下兩片并列對稱。上片：頭韵追溯姊妹臨別的情景，側重人物外貌、行動描寫；次韵寫獨處孤館的凄傷。下片：頭韵承寫姊妹臨別的情景，側重心理的開掘；次韵寫倚聲填詞，安慰姊妹。結構精工。此詞構思縝密精巧。上片，頭韵陡峭，次韵舒緩。惜別情濃，驛館纔覺孤凄。下片：頭韵振起，驛館越孤寂，越追想臨別情景。次韵和緩，越追想臨別情景越覺有必要安慰姊妹。意脉貫穿，順理成章，波瀾起伏，詞卒顯志。

在時間上，作者從過去（臨行）寫到現在（孤館）；由現在（孤館）又折回寫到過去（臨行）；又從過去（臨行）設想將來（青州萊州間的書信）。在空間上，作者從青州寫到征途；又從征途寫到昌樂；從昌樂又折回寫到青州；從青州折進寫到萊州、蓬萊。真可謂『若九曲湘流，一波三折』。可見作者才情敏贍，藝術思維之活躍。

此詞，非有姊妹離別的真實體驗和強烈生活感受者莫能為。運用多種手法，語言樸實、通俗、活潑、清新。感情真摯、親切、細膩，使我們受到巨大藝術感染和得到美的享受。

【選評】

〔一〕 **黄盛璋**：近人于元《翰墨大全》中發現此詞前有一序，乃宿昌樂驛寄姊妹之作，故有『瀟瀟微雨聞孤館』之句，末兩句乃是望其姊妹寄書東萊，非望明誠自東萊寄書，昌樂即今昌樂縣，為青州赴萊州必經之道，而又距青州不遠，故此詞必作于赴萊州途中，時間應在宣和三年七月底或八月初。（《李清照集·李清照事蹟考辨》）

［二］**王仲聞**：此首既見于宋曾慥輯《樂府雅詞》，題李易安作，而曾慥又與易安同時，必無錯誤。《詩女史》等以為延安夫人作，皆非。《翰墨大全》作無名氏，疑誤奪李易安姓名。此首殆為宣和三年辛丑八月間清照由青州至萊州途中宿昌樂寄姊妹所作。按地理圖，由青至萊，須經昌樂。《建炎以來系年要録》卷十九載建炎三年，趙晟由青赴萊，劉洪道令權知昌樂縣張成伏兵中途邀擊，可以證明。《翰墨大全》所題《暫止昌樂館寄姊妹》，恐為原題。《詩女史》等誤以『昌樂館』為『樂昌館』，《閩詞抄》至誤作『東昌館』，魯魚亥豕，不可究詰矣。詞中有『蕭蕭微雨聞孤館』句，必清照在旅途中作也。近人多以為此詞乃清照自諸城或青州寄至萊州趙明誠者，非是。（《李清照集校注》）

［三］**黃墨谷**：《蝶戀花》（泪揾征衣脂粉滿）是一首開闔縱横的小令，王維的『勸君更盡一杯酒，西出陽關無故人』，到了她的筆下變成『四叠陽關，唱到千千遍』的激情，極誇張，却極親切真摯。通首寫惜别心情是一層比一層深入，但煞拍『好把音書憑過雁，東萊不似蓬萊遠』，出人意外地而作寬解語，能放能淡。所謂善言情者不盡情。令詞能夠運用這種變化莫測的筆法是很不容易的。（《重輯李清照集》）

［四］**龔克昌**：這首詞布局極具匠心。詞上下片前三句都是追憶與姊妹離别時的情景——重點表現作者個人；上下片後兩句都是寫作者在旅途孤館中的心情。但兩者又有區别，上片前三句作者主在自繪外表，下片前三句作者意在表露自己内心。上片後兩句肆筆于哀思，下片後兩句寄意于希望。從而使整首詞前後之間或相呼應，或相對照，波濤迭起，而秩序井然，令人耳目一新。且詞的開頭突然破筆，震懾人心；收篇寫意深遠，餘味深厚。可見清照妙筆之一斑。（《李清照詞鑒賞》）

［五］**滙紹堃　錢光培**：這首詞，舊説多以為是李清照送趙明誠赴萊州或清照于青州寄明誠之作，均非是。元劉應李《事文類聚翰墨大全》載此詞題作『晚止昌樂館寄姊妹』。明誠于宣和初出守萊州，清照并未同行。宣和三年八月，清照方由青州赴萊州，昌樂是青州去萊州必經之地，此詞當是她赴萊途中，寄住昌樂縣館驛時念及臨行姊妹們送别情景所作。（《李清照名篇賞析》）

［六］**平慧善**：宣和三年辛丑（一一二一年）八月間，李清照自青州赴萊州，途經昌樂宿館，作此詞寄姊妹。本詞布局頗具

匠心，上下兩片前三句都是寫離別情景，後兩句都是寫旅途中的心情，但又有差异。上片前三句重在寫外部表現，泪濕羅衣，《陽關》千唱；下片前三句則重在寫內心活動，亂了方寸時的情景。上片後兩句渲染路途遥遠、高山阻隔，相見之難，以及在孤館中的凄苦思念之情，放筆寫哀思；下片後兩句，詞意轉折，詞人有意縮短距離，『東萊不似蓬萊遠』，囑咐姐妹音書時寄，勸人自慰，意似通脱。（《李清照詩文詞選譯》）

［七］**宋　紅**：這首詞的主旋律是仄仄平平，仄仄平平仄（四疊陽關，唱到千千遍），此前一句是這一旋律的壓縮，此後兩句是這一旋律的伸展，上下兩闋是相同節奏的復沓，這一主旋律的變奏和反複，與詞中所訴説的內容，所表現的情緒自相應合，形成內在的波動起伏的感情流，使讀者的情緒受到潛移默化的感染。（《李清照作品賞析集》）

［八］**侯健　吕智敏**：這首詞是李清照隻身赴萊州途經昌樂縣時寄語姊妹之作。其時，趙明誠任萊州知州。清照的惜別詞在她的詞作中占着很大的比重，但多是抒寫夫妻間的離愁別恨，而這一首却是吟唱姊妹間的手足之情，故筆致不似他篇含蓄曲折，而較為坦率，多直抒胸臆。上片寫獨宿館舍，回憶姐妹送別時的景象。……下片回筆繼續追憶送別情景。抒寫餞別時的情懷，又恰切情選取連姐妹們勸飲了多少盞送別酒都記不清了這一典型細節，形象地表現出詞人的心已為離愁別緒所充塞，所攪擾，所揉碎，反凄婉，心理刻劃十分微妙。詞人反複吟咏這種感情，回環，筆，一唱三嘆，使一片同胞手足之情躍然紙上。全詞煞尾處，入複鋒陡轉，語氣乍變，以『好把音書憑過雁，東萊不似蓬萊遠』勸慰姐妹，也聊以自慰，表現深厚的骨肉之情，就更顯得真實而烘婉言委味而理動。若一和人悲，反使人有聲嘶力竭之感。（《李清照詩詞評注》）

蝶戀花

暖日晴風初破凍。柳眼梅腮，已覺春心動。酒意詩情誰與共。泪融殘粉花鈿重。　乍試夾衫金縷縫。山枕斜欹，枕損釵頭鳳。獨抱濃愁無好夢。夜闌猶剪燈花弄。

——影印涵芬樓手抄本之《樂府雅詞》

【考辨】

◎歷代載籍著録此闋之詞調、題目：

調作《蝶戀花》（又名《一籮金》、《捲珠簾》、《鳳栖梧》、《鵲踏枝》、《黄金縷》）。題作『離情』、『春懷』。

◎歷代此闋著録為李清照（易安）詞之載籍：

〔一〕宋・曾慥輯《樂府雅詞》影印涵芬樓手抄本（樂下，第六六頁），收作李易安詞。

校記

調題：調作《蝶戀花》。無題。

正文：『日』旁注：『雨』；『晴』旁注：『和』；『心』旁注：『風』；原『暎』、『梆』，茲改為正字『暖』、『柳』。（擇為範詞，底本）

附録：無。

〔二〕宋・曾慥編（原署）《樂府雅詞》文淵閣《欽定四庫全書》本　集部（卷下，第七三頁），收作李易安詞。

校記

調題：皆同範詞。

正文：『暖日晴風』作『暖雨清風』。

附録：無。

[三] 宋・曾慥撰（原署）《樂府雅詞》文津閣《欽定四庫全書》本　集部（卷下，總第四七九頁），收作李易安詞。

校記

調題：皆同範詞。

正文：『暖日晴風』作『暖雨清風』。

附録：無。

[四] 宋・花庵詞客（黄升）編集（原署）《唐宋諸賢絶妙詞選》掃葉山房刊本（卷一〇，第三頁），收作李易安詞。

校記

調題：調同範詞。題作『離情』。

正文：『暖日晴風』作『暖雨和風』；『柳眼梅腮』作『柳潤梅輕』；『衫』作『衣』；『斜欹』作『欹斜』。

附録：無。

[五] 明・沈際飛選評　秦士奇訂定《草堂詩餘別集》明萬賢樓自刻本（卷二，歷朝，第三一頁），收作李易安詞。

校記

調題：調作《鳳栖梧》。題作『離情』。題下注：『一作「春懷」』。

正文：『暖日晴風』作『暖雨和風』；『衫』作『衣』。

附録：此媛手不愁無香韵。　近言遠，小言至。（眉批）

[六] 明・陳耀文纂（原署）《花草粹編》影印明刊十二卷本（卷七，第二七頁），收作李易安詞。瑜注：李易安《蝶戀花》（泪揾征衣脂粉暖）與此首連排，用『二』字銜接，衹前一首署名，此首撰者亦應為李易安，詳見《品令》（急雨驚秋曉）之『瑜按』。

校記

調題：皆同範詞。目録調名下注：『一名《一籮金》、《捲珠簾》、《鳳栖梧》』。

正文：『暖日晴風』作『暖雨清風』。

附録：無。

[七] 明・陳耀文輯《花草粹編》文淵閣《欽定四庫全書》二十四卷本（卷一三，第三二頁），收作李易安詞。瑜注：李易安《蝶戀花》（泪揾征衣脂粉暖）與此首連排，用『二』字銜接，衹前一首署名，此首撰者亦應為李易安，詳見《品令》（急雨驚秋曉）之『瑜按』。

校記

調題：皆同範詞。

正文：『暖日晴風』作『暖雨清風』。

附録：無。

[八] 明・陳耀文編（原署）《花草粹編》文津閣《欽定四庫全書》二十四卷本（卷一三，總第五一頁），收作李易安詞。瑜注：李易安《蝶戀花》（泪揾征衣脂粉暖）與此首連排，用『二』字銜接，衹前一首署名，此首撰者亦應為李易安，詳見《品令》（急雨驚秋曉）之『瑜按』。

校記

調題：皆同範詞。

正文：『暖日晴風』作『暖雨清風』。

附録：無。

[九] 明・毛晋訂《漱玉詞》影印汲古閣初刻《詩詞雜俎》本（第四頁），收作『李氏　清照』詞。

校記

調題：調同範詞。題作『離情』。

正文：『暖日晴風』作『暖雨和風』；『柳眼梅腮』作『柳潤梅輕』；『衫』作『衣』；『斜欹』作『欹斜』。

附録：無。

[一〇] 明・卓人月彙選　徐世俊參評《古今詞統》（又名陳繼儒評選《草堂詩餘》、《詩餘廣選》），《續修四庫全書》本（卷九，第三九頁），收作李清照詞。

校記

調題：調同範詞。題作『離情』。調下注：『一名《鳳栖梧》、一名《鵲踏枝》、一名《黄金縷》、一名《一蘿金》』。

正文：『暖日晴風』作『暖雨和風』；『衫』作『衣』。

附録：無。

［一一］明・潘游龍輯《精選古今詩餘》（《古今詩餘醉》）清乾隆壬午秋鐫（卷八，第三〇頁），收作李易安詞。

校記

調題：調作《鳳栖梧》。題作『離情』。

正文：『暖日晴風』作『暖雨和風』；『泪融殘粉』作『泪融殘』；『衫』作『衣』。

附録：無。

［一二］清・周銘編集　金成棟重校《林下詞選》，《四庫全書存目叢書補編》第二冊（卷一，第五頁），收作李清照詞。

校記

調題：調同範詞。題作『離情』。

正文：『暖日晴風』作『暖雨和風』；『柳眼梅腮』作『柳潤梅輕』；『衫』作『衣』。

附録：無。

［一三］清・徐釚撰《詞苑叢談》上海古籍出版社（卷一，第一三頁），著録為李易安詞。

校記

調題：無調。無題。

正文：僅録二句，皆同範詞。

附録：《入神之句》……李易安『獨抱濃愁無好夢，夜闌猶剪燈花弄』。（詞評）

［一四］清・沈辰垣等編《御選歷代詩餘》影印康熙内府本（卷四〇，第二〇八頁），收作李清照詞。

校記

調題：皆同範詞。

正文：『暖日晴風』作『暖雨和風』；『衫』作『衣』；『斜欹』作『欹斜』。

附録： 無。

［一五］清·江標抄《李清照漱玉詞》汲古閣未刻詞二十二家本（手抄，不分卷頁，第一三首），上海圖書館藏，收作『宋易安居士李氏清照』詞。

校記

調題： 皆同範詞。

正文： 『暖日晴風』作『暖雨和風』；『酒』作『注酒』；『衫』作『衣』。

附録： 無。

［一六］清·汪玢箋《漱玉詞彙抄》問遽廬正本（手抄，不分卷頁，第一一首），復旦大學圖書館藏，收作『宋李氏清照易安』詞。

校記

調題： 調同範詞。題作『離情』。

正文： 『暖日晴風』作『暖雨和風』；『柳眼梅腮』作『柳潤梅輕』；『衫』作『衣』；『斜欹』作『欹斜』；『闌』作『來』。

附録： 無。

［一七］清·莫友芝家抄《漱玉詞》（手抄，不分卷頁，第一五首），復旦大學圖書館藏，收作『宋李氏清照易安』詞。

校記

調題： 皆同範詞。

正文： 『暖日』作『暖雨』。

附録： 無。

［一八］清·王鵬運輯《漱玉詞》，《四印齋所刻詞》本（第四頁），收作『李清照　易安』詞。

校記

調題： 皆同範詞。

正文： 『暖日』作『暖雨』。

附録： 無。

［一九］清・楊文斌輯録《三李詞》光緒庚寅夏香海閣刊本（卷三，第一二頁），收作李清照詞。

校記

調題：皆同範詞。

正文：「暖日晴風」作「暖雨和風」；「衫」作「衣」；「斜欹」作「欹斜」。

附録：無。

［二〇］清人輯《斷腸漱玉詞合刊》之《漱玉詞》光緒庚子石印本（第二頁），收作李清照詞。

校記

調題：調同範詞。題作「離情」。

正文：「暖日晴風」作「暖雨和風」；「柳眼梅腮」作「柳潤梅輕」；「衫」作「衣」；「斜欹」作「欹斜」；「無好夢」作「無夢」。

附録：無。

［二一］清・蕙風簃主箋《漱玉詞箋》中華圖書館石印本　中華民國四年六月版（不分卷，第四頁），收作李清照詞。

校記

調題：皆同範詞。

正文：「日」作「雨」。

附録：《皺水軒詞筌》：寫景之工者，如尹鶚「盡日醉尋春，歸來月滿身」，李重光「酒惡時拈花蕊嗅」，李易安「獨抱濃愁無好夢。夜闌猶剪燈花弄」，劉潛夫「貪與蕭郎眉語，不知舞錯伊川（州）」，皆入神之句。（詞評）

［二二］木石居士選輯　絳雲女史參校《歷代名媛詞選》民國十六年石印本（卷九，中調一，未注頁碼），收作李清照詞。

校記

調題：皆同範詞。

正文：「暖日晴風」作「暖雨和風」；「衫」作「衣」；「斜欹」作「欹斜」。

附録：無。

［二三］李文裿輯《漱玉集》冷雪盦叢書本（卷四，第一頁），收作李清照詞。

校記

調題：皆同範詞。

正文：『暖日晴風』作『暖雨和風』；『衫』作『衣』；『斜欹』作『欹斜』。

附録：《歷代詩餘》、《樂府雅詞》、四印齋本《漱玉詞》。（尾注）

［二四］趙萬里輯《漱玉詞》，《校輯宋金元人詞》本（第六頁），收作『李清照　易安』詞。

校記

調題：皆同範詞。調下注：『《花庵詞選》題作「離情」，《草堂詩餘別集》、《古今詞統》并同』。

正文：『日』作『雨』。

附録：《樂府雅詞》、《花庵唐宋諸賢絶妙詞選》、《花草粹編》七、《草堂詩餘別集》二、《古今詞統》九、《歷代詩餘》四十。（尾注）

按：略（瑜注：内容僅為校記）。

［二五］唐圭璋輯《全宋詞》中州古籍出版社　兩冊本（上，第六四五頁），收作李清照詞。

［二六］中華書局編《李清照集》（第二一頁），收作李清照詞。

［二七］王仲聞《李清照集校注》人民文學出版社（第二九頁），收作李清照詞。

［二八］黃墨谷《重輯李清照集》齊魯書社（卷二，第二四頁），收作李清照詞。

［二九］徐北文主編《李清照全集評注》濟南出版社（第一三三頁），收作李清照詞。

［三〇］徐培均《李清照集箋注》上海古籍出版社（第八四頁），收作李清照詞。

◎歷代此闋著録他人或無名氏及存疑詞之載籍：

雖廣徵博采而未見。

◎瑜按：

上三十種載籍著録為李易安（清照）詞，未見撰者有异名，兹入《漱玉詞》。

【注釋】

［一］**柳眼**：剛生的柳芽，形如眼，故稱柳眼。南唐李煜《虞美人》：『風回小院庭蕪緑，柳眼春相續。』宋范成大《朝中措》：『怪見梅梢未暖，

情知柳眼猶寒』。

［二］**梅腮**：指花蕾外層的梅花瓣。宋皁叔文《喜遷鶯》：『春回天際，見柳眼翠窺，梅腮粉膩』。宋李處全《念奴嬌》：『桂魄初圓，梅腮全放，節物俱奇絶』。

［三］**春心**：此處語涉雙關。一指春天的季候；一指年輕人懷想异性的心理。唐李商隱《無題》：『春心莫共花争發，一寸相思一寸灰。』唐高駢《池上送春》：『回首看花花欲盡，可憐寥落送春心』。

［四］**花鈿**：見《浣溪沙》（淡蕩春光）注。

［五］**山枕**：見《浣溪沙》（淡蕩春光）注。

［六］**攲**：卧時歪向一側。唐白居易《東樓竹》：『捲簾睡初覺，攲枕看未足』。唐溫庭筠《南歌子》：『臉上金霞細，眉間翠鈿深。攲枕覆鴛衾』。

［七］**釵頭鳳**：古代婦女的一種首飾。釵頭鳳形的叫『鳳釵』。『釵頭鳳』指釵頭的鳳凰而言。宋無名氏《擷芳詞》：『可憐孤似釵頭鳳，關山隔』。元王惲《點絳唇》：『露影庭萱，一枝金綻釵頭鳳』。

［八］**夜闌**：夜深。宋蘇軾《臨江仙》：『夜闌風静縠紋平。小舟從此逝，江海寄餘生。』唐杜甫《羌村》：『夜闌更秉燭，相對如夢寐』。

［九］**燈花**：燈芯之燼結，形似花，古人常以其為喜事之兆。唐魚玄機《迎李近仁員外》詩：『今日喜時聞喜鵲，昨宵燈下拜燈花。』元王實甫《西厢記》附明王彦貞《摘翠百咏小春秋》（八十八）《鶯鶯自念》：『忽聞喜鵲噪林梢，昨夜燈花爆，必有佳音敢來到』。

【品鑒】

黄墨谷《重輯李清照集》認為該詞當作于宣和三年（公元一一二一），時清照居青州。

趙明誠李清照結為夫婦之後，曾有多次離别。結婚時趙明誠正在太學就讀，後出仕鴻臚少卿。又曾由萊州移官淄州（今山東淄川），夫妻作暫時的離别都是可能的。就是夫婦屏居青州鄉里十年，亦常出外集古考碑，也不能説絶對没有離别過。明誠曾受其父株連被捕入獄；後由青州起知萊州，初獨赴任；由淄州獨奔母喪去江寧，這些都是趙李有案可稽的離别。此詞中所寫的離别已經無法考證確在何年何地為何事。由于兩人志同道合，情愛篤深，即使是短暫的離别，也會激起綿綿愁緒。此詞寫的是一年早春的離愁别苦。

『暖日晴風初破凍。柳眼梅腮，已覺春心動。』以寫初春生機勃然的景象開端。用『漸入』手法。『暖日晴風初破凍』，『晴風』，指天朗風清。『初』，點出這是個早春時節。『破凍』，使冰河、積雪、凍土融化。『破』字十分傳神，寫出『暖日晴風』化育萬物之威力。『柳眼』一詞在寫春天景象的詩詞中常常見到。『春心』，一般指青年男女懷思异性的心理。五代毛文錫《戀情深》：『宴餘香殿會鴛衾。蕩春心』，明湯顯祖《牡丹亭・尋夢》：『少甚麼低就高來粉畫垣，元來春心無處不飛懸』，其中的『春心』就是這個意思。此詞中的『春心動』是一種擬人化的寫法，是指春天使萬物復蘇的自然力量。溫暖的春雨，淡蕩的春風，使嚴封的冰河、覆蓋的積雪、凍結的土地剛剛融化。從如眼的柳芽，泛紅的梅花花瓣，人們已經覺察春天在施展它化育萬物的威力。

這裏作者把春人格化了，它有『心』，春之子——柳，有『眼』，梅，有『腮』，把抽象的春具體化、形象化。我們似乎感到這顆充滿生機的芳心在有節奏地跳動。詞人通過對早春景物進行深入細緻觀察，切身體驗，又根據自己的審美理想，抓住早春景物的外部特徵和內在的精神特質，以超卓的表現手法，寫出早春生機盎然的景象，生動形象，形神兼備。作者的用意一面以早春景象引出詞旨：可愛的春天姍姍而至，可是心上的人兒却没有歸來，油然而引起她的離情別緒，開了下文；一方面用樂景寫哀的藝術手法，使其藝術效果倍增。手法超妙。

『酒意詩情誰與共。淚融殘粉花鈿重。』由前面早春景物的描繪，引出對離情別緒的抒發。李清照喜歡飲酒，在她前期和後期的詞作中都不難見到，與明誠共飲也可見于詞作。易安《漁家傲》云：『共賞金樽沉綠蟻。莫辭醉。此花不與群花比』，記載了夫婦兩人飲酒賞花的事情。與明誠一起賦詩在她的詩詞中也有所反映，其《偶成》詩云：『十五年前花月底，相從曾賦賞花詩。』宋周輝《清波雜志》：『頃見易安族人，言明誠在建康日，易安每值天大雪，即頂笠披蓑，循城遠覽以尋詩，得句，必邀其夫賡和。』這些便是『酒意詩情』與明誠『共』的文字記載。明誠不僅是李清照心愛的丈夫，同時也是她最好的『酒朋詩侶』。作者用一反詰句，肯定無愛人與共，比直陳含蓄有味，表現無限惆悵嘆惋之情。『淚融殘粉花鈿重』，『融』，融和，調和。『花鈿重』，極言女主人的身體瘦弱無力，亦可見其精神狀態之不佳。什麼原因？那是因為丈夫遠離自己的身邊，苦苦相思所致。南唐李璟《浣溪沙》云：『沈郎多病不勝衣』，意思是，我像沈約一樣多病，連穿衣服都覺得有些沉了。這與李清照『淚融殘粉花鈿重』一句的構思頗似。易安詞的『花鈿重』是因為自己思念丈夫，身體日漸衰弱，連頭上戴個首飾都覺得重了。兩句的意思是，心上人離開了，我跟誰在一起賦詩暢飲，淚水融和着殘留的脂粉。由于思念而柔腸縈損，身體消瘦，連嵌花的首飾戴在頭上都感覺沉了。

『乍試夾衫金縷縫。山枕斜欹，枕損釵頭鳳。』承前，寫思念丈夫的情態。『縷』，金絲綫。『山枕』，山形的枕頭。五代顧敻《甘州子》：『山枕上，幾點淚痕新』，唐溫庭筠《菩薩蠻》：『山枕隱濃妝。綠檀金鳳凰』，皆其例。『欹』，歪向一側。古詩詞寫人的睡態時常用，如唐閻選《臨江仙》：『珍簟對欹鴛枕冷，此來塵暗淒涼。』女主人剛剛褪去冬裝，換上用金絲綫縫製的夾衣，既合體，又別致。但她也并不刻意珍惜，倒在枕上，沒有脱衣，因脱衣也不能入睡，活動反倒不自如。她傾斜身子，頭歪向一側，枕着山形的枕頭。自從愛人離去，她就夜夜如此，翻來覆去，離情綢繆惝恍，難以入睡，致使枕頭磨壞了釵頭的鳳凰。作者用白描藝術手法，平淡的筆致，寫出女主人夜晚繾綣離愁，痛苦難耐的情態。含蓄、藴藉。此韵，作者着意用人物活動來揭示人物的內心世界，痛苦萬狀，而以『不言言之』。本來『金縷』縫的『夾衫』，首飾上的『釵頭鳳』皆為女主人的珍愛之物，然而似乎現在也不甚看重。穿着『金縷』縫的『夾衫』，不怕揉皺，戴着『鳳釵』倒下，磨損也不顧惜。人物的行為正是人物心理的一面鏡子，她的心完全被心愛的人所占據。反映相思之情癡，夫妻恩愛之深。

『獨抱濃愁無好夢。夜闌猶剪燈花弄。』『抱』，懷。『夢』，是人潛意識的反映，夢是生活的折光。如亡國之君南唐李煜被囚，常常追戀過去的帝王生活，曾作過從前春天游樂生活的夢：《望江南》：『多少恨，昨夜夢魂中。還似舊時游上苑，車如流水馬如龍。花月正春風。』宋晏殊《破陣子》：『疑怪昨宵春夢好，元是今朝鬥草贏。笑從雙臉生』，這是用夢境的好壞來預兆事物的凶吉禍福，當然是唯心的。但是，人心境不佳時，常常作『惡夢』，即『無好夢』，這是事實，絕大多數人都有過這種體驗。『獨』，表現主人公的孤淒無伴，形影相吊。『獨抱濃愁無好夢』，是説她閨房獨守，四顧淒涼，紅燭垂泪，懷着濃重的愁緒，人即使在失眠的翻覆中睡去，也不會有欣喜可慰的夢境的。古人常以『燈花』為喜事之兆。『弄』，玩。既然『獨抱濃愁無好夢』，睡去也不會有吉祥幸福的夢，特別是與愛人相見或愛人歸來的美好夢境；滿懷愁緒又難以睡去，怎麼辦？一面用剪子修剪燈花，使其開得更大更美，拜求夫妻幸福，丈夫早日歸來的吉祥運氣；一面剪着燈花玩，聊以自慰，消磨夤夜的時光，然而，內心是何等的淒惻。古人稱賞此兩句：『寫景之工』，『皆為入神之句』。

上片：寫她早春白日裏流泪，對丈夫懷着深情思念。

下片：寫早春夜不成寐，修剪燈花，做喜事之兆，希望愛人在外吉祥，早日歸來。

開頭，用的是中國詩歌的傳統寫法——『興』的手法。古來對『興』的手法衆説紛紜，宋朱熹所云：『興者，先言他物以引起所咏之詞也』。也衹不過是『興』法之一種。按着這種説法，『興』是先寫其他的事務，藉以引出所要寫的事和所要抒發的感情。《詩經・蒹葭》：『蒹葭蒼蒼，白露為霜。所謂伊人，在水一方。溯洄從之，道阻且長。溯游從之，宛在水中央。』開頭『蒹葭蒼蒼，白露為霜』，是説河邊的蘆葦青青呀，上面落滿的晶瑩的露珠，已結成嚴霜。女主人公觸景生情，睹物懷人，引起了對『伊人』的無限思念。此詞開頭以景起，寫出早春萬物復蘇春情發動的景象。春回大地，而自己的愛人却没有歸來，引起了對自己丈夫的深情思念。即起到烘托渲染的作用，也點明時令，有一石數鳥之妙。

古人寫人的愁濃怨極，而不直言，通過對主人公的無聊行為和開解似的嬉戲之描寫，來開掘人物靈魂深處，因此這些無聊的行為和開解似的嬉戲，便有一種極為深沉的含蓄美，有奇特的藝術魅力。唐人王維《秋夜曲》：『桂魄初生秋露微，輕羅已薄未更衣。銀箏夜久殷勤弄，心怯空房不忍歸。』女主人并非樂妓夜闌練功，『銀箏夜久殷勤弄』，表現其不堪空房獨守的孤獨、凄凉、寂寞、痛苦。清蘅塘退士評曰：『貌為熱鬧，心實凄凉，非深于涉世者不知』。又唐杜牧《秋夕》：『銀燭秋光冷畫屏，輕羅小扇撲流螢』，唐劉禹錫《春詞》：『行到中庭數花朵，蜻蜓飛上玉搔頭』，唐張祜《贈内人》：『斜拔玉釵燈影畔，剔開紅焰救飛蛾』，這些言怨之詩中，女主人的行為近乎無聊，但女主人却是聊以自慰和開解，從而反映她的内心世界的無限凄寂幽怨。不言怨而怨意盎然，妙在言外。易安此詞結句：『夜闌猶剪燈花弄』，用剪燈花消磨時光，聊以解悶，又拜求好的運氣，表現女主人對愛情的執着追求。此結餘韵裊繞，不絶如縷。宋蘇軾説：『言有盡而意無窮者，天下之至言也』，誠如是。

此外，該詞擬人手法的運用，生活中的一些事物的選取，都能顯出作者藝術手法純熟多變。但運用之妙，純乎一心，非輕易所得。

【選評】

[一] **明·顧從敬　沈際飛**：此媛手不愁無香韵。　近言遠，小言至。（《草堂詩餘別集》）

[二] **清·賀　裳**：寫景之工者，如尹鶚『盡日醉尋春，歸來月滿身』，李重光『酒惡時拈花蕊嗅』，李易安『獨抱濃愁無好夢，夜闌猶剪燈花弄』，劉潛夫『貪與蕭郎眉語，不知舞錯伊州』，皆入神之句。（《皺水軒詞筌》）

[三] **喻朝剛**：這首詞寫的是離愁別思，題材并無新意，但由于作者抒發的是内心的真情實感，筆觸頗為細膩，因而顯得委曲動人。詞中用『酒意詩情誰與共』一句，點明詞旨，向讀者打開了傷春懷遠的心扉。上片的景物描寫和下片的動態刻畫，都是為了表現抒情主人公的心理活動。試夾衫、欹山枕、剪燈花，從白天到黑夜，這一連串動作，反映了女詞人孤獨寂寞的心境。此時李清照和趙明誠的分別是暫時的，雖然給她帶來了煩惱和憂愁，但不久即可見面，這種煩惱和憂愁便將烟消雲散。所以詞的結拍處自然地流露出了一種喜悦和希望之情。這與她後期在國亡家破夫死以後所抒發的哀愁，在情調和意境方面都是不同的。（《李清照詞鑒賞》）

〔四〕**溫紹堃　錢光培**：李清照在這首詞里所表現的離愁之苦，同她在《蝶戀花》（晚止昌樂館寄姊妹）中所表現的離愁之苦，『四疊陽關，唱到千千遍』，顯然别是一種味道；就是同《臨江仙》（庭院深深深幾許）中的『誰憐憔悴更凋零』那種愁比，也不是一般滋味。《蝶戀花》這首詞中的『愁』，衹能是李清照此時此地的愁。能夠將人所共有的這種感情，寫得這般地富有個性色彩，正是這首詞在藝術上最可寶貴的地方。清賀裳《皺水軒詞筌》在談到李清照的這首《蝶戀花》時，曾稱它是『寫景之工者』。其實，賀裳并没有真正觸到此詞的妙處，此詞的真正妙處，恰在『寫情之工』上。（《李清照名篇賞析》）

〔五〕**平慧善**：本詞大約是靖康之亂前趙明誠兩次出仕，李清照家居時所作。上片三句寫大地回春的初春景色，輕鬆歡快，為反襯離情作鋪墊。第四句一轉，直抒離情，末句以傷心泪淋，精神不支的形態，形容離别的痛苦。下片首句與上片開頭呼應，初試春裝似欣喜，可結果却以不卸梳妝、放浪形態的慵懶動作，表現憂傷之情。結拍兩句寫獨處難眠，癡弄燈花。俗傳燈心結花，喜事臨門，詞人通過這一情態描寫，含蓄地表現盼望親人歸來的心情。看似清閑，寄情深沉。本詞將無形的内在感情，通過有形的形態動作來表現，為詞中名筆。（《李清照詩文詞選譯》）

〔六〕**陳祖美**：清代著名詞評家陳廷焯説：『宋閨秀詞自以易安為冠。』（《白雨齋詞話》卷六）但又説：『葛長庚（道士）詞脱盡方外氣，李易安詞却未能脱盡閨閣氣。』（同上）如果這是一種微辭，那末，這首《蝶戀花》恰好證明這一隱約的批評是説中了的。這首詞確實使人感到閨閣氣太重，諸如『泪融殘粉花鈿重』、『乍試夾衫金縷縫，山枕斜攲，枕損釵頭鳳。』這當然是與李清照的身世與生活有關的。但話又説回來，要一個封建時代的婦女填詞脱掉閨閣氣而且要『脱盡』，豈不是也太難了一些？（《唐宋詞鑒賞辭典唐·五代·北宋》上海辭書出版社）

〔七〕**張　璋**：如《蝶戀花》先以『暖雨晴風初破凍，柳眼梅腮，已覺春心動』來寫心情的喜悦；接着又以『酒意詩情誰與共？泪融殘粉花鈿重』來寫詩情酒意没人相伴而引起悲傷落泪。這種以喜襯悲而愈覺悲的寫法，比直寫感人更深。（《談李清照的詞學成就》）

〔八〕**徐育民**：他們婚後的生活中，由于種種原因，趙明誠曾幾次與李清照暫時分别，而這使她感到孤獨與寂寞，給她精神上帶來不小的痛苦。因此，當春天來臨之際，她追憶夫妻相聚時的幸福生活，從而產生『酒意詩情誰與共？泪融殘粉花鈿重』，『獨抱濃愁無好夢，夜闌猶剪燈花弄』的創作心理，是十分自然的。由于她有深沉的生活感受，這種感情的洶

涌激流，推動着她要宣泄内心的壓抑、痛苦，所以語言明白如話，不需要浮辭艷采，矯揉造作。（《李清照作品賞析集》）

［九］**侯健　吕智敏：**這首詞的語言十分生動傳神，尤其是動詞的運用，更能準確地傳達出人物的心理特徵。如『獨抱濃愁無好夢，夜闌猶剪燈花弄』，一個『抱』字，把思婦愁思千轉，鬱結于胸的難言苦楚突出地顯示了出來，而『弄』字，則出神入化地把思婦神不守舍而又虔誠至篤的内心狀態形象地顯示了出來。所以，清代詞人賀裳在《皺水軒詞筌》中稱此二句為『入神之句』。（《李清照詩詞評注》）

［一〇］**王英志：**此詞上下片皆采用先揚後抑的手法，起伏多變，真實地刻畫出詞人于『春心動』時節的複雜感情。上片寫外景，藉自然景色寄託懷人之意；下片寫内景，以動作細節表現『濃愁』之情。讀罷全詞，似見一個『春怨』少婦的形象躍然于紙上。（《李清照集》）

鷓鴣天

寒日蕭蕭上鎖窗。梧桐應恨夜來霜。酒闌更喜團茶苦，夢斷偏宜瑞腦香。　秋已盡，日猶長。仲宣懷遠更凄涼。不如隨分樽前醉，莫負東籬菊蕊黃。

——影印涵芬樓手抄本《樂府雅詞》

【考辨】

◎歷代載籍著録此闋之詞調、題目：

調作《鷓鴣天》（又名《思佳客》、《剪朝霞》、《醉梅花》、《思越人》）。無題。

◎歷代此闋著録為李清照（易安）詞之載籍：

［一］　宋·曾慥輯《樂府雅詞》影印涵芬樓手抄本（卷下，第六六頁），收作李易安詞。

校記

調題： 調作《鷓鴣天》。無題。

正文： 原『萧』、『窓』、『断』、『尊』、『酔』，兹改為正字『蕭』、『窗』、『斷』、『樽』、『醉』。（擇為範詞，底本）

附録： 無。

［二］　宋·曾慥編（原署）《樂府雅詞》文淵閣《欽定四庫全書》本　集部（卷下，第七三頁），收作李易安詞。

校記

調題： 皆同範詞。

正文： 皆同範詞。

附録：無。

［三］　宋・曾慥撰（原署）《樂府雅詞》文津閣《欽定四庫全書》本　集部（卷下，總第四七九頁），收作李易安詞。

校記

調題：皆同範詞。

正文：皆同範詞。

附録：無。

［四］　明・陳耀文纂（原署）《花草粹編》影印明刊十二卷本（卷五，第六二頁），收作李易安詞。

校記

調題：皆同範詞。調下注：『一名《思佳客》、《剪朝霞》、《醉梅花》、《思越人》』。

正文：皆同範詞。

附録：無。

［五］　明・陳耀文輯《花草粹編》文淵閣《欽定四庫全書》二十四卷本（卷一〇，第三六頁），收作李易安詞。

校記

調題：皆同範詞。調下注：『一名《思佳客》、《剪朝霞》、《醉梅花》、《思越人》』。

正文：皆同範詞。

附録：無。

［六］　明・陳耀文編（原署）《花草粹編》文津閣《欽定四庫全書》二十四卷本（卷一〇，總第三一一頁），收作李易安詞。

校記

調題：皆同範詞。調下注：『一名《思佳客》、《剪朝霞》、《醉梅花》、《思越人》』。

正文：『醉』作『酒』。

附録：無。

［七］　清・沈辰垣等編《御選歷代詩餘》影印康熙内府本（卷二八，第一五〇頁），收作『宋媛　李清照』詞。

校記

調題：皆同範詞。

正文：『寒』作『盡』。

附録：無。

[八] 清・江標抄《李清照漱玉詞》汲古閣未刻詞二十二家本（手抄，不分卷頁，第三二首），上海圖書館藏，收作『宋易安居士李氏清照』詞。

校記

調題：皆同範詞。

正文：『仲宣懷遠』作『仲宣遠』；『莫負』作『黄負』。

附録：無。

[九] 清・汪玢箋《漱玉詞彙抄》問遽廬正本（手抄，不分卷頁，第二八首），復旦大學圖書館藏，收作『宋李氏清照易安』詞。

校記

調題：皆同範詞。

正文：皆同範詞。

附録：無。

[一〇] 清・莫友芝家抄《漱玉詞》（手抄，不分卷頁，第一六首），復旦大學圖書館藏，收作『宋李氏清照易安』詞。

校記

調題：皆同範詞。

正文：皆同範詞。

附録：無。

[一一] 清・王鵬運輯《漱玉詞》，《四印齋所刻詞》本（第四頁），收作『李清照　易安』詞。

校記

調題： 皆同範詞。

正文： 皆同範詞。

附録： 無。

［一二］清・楊文斌輯録《三李詞》光緒庚寅夏香海閣刊本（卷三，第八頁），收作李清照詞。

校記

調題： 皆同範詞。

正文： 『寒』作『盡』。

附録： 無。

［一三］清・蕙風簃主箋《漱玉詞箋》中華圖書館石印本　中華民國四年六月版（不分卷，第八頁），收作李清照詞。

校記

調題： 皆同範詞。

正文： 皆同範詞。

附録： 無。

［一四］李文裿輯《漱玉集》冷雪盦叢書本（卷三，第七頁），收作李清照詞。

校記

調題： 皆同範詞。

正文： 『寒』作『盡』。

附録： 《樂府雅詞》、《歷代詩餘》、《花草粹編》、四印齋本《漱玉詞》。（尾注）

［一五］趙萬里輯《漱玉詞》，《校輯宋金元人詞》本（第四頁），收作『李清照　易安』詞。

校記

調題： 皆同範詞。

正文： 皆同範詞。

附録：《樂府雅詞》、《花草粹編》五、《歷代詩餘》二十八。（尾注）

［一六］唐圭璋輯《全宋詞》中州古籍出版社　兩冊本（上，第六四五頁），收作李清照詞。

［一七］中華書局編《李清照集》（第一四頁），收作李清照詞。

［一八］王仲聞《李清照集校注》人民文學出版社（第三〇頁），收作李清照詞。

［一九］黃墨谷《重輯李清照集》齊魯書社（卷三，第三一頁），收作李清照詞。

［二〇］徐北文主編《李清照全集評注》濟南出版社（第一三六頁），收作李清照詞。

［二一］徐培均《李清照集箋注》上海古籍出版社（第一〇一頁），收作李清照詞。

◎歷代此闋著録他人或無名氏及存疑詞之載籍：

雖廣徵博采而未見。

◎瑜按：

上二十餘種載籍著録為李易安（清照）詞，撰者無异名。兹入《漱玉詞》。

【注釋】

［一］**寒日：** 晚秋的霜晨，氣溫甚低，人們感覺不到陽光的熱量，故稱寒日。唐鮑溶《長城》：『乘高慘人魂，寒日易黃昏』。宋徐昌圖《臨江仙》：『淡雲孤雁遠，寒日暮天紅』。

［二］**蕭蕭：** 這裏是凄清冷落之意。南北朝鮑照《和王護軍秋夕詩》：『散漫秋雲遠。蕭蕭霜月寒。』宋曹勛《念奴嬌》：『深殿衣惹天香，皇華原野，接蕭蕭秋色』。

［三］**鎖窗：** 窗櫺作連鎖形的窗子，名瑣窗。瑣，即連環，亦作鎖。南北朝鮑照《玩月城西門廨中詩》：『蛾眉蔽珠櫳。玉鈎隔瑣窗』。五代顧敻《虞美人》：『杏枝如畫倚輕烟，鎖窗前』。

［四］**酒闌：** 喝完了酒。五代毛文錫《戀情深》：『酒闌歌罷兩沉沉。一笑動君心。』宋李冠《蝶戀花》：『愁破酒闌閨夢熟。月斜窗外風敲竹』。

［五］**團茶：** 即壓緊茶之一種。極為名貴，宋朝多制茶團。宋歐陽修《歸田録》載：『茶之品莫貴于龍鳳，謂之團茶。凡八餅重一斤』，時有『金可有而茶不可得』之説（《中國茶酒辭典》）。宋洪諮夔《漢宮春》：『呼兒烹試，頭綱小鳳團茶』。

［六］**偏宜：** 意外適合。宋黃裳《蝶戀花》：『飲興偏宜流水畔。時有紅蕖，落在黃金盞』。宋陸游《開元暮歸》：『溪橋烟淡偏宜晚，野寺花遲未覺春』。

［七］**瑞腦**：見《浣溪沙》（莫許杯深琥珀濃）注。

［八］**仲宣懷遠**：魏王粲，字仲宣，山陽高平人，建安七子之一。曾寫《登樓賦》，以抒懷鄉的情思。其中有『情眷眷而懷歸兮？孰憂思之可任！……悲舊鄉之壅隔兮，涕横墜而弗禁』之句。

［九］**隨分**：照例。宋袁去華《念奴嬌·九月》：『隨分緑酒黄花，聯鑣飛蓋，總龍山豪客。』宋張孝祥《點絳唇》：『應時納祐。隨分開樽酒』。

【品鑒】

從漢魏蔡琰的《胡笳十八拍》：『無日無夜兮不思我鄉土』，到臺北于右任的詩句：『葬我于高山之上兮，望我大陸；大陸不可見兮，衹有痛哭』，涉及懷鄉的内容和以懷鄉為題材的文藝作品，在我國幾千年的文學史上，從未間斷過。《楚辭·九章》的《哀郢》中云：『鳥飛反故鄉兮，狐死必首丘』，鳥要飛還它的故鄉，狐狸死時頭要向着山崗。《古詩十九首·行行重行行》中云：『胡馬依北風，越鳥巢南枝』，胡地的馬到了南方依戀着北方吹來的風，南方飛到北方的候鳥要在南枝上築巢。這説明連無情無意的禽鳥畜獸都眷戀自己的故鄉，人何以堪？更不必説才華出衆豪情滿懷的詞人。李清照南渡之後，陷入了國破家亡、夫死流離的悲慘境地，心緒落寞，鄉情殷切，忉怛憯惻，摧肝裂膽，寫了一些懷鄉詞。這些懷鄉詞的價值并非一般的懷鄉之作所能比擬，在濃重的鄉情之中融入了深沉的故國之思。其《鷓鴣天》就是一首别具特色的懷鄉詞。

『寒日蕭蕭上鎖窗。梧桐應恨夜來霜。』起筆驟然一個『寒』字，似有一股冷氣籠罩全篇，頓覺寒意充塞詞間。作者用『寒』字修飾『日』字，這似乎令人費解，太陽本身發光發熱，何以謂之『寒』？這與『寒火』一詞有相類之處。人們稱衹有光焰而熱度低的火為『寒火』，那麽『寒日』一詞便容易被人理解了。晚秋的霜晨日光淡薄，人感覺不到陽光的熱量，故稱『寒日』。『蕭蕭』，多形容風聲，但此處做『動貌』解為宜。唐杜甫《登高》詩云：『無邊落木蕭蕭下，不盡長江滚滚來』中的『蕭蕭』，儘管人多解為『風聲』，我以為這是不確切的。『滚滚』，是狀長江滔滔江水之急態的，與此相對的『蕭蕭』，似也應狀風吹樹葉飄落的動態為宜。故《登高》中的『蕭蕭』與此詞的『蕭蕭』的意思頗似。此詞中『蕭蕭』，是狀霜晨日光的動態的，指日光一點一點爬上窗櫺而言的。窗子多以窗櫺的形狀而得名。唐宋時『鎖』與『瑣』通。瑣，即連環。唐温庭筠《定西番》有『樓上月明三五，瑣窗中』句。首句是説，晚秋的霜晨，氣温甚低，没有熱量的日光一點點爬到連環形的窗子上。

『梧桐』，是一葉知秋的樹木，從立秋開始落葉，到了晚秋，不知經受了幾番風雨嚴霜的摧殘。『恨』，草木本無情，這顯然是擬人手法。寫『梧桐』，避免平鋪直叙地描摹它的幹、枝、葉，而是攝『神』，説它『恨夜來霜』，為什麽『恨』？霜曾多次無情地摧殘過它。摧折得什麽樣子？没有寫，耐人尋味。『霜』代表殺伐之意，象徵金人統治者的百萬貔貅，燒殺搶掠，慘絶人寰，侵占中原的大好河山，人民深陷水火，故『應恨』。暮秋的夜晚，霜凝大地，梧桐樹曾多次遭到它的殘酷摧折。頭兩句，寫出深秋霜晨凄肅的景象。『寒』、『恨』兩字含有鮮明的感情色彩，融情入景，情景交融。這并非單純的景物描寫，而是用來渲染氣氛，烘托女主人凄凉情懷的，并有寓意象徵。

『酒闌更喜團茶苦，夢斷偏宜瑞腦香。』寫女主人室内的活動。『酒闌』，喝完了酒，宋蘇東坡《行香子》有『綺席纔終，歡意猶濃。酒闌時、高興無窮』句。『夢斷』，從睡夢中醒來，古詩詞常見，如宋陸游《沈園》詩云：『夢斷香銷四十年，沈園柳老不吹綿』，唐李白《憶秦娥》：『簫聲咽，秦娥夢斷秦樓月』等。『偏宜』，意外適合，五代李珣《浣溪沙》有『入夏偏宜淡泊妝』句，宋朱淑真《寓懷》有『偏宜小閣幽窗下』句。易安詞有幾首提到『瑞腦』，《浣溪沙》云：『瑞腦香消魂夢斷』，《浣溪沙》：『玉鴨熏爐閑瑞腦』，《醉花陰》：『瑞腦消金獸』。女主人在屋裏悶坐，她的心境像外面的天氣一般寒凉。還是喝點酒吧，一面可以消愁解悶，一面還可暖暖身子。于是她端起了酒杯，『酒到唇邊莫留殘』，一飲而盡。也許喝得急一點，多一些，身體有些不適。在這時，按着過去的習慣，她非常喜歡喝點名貴的濃濃團茶解一解酒意，可是流亡生活是這般困窘，哪裏有名茶可飲。于是藉着酒力睡去了。在沉睡之中，她千里魂游，回到了祖居的故鄉。她熟悉那裏的街道，那裏的房舍，那裏的人們。依稀是在歸來堂與趙明誠背書鬥茶，仿佛在月底花前賦詩賞花……一怔醒來，心還在猛烈地跳動，原來是個夢。于是故鄉的往事在腦海中縈繞盤旋，她决心抑制自已，不要去想了，但没有奏效。她越想越愁悶。如果在這時，按往昔的習慣，嗅一嗅瑞腦的馨香來爽心開懷，該是格外合適的，可是流亡生活是這般的拮据，哪裏買得起珍貴的瑞腦。從連環窗的窗縫看一看太陽，纔知道天已過午了。作者用一對偶句，寫女主人室内的活動，表現她百無聊賴，無可奈何，不可終日的凄愴情懷。為什麽這樣？在下片作了回答。

『秋已盡，日猶長。仲宣懷遠更凄凉。』仲宣，即王粲，建安七子之一，是個著名的詩人。他曾登上當陽的城樓，極目遠眺引發了他的思鄉之情，傷亂之感，寫了一篇《登樓賦》。其中云：『遭紛濁而遷逝兮，漫逾紀以迄今。情眷眷而懷歸兮，孰憂思之可任！憑軒檻以遥望兮，向北風而開襟。平原遠而極目兮，蔽荊山之高岑。路逶迤而修迥兮，川既漾而濟深。悲舊鄉之壅隔兮，涕横墜而弗禁。』這是『仲宣懷遠』的最好注脚，意思是説，我遭逢離亂轉徙流亡，至今已十二年多了。我深深地懷念着故鄉，誰能承受得了這心碎腸斷的憂思呢！我靠着窗欄而遠望，向着北風敞開衣襟。平原是多麽茫遠，我放眼遥望，小而高的荊山遮住了視綫。道路曲折漫長迢遠，江闊水深難以涉過。悲故鄉千里重重阻隔，泪痕横溢不能自已。該詞此韵意思是，秋季已經過盡，白天還覺得那般漫長，鄉愁濃重，度日如年。我無時無刻不在懷念我的故鄉，比王粲當年懷念家鄉的情景更為凄凉。

易安以王粲懷遠自況，不露自己情境，含蓄有味。着一『更』字，與王粲懷遠相比，其『凄凉』衹有過之而無不及。雖然都是懷鄉，但王粲懷遠含有懷才不遇，不被劉表重用的苦悶。李清照家國淪亡，丈夫病歿，漂泊無依，境遇更為凄慘，懷鄉之情更為深沉哀凉，并交織着故國之思。

『不如隨分樽前醉，莫負東籬菊蕊黄。』『東籬菊蕊黄』，化用晉陶潛《飲酒》詩：『采菊東籬下』之意。李清照《醉花陰》：『東籬把酒黄昏後。……人比黄花瘦』，《聲聲慢》：『三杯兩盞淡酒……滿地黄花堆積』，把飲酒與賞菊連在一起。飲酒賞菊這是個古老的習俗，特别是農曆九月九日重陽節的時候。唐孟浩然《過故人莊》詩云：『開軒面場圃，把酒話桑麻。待到重陽日，還來就菊花。』唐杜牧《九日齊山登高》：『尘世難逢開口笑，菊花須插滿頭歸。但將酩酊酬佳節，不用登临恨落暉。』此俗唐宋時代都很興盛，一直延續至今。飲酒賞菊年年如此，今年也照樣，故稱『隨分』。兩句意思是，不如照例跟往年一樣，在酒杯之前醉倒，不要辜負菊花一年一度開放的良辰美景。實際上，女主人的本意是用『樽前醉』來排遣濃重的鄉愁，錯開一筆，偏说『莫負東籬菊蕊黄』，宕出遠神。

上片，寫晚秋霜晨庭院中凄寒肅殺的景象及女主人用飲酒、睡覺來開解鄉愁的情景。下片，寫女主人無可奈何，最終仍用『樽前醉』的辦法排遣濃重的家國之思。

此詞上片與易安《念奴嬌》（蕭條庭院）上片的構思，局法大體相同。《念奴嬌》（蕭條庭院）開始寫了早春庭院的蕭條冷落及天氣的惡劣。『蕭條庭院，又斜風細雨，重門須閉。寵柳嬌花寒食近，種種惱人天氣。』女主人衹能悶坐在屋裏，用寫『險韵詩』，喝『扶頭酒』的方法消愁解悶，打發光陰。此詞開頭寫晚秋霜晨庭院凄肅的景象。女主人已經没有在建康時那種踏雪覓詩的興致，衹有枯坐屋裏，無可奈何，用飲酒睡覺來排遣悒悵的情懷。但《念奴嬌》（蕭條庭院）寫的是早春的離愁别苦，此詞寫的是晚秋的家國之思。後者的境界令人凄神寒骨，情調更加沉鬱悲凉。

此詞結句甚為精彩。《藝概·詞曲概》中云：『收句非繞回即宕開，其妙在言雖止而意無盡』，很有道理。此詞末句宕開，本來鄉情濃重，心緒凄愴，用酒澆愁，却説『莫負東籬菊蕊黄』。宋辛弃疾《醜奴兒》下片：『而今識盡愁滋味，欲説還休。欲説還休。却道天凉好個秋』，本來愁緒滿懷，説了也無濟于事，故『欲説還休』。結句宕開，『却道天凉好個秋』，無限抑鬱悵惘之情于言外。兩詞結句如直抒胸臆，便僵直乏味，缺少了藝術的生機。宕開一筆，别出遠神，境界全出，更引起讀者冥想遐思，獲得特殊的美感享受。

作者具有國破家亡，夫死身零的切身痛苦之強烈感受，在藝術表現上獨具匠心，善于捕捉攝取生活中的典型事物：『寒日』、『鎖窗』、『梧桐』、夜來『霜』、『酒』、『團茶』、『瑞腦』、『東籬』、『菊』等。運用典故、對偶等多種手法，塑造了一個在淒寒的晚秋，家國之思深沉濃重、痛苦難耐的女主人公形象，充滿了生活的氣息，動人心弦。

【選評】

〔一〕**林家英**：這首詞以『寒日蕭蕭上鎖窗，梧桐應恨夜來霜』開篇，寫清晨，情景淒清。但是它以『不如隨分樽前醉，莫負東籬菊蕊黄』完篇，寫黄昏，色調明麗，給人以美好的遐想！為有女詞人的豁達明智，在這晚風蕭蕭入鎖窗的漫長秋夜，她的身心該會更安寧一些吧！這首詞的結尾，堪稱余韵留香！（《李清照詞鑒賞》）

〔二〕**王延梯　胡景西**：這首詞在藝術上把多種事物有機地融為一體而無迹可尋，很值得注意。『寒日』，『梧桐』，『夜來霜』，『團茶』，『瑞腦』，『酒』，『夢』，『菊蕊』，以至古人仲宣，都被詞人用一彩筆融為一體，或暗示，或類比，或寄託，無不為思鄉服務，前人所謂『鏤金錯綉而無痕迹』正可概括這一特點。（《唐宋詞鑒賞辭典》江蘇古籍出版社）

〔三〕**溫紹堃　錢光培**：詞的下闋，如果按着時序分析，它應當是緊接上闋的開頭兩句的。『秋已盡』點出『寒日蕭蕭上鎖窗，梧桐應恨夜來霜』中所含的時令——『秋』來；『日猶長』點出了那些景色還是早景、晨景。『仲宣懷遠更淒涼』則是藉着建安七子王粲的典故，點出了詞人面對此時此景的心情——淒涼的思鄉之情。但詞人當時正在流離之中，身不由己，且故鄉早已淪陷，縱有思鄉之情，也無法回歸鄉里。所以詞的結尾出現了這麽兩句無可奈何的詞句：『不如隨分樽前醉，莫負東籬菊蕊黄。』這兩句，看來是詞人自己勸自己去對菊飲酒，一醉方休。但這種自我勸慰的本身也就表現了他的鄉思難捺。——這種自我勸慰在詩詞里常是一種用以烘托自己的某種情緒的深濃的手法。（《李清照名篇賞析》）

〔四〕**王思宇**：李清照的故鄉已被金人占領，所以思鄉同懷念故國是緊密結合着的。此詞通篇都從醉酒寫鄉愁，上片以景物烘托氣氛，下片引歷史人物抒寫悲慨，詞意變化有致，淒婉情深。（《唐宋詞鑒賞辭典——唐·五代·北宋》上海辭書出版社）

〔五〕**平慧善**：此詞當作于南渡以後。以悲秋開頭，『寒日』二句，極言秋日蕭條。下面既飲悶酒，又烹苦茶，夢斷難眠，瑞腦香濃，是詞人寂寞的秋晨生活的反映。『更喜』、『偏宜』是詞人自我寬慰，不能作正面理解。上片情景相生，下片直抒胸臆。以王粲思鄉，點明詞人悲秋的原由。在唱出『更凄涼』的悲音後，結拍二句突轉，以悲秋始，醉秋終。須知強解愁容，愁容難解，人兒孤獨凄苦之情更濃。但妙在含蓄，詞人不寫盡而讓讀者意會無窮。醉酒東籬的黄昏又與『寒日蕭蕭』的清晨相呼應，構成一完整的抒情畫面。（《李清照詩文詞選譯》）

［六］**楊海明**：這是一首悲秋之詞。這一類題材詩詞，我們在前人那里，已經見得很多很多；然而細讀李清照這首《鷓鴣天》，却仍然『別有一般滋味在心頭』地感受到新鮮之處。這就啓示我們：這首出自女詞人晚期之手的詞中，蘊藏着豐富的思想内蘊和獨特的藝術美感——而這兩者，又都是通過詞中抒情形象的多側面來表現出的。拿現今小説理論來講，就是塑造了一個由多重性格所組合而成的複合的抒情形象（也即作者的自我形象）。（《李清照作品賞析集》）

［七］**徐培均**：黄本卷三云：『此詞當作于建炎二年在建康（江寧）時。』陳祖美云：『此首當作于建炎二年（一一二八）秋，是時趙明誠尚在建康（江寧）知府任，但李清照此作的基調却很低沉，詞中既有家國之念，亦隱含身世之嘆。』此説可從。觀結句當作于本年重陽。（《李清照集箋注》）

小重山

春到長門春草青。江梅些子破、未開匀。碧雲籠碾玉成塵。留曉夢、驚破一甌春。　花影壓重門。疏簾鋪淡月、好黃昏。二年三度負東君。歸來也、着意過今春。

——《四印齋所刻詞》之《漱玉詞》

【考辨】

◎歷代載籍著録此闋之詞調、題目：

調作《小重山》。無題。

◎歷代此闋著録為李清照（易安）詞之載籍：

［一］宋・曾慥輯《樂府雅詞》影印涵芬樓手抄本（樂下，第六六頁），收作李易安詞。

校記

調題：皆同範詞。

正文：『籠』作『龍』；『甌春』旁注似『溪雲』。

附録：無。

［二］宋・曾慥編（原署）《樂府雅詞》文淵閣《欽定四庫全書》本　集部（卷下，第七三頁），收作李易安詞。

校記

調題：皆同範詞。

正文：『江』作『紅』；『籠』作『龍』；『曉』作『晚』。

附録：無。

［三］宋・曾慥撰（原署）《樂府雅詞》文津閣《欽定四庫全書》本　集部（卷下，總第四七九頁），收作李易安詞。

校記

調題：皆同範詞。

正文：『江』作『紅』；『籠』作『龍』；『曉』作『晚』。

附録：無。

［四］明・陳耀文纂（原署）《花草粹編》影印明刊十二卷本（卷六，第五三頁），收作李易安詞。

校記

調題：皆同範詞。

正文：『籠』作『龍』；『曉』作『晚』；『淡』作『談』。

附録：無。

［五］明・陳耀文輯《花草粹編》文淵閣《欽定四庫全書》二十四卷本（卷一二，第二八頁），收作李易安詞。

校記

調題：皆同範詞。

正文：『籠』作『龍』；『曉』作『晚』。

附録：無。

［六］明・陳耀文編（原署）《花草粹編》文津閣《欽定四庫全書》二十四卷本（卷一二，總第四三頁），收作李易安詞。

校記

調題：皆同範詞。

正文：『籠』作『龍』；『曉』作『晚』。

附録：無。

［七］清・沈辰垣等編《御選歷代詩餘》影印康熙内府本（卷三五，第一八二頁），收作『宋媛　李清照』詞。

校記

調題：皆同範詞。

正文：『曉』作『晚』；『甌春』作『甌雲』。

附録：無。

［八］清・江標抄《李清照漱玉詞》汲古閣未刻詞二十二家本（手抄，不分卷頁，第三五首），上海圖書館藏，收作『宋易安居士李氏清照』詞。

校記

調題：皆同範詞。

正文：『曉』作『晚』；『甌春』作『甌雲』。

附録：無。

［九］清・汪玢箋《漱玉詞彙抄》問遽廬正本（手抄，不分卷頁，第二九首），復旦大學圖書館藏，收作『宋李氏清照易安』詞。

校記

調題：皆同範詞。

正文：皆同範詞。

附録：《問遽廬隨筆》：荊公《桂枝香》作名世，張東澤用易安『疏簾淡月』語填一闋，即改《桂枝香》為《疏簾淡月》。（詞評）

［一〇］清・莫友芝家抄《漱玉詞》（手抄，不分卷頁，第一七首），復旦大學圖書館藏，收作『宋李氏清照易安』詞。

校記

調題：皆同範詞。

正文：皆同範詞。

附録：無。

［一一］清・王鵬運輯《漱玉詞》，《四印齋所刻詞》本（第四頁），收作『李清照　易安』詞。

校記

調題：調作《小重山》。無題。

正文：原『匀』、『疎』、『黄』、『著』，兹改為正字『匀』、『疏』、『黄』、『着』。（擇為範詞，底本）

附録：無。

［一二］清·楊文斌輯録《三李詞》光緒庚寅夏香海閣刊本（卷三，第九頁），收作李清照詞。

校記

調題：皆同範詞。

正文：『曉』作『晚』；『甌春』作『甌雲』。

附録：無。

［一三］清·蕙風簃主箋《漱玉詞箋》中華圖書館石印本　中華民國四年六月版（不分卷，第九頁），收作李清照詞。

校記

調題：皆同範詞。

正文：皆同範詞。

附録：《問遽廬隨筆》：荆公《桂枝香》作名世，張東澤用易安『疏簾淡月』語填一闋，即改《桂枝香》為《疏簾淡月》。

（詞評）

［一四］木石居士選輯　絳雲女史參校《歷代名媛詞選》民國十六年石印本（卷八，小令八，未注頁碼），收作李清照詞。

校記

調題：皆同範詞。

正文：『春草』作『芳草』；『曉』作『晚』；『甌春』作『甌雲』。

附録：無。

［一五］李文綺輯《漱玉集》冷雪盦叢書本（卷三，第八頁），收作李清照詞。

校記

調題：皆同範詞。

正文：『曉』作『晚』；『甌春』作『甌雲』。

附録：《樂府雅詞》、《歷代詩餘》、《花草粹編》、四印齋本《漱玉詞》。（尾注）

［一六］趙萬里輯《漱玉詞》，《校輯宋金元人詞》本（第五頁），收作『李清照　易安』詞。

校記

調題：皆同範詞。

正文：皆同範詞。

附録：《樂府雅詞》、《花草粹編》六、《歷代詩餘》三十五。（尾注）

［一七］唐圭璋輯《全宋詞》中州古籍出版社　兩冊本（上，第六四五頁），收作李清照詞。

［一八］中華書局編《李清照集》（第一五頁），收作李清照詞。

［一九］王仲聞《李清照集校注》人民文學出版社（第三一頁），收作李清照詞。

［二〇］黃墨谷《重輯李清照集》齊魯書社（卷一，第三頁），收作李清照詞。

［二一］徐北文主編《李清照全集評注》濟南出版社（第八頁），收作李清照詞。

［二二］徐培均《李清照集箋注》上海古籍出版社（第九四頁），收作李清照詞。

◎ **歷代此闋著録他人或無名氏及存疑詞之載籍：**

雖廣徵博采而未見。

◎ **瑜按：**

上二十多種載籍著録為李易安（清照）詞，撰者無异名，收入《漱玉詞》。

【注釋】

［一］**長門：**西漢宮殿名，在詩詞中出現往往代表冷宮之意。《文選》司馬相如《長門賦序》云：『孝武皇帝陳皇后，時得幸，頗妒，別在長門宮，愁苦悲思。聞蜀郡成都司馬相如天下工為文。奉黃金百斤為相如文君取酒。因于解悲愁之辭，而相如為文，以悟主上，陳皇后復得親幸。』唐張窈窕《寄故人》：『無金可買長門賦，有恨空吟團扇詩。』宋辛弃疾《摸魚兒》：『長門事，准擬佳期又誤。蛾眉曾有人妒』。**春到長門春草青：**此句援用《花間集》五代薛昭蘊《小重山》原詞首句。

［二］**江梅：**見《滿庭霜》（小閣藏春）注。

〔三〕**些子**：一些。宋蔡士裕《金縷曲》：『著些子，更奇妙。』宋柳永《洞仙歌》：『似覺些子輕孤，早恁背人沾灑』。

〔四〕**碧雲籠**：裝茶的籠子。『碧雲』，指茶葉之色。

〔五〕**碾玉**：即碾茶。唐白居易《游寶稱寺》：『酒懶傾金液，茶新碾玉塵』。宋黄庭堅《催公静碾茶詩》：『睡魔正仰茶料理，急遣溪童碾玉塵』，其中的『碾玉塵』與此詞『碾玉成塵』意同。宋時慣用白團茶，即將茶葉調和香料壓制成團狀，用時再碾碎，故稱『碾玉』。

〔六〕**一甌春**：甌：飲料容器。南唐李煜《漁父》詞：『花滿渚，酒滿甌。』春：指茶。宋黄庭堅《踏莎行》：『碾破春風，香凝午帳』，其中的『春』，即指茶。

〔七〕**東君**：見《玉樓春》（臘前先報）注。

【品鑒】

從節序上説，有的年份在春節前立春，有的年份在春節後立春。大體上過新春都是從過春節開始的。春節是最受我國人民重視的傳統節日。在《東京夢華録》和《武林舊事》中記載了北宋、南宋時代春節的盛況。北宋政治家、詩人王安石的《元日》詩云：『爆竹聲中一歲除，春風送暖入屠蘇。千門萬户曈曈日，總把新桃換舊符。』寫出了一派新春喜慶的大好景象。人們都願意闔家安樂，團圓幸福，『每逢佳節倍思親』，都盼離人新春歸來。春天的絶好光景也最能撩撥離人的情懷。唐杜甫《江畔獨步尋花》詩云：『黄四娘家花滿蹊，千朵萬朵壓枝低。留連戲蝶時時舞，自在嬌鶯恰恰啼。』又宋朱熹《春日》詩云：『勝日尋芳泗水濱，無邊光景一時新。等閑識得東風面，萬紫千紅總是春。』兩詩是寫盎然春色的千古絶唱。春光并非由詩人筆下的『黄四娘家』，『泗水濱』所獨占，從小見大，可知天下春天：陽光明麗，春風駘蕩，鶯歌燕舞，花團錦簇，千里飄香。人們有好的吃喝穿戴期望與親人同享，有良辰美景期望與親人同度共賞。正因為如此，李清照迫切希望『二年三度』未能在家度過新春的丈夫趙明誠歸來，好好過過今春，并倚聲填詞，寫了這首《小重山》。

『春到長門春草青。江梅些子破、未開匀。』頭三句，寫出早春的美麗景象。開端以景起。『春到長門春草青』，援薛昭蕴《小重山》首句。『長門』和『長信』一樣，都是漢宫名，在詩詞中出現往往代表冷宫之意。《文選》司馬相如《長門賦序》告訴我們此典的由來和寓意。易安引薛詞之句入詞，意在以冷落的『長門』宫隱喻自己曾寂寞獨守深閨。雖然易安并非因嫉妒被打入冷宫，但趙明誠的遠游，使李清照深閨索居，其愁悶、凄寂、悲思是有相同之處的。然而現在她似乎得到了他將歸來的信息，就像春訊來了一般，令人欣慰、振奮。引前人詩詞之句入詩詞，并非始于李清照，此法延續至今。宋孫洙《何滿子》：『天若有情天亦老』，全句引自唐李賀《金銅仙人辭漢歌》。此格據《詩人玉屑》説始于李白，其詩云：『解道澄江静如練，令人還憶謝玄暉』，就引謝玄暉全詩句『澄江静如練』入詩。此格的關鍵在于用得天衣無縫，熨貼自然，渾化無迹。易安引全句入詞，一箭雙雕，一舉兩得：一面恰如其分地寫出早春景象，一面隱含獨處索居的寂寞愁思，真是妙趣横生，更饒風韵。『些子』、『未開』，暗示這是個早春。春回大地，來到了這冷落的庭院，寂寞深閨。春草青青，楊柳依依，紅色的梅花有一些已經開綻，但開得尚不均匀。這使我們看到已是紅梅枝頭春意開始鬧了，它撩撥着離人那千回萬結的柔腸，撩撥女主人的情懷。景物描寫給女主人的活動提供一個自然環境，并引起對心上人的思念。『觸物以起情』，開了下韵。

『碧雲籠碾玉成塵。留曉夢、驚破一甌春。』寫女主人屋内的活動。女主人或旁觀或親自操作，在碧雲籠中將白茶團碾碎，或為過新春迎接心上人做準備，蓋與現在人迎新春度春節要殺豬、宰雞、淘米、備烟酒糖茶是一致的。這一活動，與『留曉夢』是直接聯繫着的。女主人早晨作了一個甜美的夢，夢是潛意識的反映，夢是生活的折光，所夢之事往往就是朝思暮想的事。夢見了什麽？她没有告訴我們。留有無限空間，使讀者浮想聯翩。『留』，表現女主人希望甜美的夢境永存，供她玩味、咀嚼，像品嘗清蜜一般，恨不得把它變成現實。聯繫下片，我們有根據地判斷，這個夢是與愛人歸來有關。『每逢佳節倍思親』，夢魂也跟着狂騰起來。她想品嘗方纔碾好的茶，一邊煮着，一邊咀嚼回味那個『夢』。一直到水氣蒸騰，壺蓋發出咯咯響聲，纔使她意識到茶煮沸了。于是斟了一杯茶，太熱，喝不到嘴，衹好放在身旁。那杯茶上的蒸氣裊裊上升，她已沉浸在甜美的夢境之中：夢中人含着笑揮動臂膀，興冲冲地歸來了。她想着，想着，衹聽『吱』的一聲，易安猛然抬頭驚喜得手舞足蹈，以為心上人破門而入。她定了定神，纔知道是和暖的春風推開了門，那杯茶水也被她碰灑了，故『驚破一甌春』。『春』，這裏指茶。寥寥十五個字，寫出多麽曲折複雜的心理，含有多麽豐富細膩的感情！非心細如髮的詞人難以寫出。

『花影壓重門。疏簾鋪淡月、好黄昏。』换頭，轉而寫早春黄昏的良辰美景。用一對偶句，增加詞的建築美。雖然庭院裏的梅花尚未開匀，但繁花錦簇，層層叠叠，花的影子斑斑駁駁，映在重重的門上，似乎沉沉地壓下來。清淡的月光灑在稀疏的簾子上，顯得多麽凝重，就像鋪在上面一樣。『壓』、『鋪』，兩個動詞用得生動形象，頗有神韵。唐李賀《雁門太守行》：『黑雲壓城城欲摧，甲光向日金鱗開』，『壓』字傳神地寫出天氣的陰沉險惡。兩個『壓』字都是虚寫，實質上都没有重量壓在『城』和『門』上，這是由作者觀察到的視覺形象，在腦海裏引起了由此及彼的聯想，而産生的一種感覺。『鋪』，古人也有類似的用法，唐白居易《暮江吟》：『一道殘陽鋪水中，半江瑟瑟半江紅』。『鋪』，使人對光有種凝重厚實的感覺。一個形容日光，一個修飾月光，有异曲同工之妙，都説明作者琢煉字句的精工絶妙。花影淡月如此出奇，故作者情不自禁地贊道：『好黄昏』。作者通過黃昏時分美好春色的渲染，襯托女主人春來喜悅歡快的心情。這種心情是經過深閨難挨的寂寞、愁苦之後，看到了心上人歸來的希望時所流露的那種欣喜歡悅的心情。宛如山澗的溪水，經過了冬天封凍的凄寂，春天解凍後那樣歡暢激蕩。

此刻，正是月下花前賞花吟詩的好時光，于是引出下韵對心上人歸來的期冀。詞情發展到高潮。

『二年三度負東君。歸來也、着意過今春。』易安南渡後寫的《偶成》詩云：『十五年前花月底，相從曾賦賞花詩』，看來月下花前曾是他們年輕時最好流連處。初春絶好的『黃昏』，『花影』、『淡月』依然，『春宵一刻值千金』，共同賞花觀月的心上人何在？自然倍加盼望他的歸來。心上人已經二年三度辜負了春天的大好時光，也辜負她的雙撑盼睫，未能共度新春。此韵似數、似怨、似勸、似盼，看來平淡無奇，但包孕極富，是多種複雜感情的濃縮。快快地歸來吧，好好用心度過今年美好的春天。此韵，筆墨酣暢，痛快淋漓，毫不忸怩，盡情發露。把詞的思想感情推向高潮，卒章顯其志。

上片，寫春到人間，春草青青，紅梅開綻的早春景象及對丈夫的思念。

下片，寫早春黃昏庭院中的美好景象及盼望丈夫歸來的急切心情。

上片，含蓄。雖然也是寫景寫情，但讀者難以一眼破的，其妙諦是在不言之中的。『長門』是代表冷宮的，意味着趙明誠離去後，她心際曾是寂寞愁苦的。『留曉夢』，隱含她對丈夫的深切思念之情。下片，直率。寫景抒情，徑攄胸臆，一瀉無餘。如春日江河，歡騰而下，一氣貫注。含蓄直率相映成趣。

易安在她的《鳳凰臺上憶吹簫》（香冷金猊）、《菩薩蠻》（風柔日薄春猶早）、《武陵春》（風住塵香花已盡）等詞中，也采用了同樣的構思方法。上隱下露，上含蓄下直率這種構思方法妙在何處？好比一個卓越的魔術師，先用一塊魔毯鋪在地上，而這毯子的中間隨着他那魔術棒的上指而拱起，但裏面是什麼東西，却令人神思飛越，想入非非。觀衆屏住呼吸，急不可待，不弄個究竟决不善罷甘休，這就是含而不露的魅力。當觀衆的神魂狂騰，抓耳撓腮，心裏憋悶得慌的時候，魔術師見機將魔毯一揭，裏面盡是一些瑰寶，五光十色，璀燦奪目，觀衆一飽眼福，審美的心理得到了極大的滿足，無不拍手稱絶，流連忘返，這便是露的歡躍。我覺得李清照上隱下露的構思方法，之所以取得特殊的藝術效果，與上面魔術師的魔術那樣扣人心弦是有相似之處的。

上下片分開看，各是先景後情。縱觀全詞，情景相間，以景托情。

此詞，格調歡快，意境開朗，色彩鮮明，感情真樸，生活色彩濃厚，字里行間流露出苦心孤詣、孜孜追求的願望即將要實現的那種喜悅樂觀的情緒。與李清照那些寫離愁別苦的詞相比，格調迥异。

【選評】

［一］**清・汪　玢**：《問遽廬隨筆》：荊公《桂枝香》作名世，張東澤用易安『疏簾淡月』語填一闋，即改《桂枝香》為《疏簾淡月》。（《漱玉詞彙抄》）

［二］**秋　爽**：這首詞，以惜春為抒情綫索。寓情于景，藉景抒情，成功地塑造了一個感情豐富而專注的女主人公形象。……讀完這首詞，一個感情豐富、格調健康、篤于愛情，熱愛生活的女詞人的綽約身影躍然紙上。（《李清照作品賞析集》）

［三］**侯健　吕智敏**：上片寫晨起飲茶憶夢，下片却是描繪月夜的迷人景色與詞人的繾綣情意。過片處不僅在時間上有一個很大的跳躍幅度，而且在感情的抒寫上也有一個很大的跳躍幅度。下片起首并不急于去解開『曉夢驚破』的懸念，却一筆宕開，極寫明月初照時重重門牆上映印着斑駁的花影、扇扇簾帷上鋪灑着皎潔的月光，以至情不自禁地發出『好黃昏』的贊嘆。對春夜月色的贊美跌出了『二年三度負東君』的慨嘆，贊春之情引出了惜春之意，詞人積鬱于心中的強烈渴望與思念霎時化作了直瀉的瀑布，噴涌而出，熱情地呼喚遠行在外的良人『歸來也，著意過今春』！一語點破了全詞在贊春之中始終隱露着的憂愁悵惘的根由，正是由于良人遠出，不能共享明媚的春光，而這一點一經點破，上片的懸念也就迎刃而解，詞首的化入薛詞也就頓生新輝，跌宕回環的感情流動也就找到了鮮明的綫索，全詞的意境也便形成了統一和諧的基調。古人云：詩有詩眼，詞有詞眼。『歸來也，著意過今春』一句，就是這首詞的詞眼，它具有牽一髮而動全局的重要作用。（《李清照詩詞評注》）

［四］**王英志**：上闋以『春』開篇，此『春』既是自然之『春』，亦是人命運之『春』，下闋收篇之『春』亦同義。全詞以『春』始，又以『春』終，構思巧妙。而陳皇后幽居『長門宮』之典的運用，亦有『美人香草』的政治寄託，不僅是指詞人自己的生活遭際而已。但此『春』是乍暖還寒的早春，梅花尚『未開勻』，詞人內心還有『曉夢』『驚破』的餘悸。不過畢竟春已降臨，人已團圓，可以彌補『負東君』之撼，也可以『着意』享受『今春』的新生活了。詞人對幸福安寧生活的嚮往溢于字裏行間，詞旨含蓄蘊藉，委婉曲折。詞中連用三個『春』字，而不覺其繁複。（《李清照集》）

［五］**林家英　慶振軒**：夜，是静謐的，女詞人的心海却不平静！良宵美景，在静謐中帶着一縷朦朧神秘、溫柔甜蜜的韵味，正是同心相親，對景訴衷情的好時光！然而美中不足的是，幽閨寂寂，親人何處？在美好的春色中，兩年來女詞

人已是三次品嘗了別後凄清寂寞的滋味，辜負了大好的春光！縱然春光歸去，明年還會重來，人生美好的年華却是一去不返的啊！在這魅人的春夜，女詞人真是難以自已，蕩漾在她心海中的春潮，迅猛地衝開了心靈的閘門，相思之情頓時直瀉筆底，她情不自禁地呼喚着遠游的親人：趕快歸來吧，不要再辜負大好的春光了，讓我們盡情地享受春天的快樂吧！『歸來也，著意過今春！』一聲直抒心靈的呼喚最終點明了這首春天小夜曲惜春勸歸的主題。（《李清照詞鑒賞》）

〔六〕**陳祖美**：此首之寫作背景大致如下：崇寧二年（一一〇三），詔禁元祐黨人子弟居京。此後，李清照不得不離開汴京回歸原籍。崇寧五年春，詔毀《元祐黨人碑》，繼而赦天下，解除黨人一切之禁，清照得以回京。從離京到回京，恰好歷時二年，梅開三度。（《中國詞苑英華·李清照傳》）

〔七〕**徐培均**：此詞寫閨怨，當作于建炎二年（一一二八，戊申），時清照初到江寧。詞云『二年三度負東君』，按建炎元年春三月，趙明誠奔母喪南下，十二月金人陷青州，清照倉皇奔竄，二年春抵江寧；三月十日，趙明誠在其携來之蔡襄所書《趙氏神妙帖》上題跋。在此二年中，因時局動亂，常與明誠離別，而甫至江寧，驚魂未定，故無心賞春，辜負東君。所謂『三度』者，指靖康二年、建炎元年及二年也。其中靖康二年、建炎元年實屬一年，即公元一一二七年。依年號故又稱『二年』。（《李清照集箋注》）

臨江仙

庭院深深深幾許，雲窗霧閣常扃。柳梢梅萼漸分明。春歸秣陵樹，人老建康城。　感月吟風多少事，如今老去無成。誰憐憔悴更凋零。試燈無意思，踏雪没心情。

——《四印齋所刻詞》之《漱玉詞》

【考辨】

◎歷代載籍著録此闋之詞調、題目：

調作《臨江仙》。無題。

◎歷代此闋著録為李清照（易安）詞之載籍：

［一］宋・曾慥輯《樂府雅詞》影印涵芬樓手抄本（樂下，第六六頁），收作李易安詞。

校記

調題：皆同範詞。

正文：『老建康』作『客遠安』。

附録：無。

［二］宋・曾慥編（原署）《樂府雅詞》文淵閣《欽定四庫全書》本　集部（卷下，第七四頁），收作李易安詞。

校記

調題：皆同範詞。

正文：『老建康』作『客建安』；『如』作『于』。

附録：無。

[三] 宋・曾慥撰（原署）《樂府雅詞》文津閣《欽定四庫全書》本 集部（卷下，總第四七九頁），收作李易安詞。

校記

調題：皆同範詞。

正文：『老建康』作『客建安』。

附録：無。

[四] 明・陳耀文纂（原署）《花草粹編》影印明刊十二卷本（卷七，第一〇頁），收作李易安詞。瑜注：李易安《臨江仙・梅》與此首連排，用『二』字銜接，衹前一首署名，此首撰者亦應為李易安，詳見《品令》（急雨驚秋曉）之『瑜按』。

校記

調題：皆同範詞。

正文：『老建康』作『客建安』；『試燈無意思，踏雪没心情』作『燈花空結蕊，離別共傷情』。

附録：無。

[五] 明・陳耀文輯《花草粹編》文淵閣《欽定四庫全書》二十四卷本（卷一三，第一二頁），收作李易安詞。瑜注：李易安《臨江仙・梅》與此首連排，用『二』字銜接，衹前一首署名，此首撰者亦應為李易安，詳見《品令》（急雨驚秋曉）之『瑜按』。

校記

調題：皆同範詞。

正文：『老建康』作『客建安』；『試燈無意思，踏雪没心情』作『燈花空結蕊，離別共傷情』。

附録：無。

[六] 明・陳耀文編（原署）《花草粹編》文津閣《欽定四庫全書》二十四卷本（卷一三，總第四七頁），收作李易安詞。瑜注：李易安《臨江仙・梅》與此首連排，用『二』字銜接，衹前一首署名，此首撰者亦應為李易安，詳見《品令》（急雨驚秋曉）之『瑜按』。

校記

調題：皆同範詞。

正文：『老建康』作『客建安』；『試燈無意思，踏雪没心情』作『燈花空結蕊，離別共傷情』。

附録：無。

［七］清·沈辰垣等編《御選歷代詩餘》影印康熙内府本（卷三八，第一九九頁），收作李清照詞。

校記

調題：皆同範詞。

正文：『老建康』作『客建安』；『試燈無意思，踏雪没心情』作『燈花空結蕊，離別共傷情』。

附録：無。

［八］清·江標抄《李清照漱玉詞》汲古閣未刻詞二十二家本（手抄，不分卷頁，第三七首），上海圖書館藏，收作『宋易安居士李氏清照』詞。

校記

調題：皆同範詞。

正文：『老建康』作『客建安』；『試燈無意思，踏雪没心情』作『燈花空結蕊，離別共傷情』。

附録：無。

［九］清·汪玢箋《漱玉詞彙抄》問遽廬正本（手抄，不分卷頁，第三二首），復旦大學圖書館藏，收作『宋李氏清照易安』詞。

校記

調題：皆同範詞。瑜注：此首與《臨江仙》（……雲窗霧閣春遲）共序，見前。

正文：『老建康』作『安建安』。

附録：代列詩餘：『惜花空結蕊，離別共傷情』結語用意全與雅詞本別。（尾注）

［一〇］清·莫友芝家抄《漱玉詞》（手抄，不分卷頁，第一九首），復旦大學圖書館藏，收作『宋李氏清照易安』詞。

校記

調題：皆同範詞。

正文：『老建康』作『客建安』。

附録：無。

［一一］清·王鵬運輯《漱玉詞》，《四印齋所刻詞》本（第五頁），收作『李清照　易安』詞。

校記

調題：調作《臨江仙》。無題。瑜注：此闋，與《欽定詞譜》同調『又一體』之賀鑄詞（巧剪合歡羅勝子）：『雙調六十字，前後段各六句，三平韵』基本相同。此詞原無序，後人據宋無撰人《草堂詩餘》文淵閣《欽定四庫全書》本（卷二，第五頁）歐陽永叔《蝶恋花》（庭院深深深幾許）詞後注：『易安居士序』補，與另一《臨红仙》（庭院深深幾許，雲窗霧閣春遲）兩首共序。為保底本範詞原貌，未據之增補，然須知。詳見《臨红仙》（庭院深深幾許，雲窗霧閣春遲）【考辨】所收明陳耀文纂《花草粹編》（影印明刊本）『調題』之『瑜注』。

正文：原『扃』、『叓』、『彫』、『沒』，茲改為正字『扃』、『更』、『凋』、『没』。（擇為範詞，底本）

附録：無。

［一二］清·楊文斌輯録《三李詞》光緒庚寅夏香海閣刊本（卷三，第一一頁），收作李清照詞。

校記

調題：皆同範詞。

正文：『老建康』作『客建安』；『試燈無意思，踏雪没心情』作『燈花空結蕊，離別共傷情』。

附録：無。

［一三］清·蕙風簃主箋《漱玉詞箋》中華圖書館石印本　中華民國四年六月版（不分卷，第九頁），收作李清照詞。

校記

調題：皆同範詞。瑜注：此首與《臨江仙》（……雲窗霧閣春遲）共序，見前。

正文：『城』作『成』。

附録：《詞苑叢談》：『庭院深深深幾許。楊柳堆烟，簾幕無重數。金勒雕鞍游冶處。樓高不見章臺路。　雨横風狂三月暮。門掩梨花，無計留春住。泪眼問花花不語。亂紅飛過鞦韆去。』此歐陽文忠《蝶戀花·春暮》詞也。李易安酷愛其語，遂用作『庭院深深』調數闋。楊升庵云：『一句中連三字者如「夜夜夜深聞子規」，又「日日日斜空醉歸」，又「更更

更漏月明中」，又「樹樹樹梢啼曉鶯」皆善用叠字也。」（詞評）

朱竹坨云：「「庭院深深」一闋，載馮延巳《陽春録》，刻作歐九，誤也。」（詞評）

《玉梅詞隱》曰：「據《漱玉詞》，則是《陽春録》誤載也。易安宋人，性復強記，嘗與明誠坐歸來堂烹茶，指堆積書史，言某事在某卷某頁某行，以是否決勝負，為飲茶先後，何至于當代名作向所酷愛者，記述有誤？竹坨云云，未免負此佳證。」（詞評）

［一四］木石居士選輯　絳雲女史參校《歷代名媛詞選》民國十六年石印本（卷一〇，中調二，未注頁碼），收作李清照詞。

校記

調題：皆同範詞。

正文：『老建康』作『客建安』；『凋』作『飄』；『試燈無意思，踏雪没心情』作『燈花空結蕊，離別共傷情』。

附録：無。

［一五］李文裿輯《漱玉集》冷雪盦叢書本（卷三，第九頁），收作李清照詞。

校記

調題：皆同範詞。詞調旁小序云：歐陽公作《蝶戀花》有『深深深幾許』之句，予酷愛之，用其語作『庭院深深』數闋。

正文：『老建康』作『客建安』；『試燈無意思，踏雪没心情』作『燈花空結蕊，離別共傷情』。

附録：《樂府雅詞》及四印齋本均作『試燈無意思，踏雪没心情』；《歷代詩餘》、《樂府雅詞》、《花草粹編》、四印齋本《漱玉詞》。（尾注）

［一六］趙萬里輯《漱玉詞》，《校輯宋金元人詞》本（第五頁），收作『李清照　易安』詞。

校記

調題：皆同範詞。調下注：『并序：歐陽公作《蝶戀花》，有「深深深幾計」（瑜注：疑誤）之句，予酷愛之，用其語作：「庭院深深」數闋，其聲即舊《臨江仙》也』。小注：『序據《草堂詩餘》前集上，歐陽永叔《蝶戀花》詞注引補』。

正文：『梅』作『樓』。

附録：《樂府雅詞》、《花草粹編》七、《歷代詩餘》三十八。（尾注）

［一七］唐圭璋輯《全宋詞》中州古籍出版社　兩冊本（上，第六四五頁），收作李清照詞。

[一八] 中華書局編《李清照集》（第一八頁），收作李清照詞。

[一九] 王仲聞《李清照集校注》人民文學出版社（第三二頁），收作李清照詞。

[二〇] 黄墨谷《重輯李清照集》齊魯書社（卷三，第三二頁），收作李清照詞。

[二一] 徐北文主編《李清照全集評注》濟南出版社（第七六頁），收作李清照詞。

[二二] 徐培均《李清照集箋注》上海古籍出版社（第一〇五頁），收作李清照詞。

◎歷代此闋著録他人或無名氏及存疑詞之載籍：

雖廣徵博采而未見。

◎瑜按：

上二十多種載籍著録為李易安（清照）詞，撰者無异名，兹入《漱玉詞》。

【注釋】

[一] **庭院深深深幾許：** 見《臨江仙》（庭院深深深幾許，雲窗霧閣春遲）注。

[二] **幾許：** 多少。宋蘇軾《觀潮詩》：『欲識潮頭高幾許？越山渾在浪花中。』宋賀鑄《石州引》詞：『欲知方寸，共有幾許清愁，芭蕉不展丁香結』。

[三] **扃：** 門外之關，引申為關閉之意。漢蔡琰《悲憤詩》：『夜悠長兮禁門扃。』唐魚玄機《閨怨》：『扃閉朱門人不到』。

[四] **萼：** 見《真珠髻》（重重山外）注。

[五] **秣陵：** 戰國楚置金陵邑，秦時稱秣陵，以後又多次更名。這裏的『秣陵』為古名的沿用。孫吴時又改名建業，東晋建興初改為建康，隋又易為江寧。同理，此詞中的『建康』也是古地名的沿用。兩名實指一地，即現在的江蘇省南京市。

[六] **建康：** 即今南京。《花草粹編》等作『建安』，建安在今福建，王仲聞以為清照似曾至此地，見其《李清照事蹟編年》。

[七] **試燈：** 正月十五為燈節，節前預賞為試燈。《武林舊事·元夕》載：『禁中自去年九日賞菊燈之後，迤邐試燈，謂之預賞。』民間大抵也如此。從九月到下年元夕，將自家制的燈拿出觀賞、揀選，挑佼佼者備元夕之用，叫試燈。《中國古代節日文化》説：一般正月十三『上燈』，十四『試燈』，十五『正燈』，十八『落燈』。宋吴禮之《喜遷鶯》：『樂事難留，佳時罕遇，仍舊試燈何礙。』宋陳亮《眼兒媚》：『試燈天氣又春來，難説是情懷』。

【品鑒】

《李清照集校注·李清照事蹟編年》中説：『洪炎所云泉州故相趙挺之家，以實録繳進事觀之，即明誠家，亦即清照也。據此，似清照平生行踪，或曾至福建。倘確曾駐家泉州，則《臨江仙》詞所云「人客建安城」（趙萬里輯本《漱玉詞》作「人老建康城」），殆為入閩或出閩時過建安（今福建建甌）作』。又在《李清照集校注》所收《臨江仙》後説：『而詞中云：「人老建康城」，又云：「而今老去無成」，明為感舊傷今之語，與在建康時情境不甚相合，不似從明誠居建康時作。疑從《詞學叢書》本《樂府雅詞》作「建安」為是。』此説也有可疑之處。我以為，『人老建康城』與『而今老去無成』之中的『老』、『老去』，是與年輕時相比而言，或因國破家難、輾轉周折而蒼老多了。趙明誠于公元一一二八年（建炎二年）三月十日跋易安從青州故第帶出的蔡襄《趙氏神妙帖》云：『去年秋西兵之變，余家所資，蕩無遺迹。老妻獨攜此而逃。未幾，江外之盜再掠鎮江，此帖獨存。』其中的『老妻』為明誠對李清照的稱呼，她時年四十五歲。既然明誠可稱李清照為『老妻』，易安在此詞中自云『老』、『老去』亦很自然，不足為怪。故『人老建康城』可從，『而今老去無成』似也無疑。

《重輯李清照集》中《臨江仙》詞後『編年』中説：『此詞當作于建炎三年，金陵于建炎三年改為建康府，清照是年即離建康，生平足迹亦未再到建康。』根據建炎三年江寧改名『建康』，確定寫作年代似亦不足為據，因為江寧幾次易名。况且根據《建炎以來系年要録》（卷二十三），建炎三年（公元一一二九）五月八日江寧易名建康，可李清照于三月從明誠具舟上蕪湖，改名前二個月就不在江寧了。這正如『春歸秣陵樹』中的『秣陵』，為古名的延用。同理，此詞中的『建康』也是古地名的延用。根據『人老建康城』一語，確認此詞為易安從明誠守建康時作，無疑。但具體時間還是難以確定。

『庭院深深深幾許，雲窗霧閣常扃。』開端，以景起，寫庭院中景象，意在渲染氣氛。緣情布景，也為主人公的活動提供一個典型的環境。作者筆下的景色是怎樣的呢？深深的庭院裏陰冷凄清，高高的樓閣有時濃霧繚繞，有時烏雲籠罩着它的窗子，門户常常關閉着。這種氣氛與主人公的心境是一致的，起到了襯托的作用。劈頭一個疑問句，這與易安詞《添字采桑子》開頭：『窗前誰種芭蕉樹』，宋蘇軾《水調歌頭》：『明月幾時有』的開頭頗似，都不需作答，這種開頭的好處在于能引起讀者注意，加深印象，避免平板，使文勢跌宕。并用『深深深』一字三叠，使讀者感到庭院甚為陰森幽凄，顯著地增強了藝術效果。明楊升庵云：『一句中連三字者，如「夜夜夜深聞子規」，又「日日日斜空醉歸」，又「更更更漏月明中」，又「樹樹樹梢啼曉鶯」，皆善用叠字也』（引《詞苑叢談》），此詞首句亦如此。

『柳梢梅萼漸分明。春歸秣陵樹，人老建康城。』繼而從『庭院』中的景物『柳』和『梅』寫到春歸秣陵。柳樹的梢頭已泛出緑色，梅花的萼片微綻，逐漸明顯地透露出春的訊息。美好的春光回到了這個秦代被稱為秣陵邑的樹上，可是人却逐漸衰老在這個東晉時代被稱作建康的城市裏。『漸』説明經過多次觀察；『分明』，體現觀察細緻入微。作者由庭院的『柳梢』、『梅萼』的變化推知春回整個秣陵的樹上；又使讀者從秣陵樹的春色聯想到春歸人間大地。這是從小見大的寫法。『柳』早春泛緑，『梅』早春開放，選擇柳梅來寫春訊，是極為切當的，説明作者是善于擷取典型事物來體現季節特徵的。易安為什麽要慨嘆『人老建康城』呢？讓我們瞭解一下自建炎元年（公元一一二七）三月，到建炎三年（公元一一二九）三月，她在這整整二年的崢嶸歲月中的遭遇：明誠在建炎元年三月從淄州獨奔母喪南下江寧，她為婆母悲傷，并為明誠分憂和擔心；當時金兵已攻下汴京，國家形勢异常危機，兵荒馬亂；建炎元年金人擄徽欽兩帝北去，北宋滅亡，作為愛國者，她定是肝膽欲裂；建炎元年十二月，李清照在青州故里，西兵之變，明誠家存書册十餘屋被焚毀，她獨携蔡襄《趙氏神妙帖》逃往江寧。一年中，一個婦女，在古代交通不發達的情况下奔波千里，這是何等的艱難辛苦疲憊；建炎三年二月明誠罷守江寧，剛剛安居又轉徙，必然引起她心情的波動和不安。這些重大的危險痛苦經歷，使這位四十四、五歲的中年女子，與同齡婦女相比，或與自己的過去相比，『老』了許多，這是何等自然的事。况且她看到美好的春光又回到秣陵，可是北國的大好江山被侵占，自己有鄉不能回，何時是歸年？故發出『人老建康城』的喟嘆。

上闋，作者寫早春庭院裏和建康城的景色及其感慨。絶大部分寫景，衹前結抒情。

『感月吟風多少事，如今老去無成。』換頭憶昔，宕開一筆，然後撫今。『感月吟風』，指以風花雪月為内容寫詩詞。如今經過種種苦難，汴京陷落，徽欽兩帝被擄，北國大好河山被金人侵占，國家民族到了生死存亡的危險時刻，哪裏有什麽閑心去吟風弄月呢？人被摧折得衰老了，没有年輕時那種『吟風弄月』的情致了。但不是什麽詩也不寫了。比如《夏日絶句》：『生當作人杰，死亦為鬼雄。至今思項羽，不肯過江東』，又詩云：『南渡衣冠少王導，北來消息欠劉琨』，又詩云：『南來尚怯吴江冷，北狩應悲易水寒』，這些詩句忠憤激發，諷諭至深，直刺南宋統治集團的腐敗無能、妥協逃跑的卑劣行徑，表現易安强烈愛國思想感情，就是這時寫的。

『誰憐憔悴更凋零。試燈無意思，踏雪没心情。』『憔悴』，指人的面色不好，身體瘦弱。『更』，又。『凋零』，一般指花朵凋謝。這裏指人事的衰落。與宋陸游《秋感》詩：『前朝名勝凋零盡，百歲關心衹自知』中的『凋零』同意。『誰憐憔悴更凋零』，意思是，現實是何等的無情，有誰來憐惜人的死活和文化名勝的受破壞呢？『試燈無意思』，是説易安對試燈感到没有興趣，這是人心理的一種變化。『踏雪』，冬天雪地郊游。據宋周輝《清波雜志》載：『頃見易安族人，言明誠在建康日，易安每值天大雪，即頂笠披蓑，循城遠覽以尋詩，得句必邀其夫賡和，明誠每苦之也。』這是否與『踏雪没心情』相矛盾呢？并不矛盾，人們的嗜好、興趣都是長期形成的，突然人的興致没了，這倒是説明在客觀上發生了什麼大事影響了人主觀上的變化。如易安《清平樂》云：『年年雪裏。常插梅花醉』，説明她是喜愛梅花的。其《訴衷情》云：『更挼殘蕊，更撚餘香，更得些時』，對梅花竟變得如此怨恨，這是為什麼呢？因為它熏破了主人的美好夢境。易安是喜歡游山玩水的，其《武陵春》云：『聞説雙溪春尚好，也擬泛輕舟。衹恐雙溪舴艋舟。載不動、許多愁。』可女主人又為什麼不去泛游？因為國破、家亡、喪夫、顛沛流離的種種苦難引起的愁緒太濃重了。易安喜歡試燈，喜歡踏雪，誠哉是也。假使明誠在建炎三年二月罷守江寧，在此年的元宵節之前就透露了這一消息，他的愛人——一個飽嘗戰亂、奔波之苦的婦女李清照得知後，前景未卜，不知所之，再想想國家民族的悲慘命運，她還有意思去試燈嗎？她還有心情去踏雪嗎？當然没有了。這種感情不就很容易被人理解了嗎？最後是上下聯意思相類似的對仗。

下片，着重寫情；上片，側重寫景。如清劉熙載《藝概·詞曲概》中云：『詞或前景後情，或前情後景，或情景齊到，相間相隔，各有其妙』。此詞，通過早春景象的描寫，表現作者南渡之後百感交集繫念家國的複雜思想感情。

《樂府雅詞》所收此詞無小序，小序是後來加的。序中作者已説明首句援用宋歐陽修《蝶戀花》之句。引他人完整的詞句入詞，并非易安文思枯竭，到別人詞中去做賊，這正是繼承前人優良文學傳統的一種方式。用得巧妙妥貼，天衣無縫，渾然一體，如出諸己，正反映詞家的高超。此法并非始于李清照。唐陸龜蒙詩云：『殷勤與解丁香結，從放繁枝散誕香。』宋王介甫引其中的一整句入詩云：『殷勤與解丁香結，放出枝頭自在春。』唐錢起的《湘靈鼓瑟》詩云：『曲終人不見，江上數峰青』，宋秦少游引此完整的兩句詩入詞云：『……獨倚桅檣情悄悄，遥聞妃瑟泠泠。新聲含盡古今情。曲終人不見，江上數峰青。』皆渾如天成，妙趣横生。餘不殫述。像蘇軾、秦觀、李清照，這些燦爛的明星勿須用此法來濟才情之窮。

此詞用了兩組對仗：『春歸秣陵樹，人老建康城。』一是春回秣陵樹上，萬物復蘇，欣欣向榮；一是人老建康城裏，沉痛悲愴，每況愈下。上下聯意思相反，兩種事物相互映襯，即為反對。『試燈無意思，踏雪没心情。』都表現了易安深沉而複雜的悒鬱情懷。上下聯的意思相近，并列的事物相對，即為正對。兩組對仗的妙用，深化了主題，增強了詞的建築美和詞的韵味美。

含蓄蘊藉，耐人尋味。她慨嘆：『人老建康城』、『如今老去無成』、『誰憐憔悴更凋零』；她悒悵：『試燈無意思，踏雪没心情』，均以率直的方式出之。但為什麼這樣？隱藏在心底的原因究竟是什麼？那是深沉的家國之痛，却含而不露。

此詞總體構思之精巧，藝術手法之卓犖，在易安詞中是獨具特色的。

【選評】

[一] **清·徐釚：**『庭院深深深幾許，楊柳堆烟，簾幕無重數。玉勒雕鞍游冶處，樓高不見章臺路。　雨横風狂三月暮，門掩黄昏，無計留春住。泪眼問花花不語，亂紅飛過鞦韆去。』此歐陽修《蝶戀花·春暮》詞。李易安酷愛其語，遂用作『庭院深深』調數闋。（《詞苑叢談》）

[二] **清·蕙風簃主（况周頤）：**楊升庵云：『一句中連三字者如「夜夜夜深聞子規」，又「日日日斜空醉歸」，又「更更更漏月明中」，又「樹樹樹梢啼曉鶯」皆善用叠字也。』　朱竹垞云：『「庭院深深」一闋，載馮延巳《陽春録》，刻作歐九，誤也。』《玉梅詞隱》曰：『據《漱玉詞》，則是《陽春録》誤載也。易安宋人，性復强記，嘗與明誠坐歸來堂烹茶，指堆積書史，言某事在某卷某頁某行，以是否决勝負，為飲茶先後，何至于當代名作向所酷愛者，記述有誤？竹垞云云，未免負此佳證。』（《漱玉詞箋》）

[三] **清·張惠言：**李易安詞序云：『歐陽公作《蝶戀花》……其聲即舊《臨江仙》也。』易安去歐公未遠，其言必非無據。（《張惠言論詞》）

[四] **溫紹堃　錢光培：**在她的『人客建康城』的慨嘆中，表現了詞人對淪陷的北方故土的懷念；在她的『老去無成』的苦惱中，表現了詞人面對現實而無能為力的痛苦；至于『試燈無意思，踏雪没心情』，更是可以用來作為『南來尚怯吴江冷』的注脚。試燈、踏雪本應是很熱鬧、很好玩的事情，但是在此時此刻，對于一個深懷愛國憂思的人來説，那裏還有心思去尋歡作樂呢？詞人這樣的情懷，同當時偏安江南，不思國事而沉緬于聲色犬馬之中的王公貴族們，是何等鮮明的對比呵！因此，我們以為，《臨江仙》是一首同李清照的上述愛國詩句，具有同等價值的愛國詞章。這首詞無論對于我們瞭解李清照南下建康後的生活和瞭解李清照的愛國情懷，都具有重要意義。（《李清照名篇賞析》）

[五] **黄墨谷：**此詞作于建炎三年（一一二九年）初春，是胡馬飲河、宋室南渡的第三個年頭。詞上片結拍『春歸秣陵樹，人老建康城』十個字，沉痛地寫她流離遷徙，歲月蹉跎的悲嘆。建炎元年，趙構初即帝位于南京（河南商丘），起用李綱為相。時四方勤王之師都向行在結集，士氣振旺，如能誓師北伐，中原恢復，計日可侍。但當時昏庸自私的小朝廷，罷力主抗金的宰相李綱，任用奸邪黄潜善、汪伯彦之輩。他們已經在南京建造宮室，預備巡幸游樂，早把中原抛在腦

後。建炎三年，岳飛曾上書斥黃潛善、汪伯彥奉駕益南，奏請恢復中原。朝廷還責他越職上書，罷他的官。清照《臨江仙》詞中的『人老建康城』，不單是她個人的悲嘆，而且道出了成千上萬想望恢復中原的人之心情。（《唐宋詞鑒賞辭典——唐・五代・北宋》上海辭書出版社）

［六］**平慧善**：本詞大約是建炎二、三年（一一二八、一一二九年）李清照住在建康時所作。詞的開頭通過景色描繪表現詞人矛盾的心情。深鎖庭院，怕見春光，柳芽梅萼，又見春光，這是第一層對照；『春歸秣陵』與『人老建康』，是第二層對照；往昔的感風弄月與今日的憔悴飄零，是第三層對照。詞人通過各種對比，抒發了思鄉之情和老去無成的感慨，『試燈無意思，踏雪没心情』，以極樸素的語言真切地表現心灰意懶的精神狀態，其中含有無限今昔悲歡的辛酸！（《李清照詩文詞選譯》）

［七］**蔡厚示**：『庭院深深深幾許？雲窗霧閣常扃。』李清照酷愛『深深深幾許』之語，是很有藝術見地的。因為它一連叠用三個『深』字，不僅渲染出庭院的深邃，而且收到了幽婉、復沓、跌宕、回環的聲情效果。它跟下句合起來，便呈現出一幅鮮明的立體圖畫：上句極言其深遠，下句極言其高聳。用皎然的話説，這就叫『取境偏高』（《詩式・辨體有一十九字》）；用楊載的話説，這就叫『闊占地步』（《詩法家數》）。它給欣賞者以空間無限延伸的感覺。但句尾一綴上『常扃』二字，就頓使這個高曠的空間一變而為令人窒息的封閉世界。真如一擰電鈕，就頓使光明變成了黑暗一樣。秣陵、建康，同地异名。它被分別置于上下對句之中，看似合掌（詩文内對句意義相同謂之『合掌』）。但上句寫春歸，是目之所見；下句寫人老，是心之所感。它把空間的感受轉化為時間的感受，從初春來臨聯想起人的青春逝去。情致豐富，毫不顯得單調、重複。它貌似『正對』（即同義對）而實比『反對』（即反義對）為優，可視為本篇的警策。（《唐宋詞鑒賞舉隅》）

醉花陰

薄霧濃雲愁永晝。瑞腦消金獸。佳節又重陽，玉枕紗櫥，半夜涼初透。東籬把酒黃昏後。有暗香盈袖。莫道不消魂，簾捲西風，人比黃花瘦。

——《四印齋所刻詞》之《漱玉詞》

【考辨】

◎歷代載籍著録此闋之詞調、題目：

調作《醉花陰》。題作「九日」、「重陽」、「重九」、「咏九日」。

◎歷代此闋著録為李清照（易安）詞之載籍：

［一］宋・胡仔纂輯《苕溪漁隱叢話》珍仿宋版印　中華書局聚（前集，卷六〇，第四頁），《麗人雜記》著録為李易安詞。

校記

調題：無調。題作「九日」。

正文：僅録二句。「捲」作「卷」。

附録：近時婦人能文詞，如李易安，頗多佳句……又「九日」詞云：「簾卷西風，人比黃花瘦。」此語亦婦人所難到也。（詞評）

［二］宋・阮閱撰《詩話總龜》文淵閣《欽定四庫全書》本　集部（後集，卷四八，第四頁），著録為李易安詞。

校記

調題：無調。題作「九日」。

正文： 僅録二句。『比』作『似』。

附録： 近時婦人能文詞，如李易安，頗多佳句……又『九日』詞云：『簾捲西風，人似黄花瘦。』此語亦婦人所難到也。（詞評）

［三］宋·曾慥輯《樂府雅詞》影印涵芬樓手抄本（樂下，第六七頁），收作李易安詞。

校記

調題： 皆同範詞。

正文： 『消金獸』作『銷金獸』；『消魂』作『銷魂』；『比』作『似』。

附録： 無。

［四］宋·曾慥編（原署）《樂府雅詞》文淵閣《欽定四庫全書》本　集部（卷下，第七四頁），收作李易安詞。

校記

調題： 皆同範詞。

正文： 『消金獸』作『銷金獸』；『佳』作『時』；『凉』作『秋』；『比』作『似』。

附録： 無。

［五］宋·曾慥撰（原署）《樂府雅詞》文津閣《欽定四庫全書》本　集部（卷下，總第四七九頁），收作李易安詞。

校記

調題： 皆同範詞。

正文： 『霧』作『雨』；『消金獸』作『銷金獸』；『佳』作『時』；『凉』作『秋』；『消魂』作『銷魂』；『比』作『似』。

附録： 無。

［六］宋·花庵詞客（黄昇）編集（原署）《唐宋諸賢絶妙詞選》掃葉山房刊本（卷一〇，宋詞，第三頁），收作李易安詞。

校記

調題： 調同範詞。題作『九日』。

正文： 『消金獸』作『銷金獸』；『佳』作『時』；『消魂』作『銷魂』；『捲』作『卷』；『比』作『似』。

附録：無。

［七］宋・無撰人《草堂詩餘》文淵閣《欽定四庫全書》本　集部（卷一，第二七頁），收作李易安詞。

校記

調題：調同範詞。題作『重陽』。

正文：『雲』作『雰』；『消金獸』作『噴金獸』；『玉』作『寶』；『涼』作『秋』；『消魂』作『銷魂』；『比』作『似』。

附録：無。

［八］宋・無撰人《草堂詩餘》文津閣《欽定四庫全書》本　集部（卷一，總第五七〇頁），收作李易安詞。

校記

調題：調同範詞。題作『重陽』。

正文：『消金獸』作『噴金獸』；『玉』作『寶』；『涼』作『秋』；『消魂』作『銷魂』；『比』作『似』。

附録：無。

［九］宋・建安古梅何士信君實編選《妙選箋注群英詩餘》（《增修箋注妙選群英草堂詩餘》）前集二卷後集二卷　影元至正辛卯孟夏雙璧陳氏刊行本（餘後上，第一四頁），收作李易安詞。

校記

調題：皆同範詞。

正文：『消金獸』作『噴金獸』；『玉』作『寶』；『涼』作『秋』；『消魂』作『銷魂』；『比』作『似』。

附録：無。

［一〇］宋・佚名輯　何士信增注《增修箋注妙選群英草堂詩餘》，《景刊宋金元明本詞》本（洪武本，餘後上，第一四頁），收作李易安詞。

校記

調題：皆同範詞。

正文：『消金獸』作『噴金獸』；『玉』作『寶』；『涼』作『秋』；『消魂』作『銷魂』；『比』作『似』。

附録：無。

〔一一〕宋·佚名輯　何士信增注《增修箋注妙選群英草堂詩餘》（内名），《四部叢刊》影印涵芬樓本（後集，卷之上，第二六頁），收作李易安詞。

校記

調題： 皆同範詞。

正文： 『消金獸』作『噴金獸』；『玉』作『寶』；『凉』作『秋』；『消魂』作『銷魂』；『比』作『似』。

附録： 無。

〔一二〕宋·祝穆撰《古今事文類聚》文淵閣《欽定四庫全書》本（後集，卷一一，第二七頁），著録為李易安詞。

校記

調題： 無調。題作『九日』。

正文： 僅收録『簾捲西風，人似黄花瘦』兩句。『比』作『似』。

附録： 李易安詞。……又『九日』詞云：『簾捲西風，人似黄花瘦』，此語非婦人所能及也。（詞評）

〔一三〕宋·陳景沂編輯　祝穆訂正《全芳備祖》燕京大學圖書館抄本　前集　花部之菊花（卷一二，第一六頁），收作李易安詞。

校記

調題： 皆同範詞。

正文： 『消金獸』作『噴香獸』；『佳』作『時』；『凉』作『愁』；『人比』作『又似』。

附録： 無。

〔一四〕宋·陳景沂編輯　祝穆訂正《全芳備祖》徐氏積學齋抄本抄録　前集　花部之菊花（卷一二，總第四八四頁），收作李易安詞。

校記

調題： 皆同範詞。

正文： 『雲』作『陰』；『消金獸』作『噴香獸』；『佳』作『時』；『凉』作『秋』；『暗香』作『暗風』。

附録： 無。

［一五］宋・陳景沂撰《全芳備祖》文淵閣《欽定四庫全書》本　前集　花部之菊花（卷一二，第一六頁），收作李易安詞。

校記

調題：皆同範詞。

正文：『雲』作『陰』；『消金獸』作『噴香獸』；『佳』作『時』；『凉』作『秋』；『捲』作『卷』。

附録：無。

［一六］元・伊世珍輯《瑯嬛記》汲古閣本（卷中，第六頁），著録為李易安詞。

校記

調題：調同範詞。題作『重陽』。

正文：僅收録『莫道不消魂，簾捲西風，人似黄花瘦』三句。『比』作『似』。

附録：略（瑜注：詞評，見此書此詞【選評】所收元伊世珍輯《瑯嬛記》選段）。

［一七］明・茅暎遠士評選《詞的》清萃閔堂抄本《四庫未收書輯刊》影印（卷之二，第一九頁），收作李清照詞。

校記

調題：調同範詞。題作『重陽』。

正文：『消金獸』作『噴金獸』；『玉』作『寶』；『凉』作『秋』；『消魂』作『銷魂』；『比』作『似』。

附録：但知傳誦結語，不知妙處全在『莫道不消魂』。（眉批）

［一八］明・顧從敬類選　沈際飛評正《草堂詩餘正集》明萬賢樓自刻本（卷一，第三五頁），收作李易安詞。

校記

調題：調同範詞。題作『重陽』。

正文：『消金獸』作『銷金獸』；『佳』作『時』；『玉』作『寶』；『消魂』作『銷魂』；『比』作『似』。

附録：中山王《文木賦》：『薄霧濃雰』，形容木之文理也。用修云：『易安本此』，不必。　康詞『比梅花、瘦幾分』，一婉一直，并時争衡。（眉批）

［一九］明・周瑛撰《詞學筌蹄》，《續修四庫全書》本（卷一，總第四〇二頁），收作李易安詞。

校記

調題：調同範詞。題作『重陽』。

正文：『消金獸』作『噴金獸』；『玉』作『寶』；『涼』作『秋』；『酒』作『菊』；『消魂』作『銷魂』；『比』作『似』。

附録：無。

［二一〇］明・酈琥采撰　顧廉校正《姑蘇新刻彤管遺編》明隆慶元年刻補修本《四庫未收書輯刊》影印（續集，卷之一七，第二二頁），收作李清照詞。

校記

調題：調同範詞。題作『九日』。

正文：『消金獸』作『噴金獸』；『玉』作『寶』；『橱』作『窗』；『涼』作『秋』；『消魂』作『銷魂』。

附録：無。

［二一一］明・陳鐘秀校《精選名賢詞話草堂詩餘》，《四印齋所刻詞》本（草堂下，第二三頁），收作李易安詞。

校記

調題：皆同範詞。

正文：『消金獸』作『噴金獸』；『玉』作『寶』；『消魂』作『銷魂』；『比』作『似』。

附録：無。

［二一二］明・楊慎批點　閔暎璧校訂《草堂詩餘》明閔暎璧刻朱墨套印本（卷一，第二九頁），收作李易安詞。

校記

調題：調同範詞。題作『重陽』。

正文：『消金獸』作『噴金獸』；『玉』作『寶』；『涼』作『秋』；『消魂』作『銷魂』；『比』作『似』。

附録：凄語，怨而不怒。（『簾捲西風，人似黄花瘦』之旁批）

［二一三］明・楊慎批點《草堂詩餘》明萬曆《詞壇合璧》刊本（卷一，第二九頁），收作李易安詞。

校記

調題：調同範詞。題作『重陽』。

正文：『消金獸』作『噴金獸』；『玉』作『寶』；『涼』作『秋』；『消魂』作『銷魂』；『比』作『似』。

附録：凄語，怨而怒。（『簾捲西風，人似黃花瘦』之旁批）

［二四］明・楊慎撰《詞品》，《詞話叢編》本（卷之一，總第四三九頁），著録為李易安詞。

校記

調題：無調。題作『九日』。

正文：僅收録『薄霧濃雺愁永晝』一句。『雲』作『雺』。

附録：略（瑜注：詞評，見此書此詞【選評】《詞品》選段）。

［二五］明・楊慎撰《升菴集・宋儒論天・屯雲》文淵閣《欽定四庫全書》本（卷七四，第二〇頁），著録為李易安詞。

校記

調題：無調。題作『九日』。

正文：僅收録『薄霧濃雺愁永晝』一句。『雲』作『雺』。

附録：略（瑜注：詞評，見此書此詞【選評】《詞品》選段）。

［二六］明・蔣一葵編《堯山堂外紀》明刊本（卷五四，第二二頁），收作李易安詞。

校記

調題：調同範詞。題作『九日』。

正文：『消金獸』作『噴金獸』；『玉』作『寶』；『涼』作『秋』；『消魂』作『銷魂』；『比』作『似』。

附録：無。

［二七］明・武陵逸史編次　開雲山農校正《類編草堂詩餘》明嘉靖二十九年顧汝所刻本（卷之一，第二五頁），收作李易安詞。

校記

調題：調同範詞。題作『重陽』。

正文：『消金獸』作『噴金獸』；『玉』作『寶』；『涼』作『秋』；『消魂』作『銷魂』；『比』作『似』。

附録：無。

〔二八〕明・武陵逸史編次　上元崑石山人校輯《類編草堂詩餘》（《新刻注釋草堂詩餘》）古吳陳長卿梓（卷之一，第四四頁），收作李易安詞。

校記

調題：調同範詞。題作『重陽』。

正文：『消金獸』作『噴金獸』；『玉』作『寶』；『涼』作『秋』；『消魂』作『銷魂』；『比』作『似』。

附録：無。

〔二九〕明・顧從敬編次　韓俞臣校正《類編草堂詩餘》古吳博雅堂梓行本（卷之一，第一五頁），收作李易安詞。

校記

調題：調同範詞。題作『重陽』。

正文：『消金獸』作『噴金獸』；『玉』作『寶』；『涼』作『秋』；『消魂』作『銷魂』；『比』作『似』。

附録：無。

〔三〇〕明・唐順之解注　田一雋精選《類編草堂詩餘》金陵書坊張氏東川綉梓　萬曆甲申年重刊本　（卷之一，第四四頁），收作李易安詞。

校記

調題：調同範詞。題作『重陽』。

正文：『消金獸』作『噴金獸』；『玉』作『寶』；『涼』作『秋』；『消魂』作『銷魂』；『比』作『似』。

附録：無。

〔三一〕明・顧從敬類選　陳繼儒重校　陳仁錫參訂（内署）《類選箋釋草堂詩餘》明萬曆刻本《續修四庫全書》影印集部　詞類（卷之一，第三四頁），收作李易安詞。

校記

調題：調同範詞。題作『重陽』。

正文：『消金獸』作『噴金獸』；『玉』作『寶』；『涼』作『秋』；『消魂』作『銷魂』；『比』作『似』。

附録：無。

[三二] 宋・何士信輯《草堂詩餘前集二卷後集二卷》明嘉靖三十三年楊金刻本（卷下後，第二五頁），收作李易安詞。

校記

調題：調同範詞。題作『重陽』。

正文：『消金獸』作『噴金獸』；『玉』作『寶』；『凉』作『秋』；『消魂』作『銷魂』；『比』作『似』。

附録：無。

[三三] 明・鳙溪逸史選編《彙選歷代名賢詞府全集》明嘉靖丁己（巳）一得山人跋抄本（卷之二，第二一頁），收作李易安詞。

校記

調題：調同範詞。題作『重九』。

正文：『消金獸』作『噴金獸』；『玉』作『寶』；『凉』作『秋』；『比』作『似』。

附録：無。

[三四] 明・田藝蘅輯《詩女史》，《四庫全書存目叢書》影印明嘉靖三十六年刻本（卷一一，第六頁），收作李清照詞。

校記

調題：皆同範詞。

正文：『消金獸』作『噴金獸』；『玉』作『寶』；『凉』作『秋』；『消魂』作『銷魂』；『比』作『似』。

附録：無。

[三五] 明・陳耀文纂（原署）《花草粹編》影印明刊十二卷本（卷五，第一二頁），收作李易安詞。

校記

調題：調同範詞。題作『九日』。

正文：『消金獸』作『噴金獸』；『佳』作『時』；『玉』作『寶』；『凉』作『秋』；『消魂』作『銷魂』；『比』作『似』。

附録：無。

[三六] 明・陳耀文輯《花草粹編》文淵閣《欽定四庫全書》二十四卷本（卷九，第一四頁），收作李易安詞。

校記

調題：調同範詞。題作『九日』。

正文：『消金獸』作『噴金獸』；『佳』作『時』；『玉』作『寶』；『涼』作『秋』；『消魂』作『銷魂』；『比』作『似』。

附録：無。

［三七］明・陳耀文編（原署）《花草粹編》文津閣《欽定四庫全書》二十四卷本（卷九，總第二〇頁），收作李易安詞。

校記

調題：皆同範詞。

正文：『消金獸』作『噴金獸』；『佳』作『時』；『玉』作『寶』；『涼』作『秋』；『消魂』作『銷魂』；『比』作『似』。

附録：無。

［三八］明・起北赤心子輯《綉谷春容》明清善本小説叢刊　天一出版社印行（樂集，卷之二，彤管摭粹，名媛詞，頁不清），收作李易安詞。

校記

調題：調同範詞。題作『咏九日』。

正文：『消金獸』作『噴金獸』；『玉』作『寶』；『櫥』作『窗』；『涼』作『秋』；『消魂』作『銷魂』。

附録：無。

［三九］明・胡文煥輯《新刻彤管摘奇》明胡文煥刻格致叢書本（卷下，第五〇頁），收作『宋　李清照』詞。

校記

調題：調同範詞。題作『九日』。

正文：『消金獸』作『噴金獸』；『玉枕紗櫥』作『寶枕紗窗』；『涼』作『秋』。

附録：無。

［四〇］明・池上客選《歷朝烈女詩選名媛璣囊》（一名《名媛璣囊》）明萬曆二十三年書林鄭雲竹刻本（廉集三，第一八頁），收作李清照詞。

校記

調題： 調同範詞。題作『九日』。

正文： 『消金獸』作『噴金獸』；『玉枕紗橱』作『寶枕紗窗』；『凉』作『秋』。

附録： 無。

［四一］明・徐師曾輯《文體明辨附録》明萬曆間吴江壽檜堂刻本（卷七，詩餘一三，第一九頁），收作『宋婦李清照』詞。

校記

調題： 調同範詞。題作『重陽』。

正文： 『消金獸』作『噴金獸』；『玉』作『寶』；『凉』作『秋』；『消魂』作『銷魂』；『比』作『似』。

附録： 無。

［四二］明・張綖　謝天瑞撰《詩餘圖譜》明萬曆二十七年刻本《續修四庫全書》影印　集部　詞類（卷之二，第七頁），收作李易安詞。

校記

調題： 皆同範詞。

正文： 『消金獸』作『噴金獸』；『玉』作『寶』；『凉初』作『秋先』；『消魂』作『銷魂』；『比』作『似』。

附録： 無。

［四三］明・張綖撰　游元涇增訂《增正詩餘圖譜》明萬曆二十九年游元涇刻本（上卷，第二八頁），收作李易安詞。

校記

調題： 皆同範詞。調下注：『前段四句三韵二十六字』。

正文： 『消金獸』作『噴金獸』；『玉』作『寶』；『凉初』作『秋自』；『消魂』作『銷魂』；『比』作『似』。

附録： 無。

［四四］明・毛晋訂《漱玉詞》影印汲古閣初刻《詩詞雜俎》本（第三頁），收作『李氏　清照』詞。

校記

調題： 調同範詞。題作『九日』。

正文：『消金獸』作『銷金獸』；『佳』作『時』；『捲』作『卷』；『比』作『似』。

附録：無。

[四五] 明・武陵逸史編　隱湖小隱訂《草堂詩餘》明末毛氏汲古閣刻《詞苑英華》本（卷一，第二五頁），收作李易安詞。

校記

調題：調同範詞。題作『重陽』。

正文：『消金獸』作『噴金獸』；『玉』作『寶』；『凉』作『秋』；『消魂』作『銷魂』；『比』作『似』。

附録：無。

[四六] 明・胡桂芳重輯（原宋・何士信輯）《類編草堂詩餘》明萬曆三十五年黄作霖等刻本（卷之中，第二〇頁），收作李易安詞。

校記

調題：調同範詞。題作『重陽』。

正文：『消金獸』作『噴金獸』；『玉』作『寶』；『凉』作『秋』；『消魂』作『銷魂』；『比』作『似』。

附録：無。

[四七] 明・鄭文昂編輯《古今名媛彙詩》，《四庫全書存目叢書》影印明刊本（卷一七，第六頁），收作李清照詞。

校記

調題：調同範詞。題作『九日』。

正文：『消金獸』作『噴金獸』；『玉』作『寶』；『橱』作『窗』；『凉』作『秋』；『消魂』作『銷魂』。

附録：無。

[四八] 明・王象晋纂輯《二如亭群芳譜》虎丘禮宗書院藏板（卷三，花譜，第八三頁），收作李易安詞。

校記

調題：皆同範詞。

正文：『消金獸』作『噴香獸』；『佳』作『時』；『凉』作『秋』；『魂』作『愁』；『比』作『似』。

附録：無。

［四九］　明・程明善纂輯《嘯餘譜》，《續修四庫全書》集部　詞類（卷三，詩餘一三，第一三頁），收作李清照詞。

校記

調題：調同範詞。題作「重陽」。

正文：「消金獸」作「噴金獸」；「玉」作「寶」；「凉」作「秋」；「消魂」作「銷魂」；「比」作「似」。

附録：無。

［五〇］　明・卓人月彙選　徐世俊參評《古今詞統》（又名陳繼儒評選《草堂詩餘》、《詩餘廣選》），《續修四庫全書》本（卷七，第一頁），收作李清照詞。

校記

調題：調同範詞。題作「重陽」。

正文：「雲」作「雰」；「消金獸」作「噴金獸」；「玉」作「寶」；「凉」作「秋」；「比」作「似」。

附録：康詞「比梅花、瘦幾分」，一婉一直，兩得其宜。（眉批）

《瑯嬛記》云：「易安以『重陽』《醉花陰》詞函致明誠。……政易安作也。」（瑜注：詞評，詳見此書此詞【選評】元伊世珍輯《瑯嬛記》一段）。　「雰」俗本作「雲」，非也。「薄霧濃雰」出中山王《文木賦》。（尾注）

［五一］　明・趙世杰選輯　許肇文參閲《古今女史》明崇禎刊本（卷一二，詩餘，第七頁），收作李易安詞。

校記

調題：調同範詞。題作「九日」。

正文：「消金獸」作「噴金獸」；「玉」作「寶」；「橱」作「窗」；「凉」作「秋」；「消魂」作「銷魂」。

附録：無。

［五二］　明・宋祖法修　葉承宗纂《崇禎歷城縣志》友聲堂刻本（卷一五，藝文，詩餘，第七頁），收作「宋　李清炤」（下有小注「易安　邑人」）詞。

校記

調題：調同範詞。題作「重陽」。

正文：「雲」作「雰」；「消金獸」作「噴金獸」；「玉」作「寶」；「凉初」作「新凉」；「消魂」作「銷魂」；「比」作「似」。

附録：無。

［五三］明・潘游龍輯《精選古今詩餘》（《古今詩餘醉》）清乾隆壬午秋鐫（卷一，第三一頁），收作李易安詞。

校記

調題：調同範詞。題作「重陽」。

正文：「消金獸」作「銷金獸」；「佳」作「時」；「玉」作「寶」；「消魂」作「銷魂」；「比」作「似」。

附録：無。

［五四］清・先著　程洪輯《詞潔》清康熙刻本（卷一，第四九頁），收作李清照詞。

校記

調題：皆同範詞。

正文：「消金獸」作「銷金獸」；「佳」作「時」；「消魂」作「銷魂」；「比」作「似」。

附録：無。

［五五］清・周銘編集　金成棟重校《林下詞選》，《四庫全書存目叢書補編》第二冊（卷一，第三頁），收作李清照詞。

校記

調題：調同範詞。題作「九日」。

正文：「雲」作「雰」；「消金獸」作「銷金獸」；「佳」作「時」；「比」作「似」。

附録：無。

［五六］清・陸次雲　章昞輯《見山亭古今詞選》康熙年間刻本（卷二，第一二頁），收作李清照詞。

校記

調題：調同範詞。題作「重陽」。

正文：「雲」作「雰」；「消金獸」作「噴金獸」；「玉」作「寶」；「涼」作「秋」；「比」作「似」。

附録：無。

［五七］清・朱彝尊編《詞綜》，《欽定四庫全書薈要》集部（卷二五，第五頁），收作李清照詞。

校記

調題： 調同範詞。題作「九日」。

正文： 「消金獸」作「銷金獸」；「消魂」作「銷魂」；「比」作「似」。

附録： 無。

［五八］清・徐釚撰《詞苑叢談》康熙刊本　上海古籍出版社出版（卷三，品藻一，第五七頁），著録為李易安詞。

校記

調題： 調同範詞。題作「重陽」。

正文： 全詞收録。「雲」作「雰」；「消金獸」作「噴金獸」；「玉」作「寶」；「消魂」作「銷魂」；「比」作「似」。

附録： 《詞苑叢談》之《李易安醉花陰》：「李易安作『重陽』《醉花陰》詞，函致趙明誠。……政（瑜注：依原文）易安作也。」（詞評，《瑯嬛記》一段，多被引用。）

［五九］清・嚴沆等參訂《古今詞匯初編》清康熙十八年刻本（卷四，第一七頁），收作李清照詞。

校記

調題： 調同範詞。題作「重陽」。

正文： 「雲」作「雰」；「消金獸」作「噴金獸」；「玉」作「寶」；「涼」作「秋」。

附録： 無。

［六〇］清・歸淑芬等選輯《古今名媛百花詩餘》康熙二十三年刻本（季秋卷，菊花類，第一頁），收作「宋李清照」詞。

校記

調題： 皆同範詞。

正文： 「消金獸」作「噴金獸」；「佳」作「時」；「涼」作「秋」；「比」作「似」。

附録： 無。

［六一］清・沈時棟輯《古今詞選》康熙刻本（卷二，第二五頁），收作李清照詞。

校記

調題： 調同範詞。題作「重陽」。

正文：「雲」作「雰」；「消金獸」作「噴金獸」；「玉」作「寶」；「涼」作「秋」；「比」作「似」。

附録：無。

［六二］清・雲山卧客選《詩餘神髓》豐草齋選抄本（不分卷頁，小令），收作李易安詞。

校記

調題：調同範詞。題作「重陽」。

正文：「消金獸」作「銷金獸」；「佳」作「時」；「玉」作「寶」；「消魂」作「銷魂」；「比」作「似」。

附録：無。

［六三］清・孫致彌輯　樓儼補訂《詞鵠初編》清康熙四十四年自刻本（卷三，第一二頁），收作李清照詞。

校記

調題：皆同範詞。

正文：「消金獸」作「噴金獸」；「玉」作「寶」；「涼」作「秋」；「比」作「似」。

附録：「酒」字疑是短韵，蓋後段換頭，各體原多有不同，且第二句又一「有」字領起，著者須味其意，于「酒」字讀斷，後字再斷，作折腰句，亦無不可，審音者幸留意焉。（詞評）

［六四］清・沈辰垣等編《御選歷代詩餘》影印康熙内府本（卷二三，第一二四頁），收作「宋媛　李清照」詞。

校記

調題：皆同範詞。

正文：「雲」作「雰」；「消金獸」作「銷金獸」；「消魂」作「銷魂」；「比」作「似」。

附録：無。

［六五］清・汪灝等編修《御定佩文齋廣群芳譜》文淵閣《欽定四庫全書》本（卷五，第四三頁），收作李易安詞。

校記

調題：皆同範詞。

正文：「消金獸」作「噴香獸」；「佳」作「時」；「比」作「似」。

附録：無。

［六六］清・郭鞏撰《詩餘譜式》清康熙可亭刻本《四庫未收書輯刊》影印（後卷，第七頁），收作李清照詞。

校記

調題：調同範詞。題作「重陽」。

正文：「消金獸」作「噴金獸」；「玉」作「寶」；「凉」作「秋」；「消魂」作「銷魂」；「比」作「似」。

附録：無。

［六七］清・吴綺輯《選聲集》清大來堂刻本（小令，第二五頁），中國人民大學圖書館藏，收作李清照詞。

校記

調題：皆同範詞。

正文：「消金獸」作「噴金獸」；「玉」作「寶」；「凉」作「秋」；「消魂」作「銷魂」；「比」作「似」。

附録：無。

［六八］清・吴綺　程洪同選　茅麟（麐）較（原署）《記紅集》清康熙刊本（卷之一，雙調小令，第三六頁），收作李清照詞。

校記

調題：調同範詞。題作「九日」。

正文：「消金獸」作「噴金獸」；「玉」作「寶」；「凉」作「秋」；「消魂」作「銷魂」；「比」作「似」。

附録：無。

［六九］清・陳夢雷　蔣廷錫等輯《欽定古今圖書集成》曆象彙編歲功典　中華書局影印本（第七八卷，重陽部，第〇二二冊之一四葉），收作「媛　李清照」詞。

校記

調題：皆同範詞。

正文：「雲」作「雺」；「消金獸」作「銷金獸」；「消魂」作「銷魂」；「比」作「似」。

附録：無。

［七〇］清・夏秉衡輯《清綺軒詞選》乾隆巾箱本（卷六，第一四頁），收作李清照詞。

校記

調題：調同範詞。題作『重陽』。

正文：『消金獸』作『銷金獸』；『佳』作『時』；『玉』作『寶』；『比』作『似』。

附録：無。

［七一］清・張思巖（宗橚）輯《詞林紀事》清刊本　古典文學出版社排印　一九五七年版（卷一九，宋一七，第五〇頁），收作李清照詞。

校記

調題：調同範詞。題作『九日』。

正文：『消金獸』作『鎖金獸』；『消魂』作『鎖魂』；『捲』作『卷』；『比』作『似』。

附録：《瑯環記》：易安作此詞，明誠嘆絶，苦思求勝之，乃忘寢食三日夜，得五十闋，雜易安作，以示友人陸德夫。德夫玩之再三，曰：『祇有「莫道不消魂」三句絶佳』。（詞評）

［七二］清・江標抄《李清照漱玉詞》汲古閣未刻詞二十二家本（手抄，不分卷頁，第八首），上海圖書館藏，收作『宋易安居士李氏清照』詞。

校記

調題：皆同範詞。

正文：『雲』作『雰』；『晝』作『盡晝』；『消金獸』作『噴銷金獸』；『佳』作『時』；『玉』作『寶』；『消魂』作『銷魂』。

附録：無。

［七三］清・陸昶評選《歷朝名媛詩詞》紅樹樓藏版　乾隆癸巳新鐫（卷一一，第八頁），收作李清照詞。

校記

調題：皆同範詞。

正文：『消金獸』作『噴金獸』；『消魂』作『銷魂』。

附録：無。

［七四］清・陳鼎輯《同情集詞選》乾隆三十九年刊本（卷八，第三七頁），收作李清照詞。

校記

調題：調同範詞。題作『重陽』。

正文：『雲』作『雺』；『消金獸』作『噴金獸』；『玉』作『寶』；『涼』作『秋』；『比』作『似』。

附録：無。

［七五］清・王初桐撰《濟南竹枝詞》，《中華竹枝詞全編》五（第四〇九頁，山東卷），著録為李清照詞。

校記

調題：調同範詞。題作『重陽』。

正文：下見附録。『消魂』作『銷魂』；『捲』作『卷』。

附録：『簾卷西風重九時，銷魂第一李娘詞。不須更唱聲聲慢，説與紅牙陳盼兒。』下小注：趙明誠妻李清照《醉花陰・重陽》詞：『莫道不銷魂，簾卷西風，人比黃花瘦。』李祉《陳盼兒傳》：盼兒執牙板，歌『尋尋覓覓』一句，上曰：『愁悶之詞非所宜聽。』蓋即李清照《漱玉集》中《聲聲慢》也。（詞評）

［七六］清・許寶善評選《自怡軒詞選》嘉慶元年六月間鐫　本衙之藏板（卷二，第一二頁），收作李清照詞。

校記

調題：皆同範詞。

正文：『消金獸』作『銷金獸』；『佳』作『時』；『玉』作『鴛』；『消魂』作『銷魂』；『比』作『似』。

附録：世傳易安自于歸後，其夫刻意填詞一月，得數十首，雜以此詞求當代詞壇月旦。指末三句云：『君詞大進矣，如此調可傳矣。』（眉批）

［七七］清・張惠言輯《詞選》，《四部備要》本（卷二，第一四頁），收作李易安詞。

校記

調題：調同範詞。題作『九日』。

正文：『消金獸』作『銷金獸』；『捲』作『卷』；『比』作『似』。

附録：無。

［七八］清・葉申薌輯《天籟軒詞選》清嘉慶間刊本（卷五，第五〇頁），收作李易安詞。

校記

調題： 皆同範詞。

正文： 『雲』作『雰』；『消金獸』作『銷金獸』；『玉』作『寶』。

附録： 無。

［七九］清・孫平叔先生鑒定　葉申薌編次《天籟軒詞譜》清道光九年刊本（卷二，第八頁），收作李清照詞。

校記

調題： 皆同範詞。調下注：『五十二字仄六韻』。

正文： 『雲』作『雰』；『消金獸』作『銷金獸』；『玉』作『寶』；『凉』作『秋』；『消魂』作『銷魂』。

附録： 無。

［八〇］清・俞正燮撰《癸巳類稿・易安居士事輯》求日益齋刻本（卷一五，第四四頁），著録為李易安詞。

校記

調題： 調同範詞。題作『重陽』。

正文： 僅收録『莫道不消魂，簾卷西風，人比黄花瘦』三句。『捲』作『卷』。

附録： 略（瑜注：詞評，内容與此書此詞【選評】元伊世珍輯《瑯嬛記》選段基本相同）。

［八一］清・汪玢箋《漱玉詞彙抄》問遽廬正本（手抄，不分卷頁，第八首），復旦大學圖書館藏，收作『宋李氏清照易安』詞。

校記

調題： 調同範詞。題作『九日』。

正文： 『佳』作『時』；『比』作『似』。

附録： 略（瑜注：《瑯嬛記》及《苕溪漁隱叢話》詞評各一段，與此書此詞【選評】選段基本相同）。

［八二］清・賴以邠著《填詞圖譜》，《四庫全書存目叢書》本（卷二，第二八頁），收作李清照詞。

校記

調題： 皆同範詞。調下注：『前段四句三韻，後段同，共五十二字』。

正文：『消金獸』作『銷金獸』；『佳』作『時』；『玉』作『寶』；『橱』作『窗』；『捲』作『卷』；『比』作『似』。

附録：無。

［八三］清・謝元淮輯《碎金詞譜》清道光刊本（卷一三，北黄鐘調，第二八頁），收作『李清照　易安』詞。

校記

調題：調同範詞。題作『九日』。調下注：略（瑜注：詞調説明）。

正文：『消金獸』作『噴金獸』；『玉』作『寶』；『凉』作『秋』；『消魂』作『銷魂』；『捲』作『卷』；『比』作『似』。

附録：無。

［八四］清・莫友芝家抄《漱玉詞》（手抄，不分卷頁，第二〇首），復旦大學圖書館藏，收作『宋李氏清照易安』詞。

校記

調題：皆同範詞。

正文：『消金獸』作『銷金獸』；『消魂』作『銷魂』；『比』作『似』。

附録：無。

［八五］清・楊希閔撰録《詞軌・補録》同治二年手抄本（卷一，閨秀，第一八頁），收作李清照詞。

校記

調題：調同範詞。題作『九日』。

正文：『消金獸』作『銷金獸』；『佳』作『時』；『捲』作『卷』。

附録：無。

［八六］清・李佳撰《左庵詞話》，《詞話叢編》本（卷上，總第三一一〇頁），著録為李易安詞。

校記

調題：無調。無題。

正文：僅收録『莫道不銷魂，簾捲西風，人比黄花瘦』三句。『消魂』作『銷魂』。

附録：《李易安詞》：『李易安《漱玉詞》……又如：「莫道不銷魂，簾捲西風，人比黄花瘦。」……語意清新，的是詞家吐屬。（詞評）

［八七］清・譚獻輯《復堂詞録》稿本（卷八，宋集七，未注頁碼），收作李清照詞。

校記

調題： 調同範詞。題作『九日』。

正文： 『消金獸』作『銷金獸』；『消魂』作『銷魂』；『捲』作『卷』；『比』作『似』。

附録： 無。

［八八］清・王鵬運輯《漱玉詞》，《四印齋所刻詞》本（第五頁），收作『李清照　易安』詞。

校記

調題： 調作《醉花陰》。無題。

正文： 原『廚』、『涼』、『黃』，茲改為正字『櫥』、『涼』、『黃』。（擇為範詞，底本）

附録： 無。

［八九］清・楊文斌輯録《三李詞》光緒庚寅夏香海閣刊本（卷三，第六頁），收作李清照詞。

校記

調題： 皆同範詞。

正文： 『雲』作『雰』；『消金獸』作『銷金獸』；『消魂』作『銷魂』。

附録： 無。

［九〇］清・陳世焜（廷焯）選《雲韶集》手抄本（卷一〇，第二〇頁），收作李清照詞。

校記

調題： 調同範詞。題作『九日』。

正文： 『消金獸』作『銷金獸』；『消魂』作『銷魂』；『捲』作『卷』；『比』作『似』。

附録： 無一字不秀雅。　深情苦調，元人詞曲往往宗之。（眉批）

［九一］清・陳廷焯選評《詞則》上海古籍出版社影印本　別調集（卷二，第二七頁），收作李清照詞。

校記

調題： 調同範詞。題作『九日』。

正文：「消金獸」作「銷金獸」；「消魂」作「銷魂」；「捲」作「卷」；「比」作「似」。

附録：深情苦調，元人詞曲往往宗之。（眉批）

［九二］清・萬樹論次　徐本立纂《新校正詞律全書》民國合刊本　詞律部分（卷七，第六頁），收作李清照詞。

校記

調題：皆同範詞。調下注：「五十二字」。

正文：「雲」作「雰」；「消金獸」作「噴金獸」；「玉」作「寶」；「凉」作「秋」；「捲」作「卷」。

附録：略（瑜注：尾注，詞調解説）。

［九三］清・椒園主編《詞林摘錦》（内名《歷朝詞林摘錦》）光緒癸未七月守研山房開雕（不分卷，第一五頁），收作李清照詞。

校記

調題：皆同範詞。

正文：僅摘録「簾捲西風，人比黄花瘦」一句。

附録：無。

［九四］清・王闓運撰《湘綺樓評詞》，《詞話叢編》本（詞選前編，總第四二九〇頁），著録為李清照詞。

校記

調題：皆同範詞。

正文：僅著録「薄霧濃雲愁永晝」一句。

附録：李清照《醉花陰》：「薄霧濃雲愁永晝」此語若非出女子自寫照，則無意致。「比」字各本皆作「似」，類書引反不誤。（詞評）

［九五］清人輯《斷腸漱玉詞合刊》之《漱玉詞》光緒庚子石印本（第二頁），收作李清照詞。

校記

調題：調同範詞。題作「九日」。

正文：「消金獸」作「銷金獸」；「佳」作「時」；「捲」作「卷」；「比」作「似」。

附録：無。

[九六] 清・何震彝輯《詞苑珠塵》清光緒三十三年鉛印本（不分卷，第一九頁），著録為李清照詞句。

校記

調題：無調。集為詩句。詩題作『擬吴梅村新翻子夜歌十二首』。

正文：僅收録『莫道不銷魂』一句。『消魂』作『銷魂』。

附録：無。

[九七] 清・蕙風簃主箋《漱玉詞箋》中華圖書館石印本　中華民國四年六月版（不分卷，第三頁），收作李清照詞。

校記

調題：調同範詞。題作『九日』。

正文：『雲』作『雰』；『玉』作『寶』。

附録：《瑯嬛記》：李易安以『重陽』《醉花陰》詞寄其夫趙明誠。明誠嘆絕，苦思求勝之，廢寢食者三日，得五十闋，雜易安詞于中，以示友人陸德夫。陸玩之再三，謂：『祇三句絶佳：「莫道不銷魂，簾捲西風，人比黄花瘦」』。政易安作也。（詞評）

《古今詞論》：『柴虎臣曰：語情則紅雨飛愁，黄花比瘦，可謂雅暢』。（詞評）

《珠花簃詞話》：中山王《文木賦》：『奔電屯雲，薄霧濃雰。』易安《醉花陰》首句用此，俗本改『雰』為『雲』，陋甚。升庵楊氏嘗辨之，且即付之歌喉，『雲』字殊不入律，不如『雰』字起調，可為知者道耳。稼軒詞《木蘭花慢》『送張仲固帥興元』句云：『追亡事，今不見，但山川滿目泪沾衣』。『追亡』用韓信事，俗本改作『興亡』，則羌無固實矣，是亦『薄霧濃雲』之流亞也。（詞評）

[九八] 木石居士選輯　絳雲女史參校《歷代名媛詞選》民國十六年石印本（卷六，小令六，未注頁碼），收作李清照詞。

校記

調題：皆同範詞。

正文：『雲』作『雰』；『消金獸』作『銷金獸』；『消魂』作『銷魂』；『比』作『似』。

附録：無。

[九九] 李文椅輯《漱玉集》冷雪盦叢書本（卷三，第六頁），收作李清照詞。

校記

調題： 調同範詞。題作「九日」。

正文：「消金獸」作「銷金獸」；「消魂」作「銷魂」；「比」作「似」。

附録：《樂府雅詞》、《歷代詩餘》、《花草粹編》、《全芳備祖》、《彤管遺編》、《詞綜》、《箋注群英草堂詩餘》、《詞律》、四印齋本《漱玉詞》、《歷朝名媛詩詞》。（尾注）

［一〇〇］趙萬里輯《漱玉詞》，《校輯宋金元人詞》本（第四頁），收作「李清照　易安」詞。

校記

調題： 皆同範詞。調下注：「《草堂詩餘》題作「重陽」，《古今詞統》同，《花庵詞選》題作「九日」，《彤管遺編》、《花草粹編》、《堯山堂外紀》、《古今女史》、《詞綜》并同」。

正文： 皆同範詞。

附録：《樂府雅詞》、《全芳備祖》前集十二菊門、《花庵唐宋諸賢絶妙詞選》、《草堂詩餘》後集上（類編本一）、《詩餘圖譜》一、《詩女史》、《彤管遺編》、《花草粹編》五、《堯山堂外紀》、《古今女史》、《古今詞統》七、《詞綜》、《詞律》七、《歷代詩餘》二十三。（尾注）

按：《詩詞雜俎》本《漱玉詞》收之，題作「九日」。「佳」作「時」，「比」作「似」，與《花庵詞選》同。

［一〇一］梁令嫻抄《藝蘅館詞選》上海中華書局印行　民國二十五年再版（乙卷，北宋詞，第八三頁），收作李清照詞。

校記

調題： 調同範詞。題作「九日」。

正文：「捲」作「卷」；「比」作「似」。

附録： 略（瑜注：本事，内容與此書此詞【選評】所收元伊世珍輯《瑯嬛記》選段同）。

［一〇二］王官壽輯《宋詞抄》中華民國十一年排印本（卷三，第二四頁），收作李清照詞。

校記

調題： 皆同範詞。

正文：「雲」作「雺」；「消金獸」作「銷金獸」；「凉初」作「秋凉」。

附録： 無。

［一〇三］　唐圭璋輯《全宋詞》中州古籍出版社　兩冊本（上，第六四五頁），收作李清照詞。

［一〇四］　中華書局編《李清照集》（第一一頁），收作李清照詞。

［一〇五］　王仲聞《李清照集校注》人民文學出版社（第三四頁），收作李清照詞。

［一〇六］　黄墨谷《重輯李清照集》齊魯書社（卷二，第二一頁），收作李清照詞。

［一〇七］　徐北文主編《李清照全集評注》濟南出版社（第一二二頁），收作李清照詞。

［一〇八］　徐培均《李清照集箋注》上海古籍出版社（第五二頁），收作李清照詞。

◎歷代此闋著録他人或無名氏及存疑詞之載籍：

雖廣徵博采而未見。

◎瑜按：

一百餘種載籍著録為李清照（易安）詞，撰者無异名，輯入《漱玉詞》。

【注釋】

［一］　**瑞腦：** 見《浣溪沙》（莫許杯深琥珀濃）注。

［二］　**金獸：** 銅鑄的獸形香爐。宋曹勛《夏雲峰》：『望花城粉黛，金獸祥烟』。宋陳允平《菩薩蠻》：『金獸莫添香，香濃情轉傷』。

［三］　**重陽：** 農曆九月九日為重陽節。《周易》以『九』為陽數，日月皆值陽數，并且相重，故名。魏文帝《與鐘繇九日送菊書》：『歲往月來，忽復九月九日，九為陽數，而日月并應，俗嘉其名，以為宜于長久，故以享宴高會。』這是個古老的節日。南梁庾肩吾《九日侍宴樂游苑應令詩》：『朔氣繞相風，獻壽重陽節。』宋韓琦《重九會光化二園》：『誰言秋色不如春，及到重陽景自新』。

［四］　**玉枕：** 玉製或白瓷製的枕頭。宋賀鑄《菩薩蠻》：『絳紗燈影背。玉枕釵聲碎。』宋蔡伸《長相思》：『錦衾香。玉枕雙。昨夜深深小洞房』。

［五］　**紗櫥：** 即防蚊蠅的紗帳。宋秦觀《蝶戀花》：『簟枕紗櫥，睡起嬌如病。』宋朱淑真《喜雨》（五）：『紗櫥湘簟爽氣新，沉李削瓜浮玉液』。

［六］　**東籬：** 晋陶淵明《飲酒》詩：『采菊東籬下，悠然見南山……』為古今稱賞之名詩，故『東籬』亦成為詩人慣用之咏菊典故。唐李白《感遇》詩：『可嘆東籬菊，莖疏葉且微』。

［七］　**暗香：** 見《七娘子》（暗香浮動）注。

［八］　**消魂：** 《辭源》解為：『魂漸離散，形容極度的悲傷、愁苦或極度的歡樂。《草堂詩餘》後集上李易安《醉花陰》詞：「莫道不消魂，簾捲西風，人比黄花瘦。」』銷魂：《辭源》解為：『謂為情所感，魂魄離散。』皆有被人、事、物所感，人魂魄離散之意。二詞大同小异。宋晏

幾道《蝶戀花》：『睡裏消魂無説處，覺來惆悵消魂誤。』宋陸游《次韵師伯渾見寄》：『窮鄉久客易消魂，短髪秋來白幾分』。

〔九〕**黃花**：指菊花。唐王績《九月九日》：『忽見黃花吐，方知素節回。』宋趙汴《和范都官行後九日奉寄》：『更上高峰盡高處，黃花新酒醉重陽』。

【品鑒】

李清照結婚未久，丈夫趙明誠便負笈遠游。別後，某一年的重陽時節，她寫了《醉花陰》詞寄給趙明誠。元伊世珍輯《瑯嬛記》載：『易安以重陽《醉花陰》詞函致明誠。明誠嘆賞，自愧弗逮，務欲勝之，一切謝客，忘食忘寢者三日夜，得五十闋，雜易安作，以示友人陸德夫。德夫玩之再三，曰：「衹三句絶佳」。明誠詰之。答曰：「莫道不消魂，簾捲西風，人似黃花瘦」。政（瑜注：依原文）易安作也』。這段佳話，表明『莫道不消魂，簾捲西風，人比黃花瘦』一語的絶妙和《醉花陰》詞的高超。

起句：『薄霧濃雲愁永晝。瑞腦消金獸。』重陽時節濃重的烏雲，濛濛的薄霧，滿天的愁思。此時此景，我們的詞人能到外面去遣愁解悶嗎？不能，她衹有孑然一身，深閨獨坐，這樣或許少增添些煩悶和憂傷。可是，無聊的時光是寂寞難挨的。于是，便在銅質獸形的香爐裏點燃起瑞腦以消遣。幽閨充滿了馨香和烟霧，瑞腦已在熏爐裏燃盡，絲毫也未能排除詞人的愁緒。『薄霧濃雲』是由中山王《文木賦》：『奔電屯雲，薄霧濃雰』脱化而來。『永』字，説明『愁』的時間很長及愁的無法排遣。

此詞的開頭，與易安《武陵春》開頭：『風住塵香花已盡』，《一剪梅》開頭：『紅藕香殘玉簟秋』，南唐李璟《浣溪沙》開頭：『菡萏香銷翠葉殘』，唐李白《菩薩蠻》開頭：『平林漠漠烟如織』……都是緣情布景，情景交融的。易安《武陵春》寫國破、家亡、喪夫、顛沛流離給她帶來的無法排遣的濃愁；《一剪梅》寫離別的情景和別後相思之情的無法消釋；李璟《浣溪沙》寫一個婦女思念丈夫的凄凉哀怨的情懷；李白《菩薩蠻》寫旅人思歸的凄愴意緒。因而這些詞的開頭，都不是純乎寫景，其中蘊含着作者豐富的思想感情，情景熔于一爐。開始作者用頗具藝術魅力的筆墨，渲染了凄凉抑鬱的氣氛，既是環境的鋪陳，也是人物思想感情的披露。明謝榛認為：『凡起句當如爆竹，驟響易徹』。上述諸詞的開頭，也似一聲轟鳴，響徹全篇，并餘音不絶，惆悵憂傷的意緒貫穿始終。元人喬孟符云：『作樂府亦有法，曰鳳頭、豬肚、豹尾六字是也』。所謂『鳳頭』，就是形象化，引人入勝的開頭，上述諸詞的開頭俊秀玲瓏，精巧絶妙。一開始就震撼了讀者，緊緊抓住讀者的心，使其一口氣地讀下去，迫不急待地想瞭解人物的命運及所發生的事情。我想此類開頭，被稱為『鳳頭』，當之無愧。

次三句：『佳節又重陽，玉枕紗櫥，半夜凉初透。』承。『佳節又重陽』中的『佳節』，即重陽節。這是一個古老的傳統節日，很受人們重視。唐人孟浩然《過故人莊》詩云：『故人具雞黍，邀我至田家。……開軒面場圃，把酒話桑麻。待到重陽日，還來就菊花。』由此可見重陽節日有朋友約會，把酒賞菊的習俗。唐人王維《九月九日憶山東兄弟》詩云：『獨在异鄉為异客，每逢佳節倍思親。遥知兄弟登高處，遍插茱萸少一人。』從此可以看到重陽節還有親人團聚，遍插茱萸，登高的習俗。《武林舊事》載：『禁中例于八日作重九排當，于慶瑞殿分列萬菊，燦然眩眼，且點菊燈，略如元夕，内人樂部，亦有隨花賞，如前賞花例』，『都人是月飲新酒，泛萸簪菊……』，從宫中、民間節日的活動看到，宋代重陽節的盛大及為人們所重視的程度。

李清照與趙明誠情愛篤深，她不忍離别。如《一剪梅》云：『一種相思，兩處閑愁。此情無計可消除，纔下眉頭，却上心頭。』這種離愁别緒，每逢佳節良辰，會增加幾倍，更何况重陽節并非一般的節日，是講求親人團聚，朋友佳會，飲酒賞菊的，當然使她比在别的節日更加感到凄楚蒼凉。『又』字説明時光的飛逝。

『玉枕紗櫥』，瓷質的枕頭，薄薄的紗帳，不能抵禦晚來的秋『凉』。『半夜凉初透。』『初透』説明夜半以後更『凉』。作者對凉意的體察是那樣細微真切，説明那『愁永晝』的人，并未曾酣然入夢，相思之苦在熬煎着她。此三句明明白白寫的是『相思』，却不着『相思』一字，含蓄藴藉。

换頭，轉，『東籬把酒黄昏後。』晋陶淵明《飲酒》詩云『……采菊東籬下，悠然見南山。山氣日夕佳，飛鳥相與還……』，在東邊的籬笆旁采摘菊花，不自覺地抬頭望見了南山。山上的景物到了黄昏就更加美好，鳥兒相親相愛地飛回栖息的地方。唐孟浩然《過故人莊》詩云：『……開軒面場圃，把酒話桑麻，待到重陽日，還來就菊花』，開窗面對着場園，手持着酒杯暢談着豐收的好年景，等到再過重陽節，還來一道觀賞菊花。易安此句，是參照陶、孟兩詩成句，意思是，黄昏之後，我在東邊的籬笆旁持着酒杯飲酒，鳥兒已經成雙成對地飛歸巢穴，惟有心愛的人却不回還，多麽使人黯然神傷。

『有暗香盈袖。』此句由《古詩十九首·庭中有奇樹》脱出，詩云：『攀條折其榮，將以遺所思。馨香盈懷袖，路遠莫致之。此物何足貴，但感别經時』，抓住奇樹的枝條，折取盛開的花朵，將用它贈給我思念的人，芳香的氣息充滿襟袖間，路途遥遠，我没有辦法寄給你。此花没有什麽貴重的地方，衹因為離别很久了，想藉這花把我的懷念之情帶給你。『有暗香盈袖』隱括該詩之意，眼前菊花盛開，馨香充滿襟袖間，『花間一壺酒，獨酌無相親』，折取這寄寓懷念之情的鮮花，可也没有辦法寄給遠方的親人。换頭這兩句，確確實實是寫『離情别緒』，但不提『離别』一點。委婉、朦朧。

後三句，又一轉，『莫道不消魂』，轉折跌宕，自言自語，『莫』與『不』都是表示否定，此句為雙重否定句式，語氣更加肯定，加強了表達效果。此句由南北朝江淹《別賦》：『黯然銷魂者，唯別而已矣』脱化而來。

『簾捲西風，人比黄花瘦。』千里清秋，西風凛冽，紅衰緑減，惟菊花傲然狂放，生命力極為旺盛。無奈秋風捲簾入户，危及愁緒滿懷的人，我已『為伊消得人憔悴』。『人比黄花瘦』，《詞綜偶評》云：『結句亦從「人與緑楊俱瘦」脱出』。

換頭兩句，寫重陽把酒賞菊，偏重叙事。接着『莫道不消魂』，轉折跌宕，激起波瀾。繼而又放開一步，來一句『簾捲西風』，語氣稍緩，為結句作好鋪墊，最後推出『人比黄花瘦』，把詞的思想感情推向高潮，可謂宕出遠神。此句設想新穎，前無古人，『言人之所欲言，言人之所不能言，言人之所不敢言』。『含有餘不盡之意』。

全詞寫她重陽時節思念丈夫的凄愴意緒。在藝術技巧上，主要采用直接叙述的方法，即『賦』的方法。衹是最後一句『人比黄花瘦』，采用的是比的方法，形象鮮明，此為警句，『瘦』為詞眼。

首句點出『愁』來，末句指出『愁』的結果『瘦』來，呼應首句。『玉枕紗橱，半夜凉初透』，孤枕空帳秋夜凉，明明白白是寫『相思』，但却不着『相思』一字，含蓄藴藉。『東籬把酒黄昏後。有暗香盈袖』，把酒賞菊懷親人，確確實實是寫『離別』，但不提『離』字一點。委婉、朦朧。『愁』與『瘦』的原因是『離別』和『相思』，但作者把它藏在東籬把酒賞菊和秋夜孤枕空帳的形象背後，衹是寥寥幾筆，却含有無限的内容和情意，十分耐人尋味。易安善學前人傳統，然能跳出前人窠臼，不襲陳言。生活是文學藝術的源泉，『也是文藝獲得獨創性的根本』。易安有切身的生活經歷和特殊的感受，把古人的詩句進行改造，與自己所要表達的思想感情熔于一爐，熔鑄出意新語奇的詞句，煥發出新的光彩。『人比黄花瘦』就有『青出于藍』之妙。又如易安《武陵春》：『衹恐雙溪舴艋舟。載不動、許多愁』，由宋初詩人鄭文寶《柳枝詞》：『不管烟波與風雨，載將離恨過江南』脱出。易安《一剪梅》：『此情無計可消除，纔下眉頭，却上心頭』，由宋范希文『都來此事，眉間心上，無計相回避』脱出。學習前人傳統，點石成金，用前人詩句，不留痕迹，渾如天成，成為絶唱，是易安文學創作的特色之一。當然古代詩人詩句的暗合，也不能説没有。

李清照匠心獨運，絶妙高超的藝術技巧，是值得我們學習的。

【選評】

［一］　宋·胡　仔：又『九日』詞云：『簾卷西風，人比黄花瘦。』此語亦婦人所難到也。（《苕溪漁隱叢話》）

［二］元・伊世珍：易安以『重陽』《醉花陰》詞函致明誠。明誠嘆賞，自愧弗逮，務欲勝之，一切謝客，忘食忘寢者三日夜，得五十闋，雜易安作，以示友人陸德夫。德夫玩之再三，曰：『祇三句絶佳』。明誠詰之。答曰：『莫道不消魂，簾捲西風，人似黃花瘦』。政（瑜注：依原文）易安作也。（《瑯嬛記》）

［三］明・茅　暎：但知傳誦結語，不知妙處全在『莫道不消魂』。（《詞的》）

［四］明・沈際飛：中山王《文木賦》：『薄霧濃雰』，形容木之文理也。用修云：『易安本此』，不必。康詞『比梅花、瘦幾分』，一婉一直，并時爭衡。（《草堂詩餘正集》）

［五］明・楊　慎：（評末兩句）凄語，怨而怒（瑜注：此為《詞壇合璧》本評語；閔暎璧校訂本作『怨而不怒』）。（批點《草堂詩餘》）

［六］明・楊　慎：中山王文木賦：『奔電屯雲，薄霧濃雰。』皆形容木之文理也。杜詩『屯雲對古城』，實用其字。李易安『九日』詞『薄霧濃雰愁永晝』，今俗本改雰作雲。（《詞品》）

［七］明・王世貞《弇州四部稿》：詞内『人瘦也，比梅花，瘦幾分』，又『天還知道，和天也瘦』，又『莫道不消魂，簾捲西風，人比黃花瘦』。三『瘦』字俱妙。（《弇州四部稿》）

［八］明・徐士俊：如『簾捲西風，人比黃花瘦』等句，即暗中摸索，亦解人憐，此真能統一代之詞人者矣。（徐世俊《古今詞統序》）

［九］清・毛先舒：柴虎臣云：指取溫柔，詞歸蘊藉。昵而閨幃，勿浸而巷曲。浸而巷曲，勿墮而村鄙。又云：語境則『咸陽古道』、『汴水長流』，語事則『赤壁周郎』、『江州司馬』，語景則『岸草平沙』、『曉風殘月』，語情則『紅雨飛愁』、『黃花比瘦』，可謂雅暢。（《詩辨坻》）

［一〇］清・沈　雄：『莫道不消魂，簾卷西風，人比黃花瘦。』李易安《醉花陰》中卒章三句。趙明誠作五十闋雜之以問人，人亦祇指此三句為妙絶。（《古今詞話・詞品》）

［一一］清・王士禛：『薄霧濃雲』，新都引中山王《文木賦》『薄霧濃雰』，以折『雲』字之非。楊博奥，每失穿鑿。如王右丞詩『玉角羓』與『朱鬣馬』之類，殊墮狐穴。此『雰』字辨證獨妙。（《花草蒙拾》）

［一二］清・孫致彌：『酒』字疑是短韵。蓋後段換頭，各體原多有不同，且第二句又一『有』字領起。著者須味其意，于

『酒』字讀斷，『後』字再斷，作折腰句，亦無不可。審音者幸留意焉。（《詞鵠初編》）

［一三］**清·許昂霄**：結句亦從『人與緑楊俱瘦』脱出，但語意較工妙耳。（《詞綜偶評》）

［一四］**清·馮金伯**：康與之『人瘦也，比梅花，瘦幾分』，又『天還知道，和天也瘦』，又『簾卷西風，人比黄花瘦』，又『應是緑肥紅瘦』，又『人共博山烟瘦』，『瘦』字俱妙。（《詞苑萃編》）

［一五］**清·李佳**：李易安漱玉詞……又如：『莫道不銷魂，簾捲西風，人比黄花瘦』……語意清新，的是詞家吐屬。（《左庵詞話》）

［一六］**清·陳世焜（廷焯）**：無一字不秀雅。深情苦調，元人詞曲往往宗之。（《雲韶集》）

［一七］**清·沈祥龍**：寫景貴淺遠有神，勿墮而奇情。言情貴蘊藉，勿浸而淫褻。『曉風殘月』、『衰草微雲』，寫景之善者也。『紅雨飛愁』、『黄花比瘦』，言情之善者也。

又：古人名句，末字必清雋響亮，如『人比黄花瘦』之『瘦』字，『紅杏枝頭春意鬧』之『鬧』字皆是，然有同此字而用之善不善，則存乎其人之意與筆。（《論詞隨筆》）

［一八］**清·況周頤**：中山王《文木賦》：『奔電屯雲，薄霧濃雰。』易安《醉花陰》首句用此，俗本改『雰』為『雲』，陋甚。升庵楊氏嘗辨之，且即付之歌喉，『雲』字殊不入律，不如『雰』字起調，可為知者道耳。（《蕙風詞話》）

［一九］**唐圭璋**：此首情深詞苦，古今共賞。起言永晝無聊之情景，次言重陽佳節之感人。换頭，言向晚把酒。著末，因花瘦而觸及己瘦，傷感之至。尤妙在『莫道』二字喚起，與方回之『試問閑愁知幾許』句，正同妙也。（《唐宋詞簡釋》）

［二〇］**李長之**：先是已經忘了自己，同情于菊花之瘦，次又發現自己之瘦，最後纔見出自己之瘦還有過于菊花者，她的生命似早已與菊花化而為一了。」（《論李清照》）

［二一］**《中國文學史》**：以黄花來比人的瘦，在形象上既富有創造性，用瘦來説明長時的痛苦的相思，不説破情，而情愈深。這首詞之所以被廣泛傳誦，是由于它的創造性和深刻性。（中國社會科學院中國文學史編寫組編寫）

［二二］**俞平伯**：何謂『簾卷西風』，除照抄四字外，更有什麼妙法。……人何以比黄花，豈詩人之面中央正色乎？一可异也。人之瘦，怎能與黄花同瘦？比黄花還瘦？二可异也。黄花又瘦在何處？花歟？葉歟？其摇摇之梗歟？三可

［二一三］異也。（《詩的神秘》）

傅庚生：『簾捲西風，人比黃花瘦』九個字，其妙處可析而言之也。西風、黃花，重九日當前之景物也。簾捲而西風入，黃花見；居人憔悴久矣，西風拂面而愁益深，黃花照眼而人共瘦，信手拈來，寫盡暮秋無限景，道盡深閨無限情，其妙一也。九個字中，簾、西風、人、黃花，已占却六個字矣，著一『捲』字，嵌一『比』字，而字字如貫珠，末後出一『瘦』字，綴之以夜光，其妙二也。『風』字，音之最洪者也，『瘦』字，音之最細者也，簾捲西風，以最洪之音縱之出，收到一瘦字上，斂而為極細極小，戛然而止，其妙三也。吟誦詠歌此九字者，字字入目，字字出口，九個字耳，而其景無遺，其情脉脉，其明璨璨，其韵遏雲，故使人不禁叫號跳躍，若渴鹿之奔泉也。此際而遽叩之以妙之所在，其誰不張口結舌乎？然而安坐可以為語矣，豈詩之果無達詁哉？（《中國文學欣賞舉隅·精研與達詁》）

［二一四］**艾治平**：感情層層遞進，而且客觀環境與人的內在情緒融溶交織，成功地刻畫出一個真實感人的藝術形象。另方面，『瑞腦金獸』，『玉枕紗櫥』，『東籬把酒』，『暗香盈袖』，這一類景物和活動，本是怡情悦性的，但用來反襯眼前的孤獨凄凉，便進一步增加了藝術的感染力，當然也使得詞的基調更低沉傷感了。（《宋詞的花朵》）

［二一五］**夏承燾**：這首詞末了一個『瘦』字，歸結全首詞的情意，上面種種景物描寫，都是為了表達這點精神，因而它確實稱得上是『詞眼』。以煉字來説，李清照另有《如夢令》『緑肥紅瘦』之句，為人所傳誦。這裏她説的『人比黃花瘦』一句，也是前人未曾説過的，有它突出的創造性。（《唐宋詞欣賞》）

［二一六］**劉乃昌**：『莫道不銷魂，簾卷西風，人比黃花瘦。』是全詞的高潮，也是千古名句。其所以備受稱贊，因為人們都公認其言美妙無比。一則，以簾外之黃花與簾內之玉人相比擬映襯，境况相類，形神相似，創意極美；再則，因花瘦而觸及己瘦，請賓陪主，同命相恤，物我交融，手法甚新；三則，用人瘦勝似花瘦，最深至最含蓄地表達了詞人離思之重，與詞旨妙合無間，給人以餘韵綿綿，美不勝收之感。（《李清照詞鑒賞·情濃意密離恨深》）

［二一七］**王兆鵬**：詞抒別情。開篇寫室內氛圍、烘托離愁。半夜獨處，『玉枕紗櫥』覺『涼初透』，既寫出秋寒引起之膚覺感受，又表現出生理、心理上暫時失却丈夫溫存撫愛的孤獨感。『佳節又重陽』之時間意象使情思深化。『佳節』倍思親，憶去歲重陽團聚的歡悦，更顯今『又』重陽分離的愁苦。過片『東籬把酒』既是賞佳節，又是藉酒澆愁。結句寫景中含比喻，物我交融，境界渾成。其中『簾卷西風，人比黃花瘦』，尤為膾炙人口。（《宋詞大辭典》）

好事近

風定落花深，簾外擁紅堆雪。長記海棠開後，正是傷春時節。　酒闌歌罷玉樽空，青缸暗明滅。魂夢不堪幽怨，更一聲啼鴂。

——影印涵芬樓手抄本之《樂府雅詞》

【考辨】

◎歷代載籍著録此闋之詞調、題目：

調作《好事近》。無題。

◎歷代此闋著録為李清照（易安）詞之載籍：

［一］宋・曾慥輯《樂府雅詞》影印涵芬樓手抄本（樂下，第六七頁），收作李易安詞。

校記

調題：調作《好事近》。無題。瑜注：據《欽定詞譜》，此調二體均為雙調四十五字，前後段各四句。『正是傷春時節』句應為五個字，多家以為『「是」字疑衍』。

正文：原『㝎』，茲改為正字『定』。（擇為範詞，底本）

附録：無。

［二］宋・曾慥編（原署）《樂府雅詞》文淵閣《欽定四庫全書》本　集部（卷下，第七四頁），收作李易安詞。

校記

調題：皆同範詞。

正文：『缸』作『紅』。

附録：無。

［三］宋·曾慥撰（原署）《樂府雅詞》文津閣《欽定四庫全書》本　集部（卷下，總第四七九頁），收作李易安詞。

校記

調題：皆同範詞。

正文：『缸』作『紅』。

附録：無。

［四］明·陳耀文纂（原署）《花草粹編》影印明刊十二卷本（卷三，第三九頁），收作李易安詞。

校記

調題：皆同範詞。

正文：『缸』作『紅』。

附録：無。

［五］明·陳耀文輯《花草粹編》文淵閣《欽定四庫全書》二十四卷本（卷六，第五頁），收作李易安詞。

校記

調題：皆同範詞。

正文：『正是傷春』作『正傷春』；『缸』作『紅』。

附録：無。

［六］明·陳耀文編（原署）《花草粹編》文津閣《欽定四庫全書》二十四卷本（卷六，總第六七一頁），收作李易安詞。

校記

調題：皆同範詞。

正文：『缸』作『紅』；『啼』作『殘』。

附録：無。

［七］清·江標抄《李清照漱玉詞》汲古閣未刻詞二十二家本（手抄，不分卷頁，第二五首），上海圖書館藏，收作『宋

易安居士李氏清照』詞。

校記

調題： 皆同範詞。

正文： 『正是傷春』作『正傷春』。

附録： 無。

[八]　清・汪玢箋《漱玉詞彙抄》問遽廬正本（手抄，不分卷頁，第三三首），復旦大學圖書館藏，收作『宋李氏清照易安』詞。

校記

調題： 皆同範詞。

正文： 皆同範詞。

附録： 無。

[九]　清・莫友芝家抄《漱玉詞》（手抄，不分卷頁，第二一首），復旦大學圖書館藏，收作『宋李氏清照易安』詞。

校記

調題： 皆同範詞。

正文： 皆同範詞。

附録： 無。

[一〇]　清・王鵬運輯《漱玉詞》，《四印齋所刻詞》本（第五頁），收作『李清照　易安』詞。

校記

調題： 皆同範詞。

正文： 皆同範詞。

附録： 此詞上段末句『是』字疑衍。（尾注）

[一一]　清・陳廷焯選評《詞則》上海古籍出版社影印本　別調集（卷二，第二八頁），收作李清照詞。

校記

調題：皆同範詞。

正文：『深』作『沵』；『正是傷春』作『正傷春』。

附録：《樂府雅調》作『正是傷春時節』，『是』字衍當刪。（眉批）

［一二］清・蕙風簃主箋《漱玉詞箋》中華圖書館石印本　中華民國四年六月版（不分卷，第一〇頁），收作李清照詞。

校記

調題：皆同範詞。

正文：『正是傷春』作『正傷春』。

附録：無。

［一三］李文裿輯《漱玉集》冷雪盦叢書本（卷三，第四頁），收作李清照詞。

校記

調題：皆同範詞。

正文：皆同範詞。

附録：《樂府雅詞》、《花草粹編》、四印齋本《漱玉詞》。（尾注）

［一四］趙萬里輯《校輯宋金元人詞》本（第二頁），收作『李清照　易安』詞。

校記

調題：皆同範詞。

正文：皆同範詞。

附録：同上（瑜注：尾注，指《樂府雅詞》、《花草粹編》三）。

［一五］唐圭璋輯《全宋詞》中州古籍出版社　兩冊本（上，第六四六頁），收作李清照詞。

［一六］中華書局編《李清照集》（第七頁），收作李清照詞。

［一七］王仲聞《李清照集校注》人民文學出版社（第三九頁），收作李清照詞。

［一八］黃墨谷《重輯李清照集》齊魯書社（卷一，第一〇頁），收作李清照詞。

〔一九〕　徐北文主編《李清照全集評注》濟南出版社（第三三三頁），收作李清照詞。

〔二〇〕　徐培均《李清照集箋注》上海古籍出版社（第一三二頁），收作李清照詞。

◎歷代此闋著録他人或無名氏及存疑詞之載籍：

雖廣徵博采而未見。

◎瑜按：

上列二十種載籍著録為李易安（清照）詞，撰者無异名，兹入《漱玉詞》。

【注釋】

〔一〕**風定：**風停。唐杜甫《茅屋為秋風所破歌》：『俄頃風定雲墨色，秋天漠漠向昏黑』。五代張泌《惜花》：『蝶散鶯啼尚數枝，日斜風定更離披』。

〔二〕**擁紅堆雪：**凋落的花瓣聚集堆積。

〔三〕**酒闌：**見《鷓鴣天》（寒日蕭蕭）注。

〔四〕**青缸：**青燈，即燈火青熒，燈光青白微弱之意。《廣韵》：『缸，燈』。唐姚偓《南源山》詩：『白雨鳴山麓，青燈語夜闌』。

〔五〕**暗明滅：**指燈光忽明忽暗，一直到熄滅。

〔六〕**夢魂：**指夢中人的心神而言。五代張泌《河傳》：『夢魂悄斷烟波裏。心如醉。相見何處是。』唐韋莊《應天長》：『碧雲天，無定處。空有夢魂來去』。

〔七〕**幽怨：**潛藏在心裏的怨恨。南朝梁劉令嫻《春閨怨》：『欲知幽怨多，春閨深且暮』。宋吴激《春從天上來》：『寫胡笳幽怨，人憔悴、不似丹青』。

〔八〕**鴂：**即是鵜鴂，説法不一。宋辛弃疾《賀新郎》詞：『緑樹聽鵜鴂。更那堪、鷓鴣聲住，杜鵑聲切。』自注云：『鵜鴂、杜鵑實兩種，見《離騷補注》』。《辭源》以為『鵜鴂』，一指杜鵑，一指伯勞鳥。此詞中『啼鴂』當為杜鵑，啼叫之時正值百花凋殘的時候。屈原《離騷》：『恐鵜鴂之先鳴兮，使夫百草為之不芳。』《漢書·揚雄傳》注：『鵜鴂，一名子規，一名杜鵑，常以立夏鳴，鳴則衆芳皆歇』。

【品鑒】

李清照《好事近》這首詞，從創作時代上説，是屬她南渡前的作品，還是南渡後的作品呢？從内容上説，詞的主旨是傷春呢？還是思鄉呢？或是懷人呢？讀者乍看似乎莫衷一是。一首高超的詞作，儘管作者極盡委婉含蓄之能事，但還是要有意露出一點蛛絲馬迹，暗示其詞旨的。我以為此詞當屬南渡前，寫傷春之感及懷念丈夫之情的詞作。

『風定落花深』，作者是從一場暴風平息之後的春事衰敗景象開筆的。『風定』，風停了。『落花深』，被暴風狂掠之後，凋零的花瓣積得很厚。從『落花深』一語，我們可以想象得到，狂風肆虐之前的鮮花不僅繁多，并且爛漫，那一定是春色滿園，姹紫嫣紅，花團錦簇，千姿百態，生機盎然的。從『落花深』一語，我們還可以聯想得到，那風勢定然是很強的，所以纔有偌大的破壞性，或許是黑沉沉的天氣，還下着疾雨冰雹。這種開頭是頗具匠心，別出機杼的。它是從一件事的結局寫起，使讀者從結局自然會聯想到造成這種結果的原因及以前事情的狀况。結局越慘，意味着造成這種結局的原因就越嚴重越厲害；觀察現場，會使人窺測到事情的本來面貌。一開始就使讀者神思飛越，想象馳騁，雖然不言其事，但其事也在不言之中了。此句巧在精煉，妙在蘊藉，絶在發人聯想。

『簾外擁紅堆雪』。首句『風定落花深』，好比是介紹一場狂風暴雨洗劫之後慘景的影視遠鏡頭。接着，影視攝影師把鏡頭移到『簾外』。簾外的凄凉景象是『擁紅堆雪』，這是個近鏡頭。『風定』，可使讀者聯想到風狂雨疾時的情景。讀者會油然而從『簾外』聯想到『簾内』。所以『風定』、『簾外』兩個詞語看似尋常，但却是很有誘發人想象力的詞語，并非信手拈得，而是從琢煉中得來。用『紅』代紅色落花；用『雪』代白色落花，這種用法與李清照《如夢令》：『緑肥紅瘦』用『緑』代枝葉，用『紅』代鮮花的用法是相同的。此法并非始于李清照，五代毛熙震《浣溪沙》：『弱柳萬條垂翠帶，殘紅滿地碎香鈿』，五代毛文錫《酒泉子》：『惠風飄蕩入芳叢，惹殘紅』，其中的『紅』，皆代落花。用雪比喻白色的落花，也有所本。南唐李煜《清平樂》：『砌下落梅如雪亂，拂了一身還滿』，毛熙震《菩薩蠻》：『梨花滿院飄香雪。高樓夜静風箏咽』，都是用雪比喻白色落花的例子。『擁』，相聚。『深』、『擁』、『堆』三個詞，生動形象地寫出落花之多，堆積之厚。『落花深』，是簾内女主人目睹的近視覺形象。昔日争艶的百花曾是多麽可愛，摧殘百花的狂風疾雨又是何等的可惡，落花滿地自然令人憐惜悵惘。《惠風詞話》云：『起處不宜泛寫景，宜實不宜虚，便當籠罩全闋。它題便挪移不得。』開頭寫狂風之後百花凋零的實景，以渲染襯托，籠罩全篇，達到『筆未到氣先吞』的藝術效果。

『長記海棠開後，正是傷春時節。』『長記』，長久地記憶。宋秦觀《望海潮》有『長記誤隨車。正絮翻蝶舞，芳思交加』句，五代李存勗《憶仙姿》有『長記欲別時，和泪出門相送』句。海棠花落正值暮春時節，所以詩詞之中常用海棠花表示時令，而一些以惜春為内容的詩詞也常提到它。如唐溫庭筠《遐方怨》：『不知征馬幾時歸。海棠花謝也，雨霏霏』，不知騎馬遠戍的心上人何時能夠回來，海棠花凋落了，美好的春光即將逝去，細雨霏霏更增愁緒。宋鄭文妻孫氏《憶秦娥》：『海棠開後，望到如今』，海棠花開之後，正是暮春時節，她惋惜人的青春年華像春光一樣逝去，至今一直盼望心上人的歸來。溫孫兩詞句意相同，都是寫傷春懷遠的。『長記海棠開後，正是傷春時節』，一方面道出女主人對海棠花開別是一般地關切，一方面告訴我們女主人在海棠花開之後是傷春的。年年如此，今年的海棠花開了又落，春意闌珊，女主人的心緒就不言而喻了，正是『閨中女兒惜春暮，愁緒滿懷無釋處』（《紅樓夢・葬花吟》）。

『酒闌歌罷玉樽空，青缸暗明滅。』換頭，轉，如异軍突起。明人文徵明《夜坐》：『酒闌客散小堂空，旋卷珠簾受晚風』，易安《鷓鴣天》詞云：『酒闌更喜團茶苦，夢斷偏宜瑞腦香』，其中的『酒闌』都是一個意思。『歌罷』，唱歌完了。『酒闌歌罷玉樽空』，也有其本，由毛文錫《惡情深》：『酒闌歌罷兩沉沉』脱出。易安《殢人嬌》：『坐上客來，樽中酒滿。歌聲共、水流雲斷。』與此詞換頭有相似之處。『酒』、『歌』、『樽』都是相同的，但《殢人嬌》中的『坐上客來』，明確告訴我們，這是個宴會，似乎是賓朋滿座，酒意正酣，歌舞助興。《好事近》所寫的是一次宴會的結束，正是『酒闌客散小堂空』的凄寂景象。女主人祇有伴着『青缸暗明滅』。元人葉顒《書舍寒燈》：『青燈黄卷伴更長，花落銀缸午夜香』，『青燈』，與『青缸』同意。這個宴會雖然已經結束，但從『酒』、『歌』、『玉樽』來看，這是個上層人家的宴會，講究排場，氣氛异常，并非一般人家的酒宴。但是，『酒闌客散小堂空』，一個熱鬧的場面不見了，女主人又重歸寂寞孤凄。她伴着孤燈枯坐，悒鬱惆悵。儘管夜闌人静，但毫無睡意。那孤燈發出青白的光，忽暗忽明，女主人望着它發呆，心潮隨着燈光起伏，一直把燈油熬盡，燈光熄滅。作者為什麼寫歡宴人散，青燈暗明滅？佳賓滿堂，似乎暫時填補了心靈上的空虛，開解一下纏綿的離愁，但人散之後，女主人又重歸空寂，她的心隨着燈光的閃動而活動着，這樣就烘托出女主人孤凄的離懷和複雜的内心世界。顯然，這是在寫春閨之怨，綢繆離情。

『魂夢不堪幽怨，更一聲啼鴂。』承前。小堂的燈光是熄滅了，但是女主人是否安然進入了夢鄉？『堪』，忍受。南唐李璟《浣溪沙》云：『還與韶光共憔悴，不堪看』，唐人張窈窕《寄故人》：『淡淡春風花落時，不堪愁望更相思』，其中的『不堪』，均為不能忍受之意。春事將歇，衆芳零落，女主人正為此而感傷。一陣歡宴之後，殘燈明滅，女主人孑然一身，離情悱惻，夢魂忍受不了這深怨暗恨。意思是説有深愁暗恨的人是難以進入夢鄉的。『更一聲啼鴂』，『更』，再，又，表示另外述説一事，與宋柳永《雨霖鈴》：『多情自古傷離別。更那堪、冷落清秋節』中的『更』字用法相同。

燈油已經熬盡，遥夜沉静，月色朧明，小庭空蕩，女主人躺在床上翻騰，夜久不寐，離愁別緒，綿綿不已。這時窗外林中傳來一聲杜鵑的啼鳴，更刺痛她的心，使她耳不忍聞。旖旎的春光即將逝去，美麗的年華在悄悄溜走，心上人不在身邊。因此，這一聲凄厲的『鴂』啼，既渲染了暮春的氣氛，又增添了女主人的愁緒，深化了主題，取得了良好的藝術效果。

此詞上下片的開頭，其手法是相同的，很值得藉鑒。上片『風定落花深，簾外擁紅堆雪』，這是從一場暴風雨洗劫後的衰敗景象開筆的。從落花『深』、『堆』、『擁』，我們不僅看出暴風雨之狂惡，我們尚可推測到昔日庭軒繁花錦簇，春意盎然。可是眼前往日的繁花被暴風雨一掃而盡，變得如此蕭條冷落，觸景感懷，女主人傷春之情隨之產生。下片，換頭，『酒闌歌罷玉樽空，青缸暗明滅』，這是從一場歡天喜地興高采烈的宴會結束之後，女主人伴着孤燈獨處閨房，長夜難寐的情景寫起的。那種熱鬧愉悦的氣氛一掃而空，女主人重歸孤寂，愁緒勃發。宋歐陽修《采桑子》云：『群芳過後西湖好，狼藉殘紅。飛絮濛濛。垂柳欄杆盡日風。　笙歌散盡游人去，始覺春空。垂下簾櫳。雙燕歸來細雨中。』清譚獻《復堂詞話》評歐詞開端為『掃處即生』。歐詞《采桑子》與李詞《好事近》的構思局法似同一機杼，開端、換頭同妙，均為『掃處即生』。李詞開端『風定落花深』，與歐詞開端『群芳過後』極似；李詞換頭『酒闌歌罷玉樽空』與歐詞換頭『笙歌散盡游人去』頗類。歐詞引出的是淡淡的春愁，李詞引出的是春愁兼離愁。沈祖棻曾用此歐詞與易安《武陵春》比較開頭，來説明譚評『掃處即生』。筆者認為此《好事近》不僅開頭，而且換頭皆具這一特色，因而更為典型。

古典詩詞中，常用聽到某種聲音作結，既深化了主題，又取得餘韵娓娓之效。易安《添字采桑子》結句：『點滴霖霪。愁損北人、不慣起來聽』，女主人正在為思念故國鄉關而傷心，忽然傳來南方特有的雨打芭蕉之怪异聲響，北方人聽得很不習慣，這使她更有獨在异鄉之感，更撩撥起她的鄉情，深化了主題。易安《永遇樂》結句：『不如向、簾兒底下，聽人笑語』，女主人懶得夜間出去，即使元夕出去，不僅會濃愁難遣，反而會添增愁緒。不如在簾兒底下聽聽別人説説笑笑，既可開心，又不會添愁，反映女主人無限的哀鬱和辛酸。易安詞《行香子》結句：『聞砧聲擣，蛩聲細，漏聲長』，女主人思念丈夫，夜耿耿而不寐，聽到這種秋夜交響曲產生了共鳴，更添愁緒，深化了主題。南唐李後主《擣練子令》結尾：『無奈夜長人不寐，數聲和月到簾櫳』，其《望江梅》結句：『笛在月明樓』，宋秦觀《八六子》：『正銷凝。黃鸝又啼數聲』，宋張掄《燭影摇紅》：『滿懷幽恨，數點寒燈，幾聲孤雁』，宋陳亮《水龍吟》：『正銷魂，又是疏烟淡月，子規聲斷』，諸詞結句的手法與易安《好事近》結句手法相同，都是以某種聲音作結，深化了題旨，增強了表達效果，并使詞餘音裊裊，神韵悠遠。

此詞，上片直率，下片含蓄；上片傷春，下片懷人。雖是寥寥數語的小詞，但謀篇布局，開頭結尾，都十分考究，確屬詞林上乘。

【選評】

[一] **蔡義江**：李易安前期詞，除少數幾首外，作年俱不可考。筆者以為此詞即其中之一。斷其為前期之作，一則從詞的情調上來判斷，一則從詞中反映的生活狀況來確定；如下闋之『酒闌歌罷玉樽空』，似非南宋時期作者寡居生活所應有。若從詞意上看，它很像是她丈夫趙明誠離家出仕期間的作品。詞寫的是暮春景象，藉感傷花落春殘來抒發自己内心的幽怨。上闋以寫室外景物為主，以景物引出情來；下闋以叙閨中情事為主，將情事收入景去。（《李清照詞鑒賞》）

[二] **平慧善**：此詞先從室内人的視角看室外景，後寫室内景、室内人。首句不寫狂風形狀，從『風定』寫起，善于裁剪。『擁紅堆雪』，色澤鮮明，于渲染落花美麗中，流露哀惜之情。衆花中獨舉海棠，不特表明時令更叠，而且感慨花木盛衰，萬物興敗，在傷春中暗寓傷情。下片寫傷情。室内人用飲酒唱歌排遣幽悶，愁緒更集，青燈明滅，正好襯托幽怨魂夢。啼鴂悲啼，用《離騷》詩意暗示春歸，不僅訴出玉人的無限幽怨，而且與上片相應，使全詞渾然一體。全詞景、物、聲、情水乳交融。（《李清照詩文詞選譯》）

[三] **宋謀瑒**：上片極言景物之凄楚，心境之悲涼，但無論『擁紅堆雪』也好，『海棠開後』也好，都還是對『簾外』的推測，對從前的『長記』。而且，到此為止，尚未涉及人事，更未涉及人的憂戚。雖説『傷春』的程度較『應是緑肥紅瘦』更深，情調還是相似的。下片却按下『傷春』不表，另起一頭，訴説處境的難堪，從簾内的實景着手。『青缸』即青燈，青瑩如鬼火的油燈。李白有『青缸凝明照悲啼』之句，那燈是明的，凝而不動；這裏却是『暗明滅』，閃爍不定。前人説『一切景語皆情語』，這『青缸暗明滅』就是一個很好的證明。句中没有寫抒情主人公怎麽樣，是不是也和李白所寫的那樣也在『悲啼』亦未可知，但有前邊那一句『酒闌歌罷玉樽空』襯托，也就不言自明，含蓄不盡了。實景之前，這一句仍是虚寫。七個字三個主謂結構，『闌』、『罷』、『空』，層層逼進，美好的一切都過去了，一切都落空了，祇剩下一盞孤燈，時明時暗。燈猶如此，人何以堪！是寫燈其實也是寫人。青燈獨對，無限凄凉，上片着意渲染的惜花之情，便逐漸被一種濃厚的自傷之感替代了。這樣來銜接『夢魂不堪幽怨』，纔不顯得突兀。這種銜接手法也是易安居士所常用的。（《李清照作品賞析集》）

［四］ **侯健 呂智敏：** 詞人就這樣由淺入深，由淡至濃，由外及内，層層深入地抒發了傷春思夫的愁怨。結尾處，詞人的感情積蓄、醖釀達到飽和的程度，『更一聲啼鴂』句，着筆于啼血的杜鵑，却落實于思婦感情的抒發，杜鵑哀啼的聲音彷佛化成了思婦的悲泣聲，使全詞在感情高潮中驟然而止，給人留下了無窮的悲愴之感。（《李清照詩詞評注》）

［五］ **徐培均：** 此詞似作于趙明誠逝世後某年之暮春。歇拍『夢魂』二句，實為創深痛巨之語，非因悼念亡夫不能至此。姑繫于紹興三年（一一三三）定居杭州前後。（《李清照集箋注》）

［六］ **范英豪：** 這是一首抒發傷春懷人的詞。上片寫狂風過後，重歸于平静的畫面是一片讓人不忍卒睹的落花。由此引發詞人對『海棠開後』、『傷春時節』的回憶，在時間上拓展了抒情空間。下片懷人，却隻字不提一個『思』字。曲終人散後，衹有一點青燈明明滅滅。熱鬧之後的冷清最讓人感覺寂寞，夢中不堪其憂，醒來後的啼血杜鵑一聲哀鳴更讓人斷腸。詞以寫景為中介，疏密之間點染了詞人的傷春情懷。同時，寫景逼真傳神，在斟詞酌句之間不露痕迹，寫出了一派暮春氣象，將詞人的孤獨傷懷渲染得真切動人。全詞風格纏綿悱惻，凄婉雋麗，這是李詞的一貫情致。（《李清照詩詞選》）

訴衷情　枕畔聞殘梅噴香

夜來沉醉卸妝遲。梅萼插殘枝。酒醒熏破春睡，夢遠不成歸。人悄悄，月依依。翠簾垂。更挼殘蕊，更撚餘香，更得些時。

——《校輯宋金元人詞》之《漱玉詞》

【考辨】

◎歷代載籍著録此闋之詞調、題目：

調作《訴衷情》。瑜注：《訴衷情》詞調據《欽定詞譜》（第一〇八頁）有單調三十三字體、單調三十七字體、雙調四十一字體。此詞為雙調四十四字體，與《欽定詞譜》（第二九六頁）之《訴衷情令》第一體晏殊《訴衷情令》（青梅煮酒）雙調四十四字合，與《訴衷情》體不合，故此調應為《訴衷情令》。題作『枕畔聞殘梅噴香』、『枕畔聞梅香』。

◎歷代此闋著録為李清照（易安）詞之載籍：

［一］宋·曾慥輯《樂府雅詞》影印涵芬樓手抄本（樂下，第六七頁），收作李易安詞。

校記

調題：調同範詞。無題。

正文：『春睡』作『惜春夢』；『夢遠』作『遠又』。

附録：無。

［二］宋·曾慥編（原署）《樂府雅詞》文淵閣《欽定四庫全書》本　集部（卷下，第七四頁），收作李易安詞。

校記

調題： 調同範詞。無題。

正文： 「睡」作「夢」；「夢遠」作「遠又」。

附録： 無。

［三］明・陳耀文纂（原署）《花草粹編》影印明刊十二卷本（卷三，第三六頁），收作李易安詞。

校記

調題： 皆同範詞。

正文： 「萼」作「蕊」；「熏」作「薰」；「遠」作「斷」；「更捻」作「再捻」；「些」作「此」。

附録： 無。

［四］明・陳耀文輯《花草粹編》文淵閣《欽定四庫全書》二十四卷本（卷五，第四六頁），收作李易安詞。

校記

調題： 皆同範詞。

正文： 「萼」作「蕊」；「熏」作「薰」；「遠」作「斷」；「更捻」作「再捻」。

附録： 無。

［五］明・陳耀文編（原署）《花草粹編》文津閣《欽定四庫全書》二十四卷本（卷五，總第六七〇頁），收作李易安詞。

校記

調題： 皆同範詞。

正文： 「萼」作「蕊」；「熏」作「薰」；「遠」作「斷」；「更捻」作「再捻」。

附録： 無。

［六］清・江標抄《李清照漱玉詞》汲古閣未刻詞二十二家本（手抄，不分卷頁，第二四首），上海圖書館藏，收作「宋易安居士李氏清照」詞。

校記

調題： 調同範詞。題作「枕畔聞梅香」。

正文：『蕚』作『蕊』；『遠』作『斷』；『更撚』作『再撚』。

附録：無。

［七］清・汪玢箋《漱玉詞彙抄》問遽廬正本（手抄，不分卷頁，第三四首），復旦大學圖書館藏，收作『宋李氏清照易安』詞。

校記

調題：調同範詞。無題。調下注：『秦澹生云：《訴衷情》有單詞有雙詞，此詞名《訴衷情令》，一名《漁父家風》，張元幹嚴仁皆同』。

正文：『春睡』作『惜春夢』；『夢遠』作『遠又』。

附録：又云：『《訴衷情》有單詞有雙詞，皆與此詞不同，惟《訴衷情令》相合。但前段第三句六字，第四句五字，此詞前段五句，下三句，皆作四字一句，較譜多一字，或傳寫誤增，或當時本有此體，然宋人皆無此填者。附注俟考』。（尾注）

［八］清・莫友芝家抄《漱玉詞》（手抄，不分卷頁，第二二首），復旦大學圖書館藏，收作『宋李氏清照易安』詞。

校記

調題：調同範詞。無題。調下注：『按：《訴衷情》有單調有雙調，此詞名《訴衷情令》，一名《漁父家風》，張元幹嚴仁皆同』。

正文：『春睡』作『惜春夢』；『夢遠』作『遠又』。

附録：按：『《訴衷情》有單調有雙調，皆與此詞不同，惟《訴衷情令》相合。但前段第三句六字，第四句五字，此詞前段五句，下三句，皆作四字一句，較譜多一字，或傳寫誤增，或當時本有此體，然宋人皆無此填者。附注俟考』。（尾注）

［九］清・王鵬運輯《漱玉詞》，《四印齋所刻詞》本（第五頁），收作『李清照　易安』詞。

校記

調題：調同範詞。無題。調下注：『按：《訴衷情》有單調有雙調，此詞名《訴衷情令》，一名《漁父家風》，張元幹嚴仁皆同』。

正文：『春睡』作『惜春夢』；『夢遠』作『遠又』。

附録：按：『《訴衷情》有單調有雙調，皆與此詞不同，惟《訴衷情令》相合。但前段第三句六字，第四句五字，此詞前段五句，下三句，皆作四字一句，較譜多一字，或傳寫誤增，或當時本有此體，然宋人無如此填者。附注俟考』。（尾注）

運按：『酒醒』三句，毛抄本、《花草粹編》并作『酒醒熏破春睡，夢斷不成歸』。

［一〇］清・蕙風簃主箋《漱玉詞箋》中華圖書館石印本　中華民國四年六月版（不分卷，第一〇頁），收作李清照詞。

校記

調題：調同範詞。無題。調下注：『按：《訴衷情》有單調有雙調，此詞名《訴衷情令》，一名《漁父家風》，張元幹嚴仁皆同』。

正文：『夢遠』作『夢斷更』。

附録：《玉梅詞隱》曰：『《漱玉詞》屢用叠字，「尋尋覓覓，冷冷清清，凄凄慘慘戚戚」，最為奇創。又「庭院深深深幾許」，又「更挼殘蕊，更捻餘香，更得些時」，又「此情此恨，此際擬托行雲。問東君」，又「舊時天氣舊時衣。衹有情懷、不似舊家時」，叠法各异，每叠必佳，皆是天籟肆口而成，非作意為之也。歐陽文忠《蝶戀花》：「庭院深深」一闋，柔情廻腸，奇艷醉魄。非文忠不能作，非易安不許愛』。（詞評）

［一一］木石居士選輯　絳雲女史參校《歷代名媛詞選》民國十六年石印本（卷五，小令五，未注頁碼），收作李清照詞。

校記

調題：調同範詞。無題。

正文：『熏破春睡』作『薰破惜春夢』；『夢遠』作『遠又』。

附録：無。

［一二］李文裿輯《漱玉集》冷雪盦叢書本（卷三，第三頁），收作李清照詞。

校記

調題：皆同範詞。題下注：『按：《訴衷情》有單調有雙調，此詞名《訴衷情令》，一名《漁父家風》，張元幹嚴仁皆同』。

正文：『熏』作『薰』；『春睡』作『惜春夢』；『夢遠』作『遠又』。

附録：按：《訴衷情》有單調有雙調，皆與此詞不同，惟《訴衷情令》相合。但前段第三句六字，第四句五字，此詞前段五句，下三句，皆作四字一句，較譜多一字，或傳寫誤增，或當時本有此體，然宋人皆無此填者。附注俟考。《樂府雅詞》、《花草粹編》、四印齋本《漱玉詞》。（尾注）

按：以上按語二則均照録《樂府雅詞》原本。

［一三］趙萬里輯《漱玉詞》，《校輯宋金元人詞》本（第二頁），收作『李清照　易安』詞。

校記

調題： 調作《訴衷情》。題作『枕畔聞殘梅噴香』。下注：『題從《花草粹編》補』。

正文： 原『沈』、『粧』、『蕚』、『揷』、『撚』，兹改為正字『沉』、『妝』、『萼』、『插』、『捻』。（擇為範詞，底本）

附録： 同上（瑜注：尾注，指『《樂府雅詞》、《花草粹編》三』）。

［一四］唐圭璋輯《全宋詞》中州古籍出版社　兩冊本（上，第六四六頁），收作李清照詞。

［一五］中華書局編《李清照集》（第六頁），收作李清照詞。

［一六］王仲聞《李清照集校注》人民文學出版社（第四〇頁），收作李清照詞。

［一七］黃墨谷《重輯李清照集》齊魯書社（卷二，第一七頁），收作李清照詞。

［一八］徐北文主編《李清照全集評注》濟南出版社（第五七頁），收作李清照詞。

［一九］徐培均《李清照集箋注》上海古籍出版社（第一一一頁），收作李清照詞。

◎歷代此闋著録他人或無名氏及存疑詞之載籍：

雖廣徵博采而未見。

◎瑜按：

上述十九種載籍著録為李易安（清照）詞，撰者無异名，兹入《漱玉詞》。

【注釋】

［一］**沉醉：** 見《如夢令》（常記溪亭）注。

［二］**萼：** 見《真珠髻》（重重山外）注。

［三］**悄悄：** 寂静無聲。唐白居易《西樓夜》：『悄悄復悄悄，城隅隱林杪』。五代馮延巳《鵲踏枝》：『庭樹金風，悄悄重門閉』。

［四］**依依：** 留戀難捨，不忍離去之意。《詩經·小雅·采薇》：『昔我往矣，楊柳依依。』唐吴融《情》詩：『依依脉脉兩如何？細似輕絲渺似波』。

［五］**挼：** 見《清平樂》（年年雪裏）注。

［六］**捻：** 用手指搓轉。五代張泌《浣溪沙》：『閑折海棠看又捻，玉纖無力惹餘香。』宋柳永《尾犯》：『咏新詩，手捻江梅，故人贈我春色』。

［七］**得：** 需要。唐杜甫《石壕吏》：『急應河陽役，猶得備晨炊』。

【品鑒】

唐金昌緒《春怨》：『打起黄鶯兒，莫教枝上啼。啼時驚妾夢，不得到遼西。』這首小詩膾炙千古，幾乎是人人皆知。黄鶯的美妙歌聲女主人不是不喜歡，但是，它的饒舌却會驚擾她甜蜜的夢境。女主人為了在夢中與自己遠戍遼西的丈夫親切會面，實現她在現實中無法實現的心願，不得不忍心把黄鶯打跑。在動人的鶯啼與美好的夢境不可兼得的矛盾中，她選取了後者，儘管是虚幻的。這一抉擇，有力地突出了題旨。李清照的這首《訴衷情》與金昌緒《春怨》有相似的内容，在藝術構思上也有异曲同工之妙。在總的藝術成就上也絶不在《春怨》之下。

頭兩句：『夜來沉醉卸妝遲。梅萼插殘枝。』以『夜』字冠領，點明了時間。夜是人們休息睡眠的時候，一般説來在外面的人都要歸宿，連鳥兒也要回巢。人該歸而不歸，應眠而不眠，這是反常的。作家、影視藝術家往往抓住這個典型環境來表現人的離愁别苦或激烈的思想活動。一開始，作者把我們引入的仿佛是銀幕上的一個場景：夜晚，女主人孤零零地坐在床邊，伴着垂泪的紅燭，獨守閨房。她緊鎖眉峰，悒鬱惆悵。為了排解心頭的鬱悶，用酒麻醉神經，醉意很濃。于是她倒在床上，頭枕鴛鴦枕睡去了，連頭上的妝飾也没有卸去。由于心境不寧，雖是沉醉，仍舊難以安枕，她時而睡向這邊，又時而翻轉。過了一會兒，鏡頭移到她的頭上，這是個特寫鏡頭：寶簪光閃閃，釵頭鳳欲飛，鬢邊的梅枝上僅殘留些花萼、花蒂，直挺挺的。花蕊花瓣哪裏去了？鏡頭又移向枕畔，原來瓊片碎玉撒在那裏！李清照《清平樂》云：『年年雪裏。常插梅花醉』，説明她是很喜愛梅花的。

次兩句：『酒醒熏破春睡，夢遠不成歸。』『酒醒』，酒勁過了。按常理是應該繼續香甜地睡下去的，但不能，春天美好的夢境竟意想不到被『熏』破了。『熏破』，一個是烟，一個是氣味，可能造成這種結果。是烟嗎？不可能，室内没有烟源。要説氣味，是有的，滿屋充滿梅花濃郁的芳香，就是它把熟睡的女主人『熏』醒了。『春睡』醒了，似乎没有多大可惜，也没有什麽可抱怨。但是，不然，恰好在『春睡』中夢見自己心愛的丈夫在遥遠的地方正往家裏走，未等歡聚，夢就被『熏』破了，多麽可惜、多麽無情。『夢遠不成歸』，這好像影視的插叙鏡頭。在現實中，女主人日夜凝眸，望眼欲穿，愁損芳姿，仍不得與心上人相見；在夢中，可有了相見的機緣，無奈又被香氣破壞了，多麽懊惱，多麽沮喪。

金昌緒《春怨》，使女主人驚覺的是黄鶯的歌唱聲。宋岳飛《小重山》：『昨夜寒蛩不住鳴。驚回千里夢，已三更』，使主人公驚夢的是蟋蟀之鳴叫聲，總之破夢的是音響，是聽覺受到强烈刺激的結果。但是在詩詞裏寫花的馨香强烈刺激了人的嗅覺，而使人的美好夢境受到破壞，這不能不説是個創造，是個發展，十分新鮮。易安在《攤破浣溪沙》中也曾用過此種構思方法，云：『梅蕊重重何俗甚，丁香千結苦粗生。熏透愁人千里夢，却無情』，寫出了對美好夢境被熏破的惋惜、怨悵的思想情緒。

下片頭三句：『人悄悄，月依依。翠簾垂。』『人悄悄』，正是夜深人静，人間情侣傾述衷情的好時候。五代顧敻《獻忠心》有『人悄悄，月明時』句。此詞的『依依』，與《詩經》：『昔我往矣，楊柳依依。』意思相同，均賦予了人的思想感情。『翠』，着色濃艷，正是年輕婦女喜歡的色彩。

此詞换頭，好比電影的鏡頭轉而對準室外。銀幕上呈現的景象是怎樣的呢？女主人再也忍受不住心緒的悒悵憂煩，起來徘徊，倚窗外望。左鄰右舍的人都已經睡熟了，萬籟無聲，恬静安謐。庭院裏及遠處的樹木像是守夜的忠誠衛士，一動不動。一輪偏西的明月發出銀白色的光輝，好像對人留戀難捨，不忍偏離似的。作者僅用六個字，便勾勒出一幅良夜美景圖。閨中空垂着綺麗的绿色帷幕。此時此刻，正是天下情侣同席共枕的美好時光。然而女主人心愛的人兒不但不能回來團聚，就是在夢中夢見他要歸來的美好夢境也被『熏』破。這種美好的願望不僅不能在現實中實現，就是在夢中也不能實現。她的心緒更加凄楚蒼凉，更引起對自己心上人的强烈思念。在藝術表現上，這是一種樂景寫哀的反襯手法，突出了主題，藝術效果也倍增。

末尾三句：『更挼殘蕊，更捻餘香，更得些時。』影視的鏡頭又轉向室内。女主人面對的良夜美景，不僅不能使她心爽意愜，反而愁緒倍增。金昌緒《春怨》中的女主人，為了在夢中能夠與遠戍遼西的丈夫相見，而保證夢境不被破壞，要把自己喜愛的黄鶯趕跑。此詞中，是什麼東西使女主人的心上人不能在夢中歸來呢？是那馥郁的枕邊殘損的梅花。儘管她喜歡梅花，但她更愛自己的丈夫，因此梅花再次罹難，女主人的怨氣徑向梅花發泄。衹見她拾起枕畔的殘梅，先是兩手揉搓，揉碎了芳肌。可是還有香味噴鼻，就是它『熏』破了美好的夢境，她氣得用手指一點一點地搓爛梅花花瓣的碎末，非要把梅花的香味消盡不可。『更得些時』，再争得一些時間。十分耐人咀嚼，語盡而意未盡。她這樣做，就是為了期待美好夢境的再來。排除了干擾，使其有較充裕的時間，讓『遠夢』得以『成歸』。僅僅十二個字，兩個小小的動作，便把女主人那複雜的内心世界揭示得纖毫畢露。此結，與宋秦觀《行香子》前結：『有桃花紅，李花白，菜花黄』，後結：『正鶯兒啼，燕兒舞，蝶兒忙』，與宋蘇軾《行香子》結句：『但遠山長，雲山亂，曉山青』，易安詞《行香子》結句：『聞砧聲搗，蛩聲細，漏聲長』，形式相同，都是由三個結構相同，并有一個重字的片語組成。這種結尾自然流美，增加了詞的音樂美，建築美。

作者通過『沉醉』、『卸裝遲』、『酒醒』、『熏破』、『夢遠』、『挼殘蕊』、『捻餘香』等人物活動來開掘主人公的靈魂深處，表現她對丈夫的深情思念。這與影視藝術有時不用解説，不用道白，衹通過人物在屏幕上的表演活動表現主人公隱秘的心理世界，感染觀衆，揭示主題，何等相似乃爾。易安詞頗具戲劇性。

作者用寥寥四十四個字，寫女主人種種含蓄的活動及複雜曲折的心理，惟妙惟肖。女主人的思想感情波瀾起伏，因愁而『沉醉』，因『夢遠』而高興，因『熏破』而憤怒。對梅花，因愛而插戴，因憎而『挼』、『撚』。情節的發展也如此跌宕曲折，人物形象栩栩如生，讀者不禁拍案稱絶，驚嘆不已。前人云：『詞以婉轉為上，宜若九曲湘流，一波三折』是有一定道理的。易安此詞正是。

匈牙利詩人裴多菲詩：『生命誠可貴，愛情價更高。若為自由故，兩者皆可拋。』生命可貴，愛情價高，為祖國的獨立自由，兩者均可拋弃，襯托出『自由』的非同凡響，高于一切。此詞，梅花芳香可愛，為了愛人歸來的幻夢，可以犧牲梅花，襯托出她對丈夫的愛是無比深沉的，使主題更加鮮明突出。這是透過一層的寫法。

此詞寫出易安年輕時對丈夫離別的思念之情，玲瓏別致，甚為精彩。用語平淡，幽眇含蓄，運用多種技法。在總的藝術成就上，要勝金昌緒《春怨》詩一籌。在卷帙浩繁的唐宋詞中自有其地位。

【選評】

[一]　**清·蕙風簃主（況周頤）**：《玉梅詞隱》曰：『《漱玉詞》屢用疊字，「尋尋覓覓，冷冷清清，凄凄慘慘戚戚」，最為奇創。又「庭院深深深幾許」，又「更挼殘蕊，更撚餘香，更得些時」，又「此情此恨，此際擬托行雲。問東君」，又「舊時天氣舊時衣。衹有情懷、不似舊家時」，疊法各异，每疊必佳，皆是天籟肆口而成，非作意為之也。歐陽文忠《蝶戀花》：「庭院深深」一闋，柔情迴腸，奇艷醉魄。非文忠不能作，非易安不許愛。』（《漱玉詞箋》）

[二]　**王延梯　胡景西**：寫夢遠思鄉之情的作品，在李清照的詞作中并不少見。這一首則以細膩的筆法塑造栩栩如生的人物形象見長。詞一開章，就是沉醉而卧的自畫像。『卸妝遲』、『壓殘枝』這些細節描繪增強了酒醉時人物形象的真實感。夢醒後的形象，是通過環境的勾勒和人物的舉止動作來塑造的。『人悄悄，月依依，翠簾垂』及『更挼』句不僅把人物外在的動作神情刻畫得惟妙惟肖，而且是人物靈魂中的内在因素發掘出來，從而使人物形象完整統一，有血有肉。（《李清照詞鑒賞》）

[三]　**溫紹堃　錢光培**：李清照是一個『弱女子』，長期生活在深院與書齋之中，她的孤寂感祇能産生在她生活的環境裏，也必然帶着她的『弱女子』的氣息。比如，出現在這首詞中的環境氛圍，『夜來沉醉卸妝遲，梅萼插殘枝』及『人悄悄，

月依依，翠簾垂』等，顯然是女子所獨有的環境氛圍；出現在這首詞裏的詞人的一舉一動（『更挼殘蕊，更撚餘香，更得些時』等），也是為一個『弱女子』所特有的。詞中這三個『更』字，是富有表現力量的字眼。『更』字，有反複、重複的意思。三個『更』字，連在一起使用，既寫出了詞人醒後生活的單調無聊，也寫出了時間的漫長和詞人心中的厭煩。（《李清照名篇賞析》）

［四］

陳祖美：此首當系趙明誠守建康日（一一二七年八月至一一二九年二月），清照所作數首閨怨詞之一。稱此首為『閨怨詞』，或有論者為之諱然，而注者的這一看法是根據清照在此詞中的用典得出的。儘管這一典故像溶于水的鹽一樣，幾乎無影無踪，但如果不從這一典故説起，就很難瞭解詞人的内心，遂誤以為她藉酒澆愁至于『沉醉』，完全是思念故國故家所致。不是的，這是詞人用的障眼法。（《中國詩苑英華·李清照傳》）

行香子　七夕

草際鳴蛩。驚落梧桐。正人間天上愁濃。雲階月地，關鎖千重。縱浮槎來，浮槎去，不相逢。星橋鵲駕，經年纔見，想離情別恨難窮。牽牛織女，莫是離中。甚霎兒晴，霎兒雨，霎兒風。

——《御選歷代詩餘》

【考辨】

◎歷代載籍著録此闋之詞調、題目：

調作《行香子》。題作『七夕』。

◎歷代此闋著録為李清照（易安）詞之載籍：

［一］宋・曾慥輯《樂府雅詞》影印涵芬樓手抄本（樂下，第六七頁），收作李易安詞。

校記

調題： 調同範詞。無題。

正文： 『地』作『色』；『鵲』作『鶴』。

附録： 無。

［二］明・陳耀文纂（原署）《花草粹編》影印明刊十二卷本（卷七，第四八頁），收作李易安詞。

校記

調題： 調同範詞。無題。

正文：『地』作『色』；『重』作『里』；『鵲』作『鶴』；三『霎』作三『一霎』。

附録：無。

〔三〕　明・陳耀文輯《花草粹編》文淵閣《欽定四庫全書》二十四卷本（卷一四，第一四頁），收作李易安詞。

校記

調題：調同範詞。無題。

正文：『地』作『色』；『鵲』作『鶴』；三『霎』作三『一霎』。

附録：無。

〔四〕　明・陳耀文編（原署）《花草粹編》文津閣《欽定四庫全書》二十四卷本（卷一四，總第五五頁），收作李易安詞。

校記

調題：調同範詞。無題。

正文：『地』作『色』；『鵲』作『鶴』；三『霎』作三『一霎』。

附録：無。

〔五〕　清・沈辰垣等編《御選歷代詩餘》影印康熙内府本（卷四四，第二二六頁），收作『宋媛　李清照』詞。

校記

調題：調作《行香子》。題作『七夕』。（擇為範詞，底本）

正文：皆同範詞。

附録：無。

〔六〕　清・王奕清等纂修《欽定詞譜》影印康熙内府刻本（卷一四，第二九頁），收作李清照詞。

校記

調題：調同範詞。無題。調下注：『又一體。雙調六十九字，前段八句五平韵，後段八句三平韵』。

正文：『雲』作『雪』；『地』作『色』；三『霎』作三『一霎』。

附録：此與蘇軾『携手江村』詞同，惟后結三句各添一字异，亦襯字也。（解説）

〔七〕　清・江標抄《李清照漱玉詞》汲古閣未刻詞二十二家本（手抄，不分卷頁，第四二首），上海圖書館藏，收作『宋易安居士李氏清照」詞。

校記

調題：調同範詞。無題。

正文：「地」作「色」。

附録：無。

［八］　清・汪玢箋《漱玉詞彙抄》問遽廬正本（手抄，不分卷頁，第三五首），復旦大學圖書館藏，收作「宋李氏清照易安」詞。

校記

調題：調同範詞。無題。

正文：「上」作「下」；「重」作「里」。

附録：《問遽廬隨筆》：「辛稼軒「三山作」：「放霎時陰，霎時雨，霎時晴」，胎脱易安語也。」（詞評）

［九］　清・莫友芝家抄《漱玉詞》（手抄，不分卷頁，第二三首），復旦大學圖書館藏，收作「宋李氏清照易安」詞。

校記

調題：調同範詞。無題。

正文：皆同範詞。

附録：無。

［一〇］　清・王鵬運輯《漱玉詞》，《四印齋所刻詞》本（第六頁），收作「李清照　易安」詞。

校記

調題：調同範詞。無題。

正文：皆同範詞。

附録：無。

［一一］　清・楊文斌輯録《三李詞》光緒庚寅夏香海閣刊本（卷三，第一四頁），收作李清照詞。

校記

調題：皆同範詞。

正文：皆同範詞。

附録：無。

［一二］清・蕙風簃主箋《漱玉詞箋》中華圖書館石印本　中華民國四年六月版（不分卷，第一〇頁），收作李清照詞。

校記

調題：調同範詞。無題。

正文：皆同範詞。

附録：《問遽廬隨筆》：『辛稼軒「三山作」：「放霎時陰，霎時雨，霎時晴」，脱胎易安語也。』（詞評）

［一三］李文裿輯《漱玉集》冷雪盦叢書本（卷四，第三頁），收作李清照詞。

校記

調題：調同範詞。無題。

正文：皆同範詞。

附録：《歷代詩餘》、《花草粹編》、四印齋本《漱玉詞》、《欽定詞譜》。（尾注）

［一四］趙萬里輯《漱玉詞》，《校輯宋金元人詞》本（第七頁），收作『李清照　易安』詞。

校記

調題：皆同範詞。調下注：『《歷代詩餘》題作「七夕」』。

正文：皆同範詞。

附録：《樂府雅詞》、《花草粹編》七、《歷代詩餘》四十四、《詞譜》十四。（尾注）

［一五］唐圭璋輯《全宋詞》中州古籍出版社　兩冊本（上，第六四六頁），收作李清照詞。

［一六］中華書局編《李清照集》（第二四頁），收作李清照詞。

［一七］王仲聞《李清照集校注》人民文學出版社（第四〇頁），收作李清照詞。

［一八］黃墨谷《重輯李清照集》齊魯書社（卷三，第三九頁），收作李清照詞。

[一九] 徐北文主编《李清照全集評注》濟南出版社（第三五頁），收作李清照詞。

[二〇] 徐培均《李清照集箋注》上海古籍出版社（第三二頁），收作李清照詞。

◎歷代此闋著録他人或無名氏及存疑詞之載籍：

雖廣徵博采而未見。

◎瑜按：

上列二十種載籍著録為李易安（清照）詞，撰者無异名，茲入《漱玉詞》。

【注釋】

[一] **蛩：** 這裏指蟋蟀。宋白居易《禁中聞蛩》：『西窗獨暗坐，滿耳新蛩聲』。宋岳飛《小重山》：『昨夜寒蛩不住鳴。驚回千里夢，已三更』。

[二] **梧桐：** 從立秋起開始落葉。故稱『一葉知秋』的樹木。南北朝沈約《咏桐詩》：『秋還遽已落，春曉猶未荑。』宋晏殊《清平樂》：『金風細細，葉葉梧桐墜』。

[三] **雲階月地：** 雲做階梯月做地。唐杜牧《七夕》：『雲階月地一相過，未抵經年別恨多』。宋曹冠《念奴嬌》：『十二靈峰，雲階月地，中有巫山女』。

[四] **關鎖：** 關卡封鎖。唐林寬《送升道靖恭相公分司》：『星沉關鎖冷，雞唱驛燈殘』。

[五] **槎：** 即木筏。西晋張華《博物志》（卷三）：『舊説云：天河與海通，近世有人居海渚者，年年八月，有浮槎來去，不失期。』宋陳深《齊天樂》：『望縹緲星槎，來從河漢』。宋鄧肅《南歌子》：『我欲乘槎天上、泛寒光』。

[六] **星橋鵲駕：** 《風俗記》：『七夕織女當渡河，使鵲為橋。』傳説每年農曆七月七日晚，有喜鵲在星河中搭橋，牛郎織女相會一次。唐宋之問《牛女星》詩：『飛鵲亂填河』。唐李嶠《奉和七夕兩儀殿會宴應制》詩云：『橋渡鵲填河』，都是寫『七夕』喜鵲搭橋，牛女相會的故事。宋林季仲《傾杯樂》：『看河橋鵲架，重會雙星燕婉』。

[七] **莫是：** 莫非是，難道是。唐包何《同諸公尋李方直不遇》：『人來多不見，莫是上迷樓』。宋程大昌《南歌子》：『誰家隱隱度晴簫。莫是素娥仙玉、會叢霄』。

[八] **霎兒：** 一會兒。宋辛弃疾《醜奴兒》：『千峰雲起，驟雨一霎兒價。』元張翥《水龍吟·賦情雲》：『半餉花陰，霎兒月暝，幾番日暮』。

【品鑒】

南朝梁人宗懍撰《荊楚歲時記》：『天河之東，有織女，天帝之子也。年年織杼勞役，織成雲錦天衣，天帝憐其獨處，許嫁河西牽牛郎。嫁後，遂廢織紝。天帝怒，責令歸河東。唯每年七月七日夜，渡河一會」，記載了牛郎織女這一神話故事。此故事源遠流長，漢《古詩十九首》：『迢迢牽牛星，皎皎河漢女。纖纖擢素手，扎扎弄機杼。終日不成章，泣涕零如雨。河漢清且淺，相去復幾許？盈盈一水間，脉脉不得語』，就是以牛女故事為題材的一首詩歌。隋人王睿《七夕》詩云：『天河横欲曉，鳳駕儼應飛。落日移妝鏡，浮雲動別衣。歡逐今宵盡，愁隨還路歸。猶將宿昔泪，更上去年機』，也是一首此類題材的詩歌。《全唐詩》中以此為内容的詩歌數以百計。表現牛女故事的戲劇《天河配》至今還在舞臺上演出。兩千多年來牛女神話故事盛傳不衰，家喻户曉。宋人秦觀《鵲橋仙》詞、李清照《行香子》詞，都是以這一故事為内容的詞作。李清照以牛女故事為寄託，表現她對離家遠行丈夫的深切懷念。

『草際鳴蛩。驚落梧桐。』秋初，農曆七月七日晚，夜空清澄，繁星綴滿蒼穹，河漢顯得格外明晰。按神話故事，這是一年一度牛郎織女相會的『七夕』。易安或許不忍遥望牛女的幸會，但深閨黝黑岑寂，被冷香消，獨抱濃愁，好夢難成，不得不走到庭院。她四顧茫茫，形單影隻，選坐在永晝凝眸的梧桐樹下，周圍沉静安謐。忽然從雜草叢生的牆角傳來一陣寒蛩的低吟，接着有幾片梧桐葉飄悠而下，仿佛梧桐葉是被鳴蛩驚落的一般。作者由聽覺形象寫到視覺形象。一個『驚』字賦予梧桐以生命感知，將植物寫成了有知覺的動物。其手法與南唐李煜《采桑子》：『轆轤金井梧桐晚，幾樹驚秋』和李清照《孤雁兒》：『笛聲三弄，梅心驚破，多少春情意』中的『驚』字用法相同。『梧桐』，從立秋起開始落葉，故稱『一葉知秋』的樹木。古人常用『梧桐晚』、『梧桐葉落』，表示秋天的時節，這是作者選取它入詞的原因。萬籟聲繁，作者何以選取『蛩』鳴？因為『蛩』，蟋蟀，又名促織，這與織女的辛勤勞作密切聯繫起來。均可見作者選材的典型性。

『正人間天上愁濃。』彼時正是人間的『我』和明誠，與天上的牛郎織女離愁濃重的時候。『人間天上』一語也有其祖。唐崔顥《七夕》詩有『人間天上不相見』句，宋柳永《二郎神》文有『願天上人間，占得歡娱，年年今夜』句。『正』字，説明此時此刻人間的趙李及天上的牛女情懷的完全一致。作者從聽覺寫到視覺；其空間，由人間寫到天上；寫的事由人間事寫到神仙事，從現實到幻想，令人想象飛騰，遐思無限。『人間』，稍微一點，揭示本題。頭三句起筆于景，落墨于情。何事『愁濃』？緊啓下文。

『雲階月地，關鎖千重。』織女會見牛郎得登上雲做的階梯，月亮的地面，路經道口關卡，闖過層層封鎖，處處障礙，相見是何等的艱難啊！這是想象中牛女相會的艱難險阻，平時是無法跨越的。

『縱浮槎來，浮槎去，不相逢。』『縱』，即使。年年有浮槎在天河裏來去，也是枉然，還有『雲階月地，關鎖千重』，特別是有天帝的禁令，故素常是不能相逢的。

上闋，寫人間的『我』和明誠，與天上的牛郎織女一樣愁緒濃重，相逢艱難。但每年七月七日，按天帝的規定，畢竟能夠相逢一次。開了下文，寫牛女的相逢。

『星橋鵲駕，經年纔見，想離情別恨難窮。』傳説每年七月七日晚，有鳥鵲在天河中搭橋，織女從橋上過去會見牛郎。『經年纔見』，經過一年纔能見面一次。極言機會難得，佳期可貴，時光短促。故『離情別恨難窮』。

因為『經年纔見』，『佳期如夢』，故離愁是不能窮盡的，別恨是難以了結的。假使人間天上之情侣，能夠朝夕依偎在一起，離情別恨不就消釋了嗎？『想』，作者以己度仙，寄予深切的同情和良好的願望。這也正是現實中自己的美好期求，與明誠正在離別之中，她愁腸寸斷，朝思暮想，離愁別恨，難以自己。

『牽牛織女，莫是離中。』她凝望廣漠無垠的天宇，深邃神秘的夜空，時隱時現的星星，想象馳騁飛騰，那牛郎織女莫非是在離別之際？那激烈的難捨難分的場面攪動着天氣陰晴風雨在變換。宋秦觀《鵲橋仙》云：『金風玉露一相逢，便勝却、人間無數』，每年在秋風送爽，露珠晶瑩的秋夜，牛郎織女相逢一次，却勝過人間的無數次相會。感情的濃摯及熱烈的程度，是常住一起的情侣無法比擬的。從這點説來是對的，因為是久別重逢。又云：『兩情若是久長時，又豈在、朝朝暮暮』，對久別的情侣這是希冀，這是祝願，這是安慰，這是開解。他主張的是忠貞長久的愛情。無疑，這種思想觀點是很可寶貴的。但并非反對朝朝暮暮生活在一起，或者説，不是凡朝朝暮暮生活在一起即為庸俗。李清照大膽地唱道，她不願意『一種相思，兩處閑愁』，願意像鴛鴦那樣朝夕相伴。我想秦觀也不願意過着牛郎織女一般的愛情生活。儘管他仕途坎坷，屢遭貶謫，但絕無終生一年一度一相逢的牛女式愛情生活的經歷。所以易安同情牛郎織女『離情別恨難窮』。今晚牛女星靠得最近，是神話傳説中的『七夕』，是牛郎織女歡會的良辰。然而回到現實中，對照自己，夫妻正分離兩處，使她深深地陷入離別的悲哀之中，情懷綢繆惝恍。『秋夕』，本『人間天上愁濃』，上下皆哀。『七夕』『天上』歡會，『人間』傷別。明寫『天上』之樂，暗傷『人間』之哀。即所謂樂景寫哀，誠如明王夫之《薑齋詩話》所云：『以樂景寫哀，以哀景寫樂，一倍增其哀樂。』

『甚霎兒晴，霎兒雨，霎兒風。』『甚』，正的意思。易安觀察天空的變化，正一會兒晴，一會兒雨，一會兒風。她推測，牛女尚在歡會之中，天氣惡劣，該難以成行，感情多麼細膩。此詞非飽嘗離愁別苦者難為。

易安詞《行香子》（天與秋光）前結：『漸一番風，一番雨，一番涼』，後結：『聞砧聲搗，蛩聲細，漏聲長』。又如《訴衷情》後結：『更挼殘蕊，更撚餘香，更得些時』，都是由三個結構相同、個別字詞相同的片語并列組成，前人把它叫『重筆』。此結經千錘百煉，亦極自然，深化了詞的思想感情，增強了詞的音律美，修辭美。宋辛弃疾《行香子》詞結句：『放霎時陰，霎時雨，霎時晴』。《問遽廬隨筆》認為此結『脱胎易安語也』。可見此結對後世文學之深遠影響。

上闋，寫秋夕人間天上愁濃，相逢之艱難。下闋，寫『七夕』牛女的歡會，寄予無限同情。

寄託，是此詞的主要藝術特色，寫離情別緒而不直陳，通過『七夕』牛女相會的神話故事婉轉曲達。清劉熙載《藝概・詞曲概》云：『詞之妙莫妙于以不言言之，非不言也，寄言也。如寄深于淺，寄厚于輕，寄勁于婉，寄直于曲，寄實于虛，寄正于餘，皆是。』此詞是『寄直于曲』，『寄實于虛』，寫牛女的天仙事，寄託自己懷念丈夫的繾綣愁情，堪稱佳構，含蓄而有情致。

此詞在寫『天上愁濃』之前着『人間』一詞，這一筆極為精彩。這一筆既輕又重。言其輕者，落墨少而淡，衹輕微一點即收住，全詞餘處不着『人』事；言其重者，二字起揭示題旨的重要作用，是全詞的關捩。沒有它，詞旨則變為頌歌牛女愛情的忠貞了。這一絶技，在《添字采桑子》中也曾應用，『……傷心枕上三更雨，點滴霖霪。點滴霖霪。愁損北人、不慣起來聽。』着『北人』一詞，便使我們確認它不是寫男女相思之詞，而是懷鄉之作。易安本是山東濟南人，北宋滅亡，她流落江浙，念念不忘故國鄉關，故自稱『北人』，詞旨昭然。

易安《菩薩蠻》詞：『風柔日薄春猶早。夾衫乍着心情好。睡起覺微寒。梅花鬢上殘。　故鄉何處是。忘了除非醉。沉水卧時燒。香消酒未消。』如不在下片着『故鄉』一詞，我們讀過此詞，衹覺得詞情撲朔迷離，不知所云。有了它，讀者茅塞頓開，知道詞人之所以如此，是殷殷鄉情所致。説這一筆是畫龍點睛嗎？不，它的作用遠遠超過點睛。畫龍，即使不點睛，若有清晰的輪廓，我們尚可認准它是龍，不至于魚龍混淆，衹是不那麼精警得神而已。這好比是書寫漢字中的『太』或『卞』字，如果沒有『太』下面和『卞』上面那一點，我們就確認它是『大』和『下』字了，字音字義全變了。如果那一點模糊了，到底是『大』是『太』是『下』是『卞』呢？我們莫衷一是，難以認定。因此，這一筆非同小可，着墨極精，用意頗深，是全詞的關捩，也表現局法的奇巧。

此詞用『正』、『縱』、『想』、『莫是』、『甚』等虛詞襯逗，使其姿態飛動，轉折達意，通體靈活，節奏起伏變化。易安寫離情別緒的《一剪梅》、《念奴嬌》、《醉花陰》、《鳳凰臺上憶吹簫》等詞，皆為詞林上品，藝苑奇葩，為古今人所稱道。《行香子》

也是寫離情別緒的，寫法獨具匠心，其美學價值絕不在上面幾篇之下。

【選評】

［一］**清·汪玢：**《問遽廬隨筆》：『辛稼軒「三山作」：「放霎時陰，霎時雨，霎時晴」，胎脱易安語也。』（《漱玉詞彙抄》）

［二］**鄧魁英：**這首詞的語言是很杰出的。作者善于『以尋常語度入音律』（張端義《貴耳集》卷上），像『甚霎兒晴，霎兒雨，霎兒風』的『甚』、『霎兒』，便是當時的方言俗語。作者在詞中并不避叠句和重字，如上片的『浮槎來，浮槎去』，以句子的重複強調浮槎的來去不失期。下片的『霎兒晴，霎兒雨，霎兒風』以三個『霎兒』突出天氣忽晴忽雨的急劇變化。這些重字叠句放置在詞中，非但不使人感到絮煩，反而顯得語言越發活潑、自然，收到了良好的藝術效果。作者融匯前人的詩意或成語入詞，也同樣做得很妥當、貼切。如在這首詞中成功地援引了杜牧的《七夕》詩，上片直接藉用『雲階月地』四字；下片的『經年纔見，想離情別恨難窮』，則是融化杜牧的詩意而成。小杜的詩句經李清照一點染便成了『當行本色』的詞的語言。李清照主張詞『別是一家』，要求作詞須『尚故實』，她融化前人詩句的做法，便是這種創作主張的實踐。這也充分體現了李清照作為一個女詞人的卓越才華。（《李清照詞鑒賞》）

［三］**王延梯　胡景西：**這首詞在寫法上非常別致，不是直接抒寫，而是從側面間接着筆。正面描寫的雖是牽牛織女的離愁別恨，但用『正人間天上愁濃』一句，就把作者自己攏了進去，使讀者感到這離愁別恨是牽牛織女的，也是作者自己的。『甚霎兒晴』三句，采用叠句寫法，有鮮明的口語化特色并加強了節奏感，給人留下鮮明深刻的印象。後來辛弃疾在《行香子·三山作》中有『放霎時陰，霎時雨，霎時晴』的句子，顯然脱胎于易安。由此，也可見其對後世影響之一斑。（《唐宋詞鑒賞辭典》江蘇古籍出版社）

［四］**溫紹堃　錢光培：**讀過此詞，閉目瞑想，我們不僅見到了隔在銀河兩岸的牛郎織女的愁容，也仿佛見到了在翹望銀河的詞人臉上的泪珠。在這裏，時空的距離消融了，想象和現實的界限也消失了。我們完全被帶進了一種『人間天上愁濃』的藝術境界裏。在如此短小的一首詞中，能表達這樣深沉的感情能將天上、人間的圖畫都統一在這種深沉的感情裏，并能調天上、人間的圖畫齊來渲染這種感情，非李清照一類詞中高手，是不能辦到的事情。透過這首詞，我們也看到了李清照在詞的藝術造詣上功力的深厚。（《李清照名篇賞析》）

［五］**王思宇：**下片引神話傳説寫牛、女事，仍是作者仰望銀河雙星時浮現出來的想象中的天上世界。傳説夏曆七月七日夜

群鵲在銀河銜接為橋渡牛、女相會，稱為『鵲橋』，也稱『星橋』。唐李商隱《七夕》詩『星橋横過鵲飛回』，所咏即此。『駕』，這裏意同架。分別一年，衹得一夕相會，離情別恨，自然年年月月日日，永無窮盡。『想』字包含着對牛、女的痛惜、體貼和慰藉意，還起着逗出下文的作用。正當人們悲慨牛、女常年別離時，剛剛相會的他們，又在別離了。『莫是離中』的『莫』為猜疑之詞，即大概，大約之意。結尾三字用一『甚』字總領，與上片末三句句式相同，為此詞定格。『甚』這裏是時間副詞，作『正當』『正值』的『正』解釋。『霎兒』是口語，指短暫的時間，猶言一會兒。幾句意謂，天這麼一會兒晴，一會兒雨，一會兒又颳風，大約織女、牽牛已在分離了吧？這幾句語意雙關，構思新穎：用天氣的陰晴變化，隱喻人的悲喜交集，由喜而悲；而風起雲飛，雙星隱沒，又自然使人想到牽牛、織女的含恨別去。疊用三個『霎兒』，逼肖煩悶難耐聲口，寫得幽怨不盡。（《唐宋詞鑒賞辭典——唐·五代·北宋》上海辭書出版社）

［六］**于紅**：儘管這首詞波瀾起伏，一咏三嘆，但文思清晰，中心突出。全詞緊緊圍繞『正人間天上愁濃』用筆。草際鳴蛩，梧桐驚落，是因『愁濃』所致，這之間是主與從的關係。接着描寫牛郎織女的離散，為他們的不相逢而愁，下片描繪星橋相會，又為他們在相逢中的坎坷遭遇而愁，最後給人留下的亦是團團愁緒。結句不僅在詞意上與『人間天上愁濃』吻合，而且在結構上也是首尾照應，意脉貫通。（《李清照作品賞析集》）

［七］**侯健　吕智敏**：最後，在詞人的感情中已經完全化他為我，將自己夫妻的境況與牛郎、織女的境況融合為一，因此，她從現實自我處境出發，展開了奇特的聯想：天宇間風雨變幻莫測，鵲橋或許還未搭就，牽牛織女或許現在還是在離別之中未能相聚吧？這種推測聯想，完全是移情的結果，含蓄婉轉地抒寫了人間七夕夫妻不得相見的難言苦衷。尾句寫天上七夕的自然景色，與首句人間七夕之景遥相呼應：一邊是風雨飄忽、陰晴不定的銀河兩岸，一邊是蟋蟀低吟、梧桐落葉的深閨庭院，這就開創出一種清冷凄凉的氛圍，有力地烘托了詞人孤寂悲愴的心情。尾句『甚霎兒晴，霎兒雨，霎兒風。』成功地提煉了口語，用排句形式集中描繪了宇宙天體的瞬息萬變，在創造意境上起了重要作用，同時也增添了詞的音樂美。南宋大詞人辛弃疾的《三山作詞》有『放霎時陰，霎時雨，霎時晴』句，便是直接仿效易安此作句法。由此也可見易安詞對後世的影響。（《李清照詩詞評注》）

行香子

天與秋光。轉轉情傷。探金英、知近重陽。薄衣初試，緑蟻新嘗。漸一番風，一番雨，一番涼。黃昏院落，恓恓惶惶。酒醒時、往事愁腸。那堪永夜，明月空床。聞砧聲擣，蛩聲細，漏聲長。

——影印明刊十二卷本之《花草粹編》

【考辨】

◎歷代載籍著録此闋之詞調、題目：

調作《行香子》。瑜注：此調為《欽定詞譜》之《行香子》又一體，與蘇軾《行香子》（綺席纔終）：『雙調六十六字，前段八句五平韵，後段八句四平韵』同。無題。

◎歷代此闋著録為李清照（易安）詞之載籍：

［一］明·陳耀文編（原著）《花草粹編》文津閣《欽定四庫全書》二十四卷本（卷一四，總第五四四頁），收作李易安詞。

校記

調題：皆同範詞。

正文：皆同範詞。

附録：無。

［二］李文裿輯《漱玉集》冷雪盦叢書本（卷四，第三頁），收作李清照詞。

校記

調題：皆同範詞。

正文：『恓』皆作『凄』。

附録：《花草粹編》。（尾注）

［三］中華書局編《李清照集》（第二五頁），收作李清照詞。

附録：按：此詞見《花草粹編》，除冷雪盦本《漱玉集》外，各本俱未收。

◎歷代此闋著録他人或無名氏及存疑詞之載籍：

［一］宋・曾慥輯《樂府雅詞・拾遺》影印涵芬樓手抄本（樂遺下，第七頁）收録。未署撰者。

校記

調題：皆同範詞。

正文：『試』作『減』；『新』作『初』；『恓恓』作『栖栖』。

附録：無。

［二］宋・曾慥編（原署）《樂府雅詞・拾遺》文淵閣《欽定四庫全書》本　集部（卷下，第九頁）收録。未署撰者。

校記

調題：皆同範詞。

正文：『試』作『減』；『新』作『初』；『恓恓』作『栖栖』。

附録：無。

［三］宋・曾慥撰（原署）《樂府雅詞・拾遺》文津閣《欽定四庫全書》本　集部（卷下，總第四八六頁）收録。未署撰者。

校記

調題：皆同範詞。

正文：『試』作『減』；『新』作『初』；『恓恓』作『凄凄』。

附録：無。

〔四〕明・陳耀文纂（原署）《花草粹編》影印明刊十二卷本（卷七，第四六頁）收録。撰者位注：『雅詞』。

校記

調題：調作《行香子》。無題。

正文：原『畨』、『徃』，玆改為正字『番』、『往』。（擇為範詞，底本）

附録：無。

〔五〕明・陳耀文輯《花草粹編》文淵閣《欽定四庫全書》二十四卷本（卷一四，第一一頁）收録。撰者位注：『雅詞』。

校記

調題：皆同範詞。

正文：皆同範詞。

附録：無。

〔六〕唐圭璋輯《全宋詞》中州古籍出版社　兩冊本（下，第二四四九頁），收作無名氏詞。

〔七〕王仲聞《李清照集校注》人民文學出版社（第三三九頁），『附録』收為『誤題李清照撰之作品』。

附録：按：此首無名氏作，見《樂府雅詞拾遺》卷下（《全宋詞》失收）。李文裿輯《漱玉集》卷四誤作李清照詞。……傳世《花草粹編》兩種：一為明萬曆原刊十二卷本（有影印本）、一為清金繩武活字印二十四卷本，此二本俱不作李清照詞。

◎**瑜按**：

此詞最早著録于宋《樂府雅詞・拾遺》（樂遺下），但未署撰人。此詞明陳耀文編《花草粹編》文津閣《欽定四庫全書》二十四卷本（下簡稱『文津本』）收作李易安詞，是現存典籍中最早收作李易安（清照）詞之載籍。李文裿輯《漱玉集》、中華書局編《李清照集》俱收作李清照詞，皆據《花草粹編》，然未明何本？王仲聞《李清照集校注》按云：『傳世《花草粹編》兩種：一為明萬曆原刊十二卷本（有影印本）、一為清金繩武活字印二十四卷本，此二本俱不作李清照詞。』『傳世《花草粹編》兩種』？非。文津本《花草粹編》（二十四卷）『提要』：『蓋猶耀文舊刻』，顯然即不同十二卷本，也不同『活字印二十四卷本』，却收此闋《行香子》（天與秋光）為李易安詞。該書被四庫全書所收是經典古籍善本，優中選優，仍極有參考價值。惜不為仲聞所見。清四庫全書，編者雖刪改了一些影響其統治之思想内容，然不涉此類内容之經典古籍善本照收，此詞不在刪改之列，與四庫外列代載籍所收此闋内容相同，證明此闋未被館臣刪改過，故四庫此闋殊具權威性。其餘載籍有注『雅詞』和『無名氏』者，撰人別無异名。趙萬里輯《漱玉詞》、唐圭璋輯《全宋詞》等皆未收此詞為易安詞。前有四庫經典善本為證，可據信，又詞之思想内容和藝術特色頗類易安詞。故輯入《漱玉詞》。

【注釋】

［一］**轉轉**：指不斷變化。《漢書·禹貢傳》：『後世争為奢侈，轉轉益甚。』唐張籍《胡山人》：『轉轉無成到白頭，人間舉眼盡堪愁』。

［二］**金英**：黄色菊花。唐陳叔達《咏菊》：『霜間開紫蒂，露下發金英』。宋葛勝仲《鷓鴣天》：『欲知此地花多少，一眼金英望不窮』。

［三］**重陽**：見《醉花陰》（薄霧濃雲愁永晝）注。

［四］**薄衣**：粗糙的衣服。《梁書·武帝紀·入屯閲武堂下令》：『菲飲薄衣，請自孤始』（見《辭源》）。宋陳克《臨江仙》：『枕帳依依殘夢，齋房忽忽餘酲。薄衣團扇繞階行』。

［五］**綠蟻**：見《漁家傲》（雪裏已知春信至）注。

［六］**恓恓惶惶**：心裏凄涼恐懼不安。宋程垓《意难忘》：『些个事，断人肠。怎禁得恓惶。』宋辛弃疾《一剪梅》：『雁儿何处是仙乡。来也恓惶。去也恓惶』。

［七］**砧**：搗衣用的墊板，多為石質。唐劉長卿《睢陽贈李司倉》：『寒城落日後，砧杵令人愁。』宋柴元彪《惜分飛》：『今夜歸心切。砧聲敲碎誰家月』。

［八］**蛩**：見《行香子》（草際鳴蛩）注。

［九］**漏**：見《菩薩蠻》（歸鴻聲斷）注。

【品鑒】

李清照婚後，丈夫趙明誠曾離家遠行，她以《醉花陰·重陽》詞寄給趙明誠，抒寫重陽佳節對丈夫的深切思念之情。南渡後，趙明誠病故，她避亂漂泊，在一個『近重陽』的時節，寫了這首《行香子》詞，表現她對逝去丈夫的緬懷及悲涼的心情。前者寫的是生離，後者寫的是死別，故後者悲苦過之。從藝術技巧之精湛上説，雖然不像《醉花陰·重陽》那樣引人注目，但它的確也是一顆明珠瑰寶，在藝海的深處熠熠發光，絲毫没能降低它的藝術價值。

『天與秋光。轉轉情傷。探金英、知近重陽。』宇宙，造化，自然，使人間世界有四季的區別，給人們以秋日的光景。隨着節氣及陰雨風寒的往復變化，秋季變得天高氣清，烟消雲斂，西風颯颯，草木衰萎，落葉蕭蕭，山川寂寥，景象凄肅。《文心雕龍》云：『物色之動，心亦搖焉』，景物的變化，使人的思想感情也波動起來。本來易安因國破、家亡、夫喪，又顛沛流離而心境凄悲，看見眼前衰頹的景象，怎能不黯然『情傷』。她年輕時看到秋天的景象曾是無比欣悦的，贊道：『水光山色與人親，説不盡、無窮好。』然而現在，她已經遭受種種苦難的摧殘，心境情懷産生巨大的變化，『覽物之情，得無异乎？』這便是她『情傷』的原因。

『探金英，知近重陽。』『探』，仔細察看。『重陽』，農曆九月九日為重陽節。女主人仔細觀察一下黄色菊花就知道重陽佳節臨近了。按照古老的習俗，人們要在重陽節這一天，團聚，娱樂，登高，賞菊，飲菊花酒，吃重陽糕，插茱萸等。宋吴自牧《夢粱録》、宋周密《武林舊事》對兩宋京城的節日風俗盛况均有記載。唐孫思邈《千金方·月令》：『重陽日，必以肴酒登高遠眺，為時宴之游賞，以暢秋志。酒必采茱萸、菊以泛之，即醉而歸。』年輕時，她曾寫《醉花陰·重陽》，詞云：『莫道不消魂，簾捲西風，人比黄花瘦。』與丈夫趙明誠僅僅是暫時的離别就使她的感情禁受不住，她比菊花還要消瘦了；而今，國破家亡，明誠逝世，她轉徙江浙，『獨在异鄉為异客』，『近重陽』撫今追昔，又何等的『情傷』！

『薄衣初試，緑蟻新嘗。』『緑蟻』一種新釀成的酒，上浮緑色泡沫。這種泡沫，後來成為酒的代稱，也叫浮蟻，碧蟻。五代李珣《漁歌子》：『鼓清琴，傾渌蟻。扁舟自得逍遥志』，其渌蟻就是這種酒。剛剛試穿一件粗糙的衣服，品嘗了新釀的緑蟻酒。因為時『近重陽』，衣服要加厚；因為『情傷』，需要用酒來澆愁。『每逢佳節倍思親』，『獨在异鄉為异客』，思今憶昔，情懷酸楚。此句承前。

『漸一番風，一番雨，一番凉。』此句回應首句的『轉轉』。『漸』，漸次。在陰雨風凉的反複變化中，每颳一次風，下一次雨，天氣便漸次轉凉。此句由三個結構相同、二個字相同的片語組成，此類結句，使詞自然流動，增加詞的音律美和修辭美。

上片，寫近重陽，天氣逐漸轉凉，女主人百感交集，格外情傷。

『黄昏院落。悽悽惶惶。酒醒時、往事愁腸。』上片，『秋光』，『近重陽』，點明節序。此處的『黄昏』，點出時間。落日的餘輝已渲染在茫茫的天邊，庭院裏也變得昏黄，暗淡。一陣秋風吹來，又有庭樹的葉子飄落，發出颯颯的聲響，泠泠清清，凄凄慘慘。一個人在院子裏感到驚恐害怕，凄凉的景象恰似她如水的情懷。白天緑蟻曾使她醉倒，當夜幕要降臨的時候，她酒勁過了，麻醉了的神經剛剛恢復正常，種種往事又涌上心頭。真是『抽刀斷水水更流，舉杯銷愁愁更愁』（唐李白《宣州謝朓樓餞别校書叔雲》詩）。北國淪喪，至今不得收復；家藏的大量金石書畫，蕩然無存；相依為命的丈夫，在兵慌馬亂中逝去；自己避亂江浙，漂泊無依，撫今追昔，真是『舊恨春江流不盡，新恨雲山千叠』，愁腸寸斷。宋范仲淹《御街行》：『愁腸已斷無由醉。酒未到，先成泪。』『愁腸』，極言愁事熬心。

『那堪永夜，明月空床。』『永夜』，漫漫長夜。易安詞《蝶戀花》：『永夜懨懨歡意少』，唐郎士元《宿杜判官江樓》詩云：『故人江樓月，永夜千里心。』幾個『永夜』，都是同意。『明月』，是美麗的，又給黑夜以光明，故引起人們無窮的遐思，奇妙的幻想。古今的騷人墨客，在他們的詩文中未曾涉及過明月的，幾乎没有。騷人有的望月思鄉，唐李白《静夜思》：『床前明月光，疑是地上霜。舉頭望明月，低頭思故鄉。』唐白居易『共看明月應垂泪，一夜鄉心五處同』為其例；有的望月懷人，如唐杜甫在月下思想他的妻子兒女，其《月夜》詩云：『今夜鄜州月，閨中衹獨看。遥憐小兒女，未解憶長安。』又如宋蘇軾《水調歌頭》：『但願人長久，千里共嬋娟』，這是思念手足弟兄的；有的望月懷念故國，如南唐李後主《虞美人》：『小樓昨夜又東風。故國不堪回首月明中』就是如此。李清照望着明月，思念逝去的丈夫。美好的明月，它的光輝照在詞人身邊的空床上。過去一起望月，同床共枕的愛人已經不在人世，舊恨新愁，又哪忍受得了這般孤單無告的凄凉情景。《古詩·明月何皎皎》云：『明月何皎皎，照我羅床幃』，魏曹丕《燕歌行》：『明月皎皎照我床，星漢西流夜未央』，都是寫女子思念丈夫的著名詩句。易安『明月空床』由此點化而成，將詩句濃縮簡化，利用『明月』與『空床』的美感差异，樂景寫哀，其哀倍增。

『聞砧聲搗，蛩聲細，漏聲長。』古時婦女多在秋季拆洗縫製衣服，忙到深夜。李白《子夜吴歌》云：『長安一片月，萬户搗衣聲。秋風吹不盡，總是玉關情！何日平胡虜，良人罷遠征。』這是寫婦女在月明之夜聽搗衣的聲音，懷念遠征丈夫的詩。宋秦觀《滿庭芳》詞云：『又是重陽近也，幾處處、砧杵聲催』，其時節與此詞時節是相同的。南唐李煜《搗練子令》：『深院静，小庭空。斷續寒砧斷續風。無奈夜長人不寐，數聲和月到簾櫳。』這與易安此詞意境基本相同，都是表現聽砧人對親人的懷念。易安在『往事愁腸』的情况下，寫出對逝去的丈夫無比懷念，悲苦甚之。

『蛩聲細』。人長夜不寐，聽到蟋蟀細微的叫聲，倍覺情懷凄切。唐人白居易《聞蛩》詩云：『聞蛩唧唧夜綿綿。况是秋陰欲雨天。猶恐愁人暫得睡。聲聲移近卧床前。』杜甫《促織》詩云：『促織甚微細。哀音何動人。草根吟不穩。床下夜相親。久客得無泪。故妻難及晨。悲詩與急管。感激异天真。』可見古人常用蟋蟀的哀吟襯托愁人的悲哀心境。

『漏聲長』。五代毛熙震《更漏子》：『更漏咽。蛩鳴切。滿院霜華如雪。』古時詞調名與詞的内容是一致的。《更漏子》作為常用詞調，及其產生的本身，就説明更漏是詩人經常寫的素材。『長』字，説明女主人久久不能入睡。

易安在近重陽之際追念丈夫，飲酒也無法排遣，酒醒時種種往事使她悲傷。明月照耀，她孤苦伶仃，夜闌不寐。沉重的擣衣聲，細微的蛩鳴聲，迢遞的漏滴聲，組成一個哀怨、凄涼、婉轉的交響樂曲，它與李清照的心曲在節奏、旋律、情調上是合拍的。

下片，寫黄昏時她情懷悒鬱，往事愁腸，及永夜對丈夫的深切懷念。

作者通過典型環境的描寫，完美地表達了對逝去丈夫的懷念這一題旨。這一藝術手段，在此詞創作上的體現是昭著卓絶的。她首先選取的是四季風光中的『秋光』。『秋光』是令人『情傷』的。從這一點説是典型的；寫此季節的環境時抓住『漸一番風，一番雨，一番凉』，這一秋天氣候變化的典型特徵來寫；進而擷取秋光中『近重陽』這一時節，典型意義在于它是令人『倍思親』的時節；寫此時節的景物，抓住了『金英』，因為菊花獨放『百花殺』是這一時期的獨特徵象；又進而選取『近重陽』時節中最易使人緬懷往事親人的『黄昏』、『永夜』；寫這一時刻的環境時抓住『黄昏院落』、『明月空床』、『砧聲』、『蛩聲』、『漏聲』這些使人愁發鬱勃的典型景物和聲音。作者寫節序時所攝取的景物都是頗具典型性的，通過綜合、融化而塑造出來典型的環境。這表現作者藝術技巧的高超和善于繼承優良文學傳統，同時也表現作者對生活體察的深微，感受的強烈。

易安此詞前結：『漸一番風，一番雨，一番凉』，後結：『聞砧聲擣，蛩聲細，漏聲長』與她的另一首《行香子》後結：『甚霎兒晴，霎兒雨，霎兒風』，都是由三個結構相同、個別一二個字相同的片語組成，前人把它叫『重筆』，此類結句蓋祖于唐溫庭筠《更漏子》結句：『一葉葉，一聲聲。空階滴到明。』前人評此句説：『此等句法，極鍛煉，亦極自然，故能令人掩卷後猶作三日之想』，餘韵無窮。溫詞結句是由二個結構相同、一個結構不同的片語組成。是『二重筆』。到了宋蘇軾《行香子》結句：『但遠山長，雲山亂，曉山青』，用了『三重筆』，其中有一個重字『山』。本書所收兩首《行香子》，結句用的是『三重筆』，二重字『一番』、『霎兒』，向前發展了。宋辛弃疾有《行香子》詞結句：『放霎時陰，霎時雨，霎時晴』。《問遽廬隨筆》認為此句『脱胎易安語也』。明人高啓《行香子》前結：『正一番風，一番雨，一番霜』，更明顯看出是從易安詞化出。

此詞運用『轉轉』、『悽悽惶惶』六個叠字。古詩詞常用叠字。《詩經》中的『關關雎鳩』、『桃之夭夭』、『楊柳依依』，《古詩十九首》中的『行行重行行』、『青青河畔草』，元喬吉《天静沙》：『鶯鶯燕燕春春』，易安『凄凄慘慘戚戚』等等，不勝枚舉。此詞六個叠字加濃了詞的凄涼氣氛，把詞人悲凉的心境表達得更為深切，增強了詩詞的音律美。

此詞聲聲凄切，字字血泪。她的哀愁與『為作新詩強説愁』不同，與浮薄的『閑愁』不同，又與一般的離愁別苦不同，這是在异族殘酷進犯，南宋統治集團采取屈辱投降政策之下，一個難民的痛苦呻吟，雖然寫的是個人遭逢的凄悲，但却有代表性。國破家亡，夫死婦喪，妻離子散，背井離鄉，顛沛流離，這是整個時代的苦難。

【選評】

〔一〕**侯健　吕智敏**：這首詞寄情于景，無論是繪景、言事，都圍繞着一個『愁』字。作者寫秋，寫菊，寫風，寫雨，寫黄昏，寫長夜，寫明月，寫砧聲，寫蛩聲，寫漏聲，選擇了最能表現愁情的景物；寫賞菊花，想重陽，試秋衣，嘗新酒等活動，處處流露出思念離人的愁苦悲凉心情。在選擇典型景物和事物抒發愁苦的感情時，又是層層深入，而避免平鋪直叙。上片着重寫思念良人之苦：時近重陽佳節，引起對離人的思念；初試秋衣，更引起對離人的思念；品嘗新酒，也引起對離人的思念。相思而不得相聚，秋風苦雨又來相擾，使本來還帶着一絲甜蜜的思念之情，增添了無限的凄苦。下片又深入一層，寫孤寂的黄昏和凄冷的長夜。醉亦思，醒亦思，酒醒之後思更癡；晝亦想，夜亦想，明月空床想斷腸。再加上窗外空遠的搗衣聲、斷續的蟋蟀聲和悄長的滴漏聲，使人更感孤寂與凄冷共衾，悲秋與哭泪共吞了。（《李清照詩詞評注》）

〔二〕**范英豪**：這首詞通過鋪叙重陽節前某一天的生活感受，表達詞人睹物懷人的愁苦心情。『天與秋光』三句，點明時節。看到了菊花纔知重陽在即，暗示了詞人在悲情愁緒裏，無暇顧及時日的狀况。次『薄衣』兩句，記生活小事，寓寄了悲愁的原因，撫今傷昔之情隱藏在平淡的叙述中。『漸一番風』三句，生動地概括了秋天氣候的變化，并融入了詞人悲哀的情懷。下片用黄昏和深夜的景和聲，傳達詞人心境。冷落的小院，酒醒後的往事，在『明月空床』這一景物的點激下，使詞人愁腸百結，不得其解。結尾處飄蕩在明月長夜裏的砧聲、蛩聲、漏聲，使詞人之情綿綿不絶，蕩氣迴腸。（《李清照詩詞選》）

念奴嬌　春情

蕭條庭院，又斜風細雨，重門須閉。寵柳嬌花寒食近，種種惱人天氣。險韻詩成，扶頭酒醒，別是閑滋味。征鴻過盡，萬千心事難寄。　樓上幾日春寒，簾垂四面，玉欄杆慵倚。被冷香消新夢覺，不許愁人不起。清露晨流，新桐初引，多少游春意。日高烟斂，更看今日晴未。

——《唐宋諸賢絶妙詞選》

【考辨】

◎歷代載籍著録此闋之詞調、題目：

調作《念奴嬌》、《壺中天慢》（又名《酹江月》、《赤壁詞》、《大江東去》、《百字令》、《無俗念》、《百字謡》、《湘月》、《壺中天》、《大石調》、《淮甸春》）。題作「春情」、「春日閨情」、「春恨」、「春思」、「春晴」。

◎歷代此闋著録為李清照（易安）詞之載籍：

［一］　宋·花庵詞客（黄升）編集（原署）《唐宋諸賢絶妙詞選》掃葉山房刊本（卷一〇，第三頁），收作李易安詞。

校記

調題：調作《念奴嬌》。題作「春情」。

正文：原「栁」、「韻」、「闌」、「干」、「銷」、「遊」，茲改為正字「柳」、「韵」、「欄」、「杆」、「消」、「游」。（擇為範詞，底本）

附録：前輩嘗稱易安「緑把（瑜注：疑誤，應為「肥」）紅瘦」為佳句，余謂此篇「寵柳嬌花」之語亦甚奇俊，前此未有能道

之者。（詞評）

［二］宋・無撰人《草堂詩餘》文淵閣《欽定四庫全書》本　集部（卷三，第三三頁），收作李易安詞。

校記

調題：皆同範詞。調下注：『一名《酹江月》、一名《赤壁詞》、一名《大江東去》、一名《百字令》』。

正文：『又』作『有』。

附録：無。

［三］宋・無撰人《草堂詩餘》文津閣《欽定四庫全書》本　集部（卷三，總第五八三頁），收作李易安詞。

校記

調題：皆同範詞。調下注：『一名《酹江月》、一名《赤壁詞》、一名《大江東去》、一名《百字令》』。

正文：『又』作『有』。

附録：無。

［四］宋・何士信編《增修箋注妙選群英草堂詩餘》前集二卷　影元至正癸未廬陵泰宇書堂新刊本（餘前上，第一三頁），收作李易安詞。

校記

調題：皆同範詞。

正文：皆同範詞。

附録：花庵詞客云：前篇常稱易安『緑肥紅瘦』為佳句，余亦謂此篇『寵柳嬌花』之語亦甚奇俊，前此未有道之者。（詞評）

［五］宋・建安古梅何士信君實編選《妙選箋注群英詩餘》（《增修箋注妙選群英草堂詩餘》）前集二卷後集二卷　影元至正辛卯孟夏雙璧陳氏刊行本（餘前上，第一一頁），收作李易安詞。

校記

調題：皆同範詞。

正文：皆同範詞。

附録：花庵詞客云：前萹（篇）常稱易安『緑肥紅瘦』為佳句，余亦謂此篇『寵柳嬌花』之語亦甚奇俊，前此未有道之者。

（詞評）

［六］宋・佚名輯　何士信增注《增修箋注妙選群英草堂詩餘》，《景刊宋金元明本詞》本（洪武本，餘前上，第一一頁），收作李易安詞。

校記

調題：皆同範詞。

正文：皆同範詞。

附録：花庵詞客云：前輩嘗稱易安『緑肥紅瘦』為佳句，余亦謂此篇『寵柳嬌花』之語亦甚奇俊，前此未有道之者。（詞評）

［七］宋・佚名輯　何士信增注《增修箋注妙選群英草堂詩餘》（内名），《四部叢刊》影印涵芬樓本（前集，卷之上，第二三頁），收作李易安詞。

校記

調題：皆同範詞。

正文：皆同範詞。

附録：花庵詞客云：前輩嘗稱易安『緑肥紅瘦』為佳句，余亦謂此篇『寵柳嬌花』之語亦甚奇俊，前此未有道之者。（詞評）

［八］宋・趙聞禮輯《陽春白雪》，《續修四庫全書》本　集部　詞類（卷八，第八頁），收作李清照詞。

校記

調題：調同範詞。無題。

正文：『花』作『鶯』；『征』作『飛』；『難』作『誰』；『春寒』作『寒濃』；『四』作『三』；『玉欄杆慵倚』作『閑拍欄杆倚』；『新夢覺』作『清夢斷』；『新桐』作『疏桐』；『日高』作『雲高』；『今』作『明』。

附録：無。

［九］明・茅暎遠士評選《詞的》清萃閔堂抄本《四庫未收書輯刊》影印（卷之四，第一二頁），收作李清照詞。

校記

調題：調同範詞。題作『春恨』。

正文：『又』作『有』；『須』作『深』。

附録：無。

［一〇］明·顧從敬類選　沈際飛評正《草堂詩餘正集》明萬賢樓自刻本（卷四，第一六頁），收作李易安詞。

校記

調題：皆同範詞。調下注：『一名《百字令》，又與《無俗念》、《壺中天慢》同，其名《赤壁詞》、《大江東去》、《酹江月》，皆因東坡詞。按諸調，字有定數，句或無常，蓋取其聲之協調，不復拘句離合，新譜分為九體，甚贅』。

正文：皆同範詞。

附録：『寵柳嬌花』又是易安奇句，後人窃其影，似猶驚目。　真聲也。不效顰于漢魏，不學步于盛唐，應情而發，能通于人。有首尾。（眉批）

［一一］明·周瑛撰《詞學筌蹄》，《續修四庫全書》本（卷七，總第四五〇頁），收作李易安詞。

校記

調題：皆同範詞。

正文：『嬌花』作『橋（瑜注：疑『嬌』字之誤）花』。

附録：無。

［一二］明·酈琥采撰　顧廉校正《姑蘇新刻彤管遺編》明隆慶元年刻補修本《四庫未收書輯刊》影印（續集，卷之一七，第二一頁），收作李清照詞。

校記

調題：調同範詞。題作『春日閨情』。

正文：『寒食近』作『寒食』；『夢覺』作『覺夢』。

附録：無。

［一三］明·陳鐘秀校《精選名賢詞話草堂詩餘》，《四印齋所刻詞》本（草堂上，第二五頁），收作李易安詞。

校記

調題：調同範詞。無題。

正文：皆同範詞。

附録：花庵詞話云：前輩嘗稱易安『緑肥紅瘦』為佳句，余亦謂此篇『寵柳嬌花』之語亦甚奇俊，前此未有道之者。（詞評）

［一四］明・楊慎批點　閔暎璧校訂《草堂詩餘》明閔暎璧刻朱墨套印本（卷四，第三三頁），收作李易安詞。

校記

調題：皆同範詞。

正文：『又』作『有』。

附録：情景兼至，名媛中自是第一。二語絶似六朝（瑜注：『二語』指『被冷香消新夢覺，不許愁人不起』）。（眉批）

［一五］明・楊慎批點《草堂詩餘》明萬曆《詞壇合璧》刊本（卷四，第三三頁），收作李易安詞。

校記

調題：皆同範詞。

正文：『又』作『有』。

附録：情景兼至，名媛中自是第一。二語絶似六朝（瑜注：『二語』指『被冷香消新夢覺，不許愁人不起』）。（眉批）

［一六］明・楊慎撰《詞品》，《詞話叢編》本（卷一，第四三八頁），著録為李易安詞。

校記

調題：無調。無題。

正文：僅收録『清露晨流，新桐初引』兩句，同範詞。

附録：填詞雖于文為末，而非自選詩樂府來，亦不能入妙。李易安詞『清露晨流、新桐初引』，乃全用世説語。女流有此，在男子亦秦周之流也。（詞評）

［一七］明・武陵逸史編次　開雲山農校正《類編草堂詩餘》明嘉靖二十九年顧汝所刻本（卷之三，第二六頁），收作李易安詞。

校記

調題：皆同範詞。調下注：『一名《酹江月》、一名《赤壁詞》、一名《大江東去》、一名《百字令》』。

正文：『又』作『有』。

附録：花庵詞客云：前輩嘗稱易安『緑肥紅瘦』為佳句，余亦謂此篇『寵柳嬌花』之語亦甚奇俊，前此未有道之者。（詞評）

［一八］明・武陵逸史編次　上元崑石山人校輯《類編草堂詩餘》（《新刻注釋草堂詩餘》）古吴陳長卿梓（卷之三，第四九頁），收作李易安詞。

校記

調題：皆同範詞。調下注：『一名《酹江月》、一名《赤壁詞》、一名《大江東去》、一名《百字令》』。

正文：『又』作『有』。

附録：花庵詞客云：前輩嘗稱易安『緑肥紅瘦』為佳句，余亦謂此篇『寵柳嬌花』之語亦甚奇俊，前此未有道之者。（詞評）

［一九］明・顧從敬編次　韓俞臣校正《類編草堂詩餘》古吴博雅堂梓行本（卷之三，第二六頁），收作李易安詞。

校記

調題：皆同範詞。調下注：『一名《酹江月》、一名《赤壁詞》、一名《大江東去》、一名《百字令》』。

正文：『又』作『有』；『日高烟斂』後脱文。

附録：因『日高烟斂』後脱文，故此書此詞有無『附録』不詳。

［二〇］明・唐順之解注　田一雋精選《類編草堂詩餘》金陵書坊張氏東川綉梓　萬曆甲申年重刊本（卷之三，第四九頁），收作李易安詞。

校記

調題：皆同範詞。調下注：『一名《酹江月》、一名《赤壁詞》、一名《大江東去》、一名《百字令》』。

正文：『又』作『有』。

附録：花庵詞客云：前輩嘗稱易安『緑肥紅瘦』為佳句，余亦謂此篇『寵柳嬌花』之語亦甚奇俊，前此未有道之者。（詞評）

［二一］明・顧從敬類選　陳繼儒重校　陳仁錫參訂（内署）《類選箋釋草堂詩餘》明萬曆刻本《續修四庫全書》影印集部　詞類（卷之四，第一五頁），收作李易安詞。

校記

調題：皆同範詞。調下注：『一名《酹江月》、一名《赤壁詩》、名《大江東去》、一名《百字令》』。

正文：『又』作『有』。

附録：花庵詞客云：前輩嘗稱易安『緑肥紅瘦』為佳句，余亦謂此篇『寵柳嬌花』之語亦甚奇俊，前此未有道之者。（詞評）

〔一一二〕宋·何士信輯《草堂詩餘前集二卷後集二卷》明嘉靖三十三年楊金刻本（卷上後，第三一頁），收作李易安詞。

校記

調題：調同範詞。無題。

正文：皆同範詞。

附録：無。

〔一一三〕明·鱅溪逸史選編《彙選歷代名賢詞府全集》明嘉靖丁己（巳）一得山人跋抄本（卷之六，第一二頁），收作李易安詞。

校記

調題：皆同範詞。調下注：『一名《大江東去》、一名《酹江月》、一名《赤壁詞》、一名《百字令》』。

正文：皆同範詞。

附録：無。

〔一一四〕明·田藝蘅輯《詩女史》，《四庫全書存目叢書》影印明嘉靖三十六年刻本（卷一一，第六頁），收作李清照詞。

校記

調題：調同範詞。無題。

正文：『斜風細雨』作『斜風雨』。

附録：無。

〔一一五〕明·吴承恩輯《花草新編》明抄本（殘卷，卷之三，中調，第六二頁），上海圖書館藏，收作李易安詞。

校記

調題：皆同範詞。調下注：『一名《大江東去》、一名《酹江月》、一名《百字令》』。

正文：『又』作『有』。

附録：無。

〔一一六〕明·陳耀文纂（原署）《花草粹編》影印明刊十二卷本（卷一〇，第六九頁），收作李易安詞。

校記

調題： 皆同範詞。調下注：「一名《酹江月》、《大江東去》、《赤壁詞》、《百字令》、《百字謡》」。

正文： 「又」作「有」。

附録： 無。

[二七] 明・陳耀文輯《花草粹編》文淵閣《欽定四庫全書》二十四卷本（卷二〇，第三七頁），收作李易安詞。

校記

調題： 皆同範詞。調下注：「一名《酹江月》、《大江東去》、《赤壁詞》、《百字令》、《百字謡》」。

正文： 「又」作「有」。

附録： 無。

[二八] 明・陳耀文編（原署）《花草粹編》文津閣《欽定四庫全書》二十四卷本（卷二〇，總第一〇五頁），收作李易安詞。

校記

調題： 調同範詞。無題。調下注：「一名《酹江月》、《大江東去》、《赤壁詞》、《百字令》、《百字謡》」。

正文： 「又」作「有」。

附録： 無。

[二九] 明・王世貞撰《弇州四部稿》文淵閣《欽定四庫全書》本（卷一五二，第五頁），著録為李易安詞。

校記

調題： 無調。無題。

正文： 僅收録「寵柳驕花寒食夜，種種惱人天氣」兩句。「嬌」作「驕」；「近」作「夜」。

附録： 易安又有「寵柳驕花寒食夜，種種惱人天氣」，「寵柳驕花」新麗之甚。（詞評）

[三〇] 明・池上客選《歷朝烈女詩選名媛璣囊》（一名《名媛璣囊》）明萬曆二十三年書林鄭雲竹刻本（廉集三，第一八頁），收作李清照詞。

校記

調題： 調同範詞。題作「春日閨情」。

正文：『寒食近』作『寒食』。

附録：無。

[三一] 明・董其昌評訂 曾六德參釋《新鍥訂正評注便讀草堂詩餘》明萬曆三十年喬山書舍刻本（卷三，頁不清），收作李易安詞。

校記

調題：皆同範詞。

正文：『又』作『有』。

附録：花庵詞客云：前輩嘗稱易安『緑肥紅瘦』為佳句，余亦謂此篇『寵柳嬌花』之語亦甚奇俟，前此未有若此之佳者。

漁父詞：『斜風細雨不須歸』。（眉批）

[三二] 明・毛晉訂《漱玉詞》影印汲古閣初刻《詩詞雜俎》本（第二頁），收作『李氏 清照』詞。

校記

調題：調作《壼中天慢》。題同範詞。

正文：皆同範詞。

附録：無。

[三三] 明・武陵逸史編 隱湖小隱訂《草堂詩餘》明末毛氏汲古閣刻《詞苑英華》本（卷三，第二六頁），收作李易安詞。

校記

調題：皆同範詞。

正文：『又』作『有』。

附録：無。

[三四] 明・胡桂芳重輯（原宋・何士信輯）《類編草堂詩餘》明萬曆三十五年黄作霖等刻本（卷之上，第五一頁），收作李易安詞。

校記

調題：皆同範詞。

正文：『又』作『有』。

附録：無。

[三五]　明・李廷機批評　翁正春校正　徐憲成梓行《新刻注釋草堂詩餘評林》明萬曆三十六年戊申起秀堂刊本（春景三卷，第七頁），收作李易安詞。

校記

調題：皆同範詞。

正文：『又』作『有』。

附録：齐人呼寒食為冷節，家家折柳插门。（眉批）

花庵詞客云：前輩嘗稱易安『緑肥紅瘦』為佳句，今亦謂此篇『寵柳嬌花』之語亦甚奇俟，前此未有若此之佳者。（詞評）

[三六]　明・鄭文昂編輯《古今名媛彙詩》，《四庫全書存目叢書》影印明刊本（卷一七，第六頁），收作李清照詞。

校記

調題：調同範詞。題作『春日閨情』。

正文：皆同範詞。

附録：無。

[三七]　明・卓人月彙選　徐世俊參評《古今詞統》（又名陳繼儒評選《草堂詩餘》、《詩餘廣選》），《續修四庫全書》本（卷一三，第二九頁），收作李清照詞。

校記

調題：皆同範詞。調下注：『一名《酹江月》、一名《湘月》、一名《百字令》、一名《大江東去》、一名《壺中天》』。

正文：『又』作『有』。

附録：『寵柳嬌花』，新麗之甚。不效顰漢魏，不學步盛唐，應情而發，自標位置。（眉批）

『清露晨流，新桐初引』，出《世説新語》。（尾注）

[三八]　明・李攀龍補遺　陳繼儒校正　余文杰綉梓《新刻題評名賢詞話草堂詩餘》明萬曆四十三年書林自新齋余文杰刻

本（三卷，第六頁），收作李易安詞。

校記

調題： 皆同範詞。

正文： 『又』作『有』。

附録： 齊人呼寒食為冷節，家家折柳插門。（眉批）

花庵詞客云：前輩嘗稱易安『緑肥紅瘦』為佳句，余亦謂此篇『寵柳嬌花』之語亦甚奇俊，前此未有若此之佳者（詞評）

[三九] 明・吴從先 寧野甫彙編《新刻李于麟先生批評注釋草堂詩餘雋》師儉堂蕭少衢依京板刻（卷之二，第二九頁），收作李易安詞。

校記

調題： 皆同範詞。

正文： 『又』作『有』。

附録： 上是心事難以言傳，下是新夢可以意會。（詞前評語）

心事有萬千，豈征鴻可寄？ 『新夢』不知夢何事？ 想是惜春情緒。（眉批）

花庵詞客云：前輩嘗稱易安『緑肥紅瘦』為佳句，今亦謂此篇『寵柳嬌花』之語亦甚奇俟，前此未有若此之佳者。（詞評）

心事托之新夢，言有寄而情無方。玩之自有意味。（詞後評語）

[四〇] 明・趙世杰選輯 許肇文參閲《古今女史》明崇禎刊本（卷一二，詩餘，第二一頁），收作李易安詞。

校記

調題： 調同範詞。題作『春日閨情』。

正文： 皆同範詞。

附録： 媚中帶老。（眉批）

[四一] 明・宋祖法修 葉承宗纂《崇禎歷城縣志》友聲堂刻本（卷一五，藝文，詩餘，第六頁），收作『宋 李清炤』（下小注：『易安 邑人』）詞。

校記

調題： 調同範詞。題作「春思」。

正文： 「又」作「有」；「須」作「深」；「新夢」作「春夢」；「看」作「見」。

附録： 無。

[四二] 明・潘游龍輯《精選古今詩餘》（《古今詩餘醉》）清乾隆壬午秋鐫（卷四，第六頁），收作李易安詞。

校記

調題： 皆同範詞。

正文： 皆同範詞。

附録： 無。

[四三] 明・陸雲龍評選　陸人龍較定《詞菁》翠娱閣評選行笈必携十種本（卷二，懷思，第二六頁），收作李易安詞。

校記

調題： 皆同範詞。

正文： 皆同範詞。

附録： 苦境亦實境。（眉批）

[四四] 清・周銘編集　金成棟重校《林下詞選》，《四庫全書存目叢書補編》第二冊（卷一，第六頁），收作李清照詞。

校記

調題： 皆同範詞。

正文： 皆同範詞。

附録： 花庵詞客云：前輩嘗稱易安「緑肥紅瘦」為佳句，余謂此篇「寵柳嬌花」之語亦甚奇俊，前此未有能道之者。（詞評）

[四五] 清・陸次雲　章昞輯《見山亭古今詞選》康熙年間刻本（卷三，第三〇頁），收作李清照詞。

校記

調題： 皆同範詞。

正文：「又」作「有」。

附録：無。

[四六] 清・朱彝尊編《詞綜》，《欽定四庫全書薈要》集部（卷二五，第四頁），收作李清照詞。

校記

調題： 調作《壺中天慢》。無題。

正文： 皆同範詞。

附録： 黄叔旸云：前輩稱易安「緑肥紅瘦」為佳句，予謂「寵柳嬌花」語亦甚奇俊，前此未有能道之者。（詞評）

[四七] 清・沈時棟輯《古今詞選》康熙刻本（卷七，第九頁），收作李清照詞。

校記

調題： 調同範詞。無題。

正文： 皆同範詞。

附録： 無。

[四八] 清・雲山卧客選《詩餘神髓》豐草齋選抄本（不分卷頁，長調），收作李易安詞。

校記

調題： 皆同範詞。

正文： 皆同範詞。

附録： 無。

[四九] 清・孫致彌輯　樓儼補訂《詞鵠初編》清康熙四十四年自刻本（卷九，第三頁），收作李清照詞。

校記

調題： 調同範詞。無題。調下注：「第一體《大石調》，別名《百字令》、《壺中天慢》、《壺中天》、《淮甸春》、《百字謡》」。

正文： 「又」作「有」；「更」作「試」。

附録： 此《念奴嬌》正體。（尾注）

[五〇] 清・沈辰垣等編《御選歷代詩餘》影印康熙内府本（卷六九，第三四七頁），收作「宋媛　李清照」詞。

校記

調題： 調同範詞。無題。

正文：「須」作「深」。

附録： 無。

［五一］清・趙式輯　陳維崧等評點《古今別腸詞選》清康熙間遺經堂之刻本（卷四，長調，第二五頁），收作李清照詞。

校記

調題： 調同範詞。題作「春晴」。

正文：「又」作「有」；「玉欄杆慵倚」作「慵向欄杆倚」；「新夢」作「孤夢」；「游春」作「傷春」。

附録： 無。

［五二］清・陳夢雷　蔣廷錫等輯《欽定古今圖書集成》曆象彙編歲功典　中華書局影印本（第一三卷，春部，第〇一六冊之一六葉），收作「媛　李清照」詞。

校記

調題： 皆同範詞。

正文： 皆同範詞。

附録： 無。

［五三］清・夏秉衡輯《清綺軒詞選》乾隆巾箱本（卷一一，第六頁），收作李清照詞。

校記

調題： 皆同範詞。

正文： 皆同範詞。

附録： 無。

［五四］清・張思巖（宗橚）輯《詞林紀事》清刊本　古典文學出版社排印　一九五七年版（卷一九，第四九八頁），收作李清照詞。

校記

調題：調作《壺中天慢》。無題。

正文：皆同範詞。

附録：黃花庵云：前輩嘗稱易安『緑肥紅瘦』為佳句，余謂此篇『寵柳嬌花』之語亦甚奇俊，前此未有能道之者。《詞品》：『清露晨流、新桐初引』，用《世説》入妙。　詞評：『寵柳嬌花』新麗之甚。　彭羨門云：李易安『被冷香消新夢覺，不許愁人不起』皆用淺俗之語，發清新之思，詞意并工，閨情絶調。（詞評）

［五五］　清・江標抄《李清照漱玉詞》汲古閣未刻詞二十二家本（手抄，不分卷頁，第一七首），上海圖書館藏，收作『宋易安居士李氏清照』詞。

校記

調題：調同範詞。無題。

正文：『初』作『乍』。

附録：無。

［五六］　清・陸昶評選《歷朝名媛詩詞》紅樹樓藏版　乾隆癸巳新鐫（卷一一，第七頁），收作李清照詞。

校記

調題：調作《壺中天慢》。無題。

正文：皆同範詞。

附録：無。

［五七］　清・張惠言輯《詞選》，《四部備要》本（卷二，第一三頁），收作李易安（下注小字『清照』）詞。

校記

調題：調作《壺中天慢》。無題。

正文：皆同範詞。

附録：無。

［五八］　清・葉申薌輯《天籟軒詞選》清嘉慶間刊本（卷五，第五一頁），收作李易安詞。

校記

調題：調同範詞。無題。

正文：「新夢」作「清夢」。

附録：無。

[五九]　清・俞正燮撰《癸巳類稿・易安居士事輯》求日益齋刻本（卷一五，第四四頁），著録為李易安詞。

校記

調題：調作《壺中天慢》。無題。

正文：僅收録「寵柳嬌花寒食近，種種惱人天氣」兩句，與範詞同。

附録：瑜注：有「黄暘評」三字，而無具體内容。

[六〇]　清・周之琦（金梁夢月外史）輯《晚香室詞録》清抄本（卷七，未注頁碼），收作李清照詞。

校記

調題：調同範詞。無題。

正文：皆同範詞。

附録：黄花庵云：前輩嘗稱易安「緑肥紅瘦」為佳句，余謂「寵柳嬌花」句亦甚奇俊。（詞評）

[六一]　清・汪玢箋《漱玉詞彙抄》問遽廬正本（手抄，不分卷頁，第三首），復旦大學圖書館藏，收作「宋李氏清照易安」詞。

校記

調題：調作《壺中天慢》。題同範詞。調下注：「草堂作《念奴嬌》」。

正文：皆同範詞。

附録：黄花庵云：前輩嘗稱易安「緑肥紅瘦」為佳句，余謂此篇「寵柳嬌花」之語亦甚奇俊，前此未有人道之者。《詞品》：「清露晨流、新桐初引」，用《世説》入妙。　彭羨門云：李易安「被冷香銷，不許愁人不起」皆用淺俗之語，發清新之思，詞意并工，閨情絶調。（上皆為詞評）

[六二]　清・莫友芝家抄《漱玉詞》（手抄，不分卷頁，第二四首），復旦大學圖書館藏，收作「宋李氏清照易安」詞。

校記

調題：皆同範詞。調下注：『此首毛本有。見《花庵詞選》，花庵録易安詞八首，其七首俱雅詞所有，唯此溢出』。

正文：『清露』作『新露』。

附録：花庵云：前輩嘗稱易安『緑肥紅瘦』為佳句，余謂此篇『寵柳嬌花』之語亦甚奇俊，前此未有能道之者。（詞評）

［六三］清・楊希閔撰録《詞軌・補録》同治二年手抄本（卷一，閨秀，第一八頁），收作李清照詞。

校記

調題：調同範詞。無題。

正文：『花』作『篤』；『難』作『誰』；『新夢』作『清夢』；『日高』作『雲高』。

附録：無。

［六四］清・譚獻輯《復堂詞録》稿本（卷八，宋集七，未注頁碼），收作李清照詞。

校記

調題：調作《壺中天慢》。無題。

正文：皆同範詞。

附録：黄升曰：『寵柳嬌花』語甚奇俊，前此未有能道之者。（詞評）

［六五］清・王鵬運輯《漱玉詞》，《四印齋所刻詞》本（第六頁），收作『李清照　易安』詞。

校記

調題：調作《壺中天慢》。無題。

正文：『流』作『梳』。

附録：無。

［六六］清・楊文斌輯録《三李詞》光緒庚寅夏香海閣刊本（卷二，第一七頁），收作李清照詞。

校記

調題：調同範詞。無題。

正文：『須』作『深』。

附録：無。

［六七］清・陳世焜（廷焯）選《雲韶集》手抄本（卷一〇，第二〇頁），收作李清照詞。

校記

調題：調作《壺中天慢》。無題。

正文：皆同範詞。

附録：世稱易安『緑肥紅瘦』為佳句。黄叔暘謂『寵柳嬌花』語，亦甚奇俊，前此未有能道之者。　結亦合拍。（眉批）

［六八］清・陳廷焯選評《詞則》上海古籍出版社影印本　別調集（卷二，第二六頁），收作李清照詞。

校記

調題：調作《壺中天慢》。無題。

正文：皆同範詞。

附録：婉轉凄涼，情餘言外。（眉批）

黄叔暘云：世稱易安『緑肥紅瘦』為佳句，余謂此篇『寵柳嬌花』語亦甚奇俊，前此未有能道之者。（詞評）

［六九］清・萬樹論次　徐本立纂《新校正詞律全書》民國合刊本　詞律部分（卷一六，第八頁），著録為李易安詞。

校記

調題：調同範詞。無題。

正文：僅收録『玉欄杆慵倚』一句，與範詞同。

附録：無。

［七〇］清人輯《斷腸漱玉詞合刊》之《漱玉詞》光緒庚子石印本（第一頁），收作李清照詞。

校記

調題：調作《壺中天慢》。題同範詞。

正文：皆同範詞。

附録：無。

［七一］清・蕙風簃主箋《漱玉詞箋》中華圖書館石印本　中華民國四年六月版（不分卷，第二頁），收作李清照詞。

校記

調題： 調作《壺中天慢》。無題。

正文： 『又』作『有』。

附録： 花庵詞客云：前輩嘗稱易安『緑肥紅瘦』為佳句，余謂此篇『寵柳嬌花』之語亦甚奇俊，前此未有能道之者。

詞眼『寵柳嬌花』。

《詞苑叢談》：毛稚黄先舒曰：李易安『春情』，『清露晨流，新桐初引』，用《世説》全句，渾妙。嘗論詞貴開宕，不欲沾滯。忽悲忽喜，乍遠乍近，所為妙耳。如游樂詞，微須著愁思，方不癡肥。李『春情』詞本閨怨，結云：『多少游春意』，『更看今日晴未』，忽爾開拓，不但不為題束，并不為本意所苦，直如行雲舒卷自如，人不覺耳。

《金粟詞話》：李易安『被冷香消新夢覺，不許愁人不起』、『守著窗兒，獨自怎生得黑』，皆用淺俗之語，發清新之思，詞意并工，閨情絶詞。

黄了翁云：祇寫心緒落漠，近寒食更難遣耳。陡然而起，便爾深邃。至前段云『重門須閉』，後段云『不許』、『不起』，一開一合，情各戛戛生新。起處雨，結句晴，局法渾成。（上皆為詞評）

［七二］　木石居士選輯　絳雲女史參校《歷代名媛詞選》民國十六年石印本（卷一四，長調三，未注頁碼），收作李清照詞。

校記

調題： 調同範詞。無題。

正文： 『須』作『深』。

附録： 無。

［七三］　李文裿輯《漱玉集》冷雪盦叢書本（卷四，第六頁），收作李清照詞。

校記

調題： 調同範詞。題作『春日閨情』。

正文： 『須』作『深』。

附録： 《歷代詩餘》、《花草粹編》、《陽春白雪》、《彤管遺編》、《古今詞選》、《花庵詞選》、文津閣本《漱玉詞》、四印齋本《漱玉詞》。（尾注）

［七四］　趙萬里輯《漱玉詞》，《校輯宋金元人詞》本（第九頁），收作『李清照　易安』詞。

校記

調題： 調同範詞。無題。調下注：「《花庵詞選》題作「春情」，《類編草堂詩餘》、《花草粹編》、《古今詞統》并同；《彤管遺編》題作「春日閨情」，《古今女史》同」。

正文： 皆同範詞。

附録： 《花庵唐宋諸賢絶妙詞選》八、《陽春白雪》三、《類編草堂詩餘》三、《彤管遺編》、《詩女史》、《花草粹編》十、《古今女史》、《古今詞統》十三、《詞綜》、《歷代詩餘》六十九。（尾注）

按：《詩詞雜俎》本《漱玉詞》收之，題作「春情」，與《花庵詞選》同。

〔七五〕梁令嫻抄《藝蘅館詞選》上海中華書局印行　民國二十五年再版（乙卷，北宋詞，第八一頁），收作李清照詞。

校記

調題： 調作《壺中天慢》。無題。

正文： 皆同範詞。

附録： 黄叔暘云：前輩稱易安「緑肥紅瘦」為佳句，予謂「寵柳嬌花」語亦甚奇俊，前此未有能道之者。（眉批）

〔七六〕王官壽輯《宋詞抄》中華民國十一年排印本（卷九，第二四頁），收作李清照詞。

校記

調題： 調同範詞。無題。

正文： 「須」作「深」。

附録： 無。

〔七七〕唐圭璋輯《全宋詞》中州古籍出版社　兩冊本（上，第六四七頁），收作李清照詞。

〔七八〕中華書局編《李清照集》（第三六頁），收作李清照詞。

〔七九〕王仲聞《李清照集校注》人民文學出版社（第四九頁），收作李清照詞。

〔八〇〕黄墨谷《重輯李清照集》齊魯書社（卷二，第二三頁），收作李清照詞。

〔八一〕徐北文主編《李清照全集評注》濟南出版社（第五九頁），收作李清照詞。

〔八二〕徐培均《李清照集箋注》上海古籍出版社（第七五頁），收作李清照詞。

◎ **歷代此闋著録他人或無名氏及存疑詞之載籍：**

雖廣徵博采而未見。

◎ **瑜按：**

綜上有八十餘種載籍著録為李清照（易安）詞，皆不見撰者异名，茲輯入《漱玉詞》。

【注釋】

［一］**蕭條：**寂寞冷落。五代韓偓《冬日》：『蕭條古木銜斜日，戚瀝晴寒滯早梅』。唐孟郊《感懷》詩：『野澤何蕭條，悲風振空山』。

［二］**險韵詩：**用含字數最少的韵部押韵作詩，或限用極不易押韵的怪僻字作韵脚的詩。宋郭應祥《菩薩蠻》：『新詞仍險韵。賡續慚非稱。』宋晏幾道《六么令》：『昨夜詩有回紋，韵險還慵押。』都説的是這種情况，詩人在一起用這種難度大的限制來競賽取樂。此處指以寫險韵詩遣愁解悶，消磨時光。

［三］**扶頭酒：**有幾種解釋，這裏指上腦纏頭的酒。唐白居易《早飲湖州》：『一榼扶頭酒，泓澄瀉玉壺』。宋賀鑄《南鄉子》：『易醉扶頭酒，難逢敵手棋』。

［四］**征鴻：**遠飛的大雁。宋仇遠《醉落魄》：『渺渺征鴻，千里楚天碧』。宋陳亮《好事近》：『懶向碧雲深處，問征鴻消息』。

［五］**清露晨流，新桐初引：**此兩句用典。《世説新語・賞譽》：『（王）恭嘗行散至京口射堂，于時清露晨流，新桐初引。恭目之，曰：「王大固自濯濯」』（中州古籍版，第一九八頁）。初引，枝葉纔生長。

【品鑒】

唐趙徵明《思歸》詩云：『寸心寧死別，不忍生離憂』，意思是情願身死絶別人世，也禁受不了生離的憂愁和痛苦。説明離情別緒是格外令人難堪的。李清照《一剪梅》詞云：『一種相思，兩處閑愁。此情無計可消除，纔下眉頭，却上心頭』；《醉花陰》詞云：『莫道不消魂，簾捲西風，人比黄花瘦』；《鳳凰臺上憶吹簫》云：『新來瘦，非干病酒，不是悲秋』，這些詞句都説明了這一點。這些寫離愁別苦的詞，『豈特閨幃，士林中不多見也』，絶非過譽。《漱玉詞》中，還有一首《念奴嬌》詞，也是歷來被人稱賞的寫離情別緒的閨情絶調。黄墨谷先生《重輯李清照集》中説此詞當寫于宣和三年（公元一一二一），明誠既知萊州，易安從居地青州寄給丈夫的。

『蕭條庭院，又斜風細雨，重門須閉。』開頭，作者用『蕭條』一詞冠領，為畫面上的『庭院』染上了幽凄、冷落的色彩。這還不夠，又在這個色彩上，加塗了『斜風』、『細雨』，于是這個『庭院』使人看了覺得益加陰森悚然了，故深深的『庭院』，重重的門户都須緊閉。仿佛滿院的風雨就夠受用的了，而門外的那些無邊的風雨，簡直使人無法招架，望而生畏了。唐張志和寫的《漁父》云：『西塞山前白鷺飛。桃花流水鱖魚肥。青箬笠，緑蓑衣。斜風細雨不須歸。』同是『斜風細雨』，一是主人公獨處深閨，還要『重門須閉』；一個是主人公在野外桃花流水上，隻身垂釣，『不須歸』。這不是性別不一，膽子大小造成的，而是主觀因素不同所致。『重門須閉』，突出反映了易安的孤懷凄怯。

『寵柳嬌花寒食近，種種惱人天氣。』『寒食節』《武林舊事》載：『清明節前兩日為寒食節，都城人家皆插柳滿檐，雖小坊幽曲，亦青青可愛。有詩云「莫把青青都折盡，明朝更有出城人」』。宋吴自牧《夢粱録》云：『清明交三月節。前兩日謂之寒食。京師人從冬至後數起，至一百五日，便是。此日家家以柳條插于門上。名曰明眼』，可見宋代便有寒食節『寵柳』的習俗。唐韓翃《寒食》詩云：『春城無處不飛花，寒食東風御柳斜。』寒食節正值仲春將過，有的花零落，有的花衰萎，有的花次第開放。『人間四月芳菲盡』，寒食節正是人們惜芳『嬌花』的時節。人們愛柳喜花的寒食節臨近了，可以踏青尋芳覽勝，極意縱游。易安心緒悒悵，恰好可藉明媚旖旎的春光遣懷。然而不能，近日已有了幾場『斜風細雨』，不但無法排憂解愁，反而倒使心頭增添了無窮的煩悶。因此陰陰雨雨，風風寒寒，天氣變化無常，格外『惱人』了。

『險韵詩成，扶頭酒醒，別是閑滋味。』女主人心緒憂煩，天氣陰雨風寒，不但無法到外面去開解，閨樓悶坐反而倍加岑寂鬱勃。那麼時光又將怎樣熬過？有了，試用寫險韵詩的方法消磨。或因易安才情敏贍，或因時間漫長，險韵詩終于寫成了。怎麼辦？『此情無計可消除，纔下眉頭，却上心頭。』想來想出，又決定試用喝酒的辦法排解心頭的煩悶。于是喝了一種纏頭上腦的烈性酒，即『扶頭』酒。宋趙長卿《小重山》：『惱人處，宿酒尚扶頭』，刺激性很大，昏睡了一個時辰，終于酒消人醒，又重歸愁煞人。真是『剪不斷。理還亂』，『別是一般滋味』。究竟是什麼原因？作者仍然没有告訴我們。

『征鴻過盡，萬千心事難寄。』相傳雁足是可以傳書的，可遠征的大雁已經過完了，即使心事堆堆纍纍，也没有辦法傳給遠方的丈夫啊。這裏向我們透露了『庭院』這一『有我之境』，冷落蕭條毫無生氣，對『斜風細雨』『重門須閉』，女主人心境凄惶，完全是綢繆離情所致。

『樓上幾日春寒，簾垂四面，玉欄杆慵倚。』過變，回應上闋開端。『寒食近』『斜風細雨』導致『幾日春寒』。也因陰、雨、風、寒，樓上的四面簾子低垂着。『玉欄杆』還是要倚的，懷着對親人歸來的希望。但是陰雨礙着她的視綫，遠眺已覺枉然；因為天氣惡劣，心上的人兒難以成行，于是她便有些心灰意懶，故美麗的欄杆『慵』倚了。『慵』，懶的意思。

『被冷香消新夢覺，不許愁人不起。』顯然，這是翌日的早晨，被子冷了，熏爐裏的香料也已燃盡，剛剛從新的夢境中驚醒。『不許愁人不起』，用兩個否定詞『不』，否定之否定，肯定了愁人欲睡不能，欲卧難安，愁悶得慌，衹好起來了。這本尋常之事，易安琢煉成此兩句，『煉俗為雅』、『化去陳腐』、『字面生新』，被人稱賞。《金粟詞話》云：『李易安「被冷香銷新夢覺，不許愁人不起」，「守着窗兒，獨自怎生得黑」，皆用淺俗之語，發清新之思，詞意并工，閨情絶調』，是評得恰切的。

『清露晨流，新桐初引，多少游春意。』早晨，晶瑩的露珠一串串下落，新發的桐條剛生出緑葉。雨也住了，天漸開朗。正值尋芳踏青旅游覽勝的好時節，可以縱情暢游，藉景消憂，她游春之意便濃起來了。『清露晨流，新桐初引』引自《世説新語·賞譽》。《詩辨坻》（卷四）云：李易安『用《世説》全句渾妙』。《論詞隨筆》云：『用《世説新語》，更覺自然』。《詞徵》（卷五）云：『李易安《百字令》詞用《世説》，亭然以奇，別出機杼。』易安引前人語入詞，自然、貼切、渾成脱化，似自出心裁。

『日高烟斂，更看今日晴未。』太陽升高了，烟雲漸漸聚攏了。幾天來，天氣變化無常，似晴非晴，欲晴又雨，下了又停。試着仔細看一看，今日天氣到底是否徹底晴了，然後決定是否去踏青尋芳。此結句古人咸稱其墨妙。

《詩辨坻》（卷四）云：『嘗論詞貴開宕，不欲沾滯。忽悲忽喜，乍遠乍近，斯為妙耳。……李「春情」詞本閨怨，結云：「多少游春意，更看今日晴未」，忽爾開拓，不但不為題束，并不為本意所苦，直如行雲舒卷自如，人不覺耳。』《蓼園詞評》云：『祇寫心緒落漠，遇寒食更難遣耳。陡然而起，便爾深邃。至前闋云：「重門須閉」，後闋云：「不許不起」，一開一合，情各戛戛生新。起處「雨」，結句「晴」，局法渾成。』皆評得很有道理。

作者把離情別緒，含蓄在所寫的景物及人物的形象中。上片開頭兩句寫景，融情入景，『着我之色彩』。『蕭條庭院』，反映女主人心緒的落漠。『重門須閉』，反映女主人孤懷凄怯。『種種惱人天氣』，反映女主人心情悒鬱煩悶。景含愁情。次兩句寫情，又不直説，用人物行動、情態來暗示。『險韵詩成』，為什麼寫？没有説；『扶頭酒醒』，為什麼喝？也没有告訴我們。寫詩飲酒連續消磨很長一段時間，詩成酒醒，衹見她還是如煎如熬，『閑』得難堪。什麼原因，含而不露。『閑』，暗隱何意？仔細尋繹，端倪可測。易安寫離情的《一剪梅》詞云：『一種相思，兩處閑愁。此情無計可消除』，其中的『閑愁』，實指離愁，那麼『閑滋味』，即是相思之苦了。『征鴻』、『難寄』，透露出作者寫的是離情別緒。但仍不着『離』、『愁』兩字。多麼含蓄蘊藉。下片，人物的行為、情致：『玉欄杆慵倚』、『不許愁人不起』、『多少游春意』、『更看今日晴未』，都是離愁別苦所致。僅僅點出

『愁』來，仍不提『離』字，幽隱雋永。

通過人物行為和景物描寫揭示人物複雜曲折的心理，詞旨婉約，情意綢繆。誠如《文心雕龍·隱秀》中云：『夫隱之為體，義生文外，秘響旁通，伏采潛發』。含蓄是在言外產生無窮之意，好像隱秘的聲響是從別的地方傳來的。暗藏的光彩在裏面生發。又説『珠玉潛水，而瀾表方圓』，含蓄就像珠玉藏在水裏，水面的波瀾纔激蕩變幻。此詞含蓄真是達到『珠玉潛水』、『伏采潛發』、『義生文外』、『瀾表方圓』的藝術境地。

【選評】

〔一〕**宋·黃　升**：前輩嘗稱易安『綠把（瑜注：疑誤，應為「肥」）紅瘦』為佳句，余謂此篇『寵柳嬌花』之語亦甚奇俊，前此未有能道之者。（《唐宋諸賢絶妙詞選》）

〔二〕**明·沈際飛**：『寵柳嬌花』又是易安奇句，後人窃其影，似猶驚目。　真聲也。不效顰于漢魏，不學步于盛唐，應情而發，能通于人。有首尾。（《草堂詩餘正集》）

〔三〕**明·楊　慎**：情景兼至，名媛中自是第一。　二語絶似六朝（『二語』指『被冷香消新夢覺，不許愁人不起』）。（批點《草堂詩餘》）

〔四〕**明·楊　慎**：填詞雖于文為末，而非自選詩樂府來，亦不能入妙。李易安詞『清露晨流、新桐初引』，乃全用世説語。女流有此，在男子亦秦周之流也。（《詞品》）

〔五〕**明·王世貞**：易安又有『寵柳驕花寒食夜，種種惱人天氣』，『寵柳驕花』新麗之甚。（《弇州四部稿》）

〔六〕**明·卓人月　徐士俊**：『寵柳嬌花』，新麗之甚。不效顰漢魏，不學步盛唐，應情而發，自標位置。　『清露晨流，新桐初引』，出《世説新語》（《古今詞統》）

〔七〕**明·李于麟（攀龍）**：上是心事難以言傳，下是新夢可以意會。（詞前評語）　心事有萬千，豈征鴻可寄？『新夢』不知夢何事？想是惜春情緒。（眉批）　心事托之新夢，言有寄而情無方。玩之自有意味（詞後評語）。（明吴從先、寧野甫彙編《新刻李于麟先生批評注釋草堂詩餘雋》）

〔八〕**明·陸雲龍**：苦境亦實境。（《詞菁》）

〔九〕清·王士禛：前輩謂史梅溪之句法，吴夢窗之字面，固是確論，尤須雕組而不失天然。如『綠肥紅瘦』、『寵柳嬌花』，

人工天巧，可稱絶唱。（《花草蒙拾》）

[一〇] 清·毛先舒：李易安『春情』，『清露晨流，新桐初引』，用《世説》全句，渾妙。嘗論詞貴開宕，不欲沾滯。忽悲忽喜，乍遠乍近，斯為妙耳。如游樂詞，須微着愁思，方不癡肥。李『春情』詞本閨怨，結云：『多少游春意』，『更看今日晴未』，忽爾拓開，不但不為題束，并不為本意所苦，直如行雲舒卷自如，人不覺耳。（《詩辯坻》）

[一一] 清·彭孫遹：李易安『被冷香消新夢覺，不許愁人不起』、『守著窗兒，獨自怎生得黑』，皆用淺俗之語，發清新之思，詞意并工，閨情絶調。（《金粟詞話》）

[一二] 清·沈　雄：李易安『被冷香消新夢覺，不許愁人不起』，又『于今憔悴，風鬟霜鬢，怕見夜間出去』，楊用修以其尋常言語，度入音律，殊為自然。

又：胡應麟曰：辛詞『泛菊杯深，吹梅笛怨』，蓋用易安『染柳烟輕，吹梅笛怨』也。兩人南渡名流，豈得謂之辛剽李竊乎。（《古今詞話》）

[一三] 清·許昂霄：此詞造語固為奇俊，然未免有句無章。舊人不加評駁，殆以其婦人而恕之耶。（《詞綜偶評》）

[一四] 清·馮金伯：羡門云：『作意催花柳』，天然微妙，『寵柳嬌花』，未免組織矣。（《詞苑萃編》引《倚聲集》）

[一五] 清·黄蓼園：祇寫心緒落漠，遇寒食更難遣耳。陡然而起，便爾深邃。至前闋云『重門須閑（閉）』，次闋云『不許』『不起』，一開一合，情各戛戛生新。起處雨，結句晴，局法渾成。（《蓼園詞評》）

[一六] 清·李佳：作詞須用詞眼，如潘元質之『燕嬌鶯姹』，李易安之『緑肥紅瘦』、『寵柳嬌花』，夢窗之『醉雲醒月』……（《左庵詞話》）

[一七] 清·陳廷焯：李易安之『緑肥紅瘦』、『寵柳嬌花』等類，造句雖工，然非大雅。（《白雨齋詞話》）

[一八] 清·陳廷焯：婉轉凄涼，情餘言外。（《詞則》）

[一九] 清·沈祥龍：用成語，貴渾成，脱化如出諸己。……李易安『清露晨流，新桐初引』，用《世説新語》，更覺自然。（《論詞隨筆》）

[二〇] 清·張德瀛：李易安《百字令》詞用世説，亭然以奇，別出機杼。若辛稼軒用四書語，氣韵之勝，離貌得神，又非徒以青兕自雄者。（《詞徵》）

［二一］**唐圭璋**：此首寫心緒之落寞，語淺情深。『蕭條』兩句，言風雨閉門；『寵柳』兩句，言天氣惱人，四句以景起。『險韻』兩句，言詩酒消遣；『征鴻』兩句，言心事難寄，四句以情承。換頭，寫樓高寒重，玉欄懶倚。『被冷』兩句，言懶起而不得不起。『不許』一句，頗婉妙。『清露』兩句，用《世説》，點明外界春色，抒欲圖自遣之意。末兩句宕開，語似興會，意仍傷極。蓋春意雖盛，無如人心悲傷，欲游終懶，天不晴自不能游，實則即晴亦未必果游。李氏《武陵春》云『聞説雙溪春尚好，也擬泛輕舟』，亦與此同意；其下續云『祇恐雙溪舴艋舟，載不動許多愁』，亦是打算一游，而終懶游也。（《唐宋詞簡釋》）

［二二］**王宗淩**：其造句新穎而美麗，如『寵柳嬌花』、『緑肥紅瘦』……使人見了，除了拍案叫絶而外，没有第二句話可説。（《李清照評傳》）

武陵春

風住塵香花已盡，日晚倦梳頭。物是人非事事休。欲語泪先流。　聞説雙溪春尚好，也擬泛輕舟。祇恐雙溪舴艋舟。載不動、許多愁。

——洪武本《增修箋注妙選群英草堂詩餘》

【考辨】

◎歷代載籍著録此闋之詞調、題目：

調作《武陵春》。題作『春晚』、『春暮』、『暮春』、『春詞』。

◎歷代此闋著録為李清照（易安）詞之載籍：

［一］宋·無撰人《草堂詩餘》文淵閣《欽定四庫全書》本　集部（卷一，第二二頁），收作李易安詞。

校記

調題：調同範詞。題作『春晚』。

正文：皆同範詞。

附録：無。

［二］宋·無撰人《草堂詩餘》文津閣《欽定四庫全書》本　集部（卷一，總第五六九頁），收作李易安詞。

校記

調題：調同範詞。題作『春晚』。

正文：皆同範詞。

附録：無。

[三] 宋・何士信編《增修箋注妙選群英草堂詩餘》前集二卷　影元至正癸未盧陵泰宇書堂新刊本（餘前上，第三一頁）收録，未署撰者。與署名的李易安詞《如夢令》（昨夜雨疏）連排。第二首。

瑜注：元至正辛卯孟夏雙璧陳氏刊行本《妙選箋注群英詩餘》（《增修箋注妙選群英草堂詩餘》）原署『建安古梅何士信君實編選』，證實此書為宋何士信編選。是書現存最早的版本為元至正癸未盧陵泰宇書堂新刊本，然僅存前集兩卷，尚不全（中國國家圖書館藏，縮微文獻）。用元至正辛卯孟夏雙璧陳氏刊行本與明洪武壬申遵正書堂刊本比較，至正本比洪武本在前集卷下多一首《望梅》（小寒時節），撰者柳耆卿；後集卷上最後一首詞《天仙子》（景物因人）附《苕溪漁隱叢話》評論四行小字，為洪武本所未載，其餘所録詞之詞調、題目、撰者、順序、卷頁皆同，衹個別文字稍异。考辨元至正辛卯孟夏雙璧陳氏刊本、明洪武壬申遵正書堂刊本、《四部叢刊》本，三版本所收基本相同。

上海涵芬樓景印杭州葉氏藏明刊本，與影印宋佚名輯何士信增注《增修箋注妙選草堂詩餘》之《四部叢刊》本全同。用《四部叢刊》本與雙照樓《增修箋注妙選群英草堂詩餘》（景明洪武本《草堂詩餘》）比較略有不同：《四部叢刊》本無《瑞鶴仙》（悄郊原帶郭）、《江神子》（杏花春館）、《惜餘春慢》（弄月餘花）三首，洪武本《瑞鶴仙》（悄郊原帶郭）撰者周美成、《江神子》（杏花春館）撰者謝無逸、《惜餘春慢》（弄月餘花）撰者魯逸仲；《四部叢刊》本《浣溪沙》（錦帳重重）、《浣溪沙》（水滿池塘）撰者皆為張子野，洪武本無撰者；《菩薩蠻》（南園滿地）、《點絳唇》（春雨濛濛）、《點絳唇》（鶯踏花翻），《四部叢刊》本皆署名何籀，洪武本皆未署撰者；《浣溪沙》（日射欹紅蠟），《四部叢刊》本署名周美成，洪武本無撰者；《菩薩蠻》（金風蔌蔌）《四部叢刊》本署名秦少游，洪武本無撰者；《念奴嬌》（尋常三五），《四部叢刊》本撰者朱希真，洪武本撰者范元卿；《天仙子》（景物因人）《四部叢刊》本無撰者，洪武本撰者沈會宗；《菩薩蠻》（哀箏一弄）《四部叢刊》本撰者張子野，洪武本無撰者。

上述諸版本所録：以李易安《如夢令》（昨夜雨疏）署名詞為首，銜接連排之五闋：第一首《武陵春》（風住塵香），未署撰者；第二首《怨王孫》（夢斷，漏悄），未署撰者；第三首《青玉案》（凌波不過），未署撰者；

第四首《點絳唇》（紅杏飄香），未署撰者；第五首《柳梢青》（子規啼血），未署撰者，都是相同的。其詞調、題目、撰者、順序皆同，衹個別文字稍异。

按古今書籍編排慣例，尤其是詩詞，第一篇署撰者名，同一撰者作品連排其後，為避重複皆不再署名，然皆歸屬第一署名撰者。第一首《如夢令》（昨夜雨疏），署名李易安；第二首《武陵春》（風住塵香），為避重複雖未署撰者名，無疑被視為李易安詞。這是李易安代表詞作之一，家喻户曉。連排的第三首是《怨王孫》（夢斷，漏悄），《草堂詩餘》調編本有十四種以上將此闋收為易安詞。此處為避重複，雖未署撰者名，然此首亦是李易安膾炙人口之名篇，該闋又緊排其後，自然亦應視為李易安詞。與李易安《如夢令》（昨夜雨疏）銜接連排的那後三首詞：《青玉案》（凌波不過）、《點絳唇》（紅杏飄香）、《柳梢青》（子規啼血）也是詞壇佳製，為避重複，雖未署名，按理編選者何士信亦是以李易安詞收之。

校記

調題： 皆同範詞。

正文： 皆同範詞。

附録： 無。

［四］宋・建安古梅何士信君實編選《妙選箋注群英詩餘》（《增修箋注妙選群英草堂詩餘》）前集二卷後集二卷　影元至正辛卯孟夏雙璧陳氏刊行本（餘前上，第二九頁）收録，未署撰者。與署名的李易安詞《如夢令》（昨夜雨疏）連排，第二首。筆者認定編選者是以李易安詞收之，理由詳見是書所收《武陵春》（風住塵香）【考辨】『歷代此闋著録為李清照（易安）詞之載籍』『［三］』『瑜注』。

校記

調題： 皆同範詞。

正文： 皆同範詞。

附録： 無。

［五］宋・佚名輯　何士信增注《增修箋注妙選群英草堂詩餘》，《景刊宋金元明本詞》本（洪武本，餘前上，第二九頁）收録，未署撰者。與署名的李易安詞《如夢令》（昨夜雨疏）連排，第二首。筆者認定編選者是以李易安詞收之，

理由詳見是書所收《武陵春》（風住塵香）【考辨】『歷代此闋著録為李清照（易安）詞之載籍』『［三］』『瑜注』。

校記

調題：調作《武陵春》。無題。

正文：原『尽』、『涙』、『双』、『只』，茲改為正字『盡』、『泪』、『雙』、『衹』。（擇為範詞，底本）

附録：無。

［六］宋・佚名輯　何士信增注《增修箋注妙選群英草堂詩餘》（内名），《四部叢刊》影印涵芬樓本（前集，卷之上，第三七頁）收録，未署撰者。與署名的李易安詞《如夢令》（昨夜雨疏）連排，第二首。筆者認定編選者是以李易安詞收之，理由詳見是書所收《武陵春》（風住塵香）【考辨】『歷代此闋著録為李清照（易安）詞之載籍』『［三］』『瑜注』。

校記

調題：皆同範詞。

正文：皆同範詞。

附録：無。

［七］明・茅暎遠士評選《詞的》清萃閔堂抄本《四庫未收書輯刊》影印（卷之二，第一三頁），收作李清照詞。

校記

調題：調同範詞。題作『春晚』。

正文：皆同範詞。

附録：無。

［八］明・顧從敬類選　沈際飛評正《草堂詩餘正集》明萬賢樓自刻本（卷一，第二五頁），收作李易安詞。

校記

調題：調同範詞。題作『春晚』。題下注：『後叠末句多一字』。

正文：皆同範詞。

附録：與『載取愁歸去』相反，與『遮不斷愁來路，流不到楚江東』相似，分幟詞壇，孰辨雄雌。（眉批）

文選：『明月雙溪水，清風八咏樓』。〇舴艋・小舟（尾注）

［九］明・葉盛撰《水東日記》文淵閣《欽定四庫全書》影印本（卷二一，第一二頁），收作李易安詞。

校記

調題：皆同範詞。

正文：皆同範詞。

附録：無。

［一〇］明・周瑛撰《詞學筌蹄》，《續修四庫全書》本（卷之一，總第三九七頁），收作李易安詞。

校記

調題：調同範詞。題作『春暮』。

正文：皆同範詞。

附録：無。

［一一］明・酈琥采撰　顧廉校正《姑蘇新刻彤管遺編》明隆慶元年刻補修本《四庫未收書輯刊》影印（續集，卷之一七，第二二頁），收作李清照詞。

校記

調題：調同範詞。題作『暮春』。

正文：『欲語』作『語欲』；『先』作『珠』；『擬』作『疑』。

附録：無。

［一二］明・陳鐘秀校《精選名賢詞話草堂詩餘》，《四印齋所刻詞》本（草堂上，第一八頁），收作李清照詞。

校記

調題：皆同範詞。

正文：『輕』作『扁』。

附録：無。

［一三］明・張綖輯《草堂詩餘別録》嘉靖戊戌抄本　上海圖書館複製（第一〇頁），收作李易安詞。

校記

調題：皆同範詞。

正文：皆同範詞。

附録：有點删。易安名清照，尚書李格非之女，適宰相趙挺之子明誠。嘗集《金石録》千卷，比諸六一所集更倍之矣。所著有《漱玉集》，朱晦庵亦極稱之。後改適人，頗不得意。此詞『物是人非事事休』正咏其事。水東葉文莊謂『李公不幸而有此女，趙公不幸而有此婦』。詞固不足録也，結句稍可誦，朱淑真『可憐禁載許多愁』祖之，豈女輩相傳心法耶！（本事，詞評）

［一四］明・楊慎批點　閔暎璧校訂《草堂詩餘》明閔暎璧刻朱墨套印本（卷一，第二一頁），收作李易安詞。

校記

調題：調同範詞。題作『春晚』。

正文：皆同範詞。

附録：秦處度《謁金門》詞云：『載取暮愁歸去。愁來無着處』，從此翻出。（眉批）

［一五］明・楊慎批點《草堂詩餘》明萬曆《詞壇合璧》刊本（卷一，第二一頁），收作李易安詞。

校記

調題：調同範詞。題作『春晚』。

正文：皆同範詞。

附録：秦處度《謁金門》詞云：『載取暮愁歸去。愁來無着處』，從此翻出。（眉批）

［一六］明・武陵逸史編次　開雲山農校正《類編草堂詩餘》明嘉靖二十九年顧汝所刻本（卷之一，第一八頁），收作李易安詞。

校記

調題：調同範詞。題作『春晚』。

正文：皆同範詞。

附録：無。

［一七］明・武陵逸史編次　上元崑石山人校輯《類編草堂詩餘》（《新刻注釋草堂詩餘》）古吳陳長卿梓（卷之一，第三

三頁），收作李易安詞。

校記

調題： 調同範詞。題作『春晚』。

正文： 皆同範詞。

附録： 無。

〔一八〕明・顧從敬編次　韓俞臣校正《類編草堂詩餘》古吳博雅堂梓行本（卷之一，第一八頁），收作李易安詞。

校記

調題： 調同範詞。題作『春晚』。

正文： 皆同範詞。

附録： 無。

〔一九〕明・唐順之解注　田一雋精選《類編草堂詩餘》金陵書坊張氏東川綉梓　萬曆甲申年重刊本　（卷之一，第三三頁），收作李易安詞。

校記

調題： 調同範詞。題作『春晚』。

正文： 皆同範詞。

附録： 無。

〔二〇〕明・顧從敬類選　陳繼儒重校　陳仁錫參訂（内署）《類選箋釋草堂詩餘》明萬曆刻本《續修四庫全書》影印集部　詞類（卷之一，第二五頁），收作李易安詞。

校記

調題： 調同範詞。題作『春晚』。

正文： 皆同範詞。

附録： 無。

〔二一〕明・鯆溪逸史選編《彙選歷代名賢詞府全集》明嘉靖丁己（巳）一得山人跋抄本（卷之二，第九頁），收作李易安詞。

校記

調題： 調同範詞。題作『春晚』。

正文： 『輕』作『扁』。

附録： 無。

［一二］明・陳耀文纂（原署）《花草粹編》影印明刊十二卷本（卷四，第三三頁），收作李易安詞。

校記

調題： 皆同範詞。

正文： 『日晚』作『日落』。

附録： 無。

［一三］明・陳耀文輯《花草粹編》文淵閣《欽定四庫全書》二十四卷本（卷七，第四二頁），收作李易安詞。

校記

調題： 皆同範詞。

正文： 『日晚』作『日落』。

附録： 無。

［一四］明・胡文煥輯《新刻彤管摘奇》明胡文煥刻格致叢書本（卷下，第五一頁），收作『宋　李清照』詞。

校記

調題： 調同範詞。題作『暮春』。

正文： 『先』作『珠』；『泛』作『浮』。

附録： 無。

［一五］明・池上客選《歷朝烈女詩選名媛璣囊》（一名《名媛璣囊》）明萬曆二十三年書林鄭雲竹刻本（廉集三，第一九頁），收作李清照詞。

校記

調題： 調同範詞。題作『暮春』。

正文： 『先』作『珠』；『衹恐雙』後文全脱。

附録： 無。

［二六］明・徐師曾輯《文體明辨附録》明萬曆間吴江壽檜堂刻本（卷六，詩餘一一，第四頁），收作『宋婦李清照』詞。

校記

調題： 調同範詞。題作『春晚』。

正文： 皆同範詞。

附録： 無。

［二七］明・董其昌評訂　曾六德參釋《新鋟訂正評注便讀草堂詩餘》明萬曆三十年喬山書舍刻本（卷三，頁不清），收作李易安詞。

校記

調題： 調同範詞。題作『春晚』。

正文： 皆同範詞。

附録： 物是人非，睹物寧不傷感！文選：『明月雙溪水，清風八咏樓』。（眉批）

［二八］明・毛晉訂《漱玉詞》影印汲古閣初刻《詩詞雜俎》本（第五頁），收作『李氏　清照』詞。

校記

調題： 調同範詞。題作『春晚』。

正文： 皆同範詞。

附録： 無。

［二九］明・武陵逸史編　隱湖小隱訂《草堂詩餘》明末毛氏汲古閣刻《詞苑英華》本（卷一，第一九頁），收作李易安詞。

校記

調題： 調同範詞。題作『春晚』。

正文： 皆同範詞。

附録：無。

〔三〇〕明・胡桂芳重輯（原宋・何士信輯）明萬曆三十五年黄作霖等刻本（卷之上，第一八頁），收作李易安詞。

校記

調題：調同範詞。題作『春晚』。

正文：皆同範詞。

附録：無。

〔三一〕明・李攀龍補遺　陳繼儒校正　余文杰綉梓《新刻題評名賢詞話草堂詩餘》明萬曆四十三年書林自新齋余文杰刻本（三卷，第二六頁），收作李易安詞。

校記

調題：調同範詞。題作『春晚』。

正文：皆同範詞。

附録：物是人非，睹物寧不傷感！（眉批）。

〔三二〕明・吴從先　寧野甫彙編《新刻李于麟先生批評注釋草堂詩餘雋》師儉堂蕭少衢依京板刻（卷之二，第五八頁），收作李易安詞。

校記

調題：調同範詞。題作『春晚』。

正文：皆同範詞。

附録：上是追思往事而難言，下是添積新愁而莫訴。（詞前評語）

末語先泪，此愁莫能載矣。（眉批）

景物尚依舊，人情不似初。言之于邑，不覺泪下。（詞後評語）

〔三三〕明・鄭文昂編輯《古今名媛彙詩》，《四庫全書存目叢書》影印明刊本（卷一七，第八頁），收作李清照詞。

校記

調題：調同範詞。題作『春晚』。

正文：『先』作『珠』。

附録：無。

[三四] 明・程明善纂輯《嘯餘譜》，《續修四庫全書》集部　詞類（卷三，詩餘一一，第三頁），收作李清照詞。

校記

調題：調同範詞。題作『春晚』。

正文：『尚』作『向』。

附録：無。

[三五] 明・馬嘉松輯《花鏡雋聲》明天啓刻本（雋聲七卷，詩餘，第二頁），收作李易安詞。

校記

調題：調同範詞。題作『春晚』。

正文：皆同範詞。

附録：無。

[三六] 明・李廷機批評　翁正春校正　徐憲成梓行《新刻注釋草堂詩餘評林》明萬曆三十六年戊申起秀堂刊本（春景三卷，第三〇頁），收作李易安詞。

校記

調題：調同範詞。題作『春晚』。

正文：皆同範詞。

附録：物是人非，睹者寧不傷感。（眉批）

[三七] 明・卓人月彙選　徐世俊參評《古今詞統》（又名陳繼儒評選《草堂詩餘》、《詩餘廣選》），《續修四庫全書》本（卷六，第一九頁），收作李清照詞。

校記

調題：調同範詞。題作『春晚』。

正文：皆同範詞。

附録：與『載取暮愁歸去』相反，與『遮不斷愁來路』相似。（眉批）

『載』字襯。（尾注）

［三八］　明·趙世杰選輯　許肇文參閱《古今女史》明崇禎刊本（卷一二，詩餘，第六頁），收作李易安詞。

校記

調題：調同範詞。題作『春晚』。

正文：皆同範詞。

附録：物是人非，睹物寧不傷感！（眉批）。

［三九］　明·宋祖法修　葉承宗纂《崇禎歷城縣志》友聲堂刻本（卷一五，藝文，詩餘，第七頁），收作『宋　李清炤（下有小注『易安　邑人』）』詞。

校記

調題：調同範詞。題作『春晚』。

正文：『欲語』作『欲』。

附録：無。

［四〇］　明·潘游龍輯《精選古今詩餘》（《古今詩餘醉》）清乾隆壬午秋鐫（卷二，第二二頁），收作李易安詞。

校記

調題：調同範詞。題作『春晚』。

正文：皆同範詞。

附録：無。

［四一］　明·陸雲龍評選　陸人龍較定《詞菁》翠娱閣評選行笈必携十種本（卷一，節序，第一三頁），收作李易安詞。

校記

調題：皆同範詞。

正文：『輕』作『扁』。

附録：愁如海。（眉批）

［四二］　清・先著　程洪輯《詞潔》清康熙刻本（卷一，第四三頁），收作李清照詞。

校記

調題：皆同範詞。

正文：皆同範詞。

附録：無。

［四三］　清・周銘編集　金成棟重校《林下詞選》，《四庫全書存目叢書補編》第二冊（卷一，第三頁），收作李清照詞。

校記

調題：皆同範詞。

正文：皆同範詞。

附録：『載』字襯。（尾注）

［四四］　清・陸次雲　章昞輯《見山亭古今詞選》康熙年間刻本（卷一，第七六頁），收作李清照詞。

校記

調題：調同範詞。題作『春晚』。

正文：皆同範詞。

附録：無。

［四五］　清・朱彝尊編《詞綜》，《欽定四庫全書薈要》集部（卷二五，第六頁），收作李清照詞。

校記

調題：皆同範詞。

正文：皆同範詞。

附録：無。

［四六］　清・嚴沆等參訂《古今詞匯初編》清康熙十八年刻本（卷四，第二頁），收作李清照詞。

校記

調題： 調同範詞。題作『春晚』。

正文： 『日晚』作『日曉』。

附録： 『載』字襯。（尾注）

［四七］清・雲山卧客選《詩餘神髓》豐草齋選抄本（不分卷頁，小令），收作李易安詞。

校記

調題： 調同範詞。題作『春晚』。題下注：『末句多一字』。

正文： 皆同範詞。

附録： 無。

［四八］清・孫致彌輯　樓儼補訂《詞鵠初編》清康熙四十四年自刻本（卷二，第四〇頁），收作李清照詞。

校記

調題： 皆同範詞。

正文： 皆同範詞。

附録： 無。

［四九］清・沈辰垣等編《御選歷代詩餘》影印康熙内府本（卷一九，第一〇三頁），收作『宋媛　李清照』詞。

校記

調題： 皆同範詞。

正文： 皆同範詞。

附録： 無。

［五〇］清・王奕清等纂修《欽定詞譜》影印康熙内府刻本（卷七，第一八頁），收作李清照詞。

校記

調題： 皆同範詞。調下注：『雙調，四十九字，前後段各四句，三平韵』。

正文： 『日晚』作『日曉』。

附録： 此即毛（滂）詞體，惟後段結句，添一字，作六字句异。趙師俠『乍雨籠晴』詞，後結『流不盡、許多愁』，正與此

同。（解説）

［五一］清・陳夢雷　蔣廷錫等輯《欽定古今圖書集成》曆象彙編歲功典　中華書局影印本（第三五卷，季春部，第〇一八冊之一八葉），收作『媛　李清照』詞。

校記

調題： 調同範詞。題作『春晩』。

正文： 皆同範詞。

附録： 無。

［五二］清・江標抄《李清照漱玉詞》汲古閣未刻詞二十二家本（手抄，不分卷頁，第七首），上海圖書館藏，收作『宋易安居士李氏清照』詞。

校記

調題： 皆同範詞。

正文： 皆同範詞。

附録： 無。

［五三］清・陸昶評選《歷朝名媛詩詞》紅樹樓藏版　乾隆癸巳新鐫（卷一一，第七頁），收作李清照詞。

校記

調題： 皆同範詞。

正文： 『輕』作『扁』。

附録： 無。

［五四］清・陳鼎輯《同情集詞選》乾隆三十九年刊本（卷七，第三六頁），收作李清照詞。

校記

調題： 調同範詞。題作『春晩』。

正文： 皆同範詞。

附録： 無。

［五五］清·許寶善評選《自怡軒詞選》嘉慶元年六月間鎸　本衙之藏板（卷二，第一〇頁），收作李清照詞。

校記

調題：皆同範詞。

正文：皆同範詞。

附録：無。

［五六］清·葉申薌輯《天籟軒詞選》清嘉慶間刊本（卷五，第四九頁），收作李易安詞。

校記

調題：皆同範詞。

正文：『説』作『道』。

附録：無。

［五七］清·俞正燮撰《癸巳類稿·易安居士事輯》求日益齋刻本（卷一五，第五四頁），著録為李易安詞。

校記

調題：皆同範詞。

正文：全詞收録。皆同範詞。

附録：時易安年五十三矣，居金華，有《武陵春》詞曰：『風住塵香花已盡……許多愁』。流寓有故鄉之思。《水東日記》云：玩其詞意，作于序《金石録》之後。（本事）

［五八］清·汪玢箋《漱玉詞彙抄》問遽廬正本（手抄，不分卷頁，第一五首），復旦大學圖書館藏，收作『宋李氏清照易安』詞。

校記

調題：調同範詞。題作『春晚』。

正文：『許』作『幾』。

附録：王阮亭云：『載不動幾多愁』與『載取舊愁歸去』、『祇載一船離恨向西州』，正可互觀。『八槳別離船，駕起一天煩惱』，不免徑露矣。（詞評）

［五九］清・賴以邠著《填詞圖譜》，《四庫全書存目叢書》本（卷二，第一二頁），收作李清照詞。

校記

調題： 皆同範詞。

正文： 『尚』作『向』。

附録： 無。

［六〇］清・莫友芝家抄《漱玉詞》（手抄，不分卷頁，第二六首），復旦大學圖書館藏，收作『宋李氏清照易安』詞。

校記

調題： 調同範詞。題作『春晚』。調下注：『後叠末句多一字。毛有綜録』。

正文： 皆同範詞。

附録： 無。

［六一］清・王鵬運輯《漱玉詞》，《四印齋所刻詞》本（第六頁），收作『李清照　易安』詞。

校記

調題： 皆同範詞。

正文： 皆同範詞。

附録： 無。

［六二］清・楊文斌輯録《三李詞》光緒庚寅夏香海閣刊本（卷三，第六頁），收作李清照詞。

校記

調題： 皆同範詞。

正文： 皆同範詞。

附録： 無。

［六三］清・陳世焜（廷焯）選《雲韶集》手抄本（卷一〇，第二一頁），收作李清照詞。

校記

調題： 皆同範詞。

正文：皆同範詞。

附録：又淒婉又勁直。　婉曲辭之，觀此詞益信易安無再適趙（瑜注：「張」字之誤）汝舟事。即風人「豈不爾思」，「畏人之多言」之意。（眉批）

［六四］清·陳廷焯選評《詞則》上海古籍出版社影印本　大雅集（卷四，第二三頁），收作李清照詞。

校記

調題：皆同範詞。

正文：皆同範詞。

附録：又淒婉又勁直。觀此益信易安無再適趙（瑜注：「張」字之誤）汝舟事。即風人「豈不爾思」，「畏人之多言」意也。（眉批）

［六五］清·萬樹論次　徐本立纂《新校正詞律全書》民國合刊本　詞律部分（卷五，第七頁），收作李清照詞。

校記

調題：皆同範詞。調下注：「四十九字」。

正文：「花」作「春」；「日晚」作「日曉」。

附録：略（瑜注：詞評，見此書此詞**【選評】**《新校正詞律全書》選段）。

［六六］清人輯《斷腸漱玉詞合刊》之《漱玉詞》光緒庚子石印本（第三頁），收作李清照詞。

校記

調題：調同範詞。題作「春晚」。

正文：皆同範詞。

附録：無。

［六七］清·何震彝輯《詞苑珠塵》清光緒三十三年鉛印本（不分卷，第八頁），著録為李清照詞句。

校記

調題：無調。集為詩句。詩題作「寄意二十二首」。

正文：僅收録「日晚倦梳頭」一句。

附録：無。

［六八］清・蕙風簃主箋《漱玉詞箋》中華圖書館石印本　中華民國四年六月版（不分卷，第五頁），收作李清照詞。

校記

調題：皆同範詞。

正文：皆同範詞。

附録：《花草蒙拾》：『載不動、許多愁』與『載取暮愁歸去，祇載一船離恨向西州』，正可互觀。『八槳別離船，駕起一天煩惱』，不免徑露矣。（詞評）

《蓮子居詞話》：易安《武陵春》，其作于祭湖州以後歟！悲深婉篤，猶令人感伉儷之重。葉文莊乃謂語言文字誠所謂不祥之具，遺讖于古者矣，不察之論也。南康謝蘇潭方伯（啓昆）咏史詩云：『風鬟尚怯胥江冷，雨泣應含杞婦悲。回首静治堂舊事，翻茶校帖最相思。』措語得詩人忠厚之致。（詞評）

［六九］木石居士選輯　絳雲女史参校《歷代名媛詞選》民國十六年石印本（卷六，小令六，未注頁碼），收作李清照詞。

校記

調題：皆同範詞。調下注：『末句羡一字』。

正文：皆同範詞。

附録：無。

［七〇］李文裿輯《漱玉集》冷雪盦叢書本（卷三，第五頁），收作李清照詞。

校記

調題：調同範詞。題作『暮春』。

正文：皆同範詞。

附録：《歷代詩餘》、《彤管遺編》、《詞綜》、《箋注群英草堂詩餘》、《欽定詞譜》、《詞律》、《歷朝名媛詩詞》。（尾注）

［七一］趙萬里輯《漱玉詞》，《校輯宋金元人詞》本（第三頁），收作『李清照　易安』詞。

校記

調題：皆同範詞。調下注：『《類編草堂詩餘》題作「春晚」，《古今女史》同；《彤管遺編》題作「暮春」』。

正文： 皆同範詞。

附録：《水東日記》二十一、《類編草堂詩餘》一、《彤管遺編》、《花草粹編》四、《古今女史》、《詞綜》、《詞律》五、《歷代詩餘》十九、《詞譜》七。（尾注）

［七二］梁令嫻抄《藝蘅館詞選》上海中華書局印行　民國二十五年再版（乙卷，北宋詞，第八五頁），收作李清照詞。

校記

調題： 皆同範詞。

正文： 皆同範詞。

附録：《水東日記》云：此是南渡後易安居金華作，時年已五十三矣。（本事）

按：此蓋感憤時事之作。

［七三］王官壽輯《宋詞抄》中華民國十一年排印本（卷二，第三一頁），收作李清照詞。

校記

調題： 皆同範詞。

正文：『花』作『春』；『日晚』作『日曉』。

附録： 無。

［七四］唐圭璋輯《全宋詞》中州古籍出版社　兩冊本（上，第六四七頁），收作李清照詞。

［七五］中華書局編《李清照集》（第九頁），收作李清照詞。

［七六］王仲聞《李清照集校注》人民文學出版社（第六一頁），收作李清照詞。

［七七］黄墨谷《重輯李清照集》齊魯書社（卷三，第三六頁），收作李清照詞。

［七八］徐北文主編《李清照全集評注》濟南出版社（第六四頁），收作李清照詞。

［七九］徐培均《李清照集箋注》上海古籍出版社（第一四〇頁），收作李清照詞。

◎ **歷代此闋著録他人或無名氏及存疑詞之載籍：**

［一］宋·何士信輯《草堂詩餘前集二卷後集二卷》明嘉靖三十三年楊金刻本（卷上前，第二八頁）收録，未注

撰者。

校記

調題：皆同範詞。

正文：皆同範詞。

附録：無。

［二］明・陳耀文編（原署）《花草粹編》文津閣《欽定四庫全書》二十四卷本（卷七，總第八頁），收作無名氏詞。

校記

調題：皆同範詞。

正文：『日晚』作『日落』。

附録：無。

［三］清・趙式輯　陳維崧等評點《古今別腸詞選》清康熙間遺經堂之刻本（卷二，小令，第五頁），收作馬洪詞。

校記

調題：調同範詞。題作『春詞』。

正文：『風住』作『風掃』；『泛輕舟』作『一巡游』；『祇恐雙溪』作『祇恐區區』；『載不動』作『難載』。

附録：無。

◎**瑜按**：

總上，有近八十種載籍著録為李清照（易安）詞。此詞之古今載籍未收作李清照（易安）詞而收為他人署名詞者，筆者僅見清趙式輯、陳維崧評點《古今別腸詞選》收作明馬洪詞。實查《明詞綜》（卷五）計收馬洪詞四首，却未載此闋。這就排除了馬詞之可能。純係誤收。文津閣《欽定四庫全書》本宋無撰人《草堂詩餘》為祖本之十多種調編本皆收此闋為易安詞。類編本楊金刻《草堂詩餘》未注撰者為失署。再从詞之思想内容和藝術風格看，此闋為李清照（易安）詞無疑。故輯入《漱玉詞》。

【注釋】

［一］**物是人非**：事物依然在，人不似往昔了。魏曹丕《與朝歌令吴質書》：『節同時异，物是人非，我勞如何？』宋黃裳《蝶戀花》：『物是人

非，杳杳無音信』。

［二］**雙溪**：在浙江金華，是唐宋時有名的風光佳麗之游覽勝地。溪北岸有勝迹八咏樓，今存，李清照有《題八咏樓》詩。東港、南港兩水匯于金華城南，故曰『雙溪』。

［三］**擬**：準備、打算。宋姜夔《點絳唇》：『第四橋邊，擬共天隨住。』宋辛弃疾《摸魚兒》：『長門事，准擬佳期又誤』。

［四］**舴艋舟**：舴艋形的小船。唐張志和《漁父》詞：『舴艋為舟力幾多，江頭雪雨半相和。』元吴鎮《漁父》：『舴艋舟人無姓名。葫蘆提酒樂平生』。

【品鑒】

此詞，據黄盛璋《李清照事蹟考辨》云：『詞意寫的暮春三月景象，當作于紹興五年三月』，『清照詞中的雙溪，可以肯定即此（指浙江金華），其詞即作于金華，非紹興亦非餘杭。』由于金兵侵擾進犯，她避亂金華。時年五十二歲（公元一一三五年）。

起句：『風住塵香花已盡』，是寫景，『造境』。狂暴的惡風已經停息，塵土裏還夾雜着芬香的氣味，百花蕩然無存。着實寫出一幅凄凉衰敗的景象。此句，本無一字寫『愁』，但此景却含有哀凉的情緒。透出『愁』來。作者緣情布景，所寫之景恰好要表達所抒之情，凄凉衰敗的景象『恰稱人懷抱』（李清照《蝶戀花·上巳召親族》語），正與她此時心情相契合。作者寫景的目的，是用感情色彩濃厚的自然景觀，渲染蒼凉的氛圍，襯托作者愁苦抑鬱的心情。

第二句，『日晚倦梳頭。』是寫情。太陽升得老高了，她還慵懶地没有梳頭。一個『倦』字表現在人的行為上，却是無窮的哀愁鬱結在心頭的反映。李清照詞中，有幾處寫『未梳頭』之意，但寫法因時、因事、因情而异。《浣溪沙》：『髻子傷春慵更梳。晚風庭院落梅初……』，『晚』上，因為『傷春』，『髻子』『慵更梳』，『更』字説明早上梳頭還是正常的吧。這是寫淡淡的閑愁。李清照《鳳凰臺上憶吹簫》：『起來慵自梳頭。任寶奩塵滿，日上簾鈎。』『日上簾鈎』時，『起來慵自梳頭』，原因是『這回去也，千萬遍陽關，也則難留』，這是寫離恨。《武陵春》：『日晚倦梳頭』。『日晚』時『倦梳頭』，其原因是國破、家亡、喪夫等遭遇給她造成了不可排遣的濃愁。稍一比較便可發現，女主人遭際益慘，愁逾濃重，梳頭的時間越遲，寫法也隨之變化了，這絶非作者單純追求藝術技巧。隨着客觀事物的變化，作者經歷的不同，思想感情也因時因事而异，寫法也必然有變。雖都是寫『梳頭』，如寫法不變，就不能窮瞬息萬變的事物之妙，也不能盡才華横溢的詞人之情。從此可以看出生活與藝術的關係及創作的規律來。

首句寫景，情含景中。二句寫情，但不是純乎寫情，『日晚』露出景來，則景含情中。情景交融，『互藏其宅』。明王夫之《薑齋詩話》卷上云：『關情者景，自與情相為珀芥也。情景雖有在心在物之分，而景生情，情生景，哀樂之觸，榮悴之迎。互藏其宅』。

三四句，承前。『物是人非事事休。』直抒胸臆。這是『欲語泪先流』的原因。一些事物還在，可是人不如昔了，一切都算罷了。『物是人非』之中，作者着意寫『人非』，『物是』與『人非』形成鮮明的反差，『物是』起襯托作用。那麽『人非』又包含什麽内容呢？靖康之恥，北國淪陷，易安避兵江浙，金石書畫大部分散失，顛沛流離，無所歸宿，這是何等悲慘的遭遇啊！特别是她相依為命的伴侶趙明誠過早謝世，夫妻情愛甚深，明誠每遠游，她曾屢次不忍離别，更那堪明誠的突然逝去，這對她又是怎樣致命的打擊啊！李清照《南歌子》云：『舊時天氣舊時衣。祇有情懷、不似舊家時。』與《武陵春》的『物是人非』之意略同，不過後者所包含的内容更加豐富，所反映的作者之思想感情更加慘苦而已。種種不幸的刺激，無邊苦難的折磨，人不如昔是自然的事。親人的離開人世，是『人非』的重要内容。

『事事休』，這是作者在殘酷的現實面前，一個封建社會的女子痛苦絶望，孤單無告，得不到任何憐憫和慰藉時的悲嘆。

『欲語泪先流。』剛要説，而未説之時，已經傷心地垂泪了。李清照《鳳凰臺上憶吹簫》詞云：『生怕離懷别苦，多少事、欲説還休』，寫的是離情别緒。『欲説還休』，想要傾述，忽而又收住。這種吞吞吐吐之間，含不盡之意，但感情還是可以控制的。《武陵春》的『欲語泪先流』是由『欲説還休』發展而來的。也是想説到底未能傾述，但感情終于無法控制了，先流下辛酸的眼泪，依然是吞吐式。委婉含蓄，沉哀入髓。寫的是國破之恨，家亡之憂，喪夫之痛，顛沛流離之苦，内容擴大了，感情更加濃摯了，表達方式也隨之變化發展了。

換頭一轉，宛若奇峰兀起，『聞説雙溪春尚好，也擬泛輕舟。』唐李白《宣州謝眺樓餞别校書叔雲》詩云：『抽刀斷水水更流，舉杯消愁愁更愁。人生在世不稱意，明朝散髮弄扁舟。』儘管李清照與李白『愁』的内容不同，但都有藉扁舟泛游以消憂之願。易安過去是喜歡游春賞景的，從她的詩詞中可以看到。《永遇樂》詞云：『中州盛日，閨門多暇，記得偏重三五。鋪翠冠兒，撚金雪柳，簇帶争濟楚。』是説在汴京失守之前，婦女們都非常重視元宵佳節，争着打扮，穿戴得很講究，去外游賞。又如《念奴嬌》云：『清露晨流，新桐初引，多少游春意。』雙溪為金華名勝，是游覽的好地方。而今獨抱濃愁，正值『雙溪春尚好』，何不對景遣愁，姑且一游。故『也擬泛輕舟』了。

上片末句，『物是人非事事休。欲語淚先流。』寫她的哀愁和痛苦。換頭『聞説雙溪春尚好，也擬泛輕舟』，寫她想到『春尚好』的雙溪去泛舟，藉以消愁。上下片聯繫緊密。換頭雖一轉，但筆斷意未斷。

最後二句，合。筆鋒陡轉，『祇恐雙溪舴艋舟。載不動、許多愁。』言外之意，恐怕去春光明媚的雙溪泛游，也無法使自己消憂，『愁』真是太深沉了。南唐李煜《浪淘沙》詞云：『往事祇堪哀。對景難排』，説的就是這個意思。宋羅大經《鶴林玉露》（卷七）云：『詩家有以山喻愁者，杜少陵云：「憂端如山來，澒洞不可掇」。趙嘏云：「夕陽樓上山重叠，未抵春愁一倍多」是也。有以水喻愁者，李頎云：「請量東海水，看取淺深愁。」李後主云：「問君都有幾多愁。恰似一江春水向東流。」秦少游云：「落紅萬點愁如海」是也。賀方回云：「試問閑愁知幾許。一川烟草，滿城風絮。梅子黄時雨。」蓋以三者比愁之多也，尤為新奇。兼興中有比，意味更長。』李清照：『祇恐雙溪舴艋舟。載不動、許多愁』，對『愁』的描寫，創造了新的境地，乃爾絶妙。把愁多，比作小船都無法載動，使人的感受更加強烈，産生了非凡的藝術魅力。與上面諸家相比高出一籌。且看『祇恐雙溪舴艋舟。載不動、許多愁』的來龍去脉。宋初，鄭文寶《柳枝詞》云：『不管烟波與風雨，載將離恨過江南』，他對『愁』的描寫向前推進一步，已經把離愁别緒裝到船上，這是個創造，因而也越加新奇。宋蘇軾又點化鄭文寶的詞，在《虞美人》中云：『無情汴水自東流，祇載一船離恨向西州』。宋陳與義又藉用了蘇軾的詞句，在《虞美人》中寫道：『明朝酒醒大江流。滿載一船離恨、向衡州』。到了李清照，又用『祇恐雙溪舴艋舟。載不動、許多愁』來寫『愁』的濃重，雖然其中有藉鑒前人詩句的痕迹，但絶不是踏襲，而是根據自己國破、家亡、喪夫、顛沛流離的種種災難的特殊感受，使鬱結在心底的摯濃愁恨噴薄欲出，藉助自己匠心獨出的高超藝術技巧，學習前人傳統，稍加點化，便創造出新的境界，産生了巨大的藝術效果。她再也不是把『愁』放在船上一味地載來載去，而是變精神為物質，并賦予它以重量了。這是創新，也是突破。後來詩人們又把『愁』從船上移到馬背上，又由馬背移到車上，又把『愁』變成了春色，進一步向前發展了。（參見錢鍾書《宋詩選注》）

『物是人非事事休。欲語淚先流』，想對人述説以遣懷，欲説却又先流下辛酸的淚水，而終于不能説，更加惆悵悲切；『聞説雙溪春尚好，也擬泛輕舟』，獨抱濃愁，想藉景消憂，祇恐對景難排，欲游而又終于不能去游，更加凄婉哀絶。波瀾跌宕，極吞吞吐吐，欲游而不發之致，表達的感情更加強烈了。這是曲筆，作者匠心獨運，藝術構思神奇，把自己凄楚的心情、深沉的愁恨婉約藴藉、跌宕曲折地表達出來。這樣表達確實可以收到淺薄外露，一覽無餘的文字所不能達到的藝術效果。

南北朝劉勰《文心雕龍·情采》云：『情者文之經，辭者理之緯』，情感是構成文章的經綫，它貫穿始終，文辭是編織道理的緯綫。李清照《武陵春》貫穿全詞的經綫是什麽？就是『愁』情。上片，開頭兩句，起，寫凄凉衰敗的景象，緣情布景，透出『愁』情。『日晚』『倦』梳頭，含着『愁』情；三四句，承，寫『愁』的根源和『愁』的情態；下片，換頭一轉，筆斷『經』未斷。寫欲藉景遣『愁』；末二句，又一轉，合，寫無法排遣的濃『愁』。篇末點題。以『愁』為綫索，貫穿全詞。

這首詞寫了由于『物是人非』，也就是國破、家亡、喪夫、顛沛流離等種種苦難給她帶來的無法排遣的濃愁。魯迅先生説：『無情未必真豪杰』。不要説一個感情極其豐富的杰出詞人，就是一個普通的正常婦女，安有國破、家亡、喪夫、飽受顛沛流離之苦，而不知道愁的嗎？古人云：『窮餓其身，思愁其心腸，而使自鳴其不幸。』李清照的《武陵春》詞，正是因為金人的殘酷侵略，反動統治集團的投降賣國，給作者造成種種的不幸，哀愁痛苦填胸臆，不得不抒發自己的情懷時，纔寫下這首詞的。封建時代，宋朝的一個貴族婦女的不幸遭遇竟如此凄慘，那麽一個普通的勞動人民的命運該是怎樣的呢？便可想而知了。這就是《武陵春》所表現的『愁』的典型意義，帶有普遍的社會性，絶不是李清照的無病呻吟。

【選評】

[一] **明・沈際飛**：與『載取愁歸去』相反，與『遮不斷愁來路，流不到楚江東』相似，分幟詞壇，孰辨雄雌。（《草堂詩餘正集》）

[二] **明・楊　慎**：秦處度《謁金門》詞云：『載取暮愁歸去。愁來無着處』，從此翻出。（批點《草堂詩餘》）瑜注：上《謁金門》為張元幹詞，見《景刊宋金元明本詞》之《蘆川詞》（詞下，第一一頁）、《全宋詞》中州古籍出版社　兩冊本（上，第七五八頁）。

[三] **明・董其昌**：物是人非，睹物寧不傷感！（《新鋟訂正評注便讀草堂詩餘》）

[四] **明・李于鱗（攀龍）**：上是追思往事而難言，下是添積新愁而莫訴。（詞前評語）　未語先泪，此愁莫能載矣。（眉批）景物尚依舊，人情不似初。言之于邑，不覺泪下（詞後評語）。（明吴從先、寧野甫彙編《新刻李于鱗先生批評注釋草堂詩餘雋》）

[五] **明・陸雲龍**：愁如海。（《詞菁》）

[六] **清・王士禛**：『載不動許多愁』與『載取暮愁歸去，衹載一船離恨向西州』，正可互觀。『雙槳別離船，駕起一天煩惱』，不免徑露矣。（《花草蒙拾》）

［七］**清・吴衡照**：易安《武陵春》，其作于祭湖州以後歟。悲深婉篤，猶令人感伉儷之重。葉文莊乃謂語言文字，誠所謂不祥之具，遺譏千古者矣，不察之論也。（《蓮子居詞話》）

［八］**清・俞正燮**：居金華，有《武陵春》詞曰：『風住塵香花已盡……載不動、許多愁。』流寓有故鄉之思。其事非閨闈文筆自記者莫能知。（《癸巳類稿・易安居士事輯》）

［九］**清・陳廷焯**：易安《武陵春》後半闋云：『聞説雙溪春尚好……載不動、許多愁。』又凄婉、又勁直。觀此，益信易安無再適張汝舟事。即風人『豈不爾思』，『畏人之多言』意也。投綦公一啓，後人僞撰，以誣易安耳。（《白雨齋詞話》）

［一〇］**清・萬樹　徐本立**：《詞統》、《詞匯》俱注『載』字是襯，誤也。詞之前後結，多寡一字者頗多，何以見其為襯乎？查坦庵作，尾句亦云『流不盡許多愁』可證。沈選有首句三句，後第三句平仄全反者，尾云『忽然又起新愁』者，『愁從酒畔生』者，奇絶。（《新校正詞律全書》）

［一一］**梁令嫻**：按此蓋感憤時事之作。（《藝蘅館詞選》）

［一二］**梁乙真**：風霜憂患之餘，人事滄桑之感，則此詞已深惋的唱出往事之哀音也。（《中國婦女文學史綱》）

［一三］**唐圭璋**：此為紹興五年，清照在金華時作，通首血泪交織，令人不堪卒讀。首寫花事闌珊，極目生愁，繼寫日高懶起，無心梳洗。下二句尤沉痛，人亡物在，睹物懷人，重重往事，不堪回首，千言萬語，無從説起。下片寫内心活動，正是『腸一日為九回』。『聞説』衹是從旁人口中説出，可見自己則整日獨處，無以為歡。『尚』字説明雙溪猶有殘春可賞。『也擬』是心中一霎凝思，欲往一游；『衹恐』則直道心情沉哀，無法排遣。虛字轉折傳神，頓挫有致，如見其人，如聞其聲。（《詞學論叢・讀李清照詞札記》）

［一四］**唐圭璋　潘君昭　曹濟平**：作者運用三組口語詞：『聞説』、『也擬』、『衹恐』，曲折地反映出她那種極難以筆墨形容的内心活動。此外，詞中還運用了極其鮮明而形象的比擬：『衹恐雙溪舴艋舟，載不動、許多愁。』使得作者在環境壓力下所産生的不能明言、難以排遣的身世之悲、飄零之痛得到了深刻的表達。（《唐宋詞選注》）

［一五］**郭預衡**：這感情寫得多麽真率，多麽具體，又多麽具有感染力量！用語是樸素的，幾乎没有任何雕飾；感情是飽滿的，幾乎如見肺腑。無造作之態，無斧鑿之痕。音節也自然，却非油滑，不同濫調。這一切正是李清照詞在語言藝術上最出色的特點。這個特點除了李煜可以和她相比之外，唐宋詞人之中，并不多見。（《李清照詞的社會意義和藝術

價值》）

［一六］沈祖棻：任何作品所能反映的社會人生都衹能是某些側面。抒情詩因為受着篇幅的限制，尤其如此。這種寫法（瑜注：指『掃處即生』，清譚獻《復堂詞話》評歐陽修《采桑子·群芳過後西湖好》首句語），能夠把省略了的部分當作背景，以反襯正文，從而出人意外地加強了正文的感染力量，所以是可取的。（《宋詞賞析》）

［一七］劉乃昌：宋高宗紹興四年（一一三四年）金兵南侵，浙江百姓紛紛流亡。此詞當為作者晚年避難金華所作。起句寫季節環境，亦暗含對時事感喟。繼刻畫生活疏懶，見出了無心緒。國破、家亡、夫死、物散，故曰『物是人非』。『事事休』承『花已盡』。『淚先流』承『倦梳頭』。層層遞進。悲傷至極，忽又宕開，『聞説』一縱，『衹恐』又收。上片側重外在神態描述，下片側重內在情緒波動的揭示。尺幅千里，曲折有致。收拍淒婉勁直，化抽象為形象，被推為寫愁名句。（《宋詞三百首新編》）

［一八］蔡厚示：『物』，指客觀景物，在這裏很可能即指趙明誠的遺物。今物在人亡，因此女詞人覺得一切的一切都完了。她想要説，又説不出，衹是一個勁兒掉眼淚（『欲語淚先流』）。但淚水已足夠説明女詞人欲説而沒有説出的悲切心情了。這在中國古典詩論裏，叫『言不盡而意盡』，即姜夔《白石道人詩説》所謂『意盡詞不盡，如搏扶搖而已。』也就是説，女詞人不直接説破，但由于『無限憂愁在眼波』，一幅淚流圖，比説什麼都來得更形象、更透徹了。全詞從景入情，而以情語作結。上片『欲語』不語，言不盡而意盡；下片欲行復止，托出個『愁』字，言盡而意不盡，即《白石道人詩説》所謂『詞盡意不盡，剡溪歸棹是已。』詞雖短小，而韻味深厚。末尾設想尤奇特，流露出極濃烈的感情。語言通俗易懂，正是李清照詞的本色。真可謂言淺意深，語淡情濃，字字血淚，摧人肺腑。抒情詞寫到這等地步，無疑是已入化境。怪不得連對她存有偏見的王灼也衹好説：李清照『作長短句能曲折盡人意，輕巧尖新，姿態百出。』（《碧雞漫志》）辭非溢美，可謂中肯。（《唐宋詞鑒賞舉隅》）

怨王孫

夢斷，漏悄。愁濃酒惱。寶枕生寒。翠屏向曉。門外誰掃殘紅。夜來風。　玉簫聲斷人何處。春又去。忍把歸期負。此情此恨，此際擬托行雲。問東君。

——洪武本《增修箋注妙選群英草堂詩餘》

【考辨】

◎歷代載籍著録此闋之詞調、題目：

調作《怨王孫》、《月照梨花》（詳見《河傳》【考辨】『歷代載籍著録此闋之詞調、題目』）。題作『春暮』、『春景』、『暮春』。

◎歷代此闋著録為李清照（易安）詞之載籍：

［一］　宋・無撰人《草堂詩餘》文淵閣《欽定四庫全書》本　集部（卷一，第二八頁），收作李易安詞。

校記

調題：調同範詞。題作『春暮』。

正文：皆同範詞。

附録：無。

［二］　宋・無撰人《草堂詩餘》文津閣《欽定四庫全書》本　集部（卷一，總第五七〇頁），收作李易安詞。

校記

調題：調同範詞。題作『春暮』。

正文：皆同範詞。

附録：無。

［三］宋・何士信編《增修箋注妙選群英草堂詩餘》前集二卷　影元至正癸未廬陵泰宇書堂新刊本（餘前上，第三二頁）收録，未署撰者。與署名的李易安詞《如夢令》（昨夜雨疏）連排，第三首。筆者認定編選者是以李易安詞收之，理由詳見是書所收《武陵春》（風住塵香）【考辨】『歷代此闋著録為李清照（易安）詞之載籍』『［三］』『瑜注』。

校記

調題： 皆同範詞。

正文： 皆同範詞。

附録： 無。

［四］宋・建安古梅何士信君實編選《妙選箋注群英詩餘》（《增修箋注妙選群英草堂詩餘》）前集二卷後集二卷　影元至正辛卯孟夏雙璧陳氏刊行本（餘前上，第二九頁）收録，未署撰者。與署名的李易安詞《如夢令》（昨夜雨疏）連排，第三首。筆者認定編選者是以李易安詞收之，理由詳見是書所收《武陵春》（風住塵香）【考辨】『歷代此闋著録為李清照（易安）詞之載籍』『［三］』『瑜注』。

校記

調題： 皆同範詞。

正文： 皆同範詞。

附録： 無

［五］宋・佚名輯　何士信增注《增修箋注妙選群英草堂詩餘》，《景刊宋金元明本詞》本（洪武本，餘前上，第二九頁）收録，未署撰者。與署名的李易安詞《如夢令》（昨夜雨疏）連排，第三首。筆者認定編選者是以李易安詞收之，理由詳見是書所收《武陵春》（風住塵香）【考辨】『歷代此闋著録為李清照（易安）詞之載籍』『［三］』『瑜注』。

校記

調題： 調作《怨王孫》。無題。

正文： 原『宝』、『簾』、『断』、『处』，茲改為正字『寶』、『簾』、『斷』、『處』。（擇為範詞，底本）

附録：無。

［六］宋·佚名輯　何士信增注《增修箋注妙選群英草堂詩餘》（内名），《四部叢刊》影印涵芬樓本（前集，卷之上，第三八頁）收録，未署撰者。與署名的李易安詞《如夢令》（昨夜雨疏）連排，第三首。筆者認定編選者是以李易安詞收之，理由詳見是書所收《武陵春》（風住塵香）【考辨】『歷代此闋著録為李清照（易安）詞之載籍』『［三］』『瑜注』。

校記

調題：皆同範詞。

正文：皆同範詞。

附録：無。

［七］明·茅暎遠士評選《詞的》清萃閔堂抄本《四庫未收書輯刊》影印（卷之二，第二一頁），收作李清照詞。

校記

調題：調同範詞。題作『春暮』。

正文：皆同範詞。

附録：此詞少平，然終無傖父氣。（眉批）

［八］明·顧從敬類選　沈際飛評正《草堂詩餘正集》明萬賢樓自刻本（卷一，第三六頁），收作李易安詞。

校記

調題：調同範詞。題作『春暮』。

正文：皆同範詞。

附録：通篇四換韵，有兔起鶻落之致。　『春又去』接遞妙。（眉批）

選詩：『落盡萬株紅，無人繫晚風』。　列仙傳：蕭史與弄玉吹簫，作鳳鳴，引鳳來，乘鳳而去。　〇東君：司春之神。（尾注）

［九］明·周瑛撰《詞學筌蹄》，《續修四庫全書》本（卷三，總第四一八頁），收作李易安詞。

校記

調題：皆同範詞。

正文： 皆同範詞。

附録： 無。

［一〇］明・陳鐘秀校《精選名賢詞話草堂詩餘》，《四印齋所刻詞》本（草堂上，第二九頁），收作李易安詞。

校記

調題： 皆同範詞。

正文： 『歸』作『佳』。

附録： 無。

［一一］明・楊慎批點　閔暎璧校訂《草堂詩餘》明閔暎璧刻朱墨套印本（卷二，第一頁），收作李易安詞。

校記

調題： 調同範詞。題作『春暮』。

正文： 皆同範詞。

附録： 無。

［一二］明・楊慎批點《草堂詩餘》明萬曆《詞壇合璧》刊本（卷二，第一頁），收作李易安詞。

校記

調題： 調同範詞。題作『春暮』。

正文： 皆同範詞。

附録： 無。

［一三］明・武陵逸史編次　開雲山農校正《類編草堂詩餘》明嘉靖二十九年顧汝所刻本（卷之一，第二五頁），收作李易安詞。

校記

調題： 調同範詞。題作『春暮』。

正文： 皆同範詞。

附録： 無。

［一四］明・武陵逸史編次　上元崑石山人校輯《類編草堂詩餘》（《新刻注釋草堂詩餘》）古吴陳長卿梓（卷之一，第四六頁），收作李易安詞。

校記

調題：調同範詞。題作『春暮』。

正文：皆同範詞。

附録：無。

［一五］明・顧從敬編次　韓俞臣校正《類編草堂詩餘》古吴博雅堂梓行本（卷之一，第一五頁），收作李易安詞。

校記

調題：調同範詞。題作『春暮』。

正文：皆同範詞。

附録：無。

［一六］明・唐順之解注　田一雋精選《類編草堂詩餘》金陵書坊張氏東川綉梓　萬曆甲申年重刊本（卷之一，第四六頁），收作李易安詞。

校記

調題：**調同範詞。題作『春暮』。**

正文：皆同範詞。

附録：無。

［一七］明・顧從敬類選　陳繼儒重校　陳仁錫參訂（内署）《類選箋釋草堂詩餘》明萬曆刻本《續修四庫全書》影印集部　詞類（卷之一，第三五頁），收作李易安詞。

校記

調題：調同範詞。題作『春暮』。

正文：皆同範詞。

附録：無。

［一八］明・鱅溪逸史選編《彙選歷代名賢詞府全集》明嘉靖丁己（巳）一得山人跋抄本（卷之二，第二二頁），收作李易安詞。

校記

調題：調同範詞。題作『春暮』。

正文：『向』作『尚』；『歸』作『佳』。

附録：無。

［一九］明・陳耀文纂（原署）《花草粹編》影印明刊十二卷本（卷五，第三六頁），收作李易安詞。

校記

調題：調作《月照梨花》。題作『春暮』。調下注：『一作《王孫》』。瑜注：疑小注漏一『怨』字。卷五目録第一頁《月照梨花》下注『一作《怨王孫》七』。『七』即指連排此調名之詞七首，該《月照梨花》（夢斷，漏悄）為其第五首，《月照梨花》（帝里，春晚）為其第六首，《怨王孫》（湖上風來）為其第七首。李清照《怨王孫》（帝里，春晚）有『皎月初斜，浸梨花』句，故此調又名為《月照梨花》。《怨王孫》由《河傳》演化而來（見《欽定詞譜》）。

正文：皆同範詞。

附録：無。

［二〇］明・陳耀文輯《花草粹編》文淵閣《欽定四庫全書》二十四卷本（卷一〇，第五頁），收作李易安詞。

校記

調題：調作《月照梨花》。題作『春暮』。調下注：『一作《怨王孫》』。

正文：皆同範詞。

附録：無。

［二一］明・陳耀文編（原署）《花草粹編》文津閣《欽定四庫全書》二十四卷本（卷一〇，總第二六頁），收作李易安詞。

校記

調題：調作《月照梨花》。無題。調下注：『一作《怨王孫》』。

正文：皆同範詞。

附録：無。

[二二] 明・池上客選《歷朝烈女詩選名媛璣囊》（一名《名媛璣囊》）明萬曆二十三年書林鄭雲竹刻本（廉集三，第一七頁），收作李清照詞。

校記

調題：調同範詞。題作『春暮』。

正文：『向』作『尚』；『歸』作『佳』。

附録：無。

[二三] 明・徐師曾輯《文體明辨附録》明萬曆間吳江壽檜堂刻本（卷一〇，詩餘二二中，第二〇頁），收作『宋婦李清照』詞。

校記

調題：調同範詞。題作『春景』。

正文：皆同範詞。

附録：無。

[二四] 明・張綖　謝天瑞撰《詩餘圖譜》明萬曆二十七年刻本《續修四庫全書》影印　集部　詞類（卷之七，第二〇頁），收作李易安詞。

校記

調題：調同範詞。題作『春暮』。

正文：『向』作『尚』；『歸』作『佳』。

附録：無。

[二五] 明・董其昌評訂　曾六德參釋《新鋟訂正評注便讀草堂詩餘》明萬曆三十年喬山書舍刻本（卷三，頁不清），收作李易安詞。

校記

調題：調同範詞。題作『春暮』。

正文：皆同範詞。

附録：文選落花詩：『落盡萬株紅，無人繫晚風』。　此詞形容春暮，語意俱到。（眉批）

〔二六〕明・毛晉訂《漱玉詞》影印汲古閣初刻《詩詞雜俎》本（第三頁），收作『李氏　清照』詞。

校記

調題：調同範詞。題作『春暮』。

正文：皆同範詞。

附録：無。

〔二七〕明・武陵逸史編　隱湖小隱訂《草堂詩餘》明末毛氏汲古閣刻《詞苑英華》本（卷一，第二六頁），收作李易安詞。

校記

調題：調同範詞。題作『春暮』。

正文：皆同範詞。

附録：無。

〔二八〕明・胡桂芳重輯（原宋・何士信輯）《類編草堂詩餘》明萬曆三十五年黄作霖等刻本（卷之上，第一四頁），收作李易安詞。

校記

調題：調同範詞。題作『春暮』。

正文：皆同範詞。

附録：無。

〔二九〕明・李廷機批評　翁正春校正　徐憲成梓行《新刻注釋草堂詩餘評林》明萬曆三十六年戊申起秀堂刊本（春景三卷，第三五頁），收作李易安詞。

校記

調題：調同範詞。題作『春暮』。

正文：皆同範詞。

附録：形容春暮，情意俱到。　結語尤有味。（眉批）

［三〇］明·鄭文昂編輯《古今名媛彙詩》，《四庫全書存目叢書》影印明刊本（卷一七，第五頁），收作李清照詞。

校記

調題：調同範詞。題作『暮春』。

正文：『歸』作『佳』。

附録：無。

［三一］明·程明善纂輯《嘯餘譜》，《續修四庫全書》集部　詞類（卷四，詩餘二三中，第一四頁），收作李清照詞。

校記

調題：調同範詞。題作『春景』。

正文：皆同範詞。

附録：無。

［三二］明·卓人月彙選　徐世俊參評《古今詞統》（又名陳繼儒評選《草堂詩餘》、《詩餘廣選》），《續修四庫全書》本（卷七，第一〇頁），收作李清照詞。

校記

調題：調同範詞。題作『春暮』。

正文：『歸』作『佳』。

附録：無。

［三三］明·李攀龍補遺　陳繼儒校正　余文杰綉梓《新刻題評名賢詞話草堂詩餘》明萬曆四十三年書林自新齋余文杰刻本（三卷，第二九頁），收作李易安詞。

校記

調題：調同範詞。題作『春暮』。

正文：皆同範詞。

附録：形容春暮，詞意俱到。　結語有味。（眉批）

［三四］　明·吴從先　寧野甫彙編《新刻李于鱗先生批評注釋草堂詩餘雋》師儉堂蕭少衢依京板刻（卷之二，第六三頁），收作李易安詞。

校記

調題： 調同範詞。題作『春暮』。

正文： 皆同範詞。

附録： 風掃殘紅，何等空寂。　一結無限情恨，猶有意味。（眉批）

寫情寫景，俱形容春暮時光，詞意俱到。（詞後評語）

［三五］　明·趙世杰選輯　許肇文參閲《古今女史》明崇禎刊本（卷一二，詩餘，第七頁），收作李易安詞。

校記

調題： 調同範詞。題作『暮春』。

正文：『歸』作『佳』。

附録： 無。

［三六］　明·宋祖法修　葉承宗纂《崇禎歷城縣志》友聲堂刻本（卷一五，藝文，詩餘，第六頁），收作『宋　李清炤』（下小注：『易安　邑人』）詞。

校記

調題： 調同範詞。題作『春暮』。

正文：『夜來』作『落花』；『忍』作『空』；『歸期』作『流年』；缺『此恨』。

附録： 無。

［三七］　明·潘游龍輯《精選古今詩餘》（《古今詩餘醉》）清乾隆壬午秋鐫（卷二，第六頁），收作李易安詞。

校記

調題： 調同範詞。題作『春暮』。

正文： 皆同範詞。

附録： 選詩：『落盡萬株紅，無人繫晚風』。『愁』，換韵之妙，無過此詞。（詞評）

〔三八〕清·先著　程洪輯《詞潔》清康熙刻本（卷二，第四頁），收作李清照詞。

校記

調題：皆同範詞。

正文：皆同範詞。

附録：無。

〔三九〕清·周銘編集　金成棟重校《林下詞選》，《四庫全書存目叢書補編》第二冊（卷一，第四頁），收作李清照詞。

校記

調題：調同範詞。題作『春暮』。

正文：皆同範詞。

附録：無。

〔四〇〕清·嚴沆等參訂《古今詞匯初編》清康熙十八年刻本（卷四，第二三頁），收作李清照詞。

校記

調題：皆同範詞。

正文：『歸』作『佳』。

附録：無。

〔四一〕清·雲山卧客選《詩餘神髓》豐草齋選抄本（不分卷頁，小令），收作李易安詞。

校記

調題：調同範詞。題作『春暮』。

正文：皆同範詞。

附録：無。

〔四二〕清·沈辰垣等編《御選歷代詩餘》影印康熙内府本（卷二五，第一三一頁），收作『宋媛　李清照』詞。

校記

調題：皆同範詞。

正文：皆同範詞。

附録：無。

［四三］清・郭鞏撰《詩餘譜式》清康熙可亭刻本《四庫未收書輯刊》影印（後卷，第四六頁），收作李清照詞。

校記

調題：調同範詞。題作『春景』。

正文：皆同範詞。

附録：無。

［四四］清・吴綺　程洪同選　茅麟（麐）較（原署）《記紅集》清康熙刊本（卷之一，雙調小令，第三七頁），收作李清照詞。

校記

調題：調同範詞。題作『春暮』。

正文：皆同範詞。

附録：無。

［四五］清・陳夢雷　蔣廷錫等輯《欽定古今圖書集成》曆象彙編歲功典　中華書局影印本（第三五卷，季春部，第〇一八冊之一八葉），收作『媛　李清照』詞。

校記

調題：皆同範詞。

正文：皆同範詞。

附録：無。

［四六］清・江標抄《李清照漱玉詞》汲古閣未刻詞二十二家本（手抄，不分卷頁，第九首），上海圖書館藏，收作『宋易安居士李氏清照』詞。

校記

調題：皆同範詞。

正文： 皆同範詞。
附録： 無。

［四七］　清・陳鼎輯《同情集詞選》乾隆三十九年刊本（卷九，第四頁），收作李清照詞。

校記

調題： 調同範詞。題作『春暮』。
正文： 皆同範詞。
附録： 無。

［四八］　清・汪玢箋《漱玉詞彙抄》問遽廬正本（手抄，不分卷頁，第九首），復旦大學圖書館藏，收作『宋李氏清照易安』詞。

校記

調題： 調同範詞。題作『春暮』。
正文： 『愁濃酒惱』作『愁酒濃惱』。
附録： 無。

［四九］　清・賴以邠著《填詞圖譜》，《四庫全書存目叢書》本（卷二，第三四頁），收作李清照詞。

校記

調題： 皆同範詞。
正文： 皆同範詞。
附録： 無。

［五〇］　清・莫友芝家抄《漱玉詞》（手抄，不分卷頁，第二七首），復旦大學圖書館藏，收作『宋李氏清照易安』詞。

校記

調題： 調同範詞。題作『春暮』。題下注：『毛有』。
正文： 皆同範詞。
附録： 無。

［五一］　清・王鵬運輯《漱玉詞》，《四印齋所刻詞》本（第一〇頁），收作『李清照　易安』詞。

校記

調題：皆同範詞。

正文：皆同範詞。

附録：無。

［五二］　清・楊文斌輯録《三李詞》光緒庚寅夏香海閣刊本（卷三，第七頁），收作李清照詞。

校記

調題：皆同範詞。

正文：皆同範詞。

附録：無。

［五三］　清人輯《斷腸漱玉詞合刊》之《漱玉詞》光緒庚子石印本（第二頁），收作李清照詞。

校記

調題：調同範詞。題作『春暮』。

正文：皆同範詞。

附録：無。

［五四］　清・蕙風簃主箋《漱玉詞箋》中華圖書館石印本　中華民國四年六月版（不分卷，第四頁），收作李清照詞。

校記

調題：皆同範詞。

正文：皆同範詞。

附録：沈際飛曰：『通篇換韵，有兔起鶻落之致』。（詞評）

黃了翁曰：『兩句三疊，此字亦復流麗婀娜。東君司春之神』。（詞評）

［五五］　木石居士選輯　絳雲女史参校《歷代名媛詞選》民國十六年石印本（卷六，小令六，未注頁碼），收作李清照詞。

校記

調題：皆同範詞。

正文：皆同範詞。

附録：無。

［五六］李文裿輯《漱玉集》冷雪盦叢書本（卷三，第六頁），收作李清照詞。

校記

調題：皆同範詞。

正文：皆同範詞。

附録：《花草粹編》、《歷代詩餘》、《箋注群英草堂詩餘》、文津閣本《漱玉詞》、四印齋本《漱玉詞》。（尾注）

［五七］黄墨谷《重輯李清照集》齊魯書社（卷一，第四頁），收作李清照詞。

［五八］徐培均《李清照集箋注》上海古籍出版社（第一五七頁），收作李清照詞。

◎歷代此闋著録他人或無名氏及存疑詞之載籍：

［一］宋·何士信輯《草堂詩餘前集二卷後集二卷》明嘉靖三十三年楊金刻本（卷下前，第一八頁）收録，未注撰者。與馮偉壽《春雲怨》（春風惡劣）連排，第二首。

校記

調題：皆同範詞。

正文：皆同範詞。

附録：無。

［二］趙萬里輯《漱玉詞》，《校輯宋金元人詞》本（第一一頁），『附録一』收為『李清照　易安』『存疑』詞。

校記

調題：皆同範詞。調下注：『《類編草堂詩餘》題作「春暮」，《花草粹編》、《古今詞統》并同；《古今女史》題作「暮春」』。

正文：皆同範詞。

附録：《類編草堂詩餘》一、《花草粹編》五、《古今女史》、《古今詞統》七、《歷代詩餘》二十五。（尾注）

按：上二闋《詩詞雜俎》本《漱玉詞》收之，殆與《類編草堂詩餘》同出一源，前一闋至正本《草堂詩餘》前集上引與《如夢令》、《武陵春》二詞銜接，類編本以為李作，失之。後一闋至正本不收，見類編本，未詳所出。瑜注：此係趙萬里兩首《怨王孫》共按。『前一闋』指《怨王孫》（夢斷，漏悄）；『後一闋』指《怨王孫》（帝里，春晚）。

［三］　唐圭璋輯《全宋詞》中州古籍出版社　兩冊本（上，第六四九頁），收為李清照『存目詞』。

附録：出處：類編草堂詩餘卷一　附注：無名氏作，見草堂詩餘前集卷上。

［四］　中華書局編《李清照集》（第四四頁），『附録』收之。

附録：按：此闋見《類編草堂詩餘》，《詩詞雜俎》本《漱玉詞》亦收之，然至正本《草堂詩餘》引與《如夢令》、《武陵春》二詞銜接，《類編》本以為李作，失之。

［五］　王仲聞《李清照集校注》人民文學出版社（第七九頁），收為李清照『存疑詞』。

附録：趙萬里輯《漱玉詞》云：『按上二闋（指「夢斷、漏悄」一闋及此闋）《詩詞雜俎》本《漱玉詞》收之，殆與《類編草堂詩餘》同出一源。前一闋，至正本《草堂詩餘》引與《如夢令》、《武陵春》二詞銜接，類編本以為李作，失之。後一闋，至正本不收，見類編本，未詳所出』。

按：前一首楊金本《草堂詩餘》前集卷下作無名氏詞；後一首楊金本《草堂詩餘》同卷作秦少游詞，并無題。《類編草堂詩餘》并以為李清照作，不可據。瑜注：此係王仲聞兩首《怨王孫》共按。『前一首』指《怨王孫》（夢斷，漏悄）；『後一首』指《怨王孫》（帝里，春晚）。

◎ **瑜按：**

《草堂詩餘》按所收詞之編排方法分兩個脉系。一種是按『前集』：『春景類』、『夏景類』、『秋景類』、『冬景類』；『後集』：『節序類』、『天文類』、『地理類』、『人物類』、『人事類』、『飲饌器用』、『花禽類』，以内容分類編排的，稱『類編本』。另一種，詞按『小令』、『中調』、『長調』編排的，稱『調編本』。

筆者先考『類編本』。宋佚名輯、何士信《增修箋注妙選群英草堂詩餘》元至正癸未廬陵泰宇書堂刊本僅存前集二卷，不全，算是現存最早的『類編本』。何士信增修所據底本《草堂詩餘》二卷本（《直齋書録》有載）今失傳。《景刊宋金元明本詞》本所輯此書（洪武本）後記中云：『日本狩野博士有元至正癸未廬陵泰宇書堂刊本……泰宇（書堂）遵正（書堂）同是江西坊肆……不如洪武本（遵正書堂本）為完善也』。還有元至正辛卯雙璧陳氏刻本，署名建安古梅何士信君實編選。

國家圖書館藏二種至正本之縮微文獻。明洪武二十五年遵正書堂刻本，源自元至正辛卯古梅何士信君實編選本。僅比此本少録一首柳耆卿詞《望梅》（小寒時節），詳見《武陵春》（風住塵香）【考辨】『歷代此闋著録為李清照（易安）詞之載籍』『［三］』『瑜注』。其收李易安署名詞五首：《如夢令》（昨夜雨疏）、《醉花陰》（薄霧濃雲）、《一剪梅》（紅藕香殘）、《鳳凰臺上憶吹簫》（香冷金猊）、《念奴嬌》（蕭條庭院），兩首《怨王孫》（夢斷，漏悄）、《怨王孫》（帝里，春晚）不在其內。明嘉靖十七年陳鐘秀校刊本《精選名賢詞話草堂詩餘》，有《四印齋所刻詞》本，比洪武本多收兩首李易安署名詞《武陵春》（風住塵香）、《怨王孫》（夢斷，漏悄）。明嘉靖三十三年楊金刻本，比洪武本多收一首李易安署名詞《生查子》（年年玉鏡臺）。《四部叢刊》本《增修箋注妙選群英草堂詩餘》（影涵芬樓印杭州葉氏明刊本）收李清照署名詞五首，與洪武本同。上皆為『類編本』之重要版本。只陳鐘秀校刊本《精選名賢詞話草堂詩餘》，收《怨王孫》（夢斷，漏悄）一首為李易安詞，其餘上述諸多重要版本皆未收兩首為李易安署名詞。何士信增注所用之祖本底本今不見。兩首《怨王孫》，原祖本就没收作李易安詞？還是被何士信等『修』掉了？不得而知。上『類編』諸本成了無源之水，難考源流承傳演變之關係。

筆者再考《草堂詩餘》『調編』脉系。宋無撰人《草堂詩餘》文津閣四庫全書本『提要』：『臣等謹按《草堂詩餘》四卷，不著撰人名氏。舊傳南宋人所編。……此本為明上海顧從敬所刊，前有嘉靖庚戌何良俊序，稱為其家藏宋刻，較世所行本多七十餘調』。説明是書就是明何良俊序所説，上海顧從敬家藏，比世行多七十餘闋之宋刻本。文淵閣本宋無撰人《草堂詩餘》之『提要』：『則此書在慶元以前矣。……此本為明上海顧從敬所刊，何良俊稱為從敬家藏宋刻』，即成書于南宋，公元一一九五年前。文淵閣本、文津閣本宋無撰人《草堂詩餘》皆為明顧從敬家藏宋刻本，内容基本相同。俱收李易安署名詞八首：《如夢令》（昨夜雨疏）、《武陵春》（風住塵香）、《醉花陰》（薄霧濃雲）、《怨王孫》（夢斷，漏悄）、《怨王孫》（帝里，春晚）、《一剪梅》（紅藕香殘）、《鳳凰臺上憶吹簫》（香冷金猊）、《念奴嬌》（蕭條庭院）。兩首《怨王孫》（夢斷，漏悄）、《怨王孫》（帝里，春晚）就在其中。

考明武陵逸史編次、開雲山農校正《類編草堂詩餘》（簡稱『開雲山農校正本』）與文津閣《欽定四庫全書》本宋無撰人《草堂詩餘》（簡稱『文津閣本』）之關係：開雲山農校正本實收宋詞『小令』一百五十九首，除了將文津本『小令』一百四十一首全部照收外，還在文津閣本第六十五首《謁金門》（空相憶）與第六十六首《阮郎歸》（東風吹水）之間增詞六首：《謁金門》（春雨足）、《謁金門》（風乍起）、《清平樂》（春風依舊）、《清平樂》（深沉院宇）、《清平樂》（悠悠颺颺）、《更漏子》（玉爐香）。又在第七十七首詞《青衫濕》（南朝千古）與第七十八首詞《西江月》（鳳額綉簾）之間增詞十二首：《海棠春》（流鶯窗外）、《浪淘沙》（蹙損遠山眉）、《浪淘沙》（簾外雨潺潺）、《浪淘沙》（把酒祝東風）、《錦堂春》（樓上縈簾）、《朝中措》（平山欄檻）、《眼兒媚》（楊柳絲絲）、《眼兒媚》（樓上黄昏）、《賀聖朝》（滿斟緑醑）、《柳梢青》（岸草平沙）、《柳梢青》（子規啼血）、《柳梢青》（有個人人）。開雲山農校正本從文津閣本照録『小令』一百四十一首，占開雲山農校正本所收全部『小令』一百五十九首約百分之八十八點七。文津閣本第二十六首《浣溪沙》（小院閑窗）撰者歐陽永叔，開雲山農校正本未注撰者；文津閣本第三十一首《浣溪沙》（手捲真珠）撰者李景，開雲山農校正本未注撰者；文津閣本第八十首《西江月》（點點樓前）撰者無名氏，開雲山農校正本作蘇子瞻。除上之外兩本在詞調、題目、作者、引文、順序、編次：『小令』一卷、『中調』一卷、『長調』兩卷，計四卷，皆全部相同。筆者僅用二書『小令』部分比較分析足以證明開雲山農校正本源于文津閣本，即宋無撰人《草堂詩餘》。開雲山農校正本從文津閣本照録李易安詞八首，兩首《怨王孫》就在其中（如前）。

再考《續修四庫全書》明顧從敬輯《類選箋釋草堂詩餘》（下簡稱：類選本）與文津閣《欽定四庫全書》本宋無撰人《草堂詩餘》（下簡稱：文津閣本）之關係：類選本實收宋詞『小令』一百五十七首，文津閣本所收『小令』一百四十一首；類選本未收文津本中《玉樓春》（鞦韆院落）、《鵲橋仙》（纖雲弄巧）；類選本《浣溪沙》（小院閑窗）撰者周美成，文津閣本此詞撰者作歐陽永叔；類選本《浣溪沙》（鶯外紅綃）撰者周美成，文津閣本此詞撰者賀方回；類選本之《木蘭花令》（都成水緑）與其《木蘭花令》（沉檀烟起）順序顛倒；類選本在文津閣本之《謁金門》（空相憶）後連增六首『小令』，在《青衫濕》（南朝千古）後連增十二首『小令』，所增小令之位置、闋數、内容與上開雲山農校正本所增完全相同。其餘所收『小令』之詞調、題目、撰者、順序，類選本和文津本完全一致。類選本除兩首外將文津閣本中『小令』一百三十九首照收，占全部類選本所收『小令』一百五十七首約百分之八十八點五。其中就包括李易安兩首《怨王孫》（夢斷，漏悄）、《怨王孫》（帝里，春晚）。文津閣本所收李易安署名詞八首，類選本全收。

筆者驚奇地發現開雲山農校正本從文津閣本照録『小令』一百四十一首，占開雲山農校正本所收全部『小令』一百五十九首約百分之八十八點七。類選本所收『小令』百分之八十八點五源自文津閣本宋無撰人《草堂詩餘》。即文津閣本宋無撰人《草堂詩餘》就是上開雲山農校正本、類選本之祖本、母本、底本。僅以二書『小令』部分推論，其『中調』、『長調』部分皆然，故不贅言。

文津閣本宋無撰人《草堂詩餘》收李易安署名詞八首。其八首李易安署名詞，包括兩首《怨王孫》（夢斷，漏悄）、《怨王孫》（帝里，春晚），又皆為明代開雲山農校正《類編草堂詩餘》、沈際飛評正《草堂詩餘正集》、顧從敬類選《類選箋釋草堂詩餘》、胡桂芳重輯《類編草堂詩餘》、隱湖小隱訂《草堂詩餘》、楊慎批點《草堂詩餘》、韓俞臣校正《類編草堂詩餘》、上元崑石山人校輯《類編草堂詩餘》、唐順之解注《類編草堂詩餘》、陳繼儒評選《草堂詩餘》（即《古今詞統》）等十種諸調編本所繼承照搬。其次明代繼承照搬文津本宋無撰人《草堂詩餘》所收李易安七首署名詞（《醉花陰》未載）之《草堂詩餘》：董其昌訂《新鍥訂正評注便讀草堂詩餘》、李攀龍補遺《新刻題評名賢詞話草堂詩餘》、李廷機評《新刻注釋草堂詩餘評林》、吳從先、寧野甫彙編《新刻李于麟先生批評注釋草堂詩餘雋》等書，其中李易安兩首《怨王孫》皆録，無失收者。李易安兩首《怨王孫》就為前所列舉明代十四種《草堂詩餘》所繼承照收，顯然其祖本、底本、根據即是文津閣本宋無撰人《草堂詩餘》。一脉相承，前源後流。已正本清源。

筆者據前所考，兩首《怨王孫》（夢斷，漏悄）、《怨王孫》（帝里，春晚）并收為李易安詞是有根據的，無論『調編本』是直接收入，還是間接收入，其祖本、母本、底本都是文津閣本宋無撰人《草堂詩餘》。趙萬里輯《漱玉詞》兩首《怨王孫》皆未收作易安詞，收為『存疑之作』，云：『前一闋（指『夢斷，漏悄』）……類編本（指《類編草堂詩餘》）以為李作，失之。後一闋，至正本不收，見類編本，未詳所出』；唐圭璋輯《全宋詞》僅收一首《怨王孫》（帝里，春晚）為李清照（易安）詞，另一首《怨王孫》（夢斷，漏悄）收為『存目詞』，附注：『無名氏作，見草堂詩餘前集卷上』；王仲聞《李清照集校注》兩首《怨王孫》俱未收，收為『存疑之作』。云：『前一首楊金本《草堂詩餘》前集卷下作無名氏詞；後一首楊金本《草堂詩餘》同卷作秦少游詞，并無題。《類編草堂詩餘》并以為李清照作，不可據』。就李易安（清照）詞而論，文津閣本宋無撰人《草堂詩餘》共收李易安詞八首，為其祖源；列舉明《類編草堂詩餘》、《類選箋釋草堂詩餘》等十種《草堂詩餘》皆照收其八首李易安詞。計列舉十四種明《草堂詩餘》皆繼承照收文津閣本宋無撰人《草堂詩餘》之李易安《怨王孫》（夢斷，漏悄）、《怨王孫》（帝里，春晚）兩首詞，為其正流；『調編本』兩首并收為李易安（清照）詞，有根有據，源流清晰，一脉相承，鐵證如前。倒轉過來，按類編排之至正本《草堂詩餘》、楊金本《草堂詩餘》等未將李易安《怨王孫》（夢斷，漏悄）、《怨王孫》（帝里，春晚）兩首詞收為李清照（易安）詞『不可據』，據上考辨足以證明未收之誤。趙、唐、王等所考皆未詳莫周，所論率爾。茲入《漱玉詞》。

【注釋】

［一］**夢斷**：夢醒。五代薛昭藴《小重山》：『至今猶惹御爐香，魂夢斷，愁聽更漏長。』唐李白《憶秦娥》：『簫聲咽，秦娥夢斷秦樓月』。

［二］**漏**：見《菩薩蠻》（歸鴻聲斷殘雲碧）注。

［三］**寶枕**：華貴的枕頭。唐李賀《春懷引》：『寶枕垂雲選春夢，鈿合碧寒龍腦凍』。宋吴文英《醉蓬萊》：『望碧天書斷，寶枕香留，泪痕盈袖』。

［四］**玉簫聲斷**：用蕭史和弄玉的神話故事，詳見前《鳳凰臺上憶吹簫》注。這裏指心上人離去，音信斷絶。

［五］**東君**：見《玉樓春》（臘前先報）注。

【品鑒】

此詞是寫女主人對丈夫之思念的。

首兩句，寫女主人愁緒濃重，故用『酒』來澆愁。少飲又不能開解濃愁，多飲酒力又『惱』人。然而終至多飲，醉意沉沉，于是倒下睡着進入了夢鄉，但『獨抱濃愁無好夢』，她突然被驚醒。閨房裏一片岑寂，祇有不緊不慢的輕微漏滴聲傳來，在撩撥着她的愁緒。

次四句承。女主人枕在華美的枕頭上覺到有些發凉，緑色的屏風透露曙光。她仿佛聽到窗外有人在打掃落紅，又傾耳静聽，不，那是剛剛颳起的晨風。歲歲落紅隨風去，年華如水付東流。她的心中又增添了幾分愁緒。

换頭藉用蕭史與弄玉的神話故事，生動委婉地説明女主人的心上人遠離身邊。然春光又匆匆歸去，心上人怎麽這樣忍心背弃春天歸來的諾言呢？『忍』字，充滿對心上人的抱怨和幽恨。

結句，女主人對心上人的綿綿思念與幽怨之情無由擺脱，于是忽發奇想，拜託飄飛的白雲，讓春神評一評理，促使心上人早日歸來，或讓春光常住，或讓青春久留。古人贊賞此句云：『一結無限情恨，猶有意味』（《新刻李于麟先生批評注釋草堂詩餘雋》卷二）。

【選評】

［一］　明·茅　暎：此詞少平，然終無傖父氣。（《詞的》）

［二］**明・沈際飛**：通篇四換韵，有兔起鶻落之致。　『春又去』，接遞妙。（《草堂詩餘正集》）

［三］**明・董其昌**：此詞形容春暮，詞意俱到。（《新鋟訂正評注便讀草堂詩餘》）

［四］**明・李廷機**：形容春暮，情詞俱到。　結句尤有味。（《新刻注釋草堂詩餘評林》）

［五］**明・李于鱗（攀龍）**：風掃殘紅，何等空寂。　一結無限情恨，猶有意味。（眉批）　寫情寫景，俱形容春暮時光，詞意俱到（詞後評語）。（明吴從先、寧野甫彙編《新刻李于鱗先生批評注釋草堂詩餘雋》）

［六］**明・潘游龍等**：選詩：『落盡萬株紅，無人繫晚風』。『愁』，換韵之妙，無過此詞。（《古今詩餘醉》）

［七］**侯健　吕智敏**：此詞意在寫閨人思夫之怨情。上片寫天將拂曉時閨房的空寂凄冷。作者描繪環境，不是從第三者的角度作客觀的介紹，而是着意通過思婦的聽覺、觸覺和視覺，使環境染上了濃重的主觀色彩：滴漏悄然無聲，風掃落紅的蕭蕭聲，腮觸寶枕的寒意，翠屏上微淡的晨曦，處處都凝聚着思婦的愁情。正所謂情景交融為一體，得之目而寓之心。下片刻劃思婦的心理活動。對丈夫的逾期不歸，有思，有怨，有恨。思婦心理，表現得複雜細膩。結尾處，詞人忽發托雲問日之奇想，將思婦不可抑制的強烈感情和盤托出，用筆不凡，別開生面，倍增其感染力。（《李清照詩詞評注》）

［八］**范英豪**：這首詞通過詞人對環境的感受，在景中見出詞人的綿綿愁意。詞開篇以點滴的漏聲渲染夢醒後的沉重心情，再難入眠的詞人衹有看着翠屏漸明，曙色將曉，而枕席生出陣陣凉意。夜風掃殘紅的想象，使意境更加空寂；暮春之精神，一筆勾出，有無限情恨凝于此中，尤有意味。詞下片以典開篇，點明了詞人感傷的原因和内容。『春又去』句承上文之探詢，接連極妙，似有怨意。春天又過，而遠人未歸，其中的思念焦慮，遠人不知，倒似可托天上的流雲，問問東君。『此情此恨此際』三個『此』字疊用，語勢急促，有呼號凄切之音。全篇語言質樸，詞意有曲折委婉之勢，感情飽滿含蓄，前人以『情詞俱到』評之，能見出本詞的成功之處。（《李清照詩詞選》）

怨王孫　春暮

帝里，春晚。重門深院。草緑階前。暮天雁斷。樓上遠信誰傳。恨綿綿。　多情自是多沾惹。難拚捨。又是寒食也。鞦韆巷陌，人静皎月初斜。浸梨花。

——《詩詞雜俎》之《漱玉詞》

【考辨】

◎歷代載籍著録此闋之詞調、題目：

調作《怨王孫》、《月照梨花》（詳見《河傳》【考辨】『歷代載籍著録此闋之詞調、題目』之『瑜注』）。題作『春暮』、『春景』、『暮春』。

◎歷代此闋著録為李清照（易安）詞之載籍：

［一］　宋・無撰人《草堂詩餘》文淵閣《欽定四庫全書》本　集部（卷一，第二八頁），收作李易安詞。

校記

調題：皆同範詞。

正文：皆同範詞。

附録：無。

［二］　宋・無撰人《草堂詩餘》文津閣《欽定四庫全書》本　集部（卷一，總第五七〇頁），收作李易安詞。

校記

調題：皆同範詞。

正文：皆同範詞。

附録：無。

［三］明・茅暎遠士評選《詞的》清萃閔堂抄本《四庫未收書輯刊》影印（卷之二，第二一頁），收作李清照詞。

校記

調題：皆同範詞。

正文：皆同範詞。

附録：無。

［四］明・顧從敬類選　沈際飛評正《草堂詩餘正集》明萬賢樓自刻本（卷一，第三六頁），收作李易安詞。

校記

調題：皆同範詞。

正文：皆同範詞。

附録：賀詞：『多情多感』猶少此『難拚捨』三字。　元人樂府率以『也』字葉成妙句，殆祖此。（眉批）

《開元遺事》：唐宮人寒食戲鞦韆，呼為『半仙戲』。（尾注）

［五］明・楊慎批點　閔暎璧校訂《草堂詩餘》明閔暎璧刻朱墨套印本（卷二，第一頁），收作李易安詞。

校記

調題：皆同範詞。

正文：皆同範詞。

附録：至情。（瑜注：『多情自是多沾惹』之旁批）

［六］明・楊慎批點《草堂詩餘》明萬曆《詞壇合璧》刊本（卷二，第一頁），收作李易安詞。

校記

調題：皆同範詞。

正文：皆同範詞。

附録：無。

［七］明・武陵逸史編次　開雲山農校正《類編草堂詩餘》明嘉靖二十九年顧汝所刻本（卷之一，第二五頁），收作李易安詞。

校記

調題： 皆同範詞。

正文： 皆同範詞。

附録： 無。

［八］明・武陵逸史編次　上元崑石山人校輯《類編草堂詩餘》（《新刻注釋草堂詩餘》）古吴陳長卿梓（卷之一，第四六頁），收作李易安詞。

校記

調題： 皆同範詞。

正文： 皆同範詞。

附録： 無。

［九］明・顧從敬編次　韓俞臣校正《類編草堂詩餘》古吴博雅堂梓行本（卷之一，第一五頁），收作李易安詞。

校記

調題： 皆同範詞。

正文： 皆同範詞。

附録： 無。

［一〇］明・唐順之解注　田一雋精選《類編草堂詩餘》金陵書坊張氏東川綉梓　萬曆甲申年重刊本（卷之一，第四六頁），收作李易安詞。

校記

調題： **皆同範詞。**

正文： 皆同範詞。

附録： 無。

［一一］　明·顧從敬類選　陳繼儒重校　陳仁錫參訂（内署）《類選箋釋草堂詩餘》明萬曆刻本《續修四庫全書》影印集部　詞類（卷之一，第三五頁），收作李易安詞。

校記

調題：皆同範詞。

正文：皆同範詞。

附録：無。

［一二］　明·鯆溪逸史選編《彙選歷代名賢詞府全集》明嘉靖丁己（巳）一得山人跋抄本（卷之二，第二二頁），收作李易安詞。

校記

調題：皆同範詞。

正文：皆同範詞。

附録：無。

［一三］　明·陳耀文纂（原署）《花草粹編》影印明刊十二卷本（卷五，第三六頁），收作李易安詞。瑜注：李易安《怨王孫》（夢斷，漏悄）與此首連排，用『二』字銜接，祇前一首署名，此首撰者亦應為李易安，詳見《品令》（急雨驚秋曉）之『瑜按』。

校記

調題：調作《月照梨花》。題同範詞。調下注：『一作《王孫》』。詳見《怨王孫》（夢斷，漏悄）【考辨】所收載籍明陳耀文纂《花草粹編》影印明刊本『校記』『調題』之『瑜注』。

正文：皆同範詞。

附録：無。

［一四］　明·陳耀文輯《花草粹編》文淵閣《欽定四庫全書》二十四卷本（卷一〇，第五頁），收作李易安詞。瑜注：李易安《怨王孫》（夢斷，漏悄）與此首連排，用『二』字銜接，祇前一首署名，此首撰者亦應為李易安，詳見《品令》（急雨驚秋曉）之『瑜按』。

校記

調題：調作《月照梨花》。題同範詞。調下注：『一作怨王孫』。

正文：皆同範詞。

附録：無。

〔一五〕明·陳耀文編（原署）《花草粹編》文津閣《欽定四庫全書》二十四卷本（卷一〇，總第二六頁），收作李易安詞。瑜注：李易安《怨王孫》（夢斷，漏悄）與此首連排，用『二』字銜接，衹前一首署名，此首撰者亦應為李易安，詳見《品令》（急雨驚秋曉）之『瑜按』。

校記

調題：調作《月照梨花》。題同範詞。調下注：『一作怨王孫』。

正文：皆同範詞。

附録：無。

〔一六〕明·池上客選《歷朝烈女詩選名媛璣囊》（一名《名媛璣囊》）明萬曆二十三年書林鄭雲竹刻本（廉集三，第一七頁），收作李清照詞。

校記

調題：皆同範詞。

正文：皆同範詞。

附録：無。

〔一七〕明·徐師曾輯《文體明辨附録》明萬曆間吴江壽檜堂刻本（卷一〇，詩餘二〇中，第二〇頁），收作『宋婦李清照』詞。

校記

調題：調同範詞。題作『春景』。調下注：『雙調·小令』。

正文：皆同範詞。

附録：無。

〔一八〕明・董其昌評訂　曾六德參釋《新鍥訂正評注便讀草堂詩餘》明萬曆三十年喬山書舍刻本（卷三，頁不清），收作李易安詞。

校記

調題： 皆同範詞。

正文： 『拚』作『弁』。

附録： 古詞：『多情却被無情惱』。（眉批）

〔一九〕明・毛晉訂《漱玉詞》影印汲古閣初刻《詩詞雜俎》本（第三頁），收作『李氏　清照』詞。

校記

調題： 調作《怨王孫》。題作『春暮』。

正文： 原『拚』，規範繁體漢字『拚』，『拚命』猶『拚命』（《辭源》）。原『綠』、『堦』、『拚』、『靜』，兹改為正字『緑』、『階』、『拚』（瑜注：《現代漢語規範詞典》：『同「拼」。現在一般寫作「拼」』）、『静』。（擇為範詞，底本）

附録： 無。

〔二〇〕明・武陵逸史編　隱湖小隱訂《草堂詩餘》明末毛氏汲古閣刻《詞苑英華》本（卷一，第二六頁），收作李易安詞。

校記

調題： 皆同範詞。

正文： 皆同範詞。

附録： 無。

〔二一〕明・胡桂芳重輯（原宋・何士信輯）《類編草堂詩餘》明萬曆三十五年黃作霖等刻本（卷之上，第一四頁），收作李易安詞。

校記

調題： 皆同範詞。

正文： 皆同範詞。

附録： 無。

［二二二］　明・李廷機批評　翁正春校正　徐憲成梓行《新刻注釋草堂詩餘評林》明萬曆三十六年戊申起秀堂刊本（春景三卷，第三五頁），收作李易安詞。

校記

調題：皆同範詞。

正文：『拚』作『弃』。

附録：開元遺事：唐宫寒食节立鞦韆為樂，呼『半仙戲』。（眉批）

［二二三］　明・鄭文昂編輯《古今名媛彙詩》，《四庫全書存目叢書》影印明刊本（卷一七，第五頁），收作李清照詞。

校記

調題：調同範詞。題作『暮春』。

正文：皆同範詞。

附録：無。

［二二四］　明・王象晋纂輯《二如亭群芳譜》虎丘禮宗書院藏板（卷一，歲譜，第六七頁），收作李易安詞。

校記

調題：無調。無題。

正文：『静』作『轉』。

附録：無。

［二二五］　明・程明善纂輯《嘯餘譜》，《續修四庫全書》集部　詞類（卷四，詩餘二三中，第一四頁），收作李清照詞。

校記

調題：調同範詞。題作『春景』。調下注：『雙調・小令』。

正文：皆同範詞。

附録：無。

［二二六］　明・卓人月彙選　徐世俊參評《古今詞統》（又名陳繼儒評選《草堂詩餘》、《詩餘廣選》），《續修四庫全書》本（卷七，第一一頁），收作李清照詞。

校記

調題： 皆同範詞。瑜注：應是與前一首《怨王孫》（夢斷，漏悄。）同調同題。

正文： 皆同範詞。

附録： 元詞多以『也』字葉成妙句，殆祖此。（眉批）

［二七］明·李攀龍補遺　陳繼儒校正　余文杰綉梓《新刻題評名賢詞話草堂詩餘》明萬曆四十三年書林自新齋余文杰刻本（三卷，第二九頁），收作李易安詞。

校記

調題： 皆同範詞。

正文： 皆同範詞。

附録： 開元遺事：唐宮寒食節立鞦韆為樂，呼『半仙戲』。（眉批）

［二八］明·吴從先　寧野甫彙編《新刻李于麟先生批評注釋草堂詩餘隽》師儉堂蕭少衢依京板刻（卷之二，第六三頁），收作李易安詞。

校記

調題： 皆同範詞。

正文： 『拚』作『弃』。

附録： 上言雁信無能遠傳，下言月皎空照閑階。（詞前評語）

以『多情』接『恨綿綿』，何組織之工！（眉批）

此詞可以『王孫不歸兮，芳草萋萋兮』參看。（詞後評語）

［二九］明·趙世杰選輯　許肇文參閲《古今女史》明崇禎刊本（卷一二，詩餘，第八頁），收作李易安詞。

校記

調題： 調同範詞。題作『暮春』。

正文： 皆同範詞。

附録： 無。

［三〇］明・潘游龍輯《精選古今詩餘》（《古今詩餘醉》）清乾隆壬午秋鐫（卷二，第七頁），收作李易安詞。

校記

調題：皆同範詞。

正文：『誰』作『難』。

附録：元人樂府率以『也』字葉成妙句，殆祖此。（尾注）

［三一］清・先著　程洪輯《詞潔》清康熙刻本（卷二，第四頁），收作李清照詞。

校記

調題：調同範詞。無題。

正文：皆同範詞。

附録：無。

［三二］清・周銘編集　金成棟重校《林下詞選》，《四庫全書存目叢書補編》第二冊（卷一，第四頁），收作李清照詞。

校記

調題：皆同範詞。

正文：皆同範詞。

附録：無。

［三三］清・朱彝尊編《詞綜》，《欽定四庫全書薈要》集部（卷二五，第五頁），收作李清照詞。

校記

調題：皆同範詞。

正文：皆同範詞。

附録：無。

［三四］清・歸淑芬等選輯《古今名媛百花詩餘》康熙二十三年刻本（仲春卷，梨花類，第三頁），收作『宋李清照』詞。

校記

調題：調同範詞。無題。

正文：皆同範詞。

附録：無。

［三五］　清・孫致彌輯　樓儼補訂《詞鵠初編》清康熙四十四年自刻本（卷三，第一六頁），收作李清照詞。

校記

調題： 調同範詞。無題。

正文： 皆同範詞。

附録： 無。

［三六］　清・沈辰垣等編《御選歷代詩餘》影印康熙内府本（卷二五，第一三一頁），收作李清照詞。

校記

調題： 調同範詞。無題。

正文： 皆同範詞。

附録： 無。

［三七］　清・汪灝等編修《御定佩文齋廣群芳譜》文淵閣《欽定四庫全書》本（卷三，第二五頁），收作李清照詞。

校記

調題： 調同範詞。無題。

正文： 皆同範詞。

附録： 無。

［三八］　清・王奕清等纂修《欽定詞譜》影印康熙内府刻本（卷一一，第七頁），收作李清照詞。

校記

調題： 調作《河傳》。無題。調下注：『雙調，五十三字。前段七句三仄韵，三平韵；後段六句三仄韵，兩葉韵』。

正文： 『拚』作『拌』。

附録： 略（瑜注：解説）。

［三九］　清・江標抄《李清照漱玉詞》汲古閣未刻詞二十二家本（手抄，不分卷頁，第一〇首），上海圖書館藏，收作

「宋易安居士李氏清照」詞。

校記

調題：調同範詞。無題。

正文：皆同範詞。

附録：無。

［四〇］清・陸昶評選《歷朝名媛詩詞》紅樹樓藏版　乾隆癸巳新鐫（卷一一，第七頁），收作李清照詞。

校記

調題：調同範詞。無題。

正文：皆同範詞。

附録：無。

［四一］清・汪玢箋《漱玉詞彙抄》問遽廬正本（手抄，不分卷頁，第一〇首），復旦大學圖書館藏，收作「宋李氏清照易安」詞。

校記

調題：皆同範詞。

正文：「樓」作「橋」；「梨」作「梅」。

附録：無。

［四二］清・莫友芝家抄《漱玉詞》（手抄，不分卷頁，第二八首），復旦大學圖書館藏，收作「宋李氏清照易安」詞。

校記

調題：皆同範詞。題下注：「毛有綜録」。

正文：皆同範詞。

附録：無。

［四三］清・譚獻輯《復堂詞録》稿本（卷八，宋集七，未注頁碼），收作李清照詞。

校記

調題： 皆同範詞。
正文： 皆同範詞。
附録： 無。

［四四］清·王鵬運輯《漱玉詞》，《四印齋所刻詞》本（第一〇頁），收作『李清照　易安』詞。

校記

調題： 調同範詞。無題。
正文： 皆同範詞。
附録： 無。

［四五］清·楊文斌輯録《三李詞》光緒庚寅夏香海閣刊本（卷三，第七頁），收作李清照詞。

校記

調題： 調同範詞。無題。
正文： 皆同範詞。
附録： 無。

［四六］清·萬樹論次　徐本立纂《新校正詞律全書》民國合刊本　詞律部分（卷六，第二四頁），著録為李清照詞。

校記

調題： 調作《月照梨花》。無題。
正文： 僅著録兩句『人静皎月初斜。浸梨花』。與範詞同。
附録： 無。

［四七］清人輯《斷腸漱玉詞合刊》之《漱玉詞》光緒庚子石印本（第二頁），收作李清照詞。

校記

調題： 調同範詞。無題。
正文： 『自是』作『多是』。

附録： 無。

［四八］清・蕙風簃主箋《漱玉詞箋》中華圖書館石印本　中華民國四年六月版（不分卷，第四頁），收作李清照詞。

校記

調題： 調同範詞。無題。

正文： 皆同範詞。

附録： 無。

［四九］木石居士選輯　絳雲女史參校《歷代名媛詞選》民國十六年石印本（卷六，小令六，未注頁碼），收作李清照詞。

校記

調題： 調同範詞。無題。

正文： 皆同範詞。

附録： 無。

［五〇］李文裿輯《漱玉集》冷雪盦叢書本（卷三，第六頁），收作李清照詞。

校記

調題： 皆同範詞。

正文：『拚』作『弃』。

附録：《花草粹編》、《歷代詩餘》、文津閣本《漱玉詞》、四印齋本《漱玉詞》、《歷朝名媛詩詞》。（尾注）

［五一］唐圭璋輯《全宋詞》中州古籍出版社　兩冊本（上，第六四七頁），收作李清照詞。

附録： 類編草堂詩餘卷一。按：楊金本草堂詩餘前集卷下，此首作秦觀詞。

［五二］黃墨谷《重輯李清照集》齊魯書社（卷一，第五頁），收作李清照詞。

［五三］徐北文主編《李清照全集評注》濟南出版社（第七二頁），收作李清照詞。

［五四］徐培均《李清照集箋注》上海古籍出版社（第一八頁），收作李清照詞。

◎歷代此闋著録他人或無名氏及存疑詞之載籍：

［一］　宋・何士信輯《草堂詩餘前集二卷後集二卷》明嘉靖三十三年楊金刻本（卷下前，第一八頁），收作秦少游詞。

校記

調題： 調同範詞。無題。

正文： 皆同範詞。

附録： 無。

［二］　趙萬里輯《漱玉詞》，《校輯宋金元人詞》本（第一一頁），『附録一』收作『李清照　易安』『存疑』詞。

校記

調題： 皆同範詞。調下注：『《類編草堂詩餘》題作「春暮」，《詞綜》同』。

正文： 『多情』作『多恨』。

附録： 《類編草堂詩餘》一、《花草粹編》五、《古今女史》、《古今詞統》七、《詞綜》、《歷代詩餘》二十五、《詞譜》十一。（尾注）

按：上二闋《詩詞雜俎》本《漱玉詞》收之，殆與《類編草堂詩餘》同出一源，前一闋至正本《草堂詩餘》前集上引與《如夢令》、《武陵春》二詞銜接，類編本以為李作，失之。後一闋至正本不收，見類編本，未詳所出。瑜注：此係趙萬里兩首《怨王孫》共按，『前一闋』指《怨王孫》（夢斷，漏悄），『後一闋』指《怨王孫》（帝里，春晚）。

［三］　中華書局編《李清照集》（第四四頁），『附録』收之。

［四］　王仲聞《李清照集校注》人民文學出版社（第八〇頁），收為李清照『存疑詞』。

附録： 趙萬里輯《漱玉詞》云：『按上二闋（指《怨王孫》「夢斷，漏悄」一闋及此闋）《詩詞雜俎》本《漱玉詞》收之，殆與《類編草堂詩餘》同出一源。前一闋，至正本《草堂詩餘》引與《如夢令》、《武陵春》二詞銜接，類編本以為李作，失之。後一闋，至正本不收，見類編本，未詳所出。

按：前一首楊金本《草堂詩餘》前集卷下作無名氏詞；後一首楊金本《草堂詩餘》同卷作秦少游詞，并無題。《類編草堂詩餘》并以為李清照作，不可據。瑜注：此係王仲聞兩首《怨王孫》共按。『前一首』指《怨王孫》（夢斷，漏悄）；『後一首』指《怨王孫》（帝里，春晚）。

◎ **瑜按：**

綜上，五十餘種載籍收録為李清照（易安）詞。王仲聞以為『楊金本《草堂詩餘》同卷作秦少游詞』，而收為李清照存

疑詞。檢秦觀撰《淮海詞》（汲古閣本《宋名家詞》）未收；查唐圭璋輯《全宋詞》之秦少游詞亦未收。僅收為『存目詞』，『附注：『李清照作，見類編草堂詩餘卷二』。秦觀詞之疑點已排除。詳見前《怨王孫》（夢斷，漏悄）之『瑜按』，為兩闋共按。無疑，皆收為李易安（清照）詞作，茲入《漱玉詞》。

【注釋】

［一］**帝里**：指京城。宋柳永《戚氏》：『帝里風光好，當年少日，暮宴朝歡。』宋盧氏《鳳栖梧》：『帝里繁華，迢遞何時至』。

［二］**綿綿**：接連不斷。唐白居易《長恨歌》：『天長地久有時盡，此恨綿綿無絶期。』宋柳永《戚氏》：『皓月嬋娟，思綿綿』。

［三］**沾惹**：招引。宋柳永《鬥百花》：『剛被風流沾惹，與合垂楊雙髻。』宋范成大《念奴嬌》：『沾惹天香，留連國艷，莫散燈前酌』。

［四］**拚捨**：捨弃，屏除。宋蔡伸《相見歡》：『何似驀然拚捨、去來休』。宋呂勝己《如夢令》：『拚捨。拚捨。獨醉好天良夜』。

［五］**寒食**：見《浣溪沙》（淡蕩春光寒食天）注。

［六］**巷陌**：街道。宋辛弃疾《永遇樂》：『斜陽草樹，尋常巷陌，人道寄奴曾住』。宋陳允平《齊天樂》：『故國樓臺，斜陽巷陌，回首白雲何處』。

［七］**浸梨花**：月光像水一樣浸透了梨花，猶言梨花沐浴在月光裏。宋謝逸《南歌子》：『簾外一眉新月、浸梨花。』宋趙長卿《浣溪沙》：『夜深明月浸梨花』。

【品鑒】

公元一一〇一年（靖國建中元年）李清照與趙明誠結婚。當時趙明誠正在太學就讀。出學後任朝中鴻臚少卿。公元一一〇八年（大觀二年）明誠偕清照屏居鄉里，離開了京城。夫婦婚後在京城裏生活約七年的時間。雖然史料没有記載，但夫婦在這個時間是曾有過暫短離别的。從此詞『帝里』觀之，該詞就是寫這一時期中的離情别緒的。

『帝里，春晚。重門深院。』首韵寫環境。『帝里』，京城。這裏指北宋都城汴京。開端交待了地點。『春晚』，春暮。其景象是『春城無處不飛花，寒食東風御柳斜』的時候，這裏點出了節序。『重門』，一道道門。易安《念奴嬌》：『蕭條庭院，又斜風細雨，重門須閉』，易安《小重山》：『花影壓重門。疏簾鋪淡月、好黄昏』，三首詞都是寫相思的，裏面都談到『重門』，都寫了重重門户緊閉，庭院幽邃、凄寂。此詞作者以景發端，從『帝里』起筆，落墨『庭院』，空間由大到小。讀者讀過之後頓生一種沉鬱凄寂之感。《樂府指迷》云：『大抵起句便見所咏之意』，情與景交融無迹。在京城汴梁，已是暮春時節，楊花柳絮無處不在飄飛。在重門緊閉的深幽庭院裏，落花滿地。

『草緑階前。暮天雁斷。』『草緑』，説明草已長得旺盛。唐李白《菩薩蠻》：『平林漠漠烟如織，寒山一帶傷心碧』，平地上的樹林漫無邊際，好像被白色的輕紗籠罩着，一片寒山上的青緑色，使人看了傷心。『碧』色令人情傷。此詞中的『緑』字與李白詞中的『碧』字同一機杼。作者之所以選取『草』來寫，也是別有用意的。《楚辭·招隱士》：『王孫游兮不歸，春草生兮萋萋』，後來芳草似乎成了懷歸念遠的特定意象了。唐人姚月華《古怨》：『春水悠悠春草緑，對此思君泪相續』，唐劉長卿《謫仙怨》：『獨恨長沙謫去。江潭春草萋萋』，南唐後主李煜《清平樂》：『離恨恰如春草，更行更遠還生』，宋人秦觀《八六子》：『倚危亭。恨如芳草，萋萋剗盡還生』，都是由《楚辭·招隱士》演化而來。女主人對『草』是特殊敏感的，觸景生情，思念起遠離的親人。『緑』色惹眼刺心，懷想之情更加強烈。

『暮天雁斷』。『暮』，太陽將落的時候，點出一天中的具體時間。『雁斷』，北歸的大雁過盡了。在詩詞中常常出現大雁。宋徐昌圖《臨江仙》：『淡雲孤雁遠，寒日暮天紅』，這裏用『孤雁』寄寓游子孤凄悵惘的情懷。宋范仲淹《漁家傲》：『塞下秋來風景异。衡陽雁去無留意』，一面用大雁南飛襯托塞北的荒凉，一面暗含守邊將士懷鄉思親的思想感情。相傳雁是能夠傳帶書信的，所以在一些思歸懷人的詩詞裏就常常出現。易安《蝶戀花》：『好把音書憑過雁。東萊不似蓬萊遠』，就是盼望姊妹常常通信，以慰相互思念之情的。此詞的『雁斷』，是説傳信捎書的征鴻已經過盡。庭院裏的臺階前緑草如茵，傍晚的天空看不到回歸的雁群，它已經過盡了。可是心上人消息杳然。頭四句，寫出暮春庭院的凄寂景象。言簡意深，暗藏機鋒。『晚』、『重』、『深』、『緑』、『暮』，用得切當傳神，對渲染氣氛深化主題起了很好的作用。

『樓上遠信誰傳。恨綿綿。』承前。用『樓上』這一反詰句振起，『恨綿綿』拍合，直抒胸臆。『樓上』女主人孑然獨處，在静謐的黄昏，倚窗凝望天際，希望遠征的大雁，能夠給她帶來心上人的消息，可是北歸的鴻雁已經過盡，音信無憑。于是女主人更憂心忡忡，以後的書信將由誰來傳遞呢？女主人似乎很失望，不但没有得到安慰，反而又擔心起無人來傳遞消息了。『綿綿』，接連不斷，與唐白居易《長恨歌》：『天長地久有時盡，此恨綿綿無絶期』的『綿綿』同意。

『多情自是多沾惹。難拚捨。又是寒食也。』『無情不似多情苦』，多情者這麼多的痛苦、煩惱，都是由多情而招引來的。多情者的痛苦和煩惱，是很難消釋的，真是『剪不斷。理還亂。是離愁。別是一般滋味在心頭』。又如易安《一剪梅》詞所云：『一種相思，兩處閑愁。此情無計可消除，纔下眉頭，却上心頭。』『又是寒食也』，照應首句。『寒食』，清明前二天。南朝梁宗懍《荊楚歲時記》云：『去冬節一百五日，即有疾風甚雨，謂之寒食』。又云：『晉介子推于三月五日為火所焚，國人哀之，每歲春暮為不舉火，謂之禁烟」，故名。『又』字，含有年光易逝，時不待人的感慨。誰讓自己是這般多情呢！招引來這麽多的痛苦和煩惱，想盡各種辨法也難排除。日夜遞嬗，光陰荏苒，恍惚又到寒食節了。錦瑟年華不能與愛人同度。無限抑鬱惆悵纏綿的情思蘊于其中。

『鞦韆巷陌，人静皎月初斜。浸梨花。』結句宕開，以景結情。《樂府指迷》云：『結句須要放開，含有餘不盡之意，以景結尾最好。如清真之「斷腸院落，一簾風絮」，又「掩重關，遍城鐘鼓」之類是也。』説的就是這類結尾。『鞦韆』是一種游戲的器具。唐宋時代盛行鞦韆之戲。現在北方的朝鮮族，仍有蕩鞦的習俗。『皎』，潔白，《古詩十九首》有『明月何皎皎』句，唐人李华《海上生明月》：『皎皎秋中月，團團海上升』，其中的『皎皎』都是形容明月之潔白的。女主人被濃重的離愁别恨煎熬着，不能安睡。夜深了，她走到窗前，煢煢孑立，凝望着室外，那熟悉的街道旁，鞦韆的畫架矗立着，闃無一人，萬籟俱静。一輪皎潔的明月剛剛偏西，分灑的光輝像水一樣浸透了雪白的梨花。此句很受古人稱道。《花草蒙拾》評曰：『「皎月」、「梨花」，本是平平，得一「浸」字，妙絶千古，與「月光如水浸宫殿」同工』。『静』、『皎』、『浸』將夜的環境描繪得很幽静美妙。良辰美景不能與愛人同享，使女主人的『綿綿』離恨，更增一倍，况且梨花將要謝落，春天又要逝去，正是『花開不同賞，花落不同悲。欲問相思處，花開花落時』（唐人薛濤詩）。

上片，寫女主人春晚深院樓上懷遠。下片，寫女主人寒食夜闌不寐，樓上對景難排離愁。

構思縝密工巧：上片，先寫暮春庭院裏的景象，由『帝里』寫到『深院』；由『階前』寫到『暮天』。由外到内，從大到小，由下至上，又由『暮天雁斷』一語，引出樓上人的離『恨綿綿』。自上返下，由物及人。下片，先寫寒食夜闌離愁難遣，後寫月下景象，由人及物。前結『恨綿綿』有『水窮雲起』之妙，帶出過變之意。此恨由多情招引來，却無計遣解去，過變承上啓下。極迷離惝恍纏綿悱惻之致。

此詞自成高格，境界超妙。由兩幅畫面構成：上片是一幅『暮春黄昏深院樓上懷遠圖』，景物烘托别恨；下片，是一幅『寒食夜闌離愁難遣圖』，景物明麗，反襯離愁。《蓮子居詞話》云：『言情之詞，必藉景色映托，乃具深宛流美之致』，是有道理的。

此詞，布局匀稱，結構嚴謹，畫面雋雅，愁濃語淡，情景悠然。

【選評】

［一］　明·沈際飛：賀詞：『多情多感』猶少此『難拚捨』三字。　元人樂府率以『也』字葉成妙句，殆祖此。（《草堂詩

餘正集》）

［二］明·董其昌：古詞：『多情却被無情惱』。（《新鍥訂正評注便讀草堂詩餘》）

［三］明·李于麟（攀龍）：上言雁信無能遠傳，下言月皎空照閑階。（詞前評語）以『多情』接『恨綿綿』，何組織之工！（眉批）此詞可以『王孫不歸兮，芳草萋萋兮』參看（詞後評語）。（明吴從先、寧野甫彙編《新刻李于麟先生批評注釋草堂詩餘雋》）

［四］清·王士禛：『皎月』、『梨花』本是平平，得一『浸』字妙絶千古。與『明月如水浸宫殿』同工。（《花草蒙拾》）

［五］黄墨谷：此詞見《類編草堂詩餘》一、《花草粹編》五、《古今女史》、《古今詞統》、《歷代詩餘》二十五。趙萬里輯《漱玉詞》輯在附録一存疑。余謂此詞頗近清照早期作品風格，因録入。（《重輯李清照集》）

［六］温紹堃　錢光培：宋詞分豪放、婉約二派，李清照向來被視為婉約之宗。所謂婉約即指不是開門見山、直截了當、奔放不羈地寫；而是曲折委婉、含蓄隱約而又寓意深永的一種細膩婉曲的筆法。本詞就突出地體現了這一特點。詞人本是要抒寫離别之苦，相思情深，但男女之情細膩微妙，曲折複雜，不可太直、太露。詞人便根據自己的深切感受，采用變直為曲、化淺為深的手法來寫。試看，上片開頭四句重在寫景，但却隱約地寓入了孤寂難耐之情，這纔引出了『遠信誰傳』、『恨綿綿』的正面抒懷。可是剛到這裏，下片又不直接沿着這感情往下寫了，反而采取否定的口氣去責怪自己不該多情，想拋弃這情懷，結果却怎麽也擺脱不了。那麽就乾脆繼續寫這思念之情吧？不，最後又給勾繪出一幅慘淡的月夜梨花圖，就嘎然而止。這樣一寫，便把這種思念之情寫得往復不盡、真摯感人，真所謂『腸一日而九回』了！（《李清照名篇賞析》）

［七］侯健　吕智敏：這首閨情詞，將寫景，抒情穿插交錯，創造了情景交融的幽深意境，表現了思婦深沉懇摯的離愁别恨。上片起筆繪景，景托情出：由京城春至，到重門深閉；由階前草緑，到暮天雁斷，一層層景物的描繪完全附和着思婦感情的起伏流動，處處透露着傷春、恨别、思人、盼歸的真情。望雁無踪的描寫巧妙地引出了『樓上遠信誰傳，恨綿綿』的悵惘慨嘆，于是，過片處由寫景自然地轉入抒情：由無人傳信而生綿綿怨恨，轉而又以『多情自是多沾惹』自嘲，但理智終究駕馭不住感情，因此，仍舊陷于難割難捨的强烈思念之中。于是，思前想後，自然就想到眼下『又是寒食也』，佳節倍思親，難拚捨之情思必是愈加强烈。至此，感情的抒發達到了高潮，同時，一幅寒食

春夜圖也就隨着『又是佳節也』的深情慨嘆而展現了出來：鞦韆靜靜地垂挂着，街巷靜靜地延伸着，人們靜靜地沉睡着。皎潔的明月斜挂西天上，那柔如流水的銀白月光傾灑在潔白如雪的梨花上，像是慢慢地浸入了花瓣，浸透了花蕊，銀白的月光與雪白的梨花漸漸地融成了一體，用光與情繪出了一幅静謐、高雅、聖潔、美好的夜景。思婦夜不能寐、對月思人時那種既痛苦、又甜密的感情就在這蕩人神魂的美好景色中得到了最自然而又最充分的表現。（《李清照詩詞評注》）

青玉案　春日懷舊

一年春事都來幾。早過了、三之二。緑暗紅嫣渾可事。緑楊庭院，暖風簾幕，有個人憔悴。買花載酒長安市。又争似、家山見桃李。不枉東風吹客淚。相思難表，夢魂無據，惟有歸來是。

——文淵閣《欽定四庫全書》本《草堂詩餘》

【考辨】

◎歷代載籍著録此闋之詞調、題目：

調作《青玉案》（一名《一年春》）。題作『春日懷舊』、『懷舊』、『春情』。

◎歷代此闋著録為李清照（易安）詞之載籍：

［一］清・江標抄《李清照漱玉詞》汲古閣未刻詞二十二家本（手抄，不分卷頁，第四四首），上海圖書館藏，收作『宋易安居士李氏清照』詞。

校記

調題：調同範詞。無題。調下注：『《草堂》又作歐陽永叔，而歐集不載』。

正文：『早過了』作『早過』；『又争似』作『争似』；『惟』作『唯』。

附録：無。

◎歷代此闋著録他人或無名氏及存疑詞之載籍：

［一］徐培均《李清照集箋注》上海古籍出版社（第四三頁），收作李清照詞。

［一］宋・無撰人《草堂詩餘》文淵閣《欽定四庫全書》本　集部（卷二，第一三頁），收作歐陽永叔詞。

校記

調題： 調作《青玉案》。題作『春日懷舊』。瑜注：此詞調為《青玉案》又一體，與李彌遜《青玉案》（楊花儘教）：『雙調六十八字，前後段各六句四仄韵』同。

正文： 原『幙』、『箇』、『爭』、『涙』、『䰟』，茲改為正字『幕』、『個』、『争』、『泪』、『魂』。（擇為範詞，底本）

附録： 無。

［二］宋・無撰人《草堂詩餘》文津閣《欽定四庫全書》本　集部（卷二，總第五七五頁），收作歐陽永叔詞。

校記

調題： 皆同範詞。

正文： 皆同範詞。

附録： 無。

［三］宋・何士信編《增修箋注妙選群英草堂詩餘》前集二卷　影元至正癸未廬陵泰宇書堂新刊本（餘前上，第一〇頁），未署撰者。與歐陽永叔詞《浪淘沙》（把酒祝東風）連排，第二首。

校記

調題： 調同範詞。無題。

正文： 皆同範詞。

附録： 無。

［四］宋・建安古梅何士信君實編選《妙選箋注群英草堂詩餘》（《增修箋注妙選群英草堂詩餘》）前集二卷後集二卷　影元至正辛卯孟夏雙璧陳氏刊行本（餘前上，第九頁），未署撰者。與歐陽永叔詞《浪淘沙》（把酒祝東風）連排，第二首。

校記

調題： 調同範詞。無題。

正文： 皆同範詞。

附録：無。

［五］宋・佚名輯　何士信增注《增修箋注妙選群英草堂詩餘》，《景刊宋金元明本詞》本（洪武本，餘前上，第九頁），未署撰者。與歐陽永叔詞《浪淘沙》（把酒祝東風）連排，第二首。

校記

調題：調同範詞。無題。

正文：皆同範詞。

附録：無。

［六］宋・佚名輯　何士信增注《增修箋注妙選群英草堂詩餘》（内名），《四部叢刊》影印涵芬樓本（前集，卷之上，第一九頁），未著撰者。與歐陽永叔詞《浪淘沙》（把酒祝東風）連排，第二首。

校記

調題：調同範詞。無題。

正文：『枉』作『往』。

附録：無。

［七］明・顧從敬類選　沈際飛評正《草堂詩餘正集》明萬賢樓自刻本（卷二，第二五頁），收作歐陽永叔（下有小注「一刻易安」）詞。

校記

調題：皆同範詞。題下注：『後段第二句多一字』。

正文：皆同範詞。

附録：『問向前、猶有幾多春，三之一』。　『有個人憔悴』，下文都在此句生出。　煞落。（眉批）

《飲中八仙歌》：『長安市上酒家眠』。（尾注）

［八］明・周瑛撰《詞學筌蹄》，《續修四庫全書》本（卷五，總第四三四頁），收作歐陽永叔詞。

校記

調題：調同範詞。題作『懷舊』。

正文：『嫣』作『焉（不清）』；『庭』作『廷』；『枉』作『往』。

附録：無。

［九］明・陳鐘秀校《精選名賢詞話草堂詩餘》，《四印齋所刻詞》本（草堂上，第一四頁），收作歐陽永叔詞。

校記

調題：調同範詞。無題。

正文：皆同範詞。

附録：無。

［一〇］明・楊慎批點　閔暎璧校訂《草堂詩餘》明閔暎璧刻朱墨套印本（卷三，第一三頁），收作歐陽永叔詞。

校記

調題：皆同範詞。

正文：皆同範詞。

附録：離思黯然。道學人亦作此情語。（眉批）

［一一］明・楊慎批點《草堂詩餘》明萬曆《詞壇合璧》刊本（卷三，第一三頁），收作歐陽永叔詞。

校記

調題：皆同範詞。

正文：皆同範詞。

附録：離思點（黯）然。道學人亦作此情語。（眉批）

［一二］明・武陵逸史編次　開雲山農校正《類編草堂詩餘》明嘉靖二十九年顧汝所刻本（卷之二，第一一頁），收作歐陽永叔詞。

校記

調題：皆同範詞。

正文：皆同範詞。

附録：無。

［一三］明・武陵逸史編次　上元崑石山人校輯《類編草堂詩餘》（《新刻注釋草堂詩餘》）古吳陳長卿梓（卷之二，第一九頁），收作歐陽永叔詞。

校記

調題：皆同範詞。

正文：皆同範詞。

附録：無。

［一四］明・顧從敬編次　韓俞臣校正《類編草堂詩餘》古吳博雅堂梓行本（卷之二，第一一頁），收作歐陽永叔詞。

校記

調題：皆同範詞。

正文：皆同範詞。

附録：無。

［一五］明・唐順之解注　田一雋精選《類編草堂詩餘》金陵書坊張氏東川綉梓　萬曆甲申年重刊本（卷之二，第一九頁），收作歐陽永叔詞。

校記

調題：皆同範詞。

正文：皆同範詞。

附録：無。

［一六］明・顧從敬類選　陳繼儒重校　陳仁錫參訂（内署）《類選箋釋草堂詩餘》明萬曆刻本《續修四庫全書》影印　集部詞類（卷之二，第二四頁），收作歐陽永叔詞。

校記

調題：皆同範詞。

正文：皆同範詞。

附録：無。

［一七］宋・何士信輯《草堂詩餘前集二卷後集二卷》明嘉靖三十三年楊金刻本（卷上後，第二三頁）收録，未注撰者。

校記

調題： 調同範詞。題作『春情』。

正文：『緑楊』作『垂楊』。

附録： 無。

［一八］明・鱅溪逸史選編《彙選歷代名賢詞府全集》明嘉靖丁己（巳）一得山人跋抄本（卷之三，第二七頁），收作歐陽永叔詞。

校記

調題： 皆同範詞。調下注：『一名《一年春》』。

正文： 皆同範詞。

附録： 無。

［一九］明・吴承恩輯《花草新編》明抄本（殘卷，卷之三，中調，第一九頁），上海圖書館藏，收作『永叔』詞。

校記

調題： 皆同範詞。

正文： 皆同範詞。

附録： 無。

［二〇］明・陳耀文纂（原署）《花草粹編》影印明刊十二卷本（卷七，第『又五五』頁），收作歐陽修詞。

校記

調題： 皆同範詞。

正文： 皆同範詞。

附録： 無。

［二一］明・董其昌評訂　曾六德參釋《新鍥訂正評注便讀草堂詩餘》明萬曆三十年喬山書舍刻本（卷三，頁不清），收作歐陽永叔詞。

校記

調題：皆同範詞。

正文：皆同範詞。

附録：東坡詞：『春色三分，二分塵土，一分流水』。　唐多令：『欲買桂花重載酒，中不是少年游』。　《飲中八仙歌》：『長安市上酒家眠』。（眉批）

［二二］　明・武陵逸史編　隱湖小隱訂《草堂詩餘》明末毛氏汲古閣刻《詞苑英華》本（卷二，第一一頁），收作歐陽永叔詞。

校記

調題：皆同範詞。

正文：皆同範詞。

附録：無。

［二三］　明・胡桂芳重輯（原宋・何士信輯）《類編草堂詩餘》明萬曆三十五年黄作霖等刻本（卷之上，第二〇頁），收作歐陽永叔詞。

校記

調題：皆同範詞。

正文：『嫣』作『稀』。

附録：無。

［二四］　明・李廷機批評　翁正春校正　徐憲成梓行《新刻注釋草堂詩餘評林》明萬曆三十六年戊申起秀堂刊本（春景三卷，第一三頁），收作歐陽永叔詞。

校記

調題：皆同範詞。

正文：皆同範詞。

附録：春深景物繁華，最能動人情意。歐陽公備言之矣。（眉批）

［二五］　明・卓人月彙選　徐世俊參評《古今詞統》（又名陳繼儒評選《草堂詩餘》、《詩餘廣選》），《續修四庫全書》本

（卷一〇，第三二頁），收作歐陽修詞。

校記

調題： 皆同範詞。

正文： 「枉」作「住」。

附録： 「問向前、猶有幾多春，三之一。」（眉批）

「又」字襯。（尾注）

[二一六] 明・李攀龍補遺　陳繼儒校正　余文杰綉梓《新刻題評名賢詞話草堂詩餘》明萬曆四十三年書林自新齋余文杰刻本（三卷，第「十乙」頁），收作歐陽永叔詞。

校記

調題： 調同範詞。題作「懷舊」。

正文： 皆同範詞。

附録： 春深景物繁華，最能動人情意。歐陽公備言之矣。（眉批）

[二一七] 明・吴從先　寧野甫彙編《新刻李于麟先生批評注釋草堂詩餘雋》師儉堂蕭少衢依京板刻（卷之二，第三七頁），收作歐陽永叔詞。

校記

調題： 皆同範詞。

正文： 皆同範詞。

附録： 上言景繁華而人憔悴，下語空相思不如實相見。（詞前評語）

暮春易過，思情轉然盡情懷。（眉批）

春深景物繁華，最能動人情思。歐陽公備足之矣。（詞後評語）

[二一八] 明・潘游龍輯《精選古今詩餘》（《古今詩餘醉》）清乾隆壬午秋鐫（卷九，第一七頁），收作歐陽永叔詞。

校記

調題： 皆同範詞。

正文：『春事都來幾』作『春色多無幾』。

附録：『有個人憔悴』，下文都在此句生出。（詞評）

〔二九〕清・先著　程洪輯《詞潔》清康熙刻本（卷二，第四三頁），收作歐陽修詞。

校記

調題：調同範詞。無題。

正文：『緑楊』作『垂楊』；『枉』作『住』。

附録：無。

〔三〇〕清・朱彝尊編《詞綜》，《欽定四庫全書薈要》集部（卷四，第一一頁），收作歐陽修詞。

校記

調題：調同範詞。無題。

正文：『緑楊』作『垂楊』；『枉』作『住』。

附録：無。

〔三一〕清・沈辰垣等編《御選歷代詩餘》影印康熙内府本（卷四五，第一三二頁），收作歐陽修詞。

校記

調題：調同範詞。無題。

正文：『緑楊』作『垂楊』；『枉』作『住』。

附録：無。

〔三二〕清・楊希閔撰録《詞軌》同治二年手抄本（卷四，第三三頁），收作歐陽修詞。

校記

調題：調同範詞。無題。

正文：『緑楊』作『垂楊』。

附録：無。

〔三三〕清・王鵬運輯《漱玉詞・補遺・按》，《四印齋所刻詞》本（第二頁），著録為『歐』（陽永叔）詞。

校記

調題：調同範詞。無題。

正文：皆同範詞。

附録：按：毛抄本尚有《鷓鴣天》（枝上流鶯）一闋，《青玉案》（一年春事）一闋，注云：草堂作少游、永叔，而秦、歐集無。今按：此二闋別本無作李詞者，當是秦、歐之作，且膾炙人口。故未附録。

［三四］　清・陳世焜（廷焯）選《雲韶集》手抄本（卷二，第一三頁），收作歐陽修詞。

校記

調題：調同範詞。無題。

正文：『緑楊』作『垂楊』；『枉』作『住』。

附録：愈疏愈妙。　情文相生，伊何人與。　字字凄斷。（眉批）

［三五］　王官壽輯《宋詞抄》中華民國十一年排印本（卷五，第二七頁），收作歐陽修詞。

校記

調題：調同範詞。無題。

正文：『緑楊』作『垂楊』；『枉』作『住』。

附録：無。

［三六］　唐圭璋輯《全宋詞》中州古籍出版社　兩冊本（上，第六五〇頁），收作李清照『存目詞』。

附録：出處：四印齋本漱玉詞引汲古閣未刻本漱玉詞。　附注：無名氏作，見草堂詩餘前集卷上。

［三七］　王仲聞《李清照集校注》人民文學出版社（第九七頁），收作李清照『存疑詞』。

［三八］　徐北文主編《李清照全集評注》　濟南出版社（第一四四頁），收為李清照『存疑詞』。

◎瑜按：

綜上，歷代載籍此闋撰者有二：一為李清照（易安），一為歐陽修（永叔）。王鵬運云：『當是秦、歐之作』。秦指前《鷓鴣天》（枝上流鶯）之撰者秦觀，與此詞無涉。查景宋吉州本《歐陽文忠公近體樂府》、查景宋本歐陽修撰《醉翁琴趣外篇》、查《續修四庫全書》本歐陽修撰《六一詞》俱未載此闋，這都是歐陽修本人之別集。令人驚訝，近三十種載籍著録為歐陽修詞，以訛傳訛。即排除歐詞之可能。衹落李易安（清照）名下。《草堂詩餘正集》此詞撰者歐陽永叔之下有小注：『一刻易安』，說明他本此詞有以撰者易安之名刻印行世者，惜未說明出處。江標抄《李清照漱玉詞》汲古閣未刻詞二十二家本、徐培均《李清照集箋注》所據彭元瑞抄《汲古閣未刻詞》之《漱玉詞》皆收作李清照詞，是個力證。茲入《漱玉詞》。

【注釋】

〔一〕**春事**：春天的一些事情。宋郭應祥《卜算子》：『春事到清明，過了三之二。』宋劉仙倫《訴衷情》：『又是一年春事，花信到梧桐』。

〔二〕**都來**：即總共，算來。宋程珌《喜遷鶯》：『試把皇朝、盛事都來數。』宋范仲淹《御街行》：『都來此事，眉間心上，無計相回避』。

〔三〕**綠暗紅嫣**：指綠濃紅艷的春日景象。綠暗，宋康與之《風入松》：『一宵風雨送春歸。綠暗紅稀』。嫣，美麗，好看。明錢士升《紫薇花》：『深紫嫣紅出素秋，不粘皮骨自風流』。

〔四〕**渾可事**：都是尋常事（見《唐宋詞常用詞辭典》）。宋陳允平《江城子》：『瘦却舞腰渾可事，銀蹀躞，半闌珊』。

〔五〕**載酒**：携帶酒。宋無名氏《祝英臺近》：『自從載酒西湖，探梅南浦。』宋劉過《唐多令》：『欲買桂花同載酒，終不似、少年游』。

【品鑒】

此詞用第三人稱的寫法，寫一個女子為思念遠游的丈夫而憔悴，并用深情至理來感動、說服心上人斷然歸來。

頭兩句：『一年春事都來幾。早過了、三之二。』從時序、節序着墨，點明了這是暮春時節。用設問句開篇，自問自答，強調和渲染了春日匆匆，感傷之意也就溢于言表。

次四句：『綠暗紅嫣渾可事。綠楊庭院，暖風簾幕，有個人憔悴。』春天最媚眼的綠葉，最妍麗的紅色鮮花，一般說來是博人喜愛的，但這些已經算不了什麼了！比這更為重要的是，在那綠楊掩映的庭院裏，在那熏風吹拂窗簾的閨房裏，有一個妙齡女子憔悴了。女主人何以憔悴，作者仍含而不露。但已透露出與『綠暗紅嫣』的『春事』無多大關係，使讀者對『憔悴』的原因就比較容易推斷了。作者采用『弄引法』，不是開門見山，而是通過環境描寫紆徐引出主人公來。

換頭，『買花載酒長安市。又争似、家山見桃李。』轉，似述、似勸、似怨、似恨、似泣。首先女主人發出議論：『買花載酒長安市。又争似、家山見桃李』，通過對比，以理服人，規勸心上人歸來。不涉自己，衹言對方，而自己心情自見。你在外，置身繁華的都會，買花携酒，盡情享用，但這畢竟是買來的，是他人的，是暫時的。可哪裏比得上家鄉的桃李，那是長在家山上的。你欣賞嬌艷的桃李花，你品嘗風味芳美的桃李果實，那是家中自有的，是永久性的，時時可以觀賞品味，你還是决心歸來的好。這一至理妙言會動人心弦的，即使是鐵心腸的丈夫，也會作思歸打算的。何況心上人還是女主人日夜懷戀的多情人呢？

結尾四句：『不枉東風吹客泪。相思難表，夢魂無據，惟有歸來是。』將女主人的思想感情推向最高峰。她勸導丈夫『不枉東風吹客泪』，是説你羈旅客居在外，若不趕快歸來，春風徒然吹落了你思念妻子懷念家鄉的眼泪，『相思難表』，衷情不能盡述，想在夢裏相見也極難呀！衹有歸來相『見』，纔是解除相思之苦的最好辦法。

此詞頗有藝術魅力。成功地運用議論對比等表現手法。其特出之處是情與理的巧妙融合。『感人心者，莫先乎情』，『情』是此詞取得感染力的基礎，『理』，使此詞具有了説服力。感染力和説服力的絶好結合，使此詞產生了震撼人心靈的藝術力量。

【選評】

[一] **明·沈際飛**：『問向前，猶有幾多春，三之一。』『有個人憔悴』下文都在此句生出。煞落。（《草堂詩餘正集》）

[二] **明·楊　慎**：離思點（黯）然。道學人亦作此情語。（批點《草堂詩餘》）

[三] **明·李廷機**：春深景物繁華，最能動人情意。歐陽公備言之矣。（《新刻注釋草堂詩餘評林》）

[四] **明·李于麟（攀龍）**：上言景繁華而人憔悴，下語空相思不如實相見。（詞前評語）　暮春易過，思情轉然盡情懷。（眉批）　春深景物繁華，最能動人情思。歐陽公備足之矣（詞後評語）。（明吴從先、寧野甫彙編《新刻李于麟先生批評注釋草堂詩餘雋》）

[五] **清·黄蓼園**：按：此詞不過有不得已心事，托而思歸耳。『一年』二句，言年光已去也；『緑暗』四句，言時芳非不可玩，而自己心緒憔悴也。所以憔悴，以不見家山桃李，苦欲思歸耳。大意如此，但永叔（瑜注：黄將此闋收為歐陽修詞）亦非迫于思歸者，亦有所不得已者在耶。當于言外領之。（《蓼園詞評》）

[六] **清·王鵬運**：按：毛抄本尚有《鷓鴣天》（枝上流鶯）一闋，《青玉案》（一年春事）一闋，注云：草堂作少游、永叔，而秦、歐集無。今按：此二闋别本無作李詞者，當是秦、歐之作，且膾炙人口。故未附録。（《漱玉詞·補遺·按》）

[七] **清·陳世焜（廷焯）**：愈疏愈妙。情文相生，伊何人與。字字凄斷。（《雲韶集》）

[八] **柏　寒**：上片一波三折：先言春光將逝，然而仍是緑暗紅嫣；雖是芳時，但自己已是心緒憔悴了，所以看作等閑事。下片深入一層展開，説明憔悴的原因：買花載酒、游樂京師，不如歸隱家山。然而此志不可實現，衹能對風流泪。結三句抒

發倦旅思歸的情懷。此詞詞句流暢，但情愫欲説還休，恐是因功名未就，原因複雜，不便明言。（《六一詞》選注）

［九］**朱泙漫**：始見于《草堂詩餘》輯自佚名，《類編草堂》誤為六一詞；《汲古閣未刻本漱玉詞》收録之，而不考其上片純落拓失意語，下片則滯留京師之士子懷歸思，與任何宗法女性皆無涉。不解毛晋何昏謬如是。（《李清照叢考》）

［一〇］**徐培均**：大觀元年（一一〇七）秋，趙明誠、李清照夫婦屏居青州鄉里。歇拍云：『相思難表，夢魂無據，唯有歸來是。』當已回至青州。詞云『買花載酒長安市，争是家山見桃李』，謂在京做官，不如在青州屏居可賞春光。據此，詞當作于大觀二年二三月初也。（《李清照集箋注》）

［一一］**王英志**：上片寫花事『緑暗紅嫣』之景，含有政治寄託，又襯托了『人比黄花瘦』的『憔悴』詞人。此『憔悴』包含身與心。『個人』為何『憔悴』？下片即形象地回答了這個疑問。『買花』句是回想以前趙挺之當權時在京城奢侈的生活。但是政壇風雲多變，朝不保夕，很快就有『東風吹泪』、令人痛心的劫難發生。但唯有經歷劫難以後，纔能真正認識到『家山見桃李』的隱居生活的安逸，故『東風吹客泪』『不枉』，劫難使人頭腦清醒。大難之後，則倍增思鄉之情，亦更覺在京城無所憑依。于是唯有『歸來』纔是最好的選擇。全詞采用象徵手法，以『春事』喻『政事』，以長安『花』與家山『桃李』花相對照，意指兩種生活狀態，詞旨甚含蓄藴藉。惟歇拍直言：『唯有歸來是』，則實在是情不自禁，含有欣慰之意。（《李清照集》）

［一二］**侯健　吕智敏**：这首閨怨詞，構思上頗有特色。上片描繪了一個簾下憔悴人的形象。她不到垂楊依依、暖風醺醺的庭院中去賞花游春，却躲在簾幕下愀然傷神。她慨嘆春事已去大半，却又不留戀那緑暗紅嫣的花事，認為那祇不過是小事一樁。那麽，使得簾下人如此傷春惜時，又如此哀愁憔悴的到底是什麽原因呢？在上片中詞人没有做出任何回答，祇是在讀者心中留下了一片淡淡的愁雲。下片首二句『買花載酒長安市，又争似家山見桃李』，透露了個中消息。此二句以憔悴人對遠行的客子遥發責問的語氣，將『買花載酒長安市』與『家山見桃李』進行對比，用『又争似』褒揚後者，貶斥前者，反襯出思婦對良人久出不歸的嗔怪，也流露出對自己如『家山桃李』一般被冷落的委屈不平。最後，思夫之情發展到最高潮，望眼欲穿的簾下人發出了痛苦而又熱情的呼唤：『相思難表，夢魂無據，惟有歸來是』！上片中的傷春與下片中的怨人就在這直抒胸臆的呼唤中顯露出它們真實的底藴。（《李清照詩詞評注》）